도쿄대학 살인사건

TOKYODAIGAKU SATSUJINJIKEN by Ayuko Sato
Copyright © Akinori Taira, 1999

도쿄대학 살인사건

사토 아유코 장편소설

이용택 옮김

문학사상

차례

•

■ 도쿄대학 주변 지도

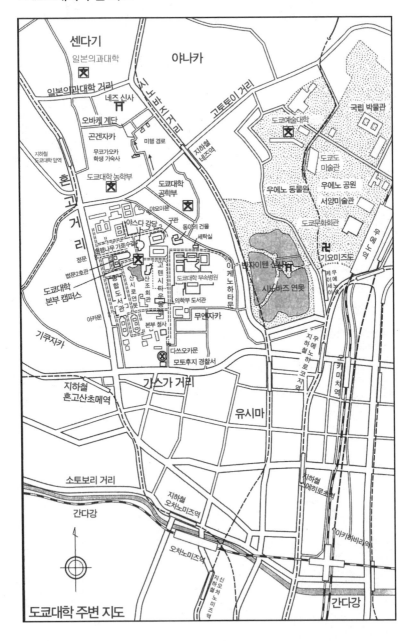

도쿄대학 주변 지도

■ 주요 등장인물

- **가쓰라기 게이타**   미나미아오야마에 사는 탐정
- **나가쓰 겐지**   가쓰라기의 친구. 도쿄대학 대학원 교양학부 조교
- **온묘지 아키미쓰**   경찰청 국장. 마키노 교수와는 대학 동창
- **온묘지 유카**   온묘지 아키미쓰의 아내
- **마키노 소이치**   도쿄대학 의학부 교수
- **마키노 사와코**   마키노 소이치의 전처
- **마키노 카나**   마키노 소이치와 마키노 사와코의 딸
- **기타가와 슈지**   마키노 사와코와 기타가와 쇼고의 아들
- **마키노 쇼코**   마키노 소이치의 두 번째 아내
- **사쿠라이 고키**   마키노 사와코의 오빠, 마키노 카나의 외삼촌. 도쿄대학 신경정신과 조교수로 근무하다가 1년 전 퇴직
- **이무라 도시유키**   도시은행의 이사
- **구로이와 기요타다**   변호사
- **나리타 요시히로**   국회의원
- **후지모토 야스시**   무역 회사의 해외 지사장
- **야하타 사토시**   대장성의 관료. 고인故人
- **기타가와 쇼고**   기타가와 슈지의 아버지

/

프롤로그

/

여자는 눈꺼풀을 살며시 감은 채 잠들어 있었다.

초여름 해가 질 무렵이었다. 남색 천에 하얀 도라지꽃을 수놓은 유카타목욕을 한 후나 축제, 불꽃놀이를 할 때 주로 입는 전통의상 옷자락 사이로 땀이 밴 정강이가 살짝 드러나 있었고, 검은 옻칠을 한 게다下駄, 일본 나막신의 붉은 끈은 한쪽이 끊어져 있었다. 그 발끝과 발꿈치에는 초록색 풀과 검은 흙이 뭉개진 채 묻어 있었다.

주변에는 아무도 없었다. 여자는 그저 들판 한쪽에 하얗고 무성하게 펼쳐진 클로버꽃에 파묻힌 채, 머리카락을 목덜미에 너저분하게 흩트려 놓고 있었다.

……카나.

여자는 소녀의 이름을 부른다. 하지만 여자의 입술은 움직이지 않았다. 하얗고 고운 피부, 엷게 바른 립스틱이 돋보이는 입술. 그 입술 끝에서 붉은 무언가가 가느다랗게 흘러내렸다.

바람이 일었다. 땅거미가 차츰 짙어져서 조용히 미소 짓는 여자의 입가에 희미한 그림자를 드리웠다.

……이리 와. 그래, 엄마 곁으로.

들판의 저쪽 끝, 여기처럼 하얀 클로버꽃이 수런거리는 한쪽 구석에 소녀가 쭈그려 앉아 있었다. 대여섯 살쯤 되었을까? 소녀는 하얀 천에 화려한 색채로 데마리_{아름다운 기하학적 무늬로 장식한 일본의 전통 공놀이 도구} 무늬가 수놓아진 유카타를 입고 노르스름한 끈으로 허리를 여미고 있었다.

소녀는 여자를 바라보고 있는 걸까. 입을 꾹 다물고 무릎을 감싼 모습에서는 아무런 표정도 읽어낼 수 없었다. 하지만 소녀의 눈동자는 크게 열린 채 여자를 파묻은 하얗고 무성한 클로버꽃 언저리를 향하고 있었다.

바람 소리가 들려왔다.

……네 잎 클로버를 찾아보자. 그건 말이지, 행운의 상징이란다.

여자의 뺨을 타고 내리는 피가 아주 천천히, 여자의 귓가에서 산들산들 흔들리는 하얀 클로버꽃의 가냘픈 꽃잎에 떨어졌다. 물들어간다. 소녀는 멀리서 꼼짝도 않고 아무 말 없이 젖어 드는 땅거미를 바라보고 있었다.

이곳에 있던 남자는 누구였을까? 이제는 그 그림자도 보이지 않는다. 여자의 하얀 목덜미에는 가늘고 붉은 유카타 허리끈이 감겨 있었다. 그 붉은 허리끈은 여자의 남색 유카타와 하얀 목덜미에 놀랄 만큼 아름답게 어울렸다.

슬슬 돌아갈 시간이로군. 해가 완전히 지자 누군가의 그림자가 소녀의 이름을 부르면서 손짓했다. 하지만 소녀는 꼼짝도 하지 않고 허공을 응시하고 있었다.

그 사람은 누구일까? 엄마를 죽인 그자일까? 언젠가 다시 돌아오겠다는 말과 함께 머리카락을 조용히 쓰다듬던 손끝의 감촉만을 남기고 모습을 감춘 그 남자는 도대체 누구였을까……?

1

의문의 살인 예고

나가쓰 겐지는 히로오역을 나와 가이엔니시 거리에서 왼쪽으로
꺾어서 일본적십자병원 쪽으로 향하는 비탈길을 오르고 있었다.
장맛비가 갠 오후의 햇볕이 뜨겁게 내리쬐는 날씨였다. 나가쓰는
그늘에 들어가 잠깐 숨을 돌렸지만, 지금부터 찾아갈 집을 생각하
니 다시 숨이 턱턱 막혀왔다.

　미나토구 미나미아오야마에 산다고 하면 언뜻 좋게 들리지만,
가쓰라기 게이타가 살고 있는 집은 전혀 호화롭지 않았다. 가쓰라
기는 부자 동네로 유명한 곳에 그런 집이 있다는 게 신기할 정도로
우중충하고 낡아빠진 건물의 2층에 기거하고 있었다. 신문 배달원
이 올라오면 계단이 덜컹대고, 헬리콥터가 하늘을 지나가면 창문
이 덜거덕거렸다. 근처에서 공사라도 하는 날에는 진동이 하루 종
일 전해지는 곳이었다. 바람이 불면 기둥이 삐걱대고, 비가 내리면
물이 줄줄 샜다. 그런 주제에 햇볕만은 이상하리만큼 잘 들었다. 냉
방을 싫어하는 가쓰라기 때문에 여름에 그곳을 찾는 사람은 으레

찜통 지옥을 맛보아야 했다.

가쓰라기가 자신을 부를 때는 꼭 무언가 꿍꿍이가 있었다. 나가쓰는 그 사실을 잘 알면서도 가쓰라기가 부르면 두말 않고 그를 찾아갔다. 가끔 성가시기도 했지만 가쓰라기가 자신을 의지해준다는 것이 싫지는 않았던 것이다.

나가쓰는 이마의 땀을 닦고 일본적십자 거리에서 꺾어서 카페 뒤쪽 골목으로 들어갔다. 나가쓰는 집주인 노인네가 1층에 사는 낡아빠진 건물의 계단을 올라갔다. 그리고 비바람에 너덜너덜해진 '가쓰라기 탐정 사무소'라는 팻말을 쳐다보며 색이 바래버린 문을 노크했다.

대답이 없다. 그래도 문은 잠기지 않은 상태였다. 나가쓰는 문을 열고 집 안으로 들어갔다. 안은 의외로 시원했다. 문을 열면 바로 보이는 서재 겸 주방도 깨끗이 청소되어 있었고, 원탁도 헬리오트로프_{관상용 허브} 화분으로 장식되어 있었다. 현관에 여자 신발은 없었지만 분명히 방금까지 여자가 있었을 것이라고 짐작하게 해주는, 이 집에 전혀 어울리지 않는 크리스찬 디올의 디오리시모 향수 냄새가 풍겼다.

가쓰라기 게이타는 사무실 겸 침실인 안쪽 방에 있었다. 역시 꽃병으로 장식된 낮은 탁자를 앞에 두고 가쓰라기는 청회색 소파베드에 걸터앉아 멍하니 담배를 태우고 있었다.

기분이 언짢아 보였다. 문이 열리는 기척에도 눈길조차 주지 않는 것이 그 증거였다. 하지만 번번이 겪는 일이라고 생각한 나가쓰는 불쑥 방으로 들어가 말을 걸었다.

"야, 유카 씨는?"

"벌써 돌아갔어."

가쓰라기는 짧게 대답하고는 또다시 우울함 속으로 틀어박혔다. 나가쓰는 어쩔 수 없다는 듯 맞은편 소파에 앉았다. 그제야 분홍색 아이리스 꽃병에 기대어 세워져 있는 두꺼운 봉투가 비로소 눈에 띄었다.

가쓰라기는 그저 물끄러미 허공을 응시한 채 담배만 계속 피워 댔다. 나가쓰는 그 봉투를 집어 들고 뒤집어 보았다. 봉투에는 아무것도 쓰여 있지 않았지만 역시 디오리시모 향기가 났다. 그리고 슬쩍 안을 들여다보았더니 적어도 50만 엔은 되어 보이는 현금이 들어 있었다. 나가쓰는 비아냥대듯이 휘파람을 휘익 불었지만, 가쓰라기는 거기에도 아무런 반응을 보이지 않았다.

이 현금의 출처는 물론 온묘지 유카일 것이다. 유카는 돈 많은 이혼남과 결혼한 후에도 가쓰라기를 섹스 파트너로 두고 있었는데, 상황을 보아하니 남편을 포함한 삼자 합의하에 관계를 맺고 있는 것 같았다. 나가쓰는 그것을 비난할 마음조차 들지 않아서 그대로 내버려두었고 그다지 캐묻지도 않았다. 하지만 이럴 때는 약간 얄밉기도 했다.

가쓰라기는 이상하리만큼 연상의 여자에게 인기가 많았다. 무기력하고 우울해 보이기만 하는 성격이 도리어 매력으로 비치기라도 하는 걸까? 가쓰라기가 학생 시절부터 무슨 속셈인지 탐정 사무소라는 간판을 내걸자, 어디에서 어떤 소문이 퍼졌는지 모르겠지만 고상한 사모님들이 사무소로 끊임없이 몰려들었다. 집 나간 애완동물을 찾아달라거나 남편의 외도를 조사해달라는 시시한 의뢰들뿐이었지만, 이 좁은 사무소는 한때 돈 많은 유한마담들의 살롱 같은 느낌이었다.

당연하다는 듯 가쓰라기는 아무런 일도 하지 않았다. 잃어버린 고양이를 그리워하며 눈물을 흘리는 사모님에게 차를 대접하거나, 남편을 향한 질투에 사로잡혀 몸부림치는 사모님을 진정시키는 일 따위는 했을 테지만, 실질적인 조사는 아무래도 싫어하는 눈치였다. 그럼 왜 탐정 사무소 같은 것을 차린 거냐고 나가쓰가 예전에 한 번 물어본 적이 있었다.

"그거야 나도 외로움을 타니까."

그것이 가쓰라기의 대답이었다.

어차피 사모님들도 가쓰라기에게 열정적인 탐정 활동을 기대하지는 않았을 것이다. 오는 사람 막지 않고 가는 사람 잡지 않는다는 본인의 말처럼 가쓰라기는 일하지 않는 대신에 사모님들의 마음을 한없이 받아주었다. 그것이 그 나름대로의 다정함이자 매정함이고 각종 문제의 원인이기도 했다.

2년 전쯤에 한 유부녀 고객이 그런 가쓰라기 게이타를 진심으로 사랑하게 되는 바람에 다른 사모님들을 멀리 쫓아버리려고 혈안이 된 적이 있었다. 그리고 어째서인지 그녀의 남편이 느닷없이 가쓰라기를 강간죄로 고소를 하고 말았다. 다행히 유카가 손을 써준 덕분에 소송 자체는 취하되었지만, 무섭게 퍼지는 소문을 막을 수는 없었다. 물론 가쓰라기가 덮쳐온다면 기꺼이 받아들이겠다는 생각으로 찾아오는 사모님들도 두세 명 있었지만, 정작 가쓰라기 본인은 그럴 생각이 없다는 것이 문제였을까. 결국 남아 있던 고객도 가쓰라기에게 염증이 나서 모두 떨어져 나갔고, 사무소는 개점휴업 상태가 되어 찾아오는 사람도 거의 없어졌다.

가쓰라기 게이타는 그 이후로도 달라진 게 없었다. 그 유부녀 사건으로 무엇을 느꼈는지 혹은 무슨 생각을 하는지 결코 겉으로 드러내는 일이 없었다. 그냥 그저 텅 비고 낡아빠진 건물에서 혼자 멍하니 담배만 피울 뿐이었다. 어쩌면 가쓰라기가 집에만 칩거하는 이유는 소송 사태의 영향뿐 아니라 유카의 독점욕 때문일지도 모른다고 나가쓰는 의심하고 있었다.

분명히 외모만을 놓고 보면, 가쓰라기는 남자인 나가쓰마저 때때로 현기증이 일어날 정도로 아름다운 얼굴이었다. 스물여섯 살이나 되었지만 수염도 거의 자라지 않아 피부는 매끈하고 눈썹이나 속눈썹 주변도 촉촉했다. 입술도 몹시 섬세한 인상을 주었고, 팔다리도 호리호리하고 예민해 보일 만큼 맵시 있는 몸매였다. 그런 까닭에 비단 연상의 여자뿐 아니라 동성애 성향을 지닌 남자에게도 흥미를 불러일으키는 무언가를 가지고 있었다.

남편의 묵인 아래 그의 아내 유카와 섹스 파트너가 된 남자. 이는 유카뿐만 아니라 그녀의 남편도 가쓰라기에 대해 성적으로 무언가 흥미를 느꼈다는 뜻일 것이다. 유카의 남편은 50대 중반이라고 들었을 뿐 그의 직업이나 이름은 모른다. 당연히 그의 성적 취향도 알 턱이 없고, 만나본 적도 없다. 하지만 어쩌면, 혹시…….

나가쓰가 그렇게 불순한 생각에 멍하니 빠져 있을 때, 가쓰라기가 슬며시 담뱃불을 끄고 일어섰다. 그리고 비트적거리며 방을 나가려고 했다.

"어디 가?"

"산책."

가쓰라기는 언제나처럼 묘하게 무뚝뚝했다. 천하의 호인인 나가쓰도 이번에는 짜증이 치밀어 올라 현금이 든 봉투를 손에 들고 일어섰다.

"잠깐 기다려. 최소한 오늘 날 부른 용건쯤은 설명하고 가야지. 넌 내가 그렇게 한가해 보이냐?"

"유카가 널 만나고 싶어 해."

"뭐?"

"너도 딱히 싫진 않지?"

가쓰라기는 무심히 내뱉고는 현관으로 가더니 가죽 샌들에 발을 대충 밀어 넣었다. 나가쓰는 뺨이 붉게 달아오르는 것을 분하게 느끼면서 우물거렸다.

"그거야, 뭐 싫을 건 없지만."

"그럼 이야기가 빠르겠군. 벌써 그쪽에 가 있는 모양이니까, 네가 가서 상대해줘."

가쓰라기는 그제야 뒤돌아서서 우수에 젖은 눈으로 물끄러미 나가쓰를 바라보았다. 당장에라도 무언가가 흘러넘칠 것 같은 눈이었다.

"……그쪽이란 게 어디야?"

"혼고 캠퍼스. 산시로 연못도쿄대학 혼고 캠퍼스에 있는 유명한 연못 근처에서 5시에."

나가쓰는 내심 고개를 갸웃했다. 밀회 장소가 부자연스러운 것은 물론, 가쓰라기가 유카의 심부름꾼이 되어 그 누구도 아닌 나가쓰를 소개해주려는 마음을 이해할 수 없었다.

나가쓰가 대답을 망설이고 있자니 가쓰라기는 히죽 웃었다. 그리고 나가쓰로부터 현금 봉투를 낚아채고는 나가쓰의 코앞에서 흔들었다.

"이건 그 알선료야. 네 서비스가 좋으면 한 달에 이 금액보다 두 배는 더 받을 수 있어."

"허, 헛소리하지 마!"

"세컨드가 될 수 있는 좋은 기회니까 사양하지 마. 나는 유카가 너로 갈아타도 질투 같은 건 하지 않을 테니까."

가쓰라기는 아주 즐겁다는 듯이 나가쓰의 얼굴을 바라보았다. 그리고 현금 봉투를 바지 주머니에 찔러 넣고 이제 자기는 상관없다는 표정으로 문을 열었다.

"잘해 봐. 호텔은 유시마에 잔뜩 있으니까."

"잠깐. 이건 아니지. 난 유부녀는 딱 질색이야."

"거짓말하지 마. 아까부터 날 부러워했잖아."

가쓰라기는 또다시 히죽 웃고는 윙크를 날렸다. 그런 것이 또 심하게 잘 어울리는 남자였다. 우두커니 서 있는 나가쓰를 뒤로하고 가쓰라기는 콧노래를 부르며 계단을 내려갔다. 그 진동으로 주방의 창문이 덜거덕덜거덕 울렸다.

잊고 있었다. 가쓰라기 게이타라는 남자는 사람을 현혹하는 악마라는 사실을. 그의 미소에 얼마나 많은 여자 혹은 남자가 홀랑 넘어갔을지……. 정말이지 강간죄로든 무슨 죄로든 감옥에 처넣어서 사회와 격리해야 할 위험한 남자라고 나가쓰는 홧김에 생각했다. 문을 닫고 현관 왼쪽의 욕실로 들어간 나가쓰는 분노를 참고 볼일을 보다가 야한 망상이 솟구쳐서 서둘러 바지춤을 여몄다.

나가쓰는 세면대에서 손을 씻고 문득 고개를 들어 거울을 보았다. 그러자 점점 화가 치밀어 올랐다. 설령 방금 들은 이야기가 사실이라 해도, 비교 대상이 가쓰라기라니 불리하기 짝이 없는 승부였다. 나가쓰도 체력이나 지구력에 자신감이 없는 건 아니었지만, 무엇보다 이목구비에서 워낙 차이가 났다. 게다가 유카는 여름에도 땀을 전혀 흘리지 않는 깔끔한 가쓰라기의 피부를 사랑했다.

나가쓰는 햇볕에 그을린 얼굴을 씻고 나서 샤워를 하려다 말았다. 우스꽝스러웠다. 그래도 역시 욕실에서 나와 집 안에 떠도는 디오리시모의 옅은 향기를 맡게 되자 가벼운 현기증을 느꼈다. 황급히 주방 의자에 걸린 수건을 들고 얼굴을 강하게 문질렀지만, 역시나 달콤하고 보드라운 향기는 가시지 않았다. 게다가 가쓰라기가 남기고 간 말이 떠오르자 안쪽의 사무실 겸 침실도, 별 생각 없이 앉았던 소파도 매우 유혹적으로 보이기 시작했다.

이제 다 틀렸다. 이미 머릿속에서는 하렘의 미녀들이 춤추고 있었다. 나가쓰는 수건을 꽉 쥔 채, 일곱 색깔 베일을 쓰고 반짝반짝 빛나는 발찌를 찬 미녀들이 미소를 지으며 애무하는 환영이 사라지기만을 가만히 기다렸다. 그래도 관능적인 자극은 식을 기미가 보이지 않았다. 나가쓰는 수건을 내팽개치고서 허겁지겁 신발을 신었다. 여벌 열쇠로 사무소 문을 잠근 나가쓰는 흥분이 가시지 않아 아래층에서 낮잠 자는 집주인 노인네를 깨울 듯한 기세로 계단을 뛰어 내려갔다.

가쓰라기는 분명히 얄밉다. 왜 그 녀석만 행운을 타고났는지 울화통이 터질 정도였다. 그래도 유카가 원하는 일이라니 갈 수밖에 없었다. 나가쓰는 더위와 분노와 관능적인 자극으로 뜨겁게 달아오른 채, 일본적십자 거리를 따라 히로오 방면으로 되돌아갔다.

그로부터 약 반 시간 뒤, 나가쓰는 지하철 혼고산초메역에서 나와 혼고 거리를 따라 북쪽으로 걸어서 아카문도쿄대학으로 통하는 주홍빛 대문. 도쿄대학의 상징에 도착했다. 길가에는 수학여행을 온 듯한 버스가 한대 서 있었고, 하얀 셔츠에 빡빡머리를 한 고등학생들이 나가쓰를 빤히 쳐다보고 있었다.

대학 입시를 앞둔 그들의 눈에는 이 주홍빛 대문을 지나가는 사람이 기인 혹은 딴 세상 사람처럼 비치는 모양이었다. 나가쓰는 민망함을 느끼며 후다닥 아카문을 빠져나갔다. 혼고에는 일 때문에 4월에 한 번 왔던 이후로 처음이었다. 그 사이 가로수인 은행나무의 녹음이 온통 짙어져서 건물의 붉은 벽돌과 선명한 대조를 이루고 있었다.

여름방학을 코앞에 둔 오후의 캠퍼스는 한적하면서도 여기저기에서 학생들의 모습이 눈에 띄었고, 도서관 앞 광장의 분수도 시원한 물보라를 흩뿌리고 있었다. 나가쓰는 포장된 길에 반사되는 햇빛 때문에 눈을 찡그리면서 울창한 덤불의 언저리를 목표로 삼아 광장 변두리에 위치한 문학부 3호관으로 쉬지 않고 걸었다. 이미 시간은 5시가 지났을 무렵이었다. 가쓰라기에게 속은 게 아니라면 그곳에 유카가 기다리고 있을 터였다.

나가쓰는 돌층계를 내려가서 일단 이마의 땀을 닦았다. 이 주변은 미묘하게 움푹 파인 지형인 데다 빽빽이 둘러싼 나무들이 바람을 막아서인지 후덥지근한 습기가 피부에 들러붙었다. 하지만 직사광선을 직접 쐬는 것보다야 나무 그늘에서 더위를 달래는 편이 한결 나았고, 흙냄새도 어쩐지 서늘하게 느껴졌다.

나무 그늘을 빠져나가 산시로 연못 근처로 나온 나가쓰는 주변을 둘러보았다. 유카가 정확히 시간을 지키는 사람이라고는 생각하지 않았는데, 그녀는 벌써 떡갈나무 그늘에 놓인 돌 벤치에 앉아 기다리고 있었다. 농염한 자태의 유카는 주황색, 노란색, 청회색의 작은 꽃들이 검은 천에 잔뜩 수놓아진 어깨가 드러난 원피스를 입고 왼쪽 손목에 금팔찌를 찬 차림으로 혼자서 연못의 수면을 바라보고 있었다.

가쓰라기 게이타의 용모도 아름답다고 할 수 있지만, 유카는 그에 비할 정도를 훨씬 넘어서는 미모였다. 이제와 세상의 불공평함을 한탄해봤자 아무 소용없겠으나, 세상일은 늘 이런 식이었다. 유카의 남편이 아내를 가쓰라기에게 빼앗기고도 별 불평이 없는 것도 충분히 납득이 갈 만큼 30대 초반인 그녀는 아름다웠다. 게다가 미묘한 분위기가 구석구석 배어 있었다.

나가쓰는 약간의 긴장을 느끼면서 돌 벤치로 향했다. 유카가 여기에 있는 이유, 가쓰라기의 진정한 의도, 그런 건 이제 와서 아무래도 상관없었다. 그보다 우선 무슨 말을 해야 할지, 어떻게 그녀에게 나가쓰 겐지라는 사람을 각인시킬지, 그런 생각밖에 들지 않았다.

나무들이 뿜어내는 후끈한 열기와 달콤한 기분에 현기증을 느낀 순간, 맞은편의 덤불이 스르륵 흔들렸다. 무슨 일인가 싶어 유심히 살펴보자 햇볕에 그을린 곱상한 얼굴의 젊은 남자가 종이봉투를 손에 들고 이쪽으로 내려오고 있었다. 그리고 그 남자는 하필이면 유카가 앉은 벤치로 다가가 시원시원한 말투로 입을 열었다.

"많이 기다렸죠, 유카 씨?"

유카는 은은한 미소를 지으며 젊은 남자의 손에서 봉투를 받아 들었다. 그녀는 나가쓰가 왔다는 사실을 눈치채지 못했는지, 아니면 가쓰라기가 거짓말을 한 것인지, 나가쓰와의 만남에 관해 완전히 잊어버린 듯한 태도였다.

나가쓰가 어리둥절해 있는데 젊은 남자가 문득 고개를 들었다. 그 얼굴을 마주하자마자 나가쓰는 난처해졌다. 그때 그 젊은 남자도 알아차렸는지 까무러치는 소리를 내질렀다.

"어! 혹시 나가쓰 씨?"

이미 늦었다. 어딘가에 숨을 틈도 없었다. 유카는 그 소리에 이제야 나가쓰를 발견한 듯 가볍게 미소를 지었다.

나가쓰는 올해 스물아홉 살. 도쿄대학의 한 학과에서 조교로 일하고 있었다. 또 이 젊은 남자는 왜 이곳에 있는지는 모르겠지만, 나가쓰의 학과에 다니는 학생이었다. 우연히 만났다고 해서 당황할 필요는 없었다. 하지만 나가쓰는 어색함을 감추지 못하고 돌 벤치로 쭈뼛쭈뼛 다가갔다.

"안녕하세요. 오랜만이네요."

인사해오는 학생을 최대한 무시하려고 했지만 생각처럼 잘되지 않았다. 학생은 싱글싱글 웃으면서 다가오더니 나가쓰의 옆구리를 슬쩍 팔꿈치로 찔렀다.

"제법이네요. 유카 씨가 기다린다는 사람이 나가쓰 씨라니."

"저기, 이상한 오해는……."

"알았어요. 아무한테도 이야기하지 않을게요. 저도 알 건 다 아는 성인이니까요."

그 학생은 당돌한 말을 내뱉고 유카 쪽으로 되돌아갔다. 유카는 신비롭고 따사로운 눈길로 두 남자를 올려다보고 있었다.

"그럼, 유카 씨, 저는 이만 가보겠습니다. 지금부터는 이분께 맡길게요."

"네, 고마워요. 또 만나요."

그 학생은 나가쓰에게 가볍게 눈짓을 하고 벤치를 떠났다. 요트부 소속이라더니 널찍한 어깨와 등까지 감도는 서글서글한 태도가 오히려 못마땅하게 느껴지는 남자였다.

당연히 반쯤은 질투심이다. 나가쓰는 유카가 학생과 어울리고 있었다는 것에 왠지 모를 떨떠름함을 느끼면서 벤치에 앉았다. 그녀는 종이봉투 안을 슬쩍 들여다보고는 그것을 자신과 나가쓰 사이에 놓았다.

"저 학생하고 아는 사이세요?"

"그럴 리가요. 그보다 나가쓰 씨, 목마르죠?"

나가쓰는 도통 이해가 안 간다는 심정으로 유카를 바라보았다. 분명히 갈증을 느끼고 있긴 했지만, 그것이 몸의 어느 곳에서 느껴지는 갈증인지는 스스로도 판단하기 힘들었다.

그녀는 나가쓰의 표정을 힐끔 살피더니 입가에 미소를 지으며 속눈썹이 긴 눈을 내리깔았다. 엷은 금색 매니큐어를 칠한 손가락으로 머리카락을 쓸어 올린 순간, 목덜미의 함초롬한 피부와 약간 상기된 귓불이 보이면서 달콤한 향수 냄새가 났다.

"마셔도 돼요."

"네?"

"여기요. 아까 그 학생이 사다 줬어요."

그녀는 젖은 눈동자로 나가쓰를 바라보며 종이봉투를 내밀었다.

봉투를 열어보니 학교 매점에서 구입한 것으로 보이는 맥주가 두 캔 들어 있었다.

"나가쓰 씨가 올 때까지 기다리려고 했는데, 그 학생이 학교 여기저기를 안내해주었거든요. 이제 여기서 게이타가 올 때까지 천천히 기다릴까요?"

"그게 무슨 말씀인지?"

"어머, 아직 얘기 못 들었어요?"

그녀는 눈썹을 살짝 찡그리며 무릎에 놓아둔 검은 핸드백을 열었다. 그리고 안에서 하얗고 기다란 봉투를 꺼냈다.

"이건데요."

"아, 네."

"마키노 교수라는 사람, 당연히 알고 있죠?"

나가쓰는 문득 눈을 들고 산시로 연못을 바라보았다. 갑자기 주변을 둘러싼 나무들이 그림자를 드리우는 것 같았다. 유카도 어느샌가 진지한 표정으로 바뀌어 있었다.

"……마키노라면, 그 의학부 교수?"

"네. 오늘은 그 일 때문에 상담하러 왔어요."

나가쓰는 순간 망설이며 유카를 쳐다보았다. 다시 디오리시모 향기가 은은하게 풍겨왔지만, 마키노 교수의 이름을 듣는 순간 그 달콤함마저 식어버리는 듯했다.

"왜 유카 씨가 마키노 교수 일을…….."

"나도 잘은 모르겠지만, 왠지 안 좋은 느낌이 들어서요."

유카는 핸드백을 벤치 옆에 두고 봉투로 눈을 떨구었다. 나가쓰도 어느 정도 소문을 들어 알고 있었지만, 마키노 교수와는 애초에 소속된 캠퍼스가 달랐다. 게다가 나가쓰는 문과이고 마키노 교수는 이과여서, 한 달 전에 그 사건이 일어나기 전까지는 이름도 알지 못했다.

　마키노 교수의 죽음을 대놓고 입에 담는 사람은 없었다. 물론 사건 직후에는 여러 가지 묘한 소문이 돌긴 했다. 하지만 개인적인 사정으로 스스로 목숨을 끊었다는 유서가 있었기 때문에 대학과의 갈등으로 인한 자살이라는 소문은 극히 일부에 불과했다. 게다가 마키노 교수가 최근에 심한 우울증을 앓은 까닭에 그런 사태가 일어날 것을 걱정했다는 주변의 증언도 있었다.

　단지 자살한 장소가 문제였다. 마키노 교수는 비가 내리는 6월의 이른 아침에 붉은 유카타 허리끈으로 이 연못 주변의 떡갈나무에 목을 매달았던 것이다. 시체가 발견된 시간은 아침 7시쯤이었다. 다행히 학생들이 등교하기 전이어서 시체를 극비리에 처리할 수 있었다. 목을 매단 곳이 지금 자신이 있는 주변을 둘러싸고 있는 떡갈나무 중 하나라고 생각하니 나가쓰는 어쩐지 등골이 오싹해졌다.

　교내에서 마키노 교수의 평판은 더할 나위 없이 좋았다. 고인의 좋은 모습만을 기억하고 싶어 하는 인간의 습성으로 인해 미화된 면도 없지 않았지만, 그의 차분한 언행과 온화한 말투 덕분에 학생들 사이에서도 꽤 인기가 있었던 모양이다. 자살에 사용한 도구가 붉은 유카타 허리끈이기 때문에 당연히 치정 관계로 인한 자살이 아닐까 하는 의심도 일었지만, 여자관계에 있어서도 마키노 교수는 흠 잡을 데 없이 깨끗했다.

　마키노 교수가 일찍이 전처와 사별하고 5년 전쯤에 재혼했다는 사실은 나가쓰도 동료의 이야기를 통해 알고 있었다. 전처와의 사이에 딸 한 명을 두었는데, 장례식에 다녀온 사람에게 그 딸이 굉장한 미인이라는 이야기도 들었다. 마키노 교수에 대해 이 정도의 정보밖에 없는 나가쓰는 마키노 교수의 사건과 눈앞에 있는 온묘지 유카와의 관련성을 이해할 수 없었다. 나가쓰는 당혹스러움을 지울 수 없는 심정으로 하얀 봉투에 눈길을 돌렸다.

"그런데 유카 씨가 왜 이 사건에 관심을 보이시죠?"

"이 봉투 안을 보세요. 그게 어제 우리 집 우편함에 들어 있었어요."

나가쓰는 유카의 손에서 봉투를 건네받고 앞면과 뒷면을 번갈아 살폈다. 극히 평범한, 아무런 특징도 없는 봉투였다. 받는 사람이나 보내는 사람의 이름도 쓰여 있지 않았다.

"편지는 그 사람 앞으로 왔어요. 괜찮으니까 읽어보세요. 느낌이 영 좋지 않아요."

유카는 불안한 듯 양팔로 가슴을 안았다. '그 사람'이라는 말은 유카의 남편 온묘지를 가리키는 것일 테지만, 그녀의 허락을 받았다고 해도 편지를 몰래 읽는다는 꺼림칙함은 지울 수 없었다.

나가쓰가 봉투 안의 편지를 조심스레 꺼내려는 순간, 봉투에서 무언가가 무릎으로 톡 떨어졌다. 황급히 시선을 옮겼더니 찢어진 사진의 일부가 무릎에 있었다. 나가쓰는 그 사진을 집어 들어 자세히 바라보았다.

어느 집 대문 앞에 하얀 바탕에 사계절의 꽃이 수놓아진 화려하고 고전적인 무늬의 후리소데주: 성인식이나 결혼식과 같은 행사에 미혼 여성이 입는 격식을 차린 화려한 전통의상를 입은 젊은 여자가 서 있었다. 성인식 기념으로 찍은 사진인 것일까. 뒷면을 보니 검은 잉크의 품격 있는 필체로

28

'1월 15일, 카나, 스무 살'이라고 쓰여 있었다.

그런데 사진 속 여자의 표정에서는 화창한 날의 흥겨움이나 천진난만하게 들뜬 마음이 느껴지지 않았다. 오히려 차갑고 쓸쓸한 인상이었다.

얼굴 생김새는 분명히 아름다웠다. 눈썹은 활처럼 예쁘게 휘어졌고 이마도 새하얗게 맑았으며 오똑한 콧날도 매우 품위 있어 보였다. 또 도톰한 입술의 윤곽을 깔끔하게 그린 립스틱의 짙은 빨간색이 무척이나 요염했다.

다만 눈빛을 읽어내기가 어려웠다. 여자는 시선을 비스듬히 피하면서 무언가를 보는 듯 보지 않는 아련한 모습이었다. 스무 살이라는 젊음과 이 사진이 찍힌 설레는 성인식 날을 생각하면 이상하리만큼 공허한 눈빛이었다. 사진에는 그녀의 가녀린 어깨를 감싸는 듯한 어떤 남자의 손도 함께 찍혀 있었다.

반쯤 찢어진 그 사진에 남자의 모습은 없었다. 하지만 긴 손가락만 겨우 보이는 남자는 그녀를 단단히 지켜주려는 듯 꼭 끌어안고 있었고 남자의 약지에는 금인지 백금인지 모를 무척 간결한 디자인의 결혼반지가 끼워져 있었다.

"이 사람, 누구예요?"

"마키노 교수의 딸일 거예요, 아마도."

유카는 희미하게 눈썹을 찡그렸다. 나가쓰는 사진을 무릎에 도로 내려놓고 셋으로 접힌 편지를 펼쳤다. 편지 역시 아무런 특징도 없는 하얀 용지였으며, 손글씨가 아닌 워드프로세서로 친 글씨가 나열되어 있었다.

전략

갑작스레 편지를 드리는 점, 먼저 용서해주세요. 사정이 있어서 제 이름을 밝히기 어렵지만, 이 편지는 장난도 아니고 하물며 협박도 아닙니다.

당신은 알고 있을 것입니다. 마키노의 사망 원인을 자살이라고 단정한 이유가 무엇인지 외부인은 알 수 없습니다. 또한 앞으로도 어쩌면 영원히 공표되지 않겠지요. 하지만 그 사건을 이대로 덮을 작정이시라면 당신은 분명히 후회할 것입니다. 체면이나 명예를 지켜야 하는 처지임을 충분히 이해합니다만, 이 일을 이대로 방치하면 머지않아 분명히 또 다른 피를 부를 것입니다.

당신이 인정할 수 없다면 확실히 말해두겠습니다. 마키노는 자살하지 않았습니다. 살해당한 것입니다. 다음 희생자가 누구인지는 아직 알 수 없습니다. 살해 동기도 알고 싶지 않습니다. 하지만 그의 딸이 아버지인 마키노를 죽였다는 것만큼은 사실입니다.

도와주세요. 만약 당신이 마키노의 딸을 알고 있고 감춰야 할 어떠한 사정이 있다면, 더욱 도와주셔야 합니다. 그 딸의 리스트에 당신의 이름이 올라 있다는 생각도 충분히 할 수 있습니다.

망설이시는 마음도 이해할 수 있습니다. 누구나 추문은 피하고 싶은 법이지요. 그러나 그런 망설임이 화를 부릅니다.

이제 시간이 없습니다. 저도 분명히 살해당할 것입니다.

편지는 그렇게 끝났다. 날짜나 서명도 없었고, 문체를 보아 여성이 쓴 것이라고 짐작할 수 있을 뿐이었다. 워드프로세서의 폰트는 내용과 어울리지 않는 깔끔한 고딕체였다.

나가쓰는 또다시 무릎의 사진을 집어 들었다. 그리고 범인으로 지목된 마키노 교수의 딸을 물끄러미 바라보다가 유카에게 눈을 돌렸다. 그렇지만 여전히 이 사건과 유카의 접점을 아무래도 찾을 수 없었다.

"그런데 이 편지가 왜 유카 씨 집 우편함에 있던 거죠?"

"모르겠어요. 그래서 이렇게 게이타와 나가쓰 씨에게 도움을 요청한 거예요."

"남편분과 마키노 교수 사이에 어떤 관계가 있다는 말인가요?"

유카는 눈을 내리깔고 안절부절못하는 표정으로 금팔찌에 손을 올려놓았다.

"그것도 모르겠어요. 그러잖아도 남편은 경찰청에서 일하는 사람이라서."

"겨, 경찰청?"

"네. 그래서 불안해요. 이 편지, 마치 협박장 같잖아요?"

유카는 어둡게 젖은 눈동자로 나가쓰에게 매달리듯 바라보았다. 그 표정만으로도 그녀의 어깨를 감싸 안고 싶은 충동이 일었지만, 나가쓰는 입을 꾹 다물며 애써 그 충동을 억눌렀다. 50대 중반의 나이에 경찰청에서 근무한다면 분명히 상당한 지위에 오른 사람일 것이다. 그런 남자가 유카를 아내로 삼고, 심지어 그녀에게 가쓰라기 게이타라는 젊은 애인까지 허락하다니. 아무리 생각해도 그런 사실 자체는 확실히 이상했다.

"남편분도 이 편지를 봤나요?"

"아니요. 봉해지지 않은 상태였기 때문에 제가 일단 읽었어요. 저 혼자 있었고 안에 뭐가 들었는지 궁금하기도 했으니까요."

"그런데 남편분께도 알리지 않고 저랑 가쓰라기에게 먼저 보여주시다니요? 게다가 이게 사실이라면 예삿일이 아닌데요?"

"알아요. 그래도 남편에게 말하는 것보다 게이타에게 말하는 게 훨씬 나아요."

나가쓰는 또다시 편지로 시선을 떨어뜨렸다. 가쓰라기는 예나 지금이나 변함없이 기묘한 남자라서 자신에 관해서는 거의 이야기하지 않는다. 오랫동안 봐 온 사이인데도 가쓰라기가 어떤 과거를 지녔는지, 어떻게 생계를 잇고 있는지, 평소에 무슨 일을 하면서 지내는지조차 나가쓰는 거의 알지 못했다.

더욱이 유카에 관해서는 전혀 모르는 것과 다름없었다. 그녀가 결혼하기 전부터 가쓰라기와 오랫동안 사귀어왔다는 점은 어렴풋이 알고 있었지만, 둘 사이의 신뢰가 이토록 두터울 줄은 몰랐기 때문에 사실 조금 의외라는 생각이 들었다.

"그럼 아까 50만 엔은?"

"물론 의뢰비예요. 이번에는 다름 아닌 제가 게이타에게 일을 의뢰한 거지요."

유카는 그 말을 끝으로 입을 다물고 연못의 수면으로 눈길을 돌렸다. 나가쓰는 불가사의한 기분에 휩싸였지만 어째서인지 마음이 차분하게 가라앉는 것을 느꼈다. 나가쓰는 사진과 편지를 봉투에 도로 넣어 두고 아까 그 학생이 사 온 맥주에 손을 뻗었다.

완전히 미지근해진 맥주 캔은 종이봉투에 들러붙어 있었다. 나가쓰는 캔 하나를 꺼내 소매로 물기를 닦고 유카에게 내밀었다. 하지만 그녀는 고개를 저었다. 그녀의 눈빛은 대체 무슨 생각을 하는지 알 수 없어, 보는 사람이 불안해질 만큼 수심에 잠겨 있었다.

나가쓰는 어쩔 수 없이 맥주 캔을 자신의 입으로 가져갔다. 해가 점차 기울어가며 떡갈나무, 단풍나무, 버드나무로 둘러싸인 연못은 적막한 어둠에 잠겨갔다. 반대편 물가에서는 낚시를 하러 온 듯한 아이들이 대나무 막대와 그물을 손에 들고 왁자지껄 떠들어대고 있었지만 그 목소리도 점차 옅어져갔다. 미지근한 맥주도 김이 빠져 있었다.

그리고 유카는 멍하니 연못의 수면만을 응시하고 있었다. 잔잔한 바람이 불어 그녀의 머리카락을 뺨 위로 미묘하게 흩트려놓기 시작했다. 그녀는 머리카락을 손가락으로 쓸어 올린 후 나가쓰를 쳐다보고 짧게 미소를 지었다. 나가쓰는 침묵이 이어지는 동안 왠지 자기 앞에 힘겨운 수수께끼가 놓여버렸다는 기분이 들었다.

2

창문 틈으로 보이는
남녀의 실루엣

주변은 완전히 어두워졌다. 일본의과대학 근처인 네즈의 오래된 국숫집은 폐점 시간이 가까워져서인지 손님이 거의 없는 상태였다. 다다미방 맞은편의 테이블에 있던 노부인과 며느리, 손자로 보이는 가족 일행도 계산을 마치고 자리에서 일어났다. 나가쓰는 튀김을 얹은 국수를 한 그릇 더 추가해서 먹었기 때문에 배는 만족스럽게 채웠지만, 무겁게 내려앉은 어색한 분위기에 심란해져 팬스레 보리차 컵에 손을 뻗었다.

　산시로 연못에 가쓰라기가 나타난 시간은 6시쯤이었다. 세 사람이 근처 카페에서 차를 마시고, 학교 정문 앞에 세워둔 유카의 빨간색 푸조를 타고 네즈에 온 것은 7시 반쯤이었다. 그러는 도중에도 가쓰라기와 유카 사이에는 줄곧 아무 말도 오가지 않았다. 국숫집에 들어와서 나가쓰가 왕성한 식욕으로 게걸스럽게 음식을 먹어대고, 가쓰라기가 차가운 일본주를 담담하게 마시는 와중에도 유카는 국수나 술에 전혀 손을 대지 않았다.

"……이제 식사는 끝났어?"

유카의 목소리는 차분했지만 어쩐지 편치 않은 눈빛이었다. 가쓰라기는 슬쩍 얼굴을 들어 보일 듯 말 듯 고개를 끄덕였다. 나가쓰는 이 상황에서 무슨 말을 해야 할지 몰라 묵묵히 보리차만 마셨다.

"그럼 잠깐 기다려. 나 화장 좀 고치고 올게."

유카는 희미한 미소를 남기고 자리에서 일어나 잰걸음으로 테이블에서 멀어져갔다. 말과는 달리 유카는 화장실이 아니라 밖으로 나가는 듯했다.

하지만 가쓰라기는 여전히 표정 하나 바꾸지 않고 셔츠의 주머니에서 담배를 꺼내 물었다. 나가쓰는 유카가 사라진 미닫이문 출입구를 뒤돌아보고는 떨떠름한 표정으로 보리차 컵을 테이블에 놓았다.

"야, 괜찮아?"

"뭐가?"

"유카 씨가 계산하고 가버리는 거 아냐?"

가쓰라기는 어깨를 움츠리고 성냥을 그었다.

"폐점 시간은 9시야. 아직 한잔 더 할 수 있어."

"유카 씨는 어떡해?"

"내버려 둬. 혼자 있고 싶은 모양이지."

가쓰라기는 한가로이 대답하고는 술병에 남은 술을 술잔에 모두 따랐다. 그리고 빈 술병을 주방 쪽으로 흔들면서 한 병 더 주문했다. 꽤나 매정하다는 느낌이 들었지만, 오래된 애인 사이라는 것을 생각하면 나가쓰가 괜히 참견해봤자 소용없는 짓일지도 몰랐다.

"그런데 너, 유카 씨가 의뢰한 일은 어떻게 할 작정이야?"

가쓰라기는 아무 말도 들리지 않는다는 듯이 벽에 걸린 메뉴를 그저 물끄러미 바라보고 있었다. 나가쓰가 약간 초조해지려고 하는 참에 점원이 새 술병을 가져왔다. 가쓰라기는 자신의 입에 문 담배 연기에 눈을 찌푸리면서 술병으로 손을 뻗었다.

"요컨대, 두 사람은 동창이야."

"응?"

"마키노 교수랑 유카의 남편 온묘지가 대학 동창이라고. 낮에 산책하면서 조사해봤는데, 지금으로서는 접점이 그것뿐이야. 경찰청에서 마키노 교수의 자살을 특별히 눈여겨보는 것 같지도 않아. 문제는 누가 어떤 목적으로 마키노 교수의 딸을 범인으로 지목했는지 정도야."

가쓰라기는 어안이 벙벙해진 나가쓰를 거들떠보지도 않고 술잔을 채웠다. 그리고 평소와 다름없는 따분한 표정으로 술병을 테이블에 놓았다.

"유카의 의뢰는 받아들일 거야. 돈도 이미 받았으니."

"근데 가쓰라기, 그런 편지를 읽고 뭘 알 수 있어? 그냥 장난일지도 모르잖아?"

가쓰라기는 슬며시 눈썹을 들어 올리고 술을 한 모금 마셨다. 그리고 또다시 멍하니 담배 연기의 행방을 눈으로 좇았다.

"글쎄. 하지만 궁금해."

"뭐가?"

"그 딸의 리스트라는 거. 그게 대체 뭔지."

유카는 어디로 갔을까? 국숫집 출입구는 줄곧 닫혀 있었다. 이제 들어오는 손님도 없었고, 점원도 가쓰라기와 나가쓰를 얼른 내보

내려는 심산인지 빈 그릇을 치우러 테이블로 다가왔다. 가쓰라기는 손으로 턱을 괴고 엉뚱한 곳만 마냥 바라보고 있을 뿐이었다.

그 딸의 리스트. 그 익명의 편지를 믿는다면, 그것은 앞으로 흘릴 피의 리스트이기도 했다. 하지만 그렇게 생각한다고 해도 별로 마음에 와닿거나 실감이 나지는 않았다. 나가쓰는 말없이 보리차 컵으로 손을 뻗었다.

"너 오늘 산책하러 간다면서 사무소에서 나가서 뭘 했어?"

"고마바에 갔다가 그다음엔 아자부로 갔지."

"왜?"

가쓰라기는 나가쓰의 눈을 힐끗 보더니 이내 테이블로 시선을 떨어뜨렸다. 그는 잠시 아무 말 없이 술을 음미하다가, 술잔을 내려놓고 바지 주머니에서 꾸겨진 종이쪽지를 꺼냈다.

나가쓰는 눈앞에 놓인 종이쪽지를 펼쳤다. 그곳에는 휘갈긴 글씨로 아자부 고가이초 부근의 주소가 적혀 있었다.

"……이게 뭐야?"

"도서관에서 편람을 조사했더니 마키노 교수의 집 주소 정도를 알아내는 건 일도 아니더라고."

"그럼 너, 마키노 교수의 집에 갔던 거야?"

가쓰라기는 건성으로 고개를 끄덕였다. 그리고 또 담뱃갑으로 손을 뻗었다.

이 남자는 아무리 봐도 알코올과 니코틴만으로 살아가는 게 아닐까 싶었다. 그런데도 공기 맑은 시골에서 나고 자란 여자아이처럼 피부는 뾰루지 하나 없이 깨끗하다. 왜일까? 나가쓰는 머릿속 한구석으로 그런 쓸데없는 생각을 하면서, 성냥을 그어 담배에 불을 붙이는 가쓰라기를 바라보았다.

"그래서 수확은 있었어?"

"아니, 마키노 교수의 딸만 보고 왔어."

"설마 너, 벌써 직접 말을 건 거야?"

"그렇진 않아. 예쁘장한 게 내 취향이라서 말을 걸고 싶긴 했지만. 그 아가씨, 도라지꽃 무늬의 유카타를 입고 마당에서 바람을 쐬고 있더라고."

가쓰라기는 담배 연기를 내뿜으면서 또다시 술병으로 손을 뻗었다. 점원이 계산서를 쟁반에 올려놓고 테이블에 다가와 가볍게 목례를 했다. 하지만 가쓰라기가 움직일 생각을 하지 않으니 어쩔 수 없이 나가쓰는 바지 뒷주머니에서 지갑을 꺼내 지폐와 동전을 세고 쟁반에 올려놓았다.

"남자가 있었어."

"응?"

"마키노 교수의 집에. 내가 그 딸을 바라보고 있었을 때, 집 안에서 남자가 나왔어."

점원이 쟁반을 계산대로 가져갔다. 나가쓰는 점원의 모습을 눈으로 좇으면서 별 뜻 없이 물었다.

"애인인가?"

"아냐. 아마 가족일 거야. 오빠겠지."

나가쓰는 대충 고개를 끄덕이다가 문득 얼굴을 들었다. 가쓰라기는 아무런 표정 변화 없이 담담하게 술을 마시고 있었다.

"하지만 외동딸이라고 들었는데."

"표면상으로는 그렇지."

"잠깐. 그럼 마키노 교수에게 숨겨진 아들이 있고, 그 아들이 지금 자기 여동생이랑 함께 살고 있다는 말이야?"

점원이 영수증과 거스름돈을 가져왔다. 나가쓰가 거스름돈을 지갑에 넣고 그 지갑을 다시 뒷주머니에 찔러 넣는 동안에도 가쓰라기는 아무 말 없이 또 술잔을 채웠다. 한번 마시기 시작하면 한없이 마시는 것이 가쓰라기에게는 평범한 일이었다.

"오빠가 있을 가능성은 충분해."

"뭐, 분명히 마키노 교수에게 불륜 상대가 있다는 소문은 들었지만……."

"성실한 교수라는 평판은 다 거짓말이지."

그렇게 중얼거린 가쓰라기의 옆얼굴은 어째 불쾌한 듯 보였다. 나가쓰는 마키노 교수의 자살에 관한 주변의 소문을 가만히 듣고 있기만 했을 뿐 그 사람의 사생활에는 그다지 흥미를 보이지 않았다. 하지만 새삼 붉은 유카타 허리끈으로 목을 맨 모습을 상상하니 약간 섬뜩한 기분도 들었다.

"하지만 오빠라는 증거는 없잖아?"

"특별히 없지."

"너 또 적당히 끼워 맞추려는 거 아냐?"

"하지만 분명히 오빠야. 딱 보면 감으로 알 수 있어."

가쓰라기는 술잔을 탁 내려놓고 짧아진 담배를 비벼 껐다. 나가쓰는 문득 유카가 걱정되어 출입구 쪽을 뒤돌아보았다. 빨간색 푸조는 가까운 곳에 주차되어 있을 테지만, 왠지 신경이 쓰였다.

"유카 씨, 어디로 갔을까?"

"뭐, 차 안에 있겠지."

가쓰라기는 자리에서 일어섰다. 유카가 국숫집을 나간 지 얼마 되지 않았지만, 매정하기 이를 데 없는 가쓰라기도 마음에 걸리긴 하는 모양이었다.

가쓰라기가 미닫이문을 열고 나가자 나가쓰도 그를 쫓아 나가려다 마키노 교수의 주소가 적힌 종이쪽지를 잊어버렸다는 사실을 깨닫고 다시 테이블로 돌아왔다. 종이쪽지를 챙긴 다음 밖으로 나오자 가쓰라기가 빨간색 푸조 옆에 혼자 서 있었다. 유카는 벌써 가버렸나 싶었지만, 다가가보니 자동차 뒷자리 유리창 너머에서 손으로 얼굴을 가린 그녀의 모습이 보였다.

가쓰라기는 생각에 잠긴 듯한 눈빛으로 나가쓰에게 자동차 열쇠를 건넸다.

"운전 부탁해. 아무래도 유카는 운전할 기분이 아닌가 봐."

"무슨 일이야?"

"글쎄. 뭘 물어봐도 대답이 없어."

나가쓰는 망설이다 푸조의 열쇠를 받아 들었다. 가쓰라기는 자동차 반대편으로 가서 조수석에 탔다. 유카의 마음은 알 수 없었지만, 나가쓰는 최대한 조용히 문을 열고 운전석에 앉아서 뒷자리를 힐끔 보았다. 그녀는 얼굴을 가린 양손을 떼고는 등받이에 머리를 대고 축 늘어진 채 창밖을 말없이 바라보기만 했다.

"어디로 갈까?"

"다카기초로 가자. 길은 알지?"

나가쓰는 고개를 끄덕이고 시동을 걸었다. 이대로 똑바로 혼고 거리까지 간 다음 오차노미즈에서 소토보리 거리를 따라 서쪽으로 향하면 되는 길이었다.

나가쓰는 조수석의 가쓰라기에게 눈길을 주었다가 백미러를 넌지시 보았다. 백미러에 비친 유카의 표정에 왠지 가슴이 미어졌다. 그녀는 여전히 창밖으로 얼굴을 돌린 자세로 눈을 감고 있었고, 눈가에는 눈물이 희미하게 흔들리고 있었다.

아무도 입을 열지 않는 차내의 답답한 공기에다 유카가 뿌린 향수 냄새까지 더해져서 괴로운 기분이 점점 커져갔다. 나가쓰는 핸들을 조작하면서 푸조의 창문을 살짝 열었다. 혼고 거리 왼편을 따라 농학부의 넓은 부지가 펼쳐졌고, 고토토이 거리와의 교차점을 지나자 본부 캠퍼스가 보이기 시작했다. 당당히 서 있는 주철 격자문 너머로 쭉 늘어선 은행나무와 야스다 강당도쿄대학 혼고 캠퍼스의 강당이 들여다보이는 도쿄대학 정문도, 검은 윤기를 머금은 기와지붕이 중후한 느낌을 주는 아카문도, 사람이 지나다니도록 터놓은 쪽문을 빼고는 육중하게 닫혀 있었다.

한 달 전에 이곳에서 목매어 죽은 마키노 교수, 그리고 그의 딸과 경찰청에서 근무하는 온묘지가 어떤 관계인지는 알 수 없었지만, 유카의 침묵과 가쓰라기의 우울해 보이는 옆얼굴은 그것이 예삿일이 아님을 짐작케 했다. 지하철 공사로 길이 혼잡했던 터라 혼고에서 다카기초까지 가는 데 40분이 넘게 걸렸다. 그 사이 무슨 일인지 물어보려고 해도 물어볼 수 없는 나가쓰의 거북함은 점점 더해갈 뿐이었다.

가쓰라기 탐정 사무소가 위치한 낡아빠진 건물로 통하는 골목으로 들어선 때는 10시가 다 되어서였다. 나가쓰는 푸조를 길가에 세우고 엔진을 껐다. 방금까지는 익숙하지 않은 도심을 운전하는 데 정신이 팔려 있어서 몰랐지만, 이렇게 차를 멈추고 보니 차 안의 공기가 더욱 적막하게 느껴졌다.

가쓰라기는 나가쓰를 흘깃 바라보고는 조수석의 문을 열었다. 유카는 그저 가만히 눈을 감은 채 뒷좌석에 몸을 파묻고 있었다. 나가쓰는 그녀에게 말을 걸기가 조심스러워서 잠자코 푸조에서 내렸다. 아직 바깥은 활기에 넘쳤고 일본적십자 거리에 면한 카페에서는 사람들의 웃음소리가 들려왔다.

"미안해."

가쓰라기가 툭 내뱉고는 자동차에서 멀어져갔다. 나가쓰는 창문 너머로 보이는 유카에게 눈길을 한 번 돌렸다가 가쓰라기의 뒤를 따라갔다. 가쓰라기와 유카가 아무 말도 하지 않은 것은 결국 자신이 방해자이기 때문이라는 생각이 들어 찜찜한 기분이었다.

"유카 씨한테 뭐 안 좋은 일이라도 있어?"

"아니, 남편이 걱정되니까 그런 걸 거야. 이상한 편지였잖아."

가쓰라기는 그렇게 대답하긴 했지만 무언가 석연치 않은 듯 깊은 생각에 빠져 있는 눈빛이었다. 나가쓰는 골목 끝을 뒤돌아보았다. 빨간색 푸조는 주인인 유카의 마음도 모른 채 맞은편 집 현관의 조명을 반사하며 매끄럽게 빛나고 있었다.

"그건 그렇고, 마키노 교수 건은 어떻게 할 거야?"

"음, 뭐, 다행히 마키노 교수의 집이 가까우니까. 일단은 주변을 둘러봐야지."

가쓰라기는 카페를 힐끔거리다가 하늘을 올려다보았다. 어느덧 구름이 짙게 드리워져 있어서 또 내일부터 비가 내릴 것 같은 낌새였다.

가쓰라기는 나가쓰의 어깨를 툭 쳤다. 그것은 요컨대 사라지라는 신호이기도 했다.

"자, 오늘은 이만 돌아가. 또 전화할게."

"……응."

"세컨드 교체 계획은 일단 보류하지."

가쓰라기는 가볍게 농담을 던졌지만 그의 표정은 밝지 않았다. 가쓰라기가 이런 무심한 표정을 짓고 있으면서도 내심 유카를 걱정한다고 생각하니, 나가쓰는 왠지 뒤숭숭한 기분이었다. 나가쓰는 별 수 없이 손을 흔들어 인사하고 골목을 걸어나가기 시작했다. 걷다가 뒤를 돌아보니 가쓰라기가 푸조 옆으로 다가가서 창문 쪽으로 몸을 구부리고 있는 참이었다.

결국 이런 식이다. 가쓰라기라는 악마는 유카가 나가쓰에게 마음이 있다는 둥 헛소리를 해댔지만 결과적으로는 늘 이렇게 끝이 나기 마련이었다. 떨떠름한 마음을 떨치지 못한 채 일본적십자 거리를 빠져나온 나가쓰는 호주머니에 무언가 들어 있음을 알아차렸다. 마키노 교수의 주소가 적힌 종이쪽지였다.

나가쓰는 종이쪽지를 돌려주기 위해 왔던 길을 되돌아가서 골목 안쪽을 살폈다. 가쓰라기의 모습은 이미 사라지고 없었다. 낡아빠진 건물이 보이는 위치까지 갔더니 서재 겸 주방의 창문에서 무거운 불빛이 새어 나오고 있었다. 가쓰라기와 유카는 분명히 함께 있을 테지만, 안에서 무슨 일이 벌어지고 있는지 엿볼 수는 없었다.

마음대로 하라지. 어차피 마키노 교수의 주소는 또 도서관에서 조사하면 알 수 있을 터였다. 나가쓰는 어쩐지 마음이 술렁거려 평소보다 훨씬 빠른 속도로 성큼성큼 길을 내려갔다.

가쓰라기는 확실히 얄밉다. 분명히 칠칠하지 못한 친구이지만 나름대로 나가쓰보다 나은 면이 있다는 것은 인정하고 있었다. 그러나 온묘지 유카와 관련되어서는 그렇게 간단하게 결론을 내릴 수가 없었다. 나가쓰는 딱히 유카를 자신의 여자로 삼고 싶다거나 그녀의 세컨드가 되고 싶다는 마음은 없었다. 그렇지만 가쓰라기와 유카를 생각하면 왠지 명치가 꽉 막힌 듯 답답한 기분이 들었다.

나가쓰에게는 현재 좋아하는 여자가 없다. 예전에는 물론 두세 명 정도 있었지만 관계를 진전시키기 힘들었다. 마음에 드는 여자에게 접근하려고 할 때마다 항상 유카의 얼굴이 눈앞에 어른거렸다. 함께 차를 마시고 영화를 보는 상대가 유카 씨라면 지금쯤은……. 항상 이런 식으로 나가쓰는 저도 모르게 엉뚱한 상상을 하고 말았다. 물론 이루어질 수 없는 사람이었다. 온묘지 유카는 유부녀이고 더구나 이미 가쓰라기라는 애인을 품고 있었다.

그렇게 헛된 망상을 하면서 걷고 있자니 가이엔니시 거리가 나왔다. 고개를 들자 큰길을 사이에 두고 맞은편에 어두운 오요코초 자카가 가로등 불빛을 받으며 어슴푸레 드러났다.

마키노 교수의 집이 위치한 고가이초는 그리 멀지 않았고 막차 시간까지는 아직 여유가 있었다. 나가쓰는 횡단보도를 건넌 후 꾸겨진 종이쪽지를 펼치고 주변을 둘러보았다. 그러고 나서 히로오 방면으로 잠깐 걷다가 전봇대의 주소 표시에서 번지를 확인한 후 주유소를 끼고 오른쪽으로 꺾었다. 마키노 교수의 집을 찾아내서 어쩌려는 것인지는 스스로도 알 수 없었다. 하지만 유카를 괴롭히는 그림자가 어떤 것인지는 알고 싶었다.

가이엔니시 거리에서 약간 떨어진 일대는 어둡고 고요했다. 흙으로 쌓아 올린 집 울타리들이 눅눅한 느낌으로 이어져 있었다. 아직 잠들기에는 이른 시간이라 그런지 환하게 불이 켜진 집들이 많았다. 그럼에도 혼자 걷는 나가쓰의 발소리는 골목을 크게 울렸다.

나가쓰는 좁은 언덕을 올라 또다시 번지를 확인하고, 왼쪽 골목으로 더욱 들어갔다. 30미터쯤 들어가자 누군가의 집에 가로막혀 골목이 끝났다. 오른쪽 앞에 보이는 널찍한 간격의 석제 문기둥에 '마키노'라고 쓰인 문패가 걸려 있었다. 낮과 밤의 차이가 있었지만, 그 봉투에 들어 있던 사진에서 본 것과 똑같은 구도였다.

마키노 교수의 집에서 불빛이 새어 나오는 창문은 없었다. 하얀 자갈을 깔아놓은 앞뜰은 잎이 울창한 커다란 벚나무와 단풍나무가 있어서 계절에 따라서는 무척 근사한 풍경이 될 것 같았다. 안쪽 차고에는 차체가 아름답게 반짝이는 짙은 회색 벤츠가 주차되어 있었다.

들어가려고만 하면 얼마든지 들어갈 수 있을 것 같았다. 하지만 나가쓰는 차마 그렇게까지는 할 수가 없었다. 그저 2층짜리 집을 물끄러미 바라보다가 아무런 인기척도 들리지 않자 단념하고 도로 골목을 빠져나왔다. 나가쓰는 어쩐지 왔던 길을 되돌아가기가 껄끄러워서 근처에서 어슬렁거리다가 롯폰기 쪽으로 나가야겠다고 생각했다.

서점에나 들를까? 아니, 그보다 오늘은 술이나 한잔하고 싶은 기분이었다. 니시아자부나 롯폰기 근처의 지리는 잘 모르지만 어디든 상관없었다. 혼자 바에라도 가서 몸 둘 곳 없는 자신의 처지를 조금이나마 달래고 싶었다.

나가쓰가 언덕을 내려왔을 때였다. 왼쪽으로 올라가는 돌계단 하나가 보였다. 좁고 어두워서 근처에 사는 주민들밖에 모를 듯싶은 길이었는데, 방향을 보아하니 분명히 롯폰기로 통할 것 같았다.

쩨 낡은 돌계단은 군데군데 금이 가서 그 사이로 잡초가 자란 상태였다. 오른쪽에는 세월이 느껴지는 돌담이 쭉 늘어서 있었고, 왼쪽에는 철제 난간이 있었다. 나가쓰는 난간을 손바닥으로 가볍게 두드리면서 돌계단을 올랐다. 생각보다 무척 급한 오르막이어서 약간 숨이 찼다. 얼핏 난간 너머를 내려다보자 아래에 늘어선 집들이 의외로 가까웠다. 집들은 나름대로 울타리와 차양으로 가리고는 있었지만, 밤에 커튼 치는 것을 잊어버린다면 집 안이 훤히 들여다보이겠다는 생각이 들 정도였다.

순간 나가쓰는 불현듯 발을 멈췄다. 각도가 다르지만 잘못 본 것은 아니었다. 마키노 교수의 집이 눈에 들어온 것이다. 아래층 창문 중 딱 한 군데의 전등이 켜져 있었다. 대나무 숲으로 살짝 가려져 있었기 때문에 특별히 엿보겠다는 심산이 없다면 알아차리지 못했을 것이다. 게다가 유리창이 반투명이어서 완전히 닫혀 있었다면 아무것도 모른 채 지나쳤을 터였다. 하지만 오늘 밤은 해가 진 후에도 찌는 듯한 더위가 남아 있어서인지 창문이 반쯤 열려 있었다. 방충망은 닫혀 있지만 그래도 욕실 안이 보였다.

여자가—아마도 마키노 교수의 딸일 것이다—알몸으로 작은 의자에 앉아 뒤돌아 있었다. 머리카락을 깔끔히 정리해서 올린 하얀 목덜미, 가녀린 어깨, 등에 옅은 그림자를 드리운 어깨뼈와 등뼈의 곡선, 잘록한 허리가 보여 나가쓰는 침을 꿀꺽 삼켰다. 이제 막 욕조에서 나온 참이었는지 어슴푸레한 빛을 반사하는 피부는 젖은 채 아련한 홍조를 띠고 있었다. 그리고 뒷머리에서 물방울이 뚝뚝 떨어지는 모습까지 또렷이 보이는 듯했다.

그리고 남자가 있었다. 그 남자는 욕실 안인데도 어째서인지 옷을 입고 있었다. 얼굴은 보이지 않았다. 그는 하얀 셔츠의 소매를 걷어붙이고 바가지를 쥐고 있었다. 그는 여자의 어깨와 팔에 따뜻한 물을 끼얹으면서 물에 불린 스펀지로 여자의 피부를 문질렀다. 깨지기 쉬운 물건이라도 다루는 양 섬세하게, 사랑스러운 손놀림으로, 그의 팔에 모든 것을 맡긴 듯한 여자의 몸을 폭신한 비누 거품으로 감추고 있었다.

현기증이 났다. 봐서는 안 될 장면을 본 것만 같았다. 하지만 나가쓰는 그 자리에서 얼어붙은 채 욕실의 조용한 광경에 눈을 돌릴 수가 없었다.

거품으로 감춰진 여자의 피부에 또다시 따뜻한 물이 듬뿍 끼얹어지고, 아까보다 더욱 윤기가 흐르는 여자의 몸이 목덜미 아래로 서서히 드러났다. 그런 환영과도 같은 광경에 사로잡힌 나가쓰의 귀에 갑자기 낯선 남녀의 목소리가 들려왔다. 방금 식사를 마친 커플이 이제 어디로 갈지에 관해 이야기하면서 돌계단을 올라오고 있는 듯했다.

나가쓰는 당황한 나머지 주변을 둘러보았다. 돌계단 아래쪽에서 사람의 그림자를 발견하고는 서둘러 난간에서 몸을 뗐다. 들키면 난처해지겠다는 생각이 들어 가급적 자연스럽게 보이도록 보통 걸음으로 돌계단을 올랐다. 가슴이 진정되지 않았다. 생각지도 못한 광경을 본 탓도 있지만, 무언가 완전히 다른 차원의 불온한 낌새가 느껴졌기 때문이기도 했다.

가쓰라기의 감이 틀리지 않았다면 욕실에 있던 그 남자는 마키노 교수의 숨겨진 아들일 것이다. 살인을 예고한 익명의 편지. 앞으로 흘리게 될 피의 리스트……

　나가쓰는 문득 어두운 돌계단을 뒤돌아보았다. 지금으로서는 모든 것이 억측에 불과했다. 그 편지의 내용이 사실인지 거짓인지도 알 수 없었다. 하지만 한 달 전 마키노 교수의 죽음과 심야에 가까운 시각 그 욕실에서의 광경이 어디에선가 서로 이어져 있는 것 같다는 생각을 억누를 수가 없었다.

3

이부 남매의 수수께끼

가쓰라기에게서 다시 연락이 온 것은 그로부터 1주일 정도 지난
비 오는 금요일 밤이었다. 대학은 여름방학을 코앞에 두고 어쩐지
어수선한 분위기였다. 방학이 시작되면 나가쓰도 당분간 학교 일
에서 해방될 수 있었다. 하지만 그렇다고 해서 딱히 여름방학 계획
을 세워둔 것도 아니었고 딱히 기분이 들뜨는 것도 아니었다. 그저
석연치 않은 기분이 이어질 뿐이었다. 그날 밤에도 나가쓰는 10시
쯤에 겨우 시모키타자와의 집에 도착해서 혼자 느긋하게 영화라도
보면서 마시려고 사 온 캔 맥주를 담은 봉지를 바닥에 내려놓았다.

　집 안의 전등을 켜고서야 자동응답전화의 버튼이 깜빡이는 것을
알아차린 나가쓰는 현관에서 우산에 맺힌 비를 털고 안쪽 방으로
갔다. 메시지는 가쓰라기에게서 온 것이었다. '지금 니시아자부에
있으니까 얼른 오라'는 무뚝뚝한 지시와 함께 바의 상호와 주소가
녹음되어 있었다.

　나가쓰는 피곤했지만 한숨을 내쉬며 바의 주소를 메모한 후 맥

주를 냉장고에 넣었다. 배가 조금 고팠지만 메시지는 20분 전쯤에 녹음된 것이었다. 가쓰라기를 붙잡으려면 서둘러야 했다.

나가쓰는 그날 이후로 항상 눈에 불을 켜고 신문을 훑어보았지만 눈에 띄는 기사는 전혀 없었다. 대학에서도 마키노 교수의 사건은 이미 잊힌 듯 아무런 소문도 들리지 않았다. 나가쓰도 그 편지가 사실인지 거짓인지 확실히 알 수는 없었으나, 가쓰라기가 새로운 정보를 찾아냈을지도 모른다고 생각하니 마음이 급해졌다.

전철을 타고 시부야까지 가서 신바시행 심야 버스에 올랐다. 비가 오는 밤이었지만 금요일이라 그런지 역 주변은 매우 혼잡했다. 시원한 버스 내부도 어딘가로 놀러 가는 남녀의 젖은 머리카락 냄새와 머스크계나 시트러스계가 잡다하게 섞인 향수 냄새 때문에 숨 쉬기가 힘들 지경이었다.

나가쓰는 다카기초 부근에서 시계를 힐끔 보았다. 가쓰라기도 나가쓰와 마찬가지로 휴대폰을 들고 다니지 않는 별종이라서, 가쓰라기가 이미 바에서 떠났다면 더 이상 그를 따라잡을 방도가 없었다. 나가쓰는 그런 초조함을 느끼며 니시아자부 교차로 앞에서 버스를 내렸다. 그리고 우산을 펼치고 바의 주소가 적힌 메모를 꺼냈다. 바는 가이엔니시의 큰길에 면한 건물의 지하에 있어서 비교적 금방 찾아낼 수 있었다.

하지만 아니나 다를까, 널찍하고 어두운 바에 가쓰라기의 모습은 없었다. 그곳은 꽤 인기 있는 바인 모양인지 수많은 사람들로 시끌벅적했다. 나가쓰는 어쩔 수 없이 다시 한 번 음성사서함을 확인해보려고 출입구 옆의 공중전화로 향했다. 그런데 그 순간, 뒤에서 누군가가 말을 걸어왔다.

"나가쓰 씨 되십니까?"

흠칫 놀라 뒤돌아보니 백발이 섞인 머리카락을 짧게 깎은 찌뿌둥한 얼굴의 바텐더가 표정 없는 눈으로 나가쓰를 지그시 바라보고 있었다. 손님에게 말을 건다고 하기에는 약간 당돌하고 무례한 느낌이었다.

"네, 맞습니다만, 무슨 일인가요?"

"게이타가 전해달랍니다. 다음은 이곳으로 가시라고요."

바텐더가 쑥 내민 쪽지를 보자, 그곳에는 또 다른 클럽의 상호와 전화번호 그리고 주소가 적혀 있었다. 이런 비 오는 밤에 가쓰라기의 지시에 이리저리 휘둘리는 자신이 한심하다고 느끼면서 나가쓰는 바텐더를 쳐다보았다.

"언제 여기에서 나갔나요?"

"20분쯤 전이에요. 여기에서 가까운 곳이니까 지금 가면 늦진 않겠죠."

나가쓰는 순순히 고개를 끄덕였지만 어쩐지 수상쩍은 느낌도 들었다. 무엇보다 이 퉁명스러운 바텐더의 표정과 태도가 마음에 들지 않았다.

"죄송한데요, 가쓰라기와는 아는 사이입니까?"

"알지요. 한동네 사니까요."

"제 얼굴은 어떻게 알아보신 거죠?"

바텐더는 그 질문에 무슨 생각인지 나가쓰의 손에서 쪽지를 가볍게 낚아채서 뒤집어 보여주었다. 나가쓰는 그것을 본 순간 얼굴이 달아오르고 말았다.

쪽지 뒷면에는 가쓰라기가 휘갈겨 그린 나가쓰의 캐리커처가 있었다. 키가 큰 탓에 무심결에 구부정한 자세를 취하고 마는 어깨선, 바빠지면 덥수룩하게 자라는 수염, 오늘 입고 있는 구겨진 셔츠 차림까지 완벽할 만큼 정확한 캐리커처였다.

"그렇군요. 번거롭게 해드려서 죄송합니다."

나가쓰는 더듬더듬 인사하고 쪽지를 호주머니에 쑤셔 넣었다. 가쓰라기를 상대하다 보면 무엇이 진지한 말이고, 무엇이 농담인지 도저히 구분하기 힘들었다. 바텐더는 그제야 싱긋 웃으며 나가쓰의 어깨를 톡 쳤다.

"서두르는 게 좋아요. 안 그러면 미인이 사라질 테니."

"미인요?"

"유카는 아니지만, 아무래도 게이타가 쫓아다니는 여자 같더군요."

바텐더는 그렇게 말하고 의미심장하게 또 한 번 싱긋 웃었다. 나가쓰는 유카의 이름을 허물없이 부르는 상대방의 말투에 울컥했지만 꾹 참고 감사의 인사를 중얼거렸다. 바에서 나오자 비는 더욱 거세게 내리고 있었다. 이대로라면 곧 천둥이 칠 것만 같았다.

나가쓰는 교차로 앞에서 택시를 잡고 쪽지에 쓰인 주소를 운전사에게 말했다. 생각보다 가까운 곳이어서 롯폰기 거리의 신호를 겨우 세 번 정도 지나친 곳에서 택시가 멈췄다. 나가쓰는 비에 젖은 바지 뒷주머니에서 지갑을 꺼낸 후, 운전사가 가리키는 골목 안쪽을 바라보았다. 불이 꺼진 거대한 건물 입구 앞에 사람들이 모여 있는 것이 보였다.

골목의 어느 곳을 둘러보아도 클럽의 간판은 보이지 않았다. 하지만 주소가 틀리지는 않았던 모양이었다. 지나가는 미성년자처럼 보이는 남자에게 물어보니 그곳이 그 클럽이 맞다는 대답이 돌아왔다. 나가쓰는 자신이 그 장소에 약간 어울리지 않는다는 기분을 느끼며 입구의 커다란 유리문을 밀었다. 폐업한 온천 호텔의 로비처럼 보이는 곳을 지나 안쪽에 위치한 계단을 통해 지하 1층으로 내려갔다. 나가쓰는 비에 젖어 무거워진 우산을 점원에게 맡기고 음료 가격이 포함된 클럽의 입장권을 구입했다.

심홍색 벨벳이 덮인 두꺼운 출입문을 열자 갑자기 밀려드는 테크노 음악의 굉음으로 머리가 아찔해졌다. 게다가 담배 연기인지 뭔지 모를 짙은 연기와 이국적인 향기, 사람들이 내뿜는 열기에 익숙하지 않은 나가쓰는 금세 숨이 막혀왔다. 핑크와 블루의 난잡한 조명, 형형색색으로 머리카락을 물들이고 어깨를 드러낸 채 어지럽게 오가는 야행성 인간들 사이에서 정신을 차리지 못하고 있는 사이, 갑자기 누군가가 자신의 팔꿈치를 꽉 붙잡았다.

"어이, 아저씨, 정신 차려."

나가쓰는 들려오는 말이 무슨 뜻인지 알아듣지도 못한 채 눈을 이리저리 굴리고 있었다. 자욱한 연기에 뒤덮인 몽롱한 시야와 고막을 쿵쿵 뒤흔드는 강렬한 자극에 차라리 울고 싶은 심정이었다.

"아, 가쓰라기로구나."

나가쓰는 이 순간 나타난 가쓰라기가 마치 구세주처럼 보였다. 가쓰라기는 평소와 다름없는 셔츠와 하얀 마 바지에 짙은 갈색 허리띠를 맨 차림이었고, 이 혼돈스러운 굉음과 색채와 냄새도 전혀 개의치 않는다는 표정이었다.

"뭐 좀 마실래?"

"……응?"

"기다려. 일단 정신 좀 차리게 한잔하자."

가쓰라기는 나가쓰의 손에서 음료 교환권을 낚아채고 북적이는 사람들 사이로 사라졌다. 나가쓰는 드디어 의지할 사람이 나타났다는 느낌에 다소 안심했지만, 그래도 여전히 안절부절못하면서 또다시 주변을 두리번거렸다.

클럽은 지상 1층부터 지하 2~3층까지 쭉 연결되어 있는 모양인지 아주 넓어 보였다. 출입문 오른쪽의 올라가는 통로와 출입문 왼쪽의 내려가는 통로는 미묘한 경사를 이루며 이어져 있었고, 사람들이 도대체 어디로 향하는지 신기할 만큼 끊임없이 이동하고 있었다. 나가쓰는 다른 사람과 어깨와 팔이 부딪힐 때마다 일일이 사과하면서 일단 벽 쪽으로 물러났다.

클럽은 천장까지 훤히 트인 구조였다. 검은색 돔 모양의 천장에는 조명이 꺼진 거대한 샹들리에가 달려 있었다. 그 아래로는 사람들로 혼잡한 넓은 플로어가 눈에 들어왔다.

클럽 한쪽에는 칸막이로 구분된 작은 방들이 길게 늘어서 있었고, 각 방에는 창문이 하나씩 달려 있었다. 자욱한 연기 때문에 아픈 눈을 비비면서 발광 물질이 떠다니는 밤바다 같은 내부를 둘러보고 있자니, 맞은편 여기저기 흩어져 있는 작은 방들의 창문을 통해 그 안에 진을 치고 앉아 있는 사람들의 모습이 어렴풋이 보였다. 창문 너머로 들여다보이는 방 안에서는 수상쩍은 눈빛의 남녀들이 테이블을 앞에 두고 서로 꼭 들러붙어 앉아 플라스틱 컵이나 술병을 손에 들고 멍하니 담배를 빨고 있었다.

"야, 얼른 받아."

나가쓰가 뒤를 돌아보자, 가쓰라기가 귀찮다는 듯한 표정으로 플라스틱 컵을 나가쓰의 어깨 쪽으로 내밀고 있었다. 컵 안의 액체가 블랙 라이트에 반사되어 푸르스름하게 빛났다.

"이쪽으로 와. 이쪽이 더 잘 보여."

가쓰라기는 컵을 건네받은 나가쓰를 재촉하며 어두운 통로를 올라갔다. 나가쓰는 맨살을 드러낸 여자들과 팔이나 가슴팍에 문신을 새긴 남자들이 끊임없이 내려오는 인파를 헤치면서 컵의 내용물을 단숨에 들이켰다.

금세 혀가 뜨거워져서 나가쓰는 또다시 숨이 턱 막혔다. 쓰디쓴 진이 빈속에 질금질금 배어들수록 이마가 뜨겁게 달아올랐다. 하지만 가쓰라기는 그런 나가쓰에게 눈길을 주기는커녕 반대편에서 밀려드는 사람들마저 전혀 아랑곳하지 않고 오로지 통로 끝을 향해 거침없이 나아갈 뿐이었다.

나가쓰도 겨우 정신을 차리고 인파를 휘저으며 가쓰라기의 뒤를 따라갔다. 통로 끝은 막다른 곳이었는데, 그 왼쪽에 거대한 샹들리에를 향해 돌출된 형태로 또 다른 작은 플로어가 있었다. 낡은 소형 그랜드피아노가 그 중앙에 자리 잡고 있었고 의자와 테이블도 난간을 따라 늘어서 있었는데, 지금은 사용하지 않는 장소인 듯했다. 출입 금지를 알리는 굵은 쇠사슬이 둘러쳐져 있는 곳 옆에서 어깨와 팔 근육이 우락부락한 깡패 같은 남자가 경비를 서고 있었다.

그런데 가쓰라기가 가볍게 손을 들자 그 남자는 조용히 고개를 끄덕이고는 쇠사슬의 한쪽을 풀어주었다. 그리고 가쓰라기의 귓가에 무언가를 중얼거리며 나가쓰를 힐끗 노려보고 턱으로 들어가라고 지시했다. 나가쓰는 약간 망설이면서 가쓰라기의 소매를 잡아당겼다.

"너, 이런 데서도 인맥이 있어?"

"뭐, 일종의 길드 같은 거지."

가쓰라기는 남자에게 가볍게 목례하고 플로어의 난간을 향했다. 분명히 여기서는 작은 방들의 창문과 아래쪽의 플로어가 꽤 잘 보였다. 가쓰라기는 잠시 우울한 눈으로 어딘가 한 지점을 멍하니 내려다보다가 바지 주머니에서 작은 단안경을 꺼냈다.

"저 창문 좀 봐."

"어디?"

"저기. 플로어 아래쪽의 내려가는 통로에서 세 번째."

나가쓰는 검은 가죽 끈이 달린 단안경을 건네받고 그 창문을 엿보았다. 처음에는 통로를 오가는 사람들과 혼동되어 분간할 수 없었지만, 저 멀리 아래쪽의 작은 창문 너머 칸막이 방 안에 앉은 사람들이 보였다.

남자가 두 명. 둘 다 검은색 복장에 나이는 30대 중반에서 후반인 듯했다. 어떤 일을 하는 사람인지는 나가쓰도 판단하기 어려웠지만, 이런 장소에 올 정도면 일단 건실한 직업을 가진 사람들은 아닌 듯했다.

그리고 두 남자 사이에 여자가 있었다. 남자들에 비하면 매우 젊은 여자였다. 검은빛이 감도는 짙은 와인색 립스틱을 바른 입술은 어딘지 독을 품은 듯 보였다. 여자는 축 늘어진 채 허벅다리에 양손을 올려놓고 있었고, 양손 끝에는 입술과 비슷한 색의 매니큐어가 칠해져 있었다.

남자들은 웃고 있었다. 한 남자는 여자의 어깨에 팔을 둘렀고, 다른 한 남자는 여자의 무릎에 손을 올려놓고 무언가 여자의 귀에 속삭였다. 그러자 여자는 검은 캐미솔을 내려 어깨를 드러내고 기다란 머리카락을 살짝 흩트리면서 마치 잠들듯이 한쪽 남자의 가슴에 머리를 기댔다. 어쩌면 술에 심하게 취해 있거나 무슨 약을 먹었을지도 몰랐다. 어느 쪽이든 온전한 상태가 아닌 것은 확실했다.

"저 여자는 누구야?"

"마키노 교수의 딸이야."

나가쓰는 움찔했다. 가쓰라기가 마키노 교수의 딸을 쫓아 여기까지 왔다는 사실은 당연히 알고 있었지만 상상하던 것과는 사뭇달랐다. 방 안의 남자 중 한 명이 여자의 턱을 들어 올려 살짝 벌려진 여자의 입술에 혀를 휘감았다. 그것이 신호탄이 되었는지 또 다른 남자가 여자의 무릎에서 허벅지로 손을 미끄러지듯 옮기며 피부의 미묘한 부분을 더듬기 시작했다.

여자는 남자들이 하고 싶어 하는 대로 내버려둔 채 축 늘어져서는 눈을 감고 있었다. 오히려 스스로 나서서 무릎과 입술을 벌리고 남자들을 유혹하는 듯도 했다. 나가쓰는 차마 볼 수 없는 심정이 되어 가쓰라기에게 눈을 돌렸다.

"저거 대체 뭐 하는 짓이야?"

"지금까지 쭉 저런 상태야. 아까랑은 상대하는 남자가 달라졌지만."

작은 창문을 내려다보는 가쓰라기의 눈은 어쩐지 우울해 보였다. 나가쓰는 지금 눈앞에 보이는 광경과 줄기차게 울려 퍼지는 테크노 음악 때문에 희미한 두통을 느끼면서 또 목소리를 내질렀다.

"제대로 설명해봐. 상대하는 남자가 달라졌다는 게 무슨 뜻이야?"

"몰라. 앞에 있던 바에서부터 쭉 지켜봤는데, 함께 있던 남자가 나가고 나서 저 두 남자가 들어왔어. 그때부터 줄곧 저런 상태야."

"그뿐이야? 그럼 처음의 남자는 어디로 갔어?"

나가쓰가 그렇게 큰 소리로 외치는 순간, 가쓰라기가 느닷없이 어딘가로 신경을 곤두세웠다. 가쓰라기는 허약해 보이는 외견과 달리 시력과 반사 신경만큼은 수렵민족 못지않았다.

"저길 봐."

"어디?"

"처음의 남자가 돌아왔어."

나가쓰는 황급히 단안경을 눈에 대고 마키노 교수의 딸이 있는 방을 찾았다. 난잡하고 어지럽게 반사되는 조명 속에서 흔들리는 사람들의 그림자가 보인다고 생각한 순간, 또다시 가쓰라기가 나가쓰의 팔을 붙잡았다. 그 바람에 단안경의 끝이 눈알을 찔러 나가쓰는 엉겁결에 비틀거렸다.

"가자. 꾸물거리지 말고."

"잠깐. 눈에서 별이 보여……."

"엄살 좀 부리지 마. 두고 가버리기 전에."

가쓰라기는 얼른 나가쓰의 팔을 놓고 플로어의 출구로 향했다. 나가쓰는 아픈 눈을 문지르며 그 뒤를 쫓았다. 건장한 깡패 같은 남자 옆을 지나 아까보다 더 혼잡해진 좁은 통로를 휘저으며 내려갔다. 이미 나가쓰의 시야에서 가쓰라기의 뒤통수는 사라졌다. 통로의 공기도 심하게 나빠서 다시 숨이 막혀왔다.

겨우 클럽 출입문 옆을 지나 더 아래로 내려가려던 참에 가쓰라기가 올라왔다. 가쓰라기는 북적이는 사람들 속에서 평소와 달리 긴장한 눈빛으로 나가쓰에게 다가와 또다시 나가쓰의 팔을 꽉 붙잡았다.

"여자가 안 보여. 처음에 같이 있던 남자가 벌써 여자를 데리고 밖으로 나갔을지도 몰라."

"아까 그 두 남자는?"

"신경 쓰지 마. 바에서 우연히 어울리게 된 녀석들일 뿐이야."

가쓰라기는 날카롭게 말하고 나가쓰를 출입문으로 끌고 갔다. 사정은 전혀 알 수 없었지만, 가쓰라기는 초조함에 사로잡힌 듯 보였다. 나가쓰는 어쨌든 그 혼잡한 곳에서 벗어날 수 있다는 데 안도하면서 출입문 옆에서 맡겨놓았던 우산을 받았다. 손목시계를 힐끔 보니 이미 새벽 1시를 넘어선 시각이었다. 가쓰라기는 벌써 건물 1층 플로어로 나가는 계단을 오르고 있었다. 나가쓰는 우산을 겨드랑이에 끼고 잰걸음으로 그 뒤를 쫓았다.

바깥에서는 빗발이 몰아치고 있었다. 이 일대는 전철의 막차가 끊긴 시각에도 사람들로 노상 붐비는 곳이었다. 하지만 오늘 밤에는 비가 오는 탓인지 거리를 다니는 사람의 모습은 드문드문 보이는 정도였고, 롯폰기 거리를 지나는 택시와 자동차가 물보라를 세차게 날리고 있을 뿐이었다.

가쓰라기는 우산도 쓰지 않고 이미 골목 어귀까지 나가 있었다. 좌우를 둘러보면서 마키노 교수의 딸이 사라진 방향을 살펴보려는 듯했다. 나가쓰가 간신히 가쓰라기를 따라잡아 우산을 씌워주려던 순간이었다. 갑자기 여자의 날카로운 비명 소리가 들려왔다.

"저기다."

가쓰라기가 달리기 시작했다. 롯폰기 거리와 나란히 뻗은 고가

도로가 횡단보도와 교차하는 지점에 남자와 여자의 모습이 보였다. 다시 한 번 비명이 울렸다. 나가쓰는 달리면서 도로의 맞은편에서 똑같이 달려오는 사람의 그림자를 보았다.

순경이었다. 100미터도 채 떨어지지 않은 지점에 아자부 경찰서가 있었는데 그 앞에서 보초를 서던 순경이 여자의 비명 소리를 듣고 달려온 것 같았다.

횡단보도의 신호등은 빨간불이었다. 빠른 속도로 오가는 자동차를 앞에 두고 횡단보도 앞에 멈춰 선 가쓰라기는 초조하게 도로의 건너편을 바라보고 있었다. 여자의 비명은 이미 사그라들었지만 순경은 그 남녀를 반대편 인도의 조명이 꺼진 꽃가게 처마 밑으로 데려가 무언가 말다툼을 하는 듯했다.

비명의 주인공은 조금 전 나가쓰가 단안경 너머로 본 검은 캐미솔의 여자였다. 그녀는 땅에 쭈그려 앉아 고개를 푹 숙이고 양손으로 어깨를 감싸고 있었다. 그리고 곁에 있던 남자는 허름한 청바지와 하얀 셔츠를 완전히 비에 적신 채, 순경에게 잡힌 팔을 뿌리치면서 무언가 항의하는 듯 보였다.

나가쓰가 그 광경을 바라보고 있자니 신호가 드디어 파란불로 바뀌었다. 가쓰라기는 잠자코 있으라고 말하려는 듯이 가볍게 나가쓰의 어깨에 손을 댔다. 그리고 천천히 넓은 횡단보도를 건너갔다. 순경과 남자의 언쟁이 점차 가까이 들렸다.

"어, 너 고스케 맞지?"

가쓰라기가 그 남자를 그렇게 부르자 하얀 셔츠의 남자는 흠칫 놀라는 눈치였다. 그는 날카로운 눈빛으로 능글맞은 침입자를 쏘아보았다. 그런 눈빛에 아랑곳하지 않고 가쓰라기는 태연한 표정으로 처마 밑의 세 사람에게 다가갔다.

"이런 데서 뭐 하는 거야?"

나가쓰는 조마조마한 마음으로 지켜보고 있었다. 남자는 비교적 교육을 잘 받고 자란 듯한 단정함이 표정과 몸짓에 묻어났지만, 골똘히 생각하는 모양새가 왠지 위험한 인물처럼 보였다.

먼저 반응을 보인 사람은 순경이었다. 경찰봉을 꽂은 허리춤에 잠시 손을 대며 가쓰라기를 노려보던 순경은 이내 얼빠진 목소리를 내뱉었다.

"어라, 가쓰라기 씨 아닙니까?"

"안녕하세요. 오랜만입니다."

"그건 제가 드릴 말씀입니다. 히야, 이런 데서 다 만나다니."

또 그 길드의 인맥이로군. 나가쓰는 그렇게 생각하면서 하얀 셔츠의 남자와 순경을 번갈아 바라보았다. 험악하던 순경의 눈빛은 금세 서글서글해졌고, 하얀 셔츠의 남자도 당황스러운 나머지 방금까지 불같이 화내던 일마저 잊어버린 모양이었다.

"오늘 여기는 웬일이세요? 친구분이랑 한잔하셨나요?"

"네. 근데 저는 이 녀석, 고스케와도 아는 사이거든요. 이 녀석한테 무슨 문제라도 있나요?"

가쓰라기는 태연하게 말하면서 하얀 셔츠의 남자 옆에 섰다. 고스케라고 불린 그 남자는 그저 입술을 굳게 다물고 땅만 바라볼 뿐이었다.

"아, 이 아가씨한테 난폭한 짓을 한 모양이어서……."

"저는 이 아이의 오빠입니다. 방금도 그렇게 말했잖아요."

남자는 말리려는 가쓰라기를 뿌리치면서 순경에게 대들려고 했다. 흥분을 잘하는 성격인 듯했다. 그러나 가쓰라기는 이런 상황과 어울리지 않는 여유로운 말투로 순경과 남자 사이에 끼어들었다.

"자, 고스케, 진정해. 단순한 오해일 거야."

"……뭡니까?"

"진정 좀 하라고. 애도 참 힘든 녀석이네."

가쓰라기는 다 이해한다는 듯한 말투로 자연스럽게 하얀 셔츠의 남자를 뒤로 밀치고 순경과 마주했다. 그리고 나가쓰가 어이없어 할 만큼 착한 청년의 얼굴로 가장하고, 애원과 위협을 섞은 거짓말을 하기 시작했다.

"이 녀석은 고등학교 동창입니다. 사정은 제가 알고 있는데, 이 녀석의 여동생은 자주 가출 소동을 일으켜요. 뭐, 난폭한 짓처럼 보였을 수도 있겠지만, 실은 좋은 녀석입니다."

"하지만 가쓰라기 씨……."

"이 녀석의 신원은 제가 보증하겠습니다. 뭔가 꺼림칙하시다면 온묘지 씨에게 문의해도 괜찮습니다만, 오늘 밤은 이 정도로 끝내 주시죠."

순경은 방금 전까지 남자를 몰아붙이다가 바로 물러서면 체면이 서지 않는다고 생각해서인지 쉽사리 태도를 바꾸려고 하지 않았다. 하얀 셔츠의 남자는 가쓰라기의 거짓말을 어떻게 받아들였는지 몰라도 그저 잠자코 고개를 숙이고 있었다. 잠시 후 순경은 가벼운 한숨을 내쉬고는 떨떠름하게 웃었다.

"알겠습니다. 가쓰라기 씨가 그렇게까지 말씀하신다면야 틀림없겠지요."

"이 신세는 꼭 갚겠습니다. 조만간 인사드리러 가겠습니다."

순경은 고개를 끄덕이고 검은 캐미솔의 여자를 힐끗 보았다. 마키노 교수의 딸은 아직 땅에 쭈그려 앉은 채 빗방울이 묻은 어깨를 감싼 자세로 떨고 있었다. 순경의 미간이 다시 한 번 찌푸려졌지만, 가쓰라기가 가볍게 인사하는 것을 신호로 순경은 '앞으로 조심하라'는 틀에 박힌 경고의 말을 남긴 채 빗속을 잰걸음으로 달려 경찰서 방향으로 되돌아갔다.

하얀 셔츠의 남자는 비로소 가쓰라기에게 눈길을 주고는 곧이어 나가쓰도 힐끔 보았다. 키와 몸집은 가쓰라기와 비슷했지만, 눈빛과 눈썹 주변은 어둡고 날카로운 인상이어서 거친 성격임을 짐작케 했다. 하지만 남자는 방금의 언동이 부끄러웠는지 말투가 약간 누그러져 있었다.

"고맙습니다. 어떤 분이신지는 모르겠지만, 덕분에 살았습니다."

"난처한 상황에서는 서로 도와야죠. 저도 이전에 범인으로 몰린 적이 있어서요. 그래서 그 순경과 안면을 텄지요."

'거짓말도 잘하네'라고 나가쓰는 생각했지만, 그와 동시에 감탄스러웠다. 가쓰라기는 믿음직스러움과 미덥지 못함 사이의 미묘한 선을 아슬아슬하게 타면서, 항상 상대방이 알아차리지 못하는 사이에 보기 좋게 상대방을 속이고 빠져나갔다. 강력한 후원자의 섹스 파트너라는 지위에만 만족하며 살기에는 아까운 재능이었다. 하얀 셔츠의 남자는 이 정체를 알 수 없는 상대방에게 그다지 경계심을 품지 않는 듯했다.

"……그런데 고스케는 누구인가요?"

"긴다이치 고스케작가 요코미조 세이시의 작품인 《긴다이치 고스케》 시리즈에 등장하는 유명한 탐정. 소년탐정 김전일의 할아버지요. 저는 김전일보다 할아버지가 좋더라고요."

가쓰라기의 자못 진지한 척하는 발언에 남자가 처음으로 웃음을 보였다. 그러나 웃음이라고 해도 입가를 살짝 올린 것뿐이었고, 그는 곧바로 여자 옆에 무릎을 숙여 앉았다. 나가쓰는 성질이 포악해 보여도 근본은 별로 나쁘지 않은 남자일지도 모른다고 생각했다.

"카나, 집에 가자."

여자는 아무런 대답도 하지 않고 마냥 쭈그려 앉아 있을 뿐이었다. 이마와 팔에 들러붙은 젖은 머리카락과 하얀 무릎에 맺힌 물방울이 잘게 떨리고 있었다. 그것을 바라본 나가쓰는 가벼운 현기증을 느꼈다. 욕실에서의 광경이 또렷이 되살아났기 때문이었다.

하지만 하얀 셔츠의 남자가 여자의 등을 만지는 순간, 나가쓰의 몽상은 저 멀리 날아갔다. 떨리는 어깨를 가만히 감싸고 있던 여자가 갑자기 일어서더니 놀랄 틈도 없이 도로를 향해 내달리기 시작한 것이다. 날카로운 자동차 경적 소리와 함께 남자의 다급한 외침도 뒤따랐다.

"이 바보야, 거기 서!"

나가쓰는 거의 반사적으로 우산을 내팽개쳤다. 급브레이크 소리가 나고 누군가의 욕설이 거리에 울려 퍼졌다. 하얀 셔츠의 남자는 여자의 두 손목을 붙잡고 미친 듯이 날뛰는 그녀의 몸을 필사적으로 누르고 있었다.

여자는 아무 말 없이 그저 발버둥 치면서 격한 숨을 내쉬고 있었다. 멍하게 멈춰 선 나가쓰와는 달리 가쓰라기는 빠른 걸음으로 여자에게 다가갔다. 하얀 셔츠의 남자에게서 도망치려는 여자의 어깨에 팔을 두른 가쓰라기는 무슨 생각인지 그녀의 머리를 가슴으로 꽉 끌어안았다.

"약은요?"

하얀 셔츠의 남자는 허를 찔린 듯한 모습으로 가쓰라기를 가만
히 바라보았다. 또 자동차 경적 소리가 울렸다. 가쓰라기는 남자를
재촉하듯이 목소리를 높였다.

"약은 있냐고 묻는 겁니다."

"……집에 가면 있어요."

"그럼 얼른 택시를 잡으세요."

남자의 눈이 험악해졌다. 금세 가쓰라기에 대한 의심과 경계가
피어오른 것 같았다. 여자는 부자연스러운 모습으로 팔다리에 경
련을 일으켰고, 처음 보는 사람의 가슴에 버둥거리며 이마를 가져
다 댔다. 남자는 그래도 꽉 잡은 그녀의 손목을 놓지 않고 낮게 깐
목소리로 말했다.

"카나는 제 동생입니다. 남의 지시는 받고 싶지 않군요."

"단둘이 있으면 안 됩니다. 이 여자분은 당신을 두려워하고 있어
요."

"무슨 말이 하고 싶은 겁니까?"

"제 여동생은 죽었습니다. 그래서 저는 이 상황이 무서워요."

남자는 흠칫 놀란 듯했다. 가쓰라기에게 죽은 여동생이 있었다
는 말은 나가쓰도 금시초문이었다. 하지만 하얀 셔츠의 남자를 바
라보는 가쓰라기의 창백한 얼굴은 그 말이 진심일지도 모른다고
느끼게 했다.

곧이어 가쓰라기는 나가쓰를 힐끔 올려다보았다. 나가쓰는 망설
임 없이 고개를 끄덕이고 굴러다니는 우산을 주워 세 사람에게 씌

위준 후 택시를 손으로 불렀다. 남자는 눈을 내리깔고 여자의 손목을 잡은 채 말없이 우두커니 서 있었다.

간신히 택시 한 대가 멈췄다. 가쓰라기는 여자의 머리를 감쌌고, 그녀도 이제 힘이 빠졌는지 그저 축 늘어진 채 가쓰라기의 가슴에 몸을 맡기고 있었다. 택시의 문이 열리자 가쓰라기는 남자에게 침착하게 물었다.

"집은 어디인가요?"

"요 근방입니다. 고가이초예요."

"괜찮으시다면 저도 함께 가겠습니다. 아마도 다른 사람이 있어야 안정을 유지할 수 있을 것 같군요."

나가쓰는 또 흠칫 놀랐다. 가쓰라기는 선의의 제삼자로 위장해서 도박을 시도하고 있었다. 그 말이 통했는지, 남자는 시선을 딴데로 돌리고 희미하게 고개를 끄덕였다. 그의 대답이 아주 흐릿하게 흔들렸다.

"원하시면 그렇게 하세요. 저도 오늘 밤은 조금 힘들어서……."

남자는 말끝을 흐렸다. 가쓰라기는 가볍게 고개를 끄덕이고 그에게 택시 뒷자리를 권했다. 나가쓰는 조수석에 탔고, 가쓰라기는 여자의 어깨를 감싼 채 남자 옆에 타고는 운전사에게 아자부 고가이초로 가달라고 말했다.

마키노 카나는 완전히 넋을 놓은 상태였고, 택시 안은 이상하리만큼 고요했다. 교차로 주변의 도로가 막히는 탓에 택시는 가다 서다를 반복했다. 차체를 때리는 빗소리와 유리창을 닦는 와이퍼 소리만이 몹시 또렷하게 귀에 꽂혔다. 나가쓰는 갑작스러운 전개에 불안을 느끼면서 백미러로 눈길을 주었다. 하얀 셔츠의 남자는 오른손을 입가에 대고 물끄러미 창밖을 바라보고 있었다.

나이는 아마도 가쓰라기와 비슷할 것이다. 스물대여섯 살쯤이라면 아무리 인생을 다 알고 있다는 표정을 짓고 있다 해도 아직은 미숙함이 넘쳐나는 나이다. 하지만 이 남자는 어딘가 달랐다. 눈빛과 입가, 그리고 손끝까지 어두운 무언가로 덮여 있는 느낌이었다.

그러고 보니 아직 남자의 이름도 물어보지 않았다. 가쓰라기도 도대체 무슨 생각인지, 속내를 숨긴 채 뒷자리에 멀거니 앉아 있을 뿐이었다. 나가쓰는 거짓인지 진실인지 모를 가쓰라기 게이타의 말에 따라 자신의 위태로운 부분을 순순히 내맡긴 남자에게 약간 꺼림칙함을 느끼며 시선을 정면으로 되돌렸다. 택시는 이미 교차로에서 왼쪽으로 꺾어 바로 1주일 전에 나가쓰가 헤매던 길을 따라 마키노 교수의 집으로 향하고 있었다.

하얀 셔츠의 남자는 낮은 목소리로 방향을 무뚝뚝하게 지시했다. 택시는 언덕을 올라 조용한 골목 앞에서 멈췄다. 가쓰라기의 이 상야릇한 도박도 여기에서 마키노 카나와 남자가 내리면 끝날 참이었다.

하지만 뒷자리에서 어떤 무언의 합의가 이루어졌는지 먼저 가쓰라기가 여자의 어깨를 감싼 채 내리더니, 남자가 요금을 지불한 후 뒤따라 내렸다. 나가쓰는 반쯤 당황하면서 택시 문을 열어젖혔다.

빗줄기는 약간 잦아들었다. 남자는 녹초가 된 듯한 몸짓으로 이마에 들러붙은 머리카락을 떼어내며 어두운 눈길로 가쓰라기를 바라보았다.

"이쪽으로 오십시오. 이 골목의 끝입니다."

남자는 등을 약간 구부리고 발을 질질 끌듯이 걸어갔다. 나가쓰는 가쓰라기를 잠깐 쳐다봤다가 이내 고개를 푹 숙인 여자에게 시선을 옮겼다. 젖은 머리카락이 뺨과 목덜미를 감추어 그녀의 얼굴은 거의 보이지 않았지만, 더 이상 입을 열 기력이나 눈꺼풀을 들어 올릴 힘도 남아 있지 않은 듯했다.

"이봐, 가쓰라기……."

가쓰라기는 주저하는 나가쓰에게 가볍게 고개를 끄덕여 보이고는 여자의 어깨를 감싼 채 골목 끝으로 걸어가기 시작했다. 이제 여기까지 온 이상, 상황의 흐름에 몸을 맡길 수밖에 없을 듯했다.

어두운 현관 앞에 둔탁한 조명이 켜졌다. 남자가 뒤돌아보며 세 사람을 기다리는 모습이 그 조명을 받아 어두운 그림자를 드리웠다. 마키노 교수의 집은 분명히 활짝 열렸지만, 나가쓰는 기묘한 흥분과 동시에 일말의 불안도 느꼈다.

4

우울증에 걸린 미모의 탐정

여자를 데리고 2층으로 올라간 남자는 좀처럼 돌아올 줄 몰랐다. 현관을 들어서자마자 바로 왼쪽에 위치한 응접실에서 나가쓰는 편치 않은 마음으로 이리저리 서성였다.

시간은 벌써 새벽 2시를 지나고 있었다. 넓은 응접실 바닥은 어두운 색조의 널마루였고 가운데에는 남색을 기조로 삼은 페르시아 카펫이 깔려 있었다. 오른편 안쪽에는 벽돌로 만들어진 낡은 난로가 있었는데, 가쓰라기는 그 정면에 놓인 소파에 앉아 있었다. 탁자의 재떨이에는 벌써 담배꽁초가 네다섯 개비 들어 있었다. 가쓰라기는 불을 붙이지 않은 새 담배 한 개비를 손가락 사이에 끼우고 멍하니 맞은편 벽을 바라보았다.

"……야, 괜찮겠어?"

"뭐가?"

"갑자기 이 집에 들어와서 어쩔 작정이야? 그 오빠인가 하는 남자에게 의심을 받으면 그대로 끝장이잖아."

가쓰라기는 아까까지의 긴장이 어디로 갔는지, 손으로 턱을 괴고 한가하게 탁자 윗면을 담배 끝으로 두드렸다. 지붕을 때리는 빗소리가 무척 조용하게 들렸다.

"뭐, 어떻게든 되겠지."

"너 또 그렇게 얼렁뚱땅……."

"아까 온묘지라는 이름을 꺼냈는데, 역시 반응하지 않았어. 그 남자는 적어도 그 편지와 무관한 사람이라는 뜻이지."

"하지만 그렇다면 왜 우리를 집으로 들였을까? 우리가 무엇을 노리고 있는지 살피려는 목적이 아닐까?"

나가쓰는 작은 목소리로 말하면서 힐끔 복도를 쳐다보았다. 2층으로 오르는 계단은 현관 오른쪽에 위치해 있었는데, 응접실의 열린 문 바로 앞이었다. 마키노 카나의 방은 2층의 맨 끝인 듯했다. 언뜻 귀를 기울여봐도 아무런 기척이나 발소리도 들리지 않았다.

"아마 두려울 거야."

"뭐가?"

"그 여자 손목에 자살을 시도한 상처가 있었어."

가쓰라기는 물끄러미 창밖을 바라보다가 마침내 어느 가게의 상호가 쓰인 성냥갑으로 손을 뻗었다. 앞뜰에 면한 창문에는 스테인드글라스가 끼워져 있었고, 빗방울에 젖어 흔들리는 나뭇잎이 어두운 흑적색과 청색으로 어렴풋이 물들어 보였다.

나가쓰는 성냥의 가느다란 불에 아련히 비친 가쓰라기 게이타의 옆얼굴에서 모종의 어둠을 본 듯한 느낌이었다. 나가쓰는 또 계단을 살폈다. 2층에서 무슨 일이 벌어지고 있는지는 알 도리가 없었다. 지독하게도 적막한 집이었다.

"저기, 아까 여동생 이야기, 정말이야?"

가쓰라기는 눈을 치켜떠서 나가쓰를 바라보고는 가볍게 어깨를 으쓱했다.

"설마 진짜겠어? 그냥 해본 얘기야."

"너도 참. 아무리 그 녀석에게 접근하기 위해서였다 해도 할 말이 있고 못할 말이 있지……."

"하지만 효과는 있었잖아. 거짓말도 하나의 방편이지."

나가쓰는 약간 기가 찼다. 가쓰라기는 이런 태연한 얼굴로 주변 사람들을 몇백 명이나 골탕 먹였을 것이 틀림없었다. 그때 드디어 2층에서 무슨 소리가 들려왔다. 곧이어 계단 위에서 낮은 발소리가 울렸고, 오빠라고 자칭한 그 남자가 나타났다.

남자는 통이 넉넉한 청회색 면바지에 하얀 티셔츠로 갈아입은 상태였다. 머리카락은 아직 젖어 있었지만 험상궂은 눈빛은 흔적도 없이 사라졌고, 응접실 문 앞에 서 있는 모습도 아까에 비해 차분해졌다.

"두 분 다 술은 드십니까?"

문에 가까운 위치에 서 있던 나가쓰는 어떻게 대답해야 할지 몰라 가쓰라기에게 시선을 돌렸다. 가쓰라기 게이타는 담배를 끄고 일어나서 보일 듯 안 보일 듯 희미하게 나가쓰에게 눈짓했다.

"주신다면 기꺼이 마시지요. 집에 돌아가 곯아떨어지면 그만이니까요."

"댁이 어디세요?"

"실은 가깝습니다. 다카기초예요."

남자는 가볍게 고개를 끄덕이고 웃음을 지으려고 했다. 하지만 입가가 말을 듣지 않는 듯 가쓰라기의 시선을 피하면서 소파 쪽을 손으로 가리켰다.

"원하신다면 이따가 바래다드리겠습니다. 앉으세요. 준비해 오겠습니다."

남자는 그렇게 말하고 현관 오른쪽으로 뻗은 복도 끝으로 사라졌다. 부엌은 그쪽에 있는지 문이 살짝 삐걱대는 소리와 얼음을 깨는 소리, 유리잔이 부딪히는 소리가 들려왔다.

가쓰라기는 방을 훌쩍 가로질러 입구 옆 벽에 세워진 높은 유리문 책장에 다가갔다. 백과사전, 인명록 그리고 두꺼운 의학서가 가지런히 꽂혀 있었고, 유리문은 깨끗하게 닦여 있어서 지문이나 먼지 하나 찾아볼 수 없었다.

잠시 후, 남자는 유리잔 세 개와 술병, 그리고 얼음을 담은 통을 가지고 응접실로 들어왔다. 가쓰라기는 태연한 말투로 남자에게 말했다.

"집에 혹시 의사분이 계십니까?"

"네, 이 집의 주인이 의사입니다. 지난달에 돌아가셨지만요."

가쓰라기는 고개를 끄덕이고 문득 무언가 떠오른 듯한 표정을 지어 보였다. 그리고 여전히 태연한 목소리로 방금 생각났다는 듯이 말했다.

"그러고 보니 문패에 마키노라고 쓰여 있더군요."

나가쓰가 그 말에 흠칫 놀라 가쓰라기를 바라보았다.

"……그 이름을 아십니까?"

"아까 밖에서 잠깐 보고 궁금하기는 했어요. 마침 여기 있는 나가쓰가 도쿄대학에서……."

가쓰라기는 나가쓰의 어깨를 톡 쳤다. 나가쓰는 당황스러워 어쩔 줄 몰라 하면서도 쭈뼛쭈뼛 뒷말을 이었다.

"네, 제가 같은 대학에서 일하거든요. 소문은 익히 들어서 알고 있습니다…….."

대답하는 나가쓰의 등에 식은땀이 흘렀다. 남자는 한순간 경직된 채 두 사람에게 어두운 시선을 던졌으나, 곧 한숨을 내쉬고 난로 앞의 소파로 다가갔다.

가쓰라기는 천천히 발걸음을 옮겨 남자와 마주 앉더니 웃음을 보이면서 순진한 태도를 가장하고 말했다.

"죄송합니다. 쓸데없는 말을 했군요."

"괜찮습니다. 돌아가신 것은 사실이니까요."

남자는 쌀쌀맞은 어조로 말하고 유리잔에 술을 따르기 시작했다. 나가쓰는 말실수라도 할까 두려워 입을 다물고 가쓰라기 옆에 가만히 앉아 있었다. 코끝에 사과 증류주인 칼바도스의 달콤한 향기가 전해져왔다.

"나가쓰 씨라고 하셨죠? 혼고 캠퍼스인가요?"

"네?"

"소속된 캠퍼스요."

잠자코 있기는 다 틀렸나 보다. 하지만 무난한 질문에 약간 마음이 놓인 나가쓰는 탁자 너머로 유리잔을 건네받으며 대답했다.

"아니요, 저는 고마바 캠퍼스입니다. 마키노 교수님의 소문은 별게 아니었어요…….."

"압니다. 저도 그 소문은 들었으니까요."

"소문을 들으셨다고요?"

남자는 아무 대답도 하지 않은 채 자신의 유리잔을 손에 들고 지 그시 바라보았다. 나가쓰도 다음 할 말이 떠오르지 않아 하릴없이 칼바도스에 입을 가져다 댔다. 가벼운 자극이 혀에 퍼지면서 천천 히 목구멍을 미끄러져 내려갔다.

어색했다. 남자는 술을 권했지만 대화를 이어가려는 의지는 없 는 듯했고, 가쓰라기도 입을 꾹 다물었다. 게다가 나가쓰는 조용한 곳에 자리 잡고 앉은 순간 배고픔이 몰려왔다. 배에서 꼬르륵 소리 가 나지 않을까 하는 쓸데없는 생각에 조마조마했다.

나가쓰가 위장 컨트롤에 집중하고 있을 즈음, 가쓰라기가 옆에 서 가볍게 기지개를 켜더니 유리잔을 탁자에 딱 내려놓았다.

"자, 잘 마셨습니다."

"가시려고요?"

"여동생분도 잠든 모양이고, 제 역할은 이걸로 끝입니다. 그냥 집으로 보내는 것이 걱정되었을 뿐이니까요. 집까지 찾아와서 죄 송했습니다."

남자는 살짝 고개를 끄덕였지만 어딘지 개운치 못한 모습이었 다. 남자는 가쓰라기가 성냥갑과 담배를 얼른 호주머니에 넣고 나 가쓰를 재촉하며 일어나려는 것을 보고 마침내 입을 열었다.

"잠깐만요, 성함이⋯⋯."

"가쓰라기입니다."

"가쓰라기 씨, 부탁이 있습니다. 5분이면 됩니다."

가쓰라기는 어째 들뜬 표정으로 순순히 그 남자의 말을 받아들 였다. 남자는 눈을 내리깔고 잠시 고민하는 듯했지만, 또다시 술병 을 들고 가쓰라기의 유리잔에 술을 따랐다. 5분이면 된다고 했지만, 이야기를 시작하기까지는 꽤 오랜 시간이 걸렸다.

"두 분 모두 사정은 대략적으로 알고 계신 듯하니 털어놓겠습니다. 먼저 말씀드리자면 저는 마키노 집안의 사람이 아닙니다. 제 이름은 기타가와 슈지입니다. 카나는 분명히 제 여동생이지만 한쪽 부모님이 다릅니다."

"어느 쪽요?"

가쓰라기가 물었다. 나가쓰는 상대방이 경계할지도 모른다고 한순간 생각했지만, 남자는 의외로 차분한 말투로 대답했다.

"아버지가 다릅니다. 정확히 말하면 저는 마키노 교수의 전처가 결혼 전에 낳은 아들입니다. 기타가와는 제 친아버지의 성이고, 친아버지는 9년 전에 돌아가셨습니다. 그래서 아들을 원했던 마키노 집안에 제가 들어온 것입니다."

"양자로 들어왔나요?"

"아니요, 제 의지로 호적은 그대로 두었습니다. 마키노 교수는 저를 정식 양자로 들이고 싶어 했지만, 좀 복잡한 사정이 있어서요."

가쓰라기는 고개를 끄덕이고 또 호주머니에서 담배와 성냥을 꺼냈다. 그리고 상대방에게 한 개비 권했지만 기타가와는 고개를 저었다. 그리고 나가쓰를 돌아보며 담담하게 말을 이었다.

"나가쓰 씨도 외동딸만 있다고 알려진 마키노 집안에 제가 있다는 사실에 놀랐을 테지만, 그런 사정이 있었습니다. 사실 저도 도쿄 대학 의학부에 다니고 있지만, 마키노 교수와의 관계는 그다지 공개하고 싶지 않아서 주변에는 숨기고 있습니다."

"그런데 왜 그런 얘기를 저희한테?"

"섣불리 숨기다가 뒤에서 속속들이 들춰지면 곤란하니까요. 또 이상한 소문이 돌면 무엇보다 카나가 괴로워할 거예요. 그러니까 지금의 이야기는 비밀로 해주시기 바랍니다. 그리고 가능하다면 오늘 밤의 일도 모두 잊어주셨으면 좋겠습니다."

"그것은 힘들지 않을까 싶네요."

담뱃불을 붙인 가쓰라기는 낮은 목소리로 말했다. 이번에는 위협을 섞어가며 이야기를 이끌어갈 작정인가 생각했더니, 가쓰라기는 괴로운 듯한 한숨을 푹 내쉬었다.

"기타가와 씨. 형님이라고 불러도 될까요?"

"……그게 무슨 말입니까?"

"웬지 계속 신경이 쓰여서요. 지금 위층에서 여동생분이 잠들어 있다고 생각하니 제 마음이 아프네요."

기타가와는 눈썹을 살짝 찌푸리고 가쓰라기를 바라보았다. 당황했다기보다는 오히려 불쾌한 표정이었다. 하지만 가쓰라기는 상대방의 표정을 아는지 모르는지 짐짓 태연한 목소리로 말했다.

"방금 알아차렸습니다. 제 마음을요. 그저 괜찮은지만 확인해도 좋으니 또 카나 씨의 얼굴을 보고 싶습니다."

"하지만……."

"다른 말은 하지 않겠습니다. 다시 만날 수 있다면, 그때는 그냥…… 친구로 만나고 싶습니다."

나가쓰는 약간 난처해졌다. 가쓰라기가 실없는 소리를 하는 데는 익숙해져 있었지만, 무엇보다 어둠을 품은 기타가와의 눈빛이 마음에 걸렸다.

하지만 마키노 카나의 이부오빠는 이미 경계의 자세를 풀어버린

듯했다. 이번에는 나가쓰가 어리둥절해질 만큼 온화한 미소마저
지었다.

"그거야 여동생만 괜찮다고 한다면 저는 전혀 반대하지 않습니
다. 하지만 먼저 말해두자면 오늘 밤 일에 관해 이야기를 꺼내도 소
용없습니다. 카나는 기억하지 못할 테니까요."

"무슨 뜻입니까?"

"저렇게 발작한 후 한숨 자고 깨어나면 당시의 기억이 사라집니
다. 어찌 생각하면 아주 편리한 습관이지요."

기타가와는 담담히 말하고는 맞은편 벽에 걸린 시계를 보았다.
이미 새벽 3시가 지났고, 빗소리도 이제 희미하게 이어지고 있었
다. 기타가와는 유리잔을 내려놓고 천천히 일어섰다.

"슬슬 바래다드리겠습니다. 저희 집 전화번호는 어디서든 알아
낼 수 있겠지만, 어쨌든 카나에게 접근하고 싶다면 우연을 가장하
는 수밖에 없을 거예요."

이미 자동차 열쇠를 준비했는지 호주머니 안에서 가벼운 금속
소리가 났다. 기타가와는 두 사람을 기다리지 않고 곧바로 응접실
에서 나갔다.

가쓰라기는 가볍게 나가쓰의 옆구리를 팔꿈치로 찌르며 자리에
서 일어났다. 마키노 교수의 집에 별 어려움 없이 접근한 것에 기뻐
하는 듯했지만, 그 옆얼굴은 아까와 달리 침울해져 있었다.

"호의는 감사드리지만, 걸어가겠습니다. 중간에 뭘 좀 먹고 돌아
가려고요."

기타가와는 특별히 꼭 바래다주겠다고 우기지도 않고 나가쓰에
게 우산을 내밀었다. 넓은 석조 현관에 검은색 여자 샌들이 젖은 채

굴러다니고 있었다.

가쓰라기는 신발을 아무렇게나 신으면서 기타가와를 힐끔 뒤돌아보았다. 쭈그려 앉아 풀린 신발 끈을 고쳐 맨 나가쓰는 또 이어지는 가쓰라기의 말에 흠칫 놀랐다.

"그런데 새어머니는 부담스러워 하시지 않던가요?"

"아, 지금은 친정에 가 계세요. 그게 더 마음이 편하시다면서."

기타가와는 심드렁하게 대답하고 두 사람에게 가볍게 인사했다. 더 말하지 않아도 사정은 이미 알려져 있다고 생각한 탓인지, 상황에 비해서는 너무나 자연스러운 말투였다.

"자, 그럼 또 뵙죠. 다음번 우연을 기대하겠습니다."

가쓰라기는 시원스레 말하고 고개를 꾸벅 숙인 후 현관문을 열었다. 나가쓰도 솔직히 얼른 돌아가고 싶었다. 두 남자가 서로의 뱃속을 떠보면서 맞서는 자리에 있다는 것은 매우 힘든 일이다. 게다가 배가 고프다 못해 이제는 콕콕 쑤실 듯 아파왔다.

나가쓰는 우산을 겨드랑이에 끼고 기타가와에게 인사한 후 현관문을 등 뒤로 닫았다. 곧이어 자물쇠를 채우는 소리가 들렸다. 현관의 전등도 금세 꺼지고, 그저 응접실의 스테인드글라스 창문에서 새어 나오는 불빛만이 어두운 앞뜰에 퍼졌다.

가쓰라기는 바지 주머니에 양손을 찔러 넣고, 나가쓰가 우산을 펼치기 전에 불쑥 걸어나가기 시작했다.

"가자. 아오야마 공원묘지 앞에 오뎅집이 있어."

"오뎅? 너 그런 것도 먹어?"

"가끔은 먹고 싶어지지. 사내놈 둘이서라면 더더욱."

가쓰라기는 뒤돌아보지도 않고 마키노 교수 집의 대문을 나섰다. 나가쓰는 우산을 쓰고 발을 내디디면서 2층을 올려다보았다.

카나의 방은 어디에 있을까? 창문은 모두 어두웠다. 아까도 현관에 들어서자마자 기타가와가 고개를 푹 숙인 카나의 어깨를 감싸고 2층으로 올라갔기 때문에 그녀의 목소리를 듣기는커녕 얼굴조차 똑똑히 보지 못했다.

1주일 전에 마키노 교수의 집 뒤편에서 목격한 욕실의 광경은 아직 가쓰라기에게 이야기하지 않았다. 엿보았다고 해서 딱히 꺼림칙할 것은 없었지만, 아버지가 다른 남매와 욕실에 있던 남녀가 동일인물이라는 생각을 하기가 어려웠다.

게다가 머리가 지끈거리기 시작했다. 나가쓰는 원래 복잡한 사정을 이해하는 데 서툴렀다. 행동이 괴상한 딸, 마키노 교수의 집에서 지내고 같은 의학부에 다니면서도 그 관계를 공개하는 것조차 거부하는 기타가와, 그 누구도 이해하기가 힘들었다. 나가쓰는 한숨을 푹 쉬고 굶주린 배를 쓰다듬으며 가쓰라기의 뒤를 따라잡아 우산을 씌워주었다.

"가쓰라기, 뭘까? 나까지 우울해질 것 같은 이것은."

"오뎅만 생각해. 내가 살게."

가쓰라기는 등을 약간 구부리고 언덕을 내려갔다. 새벽 3시인데도 가이엔니시 거리에서 오가는 자동차는 줄을 이었고 젖은 아스팔트에 자동차의 붉은 후미등이 선명히 비쳤다.

"네가 산다고 해도 결국 유카 씨 돈이잖아."

"그렇지, 뭐."

"유카 씨는 잘 지내?"

유카의 의뢰는 그 익명의 고발장이 무엇인지를 밝히는 것이었을 테지만, 나가쓰는 그 의뢰의 이유를 전혀 알 수 없었다. 가쓰라기는 신호등의 빨간불에 멈춰 섰다.

"아니. 사정이 뭔지는 모르겠지만, 유카의 남편도 문제인 것 같고."

"너 혹시 온묘지와도 직접 이야기한 거야?"

"나한테 전화가 왔어. 유카가 요즘 좀 이상해졌다더군."

"그래서 유카 씨의 남편과 카나의 접점을 알 것 같아?"

가쓰라기는 멍하니 물웅덩이를 바라보았다. 빨간불이 빗방울에 부서져 흔들렸다. 마침내 신호등이 파란불로 바뀌었고 가쓰라기는 어깨를 살짝 으쓱하고는 걷기 시작했다.

"어쩔 도리가 없네, 지금으로서는. 카나는 거의 외출도 하지 않아. 이번 주에 두 번, 낮에 같은 시간에 기모노 차림으로 외출했을 뿐이야. 또 밤에 한 번 남자와 만났어. 상대는 누구인지 모르겠지만, 자동차는 은색 재규어인 것 같아."

"날마다 쭉 지켜보고 있었던 거야? 너 의외로 성실하구나."

"아니, 그렇지도 않아. 내 예전 고객이 말해준 거야."

교차로 부근은 밤샘 영업을 하는 가게가 많아서 아직 꽤 밝았다. 클럽에서 나온 남녀가 카페 앞에 모여들어 웃음소리를 사방에 퍼뜨리고 있었다. 가쓰라기는 그쪽을 힐끔 보고 약간 거북한 표정을 지었다.

"예전 고객이라니?"

"요 근처에서 예전 고객을 만난 적 있어."

"혹시 그때 널 소송 사태에 휘말리게 했던 유부녀?"

"아니, 그 여자 말고 다른 여자. 그 언덕 중간에서 맞닥뜨렸지."

마키노 카나도 어쩐지 성적으로 문란한 듯했지만, 가쓰라기도 그에 뒤지지 않았다. 도덕관념이라고는 전혀 없었다. 나가쓰는 관자놀이 근처를 긁적이면서 넌더리가 난다는 듯 말했다.

"그래서 뭐? 만난 김에 집에 들러서 차라도 대접받았어?"

"맞아. 세상 돌아가는 이야기를 하다 보니 물어보지 않은 것까지 가르쳐주더군."

걷다보니 아오야마 공원묘지 앞 포장마차의 붉은 등이 보이기 시작했다. 번화가에서 약간 떨어진 곳에 포장마차가 있는 탓에 뭔가 튀어나오기라도 할 것 같은 을씨년스러운 분위기가 풍겼다. 하지만 국물 위에 둥둥 떠올라 있는 계란, 부들어묵, 무를 상상하자 배 속에서 난리가 나는 느낌이었다. 이제 배고픔을 참는 것도 한계였다.

"그건 아무래도 상관없고. 나는 지금 배고파서 죽을 것 같아. 너는 배가 별로 안 고픈가 봐. 잘도 참네."

"다 너 같은 줄 알아? 나는 너랑은 욕망의 흐름이 질적으로 다르다고."

가쓰라기는 으스대면서 포장마차로 어슬렁대며 걸어갔다. 그런데 그 순간, 귀에 익숙지 않은 전화벨 소리가 들렸다. 놀란 나가쓰가 두리번거리며 주변을 살피고 있자니, 가쓰라기가 눈썹을 살짝 찌푸리고 호주머니에서 검은색 휴대폰을 꺼냈다.

"뭐야, 그건?"

"유카한테서 받았어. 일단 난 유카한테 고용된 처지니까."

유부녀가 깨어 있기에는 약간 미묘한 시간이었다. 가쓰라기는 전화를 곧바로 받지 않고, 포장마차를 눈으로 힐끔 가리켰다.

"먼저 가 있어. 통화는 금방 끝날 테니까."

"……응."

"우산 잠깐 빌릴게."

가쓰라기는 나가쓰의 대답도 기다리지 않고 우산을 집어 들고는 가까운 전봇대로 다가갔다. 나가쓰는 혼자서 포장마차의 붉은 포렴을 들추며 안으로 들어갔다.

"영업 끝났어요."

"네?"

"재료가 다 떨어져서요. 죄송합니다."

그 매정한 한마디에 또 배 속에서는 난리를 쳤다. 오늘 밤은 정말이지 운수가 사납다. 그렇게 생각하자 더욱 허기가 밀려왔다.

영업 종료를 알리던 포장마차 주인은 파란색 폴리에틸렌 양동이에 담긴 물로 술잔을 씻다가 나가쓰의 어깨 너머로 시선을 돌리더니 이내 더욱 고개를 뺐다. 나가쓰가 그의 시선을 따라 뒤돌아보니 어슴푸레한 가로등 아래에서 고개를 까딱거리며 전화를 받는 가쓰라기의 모습이 보였다.

"손님, 가쓰라기 씨와 일행이세요?"

"……네, 맞습니다."

가쓰라기가 속한 길드에 관해서 잘은 알 수 없었지만, 아무래도 미나토구 일대를 아우르는 밤의 단체인 모양이었다. 포장마차 주인은 술잔의 물기를 닦고 두 개씩 모아 달가닥하는 소리를 내며 카운터에 늘어놓았다.

"그럼 이야기가 달라지지요. 부스러기라도 괜찮다면 먹고 가요."

포장마차 주인은 기운차게 말하고 한 되짜리 일본주의 마개를 땄다. 진과 칼바도스 다음에 일본주라니, 참으로 지조도 없는 주정 뱅이라는 생각도 들었지만, 나가쓰는 순순히 긴 의자에 앉아 주인이 따라주는 술잔을 받았다.

"가쓰라기는 여기 자주 오나요?"

"가쓰라기 씨? 거의 이야기해본 적은 없지만, 가끔 함께 오는 사람이 아주 기가 막힌 여자더라고요."

왠지 서글퍼졌다. 밤늦도록 잠들지 못하는 유카가 외로움을 못 이겨 가쓰라기에게 전화를 해왔을 뿐 아니라, 이 포장마차 주변 일대나 처음에 갔던 그 바는 이미 두 사람의 데이트 구역인 모양이었다.

'하지만 내가 할 줄 아는 것은 게걸스럽게 먹는 것뿐이다'라고 생각하며 나가쓰가 나무젓가락을 두 짝으로 똑 가르는 순간, 가쓰라기가 포렴을 헤치며 들어왔다.

"안녕하세요."

"어라, 오늘 그 여자는요?"

"집에 남편이 있어서요."

이 미나토구 심야 길드는 아자부 경찰서의 그 순경만 빼면 다들 도덕적으로 매우 관용적인 모양이었다. 주인은 가쓰라기의 대답에 가볍게 고개를 끄덕이고는 접시를 한 손에 들고 기다란 젓가락으로 국물을 휘저었다. 가쓰라기는 나가쓰 옆에 앉아 일본주가 든 술잔에 손을 뻗었다.

"자, 먹어. 여기 한펜어묵은 맛없지만, 소 힘줄은 맛있어."

"이런, 가쓰라기 씨, 여전히 불만이 많군요."

주인은 맛이 없다는 한펜어묵, 잘 익은 다시마와 무, 그리고 부들어묵을 푸짐하게 접시에 올렸다. 주인은 또 반쪽짜리 감자와 달걀

흰자를 뜨며 천진스럽게 목소리를 높였다.

"어, 소 힘줄 부스러기도 있네."

꼬치에서 빠진 힘줄 두세 조각이 바닥에 가라앉아 있던 모양이었다. 나가쓰는 주인의 손에서 푸짐한 그릇을 건네받고 내심 한숨을 내쉬었다. 하지만 냄새는 무척 좋았고 양도 충분했다. 나가쓰는 겨자를 접시 옆에 듬뿍 뿌리고, 일단 다시마를 집었다. 허기진 배 속에 깊은 맛이 배어들었다.

가쓰라기는 그저 술잔만 기울이면서 또 담배에 불을 붙였다. 나가쓰는 이어서 힘줄을 집어 먹고는 입 속에서 살살 녹는 건더기의 감촉에 혼자서 흡족해했다. 겉보기에는 재료가 뒤범벅이었지만 확실히 맛있는 가게였다.

"이봐, 나가쓰, 그게 있었어."

"뭐가? 소 힘줄이 더 있다고?"

"얼빠진 소리 하네. 리스트가 있었다는 말이야."

나가쓰는 당황한 나머지 목이 메어 콜록거렸다. 술잔에 손을 뻗어 목에 걸린 음식을 술과 함께 내려 보냈다. 주인은 또 활기차게 술병 마개를 열고 쌉쌀한 맛의 술을 술잔에 채워주었다.

"너 술 잘 마시네."

"아니, 겨자를 너무 많이 찍어서……. 그런데 리스트가 뭐 어쨌다고?"

"그 편지에서 리스트를 언급했었지? 그런데 마키노 교수와 온묘지가 함께 실려 있는 명부가 있었어."

나가쓰는 얼떨떨하게 가쓰라기의 옆얼굴을 바라보았다. 지금까지의 정보에 따르면 마키노 교수와 온묘지의 유일한 접점은 대학 동창이라는 것이었다. 하지만 온묘지는 법학부고 마키노 교수는 의학부다. 게다가 두 사람이 졸업한 해도 몇 년 차이가 났다. 단순히 대학 동기로 입학했을 뿐 졸업한 연도는 다르기 때문에 졸업자 명부에 함께 실리지는 않았을 것이다. 또한 대학에서는 입학생 명부를 따로 만들지 않는다. 편지에서는 '그 딸의 리스트'라고만 쓰여 있을 뿐 그것이 공적인 명부인지 사적인 명부인지도 알 수 없었다.

그래서 그 두 사람이 함께 실려 있는 명부를 실물로 찾았다는 것은 커다란 발견이었다. 하지만 가쓰라기는 특별한 감흥이 없는지 멍하니 담배 연기를 피우면서 술을 추가로 주문할 뿐이었다.

"뭐, 큰 의미는 없을지도."

"그래도 간신히 찾아낸 실마리잖아."

"무려 294명이나 실려 있는 명부야. 단체 이름까지 포함하면 몇백 명이 더 늘어날지도 몰라. 게다가 오십음도순_{일본 글자의 오십음을 소리}의 종류에 따라 자음이 같은 것은 같은 행으로, 음운이 같은 것은 같은 단으로 배열한 순서_{으로 늘}어놓았으니 온묘지와 마키노는 몇 페이지나 떨어져 있어."

나가쓰는 접시로 시선을 떨구고 이번에는 무를 쿡 찔렀다. 국물이 잘 배어 있어서 맛있었지만, 이제는 그 맛에 집중하기가 어려웠다.

"아까 그 전화가 그거였어?"

"응. 온묘지의 서재에서 명부를 조사해달라고 어제 유카한테 부탁했어. 아무리 생각해도 온묘지랑 마키노 교수는 개인적인 친분이 없는 듯하고, 만약 있다면 명부 정도일 뿐이라고 생각했거든."

"그래서 그게 무슨 명부야?"

"기부자 명부. 몇 년 전쯤에 의학부 관련 시설이 새로 지어졌잖아? 그때 작성된 기부자 명부에 그 두 사람이 함께 실려 있는 거지."

어딘가에서 군침 도는 냄새가 풍겨왔다. 주인이 불어터진 오뎅만 내주는 게 미안했는지, 포장마차 안쪽의 화로에서 마른 오징어를 굽기 시작한 모양이었다.

"그 명부랑 마키노의 딸은 무슨 상관이 있어?"

"몰라. 하지만 뭐, 기부자 전원에게 명부가 배포되었다면 마키노의 집에도 같은 명부가 있겠지."

"그렇겠네."

오징어 냄새가 또 식욕을 돋우었다. 나가쓰는 이번에는 한펜어묵에 젓가락을 가져다 댔다. 가쓰라기가 한펜어묵은 맛없다고 했지만, 그 말과는 달리 아주 맛있었다. 먹는 김에 접시의 국물도 마셔보았는데 그 역시 신기하게 맛있었다.

"너도 흥미진진해졌지?"

"뭐가?"

"이제 곧 여름방학이니까 나랑 같이 다니자. 유카가 푸조를 빌려줄 거야."

가쓰라기는 그렇게 말하고 카운터 쪽의 한 되짜리 술병에 손을 뻗었다. 바에서부터 마시기 시작했다면 알코올이 상당히 들어갔을 테지만, 가쓰라기는 얼굴색 하나 변하지 않았다.

"그 보답으로 유카가 널 귀여워해줄지도 몰라. 활동하는 데 들어가는 식대와 경비는 당연히 유카가 대줄 거고, 좋은 결과가 나오면 보너스 점수도 얻을 수 있어."

"……그게 뭔 말이야?"

"잔말 말고 하겠다고 해. 네가 거절할 이유는 없잖아."

나가쓰는 약간 정색하며 젓가락으로 부들어묵을 찔러 들어 올렸다. 그러고는 겨자를 듬뿍 찍고 필요 이상으로 힘껏 씹었다.

가쓰라기는 늘 이렇다. 유카를 이용하고 다른 사람을 마음대로 부린다. 하지만 그의 제안을 받아들이면 유카의 푸조에 또 올라탈 수 있다. 그녀의 손이 닿았던 핸들을 잡고, 그녀의 허벅지가 닿았던 시트에 자신의 엉덩이를 싣는다. 그런 생각만으로도 실실 웃음이 나와서 나가쓰는 젓가락을 손가락에서 놓칠 뻔했다.

"네, 오래 기다리셨습니다."

주인이 카운터 너머로 오징어가 통째로 올려진 접시를 나가쓰에게 건넸다. 나가쓰는 반쯤 얼떨떨한 기분으로 손을 뻗었다.

"앗, 뜨거."

"뜨거운 게 당연하지. 오징어는 경건한 마음으로 먹어야 해."

가쓰라기는 접시 바닥을 양손으로 받치고 갓 구운 오징어가 손에 닿지 않도록 차분히 카운터에 올려놓았다. 오뎅집에 오징어라니 기묘한 풍경이었다. 그런데 통째로 구운 오징어가 오히려 이 포장마차의 간판 메뉴이기라도 한 듯, 주인은 자신의 술잔을 꺼내 찰랑찰랑하게 술을 따르고는 쾌활하게 술잔을 올렸다.

"무슨 일인지는 모르지만, 일단 건배! 쭉 들이켜요."

"……하아."

나가쓰도 어쩔 수 없이 술잔을 들어 건배한 후, 넘칠락 말락 한 술잔에 입을 댔다. 미나토구 심야 길드의 음모인지는 모르겠지만, 거절할 틈도 없이 가쓰라기 게이타라는 탐정에게 휘말려든 꼴이었다.

7월 중순이어서 일찍 동이 텄다. 묘지의 까마귀 울음소리가 멀리서 나가쓰의 귓속을 파고들었고, 포장마차 바깥의 풍경이 아침의 빛으로 물들어가고 있었다. 경박해 보이는 주인이나 우울해 보이는 가쓰라기나 그다지 아침을 함께 맞이하고 싶지 않은 상대였다. 그러나 나가쓰는 음식으로 가득 찬 배와 유카의 빨간색 푸조를 생각하며 나름대로 행복한 기분에 잠겼다.

5

스무살의 카나와
7인의 남자들

나가쓰가 가쓰라기 게이타의 탐정 사무소 바닥에서 숙취로 지끈
거리는 머리를 감싸 쥐고 눈을 뜬 것은 이미 저녁이 다 된 토요일이
었다. 서점에 들렀다가 집에 돌아간 나가쓰에게 푸조를 사용해도
좋다는 유카의 허락이 내려진 것은 그다음 날인 일요일이었다. 그
러나 그로부터 3일이 지난 수요일에서야 나가쓰는 푸조의 가죽 시
트에 몸을 기댄 채 정면을 주시하면서 핸들을 손가락으로 초조하
게 두드리고 있었다.

　"야, 정말 오는 거야?"

　"몰라. 하지만 수요일의 남자니까 오겠지."

　가쓰라기는 태평스럽게 말하고 패스트푸드 가게에서 사 온 아이
스커피의 빨대를 물었다. 유카가 차 안에서는 금연을 명령한 탓에
입이 심심한 모양이었다.

　'수요일의 남자'라는 것은 가쓰라기가 예전 고객이라는 여자에
게서 주워들은 말이었다. 마키노 교수가 자살한 직후에는 모습을

잠깐 감췄지만 얼마 지나지 않아 매주 수요일 밤만 되면 가이엔니시 거리 근처의 공원 구석에 은색 재규어를 타고 나타나 마키노 카나와 만난다는 인물이었다. 이 '수요일의 남자'에 관한 소문은 이 일대의 일부 사모님들 사이에서 한창 돌고 있는 듯했다.

하지만 나가쓰는 어쩐지 마음이 무거웠다. 푸조를 탈 수 있다는 가쓰라기 게이타의 꼬임에 넘어가 무심코 협력하겠다고 말은 했지만, 마키노 집안에 숨겨져 있는 배경을 파헤치거나 밀회의 현장을 포착하는 일은 왠지 적성에 맞지 않았다.

공원 구석에 빨간색 푸조를 세운 지 벌써 두 시간이 지났다. 시간은 오후 8시, 일단 햄버거와 감자튀김을 먹기는 했지만 원래대로라면 더 제대로 된 음식이 배에 들어 있어야 할 시간이었다. 조수석의 가쓰라기는 이미 오래전에 텅 비어버린 종이컵의 빨대를 여전히 물고 있었다. 지루함을 떨쳐버리기 위해 음악이라도 듣고 싶었지만, 상념에 잡음이 들어가면 곤란하다면서 가쓰라기는 틀게 해주지 않았다.

이제 슬슬 지겨워지기 시작했다. 가쓰라기는 은색 재규어를 타는 남자의 이름을 밝혀내고 기부자 명부와 대조해서 카나의 리스트가 지니는 의미를 파헤치려는 심산인 듯했으나, 이는 유카의 의뢰 내용과 꽤 틀어져 있었다. 나가쓰는 수요일의 남자가 온묘지가 아닐까 싶기도 했지만 그의 차는 은색 재규어가 아니었다. 실제로 본 적은 없었지만, 유카의 이야기로는 남편의 차는 남색 BMW였다.

"왔어."

가쓰라기는 빨대를 씹으며 공원 반대쪽을 턱으로 가리켰다. 약간 먼 곳이지만 분명히 가냘픈 체구의 여자가 가로등 아래로 천천히 걸어오는 모습이 보였다.

여자는 옅은 자주색의 짧은 원피스에 펄이 반짝이는 흰색 같기도 하고 은색 같기도 한 가벼운 윗옷을 걸치고 있었다. 여자는 공원 모래사장 옆에서 발을 멈추고 여름철의 무성한 수풀 주변에 몸을 웅크린 채 하얀 샌들의 끈을 고쳐 매고 있었다.

어쩌면 무언가를 찾고 있는지도 몰랐다. 어쩌면 장난삼아 꽃을 꺾고 있는지도 몰랐다. 어두운 밤인데도 투명하고 하얗게 보이는 양 무릎을 가볍게 꿇고 은색 팔찌가 채워진 오른손을 발아래로 뻗은 그녀의 모습은 무심한 듯하면서도 어딘지 아련해 보였다

"마키노 교수의 딸인가?"

"응. 재규어도 왔어."

반대편 가로등 아래에 은색 재규어가 나타났다. 안에 누가 있는지는 어두워서 보이지 않았지만, 여자가 일어서자마자 나가쓰는 자동차 열쇠를 집어 들었다. 여자는 은색의 작은 핸드백을 흔들면서 특별히 서두르는 기색도 없이 차가 있는 쪽으로 다가갔다.

그리고 한순간 자동차 문이 열린 틈으로 운전석의 남자가 보였다. 얇은 테의 안경을 쓰고 짙은 회색 슈트에 하얀 셔츠를 입고 있었다. 넥타이는 매지 않았지만 잘나가는 사업가처럼 보였다. 나이는 물론 50대 중반. 곧 자동차 문이 닫히고 차내는 또다시 어두워졌다. 차 안의 남자는 젊은 여자에게 들이대는 음흉한 아저씨처럼은 전혀 보이지 않았고, 어딘지 섬세하고 날카로운 인상마저 주었다.

"가자."

"응."

나가쓰는 은색 재규어를 살펴보면서 천천히 차를 출발시켰다.

온묘지 유카의 푸조는 추적용으로는 너무 눈에 띄었지만, 분에 넘치는 소리를 할 틈이 없었다. 재규어는 카나를 싣고 가이엔니시로 나가 교차로에서 오른쪽으로 꺾었다. 항상 붐비는 길이므로 들킬 염려는 없었지만, 재규어를 놓치지 않고 미행하는 것은 역시 힘들었다.

롯폰기의 교차로를 지나자 교통의 흐름이 꽤 좋아졌다. 재규어와 푸조 사이의 자동차도 어느새 사라져서 재규어의 번호판이 확실히 보였다. 나가쓰가 조수석을 힐끔 보자 가쓰라기는 가만히 시트에 몸을 기대고 빨대를 꽉 깨물고 있었다.

"그러고 보니 너, 아자부 경찰서의 순경이랑 아는 사이였지?"

"그렇지."

"저 수요일의 남자는 자동차 번호로 조회하면 이름을 알 수 있지 않을까?"

대답은 없었다. 다음 신호는 재규어가 통과하는 동시에 노란불로 바뀌었고, 나가쓰는 당황해서 액셀을 밟았다.

"왜 대답이 없어?"

"얼른 오른쪽으로 꺾어."

은색 재규어가 우회전하려는 참이었다. 나가쓰는 한숨을 내쉬고 방향 지시등을 켰다. 은색 재규어는 롯폰기 거리를 따라 늘어선 호텔의 지하 주차장으로 내려가려는 모양이었다.

나가쓰는 자동차 속도를 줄이고 앞차와 약간 떨어진 채 주차장으로 통하는 경사를 천천히 내려갔다. 은색 재규어는 지하 3층으로 내려가자마자 오른쪽으로 꺾어 빈 주차 공간을 찾아낸 듯했다. 나가쓰는 저쪽에서는 보이지 않지만 이쪽에서는 상대의 동향을 알 수 있는 장소에 유카의 푸조를 주차했다. 호텔에 온 걸 보니 카나와 그 남자는 바에서 술을 마시거나 방을 잡으려는 모양이었다.

가쓰라기는 푸조의 창문을 살짝 열고 바깥 소리에 귀를 기울였다. 얼마 동안은 조용했지만 이내 자동차 문을 여닫는 소리, 그리고 여유로운 남자의 구두 소리, 가벼운 하이힐 소리가 들렸다. 주차장 반대편의 엘리베이터를 향해 두 사람이 걸어가는 듯했다.

이대로 놓칠지도 모른다고 생각하자 나가쓰는 약간 초조함에 사로잡혀 문 손잡이에 손을 뻗었다. 하지만 그 순간 가쓰라기가 나가쓰의 어깨를 잡았다.

"기다려, 손님이 왔어."

나가쓰는 문득 가쓰라기가 턱으로 가리킨 쪽을 돌아보았다. 짙은 회색 벤츠가 주차장 입구의 경사를 천천히 내려왔다.

"뭐야?"

"보면 알잖아. 마키노 카나의 보호자가 행차하셨어."

가쓰라기는 귀찮은 듯 그렇게 말하고 또 시트에 기댔다. 벤츠는 곧장 왼쪽으로 꺾어 보이지 않았지만, 나가쓰는 분명히 핸들을 조작하는 기타가와 슈지의 얼굴을 보았다. 어딘지 불안한 듯 긴장한 표정이었다.

"저 녀석도 재규어를 쫓아온 건가?"

"그럴지도."

"그럼 어쩌지? 들키면 우연이라고 우기기가 힘들어."

가쓰라기는 잠시 잠자코 있었다. 하지만 마침내 잘근잘근 씹힌 빨대를 입에서 떼고 바닥의 패스트푸드 봉지를 들어 올렸다. 그리고 종이컵을 봉지에 집어넣고 둥글게 말면서 가볍게 어깨를 움츠렸다.

"뭐 어때. 들키더라도 이득은 있을지언정 손해 볼 건 없어."

가쓰라기는 머뭇거리는 나가쓰에게 눈길조차 주지 않은 채 봉지를 한 손에 들고 푸조의 문을 열었다. 그리고 은색 재규어와 반대 방향으로 성큼성큼 걷기 시작했다. 나가쓰가 당황하며 그의 뒤를 쫓아갔다. 가쓰라기는 옆에 있는 쓰레기통에 봉지를 버리고 지하 엘리베이터 홀로 향하면서 아주 한가로운 표정으로 말했다.

"뭐, 차라도 마실까?"

"잠깐 기다려. 그 남자의 이름을 알아내고 싶은 거라면 차 번호를 확인했으니 충분하잖아."

"아, 근데 이대로 가고 싶진 않아."

"뭐, 마음에 걸리는 거라도 있어? 직접 만나서 물어볼 작정이야?"

가쓰라기는 또 어깨를 움츠리더니 엘리베이터 홀의 유리문을 열었다. 그곳에 기타가와 슈지의 모습은 없었지만 나가쓰는 역시 내심 조마조마했다. 마키노 카나의 이부오빠는 어쩐지 그녀에게 매우 집착하고 있는 듯했다. 요전 날 밤에도 그렇고, 무엇보다 여동생과 남자가 밀회하는 장소에 따라온다는 것부터가 이상했다.

그러나 가쓰라기는 나가쓰의 걱정은 아랑곳 않고 열린 엘리베이터에 태연한 표정으로 올라탔다. 그리고 프런트 로비로 올라가 특별히 몸을 숨기려는 낌새도 없이 가벼운 발걸음으로 걸어갔다. 나가쓰는 주변을 살피다가 짙은 회색 슈트가 눈에 들어올 때마다 흠칫거리며 놀랐다. 하지만 적어도 옅은 자주색 원피스의 여자와 기타가와는 여기에 없었다.

"나가쓰, 지금 몇 시야?"

가쓰라기는 로비의 카페를 바라보며 말했다. 이 남자는 단순히 성가시다는 이유로 절대 시계를 몸에 차지 않았다.

"이제 곧 9시야."

"이런 시간에 차를 마시는 건 이상하지. 그럼 술을 마시겠군."

아무래도 가쓰라기는 미행을 계속하려는지 재빨리 에스컬레이터를 타고 3층으로 올라갔다. 오른쪽 끝의 메인 바에서는 두 사람의 모습은 보이지 않았다. 가쓰라기는 나가쓰를 힐끔 쳐다보고는 또다시 엘리베이터로 향했다. 엘리베이터에 올라탄 가쓰라기는 최상층 버튼을 눌렀다.

나가쓰는 반쯤 될 대로 되라지 하는 자포자기 상태였다. 최상층 바에는 여동생의 뒤를 쫓아온 기타가와의 모습은 없었지만, 대신 카나의 모습이 있었다. 테이블마다 양초가 켜져 있는 바의 안쪽 공간에서 카나는 입구 쪽으로 등을 돌리고 널찍한 야경이 내려다보이는 창가 자리에 수요일의 남자와 나란히 앉아 있었다.

"어서 오세요. 이쪽으로."

안내하는 점원이 살짝 상체를 수그리고 바의 안쪽으로 걸어갔다. 나가쓰는 황급히 가쓰라기의 셔츠 소매를 잡아당기면서 카나의 등을 힐끔 눈으로 가리켰다. 하지만 가쓰라기는 별다른 신경도 쓰지 않고 안쪽으로 향했다. 카운터 자리였고 창가의 두 사람과 약간 떨어진 위치였지만, 그래도 나가쓰는 얼굴을 감추느라 경황이 없었다.

"탱커레이, 스트레이트로."

가쓰라기는 짧게 주문하고는 무표정하면서도 왠지 즐거움이 묻어나는 표정으로 셔츠 주머니에서 담배를 꺼냈다. 주문을 묻는 점원의 말에 나가쓰는 맥주를 달라고 소곤소곤 대답하고, 창가로 흘끗 눈길을 돌렸다.

카나는 뒷모습밖에 보이지 않았지만 부드럽게 물결치면서 어깨뼈 중간쯤을 덮고 있는 그녀의 긴 머리카락이 어두운 조명 아래에서도 검고 반들반들하게 빛나고 있었다. 도대체 무슨 이야기를 하고 있는지, 살짝 머리를 갸웃하며 머리카락을 쓸어 올린 그 순간에 가냘프고 새하얀 목덜미 선과 아담한 은색 귀고리를 매단 귓불이 얼핏 보였다.

수요일의 남자는 옆얼굴만 보일 뿐이었다. 그는 온화한 눈으로 가볍게 고개를 끄덕이면서 카나가 앉은 의자 등받이에 왼손을 올렸다. 약지에는 금인지 백금인지 모를 가느다란 반지가 빛나고 있었다.

나가쓰는 반지를 본 순간, 그 편지에 동봉된 성인식 날 사진을 떠올렸다. 마키노 교수 집의 대문 앞에서 촬영된 나들이옷 차림의 그녀와 찢겨 나간 남자의 사진. 분명히 그 어깨를 감싼 왼손에도 비슷한 반지가 끼워져 있었다.

성인식 날에 마키노 교수의 집을 찾아올 정도라면 가족의 지인이 틀림없었다. 나이로 본다면 아버지나 새어머니의 지인일 것이다. 그 사람이 마키노 카나의 어깨를 감싼 모습으로 함께 사진에 찍혔고, 그 사진은 누군가의 손에 의해 찢겨졌다. 아주 당연한 일이겠지만, 그 누군가가 사진을 찢은 손과 같은 손으로 카나를 고발하는 편지를 썼을 것이다.

단순한 질투일까? 예를 들어 수요일의 남자의 아내가 그녀의 존재를 알아차리고 그 사진을 둘로 찢어버렸을까……?

"김 다 빠지겠어."

"뭐?"

"맥주는 거품이 생명이야."

나가쓰가 카운터로 눈을 되돌리자 이미 눈앞에 맥주잔이 놓여 있었고 벌써 거품이 거의 사라지고 있었다. 가쓰라기는 두 팔꿈치를 테이블에 대고 눈으로 웃으면서 만족스러운 듯 담배를 빨고 있었다.

"그냥 놔둬. 저쪽은 저쪽대로 행복해 보이잖아."

가쓰라기는 스트레이트 진을 한 모금 마셨다. 나가쓰는 맥주잔에 손을 뻗고는 또다시 흘깃 뒤를 돌아보았다.

수요일의 남자는 가볍게 몸을 웅크리고는 검은 바탕에 금색 로고가 새겨진 종이 가방을 의자 옆에서 집어 들고 안에서 무언가를 꺼냈다. 마키노 카나에게 주는 선물인 듯했다. 그것은 향수병이 들어 있는 듯한 빨간 정육면체 상자와 검은 케이스에 든 비디오테이프였다.

"또 불륜 커플인가? 시시하네."

나가쓰는 무뚝뚝하게 말하고 맥주잔을 입에 가져다 댔다. 가쓰라기에게 약간 빈정대는 말을 하려는 의도였지만, 가쓰라기는 태연한 얼굴로 가볍게 턱을 괼 뿐이었다.

"과연 그럴까?"

"보면 알잖아. 저 남자, 약지에 반지가 있어."

"생각보다 복잡해."

가쓰라기의 중얼거림은 어딘지 모르게 무심한 말투였다. 유카를 떠올렸는지, 아니면 벌써 지쳤는지도 몰랐다.

　나가쓰는 다시 한 번 뒤돌아 창가의 두 사람을 흘겨보았다. 남자는 선물을 도로 종이 가방 안에 담고 테이블에 놓아두었다. 카나는 여전히 표정도 보이지 않고 목소리도 들리지 않았지만, 아까보다 더 남자에게 몸을 바짝 붙였다.

　"이제 어떻게 할 거야?"

　"뭐가?"

　"남자의 이름. 그걸 알고 싶어서 온 거잖아."

　가쓰라기는 또 진이 든 술잔에 손을 뻗었다. 벌써 취했는지 동작이 매우 느리고 무거워졌다.

　"네가 내키지 않으면 내가 가볼까? '당신의 정체가 무엇입니까?' 하고 물어볼게."

　"……귀찮아."

　"뭐?"

　"뭐랄까, 아무래도 상관없어졌어."

　나가쓰는 기가 막히다는 표정으로 기분이 해이해진 가쓰라기의 옆얼굴을 바라보았다. 가쓰라기가 이런 태도를 취하는 것은 우울증 발작이 도졌거나 무언가를 얼버무리고 싶다는 뜻이라는 건 알고 있었지만, 그래도 한 대 때리고 싶었다.

　"근데 너는 말이야, 내가 바쁜 와중에 일부러 어울려주고 있다는 거 알고 있어?'"

　"미안, 이제 한계야."

　"뭐가?"

　"마음이 아파."

가쓰라기는 애잔하게 말하며 대뜸 담배를 비벼 껐다. 그러고는 양손 사이에 얼굴을 묻고 한숨을 내쉬었다.

"저들 사이에 끼어들 수 있을까? 상대는 재규어를 타고, 나는 면허도 없어. 이런 호텔의 방 값을 낼 돈도 없어."

"……가쓰라기 너, 바보냐?"

"진심이야. 나는 괴로워."

가쓰라기는 우는 건지 웃는 건지 어깨가 미묘하게 흔들렸다. 이제 가쓰라기는 나가쓰가 어찌 할 수도 없는 상태로 접어들고 있었다. 나가쓰는 반쯤 포기한 심정으로 맥주잔으로 손을 뻗고, 또 창가의 두 사람을 엿보았다.

심드렁해진 가쓰라기의 기분이 진심이라면 무얼 어떻게 할 방도도 희망도 없었다. 나가쓰가 그런 생각을 할수록 바라보고 있는 두 사람의 몸이 점점 가까워졌다. 수요일의 남자는 의자 등받이에 놓인 손을 아래로 늘어뜨렸고, 옅은 자주색 매니큐어를 칠한 여자의 손가락이 남자의 손목에서 손끝까지 훑다가 주저하듯 떨어졌다. 그리고 두 사람의 손이 꽉 뒤엉켰다. 너무 세게 힘을 줘서 손끝이 하얘지는 모습까지 선명히 보일 정도였다.

나가쓰는 가볍게 머리를 흔들며 카운터에 팔꿈치를 올려놓았다.

"애통한 일이군. 왜 저런 짓을 하는지 나는 이해할 수가 없어."

"너같이 순정파가 뭘 알겠어."

가쓰라기는 축 처져 있던 고개를 들고 가볍게 눈썹을 올렸다. 그리고 의외로 담담한 표정으로 담뱃갑에 손을 뻗어 두 번째 담배를 꺼냈다.

가쓰라기가 그 담배에 불을 붙이려고 하는 순간, 창가의 두 사람이 자리에서 일어섰다. 나가쓰는 황급히 양손으로 얼굴을 덮었지만 가쓰라기는 너무나도 태연하게 성냥불을 끄면서 카나를 똑바로 뒤돌아보기까지 했다.

나가쓰가 고개를 들자 두 사람은 이미 출구 쪽에 서 있었다. 카나의 날씬한 뒷모습이 눈에 들어왔다. 짧은 스커트 아래로 보이는 맨다리의 무릎 뒤쪽 허벅지가 몹시 색정적으로 보였다.

"야, 이게 무슨 미행이냐?"

"뭐가?"

"얼굴을 완전히 드러내놓고 음흉한 눈빛까지 보였잖아."

가쓰라기는 입술을 살짝 올리고, 진을 한 잔 더 시켰다. 그는 미행의 표적이 된 두 사람이 바에서 나가는 것도 전혀 상관하지 않고 유유히 담배를 태웠다.

"기타가와도 말했잖아. 저 여자는 아무것도 보이지 않아."

"뭐라고? 맹인이라는 말이야?"

"아니, 만성 몽유병이야."

가쓰라기는 후우 하고 연기를 길게 내뿜고, 안주로 나온 피스타치오 접시에 손을 뻗었다. 하지만 껍질을 깔 생각도 없이 그저 테이블에 떨어뜨려 놓고 만지작거리기만 했다. 나가쓰도 접시에서 피스타치오 하나를 집어서 딱딱한 껍질을 앞니로 와드득 씹었다.

"그런데 그 보호자는 어디로 갔을까?"

"글쎄. 벌써 집에 갔거나, 주차장에서 대기 중이겠지."

"고생이로구만. 여동생을 생각하는 마음이 이 정도면 대단하네."

가쓰라기는 아무 대답도 하지 않고 어깨를 움츠렸다. 나가쓰는 맥주를 꿀꺽 마시고 어딘지 모르게 헛헛한 기분이 들어 또 피스타치오를 집었다.

"근데 이대로도 괜찮아? 결국 헛고생만 했잖아."

"괜찮아. 연적의 얼굴은 확실히 봤으니."

"그게 아니라, 남자의 정체 말이야. 이대로는 그 명부가 대체 뭔지도 알 수 없잖아."

"조바심 내지 마. 그건 지금부터 생각할 거야."

나가쓰는 슬슬 질려서 자신도 임무를 저버리고 싶은 마음에 맥주를 한 잔 더 시켰다. 애정 때문인지는 모르겠지만, 이런 배신자에다가 성의라고는 전혀 없는 가쓰라기에게 의지한다니 유카는 머리가 어떻게 된 게 틀림없다. 가쓰라기는 그저 기생충일 뿐이다. 그보다 오히려 열심히 하는 나에게 의지하는 편이…… 그렇게 생각하며 엉뚱한 설렘에 몸이 떨리는 순간, 가쓰라기가 또 나직이 중얼거렸다.

"무엇보다 곤란해질 거야."

"뭐가?"

"아자부 경찰서의 순경에게 재규어의 차 번호를 문의했다가 그 사람이 오늘 밤에 죽기라도 해봐. 나에게 살인 혐의가 씌워질 거야."

나가쓰는 약간 울고 싶어졌다. 가쓰라기의 탐정 사무소가 개점 휴업 상태인 것도 충분히 이해할 만하다. 이 색남은 그저 사무실에서 울적한 몸짓으로 사모님들의 지친 마음을 어지럽히는 일밖에 다른 능력이 없는 듯했다.

하지만 가쓰라기의 이 말은 기묘한 형태로 현실이 되었다. 그날 밤 두 사람은 10시 반까지 이런저런 잡담을 주고받으며 바에 있었고, 늦은 저녁 식사를 하기 위해 지하 주차장으로 돌아갔다. 이미 재규어의 모습은 보이지 않았고 기타가와의 벤츠도 눈에 띄지 않았다. 나가쓰가 느끼던 불안도 두근거림도 이미 흔적도 없이 사라져 가쓰라기도 별다른 말을 하지 않았던 밤이었다.

그리고 다음 날, 집에 돌아와 자료 정리를 하던 나가쓰는 저녁이 지날 즈음에 가쓰라기로부터 짧은 전화를 받았다. 일단 석간신문을 읽고 다카기초로 오라는 전화였다. 나가쓰는 마지못해 우편함에 방치했던 그날의 석간신문을 펼쳤다. 그리고 사회면 기사를 보고 섬뜩한 기분에 사로잡혔다.

살해된 남자의 이름은 이무라 도시유키. 나이는 쉰다섯 살. 도쿄대학 법학부를 졸업하고 모 도시은행에 입사해서 지금은 이사의 신분이었다. 대학을 입학하고 졸업한 연도는 나이로 보건대 온묘지와 별반 다르지 않았다. 얼굴 사진은 그다지 선명하지 않았지만, 이 사람이 지난밤의 남자와 동일 인물이라는 점은 틀림없었다.

기사에 마키노의 이름은 없었다. 하지만 나가쓰는 떨림을 주체하지 못했다. 이무라 도시유키는 교살당한 것이다. 게다가 목에 감겨 있던 것은 마키노 교수가 목을 맸을 때와 같은 붉은 유카타 허리끈이었다.

6

지하 수영장의 시체

그날 밤에도 8시 넘어서 또 비가 내리기 시작했다. 빗줄기는 그다지 세차지 않았지만, 나가쓰는 왠지 우울한 기분이 들었다. 나가쓰는 차를 혼고산초메의 교차로에서 오른쪽으로 꺾어 가스가 거리를 따라 유시마 방면으로 향했다. 다카기초에 위치한 가쓰라기 게이타의 사무소를 나와서 약 반 시간 지나자 목 졸려 죽은 이무라가 발견된 혼고 캠퍼스가 바로 눈앞에 보이기 시작했다.

　가쓰라기는 아까부터 입을 꾹 다물고 있었다. 이야기하고 싶은 심정이 아닌 것은 나가쓰도 마찬가지였다. 겨우 24시간 전에 지금 타고 있는 푸조로 추적했던 재규어의 남자가 살해당했다. 더구나 마키노 교수가 자살했을 때와 마찬가지로 대학 구내에서. 그것만으로도 마음이 무거워지는데 비까지 내리고 있었다. 냉방을 켜자마자 가쓰라기의 제지로 다시 꺼버린 차내의 공기도 심하게 미적지근하고 습해서 숨을 쉬기조차 힘들 정도였다.

　교차로에서 첫 번째 신호등 왼쪽에는 혼고 소방서와 모토후지 경찰서의 건물이 나란히 서 있었다. 나가쓰는 경찰서 모퉁이를 왼쪽으로 돌아 캠퍼스의 남쪽 변두리에 위치한 다쓰오카문도쿄대학 부속병원으로 통하는 문으로 향했다. 이 시각에는 모든 문이 열려 있지만, 허가증 없이 자동차로 들어갈 수 있는 문은 24시간 열려 있는 이 다쓰오카문밖에 없었다.

문의 왼쪽에는 경비원 초소가 있었다. 게다가 사건 발생 시점이 오늘 아침이어서인지 제복 위에 우의를 걸친 경찰이 두세 명 서 있었다. 나가쓰는 내심 조마조마하면서 푸조를 몰고 들어가려고 했으나 아니나 다를까 문 앞에서 경찰이 막아섰다.

검은 테 안경을 쓴 제복 경찰이 빗속에서 운전석 쪽으로 다가왔다. 면허증을 제시해달라고 하겠지 생각하면서 나가쓰는 바지 뒷주머니의 지갑을 바스락바스락 뒤졌다. 캠퍼스는 다르지만 나가쓰는 어엿한 대학 직원이다. 여기에서는 어떻게든 신분증으로 넘길 요량이었다.

하지만 가쓰라기가 무슨 속셈인지 조수석 쪽의 창문을 내렸다. 가쓰라기는 손을 흔들어 제복 경찰을 부르고는 바지 주머니에서 꾸겨진 하얀 종이를 꺼냈다. 경찰은 눈썹을 찡그리고 펼친 종이를 바라보다가 이윽고 몸을 쭉 펴더니 차려 자세로 거수경례를 했다.

"수고하십니다. 들어가시죠."

가쓰라기는 종이를 말아 주머니에 도로 넣고 다시 시트에 몸을 기댔다. 나가쓰는 얼떨떨한 심정으로 우의를 걸친 경찰들을 지켜보다가 천천히 푸조를 몰고 나아갔다. 다쓰오카문에서는 버스가 지나다니는 넓은 도로가 캠퍼스 북쪽으로 똑바로 뻗어 있었고, 오른쪽에는 어두운 가로수가, 왼쪽에는 대학 총장의 거처인 본부 청사 건물이 보였다.

"야, 가쓰라기. 아까는 무슨 주술을 부린 거야?"

"통행 문서. 모토후지 경찰서장이 직접 써준 거야."

가쓰라기는 아무렇지도 않은 듯한 목소리로 말하고 앞 유리창을 그저 멍하니 바라보고 있었다. 언제 준비했는지는 알 수 없었다. 미나토구 심야 길드에는 의외로 혼고 지부가 존재하는지도 모른다고 생각하면서 나가쓰는 푸조를 계속 전진시켰다. 대학 부속병원 건물이 오른쪽에 보이자마자 왼쪽에 고텐시타 운동장과 어두운 야스다 강당의 그림자가 멀리서 보이기 시작했다.

그리고 도로의 끝에 많은 사람들이 모여 있었다. 눈부신 조명과 가지각색으로 젖은 우산, 이따금 번쩍이는 카메라 플래시가 보였다. 나가쓰는 병원의 북쪽 변두리에서 오른쪽으로 꺾어지는 길로 들어서서 곧바로 푸조를 길가에 세웠다. 가쓰라기는 역시 아무 말 없이 나가쓰에게 가볍게 눈짓하고 조수석의 문을 열었다.

빗발은 조금 전보다 강해졌다. 하지만 가쓰라기는 그저 양손을 바지 주머니에 찔러 넣고 뚜벅뚜벅 걸을 뿐이었다. 나가쓰도 한순간 망설이다가 뒷좌석에 놓인 우산을 들었다. 경찰들이 진을 치고 있는 사건 현장에 들어갈 수는 없을 테니 밖에서 구경꾼들과 섞여 멀리서 염탐하려면 이런 날씨에 우산이 필수라고 생각한 것이었다.

아니나 다를까 수많은 구경꾼들이 몰려 있었다. 대학 구내에는 병원 관계자의 숙소도 있고 평소에 이 근방은 근처 주민들의 산책 장소이기도 해서 구경꾼들의 수는 대단했다. 학생인 듯한 얼굴도 여기저기 섞여 있었는데, 모두가 일종의 기묘한 흥분을 띤 표정으로 사건의 무대가 된 그 건물을 올려다보고 있었다.

캠퍼스 안에는 시대를 느끼게 하는 오래된 건물이 많았는데, 이 건물은 그중에서도 특히나 더 괴이했다. 지상 3층짜리 동아리 건물은 그다지 크지 않았지만 곳곳에 담쟁이덩굴이 벽을 감싸고 있었고, 비에 젖은 벽돌도 군데군데 파손되어 있었다. 입구의 콘크리트 차양 위에는 잡초는 물론이고 사람 키만 한 나무도 한 그루 자라고 있었다. 나가쓰는 혼고에 올 때마다 여러 번 여기에 들른 적이 있었지만 이렇게 비 오는 밤에 바라보자 친숙함보다는 어째 으스스한 기분이 들었다.

어느새 가쓰라기의 모습은 보이지 않았다. 우산을 쓴 군중 너머로 까치발로 서서 주변을 살펴보자 경찰이 좌우에 늘어선 입구 안쪽 홀에서 사복형사인 듯한 남자와 함께 있는 가쓰라기의 등이 눈에 들어왔다.

자신을 버리고 갔다는 생각에 약간 짜증을 느끼며 나가쓰는 인파를 헤치고 나아갔다. 건물 앞에는 폴리스 라인이 쳐져 있고 우의를 입은 몇 명의 경찰이 구경꾼을 막아섰다. 금세 한 경찰이 나가쓰의 가슴을 쑥 밀어냈다.

"물러나주세요. 여기는 출입 금지입니다."

"하지만 아는 사람이 안에……."

나가쓰는 셔츠를 입은 가쓰라기의 등을 가리키면서 경찰에게 항의했다. 하지만 상대방은 짐짓 못 들은 척 나가쓰의 앞을 가로막았다. 점차 주변이 웅성거리자, 나가쓰는 얼굴에 철판을 깔고 큰 소리로 외쳤다.

"이봐, 가쓰라기! 나 여기에 있어!"

그래도 가쓰라기는 돌아보지 않은 채 사복 경찰과 어깨를 나란히 하고 홀 안쪽으로 향하기 시작했다. 나가쓰는 반쯤 울고 싶은 심정으로 어쩔 수 없이 가쓰라기의 뒷모습을 뚫어져라 바라보았다. 그때 우의를 입은 경찰이 대체 무슨 생각인지 갑자기 목소리를 낮춰 중얼거렸다.

"들어오세요. 가쓰라기 씨의 지인이라면 이야기는 다르지요."

경찰은 은밀한 사명감에 불타오르는 것 같은 눈빛으로 짧게 고개를 끄덕였다. 이게 정말로 가능한 일인가? 그의 입술은 꽉 다물어 있었지만, 우애에 찬 희미한 미소마저 띠고 있었다. 어쩐지 섬뜩했지만 나가쓰는 감사의 인사를 중얼거리고 우산을 접은 후 폴리스 라인 밑으로 들어갔다. 경찰은 양팔을 펼쳐 또 시끌벅적해진 인파를 제지했다.

나가쓰가 힐끗 돌아보자 경찰은 다시 한 번 고개를 끄덕였다. '가시오, 동지'라고 말하는 듯한 눈빛이었다. 나가쓰는 머뭇거림을 주체하지 못한 채 꾸벅 고개를 숙여 인사하고 벽돌 건물의 수상한 안쪽으로 쭈뼛쭈뼛 발길을 옮겼다.

서적부의 문은 닫혀 있었고 홀은 의외로 조용했다. 이곳에 마지막으로 온 것이 언제였는지 기억도 나지 않았다. 비 오는 밤인 탓인지 몹시 습한 냄새가 났고 그 냄새 사이로 매우 희미한 염소 냄새가 느껴졌다.

학생식당, 생활협동조합 본부, 동아리방 등이 있는 계단 위는 어슴푸레했다. 나선을 그리며 지하로 내려가는 계단 아래쪽에서는 술렁거리는 사람들의 목소리가 들려왔다. 나가쓰는 우산을 겨드랑이에 끼고 계단을 따라 지하로 내려갔다. 그곳에도 경찰이 한 명 서 있었지만, 이미 가쓰라기나 사복 경찰에게서 지시를 받았는지 잠자코 나가쓰를 문 안쪽으로 들여보내 주었다.

　습한 냄새와 염소 냄새가 점차 가까워졌다. 그렇게 생각해서인지 주변의 공기도 더워진 듯싶었다. 안 그래도 찌는 듯한 밤이라서 얼굴과 목덜미가 끈적끈적했다. 나가쓰는 셔츠의 옷깃을 쉼 없이 펄럭이며 좁은 통로 끝으로 향했고, 그 끝에는 커튼을 친 창구와 탈의실 표지판이 있었다. 괴이한 건물인 만큼 지하 구조도 묘했다.

　통로 끝에서 왼쪽으로 꺾은 후 또다시 오른쪽으로 꺾으니 그 곳에 또 경찰이 서 있었는데, 그 뒤에 있는 문은 열려 있었다. 그곳으로 다가가 안을 들여다본 나가쓰는 순간 놀라서 숨을 멈추고 말았다. 문 안쪽에는 후덥지근하고 정체된 공기가 자욱한 반지하 수영장이 있었던 것이다.

　물의 반사 때문인지 강한 조명에 밝게 드러난 콘크리트 공간은 창백하고 휑했다. 오늘의 수사는 거의 끝이 난 듯 안쪽에는 사람이 몇 명밖에 없었다. 가쓰라기도 그 사람들 사이에 섞여 길이 25미터짜리 수영장 한쪽 구석에서 검은 재킷을 입은 사복 경찰과 무언가 대화를 하고 있었다.

　가쓰라기가 나가쓰를 알아보자 가볍게 턱으로 신호를 보냈다. 함께 돌아본 사복 경찰은 혈색이 나쁘고 뺨이 여윈 날카로운 얼굴이었는데 검은 앞머리가 흐트러져 있었다. 형사라고 하기에는 약간 허무한 느낌마저 자아내는 남자였다.

　"어, 나가쓰, 이쪽은 경시청의 오카베 형사야."

　그렇게 소개받은 남자는 나가쓰에게 가볍게 목례하고 곧바로 등을 돌렸다. 사람을 소개받았다고 해서 세상 돌아가는 이야기를 시작할 분위기는 분명히 아니었지만, 나가쓰는 얼떨떨한 기분이 들었다. 나가쓰는 약간 민망해져서 우산 끝으로 콘크리트 바닥을 찌르면서 빛나는 수면을 바라보았다.

이무라 도시유키의 시체는 옷을 입은 채 지하 수영장에 잠겨 있었다고 했다. 발견한 사람은 이른 아침에 들어온 청소부였고, 은색 재규어도 이 건물 바로 가까이에서 한두 시간 후에 발견되었다고 했다.

시체가 위를 향하고 있었는지 아래를 향하고 있었는지는 알 수 없었지만, 남자는 물에 잠겨 있었을 것이다. 그리고 그 목덜미에 묶인 붉은 허리끈이 하늘하늘 물에 넘실거렸을 것이다. 나가쓰는 그런 광경을 상상해보았다. 그러나 수영장 바닥은 이제 한없이 푸르고 고요할 뿐이었다.

가쓰라기와 오카베 형사는 수영장 건너편 높은 곳에 커다란 창문들이 늘어선 벽 쪽으로 걸어갔다. 나가쓰도 얼른 따라가려다가 익숙지 않은 장면이 눈에 들어왔다. 감시원이 떡하니 서 있는 듯한 다이빙대 옆의 창문 하나가 활짝 열려 있었던 것이다. 오카베 형사는 왼손을 허리에 대고 코끝이 뾰족한 옆얼굴을 보이면서 가쓰라기에게 무언가를 설명하는 듯했다.

우물거리는 이야기 소리와 천천히 주변을 걷는 구두 소리가 습하게 울려 퍼졌다. 쉼 없이 내리는 빗소리도 고막을 때리며 청각을 마비시키는 듯했다. 나가쓰는 시체가 사라진 지하 수영장을 바라보면서 몸의 어딘가에 땀이 흥건히 맺히는 느낌이 들었다.

가쓰라기와 형사는 드디어 가볍게 목례를 교환하고 각기 다른 방향으로 걸어가기 시작했다. 나가쓰는 그 구두 소리를 왠지 멀리서 느끼면서 젖은 이마를 손등으로 닦았다. 희미한 염소 냄새 탓인지,

지하의 실내 온도가 바깥보다 높은 탓인지, 숨이 턱턱 막혀왔다.

"어이, 나가쓰. 안색이 안 좋아. 배탈 났어?"

"……아니. 그보다 저 형사, 뭐야?"

오카베 형사는 수영장 맞은편 구석에 있던 제복 경찰에게 다가가 무언가를 지시하는 듯했다. 가쓰라기와 어떤 관계인지는 모르지만 제복 경찰의 거수경례를 받은 형사는 특별히 이쪽을 돌아보지도 않고 다른 출구로 향했다.

"살인자가 남긴 흔적은 전혀 발견하지 못했어. 흉기인 붉은 허리끈도 어디에서나 구할 수 있는 흔한 거야. 다만 침입 경로는 아마도 저 창문일 거라고 봐."

"창문을 깨뜨리고 들어온 거야?"

"아니. 처음부터 유리창이 없었어. 월요일에 한 학생이 깨뜨렸고, 내일 수리할 예정이었던 것 같아."

나가쓰는 또 맞은편 창문으로 눈을 돌렸다. 분명히 사람 한 명이 쉽게 통과할 수 있을 만큼 넓었고, 건물의 뒤편이라면 충분히 드나들 수 있을 것처럼 보였다.

"그래서 현장은 여기가 확실해?"

"상황상 그렇겠지."

가쓰라기는 멍하니 수영장의 수면을 바라보고 있었다. 그의 머리카락과 셔츠는 아직 젖어 있었고, 약간 꾀죄죄한 느낌마저 들었다. 나가쓰는 그래도 자칭 탐정이 옆에 있는 데 대해 다소나마 마음을 놓으며 높은 천장을 올려다보았다.

"그런데 이무라는 왜 여기에 들어왔을까?"

"그거야 당연히 수영하러 왔겠지."

"바보냐? 자신의 목숨을 노리는 놈과 정장 차림으로 수영을 한다고?"

"당연하지. 그러지 않았으면 왜 수영장에 있겠어?"

농담이라고 하기에는 어쩐지 낮게 잠긴 목소리였다. 가쓰라기는 수영장 주변에서 잠시 고개를 숙이더니 가볍게 어깨를 으쓱하고는 옆면의 출구로 걸어갔다.

"가자. 견학 시간은 이제 끝났어."

"그런데 뭐야? 지금 이건 수사 협력이야?"

"아니, 단순한 수업이야."

그렇다 치더라도 일반인에게 통행 문서를 써준 경찰서장은 대체 무슨 생각인지 나가쓰는 이해할 수 없었다. 찜찜한 기분을 느끼며 나가쓰는 습기에 찬 우산을 어깨에 걸치고 수영장을 뒤로했다. 견학 허가는 고마웠지만 오래 있을수록 오늘 밤의 꿈을 악몽으로 만들어버릴 것 같은 장소였다.

입구의 홀로 이어지는 계단을 오르자 또 빗소리와 바깥의 웅성거림이 들려왔다. 가쓰라기는 벌써 건물을 나간 듯 모습이 보이지 않았다. 나가쓰는 폴리스 라인을 아래로 빠져나가 인파를 헤치고 겨우 우산을 펼칠 수 있었다. 주변을 둘러보자 푸조 근처에서 우의를 입은 경찰과 가쓰라기가 눈에 들어왔다.

방금 입구를 경비하던 그 경찰이 틀림없었다. 근무지를 이탈해서 무엇을 하는 것일까 쳐다보고 있자니, 경찰은 팔을 이따금씩 올리면서 이곳저곳을 가리키고 있었다. 하지만 나가쓰가 다가가기 전에 얼른 거수경례를 하고 가쓰라기 곁을 떠났다.

혼자 남겨진 자칭 탐정은 무슨 생각을 하는지 우두커니 비를 맞으며 서 있었다. 나가쓰는 현장의 뒤편으로 사라져가는 경찰을 눈으로 전송하면서 가쓰라기에게 우산을 씌워주었다.

"야, 이번에는 뭐야?"

"배고프네. 식당에서 밥이나 먹자."

가쓰라기는 그렇게 중얼거리며 재빨리 푸조 옆으로 가 섰다. 가쓰라기의 말을 듣고 보니 나가쓰도 배가 고픈 것 같았다. 영 개운치 않은 마음으로 자동차의 잠금장치를 해제한 나가쓰가 운전석에 올라타자, 턱 끝에서 떨어지는 빗방울을 닦지도 않은 채 가쓰라기가 나직이 말했다.

"그런데 어제 이무라가 준비했던 선물 말이야, 향수병이랑 종이가방만 차 안에 남아 있었어."

"그게 뭐?"

"검은 케이스에 든 비디오테이프가 있었잖아? 그것만 사라졌어. 물론 경찰은 이런 정보까지는 모르지만."

가쓰라기는 그렇게만 말하고는 시트에 축 늘어진 채 몸을 기댔다. 살인 현장을 견학하느라 더 이상 말할 기운도 없을 만큼 지쳤다는 듯한 모습이었다.

"그냥 단순한 비디오테이프겠지. 뭔가 의미라도 있다는 거야?"

가쓰라기는 대답도 않고 그저 빗방울에 젖은 속눈썹을 내리깔고 있었다. 나가쓰는 한순간 화가 치밀었지만, 이 남자를 몰아붙여 보아도 대답이 나올 것 같지는 않았다. 나가쓰는 입을 다물고 엔진을 켜고 푸조를 후진시켰다. 건물 앞의 군중은 전혀 줄어들 기미가 없이 형형색색의 우산만 끊임없이 흔들리고 있었다.

다쓰오카문을 나서는 데는 아무런 문제도 없었고, 아까 보았던 검은 테 안경을 쓴 제복 경찰은 '수고하셨습니다'라고 인사까지 해주었다. 나가쓰는 혼고 거리를 따라가다 혼고산초메의 교차로에서 오른쪽으로 꺾고 나서 두 번째 골목을 지났을 즈음에 차를 멈췄다. 기쿠자카의 길모퉁이에 위치한 술집 앞에서는 비 오는 늦은 밤에도 생선구이나 닭꼬치구이의 연기가 모락모락 피어오르고 있었다.

가쓰라기는 여전히 입을 꾹 다문 채로 시트 아래에 찔러 넣었던 비즈니스 봉투를 꺼내 들고 푸조에서 내리더니 얼른 포렴을 헤치며 술집 안으로 들어갔다. 나가쓰는 익숙해져버린 가쓰라기의 무뚝뚝함에 별다른 말도 하지 않고 그의 뒤를 따라 술집으로 들어갔다. 가쓰라기 게이타의 대학 시절 행적 말고는 아는 바가 없는 나가쓰였지만, 그가 이런 추레한 곳에 전부터 드나들었을 것이라 생각하니 뜻밖이라는 생각이 들면서도 어딘가 납득이 갔다.

가쓰라기는 유선방송의 엔카_{일본적인 애수를 띤 가요곡}가 흘러나오는 술집의 2층으로 올라가 오른쪽 구석 창가에 자리 잡고 있었다. 단정하지 못하게 다리를 꼬고 앉은 가쓰라기는 열린 창문의 창살에 한쪽 무릎을 댄 채 물끄러미 혼고 거리를 내려다보고 있는 듯했다. 나가쓰는 맞은편 자리에 앉아 뜨거운 물수건으로 손을 닦고 수상한 얼룩으로 지저분해진 메뉴를 집어 들었다.

"나는 차가운 일본주. 다른 건 네가 좋을 대로 시켜."

가쓰라기는 오늘 밤에도 묘하게 퉁명스러웠다. 나가쓰는 내심 한숨을 내쉬며 메뉴를 쭉 훑어보고 주문을 받으러 온 여주인에게 대충 주문을 했다. 이런 가게에서는 맛 같은 건 기대도 하지 말자 싶었지만, 얼마 뒤 나온 맥주는 고운 거품이 적당하고 차가운 정도도 딱 알맞았다. 하나 집어 든 풋콩은 딱딱하지도 않고 너무 부드럽지도 않았으며 간이 딱 맞아 희미한 단맛까지 느껴졌다.

가쓰라기는 마침내 창문에서 눈을 떼고 차가운 일본주를 혼자 따라 마시기 시작했다. 배가 고프다고 말한 것치고는 풋콩에도, 기본으로 나온 조림에도 손대지 않더니 굼뜬 동작으로 가슴팍의 주머니에서 담배와 성냥을 꺼냈다. 그 모습을 지켜보던 나가쓰는 조바심이 나기 시작해서 맥주잔을 쿵 내려놓았다.

"저기, 아까 하던 이야기 말인데……."

"아, 그것 참 난처해졌는 걸."

나가쓰는 순간 하던 말을 멈추었다. 가쓰라기가 힐끗 노려본 탓도 있지만, 바로 뒷자리의 대화가 들려왔기 때문이다.

"재규어인지 뭔지는 모르지만, 나는 그냥 들여보냈을 뿐이야. 그런데 경찰에 불려가서 호되게 심문을 당하고, 그것 때문에 직장에서는 경고를 준다느니 감봉한다느니 난리도 아냐. 정말이지 더러워서 못해 먹겠어."

어깨 너머로 돌아보자 하얀 셔츠의 목덜미를 풀어 헤친 50대 가량의 남자가 이쪽으로 지친 얼굴을 향한 채 술을 들이켜고 있었다. 상대방은 옅은 청색 셔츠의 등밖에 보이지 않았지만, 아마 지인이거나 동료 같았다. 이미 남자는 상당히 마신 듯 목덜미 안쪽까지 붉게 달아올라 있었다.

"애초에 의심할 수가 없었어. 옷차림도 제법 말쑥한 녀석이었고, 게다가 딸이 위급한 환자라고 해서. 그러니 당연히 그냥 들여보냈지. 그런데 그것 때문에 살인사건의 공범으로 몰리다니, 말이나 되는 소리야?"

"어이구, 한다 씨. 아무도 당신이 공범이라고는……."

"맞아, 아무도 그런 소리는 않지. 하지만 그거 알아? 내가 정말로 참을 수 없는 것은 그 딸이야. 나도 딸이 하나 있긴 하지만, 그 딸이라는 여자가 진짜 오싹했다니까. 신경정신과에 진정제를 맞으러 간다고 그랬는데, 그렇게 건물에 들어가서는 살인을 저지른 거야. 틀림없어. 나는 경찰에서도 그렇게 얘기했지."

나가쓰가 가쓰라기를 힐끔 쳐다보았지만 가쓰라기는 그저 무표정한 얼굴로 멍하니 담배를 빨고 있을 뿐이었다. 하지만 아까부터, 어쩌면 처음부터 한다라는 저 남자가 여기에 있다는 것을 알고 있었을 것이다. 가쓰라기의 눈빛은 흐릿하면서도 어딘지 허공의 한 점에 초점을 맞추고 있었다.

듣고만 있던 남자는 목소리가 우물거려 잘 들리지 않았지만 한다는 취한 탓인지 목소리가 꽤 크게 울렸다. 그래도 시끌벅적한 술집이다 보니 일부러 남의 말을 들으려고 애쓰지 않으면 대화를 정확하게 듣기가 어려웠다. 나가쓰는 모든 신경을 청각에 집중시키고 있었다.

"아니, 얼굴은 못 봤어. 축 늘어져 잠자고 있는 걸 깨울 수도 없고 말이야. 하지만 귀여웠지. 요즘 애들이 입고 다니는 짧은 스커트 아래로 무릎이 살짝 보이고."

"……."

"하지만 그래서 더 무서워. 그런 귀여운 아가씨가 아버지를 죽이다니. 세상 말세야."

"……."

"진짜 딸인지는 모르는 일이지. 그 죽은 남자가 딸이라고 말했을 뿐이니까. 아무튼 참을 수가 없어. 정말로 성가신 일에 휘말렸다니까."

한다라는 남자는 실제 부녀 관계에서도 고민이 있는 모양인지
목소리가 점점 메어갔다. 다쓰오카문의 경비원, 즉 은색 재규어를
들여보낸 장본인이 틀림없는 이 남자는 대화 사이사이로 긴 한숨
을 내쉬고 있었다. 모토후지 경찰서에 불려간 데다 사건의 불똥을
맞아 감봉이 거의 확실해진 상태에서 내쉬는 한숨일 테니 왠지 더
절절하게 느껴졌다.

"오래 기다리셨습니다."

여주인의 목소리가 들리고 꼬치구이가 나왔다. 가쓰라기는 벌써
두 번째 담배에 불을 붙이고 텅 빈 일본주 술병을 흔들었다. 현장
견학을 마친 여파인지 알코올 보충이 더욱 급해진 듯했다.

"자, 한다 씨. 슬슬 장소를 옮길까요?"

듣고만 있던 남자가 덜컹하는 소리를 내며 자리에서 일어섰다. 어
깨 너머로 다시 한 번 눈을 돌리자 듣고 있던 남자는 꽤 젊은 사람이
었다. 봉변을 당한 한다가 술자리에 억지로 끌고 온 모양이었다.

"먹어."

"응?"

"여기 닭꼬치구이는 맛있어."

가쓰라기는 그렇게 말하면서 자신은 먹으려 들지 않고 오로지
차가운 일본주에만 손을 뻗었다. 나가쓰는 순순히 닭꼬치에 손을
뻗다가 또 힐끔 뒤돌아보았다.

한다는 거의 비어 있는 술잔을 앞에 두고 양손 사이에 이마를 묻
고 있다가, 젊은 동료에게 팔꿈치를 붙들리고 비트적비트적 일어
섰다. 의외로 키가 작고 깡마른 느낌의 팔이었다. 그는 모토후지 경

찰서에서 심문을 받은 것보다 생계에 타격이 가해지는 것이 더 걱정되었을지도 몰랐다.

나가쓰는 테이블로 눈을 돌리고 닭꼬치를 물어뜯었다. 소금 양념이 약간 강했지만 쫄깃쫄깃한 식감이 뭐라 말할 수 없을 만큼 기분 좋았다. 그러나 동시에 무언가 억누르기 힘든 기분도 강해져갔다.

"그런데 너 저 경비원이 이곳에서 술을 마신다는 거, 처음부터 알고 있었어?"

"아니, 그냥 우연이야."

가쓰라기는 나직이 중얼거리고 일본주를 술잔에 따랐다. 계단을 내려가는 한다가 비틀거리며 벽에 부딪혔는지, 미묘하고 현란한 가락의 엔카에 몸싸움을 하는 소음과 욕설을 퍼붓는 소리가 섞여 들렸다.

가쓰라기는 한쪽 눈썹을 살짝 올리고 담뱃재를 떨었다.

"함께 탄 딸에 관한 이야기는 처음 듣는 게 아니야. 아까 오카베 형사가 이야기해줬어."

"그런데 정말 이무라에게 신경정신과에 다니는 딸이 있어?"

"아니, 이무라는 세 살 연상의 아내와 아들 두 명뿐이지."

"그럼 그 딸이라는 여자는 역시 어젯밤에 봤던 마키노 카나로군."

가쓰라기는 술잔으로 눈길을 떨구고 잠시 물끄러미 바라보았다. 머리카락과 셔츠는 이미 반쯤 말랐지만, 그게 오히려 더욱 으스스하게 느껴졌다.

"그렇겠지. 오카베 형사에게는 말하지 않았지만, 복장이 딱 일치해."

"그렇다면 살해 동기는 뭐야? 그 바에서는 서로 손을 꽉 맞잡고 있었잖아. 이무라를 죽일 이유가 어디에 있어?"

가쓰라기는 가볍게 어깨를 으쓱하고는 의자 등받이에 기댔다. 담배를 끼운 오른손을 테이블 위에 올리고 왼손을 축 늘어뜨린 모습이 매우 무성의해 보였다.

"글쎄."

"야, 그걸 알아내는 게 네 일이잖아?"

"의뢰받은 일이라면 거의 끝냈어."

나가쓰는 문득 젓가락을 놀리던 손을 멈추었다. 가쓰라기는 느릿느릿 몸을 숙이고 의자 다리에 기대어 세워두었던 봉투를 들어 올렸다.

"……뭐야, 그건?"

"한번 봐. 굉장해."

가쓰라기가 나가쓰를 향해 봉투를 툭 던졌다. 그것을 손에 든 나가쓰는 안에서 검고 얇은 책자를 꺼냈다. 표지에는 금색으로 '기부자 명부'라는 글자가 쓰여 있었다.

"이게 그 리스트인 거야?"

"응. 유카에게서 빌려 왔어."

가쓰라기는 다시 한 번 의자 등받이에 몸을 기대고는 창밖으로 눈을 돌렸다. 나가쓰는 두부 튀김을 가져온 여주인이 저편으로 사라질 때까지 기다린 다음, 표지를 펼쳐보았다.

굉장한 인물들의 이름이 쓰여 있었다. 그 명부에 실린 모든 사람이 죽게 되면 사회적으로도 꽤 큰 혼란이 초래될 것만 같았다. 정치계, 경제계, 법조계 그리고 학계의 크고 작은 인물들의 이름이 쭉 나열되어 있었기 때문이었다. 가쓰라기의 말마따나 명부는 오십음 도순이었고, 손가락으로 짚으며 찾아보니 죽은 이무라 도시유키의 이름도 그곳에 있었다. 그 다음 페이지에는 당시 경찰청 심의관이 었던 온묘지 아키미쓰의 이름이 있었다. 몇 페이지 뒤에는 마키노 소이치 교수의 이름이 보였다.

"이건 의학부 관련 시설의 기부자 명부잖아."

"응."

"언제 발행된 거야?"

"6년 전. 그보다 날짜를 봐."

이 명부는 아마도 그 시설의 준공 기념식과 동시에 기부자 전원 에게 배포되었던 듯, 펼친 양 페이지에 걸친 인사말 아래에 그 당시 학장의 이름과 날짜가 적혀 있었다. 그래도 나가쓰는 납득이 되지 않아 가쓰라기를 쳐다보았다.

"이 날짜가 왜?"

"6월 12일. 마키노 교수가 죽은 날은 언제였지?"

나가쓰는 맥주잔에 시선을 떨어뜨리고 희미해진 기억을 떠올려 보았다. 마키노 교수의 시체가 연못 근처에서 발견된 때는 분명히 13일. 사망 추정 시각까지 공표되었는지는 기억하지 못하지만, 자 살을 결행한 것은 12일 심야에서 13일 새벽에 걸친 시간이었을 것 이다.

"하지만 우연의 일치라는 것도 있잖아."

"글쎄. 하지만 이걸로 온묘지의 건은 거의 끝났어."

"끝났다고?"

"온묘지는 아마 살인사건과 상관없을 거야. 준공 기념식에는 가지 않았거든."

나가쓰는 고개를 끄덕이다가 문득 고개를 갸웃했다. 이 자칭 탐정인 가쓰라기의 말이 아무래도 비약이 너무 심하기 때문이었다. 하지만 가쓰라기는 모든 게 시시하다는 듯 차가운 일본주를 마시고 눈썹을 찌푸리면서 술잔을 테이블에 놓았다.

"유카가 말했어. 6년 전 그날에 두 사람은 데이트를 했다고."

냉혈동물처럼 굴면서도 역시 온묘지 부부에게는 질투를 느끼는 모양이었다. 가쓰라기는 잠시 테이블 위를 손가락으로 두드리다가 따분해졌는지 또 담뱃갑에 손을 뻗었다.

"그래서 준공 기념식은 무슨 의미야?"

"몰라. 하지만 내 해석으로는 리스트를 좁히는 키워드로 보여. 일단 대학 동창들이지. 게다가 같은 행사에 참석했고. 물론 의학부 관련 시설이니까 준공 기념식에 마키노 교수는 당연히 참석했어. 아마 이무라도 참석했겠지."

나가쓰는 테이블에 팔꿈치를 대고 닭꼬치를 집어 들었다. 끊임없이 내리는 비와 낮은 기압 탓인지, 아니면 아까 본 현장 탓인지 가쓰라기의 우울증이 전염되는 것 같았다.

"하지만 함께 참석했는지 어땠는지 확인할 수 없잖아."

"물론이지. 하지만 온묘지가 리스트에서 빠졌다는 것만으로도 의미는 있어."

"확신할 수 있어?"

"응. 동창이라고 해도 단순한 대학 동창은 아니야. 그 이전부터 문제였던 것 같아."

담뱃갑에서 꺼낸 담배로 테이블 가장자리를 문지르던 가쓰라기는 성냥을 꺼내 가볍게 불을 켰다. 나가쓰는 이런 표현이 적당한지 는 알 수 없었으나, 가쓰라기가 마치 작은 악녀 같은 눈빛을 하고 있다는 생각을 했다.

"나가쓰, 너는 내 길드를 얕보고 있지?"

"……딱히."

"길드 구성원들은 이 기부자 명부에 못지않은 정보를 나한테 제공해주지. 다들 비밀을 엄수하면서 말이야."

"그게 뭐?"

"별게 아니라고 한다면 그럴지도 모르지만……."

가쓰라기는 빙긋 웃었다. 길드의 중요성을 전혀 모른다고 따지려는 듯이 침착한 말투였다.

"내가 약점을 잡고 있는 남자 한 명이 그 도시은행에 있어. 그래서 그자한테서 이무라의 경력을 대충 들었지. 결론적으로 말하면 이무라와 마키노 교수는 고등학교 때부터 동창이야."

"다시 말해 두 사람은 대학에 입학하기 전부터 서로 아는 사이였다는 뜻이네."

"응. 대학이라면 모르겠지만, 고등학교라면 같은 학년의 얼굴과 이름 정도는 알 거 아냐. 대학 부속 고등학교였다니까 같은 대학에 진학하는 사람이 1년에 백 명 가까이 되겠지만, 이 명부에 함께 이름을 올리는 사람은 아마 한 줌밖에 되지 않을 걸."

"이봐. 그러면 고등학교 동창 명부와 이걸 대조하면 이른바 마키노 카나의 리스트를 알 수 있다는 거야?"

"정답."

가쓰라기는 무표정한 얼굴에 어딘지 기쁜 듯한 표정을 지으며 담배를 빨았다. 나가쓰는 반쯤 맥이 풀린 채 꼬치 끝을 힘껏 씹었다. 나가쓰는 자신의 역할은 운전사일 뿐이고 핵심적인 부분은 역시 모두 가쓰라기의 손에서 해결된다는 생각이 점점 더 강해졌다.

하지만 나가쓰는 비에 젖은 혼고 거리의 풍경에 눈을 돌리면서 문득 막연한 불안과도 비슷한 무언가를 느꼈다. 검은색 기부자 명부에 실린 사람들 중에서 불과 한 달 전에 마키노 교수가 죽고 이무라가 살해당했다. 온묘지가 정말로 살인사건과 상관없다고 한다면 남은 291명 중에 카나의 다음 희생자가 있다는 것이다.

하지만 나가쓰는 자신의 추리에 약간 당황하며 고개를 저었다. 아직 이무라를 죽인 범인이 누구인지도 밝혀지지 않았다. 지난밤의 여자가 카나인지조차도 확실한 증거는 없었다.

무엇보다 마음에 걸리는 것은 기타가와의 행방이었다. 어젯밤 은색 재규어를 쫓아 호텔에 도착한 후에 그는 도대체 무엇을 했을까? 이무라와 카나가 호텔 바에서 떠난 후에도 그들을 계속 뒤쫓았다면 그는 도대체 무엇을 본 것일까……?

7

죽음의 리스트 두 번째 남자

다음 날, 나가쓰가 다카기초의 사무소 바닥에서 땀투성이가 된 채 눈을 뜬 것은 아침 10시가 넘은 시간이었다. 햇볕이 가득 들어오는 방 안의 더위는 견디기 힘들 정도였으나, 먼저 일어나 있던 가쓰라기는 상쾌한 얼굴로 보리차를 마시며 신문을 펼쳐 보고 있었다.

　가쓰라기의 손에 들린 신문 1면에는 간토 지방의 장마가 끝나고 무더위가 시작되었다는 기사가 실려 있었다. 나가쓰가 결국 더위를 참지 못하고 욕실로 뛰어 들어가 차가운 물로 샤워를 하는 사이, 오토바이 퀵서비스로 무언가가 사무소에 도착했다. 6년 전에 나온 고등학교 동창 명부와 가장 최근에 나온 명부를 가쓰라기가 미리 수배해두었던 것이다. 동창 명부를 두 권 구한 이유는 직업이나 주소가 변경되었을지도 모른다는 걱정 때문이었다.

　나가쓰는 냉방을 켜두지 않은 찜통 같은 방에서 필사적으로 부채를 부쳐가며 기부자 명부와 고등학교 동창 명부를 대조했다. 그 결과 이무라와 마키노 외에 다섯 명의 이름이 더 드러났다.

첫 번째 인물인 구로이와 기요타다는 변호사이고 6년 전이나 지금이나 시부야 구의 히로오에 살고 있었다. 두 번째 인물인 사쿠라이 고키는 마키노 교수와 같은 대학에서 근무했지만 얼마 뒤 퇴직했는지 최근에 나온 명부에는 자영업이라고만 적혀 있었다. 세 번째 인물인 나리타 요시히로는 국회의원이고 주소는 신주쿠 구였다. 네 번째 인물인 후지모토 야스시는 무역 회사에서 근무 중이었는데 현재는 해외 지사장으로 명시되어 있었다. 다섯 번째 인물인 야하타 사토시는 대장성의 관료였지만 최신판에서는 이미 고인이 되었다고 적혀 있었다.

억지 같았던 가쓰라기 게이타의 아이디어로 리스트는 어쨌든 294명에서 단숨에 7명으로 좁혀졌다. 이미 그중에서 세 명은 죽은 사람이지만, 그들은 준공 기념식이 열렸던 6년 전 6월 12일에 마흔여덟이나 마흔아홉 살이었을 것이다. 고등학교 동창생이 기부자 명부에 7명이나 이름을 올린다는 것은 너무 지나친 우연처럼 느껴졌다. 하지만 그들의 연령대와 사회적 지위, 연봉 등을 고려하면 자연스러워 보이기도 했다. 그들 모두가 준공 기념식에 참석했는지는 확인할 도리가 없었지만, 이로써 일단은 예상이 빗나갈 가능성도 다분한 한 가지 가설이 세워진 셈이었다.

가쓰라기는 그 후 오후 1시 넘어서까지, 땀투성이로 소파에 축 늘어져 있는 나가쓰를 본체만체하며 컴퓨터 앞에 앉아 키보드를 두드리고 있었다. 가쓰라기의 일이 끝나고 또 바로 밖으로 끌려나온 나가쓰는 오후 2시 반이 지났을 무렵에야 아자부주반의 국숫집 테이블에 앉아 탐정 사무소에서 가져온 신문의 사회면을 노려보고 있었다.

나가쓰는 벌써 국수를 2인분이나 비웠지만 가쓰라기는 이제야 자기 몫의 절반 정도를 먹고 있는 참이었다. 그가 음식을 먹는 광경은 흔히 볼 수 있는 것이 아니었다. 그래도 이 가게의 국수는 꽤 좋아하는 모양인지 가쓰라기는 우아한 손짓으로 젓가락을 움직여 조금씩 국수를 집고는 쉼 없이 입으로 옮기고 있었다.

기사에 인용된 경비원의 인터뷰는 어젯밤 혼고의 술집에서 들은 대로였다. 은색 재규어가 다쓰오카문을 통과한 시각은 새벽 2시경. 발작을 일으킨 딸에게 진정제를 맞히러 간다는 말도 그대로 실려 있었다. 물론 야간 구급 시설에 두 사람의 모습이 나타난 적은 없었다. 재규어의 차체에서도 이무라 외의 지문은 검출되지 않았다. 수영장에 잠긴 시체에는 지갑과 자동차 열쇠가 없었는데 아마도 누군가가 조수석 쪽의 흔적을 지우고 사라졌다고 여겨졌다······.

"이봐, 나가쓰. 너 과부 좋아해?"

"뭐?"

"기대해. 이제 5분 뒤에 저쪽 맨션에서 아주 요염한 과부가 나올 테니까."

가쓰라기는 국수 반 그릇으로 충분했는지 젓가락을 가지런히 모아 테이블에 내려놓고는 그릇을 들어 국물을 후루룩 마셨다. 나가쓰는 가쓰라기의 말에 신문을 덮고서 아스팔트에 햇빛이 반사되는 눈부신 바깥으로 눈을 돌렸다.

"과부라는 게 누군데?"

"일본 무용 선생님이야. 매달 네 번째 금요일 2시 50분쯤에 산책하러 나오거든."

가쓰라기의 눈은 평소보다 더 심하게 우울해 보였다. 메밀차가 들어 있는 컵으로 손을 뻗은 가쓰라기는 가볍게 한숨을 쉬고서 주머니에서 담뱃갑을 꺼내 들었다.

"그런데 그게 뭐 어쨌다고?"

"은행 문이 닫히는 시각이 몇 시지?"

대답하기에도 바보 같은 질문의 답은 3시였고, 마침 점심 식사와 간식 시간대의 경계에 선 가게의 시계는 정확히 2시 45분을 가리키고 있었다.

"어디서 들었고 또 그게 무슨 의미를 지닌 정보인지, 물어봐도 아마 소용없겠지?"

"아니, 산책 정보의 출처는 두 집 건너 술집의 주인이야. 덧붙여 이 일본 무용 선생님이 가는 곳은 이무라가 근무하던 그 도시은행 지점이고."

"하지만 무용 교실 선생이라면 월세를 내야 한다거나 뭐, 은행에 여러 가지 볼일이 있겠지. 별로 이상할 건 없는데?"

"글쎄. 이 날만은 입금액이 일정하다는 게 문제지. 6년 전 7월부터 작년 11월까지 70만 엔씩. 그리고 올해 5월까지 10만 엔 줄어든 60만 엔씩. 게다가 이 정보의 제공자는 내가 아끼는 길드의 동료야."

가쓰라기에게 이무라의 경력을 알려준 그 길드 구성원이 이번에도 힘을 쓴 모양이었다.

"그래서 그 금액은 무슨 의미야?"

"몰라. 아, 여기 계산해주세요."

가쓰라기는 손을 들어 점원을 부른 후 바지 뒷주머니에서 허름한 갈색 가죽 지갑을 꺼냈다. 그리고 담배를 비벼 끈 뒤 계산을 마치고 출구로 걸어갔다.

나가쓰는 둥글게 만 신문을 한 손에 들고 자리에서 일어섰다. 햇볕이 쨍쨍 내리쬐는 바깥을 보니 냉방을 켠 가게 안을 떠나는 것이 아무래도 아쉬웠다.

"과부가 나왔어."

가쓰라기는 뜨거운 인도에 서서 머뭇거리는 나가쓰를 돌아보며 말했다. 그다지 몸을 숨기려는 기색도 없었다.

가쓰라기가 가리킨 맨션은 베이지색 외벽의 6층짜리 건물이었다. 열린 출입구의 유리문에서 아담한 여자가 한 명 나왔다. 옅은 자주색 비단 밑으로 싸리 무늬가 비쳐 보이는 기모노가 운치가 있어 보였다. 작은 핸드백을 오른손에 들고 등을 곧게 편 우아한 모습은 나가쓰도 마음이 흔들릴 정도였다.

하지만 가쓰라기는 그 과부를 쫓지도 않고 그저 길가에 우두커니 서 있었다. 도시은행의 지점에 가려면 이쪽 길이 아닌 듯 여자는 바로 앞의 모퉁이를 왼쪽으로 돌았지만, 그래도 가쓰라기는 움직이지 않았다.

"야, 놓치겠어."

"오늘의 표적은 저 여자가 아니야. 저기야."

가쓰라기의 말이 떨어지기가 무섭게 또 맨션의 유리문이 열렸다. 강한 햇살에 찡그리고 만 나가쓰의 눈에 하얀 양산을 획 펼치는 모습이 들어왔다. 이번 여자는 솟을무늬 천에 회색에서 청색으로 그러데이션을 세로로 입힌 기모노 차림이었다. 조금 전의 과부보다도 키가 컸으며 검은 창포 띠를 단단히 맨 허리 주변이 호화스러워 보였다.

"누구야?"

"만인의 연인이지. 오늘이야말로 접근해볼까?"

여자는 하얀 양산을 쓰고 과부가 간 곳과 반대 방향으로 천천히 걷기 시작했다. 가쓰라기는 그 모습을 잠시 지켜보았다. 여자는 모퉁이에서 멈춰 택시를 향해 손을 들었다. 가쓰라기가 뒤를 돌아보며 고개를 끄덕여 신호를 보내자, 나가쓰는 호주머니에서 푸조의 열쇠를 뒤졌다. 푸조는 국숫집 바로 앞에 주차했고 일방통행인 이 길에서는 택시가 출발한 방향으로 바로 뒤쫓으면 그만이었다.

나가쓰는 자동차의 잠금장치를 해제하고 택시 쪽을 힐끔 보았다. 기모노 차림의 여자는 가볍게 허리를 숙여 양산을 접고 곧바로 택시 안에 올라탔다. 얼굴을 또렷이 볼 여유는 없었지만 그 찢어진 사진의 여자, 마키노 카나인 것은 거의 틀림없었다.

"저 여자, 과부의 제자인 건가?"

"응. 매주 화요일과 금요일, 이 시간대에 일본 무용을 배우러 오는 모양이더라고."

가쓰라기가 조수석 문을 닫는 것과 거의 동시에 택시가 움직이기 시작했다. 나가쓰가 서둘러 푸조를 출발시켰고, 카나가 탄 택시는 곧 센다이자카 방향으로 좌회전했다. 아마 수업을 끝내고 곧장 집으로 돌아가려는 듯싶었다.

가쓰라기가 예전 고객이라는 여자에게서 얻은 정보, 즉 카나가 1주일에 두 번 기모노 차림으로 외출한다는 목적지가 바로 여기였던 모양이다. 가쓰라기가 어떤 절차로 입수 정보를 비교하고 분석하는지는 모르겠지만, 나가쓰는 마치 나쁜 여자에게 휘둘리는 듯한 기분이 들어 핸들을 잡은 채 투덜거렸다.

"그런 정보는 미리미리 말해줘. 내가 대응하기 힘들잖아."

"솔깃한 정보는 또 있어. 아까 그 과부는 신바시에서 게이샤로 일하다가 은퇴한 사람이고, 나리타 요시히로의 예전 애인이었어."

"누구의 애인이었다고?"

"신주쿠의 국회의원 말이야. 그 과부의 죽은 남편은 요리사였는데, 거의 두 살림을 차려서 살다시피 했나 보더라고."

택시는 센다이자카를 지나서 또 왼쪽으로 꺾어 아리스가와노미야 기념 공원의 남쪽으로 내려갔다. 카나의 집과는 약간 방향이 달랐다.

"그러면 아까 말했던 그 정기적인 입금도 나리타가 준 돈이야?"

"글쎄, 용돈으로 생각하기에는 시기가 좀 달라. 과부의 남편이 죽은 것은 7년 전인데, 그때부터 반년쯤 지나서 나리타와도 헤어졌어. 하지만 일본 무용 교실 자체는 어머니 때부터 물려받은 것이니까 꽤 오래된 것 같아."

"마키노 카나가 언제부터 일본 무용 교실에 다니기 시작했는지도 조사했어?"

"응. 중학교에 진학하면서부터 다니기 시작했는데 중간에 몇 번 그만두기도 한 모양이야. 그래도 지금까지 꾸준히 다니고 있는 것 같아. 게다가 죽은 마키노 사와코도 그 교실의 제자였어."

택시는 가이엔니시 거리로 나오는 모퉁이에서 빨간불에 멈췄다. 푸조와 택시 중간에 자동차 한 대가 끼어들어 카나의 모습은 보이지 않았지만, 나가쓰는 문득 떠오른 생각에 가슴 한쪽이 서늘해지는 것을 느꼈다.

"마키노 사와코라니……?"

"마키노 카나의 어머니. 즉, 마키노 교수의 죽은 전처."

신호가 파란불로 바뀌고 택시는 좌회전해서 가이엔니시 거리로 들어섰다. 나가쓰는 핸들을 조작하면서 묘하게 얽힌 인연의 그물망에 사로잡힌 듯한 기분이 들었다.

"그래서 네 결론이 뭐야?"

"아직 몰라. 이번에는 오른쪽으로 간다."

또 중간에 자동차 한 대가 끼어들어 푸조는 택시에서 약간 멀어졌다. 택시는 메이지 거리를 따라 시부야 방면으로 향하는 듯하더니, 첫 번째 신호에서 또 우회전했다. 나가쓰는 약간 땀이 나는 느낌이 들어 에어컨 설정 온도를 살며시 낮췄다. 가쓰라기는 그 정도에도 한기를 느끼는 듯 조수석 쪽의 창문을 열었다.

"뭐, 어쨌든 마키노 사와코가 사건의 열쇠를 쥐고 있어."

"마키노 사와코가 어떤 사람이었는지는 알아?"

"아니, 아직. 각 방면에서 소식을 기다리는 중이야."

가쓰라기는 줄곧 정면만 바라보고 있었다. 택시는 쇼운지祥雲寺의 문 앞을 지나 언덕을 내려가 성심여자대학의 부지를 둘러싼 담장이 보이는 곳에서 왼쪽으로 꺾었다. 중간의 자동차가 사라졌기 때문에 나가쓰는 약간 속도를 떨어뜨린 후 똑같이 좌회전했다.

택시는 약간 더 가서 멈췄다. 나가쓰는 택시를 지나쳐 푸조를 더욱 전진시키고, 첫 횡단보도에서 꺾어 곧바로 브레이크를 밟았다. 시트에 기대 있던 가쓰라기는 느릿느릿 몸을 일으켜 조수석의 문을 열었다.

나가쓰가 자동차에서 내리자 텅 빈 택시가 천천히 눈앞을 지나가는 것이 보였다. 가쓰라기가 서 있는 담 모퉁이에서 카나가 내린 주변을 살펴보자 널찍한 3층짜리 벽돌 맨션의 정문 안쪽으로 사라지는 양산이 보였다.

가쓰라기는 나가쓰에게 눈짓하고 걸어가기 시작했다. 가쓰라기는 냉방이 켜진 차내에서 나온 게 후련한 모양이었지만, 나가쓰의 셔츠와 바지 안쪽은 땀으로 흥건히 젖어들었다. 유리문을 빠져나간 로비는 밝고 시원했지만 그곳에 카나의 모습은 보이지 않았고, 안쪽 관리실에도 인기척이 없었다.

가쓰라기는 주변을 둘러보고 왼쪽에 있는 우편함에 다가갔다. 한 가구당 차지하는 면적이 넓은지 우편함의 개수는 적었다. 나가쓰도 가쓰라기와 함께 입주자의 이름을 눈으로 좇으며 숨을 삼켰다. 302호실의 이름이 구로이와 기요타다였다.

"리스트의 첫 번째 남자로군."

"정확히는 두 번째야. 이무라가 첫 번째고."

가쓰라기는 덤덤히 그렇게 말하고 로비 오른쪽 끝의 유리문으로 걸어갔다. 그리고 나가쓰가 제지할 틈도 없이 302호의 버튼을 눌렀다. 하지만 인터폰의 대답은 없었고, 인기척 없는 맨션 로비에는 어딘지 불길한 고요함만이 떠돌았다.

"설마 벌써 살해당했을까?"

"그럴지도. 어쩌면 한창 즐기고 있는 중이라서 대답하지 못하는 것일 수도 있지."

가쓰라기는 자신과 전혀 상관없는 남 이야기를 하듯이 대답하고는 테이블과 소파가 놓인 한쪽 구석으로 뚜벅뚜벅 걸어갔다. 유리문 앞에서 망설이는 나가쓰를 본체만체하며 편안해 보이는 가죽 소파에 앉더니 또 담배를 꺼냈다.

"야, 가쓰라기. 지금 담배나 피울 때야?"

"달리 할 일이 없잖아."

"이건 살인사건이야. 놀러 온 게 아니라고."

"되게 시끄럽네."

가쓰라기는 상의 주머니에서 유카가 마련해준 휴대폰을 꺼내 무언가 만지작거렸다. 그리고 가쓰라기가 휴대폰에 귀를 대자, 잠시 후 나가쓰가 흠칫 놀랄 만큼 경박한 목소리가 흘러나왔다.

"아, 죄송합니다. 전화 잘못 걸었습니다."

삑 하고 전화를 끊는 소리가 들리고 가쓰라기는 또 침착한 눈빛이 되었다. 그리고 담배를 한 개비 꺼내 성냥을 긋고 나직이 말했다.

"아직 살아 있어."

"뭐라고?"

"구로이와 말이야. 지금 전화를 받은 남자가 아마도 그 사람일 거야."

가쓰라기는 리스트에 오른 사람들의 전화번호를 이미 휴대폰에 등록해둔 모양이었다. 나가쓰는 약간 맥이 빠진 채 맞은편 소파에 앉았다. 지금 자신이 있는 건물 3층에 카나가 두 번째 남자 구로이와와 함께 있다. 그것이 왠지 비현실적으로 느껴졌다.

"하지만 지금은 평일 낮이야. 가족이라면 몰라도 왜 구로이와가 집에 있는 거지?"

"자기 사무실을 운영하고 있으니까 시간을 마음대로 조정할 수 있는 거겠지. 그리고 구로이와는 3년 전부터 처자식과 별거 중이야. 이무라가 수요일의 남자라면 구로이와는 금요일 낮의 남자라고 할 수 있지.”

“결국 마키노 카나는 1주일 단위로 날마다 파트너가 바뀌는 셈 인가? 마키노 교수까지 포함하면 일곱 명이니까 1주일 스케줄이 꽉 차긴 하네.”

나가쓰는 아무렇지도 않게 중얼거리다가 또 가슴 한쪽이 서늘해 졌다. 리스트에 오른 일곱 명 중에 세 명은 이미 죽은 사람이 되었 다. 명부에서는 고인이 된 야하타 사토시가 언제 어떤 죽음을 맞이 했는지는 모르지만, 살아 있는 네 명 중 구로이와는 카나와 함께 현 재 이 맨션 안에 있다. 그리고 나리타 요시히로는 카나의 일본 무용 선생님을 이전에 반쯤 애인으로 삼았던 남자다. 지금은 해외 근무 를 하는 후지모토 야스시는 위험 구역에서 벗어났다 하더라도, 남 아 있는 사쿠라이 고키도 이대로라면 카나에게 어떤 위해를 당할 지도 모른다.

하지만 가쓰라기는 도대체 무슨 생각인지 그저 멍하니 담배를 피울 뿐이었다. 나가쓰는 견딜 수 없는 마음에 부스스한 머리를 쥐 어짰다.

“역시 마음이 놓이지 않아. 전화를 끊고 나서 곧바로 목 졸려 죽 는다면 어떻게 하려고?”

“어떻게 되든 상관 안 해. 설령 카나가 구로이와를 죽인다고 해 도 무슨 이유가 있을 테니 내 알 바가 아니지.”

가쓰라기는 짐짓 모른 체하며 천장을 향해 연기를 후우 뿜어냈 다. 사람이 죽고 사는 문제도 가쓰라기에게는 사소한 일에 불과한 가 보다 생각하니 상당히 어이없었다. 가쓰라기는 담뱃재를 떨며 중얼거렸다.

"게다가 위험성이 반반이야."

"뭐가?"

"만약 마키노 카나의 리스트에 실제로 의미가 있다고 해도, 구로이와가 그 사실을 안다면 경계는 하고 있겠지."

가쓰라기는 지그시 테이블에 눈을 내리깔다가 마침내 반쯤 피운 담배를 비벼 끈 후 일어섰다.

"자, 갈까?"

"잠깐. 오늘이야말로 카나에게 말을 걸 작정이었잖아?"

"마음이 바뀌었어. 내일 하지."

나가쓰가 제지할 틈도 없이 가쓰라기는 대뜸 출구로 걸어갔다. 구로이와의 집에서 현재 무슨 일이 벌어지고 있는지 이 로비에서는 전혀 확인할 방법이 없었다. 사람이 죽은 뒤에는 이미 늦겠지만, 단순한 어림짐작으로 경찰에 신고해봤자 상대도 안 해줄 것이다.

게다가 가쓰라기의 말마따나 위험성이 반반이었다. 여기에서 쭉 기다린다고 해도 나오는 사람이 구로이와일지, 마키노 카나일지는 아무도 몰랐다. 나가쓰는 그런 생각에 다시 한 번 식은땀이 흐르는 것을 느끼면서 일어섰다. 바깥 아스팔트에 반사되는 빛으로 눈이 아찔해졌다.

가쓰라기는 푸조를 세워둔 골목 앞에서 엉뚱한 방향을 올려다보며 멍하니 서 있었다. 하지만 나가쓰가 다가가서 말을 걸려고 하자 가쓰라기는 한 손을 들어 나가쓰를 제지했다. 미심쩍으면서도 그의 시선을 따라 위를 올려다본 나가쓰는 소스라치게 놀랐다. 맨션 3층의 베란다에 뒤돌아 서 있는 카나의 모습이 보였던 것이다.

허리끈을 비롯한 기모노의 모든 끈은 풀려 있었다. 그녀는 베란다에 기대듯이 양손을 난간에 댄 채 등을 약간 젖히고 있었다. 안에 입은 속옷에 바람을 통하게 하며 느긋하게 쉬는 것처럼 보이기도 했다.

어쩌면 벌써 알몸인 것일까? 머리카락을 질끈 묶은 하얀 목덜미와 어깨선이 매우 난잡해 보였다. 그녀는 나체에 바로 기모노를 걸치고 앞섶을 풀어 헤쳐 찌는 듯한 오후의 공기에 알몸을 드러내고 있는 것처럼 보였다.

하지만 나가쓰가 무의식중에 앞으로 발을 내딛는 순간, 창문이 열리는 소리가 났다. 가쓰라기는 가볍게 나가쓰의 소매를 잡아당기고 담벼락 뒤에 몸을 숨겼다.

베란다로 나온 사람은 구로이와로 보이는 남자였다. 옆얼굴이 얼핏 보일 뿐인 남자는 대낮에 남의 눈에 띌 것을 염려하며 그녀를 안으로 데려오려는 것이리라. 남자는 앞가슴이 벌어진 기모노의 허리춤을 안고 그녀에게 무언가 속삭였다.

그리고 그녀는 남자의 목에 팔을 둘렀다. 기모노의 소매에서 흘러나오는 양팔이 터무니없이 새하얗고 눈부셨다. 두 사람은 그대로 안으로 사라졌지만, 나가쓰는 가벼운 현기증과 동시에 불안도 느꼈다.

그 호텔의 바에서 본 광경은 아직까지 확실히 나가쓰의 뇌리에 각인되어 있었다. 밤거리가 내려다보이는 테이블에서 이무라와 카나는 서로의 손을 단단히 붙잡고 있었다. 그리고 그날 밤에 이무라는 살해당했다.

지금 이 맨션에서 카나가 구로이와 기요타다의 팔에 몸을 맡겼다고 해도, 거기에 무슨 의미가 있을 리 없었다. 죽이려는 마음을 먹는다면, 그녀는 남자의 목을 감싸고 그 손으로 가차 없이 남자를 살해할 것이다. 나가쓰가 그렇게 생각하는 순간, 갑자기 가쓰라기가 경계 자세를 취했다. 맨션 앞의 언덕 밑에서 짙은 회색 벤츠가 천천히 올라오고 있었다.

"……뭐야, 또 기타가와가 온 거야?"

"응. 이로써 모든 배우들이 모였군."

가쓰라기는 셔츠의 가슴 쪽 단추에 손을 올렸다. 천하의 가쓰라기도 그늘 없는 아스팔트 위에서는 더위를 느끼는 듯했다.

마침내 벤츠는 맨션 정문 앞에 멈추었고 기타가와가 차에서 내렸다. 그는 변함없이 긴장한 표정으로 똑바로 입구 쪽을 향했다.

"야, 가쓰라기. 어떻게 할까?"

"얼음이라도 먹을까?"

"뭐?"

"더워서. 얼음이라도 박박 갈아 먹고 싶네."

나가쓰는 한순간 머릿속이 새하얘졌다. 이 실없는 남자의 멱살을 잡고 벽으로 밀어붙이고 싶은 충동이 들었다. 하지만 가쓰라기는 아무 일도 없다는 듯 푸조 쪽으로 뚜벅뚜벅 걸어갔다.

"가자. 여름 햇빛은 피부에 안 좋아."

"……이 자식이. 그런 걱정 할 때가 아니잖아."

가쓰라기는 나가쓰의 힐책을 듣고서 무슨 생각이 들었는지 줄곧 한 손을 허리에 댄 자세로 고개를 숙이고 있었다. 나가쓰는 속이 바짝 타기 시작했고, 맨션으로 되돌아갈까 싶어 도로의 반대편을 살피기 시작했다.

하지만 그때, 맨션에서 사람이 나왔다. 황급히 몸을 숨겼지만 맨션에서 나온 사람은 장을 보러 나온 듯한 중년 여성이었다. 나가쓰는 다시 한 번 담 모퉁이에서 얼굴을 내밀고 3층 베란다를 올려다보았다. 창문은 이미 닫혀 있었고 커튼도 쳐져 있었다. 기타가와도 좀처럼 나오지 않았다.

"야, 나가쓰. 계속 보고 싶으면 자동차 열쇠 이리 줘."

"뭐라고?"

"나는 차 안에 있을게. 결론은 어차피 다 아니까."

나가쓰는 가쓰라기의 태도에 약간 짜증이 일었지만, 주머니를 뒤져 푸조의 열쇠를 던졌다. 가쓰라기의 윤리관이 어떻게 되어 있는지는 알 수 없었으나, 상식적인 사람인 나가쓰는 카나와 구로이와의 생사가 마음에 걸렸다.

열쇠를 받아 든 가쓰라기는 망설임 없이 차에 올라 시트를 뒤로 젖히고는 너무나 태연하게 음악을 틀었다. 나가쓰는 희미하게 들리는 돈 조반니의 서곡에 한층 커져가는 초조함을 느끼면서, 찌는 듯한 무더위 속에서 홀로 맨션의 출입구를 뚫어져라 감시하고 있었다.

나가쓰가 이렇게까지 신경 쓰는 이유는 모두 가쓰라기 때문이었다. 구로이와나 카나가 죽더라도 나가쓰와는 아무런 상관이 없는 일이었고, 이렇게 고생하면서 감시하는 것이 딱히 누구에게 이득이 되는 것도 아니었다. 그러나 나가쓰는 꼼짝 않고 감시를 계속했다. 그것이 자신의 임무라고 생각했기 때문이었다.

아리아가 한 곡 끝나고 나가쓰가 더위에 슬슬 지쳐가려는 순간, 맨션 입구에서 드디어 움직임이 포착되었다. 기타가와가 기모노 차림을 한 카나의 어깨를 감싸며 맨션에서 나온 것이다.

카나의 머리카락은 산발이 되어 있었고, 멀리서 보아도 기모노의 옷깃이 매우 흐트러져 있는 것을 느낄 수 있었다. 그녀는 그저 멍하니 기타가와의 가슴에 머리를 맡기고 있어서 얼굴은 잘 보이지 않았다. 기타가와는 그대로 벤츠 뒷좌석 문을 열어 그녀를 차 안에 눕힌 후 문을 닫았고, 운전석에 올라타서 곧바로 엔진에 시동을 걸었다.

기타가와의 벤츠가 이 골목 앞을 지날 것이라고 생각하자 나가쓰는 약간 조바심이 났지만, 벤츠는 맨션 앞의 공간에서 유턴해서 방금 올라왔던 언덕을 내려가기 시작했다. 나가쓰는 이마에 흐르는 땀을 닦았다. 그리고 뒤이어 나타난 사람의 모습에 생기 없는 눈의 초점을 맞추었다.

아마도 저 남자가 구로이와 기요타다일 것이다. 키가 180센티미터는 될 듯했다. 호리호리한 몸매에 날카로운 느낌이었던 이무라에 비하면 구로이와는 매우 탄탄한 체격이라 무술을 오랜 세월 연마해온 듯한 다부진 인상을 주었다.

남자는 벤츠가 떠나자 곧바로 문 앞에 나와 특별히 무엇을 하려는 낌새도 없이, 그저 언덕을 내려가는 자동차를 눈으로 전송할 뿐이었다. 우락부락한 몸집을 감싸는 짙은 녹색 슈트의 왼쪽 옷깃에 금색의 변호사 배지가 빛나고 있었다.

이윽고 구로이와는 이제부터 사무소로 돌아가려는 심산인지 주차장 쪽으로 발걸음을 옮겼다. 그리고 곧바로 모습을 감췄다.

나가쓰는 이해할 수 없었다. 카나와 구로이와는 아직 둘 다 살아 있었다. 게다가 기타가와가 그녀를 안고 나왔다는 것은 아마도 그가 인터폰을 눌러 이름을 밝히고 3층 방에 올라가 그녀가 옷을 갈아입을 때까지 기다렸다는 뜻일 것이다.

벤츠를 눈으로 전송하던 구로이와의 표정도 이해할 수 없었다. 멀리 떨어져 있기는 했지만 구로이와는 눈부신 햇살에 눈을 살짝 찡그렸을 뿐이었다. 구로이와는 방금 전까지 카나의 맨살을 만졌다. 알몸 위에 기모노를 걸친 그녀를 안고 아마도 그녀의 몸을 범했을 것이다.

단순한 질투일까? 아니면 한 차원 더 이해할 수 없는 어둡고 탁한 감정일까?

잠시 후, 맨션 정문에 검은색 포드가 나타났다. 나가쓰는 햇살이 반사되는 유리창을 통해 순간적으로 구로이와의 얼굴을 똑똑히 확인했다.

그는 전혀 표정이 없었다. 지금부터 일하러 가는 마음이 가벼울 리는 없겠지만, 나가쓰는 그의 무표정한 얼굴이 신경 쓰였다. 카나를 태운 벤츠를 멀리서 전송하던 구로이와의 눈에는 희미한 살의와도 같은 어두운 무언가가 맴돌고 있었다.

8

운명의 붉은 실

나가쓰는 아무래도 마음이 놓이지 않아 손목시계를 보았다. 시각은 밤 9시 반. 마키노 카나를 아자부주반에서 히로오까지 미행한 다음 날인 토요일이었다.

　가쓰라기는 아직도 사무소에 돌아오지 않았다. 그날 석간신문에 보도된 새로운 기사를 본 나가쓰는 가쓰라기에게 몇 번이고 전화를 했지만 받지 않았다. 마음이 급해진 나가쓰는 집을 뛰쳐나와 가쓰라기의 사무소 근처 카페에서 시간을 떼우며 가쓰라기를 기다렸지만 가쓰라기는 나타나지 않았다. 그의 귀가를 기다리느라 완전히 지쳐버린 나가쓰는 속이 끓을 대로 끓어 비상 열쇠로 탐정 사무소의 문을 열고 멋대로 들어와버렸다.

　주방의 싱크대에는 유리잔만 하나 놓여 있었다. 가쓰라기는 아마 사건을 알아차리자마자 곧바로 나간 듯했다. 안쪽 사무실의 책상 위에는 세 권의 명부와 신문 등이 난잡하게 흐트러져 있었고, 의자 등받이에는 어제 입었던 셔츠와 바지가 걸려 있었다. 소파 위에도 부채, 수건, CD 케이스 따위가 널브러져 있었다.

나가쓰는 중고 컴퓨터, 전화, 팩스를 어지러이 늘어놓은 넓은 책상 앞에 서서, 문득 생각났다는 듯이 산더미처럼 쌓인 자료를 파헤쳤다. 최초의 발단인 익명의 편지는 역시나 그곳에 있었고, 동봉된 사진도 그대로였다. 마키노 교수의 집 대문 앞에서 후리소데 차림으로 서 있는 카나의 표정이 오늘 밤에는 어째 더욱 으스스하고 수상쩍은 빛을 띠었다.

구로이와가 살해당했다. 게다가 어젯밤 이 근처에서. 그것만으로도 나가쓰의 가슴은 불길하게 뛰었다. 나가쓰가 찢어진 사진을 봉투에 도로 넣고 책상에 올려놓았을 때, 처음 보는 신문 기사의 복사본이 눈에 들어왔다. 그 여백에는 휘갈겨 쓴 가쓰라기의 필체로 '6월 12일, 서막'이라고 쓰여 있었다.

나가쓰는 책상 앞 의자에 앉아 조명을 켰다. 복사본은 신문의 축쇄판에서 복사한 것으로, 16년 전 6월 13일의 석간신문 기사였다.

도쿄 내 공원에 여성 변사체
수상한 인물의 그림자

13일 오전 1시 30분경, 도쿄도 미나토구 미나미아자부의 아리스가와노미야 기념 공원에서 개를 산책시키던 인근 주민이 산책길 안쪽 무성한 숲에서 기모노 차림으로 쓰러진 여성과 그 옆에 앉아 있는 여자아이를 발견해서 경찰에 신고했다. 아자부 경찰서에서 급히 출동해보니 여성의 목에는 붉은 유카타 허리끈이 단단히 묶인 채로, 이미 사망한 상태였다. 여자아이는 충격을 받아 거의 말을 하지 못하는 상황이었지만 무사히 구출해 아자부 경찰서에서 보호하고 있다.

동 경찰서의 조사에 따르면 사망한 사람은 도쿄도 미나토구의 대학 교원인 마키노 소이치 씨(39)의 아내 사와코 씨(31)로 밝혀졌다. 시체 옆에 있던 여자아이는 장녀 카나(5).

동 경찰서가 마키노 씨로부터 사정을 청취한 바, 사와코 씨는 12일 오후 3시경 일본 무용 수업을 받기 위해 딸을 데리고 외출했다고 한다. 평소에 사와코 씨는 저녁 6시에 귀가하는데, 오후 8시가 되어서도 귀가하지 않는 것을 걱정한 마키노 씨가 지인의 집 등에 수소문했지만 일본 무용 교실을 나선 후의 행방은 알아낼 수 없었다고 한다.

현장 검증 결과, 사와코 씨가 쓰러진 곳의 바로 옆 떡갈나무 가지에 붉은 유카타 허리끈이 매어져 있는 것이 발견되었다. 그 끝에는 무게로 끊어진 흔적이 있고, 시체의 목에 감긴 허리끈에도 마찬가지 흔적이 확인되었다. 따라서 동 경찰서에서는 자살의 가능성도 높다고 여기고 수사를 진행하고 있다.

또한 최초 발견자는 현장 부근을 서성이던 수상한 인물도 목격했다고 진술했다. 심야라서 얼굴의 형태는 확실히 보지 못했으나, 키 170센티미터 전후의 성인 남성, 검은색 혹은 그에 가까운 색깔의 상하의 옷차림이라고 한다. 이를 토대로 동 경찰서에서는 현장 검증을 진행하는 동시에 탐문 조사로 그 인물의 행방을 쫓는 데 주력하고 있다.

도쿄도 출신의 사와코 씨는 6년 전에 마키노 씨와 결혼하여 1년 후에 장녀 카나를 출산했다. 주변의 부러움을 살 만큼 행복한 가정생활을 보내고 있었기에 죽어야 할 이유는 없다며 마키노 씨는 말끝을 흐렸다…….

"뭐야, 와 있었어?"

흠칫 놀라 뒤돌아보니 가쓰라기가 눈앞에 서 있었다. 변함없이 피곤한 듯한 표정으로 훌쩍 방 안으로 들어온 가쓰라기는 책상 위에서 고등학교 동창 명부를 한 권 들고 안쪽 소파에 앉았다. 나가쓰는 뛰는 가슴을 진정시키지 못한 채 손에 든 신문 기사를 흔들며 소리쳤다.

"야, 이게 뭐야?"

"보면 알잖아. 신문 기사 복사본이지."

가쓰라기는 담배를 꺼내고 중얼거렸다. 어디에 다녀왔는지는 모르겠지만, 앞머리가 이마에 흐트러져 있고 눈 아래에는 어렴풋한 다크서클까지 생겨 있었다.

"그게 아니고 이 기사 내용 말이야!"

"그래, 운명의 붉은 실태어나면서부터 새끼손가락에 감긴 보이지 않는 붉은 실로 운명의 상대와 이어져 있다는 설화치고는 별로 사랑스럽지는 않지."

"아니, 아니, 살해당한 장소 말이야!"

나가쓰는 저도 모르게 목소리를 높였다가 스스로 깜짝 놀라 입을 다물었다. 듣는 사람이 없다지만 창문이 열려 있어 왠지 불안했다. 가쓰라기는 고등학교 동창 명부를 들추면서 살짝 눈썹을 올렸다.

"나가쓰, 너 이 컴퓨터 사용할 수 있어?"

"물론."

"바탕화면 폴더 안에 오늘 받은 이메일이 들어 있어. 한번 읽어봐."

가쓰라기는 담배를 입에 물고 성냥으로 손을 뻗었다. 나가쓰는 어리둥절한 심정으로 컴퓨터를 켰다. 잠시 후 켜진 화면에는 '도쿄대학 살인사건'이라는 제목의 폴더가 있었다.

나가쓰는 말없이 폴더를 열고 파일 제목을 훑어보았다. 제목은 가쓰라기가 마음대로 붙인 코드여서 의미를 알 수 없는 것투성이였지만, 오늘 날짜로 문서가 두 개 보였다. 나가쓰는 이른 아침 시간에 온 첫 번째 이메일을 열었다.

가쓰라기 씨에게.

문의하신 건에 관해 답장하겠습니다.

야하타 사토시 씨가 사망한 것은 분명히 작년 12월 23일 늦은 밤이었습니다. 니시신주쿠의 한 호텔 방에서 옷을 입고 욕조에 들어간 상태에서 전원을 켠 드라이어를 물에 떨어뜨려 감전사했다는 이야기에 매우 당황스러워했던 기억이 납니다.

하지만 귀하의 추측은 과연 어떨까요? 방문은 잠겨 있었다고 들었고 유언은 없지만 자살이라고 보는 편이 역시 자연스럽다고 생각합니다. 현재 자살로 처리되었고 야하타 씨의 사망으로 막대한 이익을 얻었다는 사람도 제가 알기로는 없습니다.

지금으로서 제공 가능한 정보는 이것뿐입니다. 하지만 다행히 조사에 임한 사람들 중에 지인이 있어서 앞으로 필요하시다면 그 지인을 찾아보겠습니다.

그럼 다음 만남을 기약하며.

야하타 사토시라면 분명히 리스트의 일곱 번째 남자였다. 올해 고등학교 동창 명부에 고인으로 기록된 관료 출신의 남자였다. 이메일 송신자의 이름과 주소는 지워졌지만, 내용을 살펴보건대 같은 길드 구성원인 모양이었다.

얼핏 뒤돌아보니 가쓰라기는 소파에서 꼼짝도 않고 두 번째 담배를 물고 있었다. 나가쓰는 또 다음 이메일을 열어보았다. 역시 송

신자 이름은 지워져 있었지만, 첫 줄을 읽는 순간 맥박이 급하게 뛰
기 시작했다.

마키노 사와코, 결혼 전 성姓 사쿠라이.
그 이상의 정보는 아직 얻지 못함.
하지만 다행히 여학교 시절의 담임교사와 접촉할 가능성이 있음.
다음 소식을 기대할 것.

"야, 뭐야, 이 이메일은?"
"한 사람은 고위 관료고, 다른 한 사람은 정보원이야. 내 주변에
는 남들 소문을 퍼뜨리기 좋아하는 사람들이 좀 있어."
"그게 아니라 구로이와랑 아까 신문 기사랑 어떤 관계가 있냐
고?"
가쓰라기는 또 어깨를 움츠리고 성냥을 틱 그었다. 그리고 혼란
에 빠진 나가쓰의 표정을 보는 게 즐겁다는 눈빛으로 무표정하게
담배에 불을 붙였다.
"모르겠어?"
"응. 완전히 이해 불가능이야."
"그럼 직접 가볼까?"
나가쓰는 한순간 어안이 벙벙해서 가쓰라기의 얼굴을 바라보았
다. 가쓰라기 역시 사건 못지않게 이해 불가능하다는 느낌이 들었
다. 하지만 가쓰라기는 아무렇지도 않게 담배를 입에 문 채 일어서
더니 고등학교 동창 명부의 펼쳐진 페이지를 불쑥 나가쓰 앞에 내
밀었다.

"혼란스러운 김에 이것도 좀 봐. 추가분이야."

그것은 리스트에 이름을 올린 그들과 같은 연도에 졸업한 학생들의 페이지였다. 리스트에 있던 일곱 명의 이름은 없었지만, 가쓰라기가 가리킨 곳을 보자 나가쓰는 저도 모르게 눈썹을 찌푸렸다.

"기타가와 쇼고?"

"그래. 그 기타가와의 아버지야."

마키노 카나의 이부오빠인 기타가와 슈지의 아버지가 죽은 것은 분명히 9년 전. 그리고 명부에도 고인이라고 기록되어 있었다. 하지만 나가쓰는 점점 더 이유를 알 수 없어 망연자실해진 눈을 들었다.

"……뭐야? 리스트는 일곱 명이 아니었어?"

"일곱 명이야. 적어도 마키노 카나의 리스트는 말이지."

가쓰라기는 동창 명부를 책상 위에 톡 던져놓더니 현관으로 향했다. 나가쓰는 황급히 이메일을 닫고 컴퓨터 전원과 조명을 끈 후 일어섰다. 가쓰라기는 이미 가죽 샌들을 아무렇게나 신고 문을 열고 있었다.

"잠깐 기다려. 애초에 여기에는 왜 돌아온 거야?"

"그냥. 돌아와보니 네가 있더라고."

가쓰라기는 담배 연기에 눈을 찡그리면서 냉큼 계단으로 향했다. 나가쓰는 바닥의 진동을 느끼면서 서둘러 신발을 신었다. 가쓰라기가 갈 곳이 어딘지는 알고 있었지만 그의 마음이 언제 바뀔지도 의심스러웠다. 나가쓰가 긴가민가하면서도 계단을 내려가 골목으로 나오자, 카페를 끼고 오른쪽으로 도는 가쓰라기의 등이 보였다. 나가쓰는 겨우 2주일 전, 가쓰라기의 호출을 받고 땀 흘리며 걸어왔던 이 길을 이런 식으로 다시 걷게 될 줄은 몰랐다고 고개를 저으며 생각했다.

가쓰라기는 뒤따르는 나가쓰를 신경도 쓰지 않았다. 그는 그저 고개를 숙인 채 바지 주머니에 양쪽 엄지손가락을 걸고 서두르는 기색도 없이, 일본적십자 거리를 따라 히로오 방면으로 걸어가고 있었다. 토요일 밤, 술집과 편의점이 늘어선 이 거리는 아직 밝았다. 하지만 그 끝에 자리 잡은 병원 부지는 나무가 무성하여 울창하고 또 어두워 보였다.

구로이와 기요타다의 맨션은 이 거리를 곧장 가면 나왔다. 하지만 가쓰라기는 직진을 하지 않고, 일본적십자병원 앞에서 왼쪽으로 꺾어 느티나무 가로수가 이어지는 언덕을 내려가기 시작했다. 두세 대의 차가 다니고 있지만 그 끝은 적막했고, 가까운 풀숲에서 벌레 한 마리가 우는 소리는 몹시 구슬프게 들렸다.

나가쓰는 겨우 가쓰라기를 따라잡아 가쓰라기와 어깨를 나란히 하고 걸었다. 저편 밤하늘에 도쿄타워의 조명이 어렴풋이 보였다.

"그런데 아까 신문 기사 말이야. 마키노 사와코가 죽었을 때 기타가와의 아버지는 아직 살아 있었던 거네?"

"응. 그 시점에서 두 사람의 관계가 어땠는지는 모르겠지만."

"그런데 마키노 사와코가 사건의 열쇠를 쥐고 있다는 게 무슨 뜻이야? 마키노 사와코가 결국 모든 사건의 발단인 거야?"

가쓰라기는 가볍게 어깨를 움츠리고는 맨션 단지를 따라 가이엔 니시 거리로 빠지는 오른쪽 언덕으로 발걸음을 옮겼다. 느티나무 맞은편의 창문마다 뿌옇게 오렌지색 빛이 새어나왔고, 바람을 쐬러 나왔는지 손을 맞잡은 나이 든 외국인 부부가 곁을 지나갔다.

"너도 참 둔하네."

"뭐라고?"

"이메일을 읽었으면 알 거 아냐. 결혼 전 그녀의 이름은 사쿠라이 사와코였어."

나가쓰는 땅으로 시선을 떨어뜨린 채 그 이름을 머릿속에 떠올렸다. 사쿠라이…… 고키. 마키노 카나의 리스트에 이름을 올린 세 번째 남자.

"그렇다면……."

"응, 사쿠라이 고키는 마키노 사와코의 오빠야."

완만한 언덕을 내려오자 왼쪽에는 오픈 테라스 카페의 조명이, 오른쪽에는 가이엔니시 거리로 통하는 대각선 골목이 보였다. 가쓰라기는 어깨를 수그린 채 어두운 모퉁이를 돌았다.

"마키노 사와코의 오빠라면 마키노 카나의 입장에서는 외삼촌이로군."

"응."

"게다가 사쿠라이는 분명히 마키노 교수와 같은 의학부에서 근무했지?"

"신경정신과. 퇴직한 건 1년 전이야."

나가쓰는 거리를 오가는 자동차로 눈을 돌렸다. 이마의 깊숙한 곳이 어째서인지 저려 왔고, 선명하고 눈부신 자동차 전조등에 가벼운 현기증이 일었다.

"그럼 이게 어찌 된 일이라는 거야?"

"나한테 묻지 마. 머리가 아프니까."

"리스트의 다음 사람은 사쿠라이야. 카나가 살인자라면 외삼촌을 죽이는 셈이라고."

가쓰라기는 빨간불에서 멈춰 서서 자동차의 흐름을 그저 멍하니 바라보고 있었다.

"뭐, 어떻게든 되겠지."

"무슨 말을 그렇게 해? 느긋해할 상황이 아니잖아?"

신호가 파란불로 바뀌었다. 가쓰라기는 아무 말도 않고 걷기 시작했다. 전철의 막차 시간이 가까웠지만 역 앞 교차로 주변은 아직 사람들로 북적였고 떠들썩한 분위기가 남아 있었다. 그럼에도 은행 옆을 곧바로 뻗어 왼쪽으로 굽어지는 좁은 도로의 끝은 무척이나 어둡고 조용했다. 나가쓰는 마키노 사와코와 구로이와가 죽은 현장이 바로 눈앞에 있다고 생각하니, 어둠이 더욱 짙게 느껴졌다.

아리스가와노미야 기념 공원의 정문을 통과하자 아직 가로등의 조명을 둔중하게 반사하고 있는 연못이 눈에 들어왔다. 오늘 밤에는 바람도 없었고 검게 가라앉은 연못의 물은 묘한 윤기를 머금고 있었다. 그리고 그 맞은편 울창한 숲의 나뭇가지 너머로 무언가가 눈부시게 빛나고 있었다. 현장 주위에 설치된 조명과 수사원인지 구경꾼인지 모를 사람들이 터트리는 카메라 플래시로 맞은편 숲의 나뭇가지 너머가 번쩍이며 빛나고 있었다.

가쓰라기는 말없이 연못가에서 숲 속으로 들어가는 산책길을 오르기 시작했다. 이 기념 공원은 원래 황족 일가의 땅이었던 만큼 연못 주변과 숲의 배치도 왠지 정취가 있었다. 하지만 구로이와가 살해당한 것이 불과 하루 전이었다고 생각하니 무성한 나무들의 모습이 무시무시하게 느껴졌다.

산책길을 다 오르자 정자와 벤치가 놓인 넓은 장소가 나타났다.

낮에는 어린아이들이 노는 소리가 울려 퍼지는 곳이었다. 그러나 오늘 밤은 거기서 더 안쪽, 도쿄도립중앙도서관 아래의 나무들 사이에 심상치 않은 군중이 모여 있었다. 눈부신 조명 속에 오가는 사람들이 보였고, 떠들썩한 목소리도 가까워졌다.

구로이와는 그 주변의 무성한 숲 속에서 오늘 이른 아침에 목 졸린 시체로 발견되었다. 공원 옆의 길가에서 검은색 포드도 발견되었다고 한다. 그리고 살인에 사용된 것 역시 붉은 유카타 허리끈이었다. 붉은 허리끈이 구로이와의 목을 감고 그를 질식시킨 것이다…….

"있다. 증인도 함께 있는 것 같네."

가쓰라기는 멀리서 도대체 누구를 어떻게 구별해냈는지, 가볍게 손을 들어 흔들었다. 이윽고 손전등을 손에 든 제복 경찰과, 파랑과 하양이 섞인 체크 셔츠에 청바지를 입은 남자가 군중에서 떨어져 나와 산책로를 따라 이쪽으로 걸어왔다.

청바지를 입은 남자는 30대 중반처럼 보였다. 겉보기에는 휴일을 맞은 회사원 같은 느낌이었는데, 경찰과 함께 있는 게 왠지 불안한 듯 심란한 표정이었다.

한편 경찰은 꽤 나이가 든 것처럼 보였지만 역시 길드 구성원인 듯 현장의 긴장감이 깃든 눈빛으로 가쓰라기에게 인사했다.

"안녕하세요, 가쓰라기 씨. 이쪽은 최초 발견자인 야노 씨입니다."

"늦어서 죄송합니다."

가쓰라기와 그들 사이에 어떤 합의가 있었는지는 알 수 없었으나, 세 사람은 누가 먼저랄 것도 없이 살해 현장과 반대편 방향으로 걷기 시작했다. 나가쓰는 역시 이해하지 못하겠다는 심정으로 약간 떨어져서 그들의 뒤를 쫓았다. 그러다 문득 들려온 가쓰라기의 말에 가슴이 철렁했다.

"사와코 씨의 시체는 어디쯤에?"

"저 안쪽입니다. 바로 그 떡갈나무 아래죠."

경찰이 손전등으로 산책길 끝의 무성한 숲 안쪽을 비추었다. 가쓰라기는 두 엄지손가락을 바지 주머니에 찔러 넣고 멍하니 그쪽을 바라보고 있는 듯했다.

"그러면 야노 씨가 수상한 인물을 목격한 곳도 여기로군요?"

"네, 개가 흥분하더라고요. 처음에는 커플이라고 생각해서 그냥 지나치려 했습니다."

"커플요?"

청바지를 입은 남자의 표정은 어두워서 잘 보이지 않았다. 하지만 가쓰라기에게 그렇게 대답하고 입을 꾹 다문 듯했다.

"서로 부둥켜안고 있는 듯 보였어요. 사실 그 시체를 안고 있었던 거였죠."

나가쓰는 조명에 비친 그 무성한 나무들 사이를 바라보았다. 그곳에 누가 있다 해도 밤이라면 전혀 알아차리지 못했을 만큼 산책길 끝의 관목 나뭇가지들은 의외로 빽빽했다.

그러나 청바지를 입은 남자는 그날 밤 개를 데리고 있었다. 평소에는 아무것도 안 보이겠지만, 뭔가 이상하다고 생각하고 유심히 살펴본다면 지면과 옷의 색깔 차이와 낌새 등으로 사람이 그곳에 있다는 사실 정도는 알 수 있을 듯했다. 게다가 남자는 그 시점에서 시체라는 사실을 몰랐다. 어쩌면 그 시점에서는 실제로 마키노 사와코가 아직 살아 있었을 수도 있었다. 그 모습을 커플이라고 착각할 만큼 누군가가 몸을 가까이 대고 마키노 사와코를 안고 있었던 것이다.

"그 후에 야노 씨는 어떻게 했습니까?"

"산책로를 따라 곧장 위로 올라갔습니다. 개를 광장에서 놀게 하고 10분이나 15분쯤 지나 다시 돌아왔습니다. 다른 길로 갈 수도 있었지만, 젊은 시절의 호기심이 발동했다고나 할까요?"

16년 전, 청바지를 입은 남자는 아마도 스무 살 안팎이었을 것이다. 그렇다면 성적인 호기심도 어느 정도 납득할 수 있었다. 그렇다 치더라도 남녀의 정사가 아닌 변사체를 발견하리라고는 전혀 상상하지 못했을 것이다.

"시체 옆에 있던 인물은?"

"확신할 수가 없어요. 다만 산책로를 내려갔더니 아래쪽 광장으로 사라지는 남자의 그림자가 보였을 뿐, 그것이 그 사람이었는지는 도저히 알 수 없었습니다."

"현장에는 그 사람이 없었군요."

"네. 또 개가 흥분해서 힐끔 봤더니 새하얀 기모노를 입은 여자아이가……."

남자는 입을 다물고 무성한 숲 속으로 눈을 돌렸다. 관목 잎이 경찰의 손전등 불빛을 반사해서 매우 뚜렷한 윤곽을 드러냈다.

"여자아이가 있었군요?"

"시체 바로 옆에요. 하지만 말을 걸었는데 아무런 대답도 하지 않았습니다."

남자는 그 광경의 기억을 떠올리자 음울한 기분에 휩싸인 듯했다. 하지만 그와 동시에 무언가를 떠올렸는지 어둠 속에서 손목시계를 바라보았다.

"저 이제 다 됐나요? 집이 교외여서 마지막 전철을 놓치면 좀 곤란하거든요."

분명히 시간은 이미 10시 반이 가까웠다. 16년 전에는 학생 신분으로 도심에 살고 있었을 남자도 지금은 먼 곳에서 가정을 이루고 있을 터였다. 가쓰라기는 이미 방금 이야기로 충분히 만족한 모양인지 평소와 어울리지 않게 매우 정중하게 감사의 인사를 했다.

가쓰라기의 정보망은 길드뿐 아니라 일반인의 선의에 의해서도 지원을 받는 듯했다. 청바지를 입은 남자는 사례를 해달라는 등의 이야기도 없이 가볍게 고개를 숙이고는 사라졌고, 경찰은 의무감에 찬 눈빛으로 무성한 숲 속을 손전등으로 끊임없이 비췄다.

"그건 그렇고 가미하라 씨. 전에 말한 복사본은요?"

"아, 가져왔습니다."

경찰은 부동자세를 풀고 제복 상의의 주머니에서 접힌 종이쪽지를 꺼냈다. 가쓰라기는 그것을 받아 들고 손전등 빛으로 쓱 읽고는 내친 김에 읽어보라는 듯 나가쓰에게 내밀었다. 오래된 자료의 복사본인 듯했다. 낡힌 문자와 접힌 종이 부분이 그대로 복사되기는 했지만 가로선이 들어간 편지지로 보이는 종이에는 가느다란 글씨로 이런 짧은 문구가 적혀 있었다.

그 허리끈이 무섭습니다. 그래서 카나는 제가 데려가겠습니다.

"……이게 뭐야?"

"마키노 사와코의 쪽지야. 며칠 후에 발견됐어."

"가출 선언 같군."

가쓰라기는 살짝 어깨를 움츠릴 뿐 물끄러미 땅만 바라보다가 이내 경찰을 쳐다봤다.

"그럼 현장 상황과 이 쪽지로 자살이라고 판단했군요."

"네. 어떠한 이유로 아이와 동반 자살을 하려다가 실패해서 자신만 허리끈으로 목을 맸다가 몸무게 때문에 끈이 끊어져 떨어진 것으로 보는 게 타당하다는 판단이었죠."

"사와코 씨가 동반 자살을 계획한 사정도 확실히 조사했나요?"

"아뇨, 확실히는……. 정신적으로 매우 불안정한 분이었던 듯해서 남편인 마키노 씨도 물론이고, 신경정신과 의사였던 친오빠 사쿠라이 씨도 사와코 씨가 자살했을 가능성이 있다고 증언했어요. 이전에 자살 미수 사건도 여러 번 있었고요. 두 분 다 훌륭한 대학 교수님이고, 의심할 이유는 아무것도……."

경찰의 말은 무척 모호했다. 나가쓰는 다시 한 번 복사본의 문구로 시선을 떨어뜨리자, 새삼스레 무언가가 떠올랐다.

"그 두 사람의 증언만으로 타살의 가능성은 파헤치지 않았습니까?"

"개인적으로는 지금도 마음이 개운치 않아요. 하지만 수상한 인물이 있었다는 목격 증언만으로는 조사를 진행하기가 어려웠고, 탐문 수사나 현장 검증에서도 아무런 증거가 나오지 않았습니다. 게다가 유족분들도 수사니 뭐니 하면서 소동을 벌이는 것보다 조용히 묻어두고 싶어 했고……."

매우 허술한 변명이었지만 변사체가 하나 발견된 것은 의외로 별것 아닌 사건이고, 유족이 원한다면 자연스럽게 묻어두는 게 합당한 도리일지도 몰랐다. 그래도 나가쓰는 석연치 않았다.

마키노 교수가 아내 사와코의 기일에 해당하는 6월 12일에 똑같은 붉은 유카타 허리끈으로 자살을 선택했다는 것은 이성적으로는 어떨지 모르나 감정적으로는 어떻게든 납득할 수 있었다. 하지만 이무라, 구로이와를 죽인 흉기도 마찬가지로 붉은 유카타 허리끈이었다. 그리고 16년 전 그날 밤, 마키노 사와코와 함께 있던 수상한 인물이 실제로 그녀를 죽였다면……?

"네, 가미하라 씨. 고맙습니다."

가쓰라기는 복사본을 나가쓰의 손에서 낚아채고 접어서 주머니에 넣었다. 경찰은 미안한 듯 혹은 안심한 듯 애매한 미소를 보였다.

"저야말로 고맙습니다. 도움이 된다면 훌륭한 퇴직 기념 선물이 되겠군요."

요컨대 가쓰라기는 16년 전의 사건에 다소나마 관여했던 경찰의 응어리를 정보와 교환하는 대가로 풀어준 셈이었다. 그런 행동이 경찰 조직 내에서 허용되는지는 모르겠지만, 가쓰라기는 가볍게 목례를 하고 산책길을 걷기 시작했다. 구로이와가 살해당한 일을 잊어버리지는 않았는지 가쓰라기의 발길은 일단 그쪽 현장 방향을 향하고 있었다.

구로이와가 살해당한 장소는 도서관 아래쪽 완만한 경사의 중간쯤이었고, 꽤 넓은 범위에 출입 금지를 알리는 폴리스 라인이 쳐져 있었다. 시체를 발견한 지 이미 반나절 이상이 지났지만 수십 명의 수사원이 땅에 쭈그려 앉거나 무성한 관목을 헤치고 있었고, 그 주변을 사람들이 빙 둘러싸고는 술렁거리고 있었다.

가쓰라기는 산책길을 내려가서 발을 멈추고 평소보다 더 멍한 눈빛으로 엉뚱한 곳을 바라보고 있었다. 나가쓰는 약간 망설였지만 역시 인파의 호기심에 이끌려 현장을 향해 발을 옮겼다. 그리고 까치발을 하고 어른과 아이가 섞인 수많은 머리들 너머로 현장을 응시했다.

구로이와가 죽어 있던 곳이 어느 지점인지는 확실하지 않지만, 아마도 출입 금지 구역의 왼편 위쪽일 것 같았다. 유난히 키 큰 떡갈나무 주변에 수사원이 한데 모여 있었다. 빙 둘러싼 사람들 사이에서 가끔씩 터지는 카메라 플래시도 그 근처에 집중되어 있었다. 나가쓰가 그 옆의 단풍나무 줄기에 오른손을 대고 목을 쭉 뻗었을 때, 가쓰라기가 나가쓰의 등을 잡아당겼다.

"이봐, 거기가 아냐."

가쓰라기는 어딘지 긴장된 눈빛으로 도서관 쪽을 바라보고 있었다. 무언가를 발견했나 싶어 나가쓰도 그쪽을 응시했지만, 조명과 플래시 탓인지 나무들 사이가 한층 어둡게 보일 뿐이었다.

"무슨 일 있어?"

"목표 발견."

가쓰라기는 나가쓰 옆을 쓱 지나쳐 또 산책길을 올라갔다. 어둠 속에서도 거침없이 쑥쑥 나아가는 발걸음은 마치 고양이를 연상케 했다. 나가쓰는 잠시 어리둥절한 채 가쓰라기를 바라보았지만 바로 정신을 차리고 그의 뒤를 쫓아갔다. 보이지 않는 턱과 나무뿌리에 몇 번이나 걸려 넘어질 뻔하는 사이에 금세 가쓰라기와 사이가 벌어졌다.

잠시 후, 모래사장과 놀이 기구가 구석에 모여 있는 광장 저편에서 가로등 아래를 걸어가는 가쓰라기의 뒷모습이 보였다. 도서관 옆 아스팔트 길에서 그 맞은편 공원 출구를 향하는 듯했다. 나가쓰는 빠른 걸음으로 쫓아가면서 가쓰라기를 불러서 멈춰 세우려고 했다. 그 순간, 출구 바로 옆 가로등 아래를 천천히 지나가는 여자의 모습이 눈에 들어왔다.

여자는 어깨가 드러난 부드러운 블루데님 원피스 차림이었고, 목욕 후 산책을 나왔는지 등에 물결치는 기다란 검은 머리카락이 촉촉이 젖어 있는 듯 보였다. 둥그스름한 어깨가 무거운 조명에 어렴풋이 빛나고 있었다. 곧이어 여자는 문 저편 거리에서 왼쪽으로 꺾었고 그늘에 가려 보이지 않게 되었다.

"야, 설마 마키노 카나……?"

"응, 아까 사람들과 멀리 떨어진 곳에 있었어."

가쓰라기와 어깨를 나란히 하고 공원 문을 나가자 또 그녀의 모습이 보이기 시작했다. 마키노 카나는 홀로 느긋한 발걸음으로 공원 옆의 어두운 비탈길을 내려가고 있었다. 그림자가 진 뒷모습은 멀리서도 날씬해 보였고, 긴 원피스 자락 밑으로 보이는 발목과 드러난 양팔이 몹시 아름다우면서도 연약해 보였다.

"저 여자도 현장을 살펴보러 온 건가?"

"글쎄."

가쓰라기는 가만히 앞만 바라보고 있었다. 가로등이 적은 탓인지 아니면 공원의 빽빽한 나무가 밤의 조명을 차단하는 탓인지, 그녀의 눈빛에는 그림자가 드리운 듯했다.

"야, 나가쓰. 돌아보지 마."

"무슨 일이야?"

"자동차가 뒤에 있어."

그 말에 귀를 쫑긋 세우니, 분명히 뒤에서 아스팔트길을 천천히 나아가는 타이어 소리가 들려왔다. 그리고 다음 순간, 거무스름한 차체가 눈가에 쑥 나타났다. 핸들을 잡은 남자의 모습이 지나갔고 뒷좌석에도 누군가 깊숙이 앉아 있는 것 같았다.

"뭐야?"

"난감하군. 저 녀석도 미행하는 건가?"

자동차는 카나의 발걸음과 보조를 맞추며 살며시 비탈길을 내려갔다. 가로등 아래에서 매끄럽게 빛나는 차체는 암녹색 벤틀리였다.

가쓰라기는 얼핏 나가쓰를 쳐다보고는 걸음을 재촉했다. 카나는 비탈길을 다 내려간 곳의 모퉁이를 왼쪽으로 꺾었다.

"경찰 아닐까?"

"아니야. 아마도 리스트에 올라 있는 남자일 거야."

벤틀리가 모퉁이를 돈 순간, 가쓰라기가 갑자기 달리기 시작했다. 허를 찔린 나가쓰는 움찔하며 그를 따라 달렸다. 비탈길 아래에 도달한 순간, 끼익하는 타이어 소리가 들렸다. 나가쓰는 모퉁이를 돌아 숨을 삼켰다.

카나가 사라졌다. 이미 저쪽 공원의 모퉁이를 돌고 있는 벤틀리의 후미등이 매우 또렷하고 붉게 빛나고 있었다. 가쓰라기는 숨을 헐떡이면서 인도에 서서 그저 멍하니 멀어져가는 자동차를 지켜보고 있었다.

"바보같이! 이렇게 쉽게 놓치다니!"

"어쩔 수 없지. 오늘 밤은 이 정도면 됐어."

"뭐?"

"무슨 일이 일어났다면 나도 조치를 취했을 거야. 하지만 카나는 합의하에 벤틀리에 올라탔어."

천하의 가쓰라기의 이마에도 땀이 송송 맺혀 있었다. 바람 한 점 불지 않는 오늘 밤은 무더운 공기가 팔다리에 들러붙는 느낌이 들었다.

"비명 같은 것도 안 들렸지?"

"응."

"당연해. 자동차가 멈추고 문이 열리자마자 카나가 쓱 올라탔으니까."

나가쓰는 어깨로 숨을 몰아쉬고 고요한 거리 저편을 하릴없이 바라보았다. 차종은 확실히 목격했지만 차 안에 탄 인물은 알 수 없었다.

그 사람은 마키노 카나의 리스트에 적힌 누군가일까? 그 사람이 카나의 어머니인 사와코의 죽음과 붉은 끈으로 이어져 있는 것일까? 생각할수록 왠지 터무니없이 암울하고 짙은 그림자가 나가쓰의 눈앞을 가로막고 있는 것만 같았다.

9

남색에 빠진 교수와 탐정

나가쓰는 아리송한 꿈을 꾸고 있었다. 무더운 일요일 오후 3시, 안 그래도 무거운 몸과 멍한 머리 때문에 그저 누워만 있고 싶은 시각이었다. 연못가의 단풍나무 그늘에 떠다니는 공기는 무척이나 무겁고 미적지근했고, 끊임없이 이어지는 매미 소리도 이마 안쪽을 마비시키는 것만 같았다. 나가쓰는 돌 벤치에서 홀로 꾸벅꾸벅 졸고 있다가 무릎이 턱 풀리는 느낌에 퍼뜩 잠에서 깨어 주위를 둘러보았다. 순간적으로 어디에 있는지, 자신이 무슨 꿈을 꾸고 있었는지 전혀 깨닫지 못했다.

　하지만 금세 떠올랐다. 여기는 네즈 신사의 경내였다. 하늘은 흐리지 않았지만 희뿌옇게 안개가 껴 있었고, 비둘기 떼가 주변의 지면을 마구 쪼고 있었다. 약간 떨어진 곳에서 아이들이 자전거를 타며 놀고 있었다. 참배로의 저편에는 또 가늘고 긴 연못이 있었고, 경사를 따라 무성한 진달래 사이로 구불구불 이어지는 도리이_{신사 입구에 세워놓는 일본의 전통 문} 길이 붉고 선명하게 눈에 비쳤다.

나가쓰는 옆에 있는 가쓰라기의 검은 배낭에 손을 뻗어 수건을 꺼냈다. 나가쓰는 수건을 부채 대신 부치면서 벼랑 위 나무숲 저편에 늘어선 집들을 바라보았다.

오늘 이곳에 온 것은 네즈 신사를 내려다보는 형태로 지어진 집들 중 하나인 옅은 회색 집을 살펴보기 위해서였다. 신사 입구 앞에서 대학 운동장 부지를 따라 언덕이 길게 뻗어 있었는데, 그 첫 골목에서 오른쪽으로 꺾으면 어려움 없이 그 집 현관에 도착할 수 있었다. 그러나 가쓰라기는 그 집은 여기서 더 잘 보인다면서 참배로 옆의 돌 벤치에 앉았다. 하지만 집 안에서는 사람의 움직임도 보이지 않았고, 정작 가쓰라기도 방금 전에—어쩌면 꽤 오래전에—산책하고 오겠다면서 훌쩍 모습을 감춘 상태였다.

여느 때처럼 다카기초의 사무실에 머물다가 분쿄구의 네즈까지 온 지 벌써 한 시간이 지났다. 일단 대문 앞까지 가서 이 집이 틀림없다는 것은 확인했지만 어쩐지 불안했다. 여기에 온 이유는 물론 있지만, 그 이유가 뭐냐고 묻는다면 대답하기 곤란해질 것이라는 게 본심이었다.

옅은 회색 집에 사는 사람은 이미 밝혀졌다. 사쿠라이 고키. 마키노 사와코의 친오빠이자 마키노 카나에게는 외삼촌이며 리스트에 적힌 세 번째 남자였다.

사쿠라이는 쉰다섯 살이 된 현재까지 쭉 독신으로 살아왔고 함께 사는 사람이 없다는 사실은 가쓰라기의 조사로 알고 있었다. 2층짜리 집의 창문에는 죄다 커튼이 쳐져 있었고 차고의 자동차도 사라진 상태였다. 사쿠라이가 외출 중인 것은 그렇다 치더라도 언제 돌아올지 알 수 없는 상태에서 한없이 기다려야 한다는 것은 정말이지 무의미하게 느껴졌다.

"자, 선물."

목덜미가 오싹했다. 퍼뜩 뒤돌아보니 언제부터 거기에 서 있었는지 가쓰라기가 보리차 캔과 종이봉투를 들고 있었다.

나가쓰는 고맙다는 말을 중얼거리고 받은 캔을 이마에 가져다 댔다. 가쓰라기는 나가쓰 옆에 앉아 종이봉투를 내밀었다.

"먹어. 야나기야의 붕어빵이야."

"응?"

"야나기야는 미국 대사관에도 납품하는 곳이야. 맛있어."

가쓰라기는 그렇게 말하는 것치고는 따분한 듯한 표정으로 벼랑 위의 집으로 눈을 돌렸다. 나가쓰는 종이봉투를 받아 들고 우선 보리차를 꿀꺽 마셨다. 그러고 나서 붕어빵 하나를 집어 올려 꼬리를 물었다. 껍질이 얇아서 바삭했고 속살에서 살며시 단맛이 느껴졌다. 이런 무더위에 붕어빵이라니 싫었지만, 깔끔한 보리차의 차가움과 붕어빵의 따뜻함을 교대로 느끼는 것은 꽤나 별미였다.

"그런데 나가쓰. 하나 물어볼 게 있는데."

"응, 뭔데?"

"너, 여자가 없는 기간이 얼마나 됐어?"

쿨럭하며 사래가 들릴 뻔했다. 아무리 친구라고 해도 지나친 질문이 아닌가. 나가쓰는 보리차를 꿀꺽꿀꺽 들이켜고 가쓰라기를 흘겨봤다.

"쓸데없는 참견이야."

"그냥 궁금해서."

가쓰라기는 배낭을 가까이 당겼다. 눈은 벼랑 위를 향한 채 배낭

176

안에서 칙칙한 은색의 디지털카메라를 꺼냈다.

"그게 뭐야?"

"어른의 장난감."

그렇게 말하면서 가쓰라기는 손으로 무언가를 조작했다. 나가쓰가 수상한 듯 들여다보자 손바닥만 한 스크린에 나무숲 사이의 회색 집이 비쳤다. 옆에서는 빛의 반사로 화면이 잘 보이지 않아, 나가쓰는 머리를 들고 집의 실물 쪽으로 눈을 돌렸다.

이 벤치에서 보이는 것은 사쿠라이의 집 뒤쪽이지만, 돌담이 없어 1층과 2층의 거의 모든 창문이 눈에 들어왔다. 그리고 어느 틈엔가 1층의 가장 넓은 창문 커튼이 열려 있었다. 낮이라 전등은 켜져 있지 않았지만, 사람이 있는 것은 틀림없었다. 이윽고 달각거리며 2층 베란다의 창문이 열렸다. 그리고 안에서 나온 것은 낯선 여자였다.

"야, 가쓰라기……"

"알고 있어. 지금 촬영 중이야."

가쓰라기는 무언가 버튼을 눌렀다. 멀리서는 얼굴이 확실히 보이지 않았지만 여자는 그다지 젊은 느낌이 아니었고, 복장도 수수한 베이지색의 긴 원피스 차림이었다. 게다가 앞치마까지 두르고 있어서 아마도 빨래를 널고 나서 장이라도 보러 나가려는 것 같았다. 여자는 겨드랑이에 낀 등나무 바구니를 내려놓고 수건이나 시트 등을 널기 시작했다.

나가쓰는 초조한 마음으로 배낭 안을 뒤졌다. 수첩과 책과 필기도구가 잡다하게 널브러진 배낭 바닥에 일전에 사용했던 단안경이 들어 있었다. 나가쓰는 서둘러 단안경을 눈에 가져다 대고 초점을 맞췄다. 사쿠라이의 집 베란다에 있는 여자의 옆얼굴이 놀랄 만큼 가깝게 보였다.

마흔 살 안팎의 여자로 보였다. 옅은 화장에다 어깨에 닿을 정도의 머리카락을 하나로 가지런히 묶고 있었다. 다소 지쳐 보이는 느낌을 풍기기는 했지만, 왠지 어른스러운 눈매와 아담한 코, 통통한 뺨 주변이 보기에 따라서는 매력적으로 비치는 얼굴이었다.

더구나 여자는 어딘지 모르게 행복해 보였다. 대체 언제부터 사쿠라이의 집에 드나들기 시작했는지는 모르겠지만, 빨래 주름을 일일이 펴는 손놀림과 이따금 움직임을 멈추고 주변의 푸른 숲을 바라보는 눈빛이 행복한 인상을 자아냈다.

하지만 물론 희미한 그림자도 느껴졌다. 여자는 어딘지 괴로운 무언가를 견디느라 지쳐, 결국 여기에서 마음을 달래고 있는 것이 아닐까 싶은 인상이었다. 사쿠라이는 지금까지 쭉 미혼이라고 하지만 저런 여자가 집에 드나든다는 점에서는 완고한 독신주의자라고 생각할 수는 없었다. 어디까지나 추측에 불과하지만, 내부 사정은 꽤 지저분할지도 몰랐다.

드디어 여자는 빨래를 다 널었는지 등나무 바구니를 안고 집 안으로 들어갔다. 이내 레이스 커튼이 쳐졌고 더 이상 여자의 모습은 보이지 않았다. 단안경으로 보이는 것은 그저 셔츠와 바지가 빨랫줄에 가만히 널려 있는 모습뿐이었다. 나가쓰는 왠지 자신이 속옷 도둑이라도 된 듯한 꺼림칙한 기분에 단안경을 무릎 위로 내려놓았다.

"방금 그 여자 뭐지?"

"글쎄. 집안 살림에 대해서는 잘 몰라서."

가쓰라기는 그렇게 말하면서도 오늘의 성과에 내심 기뻤는지, 디지털카메라의 화면을 줄곧 바라보고 있었다. 나가쓰가 옆에서 엿보았더니 아까 그 여자의 얼굴이 놀라울 만큼 선명하게 찍혀 있었다.

"가쓰라기 군!"

갑자기 들려오는 목소리에 나가쓰는 화들짝 놀랐다. 이 간드러진 바리톤의 목소리는 귀에 익었다. 조심스레 고개를 드니 일안 리플렉스 카메라를 목에 걸고 회색빛이 감도는 머리카락을 깔끔하게 뒤로 빗어 넘긴 무테안경의 남자가 서 있었다.

"설마, 정말 자네인가?"

"아, 안녕하세요. 오랜만입니다."

가쓰라기는 느릿느릿 말하고는 디지털카메라의 전원을 끄고 얼른 배낭에 넣었다. 나가쓰가 이 남자의 이름을 떠올리려고 머리를 쥐어짜는 동안에 바리톤 목소리의 남자는 감격에 겨워 떨리는 발걸음으로 벤치를 향해 다가왔다.

"이야, 정말이지 너무 기뻐서 가슴이 다 떨리네. 가쓰라기 군, 설마 유령은 아니겠지? 아니면 내가 꿈을 꾸는 건가?"

"아뇨, 저는 여기 실제로 존재하는 사람입니다."

"부탁인데, 자네의 그 손끝으로 내 뺨을 꼬집어주지 않겠나?"

바리톤 목소리의 남자는 뺨에 어렴풋한 홍조까지 띠고 벤치 앞에 무릎을 꿇었다. 가쓰라기를 올려다보는 눈동자가 촉촉하게 젖어 있었다.

"……정말 꼬집습니다."

"응. 그래준다면야 최고의 영광이지. 꽉 꼬집어줘."

가쓰라기는 자기 눈앞에서 넋을 잃기라도 한 듯 눈을 감은 남자를 그저 멍하니 바라보고 있었다. 그러다 천천히 오른손을 뻗어 그 남자의 뺨을 꼬집었다. 금세 남자의 몸에 황홀한 떨림이 지나가는 것이 나가쓰의 눈에도 확실히 보였다.

그리고 떠올렸다. 이럴 수가. 모 학과의 주임인 가타세 교수였다. 나가쓰도 학창 시절에 코메디 프랑세즈프랑스의 국립 극장에 있는 듯한 유려한 발음을 자랑하는 가타세 교수의 강좌를 반년 동안 들은 적이 있었지만, 그의 이러한 성적 취향은 몰랐다. 아니, 물론 소문은 들었지만 이 정도까지일 줄은 알지 못했다.

"꿈을 꾸는 것 같군, 가쓰라기 군. 네즈 신사의 신이 나를 이리로 이끈 것 같아."

"네?"

"소원을 빌었다네. 자네와 내가 다시 한 번 서로 엮이기를. 그렇게 소원을 빈 지 오늘이 딱 100일째야. 자, 함께 가자. 우리 집이 바로 저기거든."

가타세 교수는 가쓰라기의 손목을 잡고 일어섰다. 바로 옆에 있는 나가쓰 따위는 안중에도 없는 듯했다.

하지만 가쓰라기는 살며시 교수의 손을 뿌리쳤다.

"안 됩니다."

"하지만 이 손이 떨리고 있어. 귀여운 작은 새처럼. 내 사랑이 무서운 건가?"

"다른 일이 있습니다."

가타세 교수는 그제야 처음으로 퍼뜩 놀라며 벤치의 나가쓰에게 눈길을 주었다. 금세 표정이 어두워지고 질투인지 뭔지 모를 감정으로 목소리가 희미하게 흔들렸다.

"그렇군. 자네는 소원을 빈 지 100일째가 되는 기념할 만한 날에, 이번 생에서의 작별 인사를 하려고 왔군."

"딱히 그러려는 것은……."

"아니라면 이 남자는 뭐지? 숨기지 말고 말해보게."

가타세 교수의 과격한 믿음은 확고한 듯했다. 나가쓰는 어떻게 반응하면 좋을지 몰라 종이봉투에서 붕어빵의 끝부분을 잘라 주변의 비둘기에게 던져주었다.

구구, 구구 하는 한가로운 울음소리를 내며 비둘기 몇 마리가 더 다가왔다. 가쓰라기는 잠시 동안 가만히 그 비둘기 떼를 바라보다가 마침내 각오했는지 가벼운 한숨을 내쉬었다.

"알겠습니다. 가시죠."

"……자네, 진심인가?"

가쓰라기는 검은 배낭을 들어 올리고 가타세 교수와 함께 벤치에서 약간 떨어진 곳으로 갔다. 그리고 가타세 교수의 귓가에 얼굴을 가져다 대고 무언가를 두세 마디 속삭였다. 그러자 가타세 교수의 흐렸던 표정이 화악 밝아지고 눈이 다시 촉촉해졌다. 가타세 교수는 가쓰라기의 목을 한 손으로 가볍게 잡아당겨 아주 사랑스럽게 가쓰라기의 얼굴을 바라보고 있었다.

어떤 밀약이 있었는지 짐작조차 할 수 없었다. 나가쓰는 어색한 심정으로 비둘기에게 먹이를 주고 있을 뿐이었다. 무언가 말이 오간 후, 가타세 교수는 가쓰라기의 어깨를 가볍게 쓰다듬고는 혼자 신사 입구의 도리이 쪽으로 걸어갔고, 가쓰라기는 따분하다는 듯한 표정으로 나가쓰에게 돌아왔다.

"자, 가자."

"어디로?"

"호텔. 가타세 교수가 초대했어."

"자, 잠깐 기다려. 나는 동성애 쪽으로는 취향이 없어."

조급해진 나가쓰와는 달리 가쓰라기는 입구와 반대편인 본당을 향해 걸어갔다. 슬쩍 도리이 쪽을 보니 가타세 교수가 도리이 앞에서 가쓰라기의 뒷모습을 그저 황홀하게 바라보고 있었다.

나가쓰는 복잡한 심정으로 벤치에서 일어서 차가워진 붕어빵 봉지와 보리차 캔을 들어 올렸다. 가쓰라기는 이미 주차장에 세워둔 유카의 빨간색 푸조에 기대어 서 있었다. 나가쓰는 잠금장치를 해제하고 다시 한 번 뒤를 돌아보았다. 가타세 교수는 따라오지 않았지만, 왠지 불안했다.

"야, 정말이야? 이런 곳에서 헌팅 당하다니 어쩔 작정이야?"

"하룻밤 묵는 것도 나쁘지 않아. 돈은 저쪽이 낸다고 하니 좋은 기회지."

가쓰라기는 담담한 표정으로 조수석에 올라탔다. 가쓰라기는 어떤 면에서 보면 실용적이라고 할 수 있었다. 활용할 수 있는 카드는 모두 활용하는 사람이었다. 그래도 나가쓰는 아무래도 석연치 않은 기분이었다. 가타세 교수의 은밀한 욕망이 가쓰라기에게만 향하고 있다는 것은 알고 있지만, 아무래도 엉덩이 부근이 근질근질했다.

그리고 그로부터 여섯 시간 후, 나가쓰는 기묘한 골목에 위치한 좁고 어슴푸레한 바의 카운터 자리에 앉아 있었다. 눈앞에서는 시든 식물처럼 여윈 초로의 바텐더가 묵묵히 유리잔을 닦고 있었다. 벽에는 아직 개봉하지 않은 빈티지 술병이 쭉 늘어서 있었는데, 그런 것들이 한데 어울려 변두리 술집의 분위기를 자아내고 있었다.

오늘 밤은 요즈음 가쓰라기와 함께 다닌 날들 중 최상이라고 할 만했다. 가타세 교수가 초대한 곳은 일반 호텔이 아니라 아주 정취 있는 2층 목조 건물의 료칸일본의 전통적인 숙박시설이었다. 료칸은 히구치 이치요樋口一葉. 일본 메이지 시절의 여류 소설가가 다녔던 전당포와 주거지의 흔적이 남아 있는 기쿠자카의 뒤편에 위치해 있었는데, 가운데 뜰에 잉어를 풀어놓은 연못까지 있어 아주 분위기가 좋은 곳이었다. 방에 안내받자마자 들어간 온천탕도—가쓰라기는 여자처럼 같이 들어가는 건 싫다고 잠금장치가 있는 다른 욕실로 들어가긴 했지만—적당히 데워진 온천수가 부드럽게 피부에 감기는 것이 기분 좋았다.

가타세 교수와는 정문 앞에서 7시에 만났다. 가타세 교수는 주름을 칼같이 잡은 암청색 바지에 하얀 반소매 셔츠를 입고, 좀 이상해 보이지만 목에는 바지와 비슷한 색의 물방울무늬가 수놓아진 자그마한 스카프를 두르고 있었다. 가타세 교수는 가쓰라기를 보자마자 노란색 르노의 조수석에 허겁지겁 태웠다. 완전히 무시당할 것은 이미 각오하고 있었던 터라 나가쓰는 말없이 뒷자리에 올라타서 굳은 표정으로 팔짱을 꼈다. 가타세 교수는 나가쓰와 같은 고마바 캠퍼스에서 근무하기는 해도 집이 혼고 주변이어서 그런지 조교인 나가쓰의 얼굴은 전혀 모르는 듯했다.

저녁 식사를 하러 간 자리도 저절로 신음 소리가 튀어나올 만큼 훌륭했다. 이 근방에서는 보기 힘든 3층짜리 목조 건물의 오래된 꼬치 튀김 전문점은 그날그날 들어오는 제철 재료를 다섯 개씩 한 꼬치에 꽂아 아담하고 담백하게 튀겨내는 곳이었다. 나가쓰는 촉촉한 눈동자로 가쓰라기를 바라보는 가타세 교수를 곁눈질하면서 꾸역꾸역 먹고 마셨다. 나가쓰는 빈 꼬치를 서른 개 이상 늘어놓고 나서도 밥을 두 그릇이나 비웠다. 그 절반은 당연히 거의 음식을 입에 대지 않은 가쓰라기의 접시에서 긁어모은 것이었다. 나가쓰는 식욕을 충족시키기는 했으나 배는 그리 차지 않아 결국 평소보다 과식을 하고 말았다.

식사 후 이 바에 오자고 한 사람이 가쓰라기인지 가타세 교수인지는 분명하지 않았다. 그러나 정신을 차려보니, 어느샌가 세 사람은 카운터 자리에 사이좋게 나란히 앉아 있었다. 가쓰라기는 당연히 한가운데였고, 가타세 교수는 벽 쪽 자리에서 스카치위스키가 든 유리잔을 앞에 두고 턱을 괸 채 황홀한 표정으로 가쓰라기를 바라보고 있었다. 어슴푸레한 조명과 알코올의 상승효과로 대담한 기분이 되었는지 가타세 교수는 이따금 한 손을 뻗어 가쓰라기의 머리카락과 귓불을 만졌다.

그리고 당사자인 가쓰라기는 도대체 무슨 생각인지 시종일관 입을 꾹 다물고 있었다. 꼬치 튀김 가게에서는 청주를 마시다가 바에 온 뒤로는 진을 스트레이트로 묵묵히 마시고 있는 가쓰라기는 꽤 많은 양을 마셨어도 가타세 교수의 유혹에는 넘어가지 않았다. 그렇다고 그의 애무를 피하려는 기색은 또 없어서 교수의 손길에도 그저 담배만 뻑뻑 피워댈 뿐이었다.

"자, 가쓰라기 군. 더 마시게. 귓불 색깔이 예뻐지니까."

"……네."

"어젯밤에《아라비안 나이트》를 읽었거든. 나는 문득 깨달았어. 그의 아름다움은 실로 술에 취한 천사 같다고. 그 천사야말로 자네야."

이런 식으로 가타세 교수는 출처가 의심스러운 구애의 대사를 가쓰라기에게 끊임없이 속삭였다. 그 대사들을 일일이 기록하면 '냉담한 애인을 공략하는 법'이라는 제목의 책을 한 권 써낼 수 있을 정도였지만, 나가쓰는 둘은 내버려두고 무뚝뚝하게 맥주잔에만 손을 뻗었다.

아직 10시를 약간 넘긴 시간이어서 마음만 먹으면 집에 돌아갈 수 있었다. 가쓰라기라면 무슨 꿍꿍이가 있는 게 틀림없겠다 싶어 따라왔지만, 구애의 장면은 도저히 끝날 기미가 보이지 않았다. 이대로 가타세 교수와 전 제자의 정사를 지켜보기보다는 집에 돌아가 책이라도 읽고 싶은 기분이 들려는 찰나, 갑자기 딸랑 하는 방울 소리와 함께 바의 입구가 열렸다.

들어온 사람은 수염을 기른 중년 남성이었다. 약간 낡아 보이는 회색 티셔츠에 검은 면바지 차림에다 가죽 샌들을 신고 있었다. 근처 주민이 술을 마시러 가볍게 온 듯한 느낌이었다. 키는 약간 크고 수그리듯이 어깨를 둥글게 말았는데, 젊었을 때는 충분히 미남의 범주에 들어갔을 법한 풍모였다. 나가쓰가 이내 눈길을 거두고 맥주잔에 손을 뻗으려는 순간에 가타세 교수의 목소리가 들렸다.

"어이쿠, 사쿠라이 씨."

나가쓰는 귀를 쫑긋 세우고 눈을 살며시 들었다. 하지만 가쓰라기는 변함없이 따분한 눈빛으로 담배 끝을 물고 있었다.

"오늘은 혼자세요?"

"네, 그렇죠, 뭐."

"가쓰라기 군, 잠깐 기다려."

가타세 교수는 가쓰라기의 목덜미를 가볍게 쓰다듬고 카운터 자리에서 일어섰다. 사쿠라이라고 불린 남자는 곧장 안쪽 테이블에 가서 가타세 교수에게 맞은편 자리를 권했다. 그 주변의 조명은 더욱 어두웠지만, 남자가 이쪽으로 얼굴을 돌리자 표정이 비교적 잘 보였다.

무언가 큰 병에 걸렸다 막 회복한 듯 남자는 매우 수척한 느낌이었다. 뺨과 턱에 덥수룩한 짧은 수염도 게을러서 안 깎았다기보다는 여윈 모습을 감추기 위해 기른 것처럼 보였다. 하지만 표정은 온화했고, 가타세 교수의 바리톤 목소리와 섞여 가끔씩 들리는 그의 목소리도 울림이 매우 부드러웠다.

나가쓰는 곁눈질로 안쪽 테이블을 바라보면서 가쓰라기를 팔꿈치로 가볍게 찔렀다.

"이봐, 저 사람이 그 사쿠라이야??"

"그렇지. 이곳 단골 중에서 사쿠라이 씨는 저 사람뿐이야."

가쓰라기가 그렇게 중얼거리자 카운터 안쪽에서 유리잔을 닦던 초로의 바텐더도 눈을 살며시 들어 말없이 고개를 끄덕였다. 초로의 바텐더도 미나토구 심야 길드 혼고 지부의 구성원일지 몰랐다.

"가타세 교수도 단골이야?"

"응. 그래서 좋은 기회라고 생각한 거야."

나가쓰는 이제야 납득이 간다는 듯 맥주를 벌컥 들이켰다. 가쓰라기는 행동이 느릿느릿하지만 머리만큼은 빠르게 회전하는 듯했다.

"그런데 네가 동성애 취향이 있을 줄은 몰랐네."

"관대한 거라고 해줘. 나는 원숭이가 와도 막지 않아."

가쓰라기는 진을 몇 잔째 더 주문했다. 가쓰라기에게 술은 물과 다를 바가 없는 건지, 술을 마실수록 귓불 색깔이 빨개지기는커녕 오히려 밝고 하얘지는 것 같았다.

"그런데 가쓰라기, 가타세 교수와 친해지게 된 계기가 뭐야?"

"고마바의 화장실에서 처음 만났어."

"응?"

"우연히 화장실에서 마주쳤다가 관계를 가졌고, 그 이후로 이런 사이가 됐어. 스토커처럼 따라다니지는 않지만 크리스마스에는 아직도 구두를 선물로 받곤 해."

나가쓰는 매우 당황스러웠다. 가타세 교수가 전설적인 기행을 벌이고 있다는 소문은 늘 들었지만, 가쓰라기가 받아주지 않았다면 가타세 교수도 그렇게까지 가쓰라기에게 빠지지 않았을 것이라는 생각이 들었다. 가쓰라기는 분명히 가타세 교수를 성적으로 농락했을 것이다. 가타세 교수를 즐겁게 가지고 놀고, 장난삼아 그의 감정을 휘젓고 비웃었음이 틀림없었다. 그렇게 생각하자 왠지 가타세 교수가 딱하게 여겨졌다.

하지만 가타세 교수는 어른스러운 여유로움인지, 아무런 소득도 없는 네 시간 가까운 구애에도 전혀 지친 기색 없이, 사쿠라이라고 불리는 남자와 화기애애하게 담소를 나누고 있었다. 놀랍게도 카운터 쪽을 뒤돌아보며 한 손을 들어 보이기까지 했다.

"가쓰라기 군. 그리고 자네는 이름이 뭔가?"

"아, 나가쓰입니다."

"그래. 여기 와서 한잔하는 게 어때?"

"네."

나가쓰가 허리를 든 순간, 가쓰라기가 유리잔 옆에 둔 담배와 성냥을 집어 들고 훌쩍 자리에서 일어섰다. 그리고 모범생처럼 맑은 목소리로 뻔뻔하게 말했다.

"죄송합니다만 숙소로 돌아가겠습니다. 졸음이 쏟아져서요."

"하지만 가쓰라기 군……."

"오늘은 잘 먹었습니다. 또 다음에는 새로운 방식으로 뵙죠."

나가쓰에게는 의미 불명의 대사였지만, 왠지 원망스럽게 가쓰라기를 올려다보던 가타세 교수의 표정이 갑자기 확 밝아졌다. 사쿠라이라고 불리는 남자는 그 맞은편에서 담담히 스카치위스키를 마시고 있었다.

"그런가? 그래, 알겠네. 가쓰라기 군도, 또 자네도 조심히 돌아가게."

"그럼 편히 쉬십시오."

가쓰라기는 어딘지 윤기가 흐르는 눈빛으로 가타세 교수에게 가볍게 인사했다. 맞은편 남자는 순간적으로 가쓰라기를 힐끗 쳐다보았지만, 특별히 표정의 변화는 보이지 않았다. 가쓰라기는 그 인사를 끝으로 얼른 출구로 향했는데, 문 옆에 전송하러 나온 바텐더의 손에서 어떤 종이 가방을 받아드는 장면을 나가쓰는 놓치지 않았다.

바 바깥으로 나오자 일요일 밤이라서 그런지 두어 곳의 유흥업소를 제외하고는 거의 셔터를 내린 상태였다. 호객하는 삐끼의 그림자도 드문드문했고, 단란주점에서 흘러나오는 가라오케의 노랫

소리가 왠지 맥 빠지게 울렸다.

"그냥 가도 괜찮아? 사쿠라이랑 이야기할 수 있는 기회였는데."

"응. 얼굴을 본 것만으로도 훌륭한 성과야."

가쓰라기는 가늘고 긴 네모난 종이 가방을 한 손에 들고 골목 어귀로 걸어갔다. 나가쓰는 약간 미련이 남아 바의 입구를 뒤돌아보았으나 이내 가쓰라기의 뒤를 따랐다. 시노바즈 거리는 아직 밝았고 오가는 자동차도 많았지만, 교차로를 지나고 바로 나오는 유시마텐진시타는 또 어둡고 한적한 느낌이 들었다.

"그런데 그 종이 가방은 선물이야?"

"아니, 단순한 호신용."

가쓰라기는 흔들리는 몸으로 언덕을 오르면서 종이 가방의 아가리를 벌리고 내용물을 보여주었다. 가로등 불빛에 금색 글씨가 둔탁하게 비쳤다. 코냑 병이 든 상자임을 알 수 있었다.

"가타세 교수는 오늘 밤에 옆방에서 잘 거야."

"뭐라고?"

"걱정 마. 너는 취향이 아닌 듯하니까."

가쓰라기는 신호등의 빨간불 앞에서 발을 멈췄다. 그의 눈빛은 변함없이 어둡고 침울했다.

"가타세 교수는 허술해 보여도 의외로 정보통이야. 사쿠라이에 관한 이야기도 들을 수 있을 거야."

"너 또 색계를 쓸 작정이로군."

"아니. 가타세 교수는 이 술을 먹이고 재우려고."

가쓰라기의 표정이 아무래도 석연치 않았다. 호신용 술은 있지만 역시 형세가 불안한 듯했다. 어쩌면 무언가 다른 생각에 사로잡혀 있는지도 몰랐다.

그날 밤, 나가쓰는 좀처럼 깊은 잠에 들지 못했다. 무더위에 지치고 술에 취해 이불 속으로 들어간 시간은 일렀지만, 꾸벅꾸벅 잠이 든다 싶으면 무언가 마음에 걸려 정신이 말똥말똥해졌다가 또 졸음이 쏟아지기를 반복했다.

미닫이문으로 구분된 툇마루에서 책을 읽던 가쓰라기가 방을 나간 것은 1시에 가까운 시간이었다. 옆방에서 낮은 이야기 소리와 다다미에 발이 스치는 소리가 어렴풋이 들려왔지만, 그것이 몇 시 정도까지 계속되었는지는 확실치 않았다. 마지막으로 시계를 확실히 본 것은 3시를 조금 넘어서였고, 가쓰라기의 이불은 텅 비어 있었다. 냉방이 조금 강했지만 일어나서 에어컨을 조절하는 것도 왠지 귀찮아서 나가쓰는 이불을 더듬더듬 끌어당겼다. 그리고 이내 의식이 사라졌다.

다음 날 아침 7시 반, 주방 쪽에서 울리는 아침 식사 준비 소리에 나가쓰가 눈을 뜨자 이미 세수를 마친 듯한 가쓰라기가 툇마루에서 담배를 피우고 있었다. 유리문 너머에 작지만 마당이 있었고, 짙고 푸른 동백나무 잎에 드리운 아침 햇살이 눈부셨다.

나가쓰가 반쯤 멍한 머리로 샤워를 하러 갔다가 방에 돌아오자 이미 이불이 정리되어 있었고 아침 밥상이 차려져 있었다. 그러나 가쓰라기는 자신의 밥상을 이미 물린 듯 그저 밝은 툇마루에서 새침한 얼굴로 차를 마시면서 조간신문을 펼치고 있었다.

"그런데 가타세 교수한테서는 뭔가 수확이 있었어?"

"응. 운치 있는 격언을 하나 들었지."

"격언?"

"사랑의 대상을 남들에게 나누어주는 것은 기묘하고 순수하며 복잡한 기쁨이 있다."

나가쓰는 젖은 머리카락을 수건으로 쓱싹쓱싹 문지르다가 손을 멈췄다.

"뭐야, 그게?"

"엄밀히 말하면 가타세 교수가 학생 시절에 술에 취한 나리타 요시히로에게서 들은 대사야. 두 사람은 마키아벨리 연구 세미나에서 함께 공부했던 모양이야."

"그럼 그 격언, 《군주론》에서 인용한 거야?"

"아니, 어떤 사람이 가르쳐준 쾌락의 형태라고 나리타가 말했다던데?"

가쓰라기는 쌀쌀맞게 말하며 신문을 넘겼다. 가타세 교수의 방에서 잠을 잔 게 아니라면 수면 시간은 상당히 짧았을 것이다. 그런데도 피부는 언제나처럼 새하얗고, 표정도 매우 담담한 느낌이었다.

"그런데 나리타 요시히로에 대해 뭐 들은 거라도 있어?"

"사쿠라이에 관해 물어보았는데 어째서인지 가타세 교수는 나리타의 이야기를 들려주더라고. 내가 사쿠라이에게 동성애 방면으로 흥미를 갖고 있다고 착각한 것 같아. 그네들이 얼마나 쾌락에 통달한 사람들인지 끝없이 이야기하더군. 하지만 80퍼센트 이상은 가타세 교수의 창작이었을 테지."

가타세 교수는 아마도 가쓰라기의 몸 어딘가를 쓰다듬으면서 이불 속에서 그런 이야기를 했을 것이다. 그러나 가타세 교수에게도 이 색남 겸 탐정에게 숨기고 싶은 사정이 있을 것이라 생각하며 나가쓰는 밥상 앞에서 책상다리로 앉았다. 그리고 젓가락을 들고 먼저 바지락 된장국을 후루룩 마셨다.

"그런데 그네들이란 게 누구야?"

"사쿠라이, 나리타, 또 그 외의 사람들. 리스트에 올라 있는 일곱 명 말이야."

"그 일곱 명? 왜 가타세 교수가 리스트에 오른 사람들을……?"

"말했잖아. 학생 시절에 술에 취한 나리타가 슬쩍 그런 이야기를 흘렸다고. 학생 시절부터 아니면 더 이전부터 존재했던 그네들의 연결 고리를."

지난밤의 폭음과 폭식에도 불구하고 배는 건강하게 꺼져 있었다. 나가쓰는 밥통에서 밥을 손수 뜬 후 가쓰라기에게 이야기를 하면서 전갱이 말림, 전갱이 조림, 김으로 금세 밥 한 그릇을 비웠다. 그래도 배 속에 더 넣을 수 있을 것 같은 기분이 들어 이번에는 두 번째 밥그릇에 묵은 채소 절임을 넣은 후 그 위에 뜨거운 차를 부었다.

"그 사람들은 뭐지? 결사結社 같은 건가?"

"글쎄. 술에 취한 나리타는 생글생글 웃기만 하고, 가타세 교수에게도 깊게 이야기하지는 않은 것 같아. 가타세 교수도 사랑의 공유라는 이야기가 마음에 들어서 기억하고 있었을 뿐, 그 그룹의 의미나 유래가 무엇인지, 리더 격인 사람이 누구인지 등 상세한 이야기는 전혀 모르더라."

'결사'라는 말은 약간 시대착오적으로 들리지 모르지만, 엘리트 학생들이 색다르고 묘한 그룹을 만든다는 것은 전혀 생각지 못할 일은 아니다. 나가쓰가 그렇게 납득하고 신나게 밥그릇에 젓가락을 넣으려는 순간, 바깥 복도에서 어수선한 발소리가 들렸다. 격자 문이 덜컥거리더니 이내 미닫이문이 벌컥 열렸다.

"그 녀석은 어디 있죠?"

나가쓰는 깜짝 놀라 방 입구로 눈을 돌렸다. 그 바람에 뜨거운 차가 쏟아졌고 당황한 나가쓰는 밥그릇을 밑에 내려놓았다. 세수할 때 사용했던 수건으로 바지의 무릎과 손가락을 닦고 있자니, 한 남자가 서슴없이 방으로 올라왔다.

"카나는요?"

"일단 차라도 드세요."

가쓰라기는 신문을 덮고 일어서서 나가쓰 옆으로 다가왔다. 그리고 사기 주전자에 손을 뻗었다.

하지만 나가쓰는 심상치 않은 분위기에 꼼짝도 할 수 없었다. 천천히 고개를 들자 눈길이 가는 끝에서 숨을 헐떡이며 서 있는 사람은 다름 아닌 기타가와 슈지였다.

10

마키노 교수의 두 번째 부인

견디기 힘든 어색한 분위기였다. 기타가와는 바닥이 드러난 에스프레소 잔을 앞에 두고 아무 말 없이 고개를 숙인 채 움직이지 않았고, 가쓰라기는 다리를 꼬고 담배만 줄곧 피우고 있었다.

넓은 창문 너머에는 아카문이 아침 햇살을 비스듬히 받으며 무거운 빛을 내뿜고 있었다. 여름방학 중이어서 학생들의 모습은 드물었지만, 관광객 두 그룹 정도가 아카문을 배경에 두고 기념사진을 찍고 있었다.

10시에 료칸에서 나와 아카문 앞 카페에 도착하고서 30분은 넘은 듯했다. 가게 안에는 다른 손님이 없었고 배경음악으로는 비발디가 흐르고 있었는데, 이 테이블 주변만 몹시 공기가 무거웠다. 침묵이 풀릴 기미는 전혀 없었다. 무언가 이야기를 꺼내려고 해도 화제가 좀처럼 떠오르지 않았다. 차라리 자리에서 일어설까 하고 고민하는 나가쓰의 속내가 들렸는지, 마침내 가쓰라기가 가만히 담배를 비벼 끄며 입을 열었다.

"그럼 본론으로 들어가볼까요?"

기타가와는 마침내 눈을 들었다. 아까 방으로 뛰어 들어왔을 때에 비하면 진정되어 있었지만 눈초리에는 아직 풀리지 않은 의심과 초조함이 묻어 있었다.

"네, 그러시죠."

"그럼 먼저 이걸 보세요. 일단 확인해주십시오."

가쓰라기는 검은 배낭을 바스락바스락 뒤져서 디지털카메라를 꺼냈다. 그리고 스위치를 켜고 무언가 조작하더니, 어젯밤 사쿠라이의 집에 있던 여자의 얼굴이 화면에 떠오르자 기타가와에게 쑥 내밀었다.

"이분을 보신 적 있나요?"

기타가와는 눈썹을 찡그리며 카메라를 받아 들고 잠시 지그시 화면을 바라보았다. 기타가와의 얼굴 위로 갑자기 어두움이 짙어졌다.

"어디서 찍은 건가요?"

"지금은 밝힐 수 없습니다. 그런데 아시는 분인가요?"

"……쇼코 씨입니다. 카나의 새어머니죠."

나가쓰는 흠칫 놀라 기타가와에게 눈을 돌렸다. 마키노 카나의 새어머니, 즉 마키노 교수의 두 번째 아내는 친정에 가 있다고 들었던 터라 전혀 예상을 하지 못한 전개였다.

그런데 가쓰라기는 별반 놀라는 기색도 없이 디지털카메라에 손을 뻗었다.

"고맙습니다. 용건은 이것뿐입니다."

"잠깐만요. 카나의 건으로 이야기할 게 있다고 한 것은 뭡니까?"

기타가와가 목소리를 높인 순간, 입구가 스르륵 열리더니 듬성듬성 하얗게 센 수염을 기른 거구의 남자가 검은 가죽 가방과 잡지를 한 손에 들고 들어왔다. 무심히 지켜보던 나가쓰는 그 남자가 누구인지 알아차리고 아연실색했다.

대학의 총장이었다. 교수 모임에 오는 것이라면 모르겠지만 학생들이 자주 드나드는, 350엔짜리 커피를 파는 싸구려 카페에 왜 대학 총장이 왔을까 하는 생각에 나가쓰는 당혹스러웠다. 하지만 가쓰라기는 전혀 신경 쓰지 않는 모양인 듯 또 담배로 손을 뻗었다.

"아, 별 의미는 없습니다."

"거짓말하지 마시고, 카나의 거처를 아신다면 가르쳐주십시오."

"아까부터 카나 씨에 관해 말씀하시는데, 댁에서 무슨 일이라도 벌어졌습니까?"

총장은 안쪽 계산대 옆 좌석에 앉아 깊게 울리는 듣기 좋은 목소리로 카페오레를 주문했다. 그리고 단색의 가느다란 하운드투스 체크 무늬 재킷의 주머니에서 은테 안경을 꺼내 천천히 다리를 꼬고 잡지를 읽기 시작했다. 매우 조잡한 문예 비평지 혹은 영화 잡지로 보였다.

좀처럼 만날 수 있는 사람도 아니어서 그의 동작 하나하나에 흥미가 일었다. 나가쓰는 총장을 잠시 관찰하는 데 마음을 빼앗겨 검은색 가죽 구두의 반짝이는 광과 구두 바닥의 무늬까지 뚫어져라 바라보다가 마침내 들려온 기타가와의 목소리에 덜컥 놀랐다.

"카나가 사라졌습니다."

"뭐라고요?"

"토요일 밤부터 행방불명입니다."

기타가와는 낮은 목소리로 중얼거리고는 테이블로 눈을 떨구었다. 토요일이라면 이틀 전, 구로이와가 살해된 장소를 살펴보러 갔다가 마키노 카나가 암녹색 벤틀리에 타는 것을 목격한 밤이었다.

"가쓰라기 씨, 이제 시치미 떼는 것은 그만두시죠. 오늘 아침에 저희 집에는 왜 전화하셨습니까?"

가쓰라기는 가게 안쪽을 향해 손을 들어 커피를 리필해달라고 요청했다. 그리고 차분히 성냥을 그어 담배에 불을 붙였다. 가쓰라기는 바짝바짝 속이 타는 기타가와를 본체만체하며 아카문 쪽만 멍하니 바라보다가 마침내 나직이 중얼거렸다.

"죄송합니다. 별것 아니었습니다."

"사과를 받으려고 하는 말이 아닙니다. 가쓰라기 씨나 나가쓰 씨나 도대체 목적이 뭡니까?"

점원이 총장에게는 카페오레를, 가쓰라기에게는 옅은 하우스브랜드 커피를 건네 왔다. 점원은 멀거니 앉아 있는 나가쓰의 잔에도 커피를 채워주었다. 나가쓰는 테이블에 시선을 떨군 채 잔을 입가로 가져갔다.

"기타가와 씨, 화내시면 안 됩니다."

"어떤 대답을 하시냐에 따라 다르겠지요."

"실은 제가 흥신소에 카나 씨의 신원 조사를 의뢰했습니다."

"앗, 뜨거."

나가쓰는 당황하여 커피 잔을 내려놓고 물컵으로 손을 뻗었다. 가쓰라기의 발언에 놀라 커피를 입가에 대는 손어림이 빗나갔는지 입술을 덴 모양이었다. 하지만 정작 가쓰라기는 짐짓 새치름한 표정으로 뻔뻔스럽게 거짓말을 시작했다.

"실례되는 일이란 건 알고 있습니다. 하지만 저는 진지합니다."

"……뭐가 말입니까?"

"다시 말해 카나 씨와 결혼을 전제로 사귀고 싶은데 그 전에 카나 씨에 관해 자세히 알고 싶은 거지요."

"그래서 흥신소에서 조사한 결과가 그 사진입니까?"

"네. 새어머님과도 친분을 두텁게 하고 싶어서요. 그러니 일단 누가 새어머니인지 알아야 하지 않겠습니까?"

가쓰라기는 대체 무슨 속셈인지 자못 심각한 표정으로 커피 잔에 손을 뻗었다. 그리고 뜨거운 김을 후 불면서 한 모금 마시고는 이번에는 고민하는 남자의 얼굴이 되어 희미하게 떨리는 한숨을 내쉬었다.

"그런데 정작 카나 씨는 다른 남자와 함께 다니는 거죠?"

"그건 저도 모릅니다. 오히려 제가 묻고 싶습니다."

"하지만 이틀이나 외박한다는 것은 그렇게밖에 해석할 수 없어요. 기타가와 씨야말로 저에게 숨기고 있는 게 없나요?"

아무런 맥락 없이 가쓰라기는 갑자기 공세로 돌아섰다. 기타가와는 크게 동요했는지, 아니면 가쓰라기의 눈매가 바싹 다가왔기 때문인지 직접적으로 반응했다.

"설마 이런 일이 벌어질 줄이야……. 처음 겪는 일입니다. 카나가 어디에 있는지는 항상 어느 정도는 알고 있었어요. 하지만 이번에는……."

기타가와는 입을 다물었다. 갑자기 깨달았는지 이렇게 솔직히 이야기하는 것에 불안을 느낀 모양이었다.

"이번에는, 이라뇨?"

"아니요, 개인적인 일이니까 더 이상 이야기하지 않겠습니다."

기타가와는 초조하게 자세를 바꾸고 손목시계로 눈길을 주었다. 나가쓰도 시계를 쳐다보았다. 11시 5분 전이었다. 그리고 총장은 변함없이 세 자리 떨어진 테이블에서 침착하게 카페오레를 마시고 있었다.

"돌아가겠습니다. 이건 시간 낭비로군요."

"다른 약속이라도 있나요?"

가쓰라기의 목소리에 기타가와는 한순간 매서운 눈빛을 날렸다. 하지만 꺼져가는 한숨을 내쉬고는 주머니에서 지갑을 꺼내 동전을 테이블에 올려놓았다.

"확실히 말해두지만, 흥신소에 의뢰하신 것은 달갑지 않습니다. 그만두십시오."

"죄송합니다만, 저는 그저 알고 싶은 마음 하나뿐입니다."

"더구나 조사했다니 아시겠군요. 카나는 당장 결혼할 형편이 아닙니다."

"저도 한순간의 미혹이라면 얼른 깨는 편이 낫다고 생각해서 카나 씨의 병력과 이성 관계도 대충은 조사했습니다. 하지만 좀처럼 미혹이 깨지지 않는군요."

가쓰라기가 단숨에 그렇게 말한 순간, 기타가와의 눈매가 험악해졌다. 그것은 희미한 증오 혹은 분노로 보이는 그림자였다.

"무슨 이야기를 들으셨나요?"

"카나 씨가 신경정신과에 다닌다는 사실요. 게다가 카나 씨는 중년 남성과 불륜 관계를 맺고 있더군요."

나가쓰는 내심 조마조마했다. 기타가와의 머릿속에서는 이무라와 구로이와의 사건이 당연히 떠오를 것이다. 최근 1주일 동안에 같은 수법으로 살해당한 두 남자와 이부동생과의 관계가 알려진다면 도대체 어떻게 반응할지 초조했다. 하지만 기타가와는 그저 냉담하게 눈썹을 올릴 뿐이었다.

"그래서요?"

"그뿐입니다. 상대 남성은 일본에 사는 중국계 캐나다인이라는 사실 정도만 알고, 상세한 사항은 모릅니다."

가쓰라기는 거기서 말을 끊고 고개를 숙였다. 가쓰라기가 연극 같은 몸짓으로 둘러대기를 잘한다는 사실을 알고 있는 나가쓰도 약간 어이가 없을 정도로 온순하고 순박한 모습이었다.

"그래도 저는 모든 사람의 상처를 치유해주고 싶은 기분입니다. 그래서라고 하기는 좀 그렇지만, 흥신소에 의뢰한 것에 관해서는 아무쪼록 이해해주십시오."

이 말을 믿었는지 안 믿었는지는 둘째 치고, 기타가와는 조금 마음이 놓인 모양인지 옆에 둔 갈색 가죽 가방을 들고서 성가신 듯한 표정으로 벌떡 일어섰다.

"마음대로 하십시오. 뭐, 카나는 상대해주지도 않겠지만요."

"그러지 않기를 빕니다."

기타가와는 싹싹한 가쓰라기의 중얼거림을 완전히 무시하고 출구로 향했다. 딸랑 하는 소리를 내며 닫힌 문 뒤로는 민망함에 어쩔 줄 몰라 하는 나가쓰와 그에 비해 지극히 덤덤한 가쓰라기, 그리고 묵묵히 잡지에 열중하는 총장만이 남았다.

"자, 갈까?"

가쓰라기는 검은 배낭을 들고 일어섰다. 대체 무슨 꿍꿍이인지 몰라 고개를 갸웃거리고 싶어질 만큼 개운한 얼굴이었다.

"어디로?"

"당연히 미행해야지."

가쓰라기가 그렇게 말한 순간 총장이 퍼뜩 눈을 들었다. 범죄의 냄새를 풍기는 그 말에 반응한 듯했다.

하지만 비발디가 밝게 울려 퍼지면서 총장은 곧 잡지로 눈길을 되돌렸고, 나가쓰는 안심하고 자리에서 일어섰다. 뭔가 꺼림칙한 것은 아니었지만, 그의 존재 자체가 강박적인 느낌을 주었다. 하지만 가쓰라기는 총장을 전혀 감지하지 못했다는 표정으로 얼른 가게에서 나갔다. 바깥은 어지간히 기온이 올라서 그의 뒤를 따라 문을 연 나가쓰의 이마에 금세 땀이 배기 시작했다.

"기타가와는 차를 탔어?"

"아니, 걸어가고 있어."

주위를 둘러보니 혼고산초메의 교차로를 향해 걸어가는 기타가와의 등이 멀리서 눈에 들어왔다. 가쓰라기는 슬며시 나가쓰에게 눈짓하고 빠른 걸음으로 뒤를 쫓았다. 이 일대는 사무실 건물이 많아서 학생으로 보이는 남녀와 섞여 양복 차림의 사람들도 오갔지만, 몸을 숨길 수 있을 만큼 혼잡하지는 않았다. 기타가와가 뒤돌아보면 미행 사실을 곧바로 들킬 것이라고 생각하자 저절로 몸이 긴장되었다.

아마도 역으로 가려는 듯 기타가와는 교차로를 똑바로 맞은편으로 건너 잡화점 옆을 지나갔다. 곧이어 자동차와 오토바이의 엔진 소리가 울렸고, 기타가와의 모습은 역 주변의 혼잡함 속으로 섞여 들어갔다.

"이봐, 놓치겠어."

가쓰라기는 아무런 대답도 없이 멍하니 오가는 자동차를 바라보고 있었다. 배낭을 어깨에서 축 늘어뜨리고 등을 둥글게 만 가쓰라기의 자세가 매우 무기력하게 보였다.

초조하게 기다리고 있자니 신호가 파란불로 바뀌었다. 그 순간 가쓰라기는 달려 나갔고, 허를 찔린 나가쓰가 그의 뒤를 따라 교차로를 건넜다. 그리고 지하철역으로 통하는 골목 모퉁이에서 서점 앞 잡지꽂이에 몸을 숨기고 기타가와가 사라진 쪽을 엿보았다.

나가쓰는 가쓰라기의 어깨 너머로 골목의 상황을 살펴보았다. 기타가와의 모습은 어디에서도 보이지 않았지만, 가쓰라기는 무언가를 본 듯 빠르게 속삭였다.

"이봐, 나가쓰. 저기 공중전화박스가 보이지?"

"응."

"기타가와가 안에 있어."

나가쓰가 목을 뻗어 보고 있자니 전화박스의 문이 열렸다. 가쓰라기는 나가쓰에게 팔꿈치로 신호를 보낸 후 기타가와의 움직임을 살피면서 골목으로 발을 옮기려고 했다.

그 순간, 누군가가 두 사람 옆을 쓱 지나갔다. 여자였다. 약간 구부정한 자세로 골목으로 들어선 여자가 오른쪽에 있는 카페로 들어가는 순간, 나가쓰는 겨우 그 여자가 누구인지 깨달았다.

"……야, 이게 무슨 일이야?"

"몰라. 하지만 마침 잘됐어."

가쓰라기는 배낭을 어깨에서 내리고 안을 뒤져서 수첩을 꺼냈다. 그리고 재빨리 페이지를 넘기고 한 장을 떼어내서 나가쓰에게 내밀었다.

"나는 기타가와의 뒤를 쫓을게. 너는 저 여자를 부탁해."

"이건 뭐야?"

"휴대폰 번호. 무슨 일이 생기면 여기로 전화해."

인파 너머로 언뜻 개찰구로 향하는 기타가와의 모습이 눈에 들어왔다. 가쓰라기는 나가쓰를 향해 슬며시 고개를 끄덕이고 발걸음을 재촉했다.

나가쓰는 내심 난처해졌다. 가쓰라기와 함께 마키노 카나를 두세 번 미행한 적은 있었지만, 혼자서 미행하는 것은 도저히 자신이 없었다. 하지만 자신의 얼굴을 알고 있는 기타가와에 비해 여자는 아직 직접 얼굴을 대한 적이 없는 상대였다. 그런 생각에 힘입어 나가쓰는 그녀가 들어간 카페 문을 열었다.

카페 안쪽은 의외로 혼잡해서 주문을 받는 카운터 앞에는 짧은 줄이 생겼다. 여자는 그 줄의 맨 뒤에 서서 어딘지 불안한 듯 팔짱을 끼고 벽에 걸린 시계를 힐끔힐끔 올려다보고 있었다. 눈에 띄는 것을 싫어하는 성격인지 여자는 오늘도 무릎 아래 길이의 핑크베이지 원피스에 크림색 가죽 핸드백, 그리고 같은 색 계열의 낮은 샌들을 신은 수수한 차림이었다. 머리카락 끝을 가볍게 안쪽으로 말았고, 화장은 한 듯했지만 옆얼굴로 슬쩍 보이는 립스틱도 수수한 장밋빛이었다.

줄이 점차 짧아지고 그다음이 여자의 차례가 되었다. 하지만 여자는 대체 무슨 생각인지, 갑자기 줄에서 빠져나가 잰걸음으로 출구 쪽을 향하기 시작했다. 한 사람을 사이에 두고 서 있던 나가쓰는 여자가 가게 밖으로 나가는 것을 확인한 후 줄에서 빠져나왔다. 여자는 골목 오른쪽, 지하철역으로 걸어가고 있었다.

당연히 가쓰라기의 모습은 이미 사라지고 없었다. 나가쓰는 여자와 조금 간격을 유지하면서 지갑의 지하철 카드를 꺼내 숨을 한 번 크게 내쉬고는 개찰구를 빠져나갔다. 여자는 입을 꾹 다문 채 안절부절못하는 발걸음으로 오차노미즈 방면의 플랫폼으로 내려갔다.

기타가와의 말을 믿는다면, 이 여자는 마키노 쇼코이다. 즉 어제 네즈 신사 옆에 위치한 사쿠라이의 집에 있던 마키노 교수의 부인이다. 나가쓰는 얼굴이 알려지지 않았다는 점을 활용해 그녀와 매우 가까운 벤치에 앉아 얼핏 보이는 쇼코의 옆얼굴을 바라보았다. 줄곧 선로만 내려다보는 그녀의 눈빛이 불안해 보였다.

드디어 전철이 플랫폼으로 들어오자 나가쓰는 벤치에서 일어섰다. 나가쓰는 쇼코가 학생들 사이에 섞여 들어간 문의 옆문으로 전철에 올라탔다. 그리고 재빨리 차내를 둘러보자 쇼코는 통로 맞은편 문 옆자리에 앉아 있었다.

나가쓰는 승객들 사이에 반쯤 몸을 감추고 지그시 쇼코를 관찰했다. 무엇을 어떻게 해야 탐정처럼 미행할 수 있을지는 모르지만, 우선 쇼코의 왼손에 결혼반지로 보이는 반지가 끼워져 있음은 확인했다. 그녀는 자그마한 은색 손목시계를 차고 있었지만, 그 외에는 아무런 장식도 없었다. 피부도 거칠지는 않았지만 수수한 느낌을 주는 양손이었다.

전철이 오차노미즈에 들어서자 핸드백을 손에 꽉 쥔 쇼코가 불쑥 자리에서 일어서더니 문이 열리는 동시에 전철에서 내렸다. 나가쓰는 당황해서 사람들 사이를 헤치며 플랫폼으로 빠져나왔다.

쇼코는 이미 개찰구를 통과했고, 나가쓰가 카드를 찾아 마침내 개찰구를 통과했을 때 그녀는 이미 출구의 계단을 거의 올라간 참이었다.

놓칠까 봐 서둘러 계단을 뛰어오르자 쇼코는 도쿄의과치과대학 앞의 인도에서 신호를 기다리고 있었다. 이대로 간다강江을 건너 스루가다이로 향하는 게 아닐까 싶었다. 정오에 가까운 시간이어서 아스팔트는 이미 뜨거웠고, 소토보리 거리를 오가는 자동차에 반사되는 햇살이 매우 눈부셨다.

쇼코가 걸어가기 시작했다. 나가쓰는 조금 간격을 두고 횡단보도를 건너 간다강의 탁한 물살이 내려다보이는 다리 위를 지났다. 그때 쇼코가 불쑥 왼쪽으로 꺾었다. 이번에는 소부선이나 주오선으로 갈아타려는 모양이었다.

아직까지 쇼코가 미행을 알아차린 기미는 없었다. 그래도 나가쓰는 매우 조심하면서 충분히 거리를 두고, 학생들의 인파로 북적이는 개찰구로 향했다. 쇼코는 아까에 비해 약간 느린 걸음으로 안내 방송과 벨 소리가 울리는 요쓰야·신주쿠 방면의 플랫폼으로 내려가는 참이었다.

하지만 쇼코의 등을 보면서 카드를 넣은 순간 자동 개찰구의 문이 덜컥 닫혔다. 경보음이 울리자 나가쓰는 당황해서 카드를 뺐다. 한눈을 팔고 있던 탓에 JR 카드와 지하철 카드를 혼동한 것이다. 안달하는 사이에 쇼코의 모습은 완전히 시야에서 사라지고 말았다.

나가쓰는 조바심을 내며 마침내 개찰구를 빠져나가 계단 쪽으로 서둘러 갔다. 이미 요쓰야 방면의 완행 전철이 도착해서 문이 열리고 있었다. 큰일이다 싶어 계단을 뛰어 내려갔지만 쇼코의 모습은 보이지 않았다. 하지만 순간적으로 망설이다가 눈 딱 감고 전철 안쪽으로 미끄러져 들어갔다. 비교적 한가한 전철을 둘러보자 다행히도 차량 연결부의 창문 너머로 문 옆에 기대어 서 있는 쇼코의 옆얼굴이 보였다.

나가쓰는 일단 마음이 놓여 비어 있는 자리에 앉았다. 이미 땀으로 범벅된 셔츠의 목덜미를 탁탁 털면서 창문 너머로 흐르는 간다 강의 수면으로 눈을 돌렸다.

가쓰라기는 지금쯤 기타가와를 쫓아서 도대체 어디까지 갔을까? 그런 생각을 멍하니 하는 사이에 전철은 스이도바시로 접어들었다. 슬쩍 옆 차량으로 눈을 돌리자 쇼코는 창밖의 어딘가를 줄곧 바라보고 있었다. 문이 열릴 때는 기댔던 몸을 슬쩍 떨어뜨렸지만, 내리려는 기색은 없었다. 스이도바시에서는 그다지 타고 내리는 사람도 없었고, 텅 빈 전철은 다시 달리기 시작했다.

마키노 쇼코—결혼 전 성姓은 모르지만—가 마키노 교수와 결혼을 한 것은 분명 5년 전이었다. 결혼 생활이 어땠는지는 지금으로서는 알 도리가 없었다. 하지만 지금 모습으로 짐작해보면 행복과는 거리가 멀었을 것이다. 마키노 교수가 죽고 두 달도 되지 않아 다른 남자의 집에 드나드는 것을 보면 충분히 짐작되고도 남았다.

게다가 그녀가 의지하는 사쿠라이는 전처가 무려 16년 전에 죽었다고는 해도 마키노 교수에게는 전 처남에 해당되었다. 이런 관계가 언제 발생했는지는 모르지만, 마키노 교수가 살아 있었을 때나 죽은 지금에나 어딘지 꺼림칙한 관계임은 분명했다.

쇼코는 줄곧 긴장한 표정으로 핸드백을 가슴에 안고 있었다. 창문 너머이지만 얼굴을 이쪽으로 향하고 있는 까닭에 무언가 깊은 생각에 잠겨 있는 모습을 똑똑히 볼 수 있었다. 드디어 전철은 이다바시역에 들어섰고, 쇼코는 천천히 문에서 몸을 떨어뜨려 플랫폼으로 나왔다. 나가쓰도 서둘러 자리에서 일어나 전철에서 내렸다.

정오를 지난 역 안에서 쇼코는 개찰구로 향하는 기다란 통로를 빠른 걸음으로 걸어갔다. 점심시간대에 들어선 탓인지 출구 부근에는 회사원인 듯한 사람도 많았고, 또 이 일대에도 대학이 있어서 학생인 듯한 남녀의 모습도 꽤 많이 보였다. 쇼코는 그 사이를 헤치며 개찰구를 빠져나가 오른쪽으로 꺾어 우시고메 다리를 내려가고 있었다.

이다바시는 나가쓰가 한때 취미로 다녔던 프랑스어 학원이 있는 곳이라서 이 일대의 지리는 어느 정도 알고 있었다. 쇼코는 역 앞의 다리를 내려간 후 우시고메미쓰케 교차로 앞에서 빨간불에 걸려 멈춰 섰다. 얼마 후 신호가 파란불로 바뀌었고 쇼코는 횡단보도를 똑바로 건너 가구라자카 언덕을 오르기 시작했다. 식당이 좌우로 쭉 늘어선 길을 끊임없이 오가는 사람들 속에서 쇼코는 핸드백을 꼭 끌어안은 채 한눈 한번 팔지 않고 걸어가고 있었다.

그러다가 갑자기, 나가쓰가 일정 거리를 유지하면서 뒤를 쫓는 중에 쇼코가 불현듯 멈춰 섰다. 쇼코는 언덕 위를 멍하니 바라보는 듯하더니 느닷없이 발길을 되돌려 나가쓰 쪽을 향해 똑바로 언덕을 내려오기 시작했다.

나가쓰는 당황해서 딴청을 하며 때마침 발견한 담배 자판기 앞에서 순간적으로 바지 뒷주머니의 지갑을 뒤졌다. 동전을 꺼내 세는 척하는 중에 쇼코는 나가쓰 뒤를 지나 세 집 아래의 찻집으로 쑥 들어갔다.

땀이 배어 나왔다. 그래도 나가쓰는 호흡을 가다듬고 잠시 뒤 같은 찻집 문을 밀어 열었다. 가벼운 식사도 나오는 찻집 안은 사람들로 약간 붐볐다. 쇼코는 안쪽 카운터 자리의 맨 끝에 앉아서 메뉴를 보고 있었다. 문과 가까운 카운터 자리에도 비어 있는 곳이 있었기 때문에 나가쓰는 점원의 안내를 기다리지 않고 불쑥 그곳에 앉았다.

잠시 후 곁눈질로 보고 있자니 쇼코 앞에 아이스티 잔이 건네졌다. 나가쓰도 점원에게서 주문을 재촉받고 반사적으로 같은 메뉴를 시켰다. 그리고 문득 가쓰라기에게 전화하고 싶어졌다. 적어도 쇼코가 찻집 안에 있는 동안에는 놓칠 염려가 없었다. 기타가와의 동향 또한 아무래도 신경 쓰였다.

마키노 쇼코와 호적은 별개라 해도 기타가와는 쇼코의 아들과 다름없었다. 기타가와라는 이름을 내뱉을 것이 걱정되긴 했지만 입구 옆에 달린 공중전화는 쇼코가 있는 위치에서는 보이지 않았다. 게다가 쇼코와의 거리도 떨어져 있었다. 여기에서 기타가와의 이름을 말하더라도 쇼코에게 들릴 염려는 없다고 생각한 나가쓰는 공중전화에 카드를 넣은 후 메모지의 번호를 눌렀다. 몇 번 호출음이 울린 후 메시지가 흘러나왔다.

"지금 거신 전화번호는 현재 전파가 닿지 않는 곳에 있거나……."

한숨이 나왔다. 가쓰라기는 아마도 휴대폰이 성가셔서 전원을 끈 채 잊어버렸을 것이다. 게다가 자리로 돌아와 보니 쇼코의 모습이 사라지고 없었다. 설마 미행을 눈치채고 따돌린 것일까? 그렇게 생각하자 가슴이 마구 뛰었다.

다행히 쇼코는 화장실에 다녀온 듯 금방 안쪽에서 나왔다. 그러나 거의 줄어들지도 않은 아이스티를 내버려두고 쇼코는 계산을 요청했다. 나가쓰는 자기 앞에 놓인 아이스티 잔을 들어 크게 한 모금 꿀꺽 마신 후, 지갑을 뒤져 정확한 가격의 동전을 카운터에 올려놓았다.

마키노 쇼코가 무슨 목적으로 이렇게 돌아다니는지 아직은 전혀 알 수 없었다. 하지만 나가쓰는 찻집을 나온 그녀가 또다시 언덕을 오르는 것을 창문으로 확인하고 자리에서 일어섰다. 아침밥을 일찍 먹은 탓에 약간 허기를 느꼈지만 신경 쓸 겨를이 없었다. 밖으로 나오자 쇼코의 등은 의외로 먼 곳에 있었고, 이미 젠코쿠지 앞 근처까지 접어들고 있었다.

가구라자카라면 산책할 겸 왔다고 생각해도 이상하지 않겠지만, 쇼코는 이미 오쿠보 거리의 교차로를 똑바로 건너 주택가로 들어가고 있었다. 이 앞의 가구라자카역에서 또 지하철을 타려는 것일까? 아니면 다른 목적이 있는 것일까?

쇼코는 거리를 따라 잠시 쭉 걸었다. 그리고 우시고메 경찰서를 지나치나 싶더니 왼쪽 골목으로 꺾었다. 이 주변은 사람의 통행이 거의 없어서 쇼코가 뒤돌아본다면 더 이상 숨을 수가 없었다. 그렇게 생각하자 나가쓰는 자연스럽게 발걸음이 더뎌졌다. 마침내 쇼코는 야라이노가쿠도를 지나 두세 번째 골목에서 이번에는 오른쪽으로 틀었다.

아마도 쇼코는 이 일대에 있는 지인의 집에라도 가려는 모양이었다. 오후에 접어든 주택가는 쥐 죽은 듯 조용했고, 오로지 매미 울음소리만이 띄엄띄엄 울려 퍼지고 있었다.

하지만 나가쓰는 모퉁이를 돌자 가슴이 덜컥 내려앉았다. 바로 근처의 집 대문 앞에서 우편함에 무언가를 넣고 있는 쇼코와 눈이 딱 마주친 것이다. 그녀도 왠지 동요한 듯 시선을 피하지 않은 채 나가쓰의 눈길을 쳐다보며 1~2초가 흘렀다.

큰일 났다. 이대로 우두커니 서 있으면 의심할 여지도 없이 완벽하게 수상한 사람이 되어버린다. 모른 척 지나갈 수밖에 없다고 순간적으로 생각한 나가쓰는 그대로 걸어 나가기 시작했다. 그와 동시에 쇼코도 눈을 슬며시 내리간 채 핸드백을 끌어안고 빠른 걸음으로 대문에서 떨어졌다.

아무래도 의심스러워하는 것 같았다. 나가쓰는 가능한 한 태연하게 걸으면서 쇼코가 앞에 서 있던 집을 슬쩍 엿보았다. 돌담 너머에는 벽돌로 지어진 2층 건물이 있었고, 모든 창문에 커튼이 쳐져 있어서 집에 아무도 없는 것 같았다. 그리고 나가쓰는 문기둥에 걸린 문패를 보고 숨을 멈췄다.

온묘지 아키미쓰…….

순간적으로 주변을 둘러보니 골목 저편 모퉁이에서 이쪽을 엿보는 쇼코가 눈에 들어왔다. 쇼코가 나가쓰의 시선을 알아차리고 금방 또 모습을 감추자, 그녀가 그대로 사라질까 봐 겁이 난 나가쓰는 골목을 내달렸다.

나가쓰가 모퉁이를 돈 순간 쇼코는 택시를 잡고 있었다. 멈춰 세울 틈도 없이 문이 닫히고 택시는 곧바로 출발했다. 나가쓰는 빈 택시가 또 오지 않을까 살폈지만, 쇼코를 태운 택시는 와세다 거리를 내려가자마자 교차로에서 좌회전해서 사라져버렸다.

나가쓰는 이마의 땀을 닦고 주변을 둘러보았다. 공중전화박스가 거리 맞은편에 보여 오가는 자동차를 헤치며 거리를 가로질렀다. 가쓰라기가 지금 어떤 상황인지는 모르지만, 마키노 쇼코에게 미행을 들킨 탓에 가쓰라기 쪽에서도 난처한 일이 벌어질 수 있었다. 그렇게 생각하자 나가쓰는 가만히 있을 수 없었다.

몇 번의 호출음이 울린 후 가까스로 가쓰라기의 목소리를 들을 수 있었다. 잡음이 섞여 도통 알아듣기가 힘들었지만, 나가쓰는 그럼에도 불구하고 수화기를 향해 소리 질렀다.

"마키노 쇼코를 놓쳤어! 지금 가구라자카야."

"……야?"

"뭐?"

"온묘지……야?"

"응. 온묘지의 집 앞이야. 왠지는 모르겠지만 마키노 쇼코가 그 대문 앞에 있었어."

나가쓰는 수화기를 귀에 대고 손목시계를 힐끔 보았다. 이미 1시가 다 되어가고 있었다.

"우편함…… 살펴봐. 비밀번호는 2736…….''

"야, 가쓰라기. 넌 지금 어디야?"

"신주쿠…….''

싸악 하는 잡음이 들려오더니 그대로 뚝 전화가 끊겼다. 나가쓰는 한숨과 함께 수화기를 내려놓고 공중전화박스에서 나왔다. 가쓰라기에게는 나중에 또 전화하기로 하고, 먼저 그의 지시대로 온묘지의 집 우편함을 확인하기로 했다.

일단 인터폰을 눌러보았지만, 유카는 역시 집 안에 없는 듯 아무런 대답도 없었다. 돌담 오른쪽에 위치한 차고에도 셔터가 내려져 있었다. 주철 대문에는 코드식 잠금장치가 설치되어 있었는데, 나가쓰는 온묘지 유카의 수수께끼 중 하나를 지금부터 열어젖힌다는 심정으로 가쓰라기가 알려준 비밀번호를 눌렀다.

딸깍하는 희미한 소리와 함께 대문이 스르륵 열렸다. 현관으로 이어지는 오솔길의 좌우로 나 있는 잔디는 깔끔하게 손질되어 있었고, 물을 방금 뿌렸는지 선명한 풀빛이 반짝이고 있었다.

유카가 온묘지와 결혼한 것은 4년 전 일이었다. 그 일상이 어떤지는 나가쓰도 거의 아는 바가 없었다. 앞뜰에는 아이의 존재를 알려주는 장난감도 없었고, 적어도 겉으로는 애완동물의 낌새도 보이지 않았다. 나가쓰는 호기심을 못 이기고 현관과 1층의 창문을 슬쩍 열어보려고 했지만 모두 잠겨 있었다. 커튼 때문에 안쪽의 상황을 엿보지 못했지만, 아마도 출퇴근하는 가정부가 있는 듯 뜰은 구석구석 잘 정돈된 느낌이었다.

6년 전에 검은색 기부자 명부가 배포된 당시, 온묘지는 경찰청의 심의관이었다. 그리고 지금의 직책은 국장 아니면 장관일 것이다. 그렇게 생각하자 나가쓰는 순간 오싹해져서 대문 쪽으로 물러났다. 아무리 가쓰라기가 온묘지 본인이 허용한 아내의 애인이라 하더라도 들키면 끝장이었다. 게다가 이렇게 쉽사리 들어올 수 있는 것 자체가 덫일지도 모른다는 기분이 들었다.

다행히 경보 장치가 작동하는 일은 없었다. 나가쓰는 대문을 통해 밖으로 뛰쳐나가려다가 퍼뜩 가쓰라기의 지시를 떠올렸다. 오솔길의 좌우를 둘러보고 주변에 아무도 없다는 사실을 확인한 후 마침내 문기둥의 우편함을 슬며시 살펴보았다.

우편함에는 자물쇠가 없고 문은 간단히 열렸다. 집배원이 오기 전이라서인지 우편함 안은 거의 비어 있었다. 다만 하얀 봉투 하나가 달랑 놓여 있을 뿐이었다. 나가쓰는 그 봉투를 손에 들고 앞뒤를 살펴보았다.

처음에는 받는 사람이나 보내는 사람의 이름도 없었고 우표조차 붙어 있지 않아서 요즘에 자주 보이는 수상한 광고인가 싶었다. 하지만 봉투 안에 들어 있던 종이쪽지를 꺼내자 무언가가 발밑으로 떨어졌다. 집어 들어보니 꽃다발이나 선물과 함께 첨부하면 어울릴 법한 옅은 장밋빛 명함 크기의 카드였다.

생일 축하해, 카나.
— 6월 12일. Y.

쓰여 있는 것은 그게 전부였다. 검은 잉크로 쓰인 깔끔한 필체의 손글씨에는 여자가 쓴 것으로 여겨지는 요염함이 묻어 있었다. 카드는 오래된 것인 듯 모서리가 찌그러졌고 잉크 색도 바래 있었다.

나가쓰는 봉투 안을 더 살피다가 묘한 감각을 느꼈다. 봉투 안에는 마키노 카나의 사진과 함께 동봉되었던 편지와 비슷한, 워드프로세서로 쓰인 또 다른 편지가 들어 있었다.

11
———————
검은 명함첩 속의 연결 고리

이 카드가 무엇을 의미하는지 당신은 당연히 알고 계실 것입니다. 아니, 오히려 부인이 더 잘 알고 있다고 해야 할까요?

마키노 교수의 딸과 도대체 어떤 일이 있었는지, 그것을 생각하면 무시무시한 기분이 듭니다. 당신은 단순한 지인에 불과하다고 하실지도 모릅니다. 하지만 그렇다면 왜 보고서도 못 본 척하십니까? 망설임이 화를 부른다고 제가 말씀드렸지 않습니까?

그 딸의 새로운 희생자가 벌써 두 사람이나 더 나왔습니다. 이대로라면 앞으로도 또 같은 일이 벌어질 것입니다.

아무쪼록 부탁드립니다. 그 딸을 더 이상 감싸지 마십시오. 위험성을 분명히 인정해주십시오. 우리는 모두 그 딸에게 속고 있는 것입니다…….

나가쓰는 편지를 무릎에 두고 어두운 생각에 잠긴 채 얼굴을 들었다. 아직 5시를 갓 넘긴 시간이어서 해는 지지 않았지만, 롯폰기 교차로에서 가까운 오픈 테라스 카페 안은 손님들로 점차 떠들썩해지고 있었다.

멍하니 바깥을 바라보고 있는데 혼잡함 속에서 가쓰라기의 모습이 보였다. 약속 시간이 4시 반이어서 나가쓰는 그사이에 일단 혼고로 돌아가 푸조를 몰고 다카기초에 도로 세워두기까지 했는데, 가쓰라기는 줄곧 걸어 다닌 모양인지 평소와 달리 먼지투성이가 된 듯한 느낌이 들었다.

"어, 많이 기다렸지?"

"여기, 그 편지."

가쓰라기는 일단 의자를 끌어당겨 앉은 다음 일단 피곤한 모습으로 다리를 꼬고 셔츠의 주머니에서 담배를 꺼내 테이블에 톡 던졌다. 가쓰라기는 웨이터에게 맥주를 주문하고 나서 나가쓰의 손에서 편지와 봉투를 건네받았다.

하지만 내용을 읽으려고도 하지 않고 가쓰라기는 그것들을 테이블에 올려놓은 채 담배를 물어 불을 붙일 뿐이었다. 그리고 그저 멍하니 거리를 지나다니는 사람들과 자동차로 시선을 이리저리 돌렸다.

"읽어. 내 전리품이야."

"내용의 취지는 앞선 편지와 똑같겠지. 마키노 교수의 딸을 고발하는 내용."

"아니, 그보다 훨씬 흥미로워."

나가쓰는 봉투에 손을 뻗어 안쪽의 카드를 꺼냈다. 가쓰라기는 흥미 없다는 표정이었지만, 문득 카드에 눈을 돌리더니 희미하게 눈썹을 찌푸렸다.

"뭐야?"

"그러니까 읽어보라고 했잖아."

가쓰라기는 담배를 재떨이에 놓고 카드를 집어 든 후 셋으로 접힌 편지지를 펼쳤다. 곧바로 웨이터가 맥주잔을 가지고 왔지만, 가쓰라기는 그것에 눈길조차 주지 않고 워드프로세서로 쓰인 편지를 집중해서 읽기 시작했다.

"그 카드의 이니셜 Y는 유카 씨를 뜻하는 거겠지?"

"……응, 필체도 틀림없어."

"하지만 유카 씨는 애초에 이 사건의 의뢰인이야. 그런데 그런 유카 씨가 마키노 교수의 딸과 관련이 있다니, 이게 대체 어떻게 된 일이야?"

"글쎄. 적어도 유카에게는 남들에게 이야기하고 싶지 않은 사정이 있었다는 뜻이겠지."

가쓰라기는 깊은 생각에 잠긴 눈빛으로 카드와 편지를 번갈아 바라보았다. 온묘지 유카와 마키노 카나와의 관계가 대체 무엇일까? 확실히 이 편지만으로는 알 수 없었으나, 나가쓰는 내심 매우 복잡한 기분이 들었다.

"그런데 너한테 조사를 의뢰하면 그 관계가 들킨다는 사실쯤은 알고 있었을 텐데."

"어느 정도는 예상했겠지. 하지만 나조차 파고들 수 없는 부분도 있어."

"예를 들면?"

"유카의 머릿속. 너무 가까워서 오히려 잘 모르겠어."

가쓰라기는 마침내 카드와 편지를 테이블에 내려놓고 맥주잔으로 손을 뻗었다. 분명히 이 탐정과 의뢰인의 관계를 생각하면 맞는 말이겠지만, 나가쓰는 가쓰라기가 대답을 얼버무린 것 같은 기분도 들었다.

"그런데 이 내용을 보면 뭔가 이상해. 유카 씨랑 마키노 교수의 딸 말이야."

가쓰라기는 애매하게 어깨를 움츠리고 맥주를 마셨다. 나가쓰는 카드를 바라보면서 온묘지 유카와 마키노 카나가 함께 있는 그림을 상상했다. '생일 축하해'라는 달랑 한 문장뿐이었지만 왠지 머리가 아찔해졌다.

"어쩌면 유카 씨와 마키노 카나는 레즈비언 사이⋯⋯."

"알 게 뭐야. 그런 것까지는 상관 안 해."

가쓰라기는 어느 틈엔가 평소의 우울한 모습으로 돌아와 있었다. 그는 여유롭게 맥주잔을 내려놓더니 두 번째 담배에 불을 붙이고는 거리를 지나가는 사람들을 바라보기 시작했다. 나가쓰는 유카와 카나의 관계를 더 이상 파고들 기분도 들지 않아 화제를 바꾸었다.

"그런데 기타가와는? 신주쿠에 뭐 하러 갔어?"

가쓰라기는 셔츠의 주머니를 뒤져 무언가를 톡 내던졌다. 그것은 무라카미 시즈에라는 여자의 명함이었다. 그녀의 소속은 나리타 요시히로의 국회의원 사무소였고 주소는 니시신주쿠였다.

"어, 이건⋯⋯."

"나리타 요시히로, 리스트의 네 번째 남자야. 무라카미 시즈에라는 여자는 그 사무소의 접수계에서 일하지. 기타가와는 나리타의 사무소에 들렀는데, 나리타가 부재중이어서 바로 쫓겨났어."

나가쓰는 고개를 끄덕이다가 문득 눈을 들었다. 처음부터 꽤 까다로운 사건이라고 짐작은 했지만, 온묘지 유카나 기타가와 슈지나 그 관계가 너무나 복잡하고 이해하기 힘들었다.

"저기, 전부터 궁금했던 건데, 기타가와도 리스트에 오른 사람들과 카나의 관계를 알고 움직이는 걸까?"

"당연하지."

"그렇다면 그렇게 하는 동기는 뭐야? 카나가 기타가와에게 이야기했을까?"

"그건 지금부터 조사할 거야."

가쓰라기는 입에 담배를 문 채 편지와 카드를 봉투에 도로 넣은 후 검은 배낭에 찔러 넣었다. 그리고 맥주를 반쯤 남긴 채 일어섰다.

"가자. 요 근처야."

아직 여러 가지 의문이 머릿속에서 복잡하게 뒤엉켰지만 나가쓰도 자리에서 일어섰다. 가쓰라기는 카페에서 나와 왼쪽 교차로로 향했다. 그 주변은 이미 수많은 사람들로 혼잡했고, 다채로운 색깔로 피부와 머리카락을 장식한 남녀들이 만면에 웃음을 띤 표정으로 지나다니는 사람들에게 클럽이나 바의 전단지를 나누어주고 있었다.

가쓰라기는 매우 익숙한 발걸음으로 사람들로 떠들썩한 교차로를 곧장 건넜다. 그곳에서 왼쪽으로 가면 약 열흘 전에 마키노 카나를 엿보았던 클럽이 있었지만, 가쓰라기는 그쪽이 아니라 노기자카 방면으로 향했다.

그리고 잠시 후 방위청 앞 부근에서 멈춰 섰다. 나가쓰가 근처 건물을 올려다보았다. 그곳은 토플리스 바댄서나 웨이트리스 등이 상반신을 드러낸바, 라이브 하우스, 클럽 등이 들어선 검은 외벽의 건물이었다. 가쓰라기는 아무 말도 하지 않고 얼른 엘리베이터 홀로 내려갔다. 어느 가게의 댄서인 듯한 갈색 피부의 여자 두 명이 민망할 정도로 대담한 스타일의 옷차림으로 홀 안쪽에서 재잘대며 웃고 있었다.

나가쓰는 눈 둘 곳을 찾지 못해 난처해하며 엘리베이터 앞에 섰다. 가쓰라기는 전혀 동요하지 않는 태연한 표정을 띤 채 스르륵 열린 엘리베이터 문으로 들어가 6층 버튼을 눌렀다. 나가쓰는 벽에 붙은 무척 자극적인 포스터와 주변에 밴 향수 냄새에 질색하며 가쓰라기를 팔꿈치로 찔렀다.

"야, 이번에는 어디로 가는 거야?"

"이 건물에 있는 클럽. 구로이와가 자주 다녔던 곳이지."

가쓰라기가 그렇게 말하고 나서 얼마 뒤 엘리베이터 문이 열렸다. 나가쓰는 역시나 변호사쯤 되면 수상한 장소에 출입하는 것은 예사인 모양이라는 생각이 들었다. 그러나 6층 플로어를 통째로 활용한 넓은 클럽의 인테리어는 의외로 매우 차분한 느낌이 들었다. 쇼를 위한 무대도, 기묘한 거울도, 조명도 보이지 않았다. 입구에 들어서자 오른쪽 카운터에는 개점 준비를 하려는지 안개꽃과 리시안셔스lisianthus, 꽃말은 변치않는 사랑으로 결혼 부케에 많이 쓰이는 꽃, 그리고 분홍색과 보라색의 큼지막한 장미가 다발째로 놓여 있었다.

아직 6시 전이라서인지 호스티스의 모습은 없었다. 카운터 안쪽에는 하얀 셔츠에 검은 바지를 입은 젊은 직원이 두 명 있었고, 검은 슈트 차림을 한 40대 중반의 점장으로 보이는 남자가 그 직원들에게 지시를 내리다가 이쪽을 돌아보았다.

"안녕하세요. 가쓰라기입니다."

"아, 이쪽으로 오시죠."

점장은 표정을 누그러뜨리고 입구 근처의 테이블을 손으로 가리켰다. 그리고 직원에게 눈짓하고는 안쪽으로 사라졌다.

가쓰라기는 플로어를 가로질러 벽 쪽 자리에 앉았다. 이런 장소에 익숙지 않은 나가쓰는 위축된 채 맞은편 자리에 우물쭈물 엉덩이를 붙였다. 곧이어 직원 한 사람이 쟁반을 들고 와서 컵받침을 깔고는 차가운 재스민 차 두 잔을 정중히 올려놓고 갔다.

가쓰라기는 물끄러미 클럽 안을 바라보았다. 나가쓰가 거북한 심정으로 앉아 있는데, 마침내 검은 슈트를 입은 점장이 두꺼운 파일을 몇 권 품에 안고 와서 옆 테이블에 놓았다.

"이거였지요?"

"네, 고맙습니다."

"파일은 오십음도순입니다. 궁금한 게 있으시면 불러주세요."

가쓰라기가 이 클럽에서 무슨 수상쩍은 조사를 하려는 모양인데, 점장은 경계하는 기색도 없이 너무나 덤덤한 태도였다. 가쓰라기는 점장에게 감사의 인사를 건넸고, 점장이 사라지자마자 얼른 파일로 손을 뻗었다. 테이블 너머로 들여다보니 그 파일은 고객의 명함을 비닐 시트 안에 정리해놓은 명함첩이었다.

"야, 그걸로 뭘 알아내려는 거야?"

"리스트의 이름이 있는지 없는지 조사하는 거야. 너도 도와줘."

가쓰라기는 무뚝뚝하게 내뱉고는 재빨리 시트를 들춰나가기 시작했다. 나가쓰도 어쩔 수 없이 가장 위에 놓인 파일을 손에 들었다. 그것은 '가(カ)' 행이었고 몇 페이지 들춰나가자 구로이와 기요타다의 명함이 나타났다.

"야, 있어, 구로이와야."

"찾는 건 그 사람이 아냐. 다른 사람들이야."

가쓰라기는 첫 파일을 옆에 치워두고 다음 파일로 손을 뻗었다. 그리고 두세 페이지 들추더니 어깨를 움츠리고 곧 세 번째 파일로 손을 뻗었다.

나가쓰는 '가' 행의 파일을 밑에 두고 다음 파일의 표지를 펼쳐보았다. 이번에는 '나(ナ)' 행의 명함이 정리되어 있었는데, 기타가와가 오늘 사무소를 찾아갔다는 리스트의 네 번째 남자, 나리타 요시히로의 이름은 없었다. 그래도 나가쓰는 혹시나 해서 그 뒤의 시트도 차례로 넘겨보던 중에 갑자기 가쓰라기가 목소리를 높였다.

"죄송합니다. 잠깐 여쭤보고 싶은 게 있는데요."

검은 슈트의 점장이 안쪽에서 다시 나와서 붙임성 있게 대답했다.

"뭐 문제라도 있나요?"

"이분, 단골인가요?"

가쓰라기가 펼친 파일을 테이블에 올려놓았고, 점장은 둥근 의자를 끌어당겨 테이블 맞은편에 앉았다. 나가쓰도 옆에서 들여다보았더니 가쓰라기가 가리킨 곳에 리스트의 다섯 번째 남자, 후지모토 야스시의 이름이 있었다.

하지만 점장은 가쓰라기의 진의를 모르는지 아주 가볍게 대답했다.

"아, 후지모토 씨요? 몇 번인가 오셨어요."

"언제 적입니까?"

"글쎄요, 요즘에는 안 오시는데……."

점장은 시트에 손을 뻗어 명함을 안에서 꺼냈다. 그리고 명함을 뒤집고는 도대체 무슨 생각이 떠올랐는지 처음으로 어두운 표정을 보였다.

손님의 이름과 얼굴과 만났던 상황을 기억해내려는 직업상 습관 때문인지, 명함 끝에 자그마한 펜글씨로 숫자 같은 것을 기록해둔 모양이었다.

"6년 전입니다. 6월 12일."

"이 가게를 소개해준 사람은 구로이와 씨지요?"

"……네. 하지만 가쓰라기 씨, 정말 그 건은 괜찮겠지요?"

"물론 제가 보증하겠습니다. 상호 협력이 저희 길드의 취지니까 요."

사정은 잘 모르지만 가쓰라기는 어떤 길드 구성원에게서 점장을 소개받고 내친김에 점장을 길드로 끌어들이려는 속셈인 듯했다. 가쓰라기는 일등 판매왕이 지을 것만 같은, 순간적으로 성의가 가득 담긴 웃음을 띠며 몸을 점장 앞으로 내밀었다.

"이야기해주십시오. 그날 밤이 아니더라도 구로이와 씨와 후지모토 씨가 누군가 함께 데리고 왔던 사람은 없습니까?"

점장은 후지모토 야스시의 명함을 뚫어져라 바라보다가 마침내 다른 파일에 손을 뻗어 시트를 뒤지기 시작했다. 나가쓰도 별 생각 없이 마지막 파일을 손에 들고 표지를 펼쳐보았다.

그것은 '야(ヤ)' 행 파일이었다. 첫 페이지를 넘기던 나가쓰가 덜컥 놀라고 말았다. 나가쓰는 조심스레 얼굴을 들고 방금 발견한 명함을 가리켰다.

"저, 이거 아닌가요?"

점장은 옆에서 들여다보고는 파일을 들어 명함을 안에서 꺼냈다. 그리고 명함을 뒤집어서 살며시 고개를 끄덕였다.

"네, 이분입니다. 야하타 씨."

"두 사람과 함께 왔었군요."

"네. 기억났습니다. 가게에 온 것은 딱 한 번뿐이지만, 같은 날 밤이었습니다."

6년 전 6월 12일이라면 검은색 기부자 명부가 배포된 준공 기념식이 열렸던 밤이다. 그리고 그날, 리스트에 올라 있는 구로이와, 후지모토, 야하타 세 사람이 이 클럽에 함께 온 것이다. 물론 그것만으로는 그들이 준공 기념식에 참석했다는 증거가 되지는 않았다. 그런데 점장은 야하타의 명함을 뚫어져라 바라보다가 문득 가쓰라기를 쳐다봤다.

"그리고 분명히 또 한 사람 더 있었습니다. 대학 선생이라던데, 우리 가게에서는 보기 드문 손님이어서 기억에 남았어요."

"이름은요?"

"글쎄요, 그건 잘 모르겠네요. 파일에 있다면 알 수 있을 텐데요. 명함이 다 떨어져서 나중에 주겠다는 손님도 가끔 있어서요. 딱 한 번만 오고 발길을 끊는 손님도 많고요."

"가게를 나갔을 때의 상황은 기억나세요?"

"그것도 잘 기억이 안 나요……. 아, 맞다. 밖에서 또 누군가가 들어왔어요. 맞아요, 맞아. 호경기라고는 하지만 6월에는 손님이 적으니까 마침 잘됐구나 싶었지요. 확실히 나중에 두세 명 더 오셨어요. 국회의원 배지를 단 분도."

가쓰라기는 여전히 착실한 청년 모드의 표정이었지만, 흥분은 감출 수 없는 모양이었다. 가쓰라기는 무릎 사이에 끼운 양손을 더욱 꽉 쥐면서 낮게 깐 목소리로 말했다.

"그래서 여기에서 함께 술을 마셨습니까?"

"아니요, 모두들 나가셨어요. 아, 그리고 밖에서 온 사람 중에는 대형 은행의 배지를 단 사람도 있어서, 역시 구로이와 씨의 인맥은 대단하다고 생각했지요. 가능하면 모두 제대로 대접해드리고 싶었는데 곧바로 나가셔서……."

가쓰라기는 고개를 끄덕이고는 검은 배낭을 어깨에 멨다.

"네, 말씀 감사했습니다. 그 건은 지금부터 처리해드리겠습니다."

점장은 너무나 갑작스러운 중단에 약간 어안이 벙벙한 듯했다. 하지만 이내 그 기색을 지우고 야하타의 명함을 파일에 도로 꽂아넣은 뒤 미소를 지으며 일어섰다. 카운터에는 아까 봤던 꽃을 듬뿍 꽂은 도자기 꽃병과 유리 꽃병이 늘어서 있었고, 직원이 그것을 플로어 구석으로 옮기고 있었다.

6시가 지난 시간이었다. 점장은 엘리베이터 홀로 나가 직원이 주변에 없는지 슬쩍 뒤돌아 확인한 후 가쓰라기에게 속삭였다.

"별 도움이 못 되어드린 것 같은데 정말로 괜찮으신가요?"

"네, 분명히 그 건은 오늘 밤 안에 결정될 겁니다."

"감사합니다. 큰 은혜를 입었습니다. 또 궁금한 게 있으시다면 언제든지 협력하겠습니다."

점장은 엘리베이터 안으로 두 사람을 떠밀고는 고개를 깊숙이 숙였다. 가쓰라기는 1층 버튼을 눌렀고, 문이 닫히자 또 멍한 눈빛이 되었다.

"……이봐, 그 건이란 게 뭐야?"

"이 가게의 1인자가 지금 경찰에 잡혀 있어. 가벼운 접촉사고지만 외국인이어서 신원 보증인을 세우기도 어렵고, 또 여러 가지 성가신 일들도 얽혀 있어서 그것을 어떻게든 처리해달라는 거지."

"방금 저 점장은?"

"점장도 문제가 많은가 봐. 호스티스도 마찬가지고."

가쓰라기는 뭘 당연한 것을 묻느냐는 듯이 내뱉고는 열린 문을 통해 재빨리 나갔다. 가쓰라기도 경찰에 잡혀 있다는 1인자나 점장 못지않게 문제가 많다는 느낌이 들었지만, 그를 따라다니는 자신도 별반 다를 게 없다고 나가쓰는 생각했다.

해는 이미 저물기 시작했고 큰길은 더욱 떠들썩해졌다. 가쓰라기는 배낭을 어깨에 아무렇게나 걸치고 교차로로 향하기 시작했다. 슬슬 배가 고파지기 시작하는 시간이기도 해서 나가쓰가 일식, 양식, 중식 등 온갖 나라 음식점의 간판을 힐끔힐끔 올려다보고 있을 때 가쓰라기가 갑자기 발을 멈췄다.

"자, 여기서 헤어지자. 수고했어."

"뭐야, 이렇게 마무리하는 거야?"

"지금부터 그 건의 잡일을 처리해야 해. 게다가 아마 유카가 오늘 밤에 우리 집으로 올 거야."

유카의 이름을 듣자 나가쓰는 왠지 가슴이 두근거렸다. 유카와 가쓰라기의 관계는 이미 아무런 비판 없이 인정한 데다, 유카가 마키노 카나와 실제로 무슨 일을 벌였다고 해도 그것은 그것대로 유카의 일부라고 생각했다. 하지만 역시 유카에 대한 미묘한 감정을 떨치기는 힘들었다.

"그 편지는? 이야기할 거야?"

"아니, 당분간은 숨기려고. 분위기가 어색해지면 또 좀 그러니까."

가쓰라기는 한숨을 내쉬며 하늘을 올려다보았다. 유카에게 매어 있는 남창 같은 처지인 탓인지, 가쓰라기도 왠지 유카에게만큼은 나름대로 배려를 하는 듯했다.

가쓰라기는 대충 한 손을 들어 인사하고는 교차로를 건넜다. 나가 쓰는 가쓰라기가 혼잡한 인파 속으로 사라지는 것을 눈으로 배웅하 고는 지하철 계단으로 향했다. 유카의 소식을 간접적으로나마 들을 수 있다는 생각에 내일도 가쓰라기 탐정과 함께 다닌다는 것이 왠 지 기대되기도 했지만, 한편으로는 두려운 마음이 들기도 했다.

그리고 다음 날, 나가쓰가 밖에서 볼일을 보고 저녁 9시쯤 집에 돌아와서 보니, 자동응답기에 가쓰라기의 메시지가 녹음되어 있었 다. 가능하다면 밤 10시에 신주쿠의 어떤 주소로 오라는 내용이었 다. 그리고 흥미가 있다면 이메일을 살펴보라는 말도 딸려 있었다.

신주쿠라면 전철로 30분쯤 걸렸다. 아직 시간적으로 여유가 있 었다. 나가쓰는 서둘러 컴퓨터를 켜고 이메일을 열어보았다. 그곳 에는 자동응답전화로 들은 같은 취지의 메시지와 함께, 송신자 이 름을 꼼꼼히 가린 다른 이메일의 복사본이 들어 있었다.

가쓰라기 씨께.

지난번에 이야기한 지인과 어젯밤 술을 마시다가 기묘한 말을 들었습니 다. 야하타 사토시 씨가 사망했을 당시의 상황은 역시 자살로 보는 것이 타당 하다는 이야기로 결론지었습니다만, 한 가지 이해할 수 없는 것이 있습니다. 봉투입니다. 퇴근할 때의 야하타 씨를 언뜻 본 사람들 중에는 야하타 씨가 맨

손이었다는 사람도 있고, 서류가 들어 있을 법한 봉투를 안고 있었다는 사람도 있습니다.

하지만 야하타 씨가 사망한 호텔 방에 봉투는 없었습니다. 그런데 야하타 씨는 정말로 맨손이었을지도 모르고, 또 봉투를 들고 퇴근했다고 해도 도중에 처분했을 가능성도 충분히 있습니다.

게다가 또 묘한 이야기를 하는 사람도 있습니다. 그 사람은 야하타 씨의 직속 부하인데, 야하타 씨에게서 좋은 평판을 받던 사람입니다. 그는 야하타 씨가 퇴근하기 전에 책상 서랍에서 검은 케이스에 든 비디오테이프를 하나 꺼내 봉투에 담는 모습을 목격했다고 합니다.

관료라고는 해도 누구에게나 약간의 일탈은 있는 법이고, 야하타 씨는 비디오를 보는 것이 취미였다고 합니다. 하지만 굳이 야하타 씨를 변호하자면, 야한 종류의 비디오테이프라기보다는 일반적인 비디오테이프 대여점에서 손에 넣기 어려운 영화나 다큐멘터리 등을 중심으로 즐겼던 것 같습니다. 그러한 취미를 갖고 있는 사람이 같은 부서 내에도 몇 명 있습니다. 서로 비디오테이프를 빌려주기도 했다고 합니다.

하지만 당연히 그 비디오테이프도 호텔 방에는 없었습니다. 그 비디오테이프의 실체도, 그리고 내용도 지금으로서는 확실히 알아낼 방법이 없습니다. 하지만 야하타 씨 부하의 목격 증언이 사실이라면 그 비디오테이프는 어디로 사라진 걸까요? 과연 야하타 씨는 그 봉투를 호텔 방에 가지고 들어간 걸까요?

그럼 다음에 또 연락하겠습니다.

12

죽음의 예고편

나가쓰는 신주쿠역 서쪽 출구로 나온 후, 메모해둔 주소를 목표로 삼아 오메 가도를 북쪽으로 건너갔다. 화요일 밤인데도 역 주변은 매우 혼잡했다. 하지만 신주쿠히로코지 버스 정류장 주변은 선로를 사이에 둔 가부키초 일대에 비하면 어느 정도 조용한 느낌이 들었고, 10시를 지난 지금은 문을 닫은 가게도 많았다.

　야하타 사토시에 관한 이메일 화면을 잠시 멍하니 지켜보느라 약속 시간에 약간 늦었지만, 목표로 삼은 건물은 어렵지 않게 찾을 수 있었다. 흔한 은색 타일로 장식된 6층 건물이었다. 입주자의 상호를 늘어놓은 입구 옆의 안내판에 나리타 요시히로 국회의원 사무소의 이름이 적혀 있었다.

　거리에서 그 층의 창문을 올려다보자 블라인드 너머의 조명은 사람이 있는 듯 없는 듯 모호한 상태였다. 가쓰라기가 그 안에 있는지는 의심스러웠지만, 나가쓰는 결국 큰마음 먹고 건물 출입문을 밀고 들어갔다. 출입문 안쪽에는 또 자동문이 있었고, 관리실에는 경비원이 있었다. 경비원은 접수계의 자그마한 창구를 열고 나가쓰에게 말을 걸었다.

"어디로 가십니까?"

"……저, 위층 국회의원 사무실이에요."

"성함이?"

"나가쓰입니다."

경비원은 떨떠름한 표정으로 관리실 벽을 쳐다보았다. 아마 그 벽에 걸려 있는 게시판에는 전달 사항 같은 게 붙어 있는 모양이었다.

"신분증 보여주세요."

무뚝뚝한 그 목소리에 나가쓰는 뒷주머니에서 지갑을 꺼내고는 운전면허증을 뽑아 창구 너머로 내밀었다. 경비원은 운전면허증의 사진과 실물을 비교하더니 마침내 자동문을 눈으로 가리켰다.

"들어가세요. 운전면허증은 잠시 맡아두겠습니다."

나가쓰는 왠지 손에 땀이 배는 것을 느끼며 자동문을 빠져나갔다. 가쓰라기가 과연 사무실에 있을지, 있다면 어떤 경로로 사무실에 들어갔을지 알 도리가 없었다. 게다가 위층에 나리타가 있을지도 모른다고 생각하니 저절로 긴장감이 흘렀다.

위층에 오르자 엘리베이터 홀은 의외로 조용하고 어두웠다. 그리고 복도 끝에서 희미한 조명이 새어 나오고 있었다. 선거용 포스터가 붙어 있는 사무실의 유리문은 열려 있었고, 그 사이로 사람이 나오는 기척이 느껴졌다.

나가쓰는 발을 멈추었다. 안쪽에서 나온 사람은 겨우 스무 살을 갓 넘긴 것으로 보이는 젊은 여자였다. 피부는 윤기가 있었지만 아직 촌티를 벗지 못한 느낌이 풍겼다.

"나가쓰 씨세요?"

"아, 네."

"저는 무라카미라고 합니다. 가쓰라기 씨가 안에 계시니까 들어오세요."

그녀는 긴장했는지 흥분했는지 모를 애매한 표정을 짓고 있었다. 무라카미라면 어제 가쓰라기가 가져온 명함에 적힌 접수계 아가씨가 틀림없었다. 그녀는 매우 긴장된 표정으로 접수대 안쪽의 오른쪽을 손으로 가리켰다.

"저쪽입니다. 오늘은 모든 직원들이 의원님과 회식을 하러 나가신 참이에요. 저는 여기에서 사무실을 지키는 중이고요. 그러니 걱정하지 마시고 들어오세요."

안쪽으로 들어갔더니 그곳은 사무실 직원들의 일터인 듯 복사기와 책상이 가지런히 늘어서 있었고, 반쯤 열린 블라인드 너머로 맞은편 건물의 조명이 보였다. 옆방이 나리타의 사무실 같았다. 오른쪽 벽에 달린 옆방 문이 살짝 열려 있었고, 그 안에서 희미한 조명과 함께 무언가 바스락거리는 소리가 들려왔다.

무라카미를 쳐다보자 그녀는 굳은 표정으로 나가쓰의 등을 가볍게 밀었다. 얼른 들어가라고 말하려는 듯했다. 나리타가 사무실에 없다는 사실은 알았지만, 그래도 나가쓰는 마음이 놓이지 않아 살금살금 사무실 문을 향해 나아갔다. 문 옆에도 역시 포스터가 붙어 있었고, 포스터 안에서는 나리타 요시히로로 보이는 날카로우면서 어두침침한 눈빛의 남자가 불쾌한 미소를 띠고 있었다.

문을 밀어젖히자 가죽 소파와 테이블이 나란히 놓인 안쪽에 정치·경제 관련 서적이 가득 꽂힌 책장 아래서 쪼그려 앉은 사람의 그림자가 보였다. 가쓰라기였다. 가쓰라기는 책장 아래쪽 문을 열고 그 안을 뒤지고 있었다. 뒤에서 인기척을 느꼈겠지만, 구태여 뒤돌아보려는 낌새도 없어서 나가쓰는 그저 문가에 서서 사무실 안을 둘러보았다.

이런 사무실에 흔히 있을 법한 호랑이 털 카펫이나 과시하기 위해 장식해놓는 박제나 어탁魚拓 같은 것은 없었지만, 오른쪽 구석에는 골프채 한 벌과 밀로의 비너스 모조품이 나란히 놓여 있었다. 사무실 가운데에는 묵직한 떡갈나무 책상이 육중하게 놓여 있었고, 블라인드를 친 창문 옆에는 한때 행복의 나무라는 이름으로 수많은 꽃집에서 팔렸던 관엽식물이 놓여 있었다. 그리고 책장에는 정체 모를 트로피, 상패, 액자에 든 상장 등이 늘어서 있었다. 악취미라고까지는 할 수 없겠지만 어딘지 너저분한 느낌이 들었다.

가쓰라기는 그저 묵묵히 책장 문을 일일이 당기며 뒤지고 있었다. 니시신주쿠까지 왔지만 나가쓰는 여기에서 무엇을 해야 할지 떠오르지 않아 하릴없이 떡갈나무 책상으로 다가갔다. 클립과 필기도구가 가지런히 정리되어 있을 뿐 이렇다 할 물건은 거의 없었지만, 전기스탠드 옆에는 사진이 들어 있는 액자가 하나 놓여 있었다. 오래된 추억의 사진인 것 같았다. 포스터에 비하면 매우 젊은 사무소의 주인 옆에 한 남자와 한 여자가 방긋 웃으며 찍혀 있었다.

"찾았다!"

나가쓰는 깜짝 놀라 가쓰라기의 목소리가 들려온 쪽으로 눈을 돌렸다. 가쓰라기가 검은 케이스를 손에 들고 뒤돌아보더니 달가닥거리며 보여주었다. 갑작스러운 외침에 화들짝 놀란 무라카미도 문 쪽의 어둠 속에서 얼굴을 내밀었다.

"무슨 일 있으세요?"

"아, 굉장한 걸 찾아냈어요. 이것만 있으면 일당백이에요."

가쓰라기는 바닥에 놓아둔 검은 배낭을 들어 올려 성큼성큼 문 쪽으로 다가갔다. 가쓰라기의 움직임이 너무나 갑작스러웠던 탓인지, 아니면 다른 이유 때문인지 무라카미는 어슴푸레한 곳에서도 확실히 알 수 있을 만큼 빨개진 얼굴을 푹 숙이고 있었다.

하지만 가쓰라기는 전혀 신경 쓰지 않는다는 듯 무라카미 옆에 섰다.

"무라카미 씨, 오늘 밤 일은 너무 걱정하지 마세요."

"……아, 네."

"누구나 배신은 가차 없이 하는 법이지요. 인간은 그러면서 강해지는 거고요."

가쓰라기는 블라우스를 입은 무라카미의 어깨를 톡 쳤다. 그리고 미련 없이 사무실에서 나가려고 하다가 또 갑자기 발을 멈추었다.

"그런데 무라카미 씨, 오늘 밤에는 다들 어디로 갔나요?"

"네? 그게…… 가부키초에 갔어요. 의원님이 복어를 사주신다고 해서."

"가게 주소는 아세요?"

무라카미는 잠시 망설이다가 고개를 끄덕이고는 모습을 감췄다. 나가쓰가 나리타의 사무실에서 나가자 무라카미는 직원실의 캐비닛에서 검은색 파일을 꺼내 가쓰라기에게 보여주었다.

"여기, 의원님의 단골 가게지요."

가쓰라기는 고개를 끄덕이고는 검은 배낭을 어깨에 걸쳤다. 그리고 무라카미의 귀에 대고 무언가를 속삭이고는 나가쓰 쪽으로 돌아왔다.

"가부키초로 가자."

"여기에서 볼일은 끝났어?"

"응. 내가 노리던 물건은 얻었어."

가쓰라기는 싱긋 웃고는 얼른 출입구로 향했다. 나가쓰는 이유도 모른 채 일단 무라카미에게 머리 숙여 인사했다.

하지만 무라카미는 가쓰라기의 뒷모습에 눈길을 빼앗긴 채 황홀한 모습이었다. 간절함이 섞인 그녀의 눈빛에 내심 괴로움을 느끼며 나가쓰는 나리타 요시히로의 사무소를 나왔다. 가쓰라기는 이미 엘리베이터 앞에 서 있었다.

"야, 가쓰라기. 너 또 순진한 아가씨를 속인 거냐?"

"아니, 동맹을 맺었을 뿐이야."

가쓰라기는 짐짓 모른 체하며 열린 문을 통해 얼른 엘리베이터 안으로 들어갔다. 그의 오른손에는 나리타의 사무실에서 가져온 것으로 보이는 검은 케이스에 든 비디오테이프가 하나 있었다.

"그건 뭐야?"

"말하자면 수확한 과일이지. 분명히 맛있을 거야."

가쓰라기는 또 싱긋 웃고는 라벨이 붙은 면을 보여주었다. 나가쓰가 비디오테이프를 손에 들었을 때 엘리베이터는 1층에 도착했다. 홀의 형광등 불빛에 라벨을 비추어 살펴보니 내용을 알려주는 문구는 어디에도 없었지만, 6년 전 6월 12일의 날짜가 명시되어 있었다. 나리타를 뜻하는 것으로 보이는 N이라는 문자도 적혀 있었다.

"야, 6년 전 이 날짜라면 그 준공 기념식이 있던 날이잖아."

"응, 비디오테이프의 내용이 기대되지 않아?"

가쓰라기는 비디오테이프를 나가쓰의 손에서 낚아채고 자동문을 훌쩍 빠져나가 관리실 앞을 그냥 지나쳤다. 하지만 나가쓰는 운전면허증을 맡겼기 때문에 관리실에 들러 자그마한 창구를 노크했다.

경비원은 안쪽에서 텔레비전을 보고 있다가 못마땅한 얼굴을 내비쳤다. 나가쓰가 운전면허증을 받아 들고 안쪽 벽에 걸려 있는 시계를 보니, 10시 반이 지나고 있었다. 가쓰라기는 이미 건물 밖으로 나가 담배에 불을 붙이는 중이었다.

"그런데 너 아주 간단히 접근했네."

"뭐가?"

"그 무라카미라는 아가씨랑 만난 건 얼마 되지 않았잖아."

가쓰라기는 가볍게 어깨를 으쓱하더니 입에 담배를 문 채 거리를 걸어가기 시작했다. 바로 맞은편의 오메 가도는 아직도 오가는 자동차로 복잡했고, 밤하늘은 역 주변 번화가의 불빛으로 하얗게 일렁였다.

"이야기는 간단해. 뭐, 흔한 일이지만 나리타도 상당히 뒤가 구려."

"……그래서?"

"어제 점심시간이 끝나고 사무소로 돌아가려는 무라카미에게 접근해서 잠깐 마음을 떠보았더니 아니나 다를까 잘 먹히더라고. 무라카미는 나리타에게 무슨 이유 때문인지 원한을 품고 있었던 모양이야. 그 점을 파고들었지."

가쓰라기는 색계에 능했지만 특별히 그것을 즐기는 듯한 기색은 없었다. 가쓰라기는 담담한 얼굴로 오메 가도를 왼쪽으로 꺾어 철교 밑으로 들어갔다. 철교 밑 벽에는 시대착오적인 대자보가 덕지덕지 붙어 있었고, 몹시 습하고 시큼한 공기가 떠다니는 공간에는 노숙자가 골판지 침대에 길게 엎드려 누워 있었다.

"그러니까 그걸 계기로 동맹이 성립된 거야?"

"응. '눈에는 눈, 이에는 이' 전략으로 합의한 셈이지."

가쓰라기가 함무라비 법전의 신봉자인 줄은 몰랐지만, 남의 약점을 잡아 이득을 취하는 성격으로 보면 그럴 만도 했다. 그래도 도저히 미워할 수 없는 이유가 무엇인지 스스로도 도무지 알 수 없었다. 어느새 가쓰라기는 철교 밑을 빠져나가 왼쪽 세이부선의 역 앞에서 맞은편으로 펼쳐진 가부키초로 걸어가고 있었다.

아까 무라카미의 이야기에 따르면, 나리타는 사무소 직원들을 데리고 어딘가에서 복어를 먹고 있을 것이다. 가쓰라기는 가게 이름과 주소를 머릿속에 이미 집어넣었는지 세이부신주쿠역 앞 거리를 오른쪽으로 꺾어 종종걸음으로 망설임 없이 걸어갔다. 롯폰기나 아자부에 비해 이 일대는 아시아적인 냄새가 짙게 풍겼다. 거리 여기저기에 떼를 지어 모여 있는 남녀의 생김새에도, 노점 음식이나 바의 소란스러움에도 덥고 습한 느낌이 묻어 있었다.

그리고 그 거리 끝에 복어 요리 입간판을 세운 넓은 규모의 가게가 있었다. 그런데 거리의 맞은편에도 같은 종류의 가게가 한 채 더 있어서 어느 쪽이 맞는 가게인지 알 수 없었다. 그런데 가쓰라기는 복어 요리점을 발견한 순간 걸음을 멈추고 갑자기 몸을 틀었다. 나가쓰가 상황을 파악할 틈도 없이 가쓰라기는 길가에 주차된 자동차 보닛에 찰싹 달라붙었다.

"야, 가쓰라기, 너 뭐 하는······?"

"야, 이 새끼야!"

나가쓰는 화들짝 놀랐다. 요즘 세상에도 이런 사람이 있을까 의심될 만큼 예전 깡패 느낌의 펀치 파마를 한 남자가 분노에 찬 표정으로 성큼성큼 다가오고 있었다. 그 뒤로는 남색 블레이저를 입은 중년 남성이 갈팡질팡하는 눈길로 이쪽을 쳐다보고 있었다.

"어이, 똑바로 서봐."

남자는 가쓰라기의 어깨를 꽉 붙잡고 보닛에서 떼어냈다.

"아니, 저······."

"시끄러워! 일어서라니까."

나가쓰는 어쩔 줄 몰라 당황했다. 가쓰라기는 술자리를 끝내고 집으로 돌아가는 길에 불량배를 만난 학생처럼 괴로운 듯 눈을 감고 숨을 헐떡헐떡 내쉬었다. 마침내 남색 블레이저를 입은 남자가 옆으로 다가와 펀치 파마 남자의 팔꿈치를 붙잡았다.

"참으세요, 다치바나 씨. 이제 됐어요."

"아뇨, 아직 안 됐어요. 이 자식, 나리타 의원님의 자동차에 토를 해놨다고요."

나가쓰는 조심스럽게 가쓰라기가 기댄 자동차로 눈을 돌렸다. 자동차의 색은 암녹색이고, 차종을 얼핏 보니 히로오의 공원 옆에서 봤던 것과 똑같은 벤틀리였다.

펀치 파마의 남자를 달래는 남색 블레이저의 남자는 아마도 전속 운전사일 것이다. 무슨 일인가 싶어 모여든 주변 사람들을 신경 쓰느라 두 사람이 목소리를 낮췄을 때, 갑자기 가쓰라기가 몸을 틀어 괴로운 듯 내뱉었다.

"윽, 토할 것 같아."

펀치 파마의 남자는 가쓰라기의 어깨를 붙잡은 채 순간적으로 주먹을 꽉 쥐었다. 나가쓰는 폭력 사태가 벌어지는가 싶어 오싹했다. 하지만 남자는 치밀어 오르는 분노를 억누르고 주먹을 내리고는 가쓰라기를 힘껏 밀쳤다.

"이 새끼야, 얼른 꺼져."

쓰러지려는 가쓰라기를 재빨리 붙잡은 나가쓰는 주변을 둘러보았다. 구경꾼이 멀리서 에워싸며 이쪽을 바라보고 있었다. 날카롭게 노려보는 펀치 파마의 남자도 남색 블레이저의 남자에게 제지당해 더 이상 위험하지는 않다고 생각했지만, 일단 물러나는 것이 가장 좋은 방법인 듯싶었다.

"소란 피워서 죄송합니다."

나가쓰는 꾸벅 머리를 숙이고, 구역질하며 등을 수그리는 가쓰라기를 재촉해서 서둘러 그 자리를 빠져나갔다. 등 뒤에서 펀치 파마의 남자가 화를 못 이긴 나머지 침을 뱉는 낌새가 느껴졌다.

나리타는 신주쿠구의 국회의원이다. 그렇다면 가부키초에도 상당이 얼굴이 알려져 있을 테고, 어둠의 세계와도 끈이 닿아 있을 것이다. 나가쓰가 가쓰라기를 부축하여 옆 골목으로 꺾어 잠시 걸어가고 있는데 가쓰라기가 불쑥 몸을 일으키고는 뒤를 돌아보았다. 아무도 쫓아오지 않는다는 것을 확인하고 완전히 천연덕스러운 얼굴로 말했다.

"우와, 엄청 무서웠어."

"⋯⋯이 얼간아, 그게 다 누구 때문인데?"

나가쓰도 가능하다면 가쓰라기를 두들겨 패고 싶은 심정이었다. 이 정도로 마무리되었으니 다행이지, 이런 허술한 방법으로는 목숨이 몇 개라도 모자랄 지경이었다.

"근데 아까 그 자동차 말인데⋯⋯. 마키노 카나를 납치한 놈이 나리타일까?"

"그러겠지. 잘 찾아보면 감금 장소도 알 수 있을 거야."

가쓰라기는 나가쓰의 걱정을 아는지 모르는지, 야스쿠니 거리로 통하는 골목을 의기양양하게 걸어갔다. 나가쓰는 가부키초를 빠져나가기 전에는 아직 신변의 안전을 보장받지 못할 것 같아 조마조마했지만, 가쓰라기는 오늘 밤의 성과가 어지간히 기뻤는지 목소리도 어처구니없을 만큼 무사태평했다.

"자, 앞으로가 기대되는걸."

"다음에 뭘 하려고? 기요미즈의 무대교토 기요미즈데라의 본당 앞 절벽에 지어진 전망대에서 투신자살이라도 할래?"

"아니, 우리 집에 가서 비디오를 볼 거야."

가쓰라기는 등에 멘 배낭을 가볍게 흔들고는 또다시 싱긋 웃었다. 가쓰라기와 어울려 다니는 한, 노상 어처구니없는 기분을 맛봐야 하는 것은 당연한 업보일지도 몰랐다. 나가쓰는 한숨을 길게 내쉴 수밖에 없었다.

11시 반 무렵, 두 사람은 다카기초의 탐정 사무소에 함께 있었다.

가쓰라기는 비디오를 세팅한 후 소파에 풀썩 주저앉았다. 문을 떼어낸 벽장의 위쪽 선반에는 텔레비전과 스테레오가 놓여 있었고, 오른쪽 위의 구석에는 그 주변을 비추듯이 작은 전등이 설치되어 있었다.

그 외의 방 조명을 모두 어둡게 줄인 가쓰라기는 소파에 앉아 영화라도 보는 기분인 양 싸구려 와인병을 따고 유리잔 두 개를 테이블에 올려놓았다.

"자, 시작이다, 시작."

가쓰라기는 담배를 한 개비 물고 검은 리모컨으로 손을 뻗어 비디오테이프를 재생하기 시작했다. 스테레오에서 치지직 하는 잡음이 흘러나왔고 곧이어 느닷없이 박수 소리와 사회자의 목소리가 들려왔다.

"……마키노 교수님께서 인사 말씀을 하셨습니다. 이어서 오늘 모여주신 분들을 대표해서 나리타 요시히로 의원님께서 축하의 말씀을 하시겠습니다."

또 박수 소리가 울려 퍼지고 마침내 화면이 또렷해졌다. 어느 행사장인 듯 꽃으로 장식된 스탠드 마이크가 금병풍 앞에 설치되어 있었고, 옅은 회색 슈트를 입은 남자가 단상에서 내려가는 것과 엇갈려 검은 슈트를 입은 다른 남자가 단상으로 올라왔다.

나가쓰는 소파에 기대어 팔짱을 낀 자세로 눈썹을 찌푸렸다.

"뭐야 이건?"

"그날의 비디오테이프지. 설마 포르노라고 생각했어?"

가쓰라기는 테이블 위의 성냥갑으로 손을 뻗어 성냥 하나를 꺼내 칙 하고 그었다. 그리고 담배에 불을 붙이고 가볍게 어깨를 움츠렸다.

"6월 12일. 다시 말해 나리타는 그 준공 기념식에 참석했다는 뜻이야."

굳이 말하지 않더라도 분명히 알 수 있었다. 비디오테이프는 아마 8밀리미터 카메라로 촬영한 것인 듯 영상이 거칠고 색도 다소 희뿌연 느낌이어서 단상에 선 인물의 얼굴이 그다지 또렷이 보이지는 않았다. 그러나 사회자에게서 이름이 불린 사람은 나리타 요시히로가 틀림없었다.

하지만 가쓰라기는 나리타의 인사말이 시작되자마자 갑자기 비디오테이프를 앞으로 돌려, 화면 속의 남자가 머리 숙여 인사하는 장면에서 다시 재생을 시작했다. 또 박수가 짝짝 울려 퍼지고 나리타 대신에 모르는 인물이 호명되었다.

가쓰라기는 그런 조작을 네다섯 번 반복했고, 그럴 때마다 호명된 사람들 중에 리스트에 오른 인물의 이름은 없었다. 파티는 이어서 이른바 환담회로 이행한 듯, 갑자기 카메라가 단상을 떠나 천천히 연회장 안 곳곳으로 이동하기 시작했다.

가쓰라기는 이윽고 리모컨을 내려놓고 와인병으로 손을 뻗었다. 스테레오에서는 왁자지껄한 이야기 소리, 식기와 유리잔이 부딪히는 소리, 이미 거나하게 취한 듯한 웃음소리가 울려 나왔다. 가쓰라기는 두 유리잔에 와인을 따르고 슬며시 말했다.

"이 연회장 어딘지 알겠어?"

"모르겠는데, 어디야?"

카메라는 연회장 한쪽 벽을 시작으로 샹들리에가 곳곳에 늘어뜨려진 넓은 천장, 그리고 금병풍이 있는 안쪽 벽을 차례차례 비추어갔다. 곧이어 접시나 유리잔을 한 손에 들고 환담 중인 사람들 사이를 움직이기 시작했다. 가쓰라기는 서글서글한 눈빛으로 담배를 비벼 끄고 와인잔으로 손을 뻗었다.

"혼고 캠퍼스야."

"그럼 산시로 연못 옆의 회관인가?"

"응. 작년에 거기서 세미나 졸업 기념식도 했었지."

이래 봬도 가쓰라기는 명색이 도쿄대학 혼고 캠퍼스 출신이었다. 하지만 제대로 졸업했는지는 의심스러웠다. 가쓰라기의 말로 유추해보면 탐정 사무소를 시작한 후인 작년 3월에야 정식으로 학사 학위를 딴 모양이었다.

"뭐, 학부와 관련된 기념식이라면 혼고 캠퍼스에서 개최하는 것이 자연스럽지."

"아, 잠깐 기다려."

가쓰라기는 또 리모컨으로 손을 뻗어 비디오테이프를 일시 정지했다. 그리고 살짝 되감아 잠깐 재생한 후 또 정지 버튼을 딱 눌렀다.

"이 얼굴, 기억나?"

나가쓰는 화면을 응시했다. 카메라에서 멀리 떨어진 곳인 데다 6년 전 비디오테이프라고는 해도 누군지는 충분히 알 수 있었다. 심야의 공원에서 목 졸려 살해당한 구로이와 기요타다가 맥주잔을 한 손에 들고 짙은 남색 슈트를 입은 남자와 핑크베이지 블라우스를 입은 여자의 무리에 섞여 대화를 나누고 있었다.

가쓰라기는 비디오테이프를 또다시 재생하고 줄곧 화면을 주시했다. 마이크는 특정한 곳을 노린 것이 아닌 듯, 구로이와 일행의 대화는 주변 소리에 섞여 알아들을 수 없었다. 그때 구로이와 일행에게 한 남자가 다가갔다. 방금 단상에서 인사말을 하던 나리타 요시히로였다.

구로이와와 나리타는 활짝 웃으며 인사를 나누었고, 다른 두 남녀와 어울려 대화를 또 이어가는 듯했다. 카메라는 이윽고 그들의 일행을 떠나 테이블 사이를 돌아다니며 다른 사람들을 비추기 시작했다.

"그러고 보니 나가쓰, 마키노의 얼굴은 알고 있어?"

"아니, 마키노 교수의 이름도 요전번의 소동으로 처음 알게 됐는걸."

가쓰라기는 고개를 끄덕이고 또 와인을 유리잔에 따랐다. 화면 안에서는 변함없이 환담이 계속되고 있었다.

"그렇군. 나도 참 멍청하네."

"뭐가?"

"마키노 교수의 얼굴 말이야. 이래서는 확인할 방법이 없어."

가쓰라기는 떨떠름한 표정으로 와인에 입을 댔다. 나가쓰도 유리잔에 손을 뻗다가 문득 어떤 생각이 떠올랐다.

"그러고 보니 어제 롯폰기의 클럽에서 점장이 한 이야기 중에, 구로이와랑 함께 왔던 사람이 야하타, 후지모토, 그리고 어떤 대학 선생이라고 했지?"

"응."

"적어도 구로이와랑 나리타가 기념식에 참석했다는 사실을 생각한다면, 그 대학 선생이라는 사람은 마키노 교수가 아닐까?"

가쓰라기는 잠시 유리잔을 한 손에 들고 소파 등받이에 기댔다가 카메라 앞을 사람들이 몇 명 스쳐 지나가는 장면에서 "앗!" 하고 소리 질렀다. 그러고는 리모컨을 잡고 비디오테이프를 되감아 신중하게 화면을 응시했다.

"이 사람이야. 사쿠라이."

"응?"

"대학에서 퇴직하기 전이야. 봐."

또 영상이 멈췄다. 가쓰라기는 서서히 일어서서 모니터로 다가간 후 화면의 한 사람을 손가락으로 가리켰다. 분명히 그곳에는 덥수룩한 수염도 없고 얼굴의 윤기도 지금보다 훨씬 건강한, 유시마의 바에서 보았던 사쿠라이 고키의 모습이 있었다. 그는 슈트를 입은 몇 명의 남녀와 섞여 이야기를 나누는 중이었다.

"……어찌 된 일이야?"

"전에도 말했잖아. 사쿠라이 고키는 혼고 부속병원의 신경정신과에서 근무했어."

가쓰라기는 모니터 앞에서 정지 화면을 뚫어져라 노려보고 있었다. 그리고 갑자기 무슨 생각인지 비디오테이프를 멈추고 되감기 시작했다. 모니터는 완전히 어두워졌고, 볼륨을 매우 크게 틀어놓은 스테레오에서 귀에 거슬리는 소리가 흘러나왔다.

"잠깐 기다려. 사쿠라이가 퇴직한 건 언제쯤이야?"

"여러 번 말하게 하지 마. 1년 전이야."

"이유는? 이번 사건과 관계 있어?"

가쓰라기는 한 손을 들어 나가쓰의 말을 막고는 비디오테이프를 또 재생했다. 아까보다 한층 커다란 박수 소리가 울려 퍼지고, 사회자의 목소리가 흘러나왔다.

"……마키노 교수님께서 인사 말씀을……."

가쓰라기는 비디오테이프를 멈추고 또 되감았다. 하지만 두세 번 되감아도 시작은 항상 똑같았다. 단상을 내려가는 옅은 회색 슈트를 입은 남자의 모습도 비디오테이프를 복제할 때 들어간 것인지 노이즈로 인해 지워져서 얼굴이 거의 보이지 않았다.

"정말이지, 나리타는 과시욕이 강한 모양이군."

가쓰라기는 평소와 달리 낮은 목소리로 비꼬더니 소파로 돌아가서 리모컨을 툭 내려놓고는 무뚝뚝하게 주저앉았다.

나가쓰는 박수 소리가 너무 귀에 거슬려 리모컨으로 손을 뻗어 볼륨을 줄였다. 매우 울림이 좋은 목소리로 나리타의 인사말이 시작되었다.

"네, 오늘은……."

그 뒤로는 누군가가 대신 써준 듯한 전형적인 미사여구가 나열되었다. 나가쓰는 더욱 볼륨을 줄이고 가쓰라기에게 눈을 돌렸다. 가쓰라기는 매우 불쾌한 눈빛으로 화면을 노려보면서 싸구려 와인을 마시고 있었다.

"……이봐, 과시욕이 강하다는 게 무슨 말이야?"

"아니, 정정할게. 나리타는 그런 단순한 놈이 아니야. 이 비디오테이프를 어떤 경로로 복제했는지는 모르지만, 아마도 나리타는 어떤 이유인지 앞부분을 삭제했어."

"무슨 뜻이야?"

"그 회색 슈트의 남자는 분명히 마키노 교수야."

가쓰라기는 생글생글 웃으며 연설하는 나리타를 바라보다가 천천히 몸을 일으켜 담배를 꺼낸 후 또 성냥을 그어 불을 붙였다. 그리고 담배 연기를 내뿜으면서 또다시 화면을 노려보았는데, 어딘지 모르게 꽤 초조한 듯한 느낌이었다.

나가쓰는 왠지 답답해져서 테이블에 올려놓은 유리잔에 맛없는 와인을 첨잔했다. 나리타의 인사말은 계속되고 있었다. 마침내 나리타가 고개 숙여 인사했고, 스테레오에서는 희미한 박수 소리가 들려왔다.

"그러고 보니, 네가 보내준 이메일에서 야하타가 무슨 비디오테이프를 가지고 있었다고 하지 않았어?"

"응, 사라진 봉투 말이지?"

"그건 말하자면 지금 이 비디오테이프를 뜻하는 거야?"

"설마 이런 걸로 누가 죽기야 하겠어?"

가쓰라기는 와인잔을 손에 들고 소파에 등을 파묻었다. 화면 속에서는 한가로운 인사말이 끊임없이 이어지고 있었다.

게다가 생각해보니 이무라가 살해당한 그날 밤에도 비디오테이프가 하나 사라졌다. 나가쓰는 이무라가 마키노 카나와 함께 있던 호텔 바에서 검은 케이스에 든 비디오테이프를 분명히 보았다.

"그럼 이건 다른 비디오테이프라는 거야?"

"글쎄, 원본이 존재하는지는 확실하지 않아."

화면에서 여러 사람들의 인사말이 드디어 끝나고 환담 장면이 다시 한 번 재생되고 있을 때, 등 뒤의 책상에 놓인 전화가 울렸다. 가쓰라기는 느릿느릿 몸을 일으켜 수화기를 들었다. 처음에는 무뚝뚝하게 전화를 받았지만, 점차 응답하는 목소리에 진지함이 더해졌다.

"네. ……네, 알겠습니다. 아닙니다. 정보 주셔서 감사합니다."

나가쓰는 소파 등받이 너머로 책상 쪽을 돌아보았다. 가쓰라기는 유리잔을 한 손에 들고 선 채 화면을 힐끔힐끔 보았다. 그리고 여러 번 고개를 끄덕이더니 수화기를 내려놓았다.

"뭐야?"

"모토후지 경찰서의 첩자에게서 전화가 왔어. 마키노 쇼코가 사고를 당했대."

가쓰라기는 컴퓨터와 서류가 너저분하게 어질러진 책상의 가장자리로 다가가 모니터를 바라보았다. 모니터에는 또다시 구로이와와 나리타가 이야기를 나누는 모습이 비치고 있었다.

"마키노 쇼코라면 카나의 새어머니?"

"응. 결혼하기 전의 성은 다카다라고 하던데, 틀림없을 거야. 혼고 뒤편의 무엔자카에서 날치기를 당하고 돌담에 머리를 찧어 쓰러진 것을 지나가던 사람이 발견했다나 봐."

"괜찮은 건가?"

가쓰라기는 가볍게 어깨를 으쓱하고 소파로 돌아왔다.

"일단 병원에 실려갔고 오늘 밤에는 거기서 지내야 하는 모양이야. 범인은 젊은 남자라고 할 뿐 얼굴은 보지 못했다고 해."

"그것뿐이야?"

"응. 근데 왠지 묘하단 말이지."

가쓰라기는 나직이 말하고는 또 화면으로 눈을 돌렸다. 사쿠라이 고키를 포함한 한 무리의 사람들이 지나가고 그 뒤로는 모르는 얼굴만이 각자 유리잔을 손에 들고 매우 환한 웃음을 지으며 환담을 나누고 있었다.

젊은 남자라는 말을 들었을 때 머릿속에 떠오른 사람은 적어도 사건 주변의 인물 중에서는 기타가와 슈지뿐이었다. 물론 날치기는 어디서든 일어날 수 있는 일이고, 젊은 남자도 세상에는 수두룩하다. 하지만 혼고 뒤편의 무엔자카, 더구나 피해자가 마키노 쇼코라면 역시 묘한 냄새가 났다. 혼고에서는 이미 마키노 교수와 이무라, 두 사람이나 죽었기 때문이다.

그리고 비디오테이프에 찍힌 준공 기념식 연회장도 혼고 캠퍼스였다. 게다가 구로이와와 사쿠라이는 물론 비디오테이프의 보관자인 나리타 역시 그곳에 얼굴을 내밀었다. 화면에는 나오지 않았지만 어쩌면 이무라, 후지모토, 야하타까지 연회장에 있었을지도 모른다.

또한 마키노 교수도 분명히 그곳에 있었다. 그렇게 생각하자 나가쓰는 가슴에서 왠지 모를 희미한 두근거림이 느껴졌다. 카메라 앞에서 끊임없이 담소를 나누는 남녀의 등 뒤로 일련의 사건을 일으킨 무언가가 똬리를 틀고 있다는 느낌을 떨칠 수 없었다.

13

마
키
노
쇼
코
의
수
난

나가쓰는 주황색 플라스틱 쟁반을 카운터에 올려놓고 식권을 내
밀었다. 2시가 지난 동아리 건물의 제2학생식당은 한산했다. 종이
컵에 든 음료를 한 손에 들고 소곤거리며 이야기하는 두 학생과 창
가 자리에서 무언가 교재를 옆에 내려놓고 묵묵히 런치 메뉴를 먹
는 유학생인 듯한 젊은 서양 남자 한 명이 있을 뿐이었다.
　하얀 앞치마를 두르고 삼각 두건을 쓴 학생식당 아주머니가 식
권을 받아 들고 중국식 냉면을 건네주었다. 나가쓰는 쟁반을 한 손
에 들고 서양 남자와 두 자리 정도 떨어진 창가 테이블에 앉았다.
　식당 안은 조용했다. 주방에서는 조리 도구가 부딪히는 소리와
물소리가 들렸고, 이따금 아주머니들의 웃음소리도 새어 나왔다.
하지만 이 건물의 지하에 이무라 도시유키의 시체가 떠 있던 수영
장이 지금도 물을 채운 채로 있을 것이라고 생각하니, 정오가 지난
시간대의 온화함이 한층 기묘하게 느껴졌다.
　지하로 내려가는 계단은 아직도 봉쇄되어 있었지만, 1층 입구로

들어가면 바로 왼쪽에 위치한 서적부는 학생들을 배려해서인지 통로를 향해 활짝 열려 있었다. 하지만 서적부에 드나드는 학생들은 사건에 관해 거의 모르는 것처럼 보였다.

나가쓰는 잡생각이 많아진 와중에도 매우 당연하다는 듯이 배가 고팠다. 여느 대학처럼 이곳의 학생식당 음식도 별로 맛이 있지는 않았지만, 다행히도 폭신폭신한 계란 지단과 참깨 소스는 그나마 맛있어서 오이와 햄을 곁들이자 중국식 냉면을 간신히 삼킬 수 있었다.

가쓰라기는 지금 모토후지 경찰서 부근에 있었다. 그리고 마키노 쇼코도 날치기 사건이 벌어진 지 하루가 지나고 병원에서 퇴원한 지금, 모토후지 경찰서 안에서 사건 상황을 이야기하고 있을 것이다.

나가쓰는 이곳 혼고에서 가구라자카까지 쇼코를 미행한 적도 있기 때문에 경찰서에서 조사를 마치고 나오는 그녀를 가쓰라기와 함께 기다릴 작정이었다. 하지만 가쓰라기는 혼자가 편하다면서 자신의 휴대폰을 맡기고는 나가쓰를 혼고 캠퍼스에 내버려두고 경찰서로 가버렸다. 가쓰라기의 휴대폰을 한 손에 든 나가쓰는 하릴없이 대학 구내를 걸어 다니다가 이곳 제2학생식당에 배를 채우기 위해 온 것이었다.

나가쓰는 여느 때와 달리 잘 삶아진 면을 깨끗하게 먹어치우고 젓가락을 내려놓았다. 컵에 든 미지근한 물을 마시고 시계를 보자 이미 2시 반에 가까운 시각이었다.

창밖은 염증이 날 만큼 무더운 듯했지만, 가쓰라기가 모토후지 경찰서 앞에서 지금도 마키노 쇼코를 감시하고 있다고 생각하니 느긋하게 앉아 있을 수만은 없었다. 나가쓰는 테이블에서 일어서서 쟁반을 퇴식구에 올려놓고 출구로 향했다. 창가 쪽 서양 유학생은 오늘 특별한 계획이 없는지 아직도 런치 메뉴인 고등어를 꼼꼼히 발라 먹고 있었다. 바깥 층계참으로 나오자 위층에 음악 관련 동아리방이 있는 듯 때때로 드럼이나 심벌즈를 울리는 소리와 의외로 잘 부는 트럼펫 소리가 높은 천장에 울려 퍼졌다. 나가쓰는 벽을 따라 호를 그리며 설치된 계단에 왠지 마음이 끌려 슬렁슬렁 올라 3층으로 갔다.

어슴푸레한 복도 벽에는 동아리의 공지 사항이나 올봄에 있었던 축제의 포스터 등이 붙어 있었고, 열린 문 앞을 지날 때마다 낡은 업라이트 피아노 앞에 앉은 학생, 의자를 늘어놓고 그 위에 기다랗게 누워 학업 대신 낮잠에 힘쓰는 학생, 휴대용 체스판을 앞에 두고 팔짱을 낀 학생 등이 차례차례 보여서 나가쓰는 야릇한 향수에 젖었다.

복도가 끝나는 곳에 다다르자 베이지색 도료가 벗겨지기 시작한 금속제 문이 있었다. 별생각 없이 손잡이를 돌려보니 그곳은 비상계단이었고, 검은색 페인트로 칠해진 녹슨 난간이 옥상으로 이어져 있었다.

나가쓰는 눈부신 직사광선을 받으며 그 계단을 올랐다. 그곳은 의외로 전망이 좋아서 이학부 시설이 모여 있는 구획의 저편으로 야스다 강당의 시계탑이며, 고텐시타 운동장의 희미하게 안개 낀 잔디, 6년 전에 그 비디오테이프의 기념식이 열린 벽돌로 지어진 회관, 산시로 연못 근처에 무성한 나무들까지 선명하게 눈에 들어왔다.

마키노 쇼코—결혼 전 이름은 다카다 쇼코—가 날치기를 당한 무엔자카는 분명히 다쓰오카문에서 캠퍼스 벽을 따라 내려간 곳, 즉 유시마의 사법연수원 북쪽 근처일 것이다. 하지만 나가쓰는 혼고의 지리를 잘 모르기 때문에 옥상에서 내려다본들 부속병원의 맞은편이 그곳일 것이라는 추측밖에 할 수 없었다. 어쨌든 7월 말의 햇살은 눈부시고 따가웠다.

오늘은 바람 한 점 없어서 옥상은 시원하기는커녕 지글지글한 열기가 피부에 전해져 올 뿐이었다. 아직 2분도 지나지 않았는데 벌써 그늘이 그리워지기 시작했다. 나가쓰는 이마의 땀을 닦으며 야스다 강당을 등졌다.

나가쓰가 비상계단을 내려가 문손잡이에 손을 댄 순간 휴대폰이 울렸다. 나가쓰는 다급하게 휴대폰을 상의 주머니에서 꺼냈다.

"……네."

아마도 공중전화로 거는 듯 치익 하는 잡음과 함께 자동차가 오가는 소리 너머로 가쓰라기의 목소리가 들려왔다.

"마키노 쇼코가 나왔어. 왠지는 모르겠지만 다쓰오카문으로 향하고 있어. 너 지금 어디야?"

"제2학생식당. 그 동아리 건물이야."

"서둘러 내려와. 협공하자."

대답할 겨를도 없이 전화가 뚝 끊겼다. 나가쓰는 휴대폰을 꼭 쥔 채 황급히 달려 안쪽 복도로 갔다.

가쓰라기가 동아리 건물 쪽으로 다가오고 나가쓰가 다쓰오카문 쪽으로 다가가면 분명히 쇼코를 협공할 수 있겠지만, 부속병원 앞길은 상당히 길었다. 쇼코가 다쓰오카문에 오기 전에 옆으로 샌다면 놓칠 가능성도 컸다.

나가쓰는 동아리방의 문을 지나 계단을 뛰어 내려갔다. 아래층 입구 홀은 돌바닥이 햇빛을 반사해서 더위가 숨 막힐 지경이었고, 바깥 도로도 눈부셨다. 나가쓰는 얼굴을 찡그리고 왼쪽 저편의 다쓰오카문을 향해 달리기 시작했다.

고텐시타 운동장 옆에 세워진 자동차들이 이글이글 흔들리는 공기 속에서 눈부시게 빛났다. 나가쓰는 드문드문 심어진 가로수의 그림자를 지나치면서 거리 끝을 주시했다. 부속병원의 출입구 안쪽은 바깥이 너무 밝은 탓인지 어슴푸레하고 썰렁한 느낌이었다.

몇몇이 줄을 서 있는 병원 앞 버스 정류장 저편에서 가쓰라기의 모습이 보였다. 나가쓰는 약간 발걸음을 늦추고 문득 눈에 들어온 여자의 모습에 가슴을 쓸어내렸다. 멍한 표정의 마키노 쇼코가 버스 정류장의 벤치에 앉아 있었던 것이다.

그녀의 복장은 그저께와 똑같았다. 신발도 굽이 낮은 크림색 샌들이고, 머리카락이 어깨에 약간 흐트러져 있는 모습도 똑같았다. 하지만 쇼코의 관자놀이에는 멀리서도 하얀 거즈가 붙어 있는 모습이 보였고, 화장기가 없어서인지 더욱 애처롭게 보였다. 무릎에 올려놓은 것도 가죽 핸드백이 아니라 낡은 종이 가방이었다.

나가쓰가 순간적으로 망설이자 가쓰라기가 멈춰 서라는 신호를 보냈다. 나가쓰는 고개를 끄덕여 보이고 휴대폰을 상의 주머니에 넣은 후 나무 그림자에 몸을 숨겼다.

분명히 가구라자카로 미행했을 때 나가쓰는 쇼코에게 얼굴을 들키고 말았다. 가쓰라기가 어떤 의도를 품고 있는지는 모르지만, 나가쓰는 자신의 모습을 보여서는 안 될 듯싶었다. 마침내 멀리서 희미한 버스 엔진 소리가 들렸고, 버스를 기다리던 사람들이 일어서거나 벤치에 놓아둔 가방을 집어 들었다. 그런데도 쇼코는 멍하니 딴청만 부리고 있었다.

정류장에 선 버스는 오차노미즈역행이었다. 쇼코는 종이 가방을 손에 들고 천천히 일어섰다. 다른 승객들이 버스 입구에 줄을 서서 한 사람씩 차내로 들어가고 있을 때, 가쓰라기가 과감히 그녀에게 다가갔다.

이야기 소리는 들리지 않았지만, 가쓰라기는 상의 주머니에서 검은색 수첩을 꺼내 그녀에게 보여주었다. 그리고 환한 웃음을 지으며 길 맞은편을 손으로 가리켰다. 나가쓰가 선 위치에서는 쇼코의 뒷모습밖에 보이지 않아서 그녀가 가쓰라기에게 무슨 대답을 하는지조차 알 수 없었다. 이윽고 버스는 문을 닫고 정류장에 두 사람만을 남기고는 다쓰오카문 밖을 향해 천천히 움직였다.

"……장소를 옮기죠. 사람들 눈에 띄는 곳은 안 좋으니까요."

가쓰라기가 쇼코를 재촉하며 정류장에서 멀어져 갔다. 나무 그늘에서 지켜보고 있자니, 두 사람은 지나가는 택시에 주의하면서 고텐시타 운동장 쪽으로 건너가는 중이었다.

쇼코의 발걸음은 어젯밤의 충격이 채 가시지 않았는지 살짝 휘청거리고 있었다. 나가쓰는 두 사람이 인도 오른쪽의 작은 문을 빠져나가는 것을 확인하고 나무 그늘에서 나왔다. 그리고 반쯤 뜀박질하는 걸음으로 가쓰라기와 쇼코가 사라진 곳으로 향했다. 그곳은 의학부 도서관 부지였다.

부지 안쪽에는 자갈을 깔아놓은 정원이 있었고, 단풍나무와 떡갈나무의 시원한 그늘에는 텅 빈 테이블과 의자가 늘어서 있었다.

1층 오른쪽 모퉁이 카페의 창가 자리에 가쓰라기와 쇼코가 마주 앉은 모습이 멀리서 보였다.

나가쓰는 문을 지나 정원으로 들어섰다. 다행히 쇼코는 나가쓰를 등지고 있어서 금방 들킬 염려는 없었다. 나가쓰는 그곳으로 다가가도 좋을지 망설이며 두리번두리번 주변을 살펴보았다. 숨을 만한 장소가 있다면 일단 숨어서 또 지켜볼 심산이었다.

그런데 뜻밖에도 카페 창문을 통해 가쓰라기가 손짓하고 있었다. 괜찮으니까 들어오라는 뜻인 듯했다. 쇼코가 뒤돌아보는 낌새는 없었지만, 나가쓰는 주저하면서도 과감하게 카페로 향했다.

제이팝J pop이 배경음악으로 흐르는 카페 안의 테이블 천은 빨강과 하양의 깅엄 체크였다. 의자는 은색 프레임에 파란색 시트, 바닥과 벽은 크림색이어서 실내 분위기가 매우 밝았다. 안쪽 테이블에서는 중국인으로 보이는 학생 두 명이 새가 지저귀듯 수다를 떨면서 나폴리탄 스파게티를 먹고 있었다.

그 와중에도 쇼코는 아직 입 한 번 대지 않은 아이스티 잔을 앞에 두고 문을 등진 채 멍하니 창밖만 바라보고 있었다. 나가쓰는 가쓰라기의 손짓에 이끌려 왔지만 역시 문가에서 잠시 망설였다. 가쓰라기가 다시 한 번 손짓했고, 마침내 나가쓰는 가쓰라기와 쇼코가 앉은 테이블에 다가갔다. 이들 사이에 대체 어떤 대화가 오갔는지 알 수 없었지만 민망할 만큼 적막한 분위기가 흐르고 있었다.

나가쓰가 의자에 앉자마자 종업원이 주문을 받으러 왔다. 나가쓰는 속삭이듯이 블렌드 커피를 주문했다. 되도록이면 쇼코를 똑바로 바라보지 말아야겠다고 생각했다. 쇼코는 아마도 경찰서에서 받았음 직한 화과자를 무릎에 올려놓고 있었다. 화과자 가게의 로

고가 인쇄된 종이 가방을 손에 꼭 쥔 채 창밖을 바라보는 쇼코는 마음이 완전히 흐트러진 상태인 듯했다.

가쓰라기는 침착한 몸짓으로 커피 잔에 입을 댔다. 그리고 컵받침에 잔을 탁 내려놓고 조용히 말을 걸었다.

"다카다 씨."

마키노 쇼코는 아무런 대답도 하지 않았다. 종업원이 나가쓰가 주문한 커피를 가지고 왔지만, 그녀는 그 소리에 돌아보려고도 하지 않았다. 그래도 가쓰라기는 다시 한 번 그녀의 예전 성을 불렀다.

마침내 마키노 쇼코가 천천히 얼굴을 들었다. 그 눈빛은 흐리멍덩하면서도 어딘지 두려워하는 빛이 서려 있었다.

"……왜 그러시는지?"

"여기 앉은 이 사람 얼굴을 기억하시죠?"

커피를 마시기 시작하던 나가쓰는 덜컥 놀라 손을 멈췄다. 쇼코는 머뭇머뭇 나가쓰에게 눈을 돌린 후 살며시 고개를 저었다.

"아니요."

"혹시 모르니까 다시 한 번 살펴보세요. 정말로 기억 안 나세요?"

쇼코는 이해할 수 없는 물건이라도 보는 듯 나가쓰의 얼굴을 빤히 바라보았다. 그리고 또 고개를 저었다. 가쓰라기는 조용히 고개를 끄덕이고 의자 등받이에 걸어놓은 배낭을 뒤져 하얀색의 무언가를 꺼냈다.

"그럼 이건 어떻습니까?"

테이블에 쑥 꺼내놓은 물건을 보고 나가쓰는 또다시 덜컥 놀랐다. 그것은 유카의 집 우편함에서 직접 꺼내온, 잊을 수 없는 그 카드와 편지가 든 봉투였다.

쇼코는 한순간 몸이 굳어지는 듯했다. 그리고 슬며시 나가쓰를 올려다보더니 봉투로 시선을 떨구었다. 그녀의 뺨이 어쩐지 창백해졌다.

"아니요, 모릅니다."

"확실한가요?"

마키노 교수의 두 번째 아내이자 카나의 새어머니는 부정도 긍정도 하지 않았다. 그저 물끄러미 하얀 봉투를 바라보고 있을 뿐이었다.

가쓰라기는 희미한 한숨을 내쉬고 커피 잔 옆에 둔 담뱃갑에 손을 뻗었다.

"들킨 걸 부인해봤자 아무 소용 없습니다."

쇼코는 역시 꼼짝도 하지 않았다. 가쓰라기는 담배를 한 개비 꺼냈지만 불을 붙일 생각은 없는지 담배를 손가락 사이에 끼우고 이리저리 돌렸다.

"쇼코 씨, 아까는 죄송했습니다. 제가 모토후지 경찰서의 경찰이라는 말은 새빨간 거짓말입니다. 이 수첩도 학교 매점에서 산 거예요."

가쓰라기는 가슴주머니에서 검은색 수첩을 꺼내 테이블에 톡 던졌다. 그곳에는 은행잎을 본뜬 문양도쿄대학의 교표과 '도쿄대학'이라는 글씨가 금색으로 찍혀 있었다.

"연극을 계속하는 것도 피곤하니까 솔직히 이야기하겠습니다. 저는 이른바 흥신소 사람이고, 이 사람은 제 조수입니다. 지난달 중순부터 이 편지를 누가 온묘지 씨 집 우편함에 넣었는지 추적하다가 여기까지 오게 된 겁니다."

가쓰라기는 숨김없이 다 털어놓겠다는 표정을 지으며 성냥을 쓱 그었다. 그리고 아주 맛있게 담배를 훅 빨아들였다.

그런데도 쇼코는 완강히 고개를 숙이고 있었다. 나가쓰는 테이블에 늘어놓은 하얀 봉투와 가쓰라기가 경찰수첩 대신에 사용한 도쿄대학수첩을 번갈아 바라보았다.

"저는 특별히 협박하고 싶은 마음은 없습니다. 오히려 쇼코 씨가 피해자라고 생각하고 있어요. 그렇지 않습니까? 실제로 어젯밤에는 핸드백 날치기까지 당하시고, 지금은 돌아갈 곳도 없으시죠. 정말이지 가혹한 일이잖아요?"

가쓰라기는 동정해주는 것치고는 담담한 표정으로 창밖을 향해 눈을 돌렸다. 의학부의 직원인 듯 슈트 차림의 아담한 남자가 가게 문을 밀고 들어왔다. 가쓰라기는 그 사람이 안쪽 테이블로 걸어가는 모습을 무심히 지켜보다가 담배 연기를 가볍게 내뿜고는 또다시 쇼코를 쳐다보았다.

"대략적인 사정은 알고 있습니다. 아니, 적어도 상상할 수는 있습니다. 하지만 가장 중요한 부분만큼은 완전히 깜깜하군요."

"……그게 어떤 부분인가요?"

"당신이 도대체 무슨 목적으로 이런 편지를 썼는지에 관해서입니다."

쇼코는 멍하니 창밖을 바라보았다. 종이 가방을 헐겁게 쥔 채 몸을 꼼짝도 않고 아주 담담한 목소리로 말했다.

"조사하셨다면 아실 텐데요."

"아니요, 아쉽지만 모르겠습니다. 마키노 교수가 당신과 재혼한 후 사망할 때까지의 5년 동안이 암흑에 휩싸여 있습니다."

마키노 쇼코는 희미하게 미소를 짓는 듯했다.

"암흑이라는 말씀이 맞는지도 모르죠."

안쪽 자리의 중국인 두 명이 자리에서 일어섰다. 카페 안쪽에서 영수증을 뽑아내는 삐빅거리는 소리와 거스름돈을 짤랑거리는 소리가 들려왔다.

"암흑이라니 무슨 뜻인가요?"

"아무것도, 없었으니까요."

마키노 쇼코는 흐리멍덩한 눈빛으로 말하고는 누구를 향하는지 모를 미소를 거듭 지었다. 그녀의 뒤로 계산을 끝낸 중국인 두 명이 웃으면서 지나갔고 곧이어 문을 열고 나갔다.

오후 3시가 지난 시각이었다. 바깥의 햇살은 아직 눈부셨고, 도서관 부지를 둘러싼 나무들 너머로 통로를 지나가는 택시의 차체가 한순간 반짝였다.

"하실 말씀은 그것뿐인가요?"

쇼코의 침착한 목소리에 가쓰라기는 하얀 봉투로 시선을 떨어뜨렸다. 그리고 커피 잔에 손을 뻗어 식어버린 커피를 한 모금 마셨다.

"바보 같은 질문이지만, 마키노 교수의 집에서는 당연히 네 분이서 함께 사셨지요?"

"……네. 정말로 함께 살았다고 말할 수 있다면요."

"결혼 초기의 일상은 어땠습니까? 적어도 처음에는 마키노 집안의 일원이 되려고 노력하셨을 텐데요."

"아니요. 제가 마키노 집안의 일원이 되는 일 따위는 처음부터 아무도 바라지 않았습니다."

가쓰라기는 이해가 안 된다는 눈빛으로 담배를 비벼 껐다. 잠시 침묵하는 동안 가쓰라기는 다음 말을 어떻게 꺼내야 할지 고민하는 듯했다.

"그렇다면 애초에 결혼을 결심한 계기는 뭔가요?"

"중매결혼 같은 것이었지요. 저도 재혼이었고, 지인의 소개로 만났어요."

"누가 먼저 결혼하자고 했나요?"

쇼코는 또 이상하리만큼 매우 침착하게 희미한 미소를 보였다.

"남편요. 그 사람은 왠지 두려워하는 것 같았어요."

"무엇을 두려워했나요?"

"나중에 비로소 알게 됐어요. 그 집의 아이에 관한 비밀을……."

쇼코는 말을 끊고 시선을 돌려 마냥 먼 곳만 바라보았다. 나가쓰는 아무 말 없이 커피를 마시면서 내심 초조한 기분으로 다음 이야기를 기다렸다. 바깥에서는 또 버스가 한 대 지나갔고, 버스 창문에 반사되는 햇빛이 한순간 따갑게 눈을 찔렀다.

"……저, 이만 가 봐도 될까요?"

쇼코는 거의 자세를 바꾸지 않은 채 종이 가방만 꽉 쥐었다. 가쓰라기는 억지로 막으려는 기색도 없이 선뜻 물었다.

"무슨 약속이라도 있으세요?"

"지금부터 지바에 있는 친정으로 갈 거예요. 늦으면 걱정을 끼칠지도 몰라요."

가쓰라기는 가볍게 고개를 끄덕이고 담배를 상의 주머니에 챙겼다. 그리고 하얀 봉투와 계산서를 들고 안쪽 계산대로 향했다.

마키노 쇼코는 종이 가방을 무릎에서 안고 멍하니 테이블 위를 바라보다가 마침내 불쑥 일어섰다. 그리고 아무런 말도 남기지 않은 채 가게 문을 열고 나가려고 했다.

"쇼코 씨."

가쓰라기가 부르자 쇼코는 깜짝 놀라 멈춰 섰다. 가쓰라기는 카페 안쪽에서 그녀를 향해 성큼성큼 다가가더니, 몸이 굳어진 그녀 대신에 유리문을 밀었다.

"버스 정류장까지 바래다드릴게요. 가시죠."

가쓰라기는 쇼코를 지나쳐 재빨리 카페를 나섰다. 나가쓰는 테이블 위에 남겨진 도쿄대학수첩을 들고 자리에서 일어섰다. 두 사람은 벌써 정원이 끝나는 곳의 작은 문을 빠져나가고 있었다. 두 사람은 특별한 말을 주고받고 있지는 않는 듯했다.

나가쓰는 천천히 자갈을 밟으면서 버스 통로로 나섰다. 아까보다 햇살은 약간 누그러졌고, 자동차의 통행이 끊긴 길에는 매미 울음소리만이 울려 퍼졌다.

정류장에서는 병문안을 끝내고 돌아가는 듯한 모녀가 벤치에 나란히 앉아 있었다. 쇼코는 약간 떨어진 곳에서 종이 가방을 양손에 든 채 서서 흐릿한 눈으로 운동장 쪽을 바라보았다.

가쓰라기는 바지 주머니에 엄지손가락을 찔러 넣고 고개를 숙인 채 서 있었다. 카나의 새어머니가 어떤 심정인지 슬쩍 떠볼 기회를 이대로 포기할 가쓰라기가 아니었다. 가쓰라기는 나직이 쇼코를 향해 속삭였다.

"저, 쇼코 씨. 사쿠라이 씨와는 어떻게 알게 되셨나요?"

쇼코는 아무런 대답도 하지 않고 아스팔트에 반사되는 햇빛에 눈을 찡그렸다. 그래도 가쓰라기는 담담히 말을 이었다.

"대답을 안 하신다면 제 마음대로 추측해보겠습니다. 사쿠라이 씨가 부속병원에서 퇴직하기 전에 카나 씨는 한때 그 병원의 신경 정신과를 다녔지요. 담당 의사는 사쿠라이 씨가 아니었겠지만, 쇼코 씨가 병원에 카나 씨를 데려오거나 약을 타러 왔을 때 사쿠라이 씨를 소개받았을 테지요."

"······무슨 말씀이신지?"

"사쿠라이 씨는 카나 씨의 외삼촌입니다. 즉, 마키노 교수의 전 처인 사와코 씨의 오빠이기도 하지요. 어떤 사정으로 지금의 형태 에 이르렀는지는 모르지만, 사쿠라이 씨와 만나신 계기는 아마도 그렇다고 생각합니다."

쇼코의 입가에 또 애매한 미소가 떠오른 듯 보였다. 마침내 버스 가 다가오는 소리가 들렸고, 조금 떨어진 곳의 벤치에 앉아 있던 모 녀가 천천히 일어섰다.

"게다가 어젯밤의 핸드백 날치기 사건과 관련해서 말인데요, 쇼 코 씨는 혹시 사쿠라이 씨의 지시로 마키노 집안에서 무언가를 들 고 나온 게 아닙니까?"

"아니요. 그 집 근처에는 가고 싶은 마음조차 없습니다."

"그렇다면 왜 핸드백을 날치기 당했나요? 게다가 이곳 혼고 캠 퍼스의 뒤편에서······."

"이만 실례하겠습니다. 시간이 없어서요."

쇼코는 그렇게 내뱉고는 이어지는 질문을 막으려는 듯 가쓰라기 에게 등을 돌렸다. 금세 버스가 멈추고 먼저 모녀가 탑승했다. 쇼코 도 빠른 걸음으로 버스에 다가갔다.

"쇼코 씨의 핸드백을 날치기한 사람은 역시 기타가와 씨인가 요?"

가쓰라기의 낮은 목소리에 쇼코는 흘끔 뒤를 돌아보았다. 하지만 아무런 대답 없이 버스 안으로 사라졌다.

"조심히 가세요."

유리창 너머로 천천히 통로를 걸어 자리에 앉는 쇼코의 모습이 보였다. 버스는 이내 문을 스르륵 닫고 출발했다.

가쓰라기는 그 버스가 다쓰오카문으로 향하는 모습을 멍하니 바라보았다. 버스는 다쓰오카문을 나서자 곧바로 빨간불 신호에 걸렸다. 하지만 얼마 지나지 않아 파란불로 바뀌었고, 쇼코를 태운 버스는 가스가 거리의 모퉁이를 꺾어 사라졌다.

"난감하군. 아무래도 안되겠어."

가쓰라기는 투덜거리며 벤치에 축 늘어졌다. 양손 손바닥에 이마를 묻고 줄곧 꼼짝도 하지 않는 가쓰라기의 모습을 나가쓰는 이해할 수 없는 심정으로 바라보았다. 마침내 가쓰라기는 머리를 흔들고는 벌떡 일어섰다.

"뭐, 할 수 없지."

"……뭘 혼자 중얼거리는 거야?"

"참패야. 목표의 10퍼센트도 캐내지 못했어."

가쓰라기는 나가쓰의 손에서 도쿄대학수첩을 훌쩍 낚아채고 거리를 건너기 시작했다. 쇼코 앞에서는 평소의 잔재주가 전혀 통하지 않은 듯했다. 나가쓰는 버스가 사라진 것에 약간 안도감을 느끼면서 운동장과 무도관 사이의 샛길을 터덜터덜 걷는 가쓰라기를 쫓아갔다.

"그런데 너 정말로 어젯밤의 날치기범이 기타가와였다고 생각해?"

"확신은 없어. 쇼코가 무언가를 숨기는지도 몰라."

가쓰라기는 아직도 투덜거리면서 산조 회관 옆을 따라 의학부 본관과 연못 사이로 뻗은 길에 들어섰다. 생각대로 되지 않아 초조해졌는지, 아니면 스스로에게 화가 났는지 가쓰라기의 걸음은 나가쓰가 숨찰 만큼 빨랐다.

"그런데 쇼코의 친정은 정말로 지바야?"

"응, 모토후지 경찰서에서 확인했어. 두 번 다시 돌아오지 않는 편이 낫겠지."

"무슨 말이야?"

"굉장히 난감한 처지일 거야. 사쿠라이도 더 이상 미덥지 못할 테고, 의붓딸과는 사이가 안 좋다는 말 한마디로 끝내기에는 이해할 수 없는 면이 너무나 많고, 남편은 이미 저세상 사람이고."

가쓰라기는 쇼코의 남편 이야기에서 한 손으로 목을 조르는 시늉을 하고는 또 성큼성큼 앞으로 나아갔다. 의식했는지 안 했는지는 모르겠지만, 완만한 비탈길로 이어지는 움푹 파인 지형에서는 마키노 교수가 목을 맨 채 숨진 연못이 뿌연 빛을 반사하고 있었다.

나가쓰는 침울한 심정으로 매미 울음소리가 끊이지 않고 울리는 나무 그늘을 바라보았다. 쇼코가 온묘지 앞으로 카나를 고발하는 편지를 쓰고 그것을 우편함에 넣었다는 사실은 이전의 미행으로 확실히 밝혀졌다. 하지만 그 이유는 아무리 물어보아도 결코 입 밖으로 나오지 않았다.

게다가 사쿠라이와 쇼코의 관계도 본인이 침묵하는 한 전혀 캐낼 방도가 없었다. 그리고 사쿠라이는 히로오에서 목 졸려 살해당한 구로이와 기요타다에 이어 리스트의 세 번째에 올라 있는 인물이었다…….

"그럼 오늘은 이쯤에서 마무리할까?"

"응?"

"아직 대여섯 가지 용건이 남아 있어. 아마도 밤을 새워야 할지도 모르니까 도서관에서 낮잠이나 자고 갈게."

가쓰라기는 궁도장 앞에서 멈춰 서더니 심각한 듯한 얼굴에 비해서는 한가한 말을 중얼거렸다. 그 맞은편은 종합도서관이었고 사회정보연구소의 입구 유리문을 통해 두꺼운 책을 옆구리에 낀 학생 한 명이 나오는 중이었다.

"뭐야, 여기까지 따라오게 해놓고서는."

"아, 미안. 근데 좀 일이 귀찮아졌어."

가쓰라기는 조용히 말하고 도서관 앞 광장으로 나갔다. 분수가 멈춘 연못이 오후 햇살을 반사하고 있었고, 그 옆으로는 쇼핑하러 갔다 돌아오는 듯한 근처 주민이 자전거를 타고 지나쳤다.

"무슨 용건인지 정도는 말해줘."

"카나의 거처에 관해서야. 그리고 마키노 사와코에 관한 정보도 잘하면 얻을 수 있을 것 같아."

나가쓰는 허탈함을 느끼면서도 고개를 끄덕이고는 종합도서관 계단 앞에서 발걸음을 멈췄다. 붉은색 카펫이 깔린 입구 홀이 들여다보이는 유리문 너머에는 여름방학 중인데도 열심히 공부하러 온, 아니 어쩌면 에어컨 바람을 쐬러 온 학생들이 더 많을지도 모르지만, 어쨌든 도서관은 의외로 많은 사람들로 북적였다.

"자, 그럼 내일 보자."

"응."

나가쓰는 그렇게 대답은 했지만 불만스러운 감정을 떨칠 수 없었다. 가쓰라기가 자신을 거추장스러워하는 게 아닌가 싶은 생각이 들자 적극적으로 돕겠다는 말을 하지 못했다. 가쓰라기는 아무 말 없이 선뜻 한 손을 들어 흔들고는 넓은 돌계단을 올라 도서관 유리문 안으로 사라졌다.

그럼 이제부터 무엇을 할까? 본인이 해야 할 일을 할 수밖에 없다. 지금까지 줄곧 가쓰라기를 따라다닌 탓에 읽어야 할 책도 쌓여 있었다. 탐정 조수 노릇을 해봤자 별 이득이 있는 것도 아니고, 본업은 그보다 훨씬 중요했다. 나가쓰는 그런 생각을 하며 발걸음을 옮기다가 문득 연못 쪽을 돌아보고는 멈춰 서고 말았다.

검은색 폴로셔츠에 짙은 베이지색 바지 차림의 한 남자가 갈색 가죽 가방을 어깨에 메고 문학부3호관 옆을 걸어가고 있었다. 나가쓰는 들키지 않도록 순간적으로 등을 돌렸다가 조심스레 뒤돌아보았다.

왜 그가 이곳에 있는 건지 스스로에게 물어본들 물론 답은 알 수 없다. 기타가와 슈지는 잰걸음으로 문학부3호관에서 법문2호관의 그늘을 향해 구부정한 자세로 걷고 있었다.

14

성인이 된 카나

나가쓰는 순간적으로 도서관 쪽을 뒤돌아보고 유리문 너머로 가쓰라기를 찾았다. 하지만 가쓰라기의 모습은 보이지 않았고, 그 사이에 기타가와는 법문2호관의 그늘로 사라지고 말았다. 나가쓰는 한순간 망설였지만, 어떻게든 뇌셌지 하는 심정으로 그의 뒤를 쫓기 시작했다. 가쓰라기를 부르러 가는 사이에 기타가와를 놓치기보다는 아마추어이지만 뒤를 쫓아서 기타가와가 어디로 가는지 직접 확인하는 편이 나을 듯싶었다.

　도서관 앞 광장을 가로지르자 기타가와가 법문2호관의 어슴푸레한 아케이드를 빠른 걸음으로 빠져나가는 모습이 눈에 들어왔다. 그 끝은 정문에서 야스다 강당으로 이어지는 통로였다. 기타가와는 아직 강렬한 기세를 줄이지 않은 여름 오후의 햇살을 받으며 똑바로 다음 아케이드로 들어갔다.

　나가쓰는 되도록 천천히 발을 옮기다가 기타가와가 모퉁이를 돌아 사라지는 것을 보자마자 달려가기 시작했다. 자전거 한 대가 은행나무 그늘을 빠져나갔고, 아케이드의 모퉁이에서 얼굴을 내밀자 그 자전거가 공학부 시설 앞을 지나가는 기타가와를 앞질렀다.

마침내 자전거는 야스다 강당 옆의 완만한 언덕을 내려가 서쪽으로 기울어가는 햇빛을 번쩍 반사하면서 옆으로 꺾어 갔다. 나가쓰는 법문1호관을 지나 느티나무 그늘에 잠깐씩 몸을 숨기면서 뒤돌아보지도 않고 걸어가는 기타가와의 뒤를 쫓았다.

드디어 그의 모습은 자전거가 꺾은 곳에서 똑같은 방향으로 꺾어 사라졌다. 나가쓰는 약간 발걸음을 재촉해서 공학부 시설이 쭉 이어진 돌바닥의 언덕을 내려갔다. 그리고 겨우 모퉁이에 도착하자 기타가와가 완만한 비탈길 아래에 있는 낯선 문을 향해 가는 것이 보였다.

교직원인 듯한 수수한 슈트 차림의 남자 둘이 그 문을 통해 들어왔다. 그곳은 수위가 없는 듯 차량의 출입이 카드식 차단기로 통제되고 있었고, 원래 초소로 쓰인 듯한 작은 건물은 꽤 낡은 느낌이 들었다. 기타가와는 마침내 문을 빠져나가 왼쪽으로 꺾었다. 나가쓰도 종종걸음으로 언덕을 내려가 문의 뒤편에서 그의 행방을 쫓았다.

전봇대에는 야요이라는 주소가 적혀 있었고, 옆의 게시판에는 지명에서 딴 듯한 야요이문弥生門이라는 문 이름도 보였다. 기타가와는 공학부 뒤편 담을 따라 언덕을 올랐고, 나가쓰는 그의 등이 보일락 말락 한 거리에서 천천히 뒤따라 걸어갔다. 길가에는 이름만 들어본 적 있는 야요이 미술관이 있었고, 입구 옆에는 화가인 다케히사 유메지竹久夢二의 포스터가 붙어 있었다.

이윽고 언덕 위에 넓은 거리가 보이기 시작했다. 기타가와는 빨간불에서 멈춰 섰고, 파란불로 바뀌자마자 반대편으로 건넜다. 나가쓰는 발걸음을 재촉했지만 거리 반대편은 농학부 캠퍼스 담이 쭉 이어져 있어서 적당히 숨을 장소가 없었다. 망설이는 사이에 신호가 또 빨간불로 바뀌었다. 하는 수 없이 길의 반대편에서 기타가와를 눈으로 좇으며 뒤따라갔다.

이곳은 분명히 고토토이 거리일 것이다. 교차로를 향해 내려가는 언덕을 따라 공학부의 또 다른 캠퍼스가 위치해 있고, 언덕 아래로 내려가면 네즈역이 나올 것이 틀림없었다. 나가쓰가 가능한 한 고개를 숙이고 걷는 사이에 기타가와가 저편 골목으로 쑥 들어갔다. 나가쓰는 약간 당황하면서 동물 박제 가게 앞에서 신호가 파란색으로 바뀌기를 기다렸다. 뜀박질하는 듯한 걸음으로 거리를 건너 기타가와가 사라진 모퉁이에 도착하자 그곳은 주택가로 똑바로 이어지는 좁은 골목이었다.

기타가와는 꽤 멀리 떨어진 곳에서 걷고 있었다. 기타가와는 이곳 지리에 매우 밝은 듯한 발걸음이었고, 나가쓰는 그의 모습을 놓치지 않기 바라면서 주택 담장을 따라 신중하게 발을 옮겼다. 골목의 너비가 점차 좁아지는 듯하더니, 낮인데도 주변에 사람의 모습이 보이지 않았다. 모르는 장소를 어디로 향하는지도 모른 채 걷다 보니 왠지 마음이 불편했다.

마침내 굽어지는 골목 끝에 칙칙한 색의 벽으로 둘러싸인 아파트 같은 건물이 두세 채 보이기 시작했다. 강한 바람이 불면 쓰러질 듯 세월이 느껴지는 외관의 건물이었다. 남자 셔츠, 바지, 속옷이 빨랫줄에 쭉 걸려 있는 좁은 부지의 정문에는 '무코가오카 학생 기숙사'라고 쓰인 낡은 간판이 걸려 있었다. 이런 곳에도 대학 기숙사가 있다는 사실을 나가쓰는 처음 알았다. 다행히 그 끝은 외길이었던 모양인지, 어린아이 한 명이 홀로 세발자전거를 타고 있는 저편에 기타가와의 등이 눈에 들어왔다.

하지만 안심한 것도 잠시였다. 계속해서 이어지는 골목인 듯 또 기타가와의 모습이 사라졌다. 나가쓰는 발소리까지 신경 쓰면서 모퉁이에서 저편을 엿보다가 한순간 낙담해버리고 말았다. 그 앞은 키 큰 잡초가 무성한 공터와 낡은 널빤지 담장 사이를 굽이굽이 내려가는 급한 내리막 돌계단이 있었다. 아직 외길임은 틀림없지만 기타가와의 모습은 어디에서도 보이지 않았다.

나가쓰는 그래도 힘을 쥐어짜서 해가 지지 않은 시간임에도 밤처럼 축축하고 습한 느낌이 떠도는 돌계단을 내려갔다. 널빤지 담장이 높아서 저편은 보이지 않았지만 아래쪽 골목으로 내려가자 기묘하게 생긴 널빤지 문이 있었다. 기타가와가 그 안으로 사라졌나 싶어 손잡이를 당겨보았지만 열리지 않았다. 나가쓰는 그 반대편, 여름방학으로 인기척이 느껴지지 않는 초등학교 교정이 내려다보이는 샛길 쪽에서 기타가와의 모습을 찾아보았다.

그리고 마침내 외길을 벗어났다. 예전에 혼고 부근의 어딘가에 있던 오래된 유곽이 도쿄대학 개교와 동시에 폐업되었다고 들은 적이 있었는데, 그곳이 어쩌면 이 부근이었던 걸까? 시대를 느끼게 하는 기울어진 지붕의 목조 가옥이 늘어선 길에 표구 가게, 염색 가게와 함께 옅은 주홍색 벽에 끼워진 녹색 창틀이 정취 있어 보이는 낡은 료칸이 눈에 들어왔다. 그리고 첫 모퉁이에서 다행히도 골목을 걷는 기타가와의 등을 찾아낼 수 있었다.

나가쓰는 전봇대 뒤에 숨어 기타가와가 모퉁이를 돌아 모습을 감추는 것을 확인한 후 서둘러 골목을 빠져나갔다. 그리고 문득 살펴보니 기타가와가 사라진 방향으로 네즈 신사의 붉은 도리이가 솟아 있었다.

나가쓰는 사쿠라이 고키의 집이 그 근처에 있다는 것이 순간적으로 떠올라 신사 앞에서 반대쪽 언덕을 응시했다. 기타가와는 사쿠라이의 집이 있는 골목으로 이어지는 곤겐자카 언덕을 오르고 있었다.

나가쓰는 긴장감이 더욱 증폭되는 것을 느끼면서 모퉁이에서 살며시 떨어졌다. 도리이 부근의 나무 그늘을 빠져나가자 서쪽으로 기울어가는 햇빛이 똑바로 눈에 비쳤지만, 그 눈부심도 네즈 신사의 경내에서 놀고 있는 아이들의 목소리도 매우 어슴푸레하게 느껴질 뿐이었다.

곤겐자카 언덕을 다 오르자 또 기타가와의 모습이 사라졌다. 하지만 사쿠라이의 집 현관으로 통하는 골목은 일요일에 한 번 와봤기 때문에 이미 파악하고 있었다. 나가쓰는 그곳의 모퉁이까지 와서 담장 뒤에서 슬며시 주변을 살펴보았다. 기타가와가 어딘가의 집 대문을 열고 안으로 들어가는 모습이 눈에 들어왔다.

그리고 잠시 동안은 아무런 소리도 들리지 않았다. 하지만 마침내 조용한 골목의 저편에서 문을 노크하는 소리가 들려왔다. 처음에는 조심스러운 소리였지만, 대답이 없는 것에 초조해졌는지 이번에는 노크 소리가 약간 강해졌다.

그래도 역시 사람의 목소리는 들리지 않았다. 나가쓰는 다시 한 번 담장 뒤에서 엿보다가 문득 어딘가의 대문이 열리는 소리에 당황해서 고개를 숙였다. 또 강한 노크 소리가 울렸지만, 그 소리에 겹쳐 느긋한 여자의 목소리가 들려왔다.

"죄송한데요, 그 집에 사쿠라이 씨는 안 계세요."

노크 소리가 끊겼다. 여자의 목소리에 이어 기타가와의 낮은 목소리가 들렸다.

"언제부터 안 계셨을까요?"

"글쎄요. 어젯밤부터가 아닐까요? 자동차도 보이지 않고, 어젯밤부터 그 집에 불도 안 켜졌거든요."

기타가와의 대답은 들리지 않았지만, 고맙다는 인사를 한 듯싶었다. 마침내 대문이 삐걱거리며 닫히는 소리가 들리고 발소리가 다가왔다. 나가쓰는 순간적으로 주변을 둘러보고는 마침 열려 있는 옆 차고로 몸을 숨겼다.

발소리가 모퉁이를 돌아 다가오자 나가쓰는 온몸이 굳어졌다. 하지만 그 발소리는 뜻밖에도 장바구니를 든 중년 여성이었다. 나가쓰는 안심하고 차고에서 빠져나왔지만, 언뜻 스쳐가는 사람의 그림자에 숨을 멈추고 말았다.

기타가와였다. 다행히 들키지는 않았지만 거의 스쳐 지나간 것과 마찬가지였다. 등골이 서늘해졌다. 기타가와는 고개를 숙인 채 방금 본 중년 여성과는 반대쪽 골목으로 나가 오른쪽의 농학부 캠퍼스 뒤편으로 이어지는 좁은 길을 걸어갔다.

사쿠라이 고키는 집에 없었다. 게다가 아까 이웃의 이야기로는 쇼코가 혼고 뒤편에서 누군가에게 핸드백을 날치기당한 어젯밤부터 쭉 집을 비우고 있었다. 기타가와가 무슨 목적으로 사쿠라이의 집을 방문했는지 알 수 없었지만, 그의 발걸음은 실망하기는커녕 아까보다 더욱 빨라지고 있었다.

여기에서 기타가와가 뒤돌아본다면 분명히 들킬 것이다. 쫓아간다면 서쪽의 햇빛을 정면으로 받는 꼴이기 때문에 매우 신경 쓰였지만, 나가쓰는 과감하게 차고에서 나갔다. 잠시 후 기타가와는 골목의 끝에서 방향을 꺾었다. 그러나 무언가를 골똘히 생각하고 있는 모양인지, 아니면 전혀 의심하지 않는 모양인지 고개도 들지 않고 모퉁이 저편으로 사라졌다.

나가쓰는 다시 한번 잰걸음으로 아담한 교회가 있는 그 모퉁이에 다다랐다. 기타가와는 가옥이 없는 공터에서 새어 나오는 서쪽 햇빛을 이따금 받으면서 농학부 담장을 따라 정신없이 서둘러 걸어갔다. 그 끝이 어디로 이어질까 궁금해하며 지켜보았더니, 마침내 나온 곳은 혼고 거리였다. 기타가와는 본부 캠퍼스 쪽을 향해 농학부 정면을 지나쳐 걸어가고 있었다.

손목시계를 힐끔 보자 4시 반이 지난 시각이었다. 가쓰라기와 헤어지고 나서 아직 30분밖에 지나지 않았다. 기타가와의 동향을 엿보면서 가쓰라기에게 연락할 수 있을지도 몰랐다.

하지만 나가쓰는 얼핏 떠오른 생각에 상의의 주머니에 손을 넣었다. 자신이 맡아둔 가쓰라기의 휴대폰을 아직 돌려주지 않은 것이다. 가쓰라기도 아마 돌려받는 걸 잊어버렸을 터였다. 나가쓰가 초조해하는 사이에 기타가와는 교차로에서 이미 반대편으로 건너갔다. 나가쓰는 발걸음을 서둘렀지만, 순간적으로 신호가 빨간색으로 바뀌었고 오토바이의 엔진 소리가 울렸다.

애타는 마음으로 살펴보는 와중에 눈앞으로 버스가 두 대 연속으로 지나갔다. 그 뒤로 택배 트럭이 지나간 후 앞을 응시해보니 기타가와의 모습이 완전히 사라지고 말았다. 자전거를 타거나 빠른 걸음으로 오가는 학생들은 여기저기 보였지만, 검은색 폴로셔츠는 어디에서도 보이지 않았다.

대학 구내에 들어가기 위해 정문으로 가기에는 거리가 너무 멀었고, 혼고 거리를 따라서는 본부 캠퍼스의 담장이 샛문 없이 쭉 이어져 있었다. 기타가와가 미행당한다는 사실을 알아차리고 일부러 모습을 감춘 것이 아니라면 갑자기 모습을 감출 만한 장소는 딱히 없었다.

나가쓰는 불안에 휩싸여 신호가 파란색으로 바뀌자마자 뛰어서 길을 건넜다. 그리고 일단 발걸음을 늦추고 주변을 둘러보았다.

그 순간 무언가가 번쩍였다. 공중전화박스의 문이었다. 문득 살펴보니 기타가와가 그곳에서 나오는 참이었다.

나가쓰는 그 자리에서 얼어붙었다. 기타가와와의 거리가 너무나 가까웠기 때문이다. 하지만 기타가와는 무언가를 깊이 생각하고 있는지 고개도 들지 않고 걸어가기 시작했다. 나가쓰는 멈추었던 숨을 내뱉고 정문을 지나쳐 가는 검은색 폴로셔츠의 등을 쫓아갔다.

정문에서 가쓰라기가 불쑥 나와준다면 좋겠지만 그런 우연이 일어날 리 없었다. 얼마 동안 가로수 그늘을 지나서 아카문 앞에 도착했지만, 그 부근에는 누군가를 기다리는 표정의 학생이 한 명 있을 뿐 아카문 앞에는 이렇다 할 사람의 모습이 없었다. 하지만 나가쓰는 다시 한 번 마음을 다잡고 미행을 속행했다.

그곳에서 혼고산초메의 역으로 가는 길은 저녁이 가까워지면서 오가는 사람들이 많아진 까닭에 비교적 미행하기 수월했다. 기타가와는 의학부 학생이라서 그런지 지하철 정기권을 가지고 있는 듯 발매기로 가지 않고 곧바로 개찰구를 통과했다. 나가쓰는 얼마 전 쇼코를 미행할 때 깨달은 바가 있어서 일찌감치 꺼내놓은 지하철 카드를 확실히 확인하고, 기타가와가 요쓰야 방면의 플랫폼으로 내려가는 모습을 지켜본 후 개찰구를 통과했다.

계단을 내려간 곳에서 재빨리 좌우를 둘러보자 기타가와는 플랫폼의 오른쪽 끝에 있었다. 하지만 전철을 기다리는 사람의 수는 의외로 적어서 다가가려고 하면 금방 들킬 우려가 있었다. 어쩔 수 없이 그 자리에서 가만히 기다리는 중에 드디어 전철이 도착했다. 기타가와가 맨 끝 차량에 타는 것을 확인하고 나가쓰는 발차 벨소리가 울리는 동시에 바로 눈앞의 차량으로 뛰어 들어갔다.

기타가와와의 사이에는 차량이 네 개 정도 끼어 있는 듯했다. 혹시나 해서 나가쓰는 차량 연결부의 창문으로 맞은편을 확인하고 옆 차량으로 슬쩍 이동했다.

그리고 또 옆 차량을 엿보고 있을 때 갑자기 바깥이 밝아졌다. 오차노미즈역이었다. 나가쓰는 그 옆 차량에도 나가쓰가 없음을 확인하고 서둘러 문을 당겨 열었다. 다음 차량으로 이동한 후 오차노미즈역에서 우르르 들어온 사람들을 헤치면서 가까스로 바깥 플랫폼으로 눈길을 주었다. 개찰구를 향하는 기타가와의 모습은 없었지만, 그래도 불안해서 어떻게 해야 하나 망설이는 중에 문이 닫혔다. 나가쓰는 어쩔 수 없이 아까보다 더 혼잡해진 차내를 헤치면서 계속 나아갔다.

만일 기타가와가 오차노미즈역에서 내렸다면 그걸로 끝이다. 기타가와가 사쿠라이의 집을 찾아갔다는 사실은 알았지만, 기타가와는 외삼촌에 해당하는 사쿠라이 고키와 당연히 안면이 있을 테니 대단한 정보라고는 할 수 없었다. 다시 차량 연결부에서 옆 차량을 엿보았지만 적어도 눈에 들어오는 장소에는 기타가와의 모습이 보이지 않았다. 그리고 문손잡이에 손을 댄 순간, 전철은 아와지초역의 플랫폼으로 들어섰다.

나가쓰는 다시 한 번 개찰구로 향하는 사람들의 등을 살펴보았지만, 기타가와와 닮은 모습은 보이지 않았다. 아와지초에서 승차한 사람이 많은 듯 옆 차량은 아까보다 더욱 혼잡해졌다. 나가쓰는 그래도 슈트며 블라우스며 티셔츠를 입은 사람들의 어깨를 헤치면서 다음 차량 연결부에 도착했다. 그리고 옆 차량에 들어서는 동시에 전철이 오테마치역에 멈췄고, 또 수많은 승객이 타고 내렸다.

도심부에 가까워진 탓인지 플랫폼을 오가는 사람들의 발걸음은 매우 조급했고, 기타가와가 내렸는지 명확히 확인하지 못한 채 전철이 곧바로 움직이기 시작했다. 나가쓰는 점차 불안을 느끼면서 석간신문과 잡지를 펼친 승객들 사이를 거쳐 차량 끝으로 향했다.

이곳을 지나면 기타가와가 탄 맨 끝의 차량이다. 이 미행이 허탕으로 끝날 것인지, 성공으로 끝날 것인지는 그다음 차량에서 정해진다. 그렇게 생각한 나가쓰는 신경을 곤두세우고 창문을 통해 옆 차량을 엿보았다. 하지만 맨 끝의 차량은 가장 혼잡한 듯 연결부 너머의 문에까지 승객이 기대어 있었다.

그래도 나가쓰는 큰마음 먹고 문을 힘껏 열어젖혔다. 그리고 맨 끝 차량에 들어가 숨을 크게 들이쉬었을 때 전철이 또 속도를 줄였다.

도쿄역이었다. 승객이 우르르 내리고 갑자기 시야가 확 트인 순간, 나가쓰는 그 자리에서 얼어붙고 말았다.

기타가와가 바로 눈앞, 문 옆 좌석에 앉아 있었던 것이다. 당황할 틈도 없이 이번에는 우르르 사람들이 승차했다. 기타가와의 모습은 사람들에 가려 곧 사라졌지만 나가쓰는 심장이 방망이질 치는 것에 괴로움을 느꼈다.

잠시 후, 숨을 고르고 주변을 둘러보았다. 마침 선반에 누군가가 남겨둔 스포츠신문이 있었다. 나가쓰는 태어나서 처음으로 스포츠신문을 손에 들고 바스락거리며 펼쳤다. 펼친 면에는 누드 사진과 선정적인 기사가 실려 있었지만, 그것에 눈길을 줄 여유도 없이 나가쓰는 스포츠신문 너머로 기타가와가 있는 방향을 줄곧 살폈다.

긴자를 지나고 가스미가세키를 지나도 기타가와는 움직이지 않았다. 아자부에 위치한 집으로 돌아갈 요량이라면 여기에서 히비야선으로 갈아타야 할 텐데 아무래도 목적지는 다른 곳인 듯했다. 다음 국회의사당 앞에서도 아카사카미쓰케에서도 문이 열릴 때마다 타고 내리는 승객 너머로 기타가와의 옆얼굴이 보였지만, 줄곧 어딘가 한 지점을 바라보기만 할 뿐 일어설 기미는 없었다.

그러고 보니 마키노 카나는 토요일부터 행방이 묘연한 상태였다. 가쓰라기도 카나의 거처를 찾아본다고 말한 걸 보니, 기타가와는 카나가 사라진 집에 태연히 홀로 있을 수는 없었을 것이리라. 카나가 사라진 요 닷새 동안을 기타가와가 어떤 생각으로 보냈는지는 제대로 알 수 없지만, 아마 잠도 제대로 못 잤을 것이다. 가끔 보이는 기타가와 슈지의 옆얼굴에는 어둡고 초조한 기색이 짙었다.

창문 너머에 느릿느릿한 오후의 하늘이 나타났다. 전철은 일단 지하를 통과하고 요쓰야역에 들어섰다. 그래도 기타가와는 움직이지 않았고, 나가쓰도 스포츠신문의 같은 면을 읽는 척하면서 또 움직이기 시작한 전철의 흔들림을 느끼고 있었다.

요쓰야산초메역을 지난 후에는 '신주쿠'라는 말이 이름에 붙은 역들이 이어졌다. 나가쓰는 기타가와의 움직임을 살폈고, 전철이 속도를 줄일 때마다 창밖으로 보이는 역의 표시를 확인했다. 신주쿠교엔마에역과 신주쿠산초메역에서는 타고 내리는 사람이 적었다. 기타가와도 가끔 다리를 꼰 방향을 바꾸기는 했지만 전혀 자리에서 일어날 기색을 보이지 않았다. 마침내 전철은 신주쿠역에 들어섰고 꽤 많은 사람들이 내리는가 싶더니 그 두 배에 달하는 사람들이 또 올라탔다. 여전히 기타가와는 그대로였다.

나가쓰는 마루노우치선의 신주쿠역 이후로는 거의 가본 적이 없지만, 분명히 이후로는 나카노구, 스기나미구일 것이다. 그 구에 살고 있는 리스트의 남자는 없을 것이라는 느낌이 들었지만, 나가쓰는 모든 사람의 주소를 기억하지는 못했다.

예를 들면 현재 해외 근무 중인 리스트의 다섯 번째 남자, 후지모토 야스시. 그는 준공 기념식이 있던 6년 전 6월 12일, 구로이와 및 야하타와 함께 롯폰기의 클럽에 얼굴을 내밀었다.

하지만 해외 근무라고는 해도 가족은 이곳에 남아 있을지도 몰랐다. 후지모토가 가족과 함께 해외로 나갔더라도 집이 단독주택이거나 분양 맨션이라면 일본의 거점으로 삼아 제대로 관리하고 있을 것이다. 어쩌면 후지모토 본인이 휴가 등의 이유로 귀국해 있을 가능성도 있었다. 카나를 데리고 사라진 사람은 분명히 벤틀리를 모는 나리타이지만, 후지모토도 카나의 실종과 엮여 있을 수도⋯⋯.

이런 생각을 하다 문득 정신을 차려보니 전철이 이미 멈춰 있었다. 나가쓰는 퍼뜩 스포츠신문을 둥글게 말고 다급히 사람들을 헤쳤다.

기타가와가 내렸다. 이미 발차 벨소리가 울리기 시작했고 꽉꽉 들어찬 차내의 저항도 만만치 않았지만, 나가쓰는 필사적으로 문 쪽으로 다가가 순간적으로 팔을 앞으로 뻗었다.

텅 하고 문이 닫혔고, 팔이 문에 낀 나가쓰는 엉겁결에 낮은 신음 소리를 냈다. 금방 문이 열렸지만 주변의 시선은 싸늘했다. 그래도 나가쓰는 아픈 오른팔을 문지르면서 간신히 플랫폼으로 나와 주변을 둘러보았다. 그곳은 니시신주쿠역이었다. 개찰구로 향하는 모퉁이를 꺾는 기타가와의 모습이 살짝 보였다.

니시신주쿠라는 글씨가 눈에 들어왔을 때 머릿속에 가장 먼저 떠오른 것은 나리타 요시히로의 사무실이었다. 이미 시간은 오후 5시를 지났고, 도쿄도청에서 퇴근하는 사람을 비롯한 수많은 사람들로 역 구내가 혼잡했다. 나가쓰는 그 인파에 섞여 요금 정산기 앞에 줄을 선 기다가와를 실폈고, 그가 개찰구로 향하는 모습을 확인한 후 천천히 뒤를 밟았다. 기타가와는 개찰구를 나오자마자 가판대 옆의 공중전화로 다가갔다. 그리고 수화기를 들었지만 무언가를 주의 깊게 보느라 번호를 누르지도 못한 채 수화기를 도로 내려놓았다. 그러고는 뒤도 돌아보지 않고 오른쪽으로 걸어가기 시작했다.

예상은 빗나가지 않았다. 기타가와는 그 끝의 출구를 통해 지상으로 나가 오메 가도를 따라 신주쿠히로코지 쪽으로 향했다. 나리타 요시히로 사무실이라는 목표물에 집중한다고 생각하니 미행하기가 한결 편해졌지만, 그래도 미행을 시작한 지 벌써 한 시간이나 지난 탓에 나가쓰는 피곤함을 감출 수 없었다.

기타가와는 신주쿠역에 다가갈수록 어수선해지는 일대를 가볍게 왼쪽으로 꺾어 걸어갔다. 그곳은 전에 나리타의 사무실로 숨어들 때 왔던 길과 같은 길이었고, 기타가와의 목적지는 이제 거의 틀림없다고 여겨졌다.

그런데 은색 타일로 장식된 그 건물이 보이기 시작하자 기타가와는 발을 멈췄다. 기타가와는 최상층에 위치한 나리타 요시히로 사무실의 창문을 올려다보고는 대체 무슨 생각인지 옆쪽 차고 안으로 몸을 숨겼다. 나가쓰도 어쩔 수 없이 멈춰 서서는 마침 옆에 있는 어느 주상복합 건물 입구에 들어갔다. 기타가와는 차고 안에서 꿈쩍도 하지 않고 있었다.

혹시 기타가와도 누군가를 뒤쫓아 여기까지 온 것이 아닐까? 나가쓰는 그런 생각에 약간 동요를 느끼고, 나리타의 사무실을 살펴보는 기타가와를 지켜보고 있었다. 시간이 몹시 길게 느껴졌지만 시계를 볼 때마다 1분도 채 지나지 않았다.

그리고 마침내 10분이 지났을 때 기타가와에게서 움직임이 보였다. 건물 출구에서 누군가를 발견하고 몸을 낮춘 듯했다.

나가쓰는 조심스레 골목 저편을 살펴보았다. 나리타의 사무실이 입주한 건물에서 나온 사람은 여자였다. 여자의 어깨를 덮은 긴 머리카락이 풍성하게 물결쳤다. 기장이 짧고 가슴골이 살짝 드러난 새하얀 원피스에 반소매 재킷을 걸친 그녀는 가느다란 금빛 체인이 달린 검은 핸드백을 어깨에 메고 있었다. 클럽이나 바에서 일하는 여자처럼 보였다.

차고에 숨어 있던 기타가와가 그때 불쑥 여자 앞으로 나왔다. 여자는 기타가와를 보고 화들짝 놀라 멈춰 섰다. 하지만 금방 표정을 누그러뜨리고는 맑게 울리는 목소리로 말을 걸었다.

"어머, 오랜만이네. 오늘은 어디로 가?"

기타가와는 아무 대답도 하지 않고 여자의 얼굴을 물끄러미 바라보았고 있었다. 거의 경멸을 담았다고 해도 좋을 법한 기타가와의 냉담한 눈빛에 여자의 미소가 살짝 흔들렸다.

"왜 그래? 유령이라도 본 것처럼."

"알고 있잖아요. 역시 당신도 한패로군요."

여자는 마치 기타가와의 이 말을 듣고 다음 말까지 내다본 듯 침착한 얼굴로 핸드백의 체인을 어깨에 고쳐 걸었다.

"무슨 말이야? 신주쿠까지 쇼핑하러 온 김에 인사나 할 겸 들른 것뿐이야."

"지금 나리타는 사무실에 있나요?"

"아니, 후원회 업무로 사무소에 안 계시던데. 그래서 나도 그냥 돌아가는 거야."

여자는 그렇게 술술 말하고는 기타가와를 지나쳐 가려고 했다. 그러자 기타가와가 그녀의 팔꿈치를 꽉 붙잡았다.

"거짓말이죠? 당신이 모를 리가 없잖아요."

"이거 왜 이래? 뭐 하자는 거야?"

"카나가 어디에 있냐고 묻는 겁니다."

기타가와의 낮은 목소리에 여자는 짧게 웃었다. 여자는 가볍게 어깨를 흔들더니 태연한 미소를 지우지 않은 채 기타가와의 손을 뿌리쳤다.

"바보 아냐? 이런 곳에서 날 협박해도 아무 소용없어."

"하지만 비겁하군요. 일단 저는……."

근처 편의점에서 사람이 나오는 바람에 기타가와는 말을 끊었다. 그리고 여자의 팔꿈치를 붙잡은 채 나가쓰가 숨은 주상복합 건물 바로 옆으로 다가왔다.

"일단 저는 그런 비디오테이프 같은 건 모릅니다. 어젯밤 쇼코 씨가 가지고 나간 것이 그 비디오테이프인가 싶어서 뒤를 밟고 핸드백을 빼앗았습니다. 하지만 핸드백 안에는 어머니와 마키노의 결혼반지만 들어 있을 뿐……."

"무슨 말 하는 거야? 결혼반지? 비디오테이프?"

나가쓰는 그들이 이렇게까지 가까이 다가오니 전혀 얼굴을 내밀 수 없었다. 그래도 나가쓰는 구석에 등을 딱 붙이고 귀를 쫑긋 세웠다. 잠시 침묵이 흐르고, 마침내 기타가와가 무언가 불안을 느꼈는지 약간 떨리는 목소리를 냈다.

"우리 집에 있는 그 비디오테이프와 카나를 교환하자고 들었습니다."

"나리타가 그렇게 말했다고? 하지만 나는 모르는 일이야."

"거짓말하지 마시고 가르쳐주세요. 어떤 비디오테이프입니까?"

기타가와의 목소리가 약간 날카로워지더니 또 침묵이 흘렀다. 골목 저편에서 왁자지껄한 웃음소리가 울려 퍼졌고 고등학생으로 보이는 네다섯 명이 휘청거리며 지나갔다.

"팔 아파. 놔줘."

"설마 그날 밤의 비디오테이프입니까?"

기타가와가 손가락에 힘을 주었는지 여자가 놀라서 숨을 멈추는 기색을 보였다. 그리고 불온한 침묵 뒤에 숨죽인 웃음소리가 들려왔다.

"그날 밤? 언제 말이야?"

"6년 전 6월 12일요."

"너 혹시 머리가 이상해진 거 아냐?"

그 순간 쾅 하고 벽을 치는 소리가 들렸다. 기타가와가 여자를 밀어붙였거나 아니면 기타가와가 주먹으로 벽을 친 것 같았다.

"……소리 지를 거야."

"해보시죠."

"괜찮겠어? 복잡한 소동이 일어나면 누구보다 그 애가 상처받게 돼."

여자는 그렇게 말하고 또 웃었다. 결정적인 지위에 서 있는 듯한, 무서울 만큼 여유로운 목소리였다.

그리고 그것을 끝으로 기타가와의 목소리는 들리지 않았다. 또 여자의 나지막한 웃음이 들려왔고, 아스팔트를 밟는 하이힐 소리가 점차 가까워졌다.

나가쓰는 온몸이 굳어졌다. 그리고 곁눈질로 살펴보니 그녀의 새하얀 원피스가 눈에 들어왔다. 여자는 등을 곧게 펴고 화류계에서 일한다기에는 왠지 너무 산뜻한 옆얼굴을 보이며 나가쓰 옆을 지나갔다.

그리고 기타가와는 무슨 생각을 하며 여자의 뒷모습을 지켜보고 있는지 기척이 없었다. 그래도 가까운 곳에 있는 것은 틀림없으므로 나가쓰는 식은땀을 흘리면서 1초, 1초를 세고 있었다. 퇴근하는 회사원처럼 보이는 젊은 여성 두 명이 수다를 떨면서 지나갔지만, 그것도 이 상황의 긴장을 풀어주지 못했다.

기타가와는 어디에 있는 걸까? 나가쓰는 모퉁이의 반대편을 보고 싶어도 기타가와가 근처에 있을까 봐 꼼짝도 할 수 없었다. 나가쓰는 벽에 등을 딱 붙이고 줄곧 숨을 죽이고 있었다. 그리고 또 발소리가 난 순간, 가슴이 철렁하고 말았다.

휴대폰이 울리기 시작한 것이다. 주상복합 건물의 좁은 입구의 벽에 벨소리가 매우 크게 반사되어 울려 퍼졌다. 나가쓰는 당황해서 상의 주머니를 뒤졌지만 전원을 끄는 방법도 몰라 일단 통화 버튼을 눌렀다. 그리고 골목을 등지고 작은 목소리로 대답했다.

"네."

"……누구?"

여자 목소리였다. 나가쓰는 초조한 나머지 우물거리면서 간신히 대답했다.

"그쪽이야말로 누구세요?"

"나가쓰 씨에요?"

그 희미한 목소리는 틀림없는 온묘지 유카였다. 나가쓰는 한 발 한 발 벽 쪽을 향하면서 목소리를 가라앉히고 속삭였다.

"네, 나가쓰입니다. 무슨 일 있어요?"

"할 이야기가 있어요. 6년 전 6월 12일 밤에 일어난 일이에요."

"뭐라고요?"

"그날 밤 저는 결혼 전의 남편과 함께……."

나가쓰는 어깨에 누군가의 손을 느끼고 섬뜩 놀라 뒤돌아보았다. 기타가와가 기묘하게 표정 없는 눈으로 그곳에 서 있었다.

"나가쓰 씨, 였지요?"

순간적으로 아무 대답도 하지 못한 채 나가쓰는 그저 기타가와를 멍하니 바라볼 뿐이었다. 휴대폰 너머에서 유카의 목소리가 불안한 듯 울려 퍼졌다.

"여보세요. 무슨 일이에요?"

"아니, 저……."

기타가와가 옆에서 손을 뻗어 휴대폰을 집어 들었다. 저지할 틈도 없이 기타가와는 휴대폰을 귓가에 대고 매우 침착한 말투로 말했다.

"전화 바꿨습니다. 기타가와입니다."

나가쓰는 갑작스러운 전개에 너무 놀라 얼떨떨하게 서 있었다. 귀에 익숙지·않은 목소리에 유카가 누구냐고 캐물었는지 기타가와는 슬며시 나가쓰를 노려보았다.

"나가쓰 씨의 지인입니다. 지금 잠깐 상황이 어수선해서요."

휴대폰을 도로 빼앗아야 하나 하고 나가쓰는 한순간 망설였다. 유카가 무슨 말을 할지 신경 쓰였다. 어떤 말이든 기타가와에게 알려지면 매우 곤란한 내용일 것이라는 사실은 직감으로 알 수 있었다.

하지만 다행히 유카가 전화를 끊었는지 기타가와가 휴대폰을 천천히 귓가에서 떼어냈다. 그리고 기타가와는 변함없이 무표정한 눈으로 나가쓰를 지그시 바라보면서 휴대폰을 내밀었다.

"통화 상대가 가쓰라기 씨라고 생각했습니다."

나가쓰는 땀에 흠뻑 젖은 손으로 아무 말 없이 휴대폰을 받았다. 기타가와는 그제야 비로소 입가에 희미한 웃음을 지었다.

"저를 어디서부터 미행했습니까?"

대답할 수가 없었다. 그러나 얼버무릴 대사도 떠오르지 않아 나가쓰는 거리를 향해 슬쩍 시선을 움직였다. 지나다니는 사람이 많다고는 할 수 없지만 완전히 조용하다고도 할 수 없었다. 게다가 아직 날이 밝은 이 시간에 폭력 사태가 일어나리라고는 여겨지지 않았다. 기타가와의 눈빛도 이해하기 힘들 만큼 차분했다.

"그리고 조금 전의 대화도 전부 듣고 만 거죠?"

"······네, 저도 모르게 무심코."

나가쓰는 머뭇머뭇 대답하면서 내심 탐정 놀이는 두 번 다시 하지 않겠다고 굳게 다짐했다. 기타가와는 불쑥 옆으로 다가서더니 조용한 목소리로 말했다.

"그러고 보니 가쓰라기 씨는 탐정 사무소를 운영하고 있더군요."

"알고 있었나요?"

"바로 얼마 전에 들었습니다."

기타가와는 왠지 어두운 눈빛으로 거리를 지나가는 자전거를 지켜보았다. 그리고 배낭을 어깨에 고쳐 메고 또 나가쓰에게 얼굴을 돌렸다.

"무엇을 찾고 있는지는 모르지만, 그만두는 편이 좋을 겁니다. 너무 끈질기게 달라붙는다면 저에게도 생각이 있습니다."

나가쓰는 그의 싸늘한 눈빛에 등골이 오싹해졌다. 기타가와는 이부동생인 카나에게 거의 맹목적인 애정을 품고 있는 듯 보였고, 그 지나친 애정은 양날의 검과 같은 위험성도 충분히 담고 있었다. 그리고 실제로 기타가와는 항상 현장 주변에 있었다······.

이윽고 기타가와는 더 이상 아무 말도 하지 않고 등을 돌려 걸어가기 시작했다. 나가쓰는 막연하고 어두운 예감을 가슴속에서 무겁게 느끼면서, 히로코지를 나와 똑바로 오메 가도를 가로질러가는 기타가와의 그림자가 혼잡한 인파 속으로 사라지는 것을 바라보았다.

15

유혹적인 미망인과의 거래

다음 날 오후 10시, 나가쓰는 고슈 가도를 우회전해서 왼쪽에는 신주쿠중앙공원이 보이고, 오른쪽에는 도쿄도청을 비롯한 고층 건물들이 줄지어 솟아 있는 거리를 따라 북쪽으로 향하고 있었다.

　목적지인 호텔은 바로 그 근처였다. 가쓰라기는 여느 때처럼 얼른 오라고 지시했을 뿐 아무런 사정도 설명해주지 않았다. 하지만 나가쓰는 어두운 밤하늘에 눈부실 만큼 화려하게 빛나는 호텔의 외관을 보는 것만으로도 이것이 심상치 않은 일임을 예감할 수 있었다. 나가쓰는 교차로에서 우회전해서 호텔 지하 주차장을 향했다. 가쓰라기와는 1층 메인 바에서 만나기로 했다.

　엘리베이터를 나와 프런트 앞을 지나가자 바를 바로 찾을 수 있었다. 천장이 높고 넉넉한 공간에 둥근 테이블을 곳곳에 놓아둔 바 안에는 외국인 여행객이나 회사원의 모습이 곳곳에 보였다. 안쪽 무대에서는 필리핀인 가수를 내세운 밴드가 아무도 관심 없는 재즈를 연주하고 있었다. 나가쓰가 입구에 서서 주변을 둘러보니 가쓰라기는 오른쪽 벽 자리에서 평소처럼 멍하니 담배를 피우고 있었다.

가쓰라기는 나가쓰를 발견하고 가볍게 손을 올렸다. 나가쓰는 의자에 앉고서 재떨이에 남아 있는 담배꽁초에 선명한 붉은 립스틱이 묻어 있는 것을 눈치챘다. 게다가 진이 담긴 술잔과 함께 마시다 남은 칵테일글라스가 있었고 그 옆에는 금색의 길쭉한 라이터까지 놓여 있었다.

"이거 누구 거야?"

"나중에 알게 될 테니, 기대해."

가쓰라기는 진이 담긴 술잔에 손을 뻗었다. 밴드가 휴식에 들어갔는지 마이크에서 무언가 속삭이는 듯한 가수의 낮고 쉰 목소리만이 몹시 나른하게 울렸다.

"그러고 보니 너, 유카 씨랑은 이야기했어?"

"오후에 한 번. 하지만 그날 밤의 일에 관해서는 결국 아무것도 듣질 못했어."

어젯밤 뜻하지 않게 기타가와를 미행한 후의 전말은 이미 자동 응답기를 통해 가쓰라기에게 말해두었다. 쇼코의 핸드백을 빼앗은 남자가 결국 기타가와였다는 사실, 쇼코가 마키노 집안에서 가지고 나온 물건이 마키노 교수와 사와코의 결혼반지였다는 사실, 유카에게서 전화가 걸려온 사실 등도 가쓰라기에게 알렸다. 물론 기타가와에게 들켰다는 사실도 빼놓지 않았다. 나가쓰는 맡아두었던 휴대폰을 바지 주머니에서 꺼내 테이블에 놓았다.

"미안. 내가 또 실수했어."

"아냐. 네가 미행해준 덕분에 오히려 편해졌어."

가쓰라기는 그렇게 중얼거리고 휴대폰을 후줄근한 느낌의 바지 주머니에 넣은 후 다시 의자 등받이에 기댔다.

"조만간 마키노의 집을 제대로 방문할 거야."

"하지만 힘들지 않을까? 일단 기타가와가 오지 못하게 할 걸."

"글쎄, 어떨까?"

가쓰라기는 담배를 입에 물고 셔츠의 주머니에 손을 넣어 도쿄 대학수첩을 꺼냈다. 그리고 수첩 중간에 끼워둔 사진을 불쑥 나가쓰에게 내밀었다.

"……누구야?"

"마키노 사와코. 옛날 담임선생을 만났거든. 별다른 이야기를 듣진 못했지만, 사진은 받아왔지."

나가쓰는 사진을 받아 들고 조명에 비춰 보았다. 분명히 낡은 사진인 듯 모서리가 헐고 색도 약간 퇴색되어 있었다. 그 사진 속에는 어느 정원의 연못을 배경으로 새하얀 기모노에 연지를 바른 젊은 여자가 찍혀 있었다. 모습과 얼굴 생김새는 그 익명의 편지에 동봉되었던 사진의 마키노 카나와 꼭 닮아 있었다.

그리고 옆에는 슈트 차림의 남자가 한 명 찍혀 있었다. 계절은 벚꽃 봉오리가 부풀어 오르기 시작하는 초봄인 듯했고, 어린아이의 순수함이 남아 있는 마키노 사와코의 모습과 하카마<small>일본 전통 복장으로 옷의 겉에 입는 주름 잡힌 하의</small> 차림새로 보건대 고등학교 졸업식인 듯했다. 남자는 카메라에 옆얼굴을 향하고 있었다. 20대 후반으로 보이는 남자는 마키노 사와코 쪽으로 살며시 몸을 기울이고 그녀의 어깨 근처에 손을 걸치고 있었다. 그 모습은 매우 자연스럽고 또 다정해 보였다.

"그런데 이 남자는 누구지?"

"나도 누군지 듣고서 깜짝 놀랐어. 마키노 사와코가 다니던 고등학교의 수학 교사이자, 기타가와의 아버지라고 하더라고."

나가쓰는 흠칫 놀라 남자의 옆얼굴을 뚫어지게 바라보았다. 그러고 보니 분명히 기타가와 슈지와 닮은 듯했다.

"그럼 이때부터 두 사람의 관계가 시작된 거야?"

"그건 아직 확인하지 못했어. 하지만 기타가와의 아버지는 말이지, 죽은 게 아니었어."

나가쓰는 한순간 가쓰라기가 무슨 말을 하고 있는지 이해할 수 없었다. 가쓰라기는 무심한 눈빛으로 술잔을 기울였다.

"죽은 게 아니라 행방불명 상태야. 실종된 지는 16년이 지났는데, 9년 전에 사망 선고가 내려지기는 했지."

"다시 말해 기타가와가 거짓말을 했다는 거야?"

"인정할 수 없는 거겠지. 마키노에 대한 은혜도."

가쓰라기의 말은 평소처럼 비약이 심해서 알아듣기가 힘들었다. 요컨대 마키노에 대한 은혜라는 것은 실종된 기타가와의 아버지가 사망 선고를 받았을 무렵에 어떤 경위를 통해 기타가와가 마키노 집안에 양자로 들어온 것을 가리키는 듯했다. 사건이 점점 복잡기괴해지는 느낌이 들었다.

"잠깐만. 16년 전이라면 마키노 사와코가 죽은 해잖아."

"응. 기타가와 아버지의 실종 신고가 접수된 것도 그해 6월이었어."

"그래? 이게 무슨 일이지? 기타가와의 아버지가 만약 살아 있다면……."

그런데 그 순간, 가쓰라기가 느닷없이 사진을 집어 올렸다. 나가쓰가 얼떨떨해하는 사이에 가쓰라기는 사진을 수첩 사이에 도로 끼우고 셔츠의 주머니에 얼른 넣은 후 짐짓 모른 척하는 표정으로 담배를 물었다.

"많이 기다렸지?"

달콤한 향수 냄새를 풍기면서 누군가가 털썩 자리에 앉았다. 아마도 화장실에 다녀온 듯 살며시 미소 짓는 입술이 어슴푸레한 조명 속에서도 붉고 반들반들해 보였다.

"당신이 나가쓰 씨군요?"

갑자기 말을 걸어와서 나가쓰는 어쩔 줄 몰라 허둥댔다. 나가쓰는 명색이 사회인이고 선천적으로도 낯을 가리는 성격이 아니지만, 여자의 따사로우면서도 불안을 자아내는 눈빛과 박력 넘치는 교태에 압도당하고 말았다.

언뜻 마흔 살가량으로 보이는 여자는 소매 없는 짧은 검은색 원피스 위에 피부가 비칠 만큼 얇은 소재의 검은 셔츠를 걸치고 있었다. 몸매는 나이에 비해 전혀 망가지지 않았고 다리를 꼰 무릎에서 발목까지의 선도 매끄러웠다.

나가쓰는 이 여자가 누구인지 곧 알아차렸다. 복장에 차이는 있었지만 그녀의 얼굴 생김새는 다름 아닌 어젯밤, 나리타의 사무소 건물 앞에서 기타가와와 불온한 말을 주고받던 여자였다.

이윽고 여자는 대답할 말을 찾지 못하는 나가쓰의 모습을 보고 싱긋 웃으면서 차분한 붉은색 매니큐어를 칠한 손가락 끝으로 머리카락을 쓸어 넘겼다. 이마의 머릿밑이 말끔하니 아름답고 드러난 귓불에는 자그마한 금귀고리가 빛나고 있었다.

"음료 더 드시겠습니까?"

웨이터의 목소리가 들려왔다. 나가쓰는 메뉴를 살펴볼 생각도 없이 그저 멍하니 있었지만, 여자는 입가에 미소를 띤 채 가쓰라기를 힐끔 보았다.

"어떻게 할래? 나야 언제든지 마실 수 있지만."

가쓰라기는 아무 말도 하지 않고 텅 빈 무대를 바라보다가 천천히 담배를 비벼 끄고 여자에게 가볍게 눈짓했다. 여자는 고개를 끄덕이고 웨이터를 향해 눈을 들었다.

"괜찮아요. 계산은 평소대로."

"알겠습니다."

웨이터는 정중하게 허리를 숙인 후 이내 사라졌고 여자와 가쓰라기는 자리에서 일어섰다. 나가쓰도 석연치 않은 기분으로 따라 일어섰다. 여자는 검은색 에나멜 핸드백을 왼손에 들고 달콤한 향기를 주변에 남긴 채 바를 떠났다. 하이힐은 높았지만 생각한 것보다 아담한 뒷모습이었다.

나가쓰는 가쓰라기의 셔츠 소매를 잡아당겨 작은 목소리로 물었다.

"야, 누구야?"

"오노 유키코. 그 과부 있잖아."

가쓰라기는 히쭉 웃고는 출구 쪽으로 총총 걸어갔다. 나가쓰는 아까보다 더 당황해하면서 그의 뒤를 쫓았다. 여자는 바의 반대편 라운지 옆에서 두 사람을 기다리다가 매력적인 웃음을 흘리면서 프런트 안쪽 엘리베이터 홀로 향했다.

'그 과부'라면 다시 말해 나리타의 예전 애인이자 카나의 일본 무용 선생님이었다. 그녀가 신주쿠의 호텔 바에서 왜 자칭 탐정과 만났는지는 도무지 짐작도 가지 않았다. 여자는 일찌감치 엘리베이터 버튼을 누르고 있었는지 가쓰라기와 나가쓰가 홀에 들어서자 엘리베이터 문 하나가 스르륵 열렸다. 여자는 또 신비한 미소를 흘리며 먼저 엘리베이터 안에 올라탔다.

시간은 슬슬 10시 반을 지나고 있었다. 위로 올라가는 다른 손님이 없어서 어딘가 적막한 엘리베이터 안에 오노 유키코의 향수 냄새가 진하게 퍼졌다. 나가쓰가 별 이유도 없이 긴장해서 여자의 옆얼굴을 힐끔힐끔 엿보는 사이에 21층에 도착한 엘리베이터의 문이 열렸다.

"내려. 방은 바로 저기야."

여자는 시원스레 말하고 가벼운 발걸음으로 나아갔다. 가쓰라기도 대체 어떤 속셈인지 나가쓰에게 아무런 눈짓이나 신호도 보내지 않고 따라 걸어가기 시작했다.

나가쓰는 호젓한 객실 플로어로 나가 조심스레 주변을 둘러보았다. 복도는 엘리베이터 홀에서 좌우로 길게 뻗어 있는 듯했다. 여자는 모퉁이에서 두 사람을 슬쩍 뒤돌아보고는 천천히 오른쪽으로 걸어갔다.

여자가 멈춰 선 방은 복도 끝에서 세 번째, 왼쪽 문이었다. 여자는 핸드백에서 열쇠를 꺼내 열쇠 구멍에 찔러 넣었다. 나가쓰는 이제부터 어쩌면 본격적으로 이 여자에게 잡아먹힐지도 모른다는 생각에 초조해졌다. 하지만 곧이어 들려온 여자의 목소리에 가슴이 철렁해지고 말았다.

"카나 씨, 손님이 왔어."

여자는 가볍게 이름을 부르며 방으로 들어갔다. 가쓰라기가 바로 그 뒤를 따랐고, 나가쓰는 잠시 사이를 두고 열린 문을 통해 안을 엿보았다.

아마도 2인실인 듯한 그 방에서는 벽장, 욕실, 캐비닛이 있는 안쪽에 나란히 놓인 침대 두 개가 보였다. 앞쪽 침대는 커버가 깔끔히 덮여 있었지만 창문 쪽 침대는 흐트러져 있었다. 여자는 신주쿠의 야경이 내려다보이는 넓은 유리창을 등진 채 핸드백을 가슴에 안고 희미하게 눈썹을 찌푸렸다.

"이상하네. 욕실에 있나?"

나가쓰가 열려 있는 욕실 문틈으로 힐끗 살펴보았지만 욕실 안은 깜깜할 뿐이었다. 가쓰라기가 눈으로 재촉해서 나가쓰는 가볍게 욕실 문을 열어보았다. 샤워 커튼이 열려 있고 욕조를 사용한 흔적도 없었으며 그저 휑한 느낌만 들었다.

"아래층으로 내려간 거 아닐까요?"

가쓰라기의 말에 여자는 미심쩍은 표정으로 침대 다리 쪽을 돌아 협탁으로 다가갔다. 그리고 수화기를 들어 번호를 눌렀다.

"여보세요. 오노예요. 그 애 그쪽으로 갔어요?"

가쓰라기는 방 안쪽으로 갔다. 창문 쪽 침대 위에는 대체 누구 것인지 모를 하얀 타월 재질의 여성복이 너저분하게 흩어져 있었다.

"아, 그래요? 알았어요. 아뇨. 특별한 용건은 없어요."

여자는 상냥하게 대답하고는 한 손으로 창문 쪽 테이블을 가리켰다. 그곳에 있는 의자에 얼른 앉은 가쓰라기를 따라 나가쓰도 의자를 끌어당겨 앉았다. 테이블 위에는 물이 반쯤 남은 유리컵과 전혀 손대지 않은 초콜릿 상자, 그리고 커버를 씌운 문고본 책이 한권 놓여 있었다. 창문 옆 화장대에는 뚜껑이 열린 선명한 분홍색 화장용 파우치, 화장솜 상자, 그리고 작은 향수병이 놓여 있었다.

"지금 한 이야기도 전하지 마세요. 네, 고마워요."

여자는 마침내 수화기를 내려놓고 고개를 살짝 갸웃하고는 미소를 지었다. 그리고 이번에는 캐비닛 쪽으로 가서 유리잔 세 개와 코냑 병을 들고 테이블로 돌아왔다.

"미안해. 이런 볼품없는 유리잔밖에 없어서."

여자는 유리잔과 병을 테이블에 올려놓고 화장대 의자를 끌어당겨 유리잔 세 개에 각각 술을 따랐다. 가쓰라기와 나가쓰를 번갈아 바라보는 여자의 눈빛이 달콤하게 애교를 부리는 듯했다.

"카나는 아래층에 있대. 지금 불러오는 것은 힘들겠지만."

"외출은 자유롭게 하나요?"

"응. 다른 사람이랑 함께라면."

여자는 먼저 가쓰라기에게, 그리고 그다음에 나가쓰에게 잔을 내밀었다. 또 자신도 남은 한 잔을 손에 들고 천천히 들어 올렸다.

"그런데 이걸로 가쓰라기 씨 희망이 이뤄진 셈이지? 그렇다면 그 애를 만나게 되든 못 만나게 되든, 나하고 한 약속은 지켜줄 거지?"

가쓰라기는 거의 무표정한 얼굴로 유리잔에 손을 뻗었다. 침묵이 길어짐에 따라 점차 그녀의 얼굴에 먹구름이 끼기 시작했다.

"……안 될까?"

"아니요, 거래 성립입니다."

가쓰라기는 자신의 유리잔을 가볍게 들고 꿀꺽 마셨다. 여자는 역시 불안한 듯했지만, 미소를 가다듬고 가쓰라기를 따라 유리잔에 입을 댔다.

처음에 이 방에 들어올 때 여자는 문을 열고 '카나 씨'라고 불렀다. 즉, 여자가 말하는 '그 애', 가쓰라기가 만나러 온 인물은 다름아닌 마키노 카나인 것이다. 지난주 토요일에 공원 옆에서 암녹색 벤틀리에 올라탄 이후 쭉 이 방에서 지내는 모양이었다. 나가쓰는 아무래도 상황이 이해되지 않는다는 듯 고개를 저으며 술잔에 손을 뻗었다. 고급술을 입에 머금은 순간 달콤한 향기가 목구멍 가득 퍼졌다.

"그런데 가쓰라기 씨는 몇 살이야?"

"왜요?"

"무서워서. 아주 젊은 것 같은데……."

여자는 정확한 대답을 원하는 것은 아닌 듯, 그저 천천히 다리를 꼬고는 또 오른손으로 머리카락을 쓸어 올렸다. 그녀의 검지와 약지에는 꽤 비싸 보이는 보석이 박힌 반지가 번뜩였다.

"그런데 진짜 바라는 게 뭐야?"

"방금 말한 대로입니다. 마키노 카나와 만나고 싶었습니다."

"그뿐이야? 그 말을 들으면 내가 안심할 거라고 생각해?"

가쓰라기는 그저 눈썹을 살짝 올리고는 셔츠의 주머니에서 담배를 꺼냈다. 그리고 비치된 성냥갑에 손을 뻗고 성냥 하나를 꺼내 불을 붙였다.

"그렇게 제가 무서운가요?"

"당연하지. 남은 믿을 수 없는 법이야."

여자는 일단 미소를 짓고는 있지만 긴장한 느낌이 엿보였다. 아래층 바에서 어떤 대화를 나누었는지는 알 수 없지만 아마도 줄곧 서로의 속셈을 탐색하고 있었을 것이다. 가쓰라기는 여자를 슬쩍 올려다보고 그제야 싱긋 웃어 보였다.

"매우 조심스러우시군요."

"물론이지. 그렇지 않으면 이런 일을 6년이나 계속할 수 없잖
아."

여자는 유리잔을 테이블에 내려놓고 침대에 놓아둔 검은색 핸드
백으로 손을 뻗어서 안에서 담배를 꺼냈다. 문득 고개를 숙인 그녀
의 옆얼굴이 어딘지 모든 걸 내려놓은 듯한 느낌이 들었다.

"그렇군요. 그렇게 인정하시는군요."

가쓰라기는 조용히 말하고는 또 술잔에 손을 뻗었다. 여자는 담
배를 한 개비 빼내서 잠시 가만히 있더니 이윽고 쌀쌀맞은 눈을 들
어 올렸다.

"무슨 소리야?"

"그 말씀을 정확히 듣기 전까지는 확신이 없었습니다. 말하자
면."

"날 속인 거야?"

가쓰라기는 가볍게 어깨를 움츠리고 창문 쪽으로 눈을 돌렸다.
여자는 분노를 머금은 날카로운 눈동자로 가쓰라기를 바라보았지
만 곧 체념했는지, 아니면 원래 대담한 성격인지 그저 의자 등받이
에 털썩 기대고 가느다란 담배에 불을 붙였다.

"배짱이 두둑하네."

"송구스럽군요."

"하지만 증거는 없어."

"아니요. 그 도시은행의 계좌도 조사했고, 아직 애송이지만 그쪽
방면에도 친분이 있어요."

여자는 뺨 근처를 살짝 움직이다가 갑자기 웃음을 터뜨렸다. 허세를 부리려는 것인지는 모르겠지만 아주 메마른 목소리였다.

"난처해졌네. 당신 대체 뭘 원하는 거야?"

"정보입니다. 그 일곱 명과의 협정이 성립된 이유요."

"말할 것 같아? 말해봤자 나한테는 이득도 없는데."

"손해를 볼 일도 없죠."

여자는 여전히 웃으면서 검지로 눈가를 눌렀다. 그리고 코냑 병으로 손을 뻗고는 가쓰라기와 자신의 유리잔에 첨잔했다. 한 모금 마신 유리잔을 양손에 들고 있던 나가쓰에게는 첨잔해줄 생각을 하지 않는 모양이었다. 나가쓰는 존재감 없는 가쓰라기의 전용 운전사로만 여겨진 채 보기 좋게 무시당한 셈이었다.

"좋아. 그런데 먼저 말해두지만 나는 아무런 관계가 없어."

"알고 있습니다."

"그 이유는 간단해. 모든 건 사와코 씨 때문이야."

여자는 태연하게 말하며 코냑을 마셨다. 취한 것처럼 보이지는 않았지만, 약간 경계심이 풀어진 탓인지 가쓰라기를 올려다보는 눈초리가 살며시 누그러졌다.

"누군지는 알지?"

"네. 모든 사람의 관계도 압니다."

"다들 바보들이야. 더 이상 세상에 없는 사람인데."

여자는 쿡쿡 웃고는 담배를 입술 끝으로 가볍게 물었다. 그 순간 가쓰라기의 바지 주머니 속에서 휴대폰이 울렸다.

"잠깐 실례하겠습니다."

가쓰라기는 곧바로 전화를 받았다. 누군지 알 수 없는 상대에게 가쓰라기는 "응, 응" 하고 대답할 뿐이어서, 대화 내용도 전혀 파악할 수 없었다. 여자는 유리잔을 한 손에 들고 여유롭게 담배를 피우다가 뻑 하고 전화를 끊는 소리에 천천히 눈을 들어 올렸다.

"여자친구?"

"네, 지금 좀 다투느라."

거짓말도 잘한다고 나가쓰는 내심 생각했지만, 가쓰라기는 어쩐지 풀이 죽은 얼굴로 테이블에 시선을 떨구었다. 하지만 금세 안절부절못하는 표정으로 바뀌더니 휴대폰을 바지 주머니에 넣고는 담뱃갑을 쓱 꺼냈다.

"죄송해요. 긴급사태가 벌어져서요."

"벌써 돌아가려고?"

"네. 이 이야기는 다음에 또 하지요."

여자는 느긋한 미소를 지으며 담배를 비벼 껐다. 가쓰라기는 일어섰고, 나가쓰도 어쩔 수 없이 유리잔을 테이블에 내려놓았다. 카나가 언제 돌아올지도 모르고 이야기를 중단하는 것도 마음에 걸렸지만, 여자는 기묘한 두 사람이 사라지는 것이 왠지 기쁜 모양이었다.

"조심히 가. 카나 씨에게 뭔가 전해줄 말이라도 있어?"

"아뇨, 특별히 없습니다."

가쓰라기는 왠지 모르게 나가쓰의 등을 가볍게 찌르면서 얼른 나가라고 재촉했다. 나가쓰는 술 잘 마셨다고 작은 소리로 인사하고는 곧장 출구로 향했다. 하지만 손잡이를 돌리고 문을 연 순간 들려온 그녀의 말에 귀가 쫑긋 세워졌다.

"그리고 나리타에게 당신에 관한 건 비밀로 하는 게 좋을까?"

"알려지면 서로 어색해질 테니까요. 그럼 이만."

가쓰라기는 나가쓰를 복도로 밀면서 가볍게 목례를 하자마자 문을 닫았다. 그리고 서둘러 엘리베이터 홀로 향하기 시작했다. 나가쓰는 그의 셔츠 소매를 잡아당겨 목소리를 낮추고 물어보았다.

"야, 나리타라면 그 나리타 말하는 거야?"

"응. 지금 카나와 함께 지하의 클럽에 있는 것 같아."

가쓰라기는 선뜻 그렇게 말하고는 엘리베이터 홀에 도착하자마자 버튼을 눌렀다. 나가쓰는 복도 안쪽을 뒤돌아보면서 점점 혼란스러워지는 기분을 억누를 수 없었다.

"잠깐 기다려. 저 과부는 나리타의 예전 애인인데, 지금은 나리타의 지시를 받고 카나를 감시하는 역할을 맡고 있는 거야?"

"뭐, 그런 셈이지."

"이해가 안 돼. 어째서 그렇게 된 거지?"

벽에 달린 램프가 점멸하더니 이윽고 엘리베이터 문이 스르륵 열렸다. 가쓰라기는 아무 말도 하지 않고 엘리베이터에 올라타서 지하 1층 버튼을 눌렀다. 나가쓰는 조바심을 내면서 그의 옆얼굴을 바라보았지만, 가쓰라기는 시선을 바닥에 고정시킬 뿐이었다.

"그런데 이 호텔, 뭔가 요사스러운 기운이 느껴지지 않아?"

"……무슨 뜻이야?"

"나리타 녀석 무슨 꿍꿍이인지는 모르겠지만, 이곳은 야하타가 죽은 장소거든."

나가쓰는 새삼스럽게 오싹해졌다. 야하타라는 이름을 듣자 그가 죽은 그날 밤에 사라졌다는 비디오테이프가 떠올랐다. 게다가 기타가와는 카나를 납치한 누군가, 즉 나리타 요시히로에게서 그 비디오테이프와 카나를 교환하자는 제안을 받았다고 말했던 것이다.

"아까 나한테 전화한 사람은 호텔 프런트 직원이었어."

엘리베이터가 지하 1층에 도착하자, 가쓰라기는 열린 문을 통해 재빨리 밖으로 나갔다. 그리고 여성복 전문점이 늘어선 통로를 똑바로 걸어갔다.

"무언가 알고 있는 직원이겠지?"

"응. 야하타가 죽은 그날 밤에 관한 정보를 가지고 있는 직원이지."

가쓰라기는 모퉁이를 두세 번 더 돌고 그 통로의 끝에서 멈춰 섰다. 그곳은 대체 어떤 곳인지 통거울로 된 입구 옆에 검은색 슈트를 입은 남자가 서 있었다. 그는 옆트임이 깊은 붉은 드레스 차림의 여자와 이야기를 나누고 있었다.

가쓰라기는 그 남녀를 거들떠보지도 않고 재빨리 안으로 들어가려고 했다. 하지만 검은색 슈트의 남자가 그다지 돈도 없어 보이는 두 사람을 의심스럽게 생각했는지 위압적인 몸짓으로 불쑥 진로를 막아섰다.

"무슨 일이신가요?"

"단가檀家, 절에 시주하는 집안의 모임입니다."

가쓰라기는 뻔뻔스럽게 거짓말을 했다. 하지만 순간적으로 남자의 눈빛은 누그러졌고 다리를 모아 가볍게 고개를 숙이기까지 했다.

"알겠습니다. 안내해드리겠습니다."

가쓰라기는 슬쩍 나가쓰를 돌아보고 남자의 뒤를 따라 문 안쪽으로 들어갔다. 나가쓰는 역시 이해할 수 없다는 생각을 하며 붉은 드레스 차림의 여자 곁을 지나갔다. 그곳은 클럽인 모양인지 뿌옇게 긴 담배와 궐련 연기로 가득했다. 안쪽에는 검은색 그랜드피아노가 놓여 있었고, 찌뿌둥한 표정의 중년 남성이 너무나도 달콤한 재즈를 연주하고 있었다. 기다란 카운터 안쪽의 가죽 소파 자리에서는 단체 관광객이나 슈트 차림의 남자들이 호스티스의 시중을 받고 있었다.

"안쪽으로 들어가시죠."

검은 슈트의 남성은 생글생글 웃으며 가쓰라기와 나가쓰를 재촉했다. 단가 모임이라는 것이 도대체 뭔지 알 수가 없었지만, 자세히 살펴보니 안쪽 테이블에 두세 명의 승려가 보였다.

가쓰라기는 플로어 입구에서 문득 멈춰 섰다. 검은 슈트의 남자는 끊임없이 웃으면서 다시 한 번 한 손으로 안쪽을 가리켰다. 하지만 가쓰라기는 그 자리에서 움직이지 않고 무뚝뚝한 표정을 지었다.

"나리타 의원님은?"

"5분 전쯤에 여자 손님과 함께 나가셨습니다."

"그럼 어쩔 수 없군. 기대했는데."

가쓰라기는 멀뚱멀뚱 서 있는 검은 슈트의 남자를 흘겨본 후 빙글 돌아 플로어를 등지고는 나가쓰의 팔을 잡아 출구로 데려갔다. 그리고 재빨리 배낭을 뒤져 새 휴대폰을 꺼내고는 불쑥 내밀었다.

"이건 긴급 연락용이야. 나는 프런트 직원의 이야기를 들을 테니까 너는 나리타와 카나를 찾아봐."

"어, 어떻게……."

"방에 없으면 방 밖에 있겠지. 그럼 건투를 빈다."

가쓰라기는 놀리는 듯한 말을 남기고 클럽을 나가 오른쪽 계단으로 재빨리 사라졌다. 나가쓰는 잠시 얼떨떨하게 그의 뒷모습을 지켜보다가 문득 생각난 듯 손목시계를 보았다. 10시 45분이었다. 이유는 아직 알 수 없지만, 아무튼 서둘러야 할 것 같았다.

다시 한 번 방으로 돌아가 볼까? 하지만 나가쓰는 엘리베이터 홀을 향하면서 주차장이 바로 옆이라는 사실을 떠올렸다. 만일 나리타가 카나를 데리고 호텔 밖으로 나갔다면 방 안을 아무리 뒤져본들 시간 낭비에 불과했다. 물론 밖으로 나갔다면 걸어갔을 수도 있고, 택시를 탔을 수도 있고, 벤틀리를 타고 갔을 수도 있다. 하지만 일단 확인은 해보자는 심정으로 나가쓰는 지하 주차장의 버튼을 눌렀다.

다행히 푸조는 엘리베이터 홀 바로 옆에 세워둔 참이었다. 두 플로어에 뒤얽힌 주차장을 걸어서 찾아다니는 것보다 푸조를 타고 찾아다니는 게 낫다는 생각에 나가쓰는 자동차 열쇠를 꺼냈다. 이곳에 들어왔을 때 벤틀리는 없었다고 기억하지만, 그래도 시계 방향으로 아래층까지 빙그르 돌아 밖으로 나간 후 또 들어오면 호텔 지하와 그 주변을 다 뒤져볼 수 있을 터였다.

그 순간, 나가쓰는 문득 눈에 들어온 자동차를 알아차리고 발걸음을 멈추었다. 목요일의 어중간한 시간대이다 보니 주차된 자동차가 그리 많지 않았다. 덕분에 약간 멀리 떨어진 왼쪽 통로의 벽 쪽 기둥 뒤로 암녹색 벤틀리의 앞부분이 곧바로 눈에 들어온 것이다.

색 자체는 그다지 눈에 띄지 않았지만 잘 관리된 차체의 윤기와 일부분만 봐도 금방 알아차릴 수 있을 만큼 우아한 차체의 선에 이끌리듯이 나가쓰는 천천히 다가갔다. 나가쓰는 벤틀리의 앞 유리창이 보이기 시작했을 즈음에 발을 멈추고, 대각선 앞 방향에 있는

지프차 뒤에 몸을 숨겨 또 신중히 고개를 내밀었다.

벤틀리 안은 어두워서 처음에는 아무것도 보이지 않았다. 하지만 안에 사람이 있는 것은 틀림없었다. 주차장의 창백한 조명을 어슴푸레하게 반사하는 유리창 너머로 차 안의 그림자가 미묘하게 움직이고 있었다.

운전석의 남자가 조수석 쪽으로 몸을 기울여 조수석에 앉은 여자의 어깨에 호리호리한 손을 올렸다. 그리고는 그녀의 등을 조용히 애무하더니 천천히 여자를 끌어안았다.

나가쓰는 숨을 죽이면서 무언극과 같은 그들의 포옹을 바라보았다. 곧이어 남자는 천천히 몸을 일으키더니, 멀리서 봐도 놀라울 만큼 조심스러운 손길로 여자의 뺨에 흐트러진 머리카락을 뒤로 쓸어 넘겨주었다.

그렇게 드러난 여자의 옆얼굴은 마키노 카나였다. 약간 뒤로 젖힌 시트에 몸을 파묻고 눈꺼풀을 감고 있었지만, 마키노 카나가 틀림없었다. 자동차가 한 대 내려왔는지 엔진 소리가 멀리서 들려왔다가 잠잠해졌다.

남자는 카나를 지그시 바라보고 있었다. 그리고 무슨 생각인지 핸들에 한 손을 걸치고 정면으로 고개를 돌렸다. 그 남자는 다름 아닌 사무소의 포스터에서 본 나리타 요시히로였다.

지금부터 카나를 데리고 호텔을 나설 작정일까? 나가쓰는 그렇게 생각하고 푸조의 열쇠를 꽉 쥐었다. 나리타가 그럴 작정이라면 목적지까지 뒤를 밟을 각오였다.

하지만 나가쓰는 그 순간 누군가의 발걸음이 이쪽으로 향하는 소리를 들었다. 당황해서 고개를 숨기자 벤틀리의 엔진 소리가 울리는 동시에 사람의 그림자가 바로 옆을 가로질렀다.

나가쓰는 조심스레 고개를 내밀었다. 출발하려는 벤틀리를 향해 똑바로 다가가는 옅은 회색 셔츠의 남자가 눈에 들어왔다. 살짝 보이는 옆얼굴은 기타가와 슈지였다.

16

자살로 처리된 살인사건

나가쓰는 자동차 전조등에 눈이 부셔 엉겁결에 눈을 감고 말았다. 찡그린 눈을 겨우 뜨자 그 빛이 천천히 꺼져감과 동시에 엔진 소리도 사그라졌다. 이제는 이상하리만큼 고요한 정적과 팽팽한 공기만이 남아 있었다.

　나가쓰는 지프차 창문 너머로 숨을 죽이고 저편을 바라보았다. 셔츠를 입은 등을 돌리고 있는 기타가와가 오른손을 천천히 들어 올렸다. 커다란 비즈니스 봉투가 그 손에 들려 있었다.

　벤틀리의 운전석에 앉은 나리타는 굳은 표정으로 느닷없이 나타난 남자를 응시하고 있었다. 조수석의 카나는 엔진이 멈췄는데도 아무런 반응 없이 조용히 눈을 감고 있을 뿐이었다. 소동이 일어나면 난감해지리라 판단한 것인지, 나리타가 자동차 문을 열고 내렸다.

　"기다리고 있었습니다. 이것이 그 6월 12일의 비디오테이프입니다."

　기타가와의 말에 나리타는 아무 말 없이 고개를 끄덕이고는 차

안을 힐끔 보았다. 카나를 어떻게 해야 할지 망설이는 듯했다.

하지만 결국 몸을 숙여 차 안의 카나에게 말을 걸었다. 무슨 말을 했는지는 거의 들리지 않았지만, 그녀가 천천히 머리를 치켜드는 모습이 보였다. 카나는 반쯤은 잠들어 있고 반쯤은 깨어 있는 듯한 느낌이었다.

기타가와가 한 걸음 앞으로 내디뎠다. 하지만 나리타가 손을 들어 그를 제지했다. 짙은 남색 더블슈트를 입은 나리타의 몸집은 그다지 크지 않았지만, 기타가와의 젊음이 하찮게 보일 만큼 눈빛이 날카로웠다.

"이것이 그 원본입니다. 마키노 교수의 서재에서 어젯밤에 간신히……."

나리타는 문을 쾅 닫고 기타가와의 바로 앞을 지나 조수석 쪽으로 빙 돌아갔다. 그리고 조수석 문을 열고 카나의 팔꿈치를 잡고 밖으로 꺼냈다. 그러고 나서 무언가 낮은 목소리로 기타가와에게 중얼거렸다.

기타가와는 한순간 분노로 인해 몸을 떠는 듯이 보였다. 하지만 지금은 일단 나리타의 말을 따르는 편이 현명하다고 생각했는지, 봉투를 쥔 오른손을 내리고 침착한 목소리로 대답했다.

"알겠습니다. 나머지 얘기는 방에서 하죠."

나리타 요시히로는 카나의 어깨를 감싸고 엘리베이터 홀을 향해 천천히 걸음을 옮겼다. 카나는 토요일에 입었던 옷과는 다른, 아마도 나리타가 선물해준 듯한 옅은 주황색 짧은 원피스에 크림색을 띤 가벼운 상의를 걸치고 나리타의 품에 머리를 폭 파묻고 있었다.

기타가와는 약간 거리를 둔 채 어둡고 날카로운 시선을 나리타의 등에 꽂으면서 뒤를 따랐다. 마침내 두 남자의 발소리와 질질 끄는 듯한 샌들의 힐 소리가 멀어져 갔고, 나가쓰는 그제야 크게 숨을 내쉴 수 있었다. 지프차에 올리고 있던 손바닥이 약간 저려왔다.

손목시계를 보니 11시에서 5분이 지난 시각이었다. 나가쓰는 지프차 뒤에서 슬며시 빠져나와 엘리베이터 홀 쪽을 엿보았다. 이미 인기척은 없었고, 세 사람은 벌써 21층을 향해 가고 있는 듯했다.

뒤를 쫓을까? 아니면 가쓰라기에게 보고하러 갈까? 엘리베이터 홀에 들어온 나가쓰는 잠시 망설이다 일단 엘리베이터 버튼을 눌렀다. 가쓰라기가 있는 프런트 층으로 갈지, 불길한 21층으로 갈지, 끝없이 고민하면서 나가쓰는 엘리베이터 도착을 알리는 램프를 물끄러미 올려다보았다.

하지만 문득 새 휴대폰을 맡아두었다는 사실을 떠올렸다. 나가쓰는 바지 주머니에 찔러 넣었던 휴대폰을 꺼내 가쓰라기의 번호를 눌렀다. 가쓰라기의 목소리가 들려오기까지 시간이 늘어진 것처럼 천천히 가는 기분이 들었다.

"여보세요. 가쓰라기? 나야. 주차장에서 나리타와 카나를 발견했어."

"……거야?"

정말이지 변함없이 잘 들리지 않는 싸구려 휴대폰이었다. 나가쓰는 약간 짜증이 나서 불필요하게 목소리를 내질렀다.

"게다가 기타가와가 비디오테이프를 가지고 나타났고, 세 명이서 위로 올라갔어. 쫓아갈까?"

"아니, 그 기타가와는……."

"뭐?"

"일단 올라와. ……16층이야."

때마침 도착한 엘리베이터에 올라탄 순간, 전파 상태가 나빠졌는지 가쓰라기의 목소리가 뚝 하고 끊어져버렸다. 나가쓰는 혀를 차면서 16층 버튼을 눌렀다. 나리타 일행이 방으로 올라간 지 아직 5분도 지나지 않았다. 상식적으로 생각한다면 설마 기타가와가 살인자라 하더라도 그 나리타를 상대로 짧은 시간에 무슨 일을 저지르리라고는 생각할 수 없었다.

16층에서 내리자 가쓰라기가 마중하라고 보냈는지 밝은 빨간색 재킷을 입은 프런트 직원이 서 있었다. 그 직원은 홀을 빠져나가 왼쪽의 복도 안쪽으로 나가쓰를 이끌었다.

목적지의 방은 복도 오른쪽 끝인 듯 문이 빼꼼 열려 있었다. 나가쓰가 조심스럽게 안을 살펴보자 젊은 객실 직원과 함께 욕실 문가에서 빈 욕조를 멍하니 바라보고 있는 가쓰라기가 보였다.

나가쓰는 바로 이곳이 야하타가 죽은 방이라는 직감이 들었다. 아무래도 객실로는 더 이상 사용할 수 없는 듯 세면실에는 비품이 전혀 비치되어 있지 않았고, 바닥이나 벽에서도 생활감이 느껴지지 않았다. 안쪽의 침대도 매트리스가 드러나 있었고, 창가 테이블과 소파는 그대로 남아 있었지만 방 전체를 감싸는 살벌한 공기를 감출 수는 없었다.

"……이곳이 그 현장?"

"네, 욕조에 옷을 입은 채 들어가서 드라이어를 떨어뜨려 감전사했지요."

대답한 객실 직원은 처음으로 현장을 발견한 사람인 듯 창백한 얼굴로 고개를 끄덕였다. 아직도 욕실 안을 똑바로 쳐다보지 못하는 듯했다.

"알아차린 것은 다음 날 아침입니다. 체크아웃 시간이 지나도 내려오지 않으셔서 상태를 살펴보러 왔더니 저기서……."

"그리고 방에는 흐트러진 흔적이 전혀 없었다고요?"

"네. 술은 좀 드신 것 같은데, 침대에서 주무셨던 흔적 같은 건 없어요……."

객실 직원은 스무 살쯤 되어 보였고, 긴장한 탓인지 말끝이 떨리고 있었다. 재킷을 입은 프런트 직원은 줄곧 아무 말도 없었지만, 마침내 무슨 생각이 났는지 사무적인 목소리로 말했다.

"너는 이제 그만 가봐. 이후로는 내가 알아서 할게."

젊은 객실 직원은 눈에 띄게 안심한 표정으로 재킷을 입은 남자에게 머리를 숙였다. 객실 직원은 가쓰라기와 나가쓰에게도 차려 자세로 인사하고 "그럼 먼저 실례하겠습니다"라는 꺼져가는 목소리를 내고는 허둥지둥 방을 나갔다.

"두 분, 저 안쪽으로 가시죠."

재킷을 입은 남자는 부드러운 말투로 창가 소파를 가리켰다. 가쓰라기는 전혀 주눅 드는 기색도 없이 침대 옆을 지나쳐갔다.

하지만 나가쓰는 불안했다. 죽기 직전의 야하타가 이곳을 걸어 다니고, 같은 풍경을 내려다보았다고 생각하자 소파에 앉는 순간 엉덩이 부근이 오싹했다. 재킷을 입은 남자는 테이블을 사이에 두고 맞은편에 앉아 무릎 사이에 끼운 양손에 잠시 눈을 떨구었다가 조용히 얼굴을 들었다.

"그래서 그날 밤 일 말인데요, 사실 약간 묘한 이야기가 있었습니다."

"어떤 이야기 말씀인가요?"

남자는 가쓰라기가 권한 담배를 거절하고 방 문가를 힐끔 보았다. 문은 완전히 닫혀 있었지만 역시 신경이 쓰이는 모양이었다.

"감추는 게 있는 듯해요. 내부 조사에서 아마도 외부에 알려지면 아무래도 안 좋다고 판단했는지, 까딱 잘못했으면 저도 입막음으로 좌천되었을 겁니다."

"그렇게 중대한 일이었습니까?"

"아뇨. 그때는 좌천이라는 말까지 나올 일인가, 하고 제가 더 놀랐습니다. 뭐, 나중에 생각해보니 그 사람도 상당히 난처한 입장이었겠지요."

그 말을 듣자 나가쓰는 문득 무언가가 떠올랐다. 최근에 야하타가 있던 조직의 비리가 적발되어 꽤 큰 소동이 있었던 것이다. 물론 그 사건과 야하타의 죽음과는 전혀 다른 문제이지만, 야하타도 그 조직의 일원이었다면 그의 죽음을 자살로 처리하고 외부의 조사를 차단하는 것이 좋은 방법일지도 몰랐다.

"그날 밤 하야시 씨는 어디에 계셨어요?"

"프런트에 있었습니다. 야하타 씨의 체크인 수속도 제가 직접 했어요."

하야시라고 불린 프런트 직원은 안주머니에서 봉투 한 장을 꺼냈다. 비단 같은 윤기가 흐르는 상아색 봉투였다.

"그건 뭔가요?"

"야하타 씨가 체크인을 하면서 제게 맡긴 편지입니다. 나중에 한 여성이 와서 방 호수를 알려달라고 하면 이 편지를 건네라고 하셨어요."

"그 여성의 이름은?"

"마키노 카나입니다. 이 편지는 경찰에 제출할 기회를 놓쳐서 그대로 제가 갖고 있었습니다."

나가쓰는 왠지 모르게 가슴이 뛰어서 가쓰라기를 곁눈질로 바라보았다. 하지만 가쓰라기는 전혀 놀라는 기색도 없이 프런트 직원이 내민 봉투를 받아 들고 안에 든 편지지를 꺼냈다. 그곳에는 파란색 잉크의 난잡한 필체로 이런 글이 적혀 있었다.

다른 사람들에게는 알리지 않을 테니 안심해. 이 비디오테이프는 나와 카나, 두 사람만의 비밀로 하자.

야하타가 죽은 12월 23일 밤. 그리고 비디오테이프. 그 내용이 나리타가 가지고 있던 비디오테이프와 같은 것인지는 알 수 없지만, 혹시 야하타는 그것을 크리스마스에 마키노 카나에게 건네주려고 했던 것은 아니었을까, 하는 생각이 나가쓰의 머리를 스쳤다.

"그래서 그녀는 왔습니까?"

"아니요, 그 대신에 남성분이 오셨습니다. 역시 마키노라고 자신을 소개했는데, 50대 중반 정도였습니다."

가쓰라기는 검은 배낭에 손을 뻗고 또다시 그 도쿄대학수첩을 꺼내 중간에 끼워둔 흑백사진을 남자에게 내밀었다.

"이 사람입니까?"

나가쓰가 옆에서 엿보니, 그것은 증명사진용으로 촬영된 사진을 확대한 것 같았다. 머릿밑에 새치가 듬성듬성한 슈트 차림의 남자가 찍혀 있었다. 프런트 직원은 그 사진을 받아 들고 눈썹을 찌푸렸다.

"아니요, 아무래도 다른 사람 같습니다."

"그 남성은 이후로 뭘 했습니까?"

"손님께 확인해보니, 들여보내달라고 하셔서 그대로 위층으로 올라가셨습니다."

가쓰라기는 감사의 인사를 중얼거리고 사진을 도로 받았다. 나가쓰는 또다시 사진을 엿보았다. 본 적 있는 듯하지만 확실히 떠오르지 않는 얼굴이었다.

"누구야?"

"마키노 교수. 대학 관계자에게서 입수했어."

그제야 확실히 떠올랐다. 6월에 마키노 교수의 자살 소동이 벌어졌을 때 학교 신문에서 같은 사진을 본 적이 있었다.

하지만 문제의 남자는 자기 자신을 마키노라고 자칭하기는 했지만, 마키노 교수와는 다른 사람이었다. 즉, 그날 밤 이 호텔에 마키노 교수가 아닌 누군가가 왔다는 것이다. 야하타의 사망 사건 조사가 흐지부지해진 것은 단순히 내부 사정 때문일지도 모르지만, 그렇게 해서 리스트의 첫 번째 살인이 은폐되는 결과가 되었을 가능성도 있었다.

"자, 그러면 이것은 어떻습니까?"

가쓰라기는 또 수첩에서 다른 사진을 꺼내 프런트 직원에게 건네주었다. 마키노 교수와 같은 형식으로 찍힌 사진은 아직 수염을 기르지 않았을 적의 사쿠라이 고키였다.

"음, 이 사람도 역시 잘 모르겠네요……."

프런트 직원은 그 순간 문득 무언가 떠올랐다는 듯, 사진의 방향을 바꾸며 이곳저곳에 손가락을 대보더니 점차 어두운 표정으로 바뀌어갔다.

"아, 이 사람!"

"마키노라고 칭한 남자가 이 사람인가요?"

"아뇨, 이 사진 속의 남자가 턱에 수염을 기르고 오늘 밤에 프런트로 왔습니다."

마키노 카나와 기타가와 슈지뿐 아니라, 그 둘의 외삼촌에 해당하는 사쿠라이가 오늘 밤에 이 호텔에 있었다는 것이다. 가쓰라기도 이 사실은 뜻밖이었는지 의아한 목소리를 냈다.

"몇 시쯤입니까?"

"분명히 10시쯤이었습니다. 토요일부터 이곳에 묵고 계시는 나리타 의원님을 찾아오셨죠."

"나리타 씨에게는 그 소식을 전했습니까?"

"아니요. 그분이 나중에 다시 오겠다고 했거든요."

침묵이 흘렀다. 가쓰라기는 소파에서 벌떡 일어서더니 두 침대 사이에 가서 수화기를 들었다. 어딘가의 방 번호를 누르는 듯했지만, 전화를 받지 않는지 금방 조용히 수화기를 내려놓았다.

"하야시 씨. 방금 한 이야기는 물론 아무한테도 이야기하지 않았겠지요?"

"……네, 그렇습니다만."

"프런트로 돌아가세요. 방금 왔던 객실 직원과 당신은 우리와 만나지 않은 것으로 합시다."

정보 제공자인 이 프런트 직원은 아마도 가쓰라기의 길드와 관련 있는 사람일 것이다. 그는 이 입막음은 의외로 깨끗이 받아들였지만, 역시 불안을 느꼈는지 얼굴이 약간 창백해졌다.

"대체 무슨 일입니까?"

"어쩌면 그 나리타가……. 아, 하야시 씨와는 전혀 관련 없는 이야기니까요."

가쓰라기는 소파로 돌아와 사진과 봉투를 도쿄대학수첩에 끼워 넣고 재빨리 배낭에 집어넣었다. 그리고 나가쓰에게 눈짓하고 문으로 향했다.

나가쓰는 좀처럼 몸을 움직일 수 없었다. 하지만 프런트 직원은 이곳은 괜찮으니 가쓰라기를 따라가라고 말하려는 듯이 무언의 신호를 보내왔다. 나가쓰는 온몸이 마비된 느낌으로 가까스로 일어 섰다.

한밤중에 가까워지는 호텔 복도는 너무나 적막하게 느껴졌다. 가 쓰라기는 재빨리 엘리베이터 홀에 가서 올라가는 버튼을 눌렀다. 금 세 엘리베이터의 도착을 알리는 램프가 점멸하고 문이 열렸다.

21층까지는 시간상으로는 겨우 10초 정도밖에 걸리지 않았다. 21층에는 적막한 홀과 마찬가지의 카펫이 깔린 기다란 복도가 이 어져 있어 발소리까지 빨아들이는 듯한 느낌이었다.

나가쓰는 복도 오른쪽을 걸어가다가 문득 발을 멈췄다. 끝에서 세 번째 방문이 조용히 열리더니 오노 유키코가 나왔다. 두 사람을 발견하고 화들짝 놀란 그녀의 얼굴이 창백했다.

"당신들, 또 왜……."

"네, 카나 씨가 돌아왔을까 싶어서요."

가쓰라기는 담담한 표정으로 방에 다가갔다. 오노 유키코는 거 의 반사적으로 문을 닫았다. 그리고 등으로 문을 누르며 살짝 떨리는 목소리로 말했다.

"없어. 그리고 나도 돌아갈 거야."

"나리타 씨는요?"

오노 유키코는 기묘하게 허망한 눈빛으로 가쓰라기를 바라보다가, 갑자기 두 사람 사이를 가르며 도망치려고 움직였다. 가쓰라기는 순간적으로 여자의 팔을 붙잡고 낮은 목소리로 말했다.

"이 안에 있지요?"

"이거 봐."

"혹시 나리타 씨가 죽어 있다면 제가 확인해보죠."

오노 유키코는 한순간 무시무시한 눈으로 가쓰라기를 노려보았다. 소리 지르려는 게 아닐까 싶어 나가쓰는 두려웠지만, 여자는 순순히 가쓰라기의 손을 뿌리치고 검은 핸드백 안에서 방 열쇠를 꺼냈다. 그리고 또다시 문을 연 오노 유키코의 입술에는 냉혹하게 굳은 미소가 떠올랐다.

"보고 싶다면 마음껏 봐. 욕실이야."

가쓰라기는 표정 하나 변하지 않은 채 자물쇠가 열린 문을 밀고 안으로 들어갔다. 방의 조명은 방금 본 그대로였고, 기타가와 카나의 모습도 물론 없었다. 언뜻 보기에는 어디에도 흐트러진 기색이 없었다. 하지만 욕실 문이 살짝 열려 있었고, 따뜻하고 습한 물 냄새가 코를 찔렀다. 가쓰라기는 전등 스위치를 켜고 욕실 문을 밀어서 열었다.

그리고 나가쓰는 숨을 꿀꺽 삼켰다. 반쯤 쳐져 있는 샤워 커튼 사이로 물이 가늘게 흘러나오는 수도꼭지와 욕조에 잠긴 머리가 보였다. 약지에 반지가 끼워진 왼손이 욕조 가장자리에서 축 처져 있었고, 그 왼손에 휘감긴 채 거무스름하게 젖은 붉은 유카타 허리끈의 끝에서 물방울이 똑똑 떨어지고 있었다.

"내가 한 게 아니야."

얼핏 돌아보니 오노 유키코가 문 옆의 벽에 기대어 서 있었다. 이제 도망쳐도 소용없다고 생각했는지 체념한 눈빛이었다.

"그 두 사람이 했겠지. 그 남매 말이야."

"무슨 일이 있었던 겁니까?"

오노 유키코는 느닷없는 미소를 지으며 눈을 내리깔고는 휘청거리는 발걸음으로 방 안쪽을 향했다. 나가쓰는 그녀가 앞쪽 침대에 걸터앉는 것을 지켜보면서 마침내 깨달았다.

조금 전 창가 테이블과 화장대에 있던, 카나의 일상용품으로 보이던 물건들이 사라진 것이다. 옷과 핸드백도 보이지 않았다. 게다가 안쪽 소파 바로 옆에 기타가와가 가지고 있던 것과 똑같은 대형 비즈니스 봉투가 굴러다니고 있었다. 그 봉투의 아가리에서 반쯤 삐죽 튀어나온 것은 검은 케이스에 든 비디오테이프였다…….

"당신들이 돌아가고 나서 얼마 뒤에 또 바에 내려갔어. 야하타가 죽은 호텔이라고 생각하면 왠지 으스스하고 혼자 있으면 불안하니까."

가쓰라기는 가볍게 눈썹을 올렸다. 오노 유키코가 야하타의 이름을 섣불리 입에 올린 것은 그녀가 이 상황에 크나큰 충격을 받았기 때문일 것이다. 아무튼 그 말을 통해 그녀가 주변 사정을 잘 알면서도 카나의 감금에 가담했다는 사실이 확실해졌다.

"나리타 씨는 살해당하기 전에 뭐라고 하던가요?"

"내 휴대폰으로 전화를 하더니 방으로 올라오지 말라고 말했어.

그런데 바로 방금 또 연락이 온 거야. 남자 목소리로 '끝났습니다'라고."

가쓰라기는 방 안쪽으로 향했다. 그리고 소파에 앉아 잠시 창문을 바라보았다.

"남자의 목소리를 전에 들어본 적 있습니까?"

"자신의 이름을 정확히 말하던걸. 기타가와 쇼고라고."

"……쇼고?"

오노 유키코는 천천히 다리를 꼬고 대답했다. 그리고 한숨을 섞어가며 뺨에 흐트러진 머리카락을 쓸어 올렸다. 그 옆얼굴에는 왠지 이렇게 될 것을 전부터 미리 예측했다는 듯한 허탈감이 배어 있었다.

"이무라와 구로이와가 그렇게 됐다는 사실은 물론 알고 있어. 그래서 나리타도 그 애 오빠의 행방불명된 아버지가 돌아온 게 아닐까 하고 요즘에 줄곧 겁을 먹고 있었지."

"나리타 씨는 죽은 것으로 알려진 기타가와 쇼고 씨가 살아 돌아와서 자신을 죽일 거라고 생각했군요."

"바보 같은 이야기야. 분명히 아들 짓이 틀림없어. 게다가 마키노의 사건도 지금 생각하면 수상해. 아니 그렇게밖에 생각할 수 없어."

"타살, 인가요?"

"그러게 그 사람도 입막음 비용을 냈다고. 사와코 씨에 대해서도, 겉으로는 어땠는지 모르지만, 나는 봤어. 우리 집에 무용 수업을 받으러 왔을 때 옷 갈아입는 방에 우연히 들어갔다가 깜짝 놀랐지. 등에 멍이 잔뜩 있었거든……."

느닷없이 오노 유키코는 입을 다물고 멍한 눈을 허공에 두었다. 가쓰라기는 무심히 몸을 일으켜 바닥의 봉투를 집어 들었다. 오노 유키코는 그 사실을 아는지 모르는지 표정 하나 변하지 않았다.

"그 외에 뭔가 마키노 집안에 관해 알고 계신 게 있습니까?"

"여러 가지 있지. 오래전부터 교류했으니까. 마키노가 재혼할 때까지 그 집에 다녔던 가정부도 우리 어머니가 소개해준 사람이야."

"그렇군요. 그러면 또 거래를 할까요?"

오노 유키코는 한순간 눈썹을 찡그리고 수상쩍게 가쓰라기의 눈을 바라보았다. 하지만 약점을 잡힌 탓인지, 아니면 항변할 기운도 일어나지 않는 탓인지 슬며시 고개를 끄덕일 뿐이었다. 가쓰라기는 무릎에 세운 봉투의 가장자리를 멍하니 쓰다듬으면서 무심한 목소리로 말했다.

"제가 신고할지 말지는 당신에게 달려 있습니다. 그냥 그 남매 일에 관해서는 당분간 잠자코 계세요. 방에 있었다는 사실도요."

"그뿐이야?"

"네. 무언가 일이 잘못된다면, 앞으로 당신에게서 정보를 듣는 대가로 제가 책임을 지겠습니다."

오노 유키코는 잠시 무릎에 시선을 떨구었다가 한숨을 섞어가며 고개를 끄덕였다. 그녀가 입을 꾹 다물고 있는 동안에는 이번 사건이 철저히 감춰질 것이다. 마키노 카나의 존재는 여러 가지 정보로 언젠가는 밝혀지겠지만, 가쓰라기는 그날이 다가오는 것을 최대한 늦추고 싶은 이유가 있는 듯했다.

"제가 가장 먼저 요청하고 싶은 정보는 가정부에 관해섭니다."

"……알겠어."

"그럼 오늘은 이만. 언제든지 연락 주세요."

가쓰라기는 상의 주머니에서 종잇조각을 꺼내 연락처를 적고 오노 유키코에게 내밀었다. 자신이 지금 있는 호텔에서 세 번째 희생자가 나온 것도, 시체와 함께 여자를 남기고 가는 것도 전혀 개의치 않을 만큼 매정한 몸짓이었다.

하지만 나가쓰는 또 묘한 오한을 느꼈다. 문으로 나온 가쓰라기가 봉투에서 슬쩍 보여준 비디오테이프의 라벨에는 6년 전 6월 12일이라는 글씨와 함께 아마도 마키노 교수를 뜻하는 듯한 M자가 적혀 있었다.

"……뭐야, 이건?"

가쓰라기는 대답도 않고 어깨를 한번 움츠리더니 진이 담긴 술잔에 손을 뻗었다. 신주쿠에서 다카기초로 돌아와서 호텔 방에서 가져온 비디오테이프를 세팅한 것은 오전 1시 반이 지난 시간이었다. 나가쓰는 숨을 죽이고 모니터를 바라보았지만, 비디오테이프가 돌아가기 시작하자 당혹감만이 밀려들었다.

"똑같은 거잖아. 그 준공 기념식 비디오테이프지?"

"버전은 다르지만."

가쓰라기는 담담히 스테레이트 진을 홀짝였다. 그러고 보니 분명히 지난번 것과는 화질이 달랐다. 아마 편집하기 전의 상태인 듯했다. 동일한 금병풍으로 배경을 장식한 단상에서 사회자의 목소리가 끊임없이 이어졌고 학부장이 개회식 인사를 하러 올라왔다. 가쓰라기는 아무런 흥미를 느끼지 못한 듯 비디오테이프를 앞으로 감기 시작했다.

이어서 옅은 회색 슈트를 입은 남자가 올라왔다. 가쓰라기는 거기서 일단 비디오테이프를 정지했다가 다시 재생했다. 약간 낮고 차분한 목소리로 사회자에게 호명된 마키노 교수의 인사가 시작되었다.

가쓰라기는 술잔에 입을 대면서 볼륨을 조금 높였다. 카메라 앞을 누군가의 그림자가 가로질렀고, 다시 마키노 교수의 모습이 나타났다. 키는 그 나이에 비해 약간 크고 얼굴 생김새는 멀리서는 그다지 또렷하게 보이진 않았지만 꽤 단정한 느낌이었다. 하지만 딸인 카나와 두 번째 아내인 쇼코, 양자로 들이고 싶어 했던 기타가와 등을 떠올리자 차분해 보이는 분위기가 오히려 기묘하게 느껴졌다.

마침내 인사말이 끝나고 박수가 터져 나왔다. 마키노 교수가 단상에서 내려가자 이어서 나리타의 이름이 호명되었고, 전에 본 비디오테이프와 같은 장면이 시작되었다. 가쓰라기는 반쯤 지루한 표정으로 또 비디오테이프를 앞으로 감았다.

드디어 단상에서의 인사말이 모두 끝나고, 또 환담 장면이 시작되었다. 하지만 이번 비디오테이프는 누군가 다른 사람이 촬영했는지 카메라 각도가 달랐다. 우선 화면에 나온 리스트의 남자는 구로이와 기요타다가 아니라, 함께 있는 남자와 담소를 나누면서 와인잔을 들고 있는 첫 번째 희생자 이무라 도시유키였다.

가쓰라기는 다시 볼륨을 높였다. 함께 있는 남자는 처음 보는 얼굴이었지만, 대학 시절의 동급생인 모양인지 이무라는 매우 허물없이 그를 대하고 있었다. 주변의 목소리에 섞여 그들의 대화가 들리지는 않았으나 바로 다음 순간, 낮게 깔린 남자의 목소리가 스피커의 오른쪽에서 흘러나왔다.

"······야, 가쓰라기, 방금 나온 말 들었어?"

"응. '10시에 아자부. 오늘 밤이 10년이야'라는군"

그 대화는 깜짝 놀랄 만큼 가까운 데서 들렸고 목소리의 주인공
은 카메라 뒤쪽에 있는 것 같았다. 가쓰라기는 눈썹을 찌푸리며 비
디오테이프를 멈추고는 뒤로 감아서 다시 한 번 그 부분을 재생했
지만, 적어도 화면 안에서는 그 속삭임을 나눈 남자들의 모습이 보
이지 않았다.

하지만 화면 오른쪽 끝에 누군가의 어깨가 나타났다. 남자는 암
녹색 재킷의 등을 보이면서 음료 테이블로 다가갔고, 상대를 알아
차린 순간 이무라의 얼굴이 순간적으로 굳어졌다.

기분 탓일까? 이무라는 금방 생글생글한 얼굴로 돌아와 함께 있
는 남자에게 가볍게 목례를 했다. 그리고 역시 만면에 미소를 머금
은 채 암녹색 슈트의 남자에게 인사했다. 두 사람은 함께 화면의 왼
쪽으로 향했고, 가쓰라기는 또 비디오테이프를 멈췄다.

"이 사람이 후지모토야. 무역 회사에 다니는 사람을 통해 확인했
어."

남자는 옆얼굴만 보였지만 가쓰라기가 단언한다면 그렇게 생각
할 수밖에 없었다. 하지만 나가쓰의 마음이 묘하게 술렁거리기 시
작했다.

"설마 아까 대화 중의 한 사람이 그 후지모토야?"

가쓰라기는 그저 눈썹만 올린 채 담배를 물고 성냥을 그었다. 그
리고 다시 비디오테이프를 재생했지만, 이무라와 후지모토는 그대
로 왼쪽으로 사라지고, 결국 카메라도 손님들 사이를 천천히 이동
하기 시작했다.

"아자부는 교수의 집이잖아. 그런데 10년이라는 건……?"

"그거겠지. 마키노 사와코가 죽은 지 10년."

가쓰라기는 태연하게 말한 후 진 술잔을 한 손에 들고 담배를 뻐끔뻐끔 피웠다. 참석자들로 떠들썩한 화면 안에 이윽고 몇 명의 남녀와 섞여 있는 사쿠라이 고키의 모습이 보이기 시작했다. 그들은 테이블 저편에서 천천히 오른쪽으로 이동했고, 카메라도 그들을 쫓듯이 각도를 바꾸었다.

마침내 그들의 무리에 마키노 교수가 가담했다. 6년 전 당시에는 아직 재혼하지 않은 상태였고, 전 처남인 사쿠라이와도 아무렇지도 않게 대화를 나누고 있었다. 자세히 보면 다들 가슴에 장식 꽃을 달고 있었고 대부분 의학부 관계자인 듯했다.

그때 소파에 몸을 파묻고 잠자코 바라보던 가쓰라기가 갑자기 벌떡 일어섰다.

"……이럴 수가. 왜 저 두 사람이 있는 거야?"

나가쓰는 도수가 높은 진 때문에 달아오른 뺨 주변을 손가락으로 닦았다. 가쓰라기는 잠시 아무 말 없이 화면을 노려보다가 마침내 한숨을 내쉬며 술잔을 내려놓고는 진을 더 채워 넣었다.

"야, 그 두 사람이라니?"

"유카랑 그 남편. 설마 혼고에서 데이트를 했을 줄이야."

나가쓰는 너무나 놀라 잠시 목소리가 나오지 않았다. 화면을 들여다보자 펄 화이트pearl white, 진주와 같은 광택을 띤 백색의 민소매 원피스를 입은 여자와 매우 체격이 탄탄한 짙은 남색 슈트의 남자가 사쿠라이에게 다가가고 있는 모습이 보였다.

온묘지는 이목구비가 조명 때문에 그다지 또렷이 보이지 않았다. 하지만 나가쓰는 지금보다 약간 더 머리카락이 길고, 지금보다 다소 더 위태로운 젊음을 지닌 유카의 얼굴을 똑똑히 확인할 수 있었다.

"그럼 결국 유카 씨는 여기서 사쿠라이와 만났구나."

"아니. 아마도 그보다 훨씬 뿌리 깊은 관계일 거야."

짙은 남색 슈트의 남자는 사쿠라이와 가볍게 인사를 나누고 곁의 젊은 여자—현재의 아내—를 소개하는 중인 듯했다. 마침내 그 세 사람은 의학부 관계자의 무리에서 떨어져 오른쪽으로 걸어가기 시작했다.

"……이게 무슨 뜻이지?"

"유카는 그날 밤의 일에 관해, 남편과 만났다는 것 말고는 전혀 이야기하려고 하지 않아. 이유가 무엇인지는 신만이 알겠지."

가쓰라기는 어둡게 가라앉은 눈빛으로 모니터를 바라보고 있었다. 두 남자는 유카를 사이에 두고 화면 밖으로 사라졌다. 그 장면이 왠지 마키노 카나, 그리고 리스트의 남자들과 겹쳐졌다. 애초의 발단이 된 익명의 편지는 온묘지가 위험하다고 알리는 내용이었지만, 오히려 위험에 처한 사람은 유카일지도 몰랐다.

17

유카와 사쿠라이의
이상한 관계

일요일 오후 5시, 나가쓰는 가쓰라기를 기다리고 있었다. 미나토구 시로카네다이 주변의 가게와 주택을 샅샅이 뒤진 지 벌써 3일이 지났다. 나리타 요시히로가 살해당한 지금, 나머지 리스트의 남자는 사쿠라이와 현재 해외 근무 중인 후지모토뿐이었다. 온묘지도 충분히 의심할 만한 존재이기는 했지만, 금요일 이른 아침부터 출장을 떠나 집을 비웠기 때문에 가쓰라기는 우선 시로카네다이 주변에 본가가 있던 기타가와 부자父子의 배경을 조사하기로 한 것이다.

"이야, 힘드네."

문득 고개를 들어보니 어느새 와 있었는지 가쓰라기가 검은 배낭을 어깨에 메고 의자를 끌어당겨 앉으려는 참이었다. 국립 자연교육원 부지의 맞은편이 바라다보이는 오픈 테라스 카페에서 서로 담당 구역을 돌아본 후 만나기로 한 약속이었다. 가쓰라기는 수확이 있는지 없는지 평소와 다를 바 없는 표정이었다.

"정말이지 등잔 밑이 어둡다니까."

"응?"

"생선 가게에 물어봤는데, 여기 주인인 미야자와 미겔 씨야말로 우리가 찾던 사람이더라고."

가쓰라기는 이해할 수 없는 말을 하고 곧바로 담배를 꺼냈다. 뭔가를 주문하기도 전에 갈색 머리의 귀여운 여자 종업원이 코로나 맥주를 세 병 가지고 왔다. 나가쓰가 어리둥절해 있자니, 라틴계 혼혈로 보이는 카키색 폴로셔츠를 입은 남자가 테이블로 다가왔다.

"어서 와. 미리 말해두지만 그다지 대단한 이야기는 아닐지도 몰라."

"아뇨, 상관없습니다."

가쓰라기는 코로나 병에 라임을 쭉 짜서 넣고는 미겔 씨와 건배했다. 나가쓰는 언제나처럼 무시당했지만, 익숙한 상황이므로 특별히 불만스럽게 여기지도 않고 남은 코로나 병을 가슴 앞으로 끌어당겼다.

"그런데 금시초문입니다. 미야자와 씨가 교양학부 출신이라니."

"응. 지금은 비록 서비스업을 하고 있지만."

미겔 씨는 싱긋 웃으며 가쓰라기에게 윙크했다. 요컨대 그도 고마바 캠퍼스의 교양학부 출신인 모양이었다. 라틴계 피가 섞여 있기 때문인지, 아니면 직업 때문인지 코로나를 병째 마시는 손놀림이 무척 우아하고 자연스러웠다.

"갑작스럽지만, 기타가와 씨에 관해 알고 싶어서요."

"아아, 쇼고 말이군. 사이가 좋았지. 고등학교 2학년 여름까지는."

"크게 싸우기라도 하셨어요?"

"아니. 그냥 자연스럽게 서로의 분위기가 달라졌다고나 할까."

미겔 씨는 천천히 바지 주머니를 부스럭부스럭 뒤져서 검은 가죽 시가 케이스를 꺼냈다. 그 모습을 알아차린 웨이터가 카페 안에서 시가용 성냥을 가져왔다.

"그런데 미야자와 씨, 이 중에서 아시는 이름이 있습니까?"

가쓰라기는 배낭에서 꺼낸 도쿄대학수첩을 펼쳤다. 그곳에는 눈에 익은 리스트의 일곱 이름들이 쓰여 있었다.

미겔 씨는 시가 끝을 자르면서 그것을 바라보았다. 뉴스를 통해 사건 소식을 들었는지 표정이 점차 어두워졌다.

"게이타, 너, 뭘 조사하고 있는 거야?"

"그건 차츰 알려드리겠습니다. 그런데 알고 계신가요?"

"이 중에 세 명은 알아. 이무라, 사쿠라이, 그리고 마키노."

미겔 씨는 고마바 출신일 뿐 아니라 고등학교도 리스트의 그들과 같은 학교출신인 듯했다. 시가 성냥을 긋고 난감한 얼굴로 시가 끝에 불을 붙이던 미겔 씨는 가쓰라기를 날카로운 눈빛으로 힐끔 올려다보았다.

"설마, 너, 쇼고가 이 사건과 얽혀 있다고 말하고 싶은 거야?"

"살아 있다면 말이죠. 그래서 이렇게 여쭤보러 온 겁니다."

미겔 씨는 얼굴을 찌푸리고 시가를 빨면서 시가 끝에 골고루 불을 붙였다. 그리고 코로나 병에 손을 뻗고 역시 떨떠름한 얼굴로 천천히 한 모금 마셨다.

"뭐, 분명히 그 녀석도 복잡한 놈이지만."

"실종되었다는 이야기는 물론 알고 계시죠?"

"응. 게다가 난 그 녀석이 실종되기 바로 전날에 만났거든."

나가쓰는 코로나를 마시다가 하마터면 뿜을 뻔했다. 미겔 씨는 라틴계의 애수를 머금은 옆얼굴로 또 시가 연기를 내뿜었다.

"실은 사쿠라이의 여동생과 어떤 관계인지도 알고 있어. 16년 전 6월, 그녀가 죽었다는 사실을 신문에서 읽은 지 3일 후에 쇼고에게서 할 얘기가 있다며 연락이 왔지. 그리고 그의 얼굴을 보고 범인은 이 녀석이 아닐까 생각했어."

"왜인가요?"

"일단 눈빛이 달라졌더라고. 게다가 쇼고는 내 눈을 바라보면서 의미심장한 부탁도 하나 했거든. 자기 부모님을 만나거든 자기가 전에 요청한 일을 반드시 지켜주십사 다짐을 받아달라고. 그것이 마지막이라고 느껴졌어."

가쓰라기는 깊은 생각에 잠긴 표정으로 미겔 씨의 시가에 비해 훨씬 빈약하게 보이는 담배를 한 개비 꺼냈다. 하지만 불을 붙이려고도 하지 않고 그저 손가락 사이에 끼운 채, 해가 저무는 것을 대비해 테이블에 양초를 가져온 웨이터를 물끄러미 바라볼 뿐이었다.

"그건 무슨 요청이었나요?"

"그건 몰라. 그저 그 녀석의 부모님에게 들은 대로 전달했을 뿐. 나는 아무것도 묻지 않았어."

"그래서요?"

"쇼고가 각오했다면 존중해줘야 한다고 생각했지."

미겔 씨는 시가 끝을 재떨이에 가볍게 누르고 천천히 돌렸다.

"그런데 내 생각에는 아마 아들에 관한 것이 아니었을까 싶어."

"다시 말해 사망 선고가 내려질 즈음에 아들을 마키노 집안에 보내달라는 요청이었군요."

"아마도. 사와코의 분신 같은 딸 곁에는 당연히 아들을 두는 게 좋다고 생각했겠지."

참으로 라틴계답다고나 할까, 혈통을 중시하는 발상이었다. 미겔 씨의 추측이 어느 정도 진실에 가까운지는 알 수 없었으나, 나가쓰는 묵묵히 라임이 들어간 코로나를 들이키며 그 의심을 담백하게 희석시키고 있었다.

"그런데 기타가와 쇼고 씨가 사와코 씨와 헤어진 이유는 뭘까요?"

미겔 씨는 또 눈썹을 찌푸리고 시가를 물었다. 말할 수 없는 것인지, 아니면 모르는 것인지, 그것도 아니면 판단할 수 없는 것인지 분간하기 힘든 표정이었다. 나가쓰가 생각하기에는 아마도 세 번째에 가까운 표정 같았다.

가쓰라기도 그 점은 충분히 느끼는 듯했다. 마침내 담배에 불을 붙이고 멍하니 담배 연기를 내뿜었다. 잠시 시가 연기와 담배 연기가 서로 엉키며 공중을 떠돌았다.

"대놓고 말해, 쇼고 씨는 살아 있습니까?"

"덧붙여 말해두지만, 방금 전에 같은 이야기를 하러 온 녀석이 있었어."

"그게 누구입니까?"

"그의 아들 슈지. 오랜만에 만나서 나도 깜짝 놀랐지."

미겔 씨는 시가를 재떨이에 내려놓고 코로나 병으로 손을 뻗었다. 옛 친구의 아들에게 어떤 생각을 품고 있는지, 그의 옆얼굴에 문득 그림자가 드리워졌다.

"뭐, 이제 와서 생각해보면 슈지가 마키노 집안에 들어갔다는 사실 자체가 자연스럽지 않았어. 나한테도 책임이 있다면 있겠지. 쇼고도 마키노도 결국 슈지를 지금까지 줄곧 괴롭히고 있어."

"미야자와 씨는 뭐라고 말씀하셨습니까?"

"……사실은 묘한 이야기가 하나 더 있어. 쇼고가 나를 만나러 왔을 때 사와코의 사진을 가져왔더라고. 흑백 현장 사진이었는데, 뒷면에 '혼고의 연못에서 12시에'라고 적혀 있었어."

"현장 사진요? 다시 말해 사와코 씨의 변사체가 찍혀 있었던 겁니까?"

"응. 쇼고의 수첩에 끼워져 있던 것을 우연히 내가 발견했지. 어디에서 입수했는지 물었더니, 그 녀석은 입을 꾹 다물고 그 사진을 빼앗아 가더군. 혼고에 간다는 말만 남기고."

미겔 씨는 복잡한 표정으로 코로나 병을 응시했다. 테이블에 켜진 기름 양초의 가느다란 불이 짙은 호박색으로 가물가물 빛났다.

"슈지 씨는 그 이야기를 듣고 어떤 반응을 보였습니까?"

"냉정했어. 쇼고가 사라지기 직전에 갔던 장소가 혼고였다는 말을 듣고 묘하게 납득하더라고."

"그래서요?"

"아버지 묘로 갔어. 아버지에게 인사하러 간다고 했지만, 사실은 아니겠지."

"누군가와 만날 예정이라도 있었나요?"

"글쎄. 물어봐도 대답해주지 않았을 거야."

가쓰라기는 어떤 생각에 빠져 있었지만 곧 담배를 비벼 *끄고* 배낭을 꺼냈다. 시간은 슬슬 5시 반을 향하고 있었다.

"가려고?"

"일단은 궁금하니까요."

미곌 씨는 코로나 병을 내려놓고 근처의 웨이터를 불렀다. 그리고 펜을 건네받고 종이 냅킨을 한 장 꺼내 그곳에 기타가와의 아버지 묘가 있는 곳을 적었다.

"미리 말해두지만 간단한 일이 아니야."

"알고 있습니다."

"더구나 슈지 일이라면 그만두는 편이 좋아. 나도 가슴이 아프니까."

미곌 씨는 시가를 다시 집어 들고 멀어져 갔다. 이번 사건이 그에게 무얼 다시 떠올리게 했는지, 그의 옆얼굴에는 옛일을 생각하는 허탈함과 쓸쓸함이 배어 있는 듯 보였다.

해가 질 무렵의 아오야마 공원묘지는 오후의 열기가 아직 곳곳에 남아, 후덥지근한 나무 향기와 흙냄새를 한층 진하게 했다. 공원묘지 안을 가로지르는 도로 입구에 푸조를 세운 두 사람은 잡초가 자란 오솔길을 따라 미곌 씨가 가르쳐준 묘를 향해 걷기 시작했다. 나가쓰의 얼굴에는 땀이 맺혀왔다.

오봉ぉ盆, 한국의 추석과 비슷한 명절이며, 고향에 내려가 성묘하는 풍습이 있음을 앞둔 일요일인 탓인지 넓은 공원묘지에서는 가족 단위로 성묘하러 온 사람들이 눈에 띄었다. 새로이 묘 앞에 놓인 하얀 국화나 백합도 보였고, 갓 청소한 듯한 멋진 화강암 묘도 보였다. 반면에 가장자리 곳곳이 깎여나가고 새겨진 글씨도 풍화되어 거의 읽을 수 없는 묘

도 있었다. 나가쓰는 이마의 땀을 닦으면서 무성한 나무가 내뿜는 후끈한 공기 속 희미한 향냄새를 맡았다.

가쓰라기는 모퉁이의 벚나무 아래에서 문득 발을 멈췄다. 번지에 따르면 기타가와 집안의 묘는 오른쪽 구획 어딘가에 있을 테지만, 가쓰라기의 눈은 다른 곳을 향하고 있었다. 그 시선을 좇아 오솔길 저편을 바라본 나가쓰는 기타가와 슈지가 아닌, 단정한 회색 바지에 옅은 새먼핑크의 반팔 셔츠를 입은 남자 한 명이 우두커니 서 있는 모습을 발견했다.

"누구야?"

"저 얼굴, 사진 속의 후지모토야."

남자는 맨손이었고 짙은 갈색인지 옅은 회색인지 모를 가느다란 테의 안경을 쓰고 있었다. 아무렇게나 뒤로 넘긴 머리카락에는 백발이 꽤 많이 섞여 있었지만, 철저한 자기관리의 결과인 듯한 탄탄해 보이는 풍채를 지닌 남자였다.

"하지만 후지모토는 지금 해외에 있을 텐데."

"돌아왔겠지. 이유는 모르지만."

가쓰라기가 중얼거리며 대답한 순간, 오솔길 끝의 소나무 뒤에서 사람의 모습이 나타났다. 검은색 셔츠에 청바지를 입은 기타가와 슈지였다. 거리는 약간 멀었지만, 나무에 둘러싸인 아오야마 공원묘지는 해가 질 무렵이라서 적막했다. 덕분에 두 사람의 목소리가 생각보다 훨씬 잘 들려왔다.

"……이제 그만큼 하면 됐잖아요, 후지모토 씨. 아버지를 애도하는 척해봤자 시간 낭비예요."

"전부터 계속 말했잖아. 나는 아무런 관계가 없다고."

"거짓말하지 마시죠. 6년 전 6월 12일, 그 증거인 비디오테이프가 있습니다."

기타가와의 표정은 놀라울 만큼 침착했다. 그에 반해 후지모토의 표정은 다른 사람이 어떤 운명을 맞이했는지 충분히 알고 있는 듯 약간 창백해 보였다.

"나한테는 없어. 있는 것은 기념식이 찍힌 비디오테이프뿐이야."

"원본은 어디에 있습니까? 야하타 씨가 죽은 날 밤에 사라진 비디오테이프 말입니다."

후지모토는 아무런 대답도 하지 않고 기타가와 쇼고의 묘를 멍하니 바라보고 있었다. 지금까지 지켜오던 것들이 한꺼번에 무너져 내리는 것을 어쩔 수 없이 바라봐야만 하는 듯 허탈함이 밴 옆얼굴이었다.

"맹세코 말하건대 나는 몰라."

"그럼 찾으세요. 기한은 내일, 당신이 카나와 만나기로 되어 있는 월요일까지요."

기타가와 슈지의 마음속에 도대체 어떤 변화가 일어난 것일까? 지금까지는 농락당하는 사람처럼 보였던 그가 갑자기 비장의 카드를 손에 쥐고 그 흥분에 도취된 것처럼 굴고 있었다. 그를 앞에 둔 후지모토는 줄곧 고개를 숙인 상태였다.

"만약 찾아내지 못한다면?"

"찾든 못 찾든 결국 같은 운명 아닐까요? 지금까지의 사람들처럼."

"……역시 네가 쇼고의 이름을 사칭했나?"

"그렇다면 어쩔 겁니까?"

후지모토의 대답은 없었다. 기타가와는 희미한 미소를 입가에 띠고 천천히 등을 돌렸다. 그 순간, 후지모토가 공포에 가득 찬 소리를 내질렀다.

"잠깐만!"

기타가와는 발을 멈추고 뒤돌아보았다. 아버지의 묘 앞에 머리를 숙이고 선 후지모토의 모습을 보고 즐거워하듯이 눈을 가늘게 떴다.

"짚이는 게 하나 있어. 어젯밤 마키노의 두 번째 아내가 우리 집으로 연락을 해왔어."

"그래서요?"

"돈을 빌려달라고 하더군. 사쿠라이의 집에도 드나들던 여자니까 이야기만 잘하면 그쪽의 비디오테이프를 손에 넣을 수 있을지도 몰라."

기타가와는 그 말을 듣고도 거의 표정을 바꾸지 않았다. 그저 희미한 경멸과 조롱하는 듯한 가련한 표정으로 천천히 중얼거릴 뿐이었다.

"기대하고 있겠습니다, 후지모토 씨."

나가쓰는 벚나무 그늘에서 숨을 죽이고 두 사람의 모습을 바라보고 있었다. 말을 마친 기타가와는 다시 후지모토에게 등을 돌리고 오솔길 저편에서 오른쪽으로 돌아 사라졌다. 그때 가쓰라기가 목소리를 죽이고 속삭였다.

"기타가와를 부탁해. 나는 후지모토를 추궁해볼게."

"……뭐라고? 나 지난번에 들킨 거 알잖아?"

"손이 모자라잖아, 어쩔 수가 없어."

그렇게 말하는 동안에 후지모토는 기타가와가 사라진 오솔길 쪽으로 걸어가다가 기타가와와 반대 방향으로 몸을 틀었다. 가쓰라기는 나가쓰에게 슬쩍 눈짓하고 곧바로 후지모토의 뒤를 쫓기 시작했다. 나가쓰는 어찌할 바를 몰라 주변을 둘러보았다.

기타가와와 가쓰라기의 모습이 사라지고 묘지에 둘러싸여 혼자 남겨진 나가쓰는 아직 해가 지지도 않았는데 으스스한 느낌에 사로잡혔다. 두 눈을 질끈 감은 나가쓰는 마음을 고쳐먹고 방금 후지모토가 서 있던 주변으로 다가갔다. 그곳에는 행방불명된 기타가와 쇼고의 이름이 합사되어 있는 기타가와 집안의 묘가 있었다. 누가 가져왔는지 쓸쓸한 묘석 앞에 주황색 백합이 한 송이 놓여 있었다.

오솔길의 끝에 서서 시선을 돌리자, 기타가와가 공원묘지를 동서로 가로지르는 도로로 내려가는 모습이 멀리서 보였다. 앞선 미행에서 들킨 기억이 있는 나가쓰는 불안한 마음을 감출 수가 없었지만, 그래도 곧바로 발걸음을 재촉해서 쭉 늘어서 있는 묘석 사이를 지나 길모퉁이를 향해 갔다. 기타가와는 지금부터 어디로 가려는지, 가이엔니시 거리를 넘어 미나미아오야마로 빠져나가는 육교로 걸어갔다.

멀리서 보더라도 매우 여유로운 발걸음이었다. 기타가와는 문득 발을 멈추고 육교 난간에 팔을 올린 후 광활한 저녁 하늘 밑에 펼쳐진 시가지를 바라보기 시작했다. 기대감과 허탈감이 미묘하게 뒤얽힌 듯한 흐릿한 옆얼굴이었다.

천천히 고개를 숙인 기타가와가 손목시계로 눈을 돌렸다. 슬슬 6시가 지나는 시간이었고, 공원묘지에서 산책하는 사람들의 그림자도 하나둘 사라져 갔다. 나가쓰는 인도 끝의 벚나무 뒤에 몸을 숨기고 기다리다가 기타가와가 난간에서 손을 떼고 육교 반대편으로 걸어가는 것을 확인하고는 마침내 뒤를 쫓기 시작했다.

전망 좋은 육교 위에는 숨을 곳도 적당하지 않아 기타가와가 왼쪽으로 돌 때까지 나가쓰는 또 잠시 시간을 두었다. 기타가와가 어째서 저렇게나 여유로운 태도인지는 알 수 없었다. 하지만 이미 리스트의 다섯 명이 죽은 사실과 관련 있을지도 모른다는 생각이 들자 나가쓰는 저절로 긴장감이 들었다. 멈추어 있던 나가쓰는 기타가와가 완전히 시야에서 벗어난 이후에야 걷기 시작했다. 손님을 기다리고 있는지 아니면 휴식 중인지 모를 택시가 인도를 따라 줄지어 늘어서 있었다.

육교가 끝나고 외길이 왼쪽으로 꺾어지는 모퉁이까지 오자, 기타가와가 벌써 도로의 반대편으로 건너가 수입 잡화를 전시해놓은 쇼윈도 앞을 걸어가는 모습이 눈에 들어왔다. 이 일대에는 인기 있는 여성복 전문점이 좌우로 쭉 늘어서 있었고 오가는 사람도 많았다. 나가쓰는 그 점을 다행으로 여기며 기타가와의 등을 도로 맞은편에서 살피면서 천천히 발걸음을 옮겼다.

마침내 미나미아오야마욘초메, 네즈 미술관 부지가 왼쪽으로 보이는 모퉁이까지 간 기타가와는 나무들로 둘러싸이고 벽돌 타일로 장식된 맨션 앞에서 또 오른쪽으로 꺾었다. 나가쓰는 일단 조심스럽게 하나 앞 신호등에서 반대편으로 길을 건넜다. 그리고 미나미아오야마욘초메의 모퉁이에 와서 살며시 저편을 살펴보았다. 기타가와는 시로카네다이에서 이 거리로 와서 자동차를 세워두었는지, 콘크리트가 드러난 건물 앞에서 회색 벤츠 옆에 서서 주머니의 자동차 열쇠를 뒤졌다.

다음 순간, 기타가와가 거리의 오른쪽으로 눈을 돌렸다. 그리고 무언가를 발견했는지 벤츠에서 슬며시 떨어져 콘크리트 건물로 다가갔다. 그러고는 그 입구의 계단을 오르는 척하며 또 살며시 같은 방향을 의심스러운 눈빛으로 살펴보았다. 나가쓰는 모퉁이에 숨어서 기타가와의 시선을 눈으로 좇다가 곤혹스러움에 사로잡혔다.

유카였다. 그녀는 무릎 위 길이의 짙은 베이지색 원피스에 상아색 핸드백을 어깨에 메고 모퉁이에 위치한 통유리 카페 앞에서 안으로 들어갈까 말까 망설이는 듯 보였다.

그리고 기타가와는 건물 뒤에서 똑바로 유카를 바라보고 있었다. 기타가와가 그녀의 얼굴을 알고 있다는 것 자체가 놀라운 일이었는데, 그 이상으로 유카가 이곳에서 무엇을 하고 있는지 생각하자 더욱 머릿속이 혼란스러워졌다. 나가쓰는 일단 판단을 유보하고 유카를 엿보는 기타가와와 카페 앞에 있는 그녀의 움직임을 동시에 살폈다.

유카는 통유리 카페 안에서 누군가의 모습을 찾고 있는 듯했다. 그녀는 손목시계를 힐끔 보고 잠시 머뭇거리더니 카페의 유리문을 밀었다. 그러나 금방 발걸음을 멈추고 핸드백 안에서 휴대폰을 꺼내 걸려온 전화를 받았다.

전화를 건 상대방이 누구인지 유카는 약간 불안한 얼굴로 고개를 끄덕이면서 창밖으로 눈을 돌렸다. 그리고 전화를 끊고 다시 손목시계를 힐끔거렸다. 마침내 종업원 한 명이 테이블을 안내하러 다가왔지만, 유카는 그것을 거절하고 카페 밖으로 나왔다. 거리 저편의 기타가와 슈지는 그녀가 걸어가기 시작하는 것을 보자마자 그녀의 뒤를 좇기 시작했다.

나가쓰는 기타가와의 미행을 유카에게 알려줘야 할지 망설였다. 하지만 그렇게 하면 기타가와에게 자신의 존재를 들키고 만다. 나가쓰는 딜레마에 빠진 채 두 사람의 모습이 보일 만큼의 거리를 두고 변함없는 발걸음으로 걷기 시작했다.

방금 지나친 거리 못지않게 화려한 여성복 전문점이 쭉 늘어선 이 주변은 오가는 사람들로 넘쳐나서 약간 마음이 놓였다. 최신 유행의 기발한 옷차림을 한 젊은이들과 한눈에 보아도 부잣집 자식처럼 보이는 사람들이 마구 뒤섞여 길 좌우를 걷고 있었다. 유카는 그 속에서 약간 빠른 걸음으로 오모테산도 교차로를 향하고 있었다. 그리고 기타가와도 그녀에게 다가가 말을 걸려는 낌새도 없이 그녀의 뒤를 차근차근 밟아나가고 있었다.

나가쓰는 되도록이면 천천히, 그 두 사람 중 어느 한 명이 뒤돌아보더라도 허를 찔리지 않을 정도의 거리를 두고 걸어갔다. 하지만 그러는 사이에도 불안은 점점 증폭되었다. 마침내 유카는 교차로에 다다랐고, 차례차례 자동차가 지나가는 아오야마 거리에서 신호를 기다리기 시작했다. 그녀는 그대로 건너가 오모테산도로 들어갈 것처럼 보였다. 어느새 기타가와도 그 바로 옆에서 발을 멈춰서 있었다.

그대로 5초, 10초가 지나갔다. 하지만 유카는 옆에 있는 기타가와를 눈치채지 못한 채 그저 지나가는 자동차만 멍하니 바라보고 있을 뿐이었다. 신호가 파란색으로 바뀌고 인파가 움직이기 시작했다.

나가쓰는 또다시 망설이면서 약간 사이를 둔 채 횡단보도를 건너 거리 반대편에서 두 사람을 쫓았다. 가로수인 느릅나무의 그늘이 시원한 일요일 저녁, 오모테산도는 어쩐지 나른한 화려함으로 가득했다. 인도 가장자리에는 노점상이 액세서리와 수상쩍은 그림, 골동품 등을 늘어놓고 통행하는 사람과 가벼운 대화를 나누고 있었다. 여유로운 거리 분위기와는 달리, 나가쓰는 등에 땀이 밴 채로 발걸음을 옮겨야 했다.

유카는 약간 몸을 수그린 채 널찍한 인도를 따라 하라주쿠 쪽으로 향했다. 기타가와는 그 바로 뒤에서 아무것도 모르는 상대방을 쫓는 게 즐겁기라도 하다는 듯이 천천히 걸어가고 있었다. 이미 해는 거의 기울어 레스토랑이나 옷 가게의 조명이 하나 둘 켜지기 시작했다.

이윽고 유카는 횡단보도를 건너고 또 발을 멈췄다. 왼쪽에 오픈 테라스 카페가 있었다. 조금 전 받은 전화는 만날 장소를 지정하기 위한 것이었는지도 몰랐다. 그녀는 한순간 주저하다가 카페 계단을 올라갔고 기타가와도 마찬가지로 유카를 따라 그 카페에 들어갔다. 거리가 내려다보이는 테이블에 앉은 유카의 바로 대각선 뒤로 기타가와가 의자를 당겨 유유히 앉았다.

나가쓰는 카페 맞은편 거리의 육교 뒤에서 공중전화박스를 발견했다. 후지모토를 미행하는 가쓰라기가 어떤 상태인지 알 수 없었지만, 지금 이런 상황에서는 자신이 어떻게 해야 할지 그가 지시를 내려주길 바랐다. 나가쓰는 카페를 바라보면서 공중전화박스의 문을 열고 곧바로 수화기를 들었다. 유카는 두 남자에게 감시당하고 있는 것을 아는지 모르는지, 핸드백을 옆 의자에 두고 웨이터에게 무언가를 주문하고 있었다.

호출음이 세 번 울리고 가쓰라기의 낮은 목소리가 들렸다. 나가쓰는 공중전화박스의 유리창 너머로 유카의 모습을 바라보면서 마찬가지로 내리깐 목소리로 말했다.

"나야. 지금 오모테산도에 있어. 기타가와를 쫓아가보니 왠지는 모르겠지만 유카 씨를 봤어."

"두 사람……, 함께 있어?"

"아니, 유카 씨는 기타가와를 알아차리지 못했어. 기타가와는 지금 카페 안에서 유카 씨 바로 뒷자리에 있고."

힐끔 손목시계를 보자 6시 5분을 지나고 있었다. 일요일 저녁의 카페 손님은 와인이나 맥주를 앞에 두고 느긋하게 쉬고 있었고, 유카의 테이블에도 에스프레소로 보이는 작은 잔이 놓였다.

"알았어. 내가 유카의 휴대폰으로 전화할게."

"나는 어떻게 할까?"

"유카가 전화를 끊으면 나한테 다시 전화해. 그때는 또……."

또다시 치익 하는 잡음이 들어가더니 딸깍하고 통화가 끊겼다. 나가쓰는 수화기를 내려놓고 카페의 움직임을 살폈다.

가쓰라기는 방금 말한 대로 바로 유카에게 전화를 건 모양이었다. 유카가 또다시 옆에 둔 핸드백을 열고 휴대폰을 꺼냈다. 상대방의 목소리에 고개를 끄덕이는 그녀의 얼굴에서 순식간에 웃음이 가셨다.

마침내 기타가와의 테이블에도 똑같은 에스프레소 잔이 놓였다. 하지만 유카는 그쪽을 돌아보려고도 하지 않고 그저 휴대전화를 귀에 댄 채 멍하니 카페 앞 해 질 녘의 혼잡한 거리를 바라볼 뿐이었다.

문득 등 뒤에서 문을 두드리는 소리가 들렸다. 정신을 차리고 돌아보니 중년 여성이 성가시다는 듯한 얼굴로 공중전화를 가리켰다. 나가쓰는 당황해서 수화기를 들고 전화를 거는 척했다.

맞은편 카페를 엿보니 유카는 통화가 끝났는지 휴대폰을 테이블에 내려놓았다. 나가쓰는 다시 가쓰라기에게 전화를 걸었다.

"여보세요. 어떻게 됐어?"

"……계속 지켜봐. 유카의 상태가 왠지 이상해."

"기타가와가 미행하고 있다는 건 말했어?"

"아니. 네가 있다는…… 사실을 알리지 않는 편이…… 좋을 것 같아서. ……니까."

통화 상태가 좋지 못해서 가쓰라기의 끝말은 알아들을 수가 없었다. 카페 안의 유카는 에스프레소에 설탕을 넣고, 가느다란 스푼으로 천천히 젓고 있었다. 어딘지 정신이 나간 듯도 보였다. 스푼을 내려놓은 유카는 옆 의자에 놓아둔 핸드백에서 잡지를 꺼냈다. 패션 잡지인 듯했다.

"그래서?"

"만날 약속…… 같아. 상대방이 누군지는 말하지 않았어."

"끝까지 지켜볼까?"

"그래. 부탁할게. 후지모토 쪽도 그럭저럭……."

또 전파가 흐트러지면서 통화가 뚝 끊겼다. 나가쓰는 슬슬 짜증이 나서 텅 하고 수화기를 내려놓았다. 하지만 상식적인 사회에 속한 상식적인 사람으로서, 밖에서 기다리다 지친 중년 여성에게는 애써 미소를 지어 보이며 나왔다.

주변은 점차 어두워졌고 전조등을 켠 자동차가 눈에 띄기 시작했다. 거리의 맞은편에서는 호박색 조명이 은색 찻주전자와 유리잔에 비치는 북적이는 카페의 풍경이 또렷이 눈에 들어왔다. 나가 쓰는 패션 잡지를 넘기는 유카와 그녀를 등 뒤에서 무심히 바라보는 기타가와의 모습을 엿보면서 막연한 불안을 느꼈다.

잠시 후 기묘한 움직임이 포착되었다. 꽃다발을 든 웨이터가 유카의 테이블로 다가왔다. 투명하고 얇은 필름으로 감싼 옅은 분홍색 장미 꽃다발이었다. 유카는 망설이면서 그 선물을 받아들었다. 웨이터는 자신의 역할을 끝내고 곧바로 안쪽으로 사라졌지만, 유카는 불안한 눈빛으로 꽃 사이에서 한 장의 하얀색 카드를 꺼냈다. 그리고 그곳에 쓰인 글을 읽자마자 침착함을 잃어버린 듯 휴대폰과 잡지를 서둘러 핸드백에 담았다. 그러고 나서 꽃다발을 한 손에 들고 핸드백을 어깨에 멘 후 벌떡 자리에서 일어섰다.

하지만 기타가와는 유카를 쫓아 여기까지 왔으면서도 별로 조급한 기색도 없이 여유롭게 에스프레소를 마시고 있었다. 유카는 몸을 수그리며 카페의 계단을 내려가서 인도로 나오자마자 하라주쿠 쪽으로 완만히 내려가는 비탈길을 빠른 걸음으로 걸어가기 시작했다. 끊임없이 좌우를 둘러보며 누군가를 찾고 있는 듯, 아니면 시선을 두려워하고 있는 듯 보였다.

기타가와는 커피 잔을 내려놓고 조용히 자리에서 일어섰다. 모든 것을 내다보고 어떻게 움직여야 할지 결정한 듯한 여유가 느껴졌다. 나가쓰는 넓은 오모테산도의 반대쪽에서 어떻게 하면 좋을지 모른 채 무작정 유카가 있는 방향으로 걸어가기 시작했다. 뭔지는 모르겠지만 매우 위험한 느낌이 들었다.

그때 짧은 자동차 경적 소리가 났다. 이곳은 항상 붐비는 길이어서 어디에서 들리는 소리인지도 전혀 알 수 없었지만, 문득 정신을 차려보니 유카가 저편에서 발걸음을 멈춘 상태였다. 그리고 천천히 무언가에 이끌리듯이 유카를 향해 자동차 한 대가 다가왔다. 멀리 있어서 차종을 잘 알 수 없었지만, 차체는 하얀색이었다.

카페 쪽을 돌아보자 기타가와가 인도로 나오는 참이었다. 그와 동시에 유카는 장미 꽃다발을 안은 채 하얀색 자동차에 올라탔다. 기타가와는 매우 느긋하게 그녀의 움직임을 모두 시야에 담으면서 완만한 비탈길을 내려왔다.

잠시 후 자동차가 출발했다. 운전석에 있는 인물은 너무 어두워서 알 수 없었지만, 남자인 듯했다. 나가쓰는 기타가와에게 들킬까봐 꼼짝도 할 수 없었다. 그저 가로수 뒤에 몸을 숨기고 떠나는 하얀색 자동차를 바라볼 뿐이었다. 그리고 기타가와도 거리 맞은편에서 즐거운 듯한 웃음마저 띠며 유카와 누구인지 모를 남자의 행방을 그저 지켜만 보고 있었다.

나가쓰는 문득 깨달았다. 리스트에서 남아 있는 사람은 단 두 명, 그중 한 명인 후지모토는 가쓰라기가 미행하는 중이었다. 그렇다면 지금의 남자, 하얀색 자동차에 유카를 태우고 사라진 그 남자도 사건 관계자라고 한다면, 사쿠라이 고키밖에 없었다.

마키노 카나의 외삼촌이자 기타가와 슈지의 외삼촌, 그와 동시에 살인자의 표적이기도 한 남자. 가쓰라기가 그들에 관해 어디까지 파악하고 있는지는 알 수 없었다. 그러나 언젠가 그가 말한 것처럼 이 사건에는 상상 이상으로 무섭고 뿌리 깊은 무언가가 도사리고 있을지도 몰랐다.

18

의 뢰 인 의 정 체

유카가 사라졌다. 휴대폰으로는 전혀 연락이 닿지 않았고, 가구라자카에 위치한 유카의 집에도 몇 번 전화해봤지만 아무도 받지 않았다. 가쓰라기는 특별히 놀라지도 않고 초조해하지도 않은 채 그 사실을 덤덤히 받아들였지만, 나가쓰는 잠도 거의 자지 못했다. 사쿠라이와 유카가 대체 무엇을 하고 있을지, 상상하는 것만으로도 괴로워서 도저히 견딜 수가 없었다.

"아, 미안. 많이 기다렸나?"

들려오는 목소리에 얼굴을 들자 하얀 가운을 걸친 남자가 서 있었다. 가쓰라기와 나가쓰는 가타세 교수의 소개로 미야치 데쓰야라는 의사를 만나기 위해 대학 부속병원 외래동 4층에서 기다리고 있던 중이었다. 남자는 사쿠라이가 1년 전 퇴직할 때까지 그 밑에서 일했던 신경정신과 강사라고 했다.

가쓰라기는 대합실 의자에서 일어섰다. 월요일 오후 5시쯤 외래 진료 시간이 끝나가는 신경정신과 앞 복도에는 사람이 거의 없었다. 병원 스피커에서는 현악곡이 부드럽게 흘러나오고 있었다.

"진료는 다 끝나셨습니까?"

"응. 복도에서 이야기하기는 좀 그러니까 진료실로 들어오게."

미야치 강사는 신경정신과 의사답지 않은 호쾌한 웃음을 지어 보이며, 두툼한 손으로 가운의 주머니에서 수건을 꺼내 땀이 밴 뺨을 북북 닦았다. 나이는 마흔 살 안팎, 키는 약간 작고 통통한 체형이었다. 뒤룩뒤룩 움직이는 동그란 눈이 무섭게도 보였다가 귀엽게도 보이는 인물이었다.

접수계 왼쪽의 입구로 들어가자 청회색 2인용 소파를 곳곳에 둔 하얀 복도의 양쪽에 진료실의 닫힌 문들이 늘어서 있었다. 미야치 강사가 사용하는 곳은 그 왼쪽의 두 번째 방인 듯 문 옆에 그의 명패가 걸려 있었다. 반쯤 열린 문 너머로 메모지가 어지럽게 흩어져 있는 책상이 보였다.

미야치 강사는 접수계에 커피 3잔을 부탁했다. 그러고는 진료실 안에 가쓰라기와 나가쓰를 불러들이고 접이식 의자를 방구석에서 가져왔다. 그리고 자신은 의사의 위치에 앉고 또 새로운 환자를 앞에 둔 모양새로 책상 위에서 가볍게 양손을 깍지 꼈다.

"그럼 시작할까?"

"네, 갑작스럽지만 미야치 씨, 사쿠라이 씨와는 언제부터 아는 사이십니까?"

"내가 학부에 있던 때부터지. 그때 사쿠라이 선생님은 아직 강사였어."

신경정신과의 진료실은 의외로 좁았다. 오른쪽 벽 쪽에는 파랗고 얇은 매트 위에 작은 베개를 둔 침대가 있고, 맞은편 구석에는 하얀 세면대가 설치되어 있었다. 미야치 강사의 뒤에 위치한 창문의 커튼도 역시 파란색이었고, 유리창 너머로는 부속병원 뒤편의 꾀죄죄한 담장이 보였다.

"강사라는 것은 외래 환자 담당 의사지요?"

"응, 그렇지."

"이 사진의 여성, 보신 적 있습니까?"

가쓰라기는 검은 배낭에서 꺼낸 도쿄대학수첩에서 사진 한 장을 빼내 미야치 강사에게 내밀었다. 그것은 꽤 이전에 촬영된 것으로 보이는, 세일러 교복 어깨에 긴 생머리를 늘어뜨린 젊은 여자의 사진이었다.

"……왜 이걸 네가?"

"제 의뢰인입니다."

미야치 강사는 갑자기 이마를 찌푸리며 사진을 책상에 내려놓았다. 나가쓰는 태연한 모습을 가장하며 옆에서 그 사진을 집어 들었다.

촬영 시기는 여름인 듯했다. 어느 정원으로 보이는 연못가의 나무 그늘에 젊은 여자가 서 있었다. 색은 바랬지만 어두운 배경 속에서 세일러 교복의 하얀 상의와 하얀 양말, 그리고 목과 발목의 하얀 피부가 더욱 선명하고 돋보였다.

하지만 고등학생치고는 표정과 분위기에 천진난만함이 전혀 느껴지지 않았다. 시선을 비스듬히 피하는 그 얼굴은 무엇을 보고 있는지 생각을 멈춘 듯한 싸늘한 느낌이 배어 있었다.

그리고 나가쓰는 가쓰라기가 이곳에 온 의도를 비로소 깨달았다. 교복 차림의 그 사진은 수십 년 전의 유카였다.

"알고 계시지요?"

"응. 내가 신경정신과 실습을 할 때 사쿠라이 선생님이 담당했던 여자애야."

나가쓰는 사진 뒷면을 돌려보았다. 그곳에는 검은 잉크로 쓰인 가지런한 글씨로 날짜와 무언가가 적혀 있었다. '16년 전 7월 14일, 내가 가장 사랑하는⋯⋯.'

하지만 가쓰라기가 옆에서 사진을 낚아챘다. 변함없이 무표정한 얼굴로 그것을 수첩에 도로 끼우면서 나가쓰를 마치 무시하는 듯 이야기를 이어갔다.

"기간은 어느 정도였습니까?"

"그다지 길지는 않았다고 기억해. 한 달이나 두 달 정도. 그 애가 병원을 바꿨다고 들었으니까."

"원인은 무엇이었습니까?"

미야치 강사는 약간 침착함을 잃은 태도로 또 가운 주머니에서 하얀색 바탕에 파란색 줄무늬의 수건을 주섬주섬 꺼냈다. 진료실은 냉방이 잘 되어 있었지만, 선천적으로 땀이 많은 체질인지 그는 목덜미 주변을 자꾸만 닦았다.

"이건 단순한 소문이야. 학생들은 실없는 소문을 자주 퍼뜨리곤 하잖아. 사쿠라이 선생님은 마흔 살이 다 되어도 줄곧 미혼이었던 데다 그 여자애와 선생님은 무서울 만큼 잘 어울렸거든. 그래서 이상한 소문이 돈 거야."

"다시 말해 담당 의사가 환자에게 손을 댔다는 말씀인가요?"

"아니, 꼭 그렇다고는 말할 수 없어. 학생 사이에서 그런 소문이 있었던 건 사실이지만, 그게 사실이라면 바로 해직당하니까, 선생님이 설마 그렇게까지는⋯⋯."

조심스러운 노크 소리가 들리고 하얀 제복에 남색 카디건을 걸친 젊은 간호사가 커피 잔 세 개를 쟁반에 올려놓고 들어왔다. 미야치 강사는 매우 싹싹하게 고맙다는 인사말을 하고 책상 위에 어질러진 메모장, 클립, 필기도구를 싹 옆으로 치웠다.

"그런데 사쿠라이 씨는 그때는 아니지만 작년에 퇴직하셨지요?"

"응, 건강상의 이유로."

"이유는 그것뿐인가요?"

미야치 강사는 난처한 듯한 표정으로 커피 잔을 책상에 늘어놓는 간호사를 힐끔 올려다보았다. 그녀도 사쿠라이의 이름을 알고 있는지는 모르겠지만, 어색한 공기를 감지했는지 가볍게 목례하고 진료실을 나갔다. 미야치 강사는 문이 닫히는 것을 확인하고 마침내 커피 잔으로 손을 뻗었다.

"뭐, 물론 사쿠라이 선생님도 여러 가지로 힘들어했어. 그 여자애가 병원에 다녔던 시기도 여동생인 사와코 씨가 변사한 직후였고. 나도 직접 아는 건 아니지만, 그 여자애와 여동생의 분위기가 닮았다는 이야기도 실제로 있었어."

"그런데 그 소문의 계기는 무엇이었습니까?"

"그 산시로 연못이야. 늦은 저녁에 선생님과 그 여자애가 그 근처에 함께 있는 것을 봤다는 녀석이 있었어."

산시로 연못. 어쩌면 아까 그 사진도 그곳에서 촬영되었는지도 모른다. 나가쓰는 확인하고 싶었지만 가쓰라기는 이미 수첩을 배낭에 집어넣은 뒤였다.

"그리고 작년에 퇴직한 것에 관해서는 아세요?"

미야치 강사는 한순간이라도 이야기를 얼버무리고 싶은지 찡그린 얼굴로 커피를 후루룩거렸다. 나가쓰도 커피 잔을 들고 뜨거운 커피를 한 모금 마셨다. 이런 곳에서 나오는 커피는 싱겁고 맛없을 것이라고 생각했지만, 의외로 향이 좋고 깊은 맛이었다.

"선생님이 병에 걸린 건 사실이야. 하지만 다른 원인도 있다고 생각하는 사람도 있긴 했지."

"무슨 말씀이신지?"

"조사했으니 알 것 아닌가. 마키노 선생님의 따님 말이야."

"제가 들은 바가 적어서 거기까지는……."

"아, 다시 말해……."

미야치 강사는 그 대목에서 가만히 커피 잔을 내려놓고 의자 등받이에 기댔다. 그러고는 책상에 굴러다니던 검은색 볼펜에 손을 뻗어 옆에 있던 종이에 의미 불명의 선을 긋기 시작했다.

"나도 잘은 몰라. 마키노 선생님의 따님을 담당한 사람은 다른 강사이고, 게다가 의사에게는 비밀 준수의 의무가 있어."

"그렇다면 다른 원인이라는 건……?"

"그것도 단순한 소문이야. 그만한 배경이 얽혀 있다면 그렇게 생각하고 싶어지는 것도 인지상정이겠지만."

분명히 기타가와에 관해서는 둘째치고라도 카나에 대해 생각해 보면 어머니 사와코는 변사했고, 아버지인 마키노 교수도 올해 6월에 똑같이 붉은 허리끈으로 목을 매고 숨졌다. 그리고 미야치 강사의 말을 믿는다면 사쿠라이는 조카딸인 카나보다 전에 이곳에 통원하던 고등학교 시절의 유카에게 무언가를 투영한 기색이 있다.

그 후 두 사람 사이는 대체 어떻게 되었을까? 유카가 온묘지와 결혼하기에 이르기까지 사쿠라이는 무엇을 하고 있었을까? 게

다가 정작 온묘지는 현재 리스트의 그들과 어떤 연결점이 있을까……?

"그리고 마키노 교수님의 두 번째 아내 쇼코 말인데요, 만난 적 있습니까?"

"응. 사쿠라이 선생님과 함께 있을 때 바깥 대합실 복도에서 몇 번 정도."

"두 사람은 어떤 대화를 나누셨나요?"

"오로지 딸 걱정밖에 안 하더군. 식사를 어떻게 해야 하냐는 둥, 수면을 어떻게 취해야 하냐는 둥. 선생님에게 카나는 귀여운 조카 딸이기 때문에 역시 걱정했을 거야."

미야치 강사는 어딘지 침울한 표정으로 커피 잔에 손을 뻗었다. 복도 맞은편의 접수계에서 전화벨이 울리는 소리와 그에 응답하는 간호사의 목소리가 희미하게 들려왔다.

"그 외에 눈치채신 것은 없습니까?"

"어떤?"

"까놓고 말해서, 사쿠라이 씨와 쇼코 씨에게 수상쩍은 느낌은 없었습니까?"

미야치 강사는 여전히 백지에 막연하게 선을 긋고 있었다. 그곳에 세모와 네모 도형도 덧붙였다. 옆에서 보던 나가쓰는 무엇인가 미야치 강사의 무의식 세계를 엿보고 있는 기분이 들었다.

"그런 건 없었어. 불륜이라든가 도덕적인 문제가 아니라, 그런 냄새 자체가 없었어."

"냄새요?"

"응. 성적 충동 유발 물질이 부족해."

미야치 강사는 그런 단정을 강조하듯이 펜 끝으로 책상을 콩콩 찌르고, 보기와 달리 남녀 관계에 정통한 사람처럼 진지한 표정으로 말했다.

"이건 내 개인적인 의견이지만, 단둘이 있어도 할 일이 없을 것 같은 조합은 실제로도 아무 일도 안 일어나."

"서로 타산이 맞으면 이야기는 달라지죠."

"물론이지. 오히려 이해관계로 성립하는 관계가 더 흔하지."

가쓰라기는 깊고 우울한 생각에 빠져 있는지 흐리멍덩한 시선을 허공으로 올리고 셔츠 주머니의 담배를 손가락으로 뒤졌다. 하지만 이곳이 진료실이라는 사실이 떠올랐는지 담배를 뒤지던 손을 멈추었다.

"사쿠라이 씨와 쇼코 씨 사이에 이해관계가 있었다면, 그게 무엇일까요?"

"뭐, 이해관계가 있다면 사쿠라이 선생님에게는 조카딸이 아닐까 싶어. 마키노 선생님과 꽤 불화도 있었던 모양이고."

"언제 적부터입니까?"

"기억에 있는 것은 6년 전이지. 6월 중순쯤이었나, 두 사람이 복도에서 서로 지나쳐도 말을 안 하길래 의아하게 생각했어. 무시했다는 정도가 아니라, 상대방의 존재를 머릿속에서 지운 듯한 느낌이었지."

가쓰라기는 멍하니 커피를 입에 가져다 댔다. 마키노 사와코가 죽은 16년 전의 6월과 비디오테이프에 찍힌 준공 기념식이 있던 6년 전의 6월. 나가쓰는 반복되는 6월이라는 단어가 왠지 주문처럼 느껴졌다. 게다가 6월 12일은 마키노 카나의 생일이기도 하다…….

"그 이후 두 사람은 쭉 그런 상태였습니까?"

"그랬겠지. 그렇지만 병원도 넓고 마주칠 일도 거의 없었다고 생각해."

"그리고 마키노 선생님에 관해서도 잘 알고 계셨습니까?"

미야치 강사는 고개를 저으며 볼펜을 이리저리 굴렸다. 창문 너머로 보이는 하늘이 점차 어두워지기 시작했다.

"뭐, 자살했다는 소식을 듣고 그다지 놀라지 않았어. 그의 행동거지는 잘 모르지만, 이해할 수 없는 느낌이 드는 사람이기도 했고."

"딸인 카나 씨나 쇼코 씨와는 어떤 관계였다고 생각하십니까?"

"두 번째 아내에 관해서는 잘 몰라. 사쿠라이 선생님의 여동생에 대해서는 참으로 아꼈던 듯한데, 두 번째 아내에 대해서는 어땠을지……."

"딸에 대해서는요?"

"글쎄. 그에 관해서는 뭐라고 말하기가 좀 힘든데."

그렇게 말하면서도 미야치 강사는 뭔가 말하고 싶어 하는 눈치였다. 본 주제에 들어가기 전에 애태우는 효과를 주기 위해서인지 잠시 뜸을 들이다가 스스로 그린 낙서를 바라보고 있었다.

"그야 물론 소중하게 여겼을 거야. 어느 모로 보나 사쿠라이 선생님의 여동생과 판박이였으니까."

"그리고 카나 씨가 신경정신과에 다니기 시작한 건 언제부터인가요?"

"5년 전 6월이었을 거야."

"그 사건과 마키노 교수님의 재혼이 관계 있다고 생각하십니까?"

미야치 강사는 한순간 움찔했다. 의사의 비밀 준수 의무가 어느 정도까지 지켜지는지는 모르지만, 어쩌면 그도 결코 공개되지 않은 마키노 카나에 관한 무언가를 들었는지도 몰랐다.

"글쎄, 설마 그러기야 하겠어……?"

"하지만 시기적으로는 딱 들어맞습니다. 마키노 교수님이 재혼한 것도 5년 전 6월 말입니다. 제멋대로 추측해보자면 카나 씨의 자살 미수와 관련해서 체면이나 명예를 지키기 위한 위장 결혼이 아니었을까요?"

가쓰라기는 완전히 식어버린 커피를 떫은 표정으로 쭉 들이켜고, 커피 잔을 책상 위에 내려놓았다. 미야치 강사는 다시 한 번 수건을 손에 들고 목과 이마를 닦았지만, 닦자마자 또다시 땀이 송골송골 맺히는 모양이었다.

"뭐, 그럴 수도 있다고 생각해."

"그리고 사쿠라이 씨는 왜 또 그 후로 쭉 미혼이었을까요?"

미야치 강사는 곤혹스러운 듯 관자놀이 주변을 북북 긁었다. 결혼할지 말지는 그 사람 마음이니 알 턱이 없겠지만, 사쿠라이가 리스트 안에서 유일한 미혼자인 까닭에 역시 신경 쓰이는 문제이기도 했다.

"뭐, 그것도 배경이 복잡한 사람에게는 흔한 일이라고 할 수 있지 않을까? 어쨌든 선생님은 그런 이야기를 피했으니."

"여성의 존재는요?"

"이상하리만큼 없었어. 이른바 그런 냄새가 난 것은 자네의 그

의뢰인뿐이야."

또 이야기가 사쿠라이와 유카의 건으로 돌아왔다. 그렇다고 하더라도 그것은 무려 16년 전이다. 당시 고등학생이었던 유카와 이곳 대학 부속병원 신경정신과 강사였던 사쿠라이. 미묘하고 이해하기 힘든 어두컴컴한 느낌이 났다.

"소문에는 어느 정도 신빙성이 있지 않을까요?"

"글쎄. 지금으로서는 그저 공공연하게 세상에 알려진 바가 없었다고밖에 말할 수 없어."

가쓰라기는 멍하니 빈 커피 잔으로 눈을 떨구었다. 애초의 의뢰인, 게다가 가쓰라기 게이타의 후원자이기도 한 유카가 매우 오래전부터 리스트의 사쿠라이와 아는 사이였다. 하지만 정작 유카의 섹스 파트너 겸 탐정은 대체 무슨 생각인지 줄곧 담담한 표정이었다.

"오늘은 감사했습니다. 많은 폐를 끼쳤습니다."

"괜찮아. 가타세 선생님의 소개로 온 손님이니까. 도움이 되었다면 좋겠네."

가쓰라기는 부정도 긍정도 하지 않는 애매한 미소를 보이며 배낭을 들고 자리에서 일어섰다. 나가쓰는 여느 때처럼 끼어들 기회도 없었지만, 미야치 강사에게 하고 싶은 질문도 딱히 떠오르지 않아 하는 수 없이 가쓰라기를 따라 일어섰다.

진료실을 나오자마자 나가쓰는 접수계의 열린 문 너머에서 기묘한 것을 보았다. 간호사는 어디로 갔는지 모습이 안 보였지만, 진료기록 카드를 늘어놓은 파일 선반 맞은편의 구석 책상에 병원 분위기와는 어딘지 어울리지 않는, 옅은 베이지색의 탐스러운 꽃잎이 돋보이는 장미를 잔뜩 꽂아놓은 꽃병이 놓여 있었다.

"……저기, 죄송한데 저 꽃병의 꽃은 뭔가요?"

"이유는 모르겠지만 오늘 아침에 진료실 병상에 놓여 있었다고 하더라고. 우리 간호사가 예쁘다면서 가지를 다듬고 꽂아뒀어."

미야치 강사는 별생각 없이 말했지만, 나가쓰는 그제야 비로소 왜 꽃병의 장미가 마음에 걸렸는지 떠올렸다. 그것은 어제 저녁, 오모테산도의 카페에서 유카가 선물로 받은 꽃과 같은 색이었다.

"혹시 무언가 카드 같은 것은 없었습니까?"

"있었어. 묘한 문구여서, 우리 간호사 중 누군가에게 스토커가 따라다니나 싶어서 한바탕 소동이 일어났지……."

미야치 강사는 접수계에 들어가 창구 옆의 메모를 붙인 보드 근처에서 무언가를 바스락바스락 뒤졌다. 그리고 한 장의 하얀 카드를 꺼내 웃는 얼굴로 뒤돌았다.

"이거야, 이거. 이걸 쓴 사람을 잡으면 좋은 케이스 스터디가 될 거야."

"잠깐 보여주세요."

나가쓰는 카드를 빼앗듯이 집어 들었다. 그곳에는 검은색 잉크로 휘갈긴 글씨로 이런 글이 적혀 있었다.

> 감시당하고 있어. 아무 말 말고 그곳을 나와서 왼쪽으로 걸어와.
> 천천히, 좋아한다고 고백한 직후의 사람처럼. —S.

"……굳이 찾으려 할 필요 없습니다. 이건 사쿠라이 씨입니다."

"응?"

"사쿠라이 씨가 이 녀석의 의뢰인을 데리고 어젯밤에 여기에 온 겁니다."

미야치 강사는 눈썹을 찌푸리고 카드를 들여다보았다. 가쓰라기에게는 당연히 어제의 전말은 이야기했지만, 미야치 강사는 나가쓰의 말을 듣고 무슨 생각을 하고 있는지 그저 접수계의 입구만 멍하니 바라볼 뿐이었다.

"분명히 그러고 보니 사쿠라이 선생님의 필적처럼 느껴지는군."

"그게 당연합니다. 사쿠라이 씨가 어젯밤에 진료실의 병상에서……."

유카를 품에 안은 것인가? 그렇다면 흔적이 남아 있어야 하겠지만, 이곳에는 수건도 세면대도 사후 처리를 할 수 있는 도구도 대충 갖춰져 있다. 하지만 병원을 퇴직한 사쿠라이가 일요일 밤에 내부에 침입하는 것은 과연 가능한 일일까……?

"자, 슬슬 가자."

"하지만 가쓰라기……."

"필요한 말은 이미 들었어. 미야치 씨, 그 카드는 잠시 저희가 가져가도 될까요?"

"응, 그렇게 해."

미야치 강사는 흔쾌히 승낙했지만, 옛 직원의 불상사일지도 모를 이 일 때문인지 먹구름이 잔뜩 낀 표정이었다. 가쓰라기는 받은 카드를 셔츠 주머니에 찔러 넣고, 평소처럼 어딘지 비트적거리는 발걸음으로 접수계에서 나갔다.

바깥 복도에서 울려 퍼지던 음악은 어느샌가 멈춰 있고, 밝은 노란색 리놀륨 바닥에 창문에서 쏟아져 들어오는 저녁 햇살이 흐릿하게 드리웠다.

16년 전, 열대여섯 살의 유카는 방과 후에 사진 속 교복 차림으로 이 병원 바닥을 밟았다. 게다가 어젯밤에 이전의 담당 의사였던 사쿠라이 고키와 함께 꽃다발을 가지고 몰래 밤중에 진료실로 들어왔다. 그렇게 생각하자 나가쓰는 뒤숭숭한 듯 묘하게 술렁이는 심정이 되었다.

"이봐, 가쓰라기. 너 유카 씨의 배경을 어느 정도까지 알고 있어?"

"그걸 물어봐서 뭐해?"

"이러니저러니 해도 유카 씨는 어제 사쿠라이와 함께 사라졌어. 의외로 유카 씨가 이 사건과 얽혀 있을지도 모르잖아."

가쓰라기는 그저 어깨를 으쓱하며 엘리베이터 버튼을 눌렀을 뿐 입을 꾹 다물고 1층의 종합 안내실 홀에서 외래동 출구로 향했다.

부속병원 앞의 고텐시타 운동장 맞은편에는 유리창 너머에 눈부시게 아름다운 조명이 켜진 산조 회관이 우뚝 서 있었고, 그 뒤로는 산시로 연못가의 나무가 저녁 하늘을 배경으로 어두운 윤곽을 드러내고 있었다. 구내를 가로지르는 버스 길을 따라 빈 택시가 한 대 천천히 지나갔다.

"일단 유카는 의뢰인이니까 비밀을 지킬 의무가 있어."

"조수인 나한테도 비밀이야?"

"응. 미안."

가쓰라기는 검은 배낭을 어깨에 메고 입을 꾹 다문 채 부속병원의 오른쪽으로 걸어갔다. 나가쓰는 가쓰라기가 입을 열기를 기대하고 조수라고 자칭하면서까지 보챈 것을 약간 후회했다. 나가쓰는 묵묵히 가쓰라기의 뒤를 따랐다. 유카는 애초에 멀리서만 바라보는 선망의 대상이었지만, 가쓰라기의 탐정 놀이에 어울릴수록 그녀에 대한 선망은 어떠한 힘도 느껴지지 않을 만큼 더욱 멀어져갔다.

"하지만 이것만은 말할 수 있어. 완전히 처음 듣는 이야기야."

"뭐가?"

"사쿠라이 고키의 건. 나에 대한 유카의 신용도 결국 그 정도일 뿐이었어."

아무래도 가쓰라기는 유카가 그 사실을 숨겼다는 데 약간 화가 난 듯했다. 푸조를 세운 장소와 완전히 다른 방향으로 평소보다 빠르게 걷던 가쓰라기는 부속병원의 끝까지 가서는 버스 길을 건너갔다.

"어디 가려는 거야?"

"법문2호관의 학생식당. 거기 튀김이 먹고 싶어졌어."

배가 고프다면 의학부의 아무 식당에라도 가면 될 텐데……. 야스다 강당 옆의 돌이 깔린 오르막은 나무 그늘로 벌써 어두워져 둥근 가로등이 외로이 홀로 켜져 있었다. 가쓰라기는 그곳을 쭉쭉 나아가 법문2호관으로 향했다.

"하지만 오해하지 마. 유카에게 화난 건 아니야."

"그럼 왜 그렇게 초조해하는데?"

"온묘지 때문에. 그놈은 유카를 거두어놓고서는 완전히 나 몰라라 하고 있어."

가쓰라기는 법문2호관의 지하로 향하는 계단을 찌푸린 표정으로 내려갔다. 오른쪽 난간은 많이 닳아서 곳곳에 이끼가 꼈고, 그곳에서 오른쪽으로 들어간 지하도 몹시 오래된 느낌이었다. 통로 왼쪽의 구매부 입구 옆에는 학생을 위한 신발 가게와 재봉 가게의 쇼윈도가 있었고, 벽 쪽에는 빈 골판지가 너저분하게 쌓여 있었다.

"거두어놓다니 무슨 소리야?"

"온묘지 집안의 비밀 중 하나야. 원래 유카는 온묘지의 양딸이었어."

"뭐라고?"

"온묘지가 전처와 이혼한 것은 21년 전이야. 2년도 채 되지 않은 불행한 결혼이었지. 그곳에 어린 유카가 나타나 그놈의 인생은 뭐랄까, 또 장밋빛이 된 셈이야."

가쓰라기는 여전히 찌푸린 얼굴로 통로 오른쪽의 학생식당으로 들어갔다. 그리고 입구 옆의 밀랍 모형 메뉴를 늘어놓은 케이스를 바라보다가, 마침내 화가 아직 풀리지 않은 듯한 목소리로 말했다.

"마음이 바뀌었어. 튀김은 네가 먹어."

"왜 내가?"

"이곳이 제일 맛있으니까. 게다가 오늘 밤은 장기전이 될 것 같아."

가쓰라기는 기분이 언짢을 때는 매우 단정적으로 말하는 버릇이 있었다. 그것은 나가쓰도 오래전부터 알고 있었지만, 재빨리 모형 메뉴 케이스에서 떨어져 테이블로 향하는 가쓰라기의 등에는 약간 넌더리가 났다.

하지만 그러고 보니 분명히 배는 고팠다. 게다가 섣불리 항변하다가 온묘지 집안의 비밀을 알 수 있는 기회를 놓치는 것도 아쉬웠다. 나가쓰는 순순히 튀김 정식의 식권을 구입하고 창구로 향했다. 문득 가쓰라기를 보니, 학생의 모습이 드문드문 보이는 구석 테이블에 자리 잡고 앉아 들입다 담배를 피우고 있었다.

생각해보면 자신은 이래봬도 고마바 캠퍼스의 정규 교원이었다. 그런데 백수나 다름없는 가쓰라기에게 마음대로 부려지고, 혼고 캠퍼스의 학생식당에서 허겁지겁 배를 채우는 꼴이라니. 스스로도 한심했지만 배식대에서 나온 튀김은 보기에도 근사하고 꽤 맛있어 보였다. 나가쓰는 한숨을 섞어가며 쟁반을 들고 가쓰라기가 있는 테이블로 갔다.

"그런데 그 유카 씨의 남편은 관료인 주제에 하는 짓은 꼭 겐지 《겐지 모노가타리》라는 일본 고대 소설의 주인공이며, 소설 속에서 희대의 바람둥이로 등장함 같네."

"응, 이해할 수 없는 놈이야."

가쓰라기는 첫 담배를 비벼 끄고 곧바로 두 번째 담배를 뽑았다. 나가쓰는 이제 막 식사를 시작하려는 참이어서 담배 연기가 싫었지만, 담배가 가쓰라기의 저녁 식사라고 생각하고는 꾹 참고 젓가락을 들었다.

"그런데 너, 유카 씨가 어떻게 됐는지 걱정되지 않아?"

"아니, 본인의 의사라면 특별히 상관 안 해."

"하지만 상대방이 리스트에 있는 사쿠라이야. 유카 씨에게도 해를 끼칠지도 몰라."

가쓰라기는 멍하니 담배를 입에 물고 허공의 어딘가를 바라본 채 성냥을 그었다. 나가쓰는 튀김을 젓가락으로 집고 일단 가장자리를 살짝 씹어보았다. 튀김옷이 바삭하고 안은 뜨거우며 즙이 풍부하게 배어 나왔다. 학생식당 음식치고는 그런대로 괜찮았다.

"일단 주변부터 공격해보자."

가쓰라기는 나직이 속삭이고 따분한 듯 성냥갑을 책상 위에 굴렸다. 나가쓰는 플라스틱 그릇을 들고 허겁지겁 튀김을 입에 집어넣었다.

"가망은 있어?"

"어제 엿들었잖아? 마키노 쇼코가 아무래도 오늘 밤에 움직일 것 같아."

가쓰라기는 한순간 싱긋 웃은 것 같았다. 하지만 의뢰인이 사라진 데다 그 의뢰인이 사건의 소용돌이 속에 있다고 생각하니, 이젠 무엇을 위한 조사인지도 확실하지 않은 기분이었다. 그래도 가쓰라기에게는 계획이 있는 듯했다.

"비디오테이프 때문에?"

"응. 아마도 마지막 비디오테이프를 찾고 있겠지."

나가쓰는 문득 젓가락을 멈췄다. 리스트의 남자가 날마다 바뀐다면 이무라는 수요일의 남자다. 구로이와는 금요일. 야하타는 화요일, 그리고 나리타는 목요일 밤에 야하타가 죽었던 바로 그 호텔에서 살해당했다.

그렇다면 남는 날은 토요일이나 일요일, 아니면 월요일인 오늘이다. 그리고 아직까지 살아 있는 사람은 아오야마 공원묘지에서 본 후지모토 야스시, 그리고 유카와 사라진 사쿠라이 고키······.

"야, 너 설마······."

가쓰라기는 어둡게 내려앉은 눈을 들어 아무 말 없이 고개를 끄덕였다. 실로 짧은 동작이었지만, 그것이 앞으로 몇 시간 후의 피할 수 없는 무언가를 가리키는 듯했다. 나가쓰는 밤이 오는 것이 불안해서 견딜 수가 없었다.

19

여동생과의 금지된 사랑

벼랑 아래로 보이는 네즈 신사는 완전히 어두워져 있었다. 나가쓰는 근처 가옥에서 조그맣게 흘러나오는 텔레비전 소리를 신경 쓰면서, 뒤뜰로 들어가는 모퉁이에서 가쓰라기를 바라보았다. 시간은 슬슬 8시 반이 지나고 있었다. 혼고에서 일단 네즈로 와서 사쿠라이의 집을 잠시 살펴보았지만, 창문의 불빛은 전혀 켜져 있지 않았다. 현관 앞 골목까지 와서 안을 둘러보았으나 차고에 자동차는 없었고, 정원 쪽으로 들어가도 인기척은 전혀 느껴지지 않았다.

　얼마 후, 달가닥거리는 가벼운 소리가 나더니 신사가 내려다보이는 뒤뜰 쪽 유리문이 열렸다. 유리문을 여는 데 성공한 가쓰라기가 가죽 샌들을 벗고 조용히 안으로 들어갔다. 아무래도 거실 쪽인 듯 왼쪽 구석에 놓인 스테레오와 비디오의 디지털 표시가 어렴풋이 비쳤다.

　밖에서 지켜봐야 하나 하고 한순간 생각했지만, 나가쓰는 호기심인지 뭔지 모를 기묘한 흥분에 사로잡혀 역시 신발을 벗었다. 가쓰라기의 모습은 이미 거실에는 없었고, 안쪽에서 복도를 걷는 희미한 발소리만 들려왔다.

나가쓰는 만일을 위해 유리문을 꼭 닫고 다시 한 번 주변을 둘러보았다. 거실에 들어오자 곧바로 정면에 보이는 벽에는 역시 의학서와 사전이 쭉 꽂혀 있는 커다란 책장이 놓여 있었다. 방 가운데에는 낮은 유리 탁자와 검은 가죽 소파가 있었고, 한 번도 펼친 적 없는 듯한 신문이 내팽개쳐져 있는 것 말고는 쿠션에 아무런 흐트러짐도 보이지 않았다.

사쿠라이는 어젯밤 유카를 데리고 혼고의 진료실에 갔다가 다시 집으로 돌아온 것일까? 그렇게 생각하기에는 실내가 너무나 깔끔했다. 나가쓰는 그래도 마음을 놓을 수가 없어 조심스럽게 복도로 통하는 문으로 걸어갔다.

그 순간, 전화벨이 울렸다. 화들짝 놀라 주변을 둘러보니 문 바로 옆의 탁자 위에서 착신 램프가 빛나고 있었다. 전화벨이 세 번 울리고 나서 곧바로 자동응답기가 켜지고 기계적인 응답 메시지가 흘러나왔다.

사쿠라이에게도 당연히 집에 전화를 걸어오는 지인은 있을 것이다. 기타가와나 카나, 혹은 마키노 쇼코만 전화하는 것은 아닐 터였다. 하지만 나가쓰가 숨을 죽이고 있는 동안에 삐익 하고 발신음이 울리더니 침묵이 이어졌다.

밖에서 전화를 걸었는지 웅성거리는 소음과 옆을 지나가는 자동차 소리도 희미하게 들려왔다. 하지만 2초도 지나지 않아 전화는 끊어졌다. 아무도 없다는 사실을 알고서는 단념하고 수화기를 내려놓았나 싶었지만, 그런 것치고는 불온한 분위기가 감돌았다.

"이봐, 나가쓰. 이쪽으로 와봐."

문 너머에서 가쓰라기의 속삭이는 목소리가 들려왔다. 나가쓰는 정신을 차리고 복도로 나왔다. 푸르스름한 어둠 속에서 응접실, 주방, 그리고 세면실로 보이는 1층의 다른 문이 보였다. 2층으로 이어지는 계단도 어슴푸레 보였다. 가쓰라기는 아마도 2층에 있는 모양이었다.

나가쓰는 살금살금 계단을 올라갔다. 2층에는 방이 세 개 있었다. 계단 오른쪽에 문이 두 개 나란히 있었는데, 네즈 신사 쪽 베란다로 통하는 문 하나는 닫혀 있었다. 하지만 다른 하나가 살짝 열려 있었고 그 틈을 통해 불빛이 새어 나왔다. 나가쓰는 조용히 다가가 문을 밀었다.

그곳은 사쿠라이의 침실인 듯 문 오른쪽에는 검은 캐비닛이 놓여 있었고, 왼쪽에는 넓은 침대와 커다란 거울, 그리고 독서등과 함께 만화경인지 망원경인지 모를 놋쇠와 가죽으로 만들어진 통을 늘어놓은 협탁이 놓여 있었다. 실내는 적막했고 특별히 이상한 분위기도 없었다. 그러나 가쓰라기는 나가쓰에게 보라는 듯 휴대용 손전등으로 침대 위를 비추었다.

"……뭐야?"

"난 벌써 봤어. 놀라지 마."

나가쓰는 가쓰라기의 말을 이해할 수 없었다. 옅은 회색의 침대 커버에는 어느 정도 주름이 잡혀 있었지만 묘하게 움푹 팬 곳이나 솟아오른 곳은 없었고 베개도 깔끔히 정리되어 있었다.

가쓰라기가 침대 커버 끝을 잡아 천천히 들어 올렸다. 서서히 드러나는 하얀 시트 위에 무언가가 매끈하게 빛나고 있었다. 그것의 정체는 같은 피사체를 찍은 몇십 장이나 되는 흑백사진이었다.

"잠깐……. 왜 이런 게 침대 안에 있어?"

"몰라. 사쿠라이 본인한테 물어봐야지."

피사체가 똑같은 것뿐만이 아니었다. 시트 위에 흩어져 있는 것은 같은 사진을 집요하리만큼 복제한 것이었다. 나가쓰는 그중 한 장을 손에 들고 희미한 손전등 빛으로 그것이 무엇인지 살폈다.

기모노 차림의 여자. 여자는 풀이 무성한 지면에 쓰러진 채 얼굴을 오른쪽으로 돌리고 아름다운 오른손을 뺨 바로 옆에, 왼손을 가슴에 두고 있었다. 촬영된 때는 밤이었고 강한 플래시가 번쩍였기 때문인지 이목구비는 하얗게 뭉개져서 그다지 또렷하지 않았다. 그저 감긴 눈꺼풀의 선과 활 모양으로 예쁘게 휘어진 눈썹, 관자놀이와 뺨에 흐트러진 머릿결이 오싹할 만큼 까맣고 또렷이 보였다.

게다가 여자의 가느다란 목에는 허리끈이 두 겹으로 꽉 묶여 있었다. 플래시로 희미하게 비친 표정은 괴로움으로 일그러진 듯 보이기도 했고, 사지를 적신 황홀함에 마비된 듯 보이기도 했다. 허리끈의 색깔은 흑백사진이어서 당연히 검은색으로 보였지만, 아마도 실제로는 붉은색일 것이다. 여자는 마키노 사와코임이 틀림없었다.

"설마 현장 사진이야?"

"나중에 받은 거겠지."

가쓰라기는 어두운 눈빛으로 침대 위를 바라보았다. 사쿠라이가 16년 전에 촬영된 현장 사진을 어떤 경로로 입수했는지는 알 수 없지만, 그 이상으로 놀란 것은 친여동생 시체의 사진을 복제해서 날마다 자신이 잠자는 시트와 침대 커버 사이에 봉해두었다는 사실이다. 그것은 무척이나 기묘한 일이었다.

그리고 갑자기 손전등이 꺼졌다. 주변은 순식간에 암흑에 휩싸였다. 사진을 한 장 손에 쥔 채 당황하는 나가쓰의 귓가에서 가쓰라기의 숨죽인 목소리가 들렸다.

"조용히 해. 왠지 안 좋은 예감이 들어."

나가쓰는 그대로 숨을 멈추고 꼼짝도 않은 채 주변에 귀를 기울였지만, 특별히 이상한 낌새는 느껴지지 않았다. 눈이 어둠에 익숙해지고 사물의 윤곽이 어렴풋이 드러났을 즈음에 가쓰라기가 사진을 들고 침대로 돌아가 슬며시 커버를 씌웠다.

또 주변은 고요해졌다. 그 시간이 이상하리만큼 길게 느껴졌다. 그리고 어디서부터인지 밤의 새 울음소리와 닮은 희미하고 가느다란 소리가 났다. 누군가가 바깥 정원에서 문을 열려는 듯했다.

사쿠라이가 돌아온 것일까? 그렇다면 이미 도망칠 곳은 없다. 하지만 가쓰라기가 안심하라고 말하려는 듯이 나가쓰의 어깨에 가볍게 손을 올려놓았다.

분명히 어딘가 평소와 달랐다. 집주인이 돌아왔다면 문을 열자마자 현관으로 올 텐데, 그 시간이 너무 길었다. 마치 저쪽에서도 이 집 안에 사람이 있는지 없는지 살펴보고 있는 듯했다.

하지만 마침내 현관에서 자물쇠를 여는 소리가 났다. 신중한 손놀림으로 여겨졌지만, 적어도 현관의 열쇠가 있다는 것은 도둑이라는 뜻은 아니다. 역시 사쿠라이인가? 그렇게 생각하고 나가쓰는 조마조마했지만 현관이 열린 낌새에도 아래층의 조명은 켜지지 않았다. 그리고 매우 조용하게 문이 닫혔다.

누군가가 1층의 복도를 따라 천천히 안쪽으로 향해왔다. 그래서 나가쓰는 문득 방금 아무 말 없이 끊긴 전화를 떠올렸다 이 침입자는 사쿠라이가 집에 없다는 사실을 확인하고 온 것일지도 몰랐다. 발소리는 계단 입구를 지나 1층 안쪽으로 더욱 나아갔다. 뒤뜰에 면한 거실로 여겨지는 방향에서 미닫이문을 여는 소리, 바스락거리며 주변을 살피는 소리, 그리고 덜커덩 하고 가볍게 무언가가 부딪히는 소리가 났다.

하지만 침입자는 찾는 물건이 대충 어디에 있는지 알고 있는 것 같았다. 무언가를 뒤지는 소리는 금세 멈추고 또 발소리가 들려왔다. 아까보다 어느 정도 재빠르게 곧장 현관으로 빠져나갔다.

나가쓰는 꼼짝도 하지 못한 채 침입자가 신발을 신는 소리, 그리고 현관문이 조용히 닫히는 소리를 들었다. 나가쓰의 무릎은 희미하게 떨리고 있었다. 가쓰라기는 소리도 내지 않고 정원에 면한 창문으로 다가가 커튼의 좁은 틈으로 살며시 대문을 엿보았다. 그리고 침입자가 골목으로 나가는 것을 보자마자 재빨리 침실 입구로 돌아왔다.

"가자. 역시 왔어."

"누가······?"

가쓰라기는 신속하게 침실을 뒤로하고 더 이상 조심할 필요는 없다고 판단했는지 계단을 거의 뛰어 내려갔다. 나가쓰도 곧바로 가쓰라기를 따라갔지만, 가쓰라기는 이미 거실에서 스테레오와 비디오가 놓인 구석에 쭈그려 앉아 있었다. 침입자는 상당히 솜씨가 좋았던 듯 어디에도 손을 댄 흔적을 남기지 않았다. 가쓰라기도 곧바로 일어섰다.

"확인할 틈이 없어. 미나미아오야마다."

"뭐라고?"

"미나미아오야마욘초메. 그곳에 후지모토가 사는 집이 있어."

가쓰라기는 재빨리 뒤뜰에 면한 유리창을 열고 샌들을 아무렇게나 신었다. 나가쓰도 당황해서 거실을 빠져나가 가죽 신발에 발을 집어넣었을 즈음에는 이미 가쓰라기가 대문을 열고 골목으로 뛰어나가는 소리가 들렸다.

사쿠라이의 집이 있는 골목에서 오른쪽으로 가면 일본의과대학 거리가 나왔다. 유카에게서 의뢰를 받은 그날 밤에 갔던 오래된 국숫집도 바로 근처에 위치해 있었고, 푸조도 그 근처에 주차되어 있었다. 나가쓰가 마침내 사쿠라이의 집 부지를 빠져나가 주변을 둘러보자 가쓰라기가 골목 오른쪽 끝에서 일본의과대학 거리로 달려가고 있는 참이었다.

네즈 일대 주택가의 밤은 아직 9시를 갓 넘긴 시간인데도 기묘할 만큼 고요했다. 나가쓰는 사쿠라이 집의 대문을 닫고 가쓰라기를 쫓아 달리면서 자신의 신발 소리가 메아리치는 것을 무척 차갑게 느꼈다. 가쓰라기는 이미 푸조 옆에서 나가쓰를 기다리고 있었다. 마침 신호가 파란불로 바뀌고, 자동차 행렬이 움직이기 시작했다.

"아까 그 사람은 어디로 간 거야?"

"벌써 택시를 타고 사라졌어. 서둘러."

나가쓰는 재빨리 푸조에 올라타고 엔진에 시동을 걸었다. 일본의과대학 거리는 그다지 혼잡하지 않아서 차로에 들어서기는 수월했다. 가야 할 장소는 미나미아오야마욘초메라고 들었지만, 자신이 무엇을 뒤쫓는지 몰라서 마음을 진정할 수 없었다.

"야, 아까 그 사람 누구야 대체?"

"쇼코야. 아마도 그 비디오테이프를 가지러 왔겠지."

다음 신호도 파란색이라 나가쓰는 혼고 거리로 좌회전했다. 후지모토가 쇼코에게 비디오테이프 입수를 의뢰할 작정이었다는 점은 아오야마 공원묘지에서 어제 엿들은 바 있었고, 그녀라면 사쿠라이 집의 여벌 열쇠를 가지고 있더라도 분명히 이상할 것이 없었다. 하지만 나가쓰는 역시 석연치 않은 기분이었다.

"하지만 그것도 결국 기념식 비디오테이프일 뿐이잖아."

"아니, 의외로 이번에는 은밀한 비디오테이프인지도 몰라."

"은밀한 비디오테이프?"

계속해서 파란불로 쭉쭉 나아가던 중에 마침내 혼고 거리의 왼쪽에 농학부 캠퍼스의 담장이 보이기 시작했다. 가쓰라기는 차분하게 시트에 기댄 채 앞 유리창 너머로 나타난 수많은 자동차 불빛을 멍하니 바라보고 있었다.

"6년 전 그 날짜. 기념식의 비디오테이프가 공공연한 것이라고 한다면, 그 후에 일어난 어떤 사건을 수록한 비디오테이프는 은밀한 것이라고 할 수 있어. 기념식 비디오테이프가 상징하던 것은 분명히 그날부터 그들의 기묘한 결사가 부활했다는 사실이야."

"무슨 뜻이야?"

"잊어버렸어? 기념식 후에 구로이와 일행이 롯폰기의 클럽에 갔다가 그 뒤로 다른 녀석들과 합류했어. 아마도 다들 모여 마키노 카나의 열다섯 살 생일 파티를 위해 마키노 교수의 집으로 갔을 테지."

교차로에서 신호가 빨간색으로 바뀌었다. 푸조 앞에는 검은색 자동차와 택시 두 대가 있었는데, 택시는 두 대 다 빈 차였다. 쇼코를 태운 택시는 오래전에 사라진 것으로 보였다.

"그런데 마키노 교수의 집에서 어떤 일이 일어났는지 조사할 방법은 없잖아?"

"아니, 그 과부가 마키노 교수 집에서 일하던 가정부에게 연락을 해줬어. 아직 만날 날은 정하지 않았지만, 아무래도 그 가정부가 무언가를 알고 있는 듯해."

마침내 신호가 파란색으로 바뀌고 앞의 택시가 비교적 천천히 교차로를 통과해갔다. 본부 캠퍼스의 벽돌담이 왼쪽에서 보이기 시작했고, 잎이 짙고 무성한 은행나무 가로수 너머에 어두운 벽돌로 지어진 공학부 시설이 어두운 밤 속에 가라앉은 듯 보였다.

"그러면 카나의 외삼촌인 사쿠라이가 그날 밤에 마키노 교수의 집에서 찍힌 비디오테이프를 보관하고 있었다는 말이야?"

"그래, 복사본이겠지만. 원본은 그렇게 쉽게 훔칠 수 있는 곳에 두지 않았겠지."

조금 더 나아가자 신호가 또 빨간색으로 바뀌었다. 나가쓰는 브레이크를 밟아서 승객의 머리 부분만 보이는 다른 택시 뒤에 정차했다. 그곳은 본부 캠퍼스 정문 앞이었다. 거리의 오른쪽에는 폐점 전의 카페나 편의점이 늘어서 있어서 매우 밝았지만, 왼쪽의 정문 안쪽은 어두운 은행나무 가로수를 따라 점점이 가로등만 있어서 야스다 강당의 시계탑만 밤하늘에 어둡게 솟아 있었다.

"그러면 원본은 어디에 있어?"

"촬영자가 관리하고 있었을 거라고 생각해."

"야하타가?"

"아니, 분명히 다른 사람일 거야. 애초에 꽁꽁 숨겨놓았던 원본을 야하타가 복사해서 카나에게 보여주려고 했기 때문에 사라진 거야."

마침내 신호가 파란색으로 바뀌었고 앞의 택시는 혼고산초메의 교차로를 향해 천천히 출발했다. 나가쓰는 그 뒤를 따라 액셀을 밟으면서 문득 떠오른 생각을 입 밖에 냈다.

"비디오테이프를 보여주려고 했기 때문에 야하타가 살해당했다면 마키노 카나는 원본의 내용을 모른다는 뜻이네?"

"그렇다기보다는 오히려 기억을 못하는 게 아닐까 싶어. 카나는 6년 전 6월 12일 밤의 사건에 관해, 리스트에 오른 사람들과의 관계가 어떤 성질인지에 관해, 직시하게 되면 미쳐서 죽어버릴지도 몰라."

"그럼 살인자의 목적은 그 날짜와 관련된, 비디오테이프와 인간을 모두 없애고, 카나를 지키기 위한 건가?"

대답은 없었다. 가쓰라기가 신인 것도 아니고 그런 것까지 다 알 수는 없을 터였다. 푸조는 혼고 우체국을 지나 아카문 앞에 다다랐다. 언젠가 가타세 교수의 초대로 혼고 뒤편의 료칸에 묵었던 다음 날 아침, 기타가와와 함께 온 문 앞의 카페에는 이미 폐점 팻말이 걸려 있었다.

"게다가 마키노 쇼코가 핸드백을 날치기 당했을 때, 너는 쇼코가 사쿠라이의 지시를 받고 마키노 교수의 집에서 무언가를 가지고 나왔다고 말했잖아. 그건 무슨 의미야?"

"추측은 제대로 들어맞았어. 마키노 교수와 사와코의 결혼반지였겠지."

"다시 말해 사쿠라이가 반지를 원했다는 거야? 무엇 때문에?"

"그건 나중에 분명히 알게 될 거야."

가스가 거리의 교차로가 다가올수록 주변은 점점 붐비기 시작했다. 어두운 나무에 덮인 본부 캠퍼스를 지나자 그 뒤로는 사무실 건물, 술집, 레스토랑이 늘어선 흔한 거리가 나타났다. 게다가 택시의 수도 늘어나서, 아무리 마키노 쇼코가 탄 차가 있다고 해도 그것이 어느 택시인지 판별하지 못할 것으로 보였다.

또한 가쓰라기도 무슨 지시를 내릴 마음이 없는 듯 시트에 몸을 파묻은 채 잠자코 앞을 바라보고만 있었다. 나가쓰도 더 이상 사건에 관한 대화를 하는 것이 불안한 심정이라 묵묵히 교차로를 지나 오차노미즈로 이어지는 거리로 푸조를 운전했다.

"가능한 한 속도를 내. 아마도 소토보리 거리는 별로 안 막힐 거야."

가쓰라기는 일단 마키노 쇼코의 택시를 쫓으려는 생각은 없어 보였다. 하지만 길은 여러 갈래였다. 나가쓰는 차선을 바꾸고 앞으로 쭉쭉 나아가 혼고 거리의 끝까지 와서 준텐도 병원 앞의 T자 도로에서 우회전했다. 그리고 소토보리 거리로 들어간 후 가쓰라기의 지시대로 속도를 올렸다. 밤의 조명에 비친 간다강이 왼편 벚나무의 어둠 너머로 어둡고 매끄럽게 빛나고 있었다.

"그런데 애초에 살인자가 마키노 카나를 그 날짜의 의미로부터 지켜주려고 한다면 의심스러운 사람은 기타가와 슈지밖에 없잖아. 사쿠라이와 후지모토는 표적이고, 카나의 상태로는 성인 남자를 죽이는 것은 일단 무리야. 게다가 기타가와의 아버지도 만약 살아 있다고 생각한다면 충분히 의심스러운데, 16년이나 지난 지금에 와서……."

"아까 마키노 사와코의 사진을 보고 거의 알게 됐어. 기타가와 쇼고는 이미 죽었어."

가쓰라기의 말은 매우 애매하고, 동시에 불길하게 울렸다. 나가쓰는 핸들을 조작하며 신호가 노란불로 바뀌려는 찰나에 아슬아슬하게 횡단보도를 돌파했지만, 이다바시 교차로에서 갑자기 또 빨간불과 맞닥뜨렸다. 나가쓰는 초조하게 신호를 기다렸다. 그 시간이 무척이나 길게 느껴졌다.

"……어째서 그렇게 확신하는 거야?"

"사와코는 마키노 교수와 사쿠라이의 증언으로 자살로 처리되었어. 하지만 실제로는 타살이었고, 기타가와 쇼고가 살인자였다면 지금쯤 살아 있을 턱이 없잖아."

"옛 애인을 죽이고 자신도 죽었다는 말이야? 뭐 때문에……?"

"그녀를 도와주려고 했는지도 몰라. 사와코가 지금의 카나와 같은 상황에 있었다는 사실은 거의 틀림없어."

마침내 신호가 파란색으로 바뀌고, 옆에 멈춰 서 있던 오토바이가 으르렁거리며 출발했다. 나가쓰도 액셀을 힘껏 밟고 교차로를 빠져나갔고, 이다바시역 앞을 지나 또 금세 더욱 어두워진 길을 아슬아슬한 속도로 돌진했다. 나가쓰는 자신이 느끼는 초조함이 무엇인지 스스로도 잘 알지 못했다. 푸조가 이치가야에 다다랐을 때 또 가쓰라기가 입을 열었다.

"아무튼 그들의 결사는 마키노 사와코부터 시작해서 그녀가 죽고 나서 일단 붕괴되었어. 나의 추측이 정확하다면 기타가와 쇼고는 죄책감 같은 걸로 자살한 게 아냐. 마키노 사와코에게 이상한 집착을 품었던 애초의 주모자가 해치운 거지. 그리고 다른 여섯 명도 그 사실을 알고 있었는지도 몰라."

"그래서 기타가와 쇼고가 살아 돌아왔다는 말을 듣고 겁을 낸 거야? 그러면 시체는 어디로 간 거지?"

"시체를 감추는 것쯤이야 의외로 쉬운 일일지도 몰라. 특히 전문 지식이 있고 시체를 다루는 데 능숙한 경우라면 더더욱."

"애초의 주모자가 의사라고 말하고 싶은 거야? 그렇다면 마키노 교수 아니면 사와코의 오빠인 사쿠라이밖에 없잖아."

가쓰라기는 그저 어깨를 으쓱할 뿐 멍하니 앞을 바라보고 있었다. 이치가야미쓰케 근처에서 또 신호가 빨간색으로 바뀌었다.

"이제부터 적당히 니시아자부에서 가이엔니시로 들어가."

"돌아가는 길이잖아."

"그러는 편이 더 나을 것 같아. 후지모토가 살고 있는 집은 아오야마 공원묘지의 맞은편이거든."

가쓰라기는 그렇게 말하고는 입을 다물었다. 가쓰라기는 빈틈없는 남자이기도 하므로 쇼코가 탄 자동차의 번호는 기억하고 있을 테지만, 처음부터 목표물을 잃어버린 것이 언짢았는지 무언가 생각에 깊이 빠져 있는 듯했다. 나가쓰는 쇼코가 정말로 그곳에 가는지 불안한 기분이 들었지만, 지금은 어쨌든 운전에 집중하기로 했다.

소토보리 거리에서 아오야마 거리를 경유한 후 지시받은 대로 니시아자부에서 우회해서 가이엔니시 거리로 들어섰을 즈음에는 벌써 9시 반을 넘긴 시간이었다. 나가쓰는 아오야마 공원묘지의 광대한 부지가 오른쪽으로 보이는 어두운 거리를 똑바로 나아가 육교 아래를 지난 후 미나미아오야마욘초메에 들어서서 뒤차를 확인하면서 속도를 줄였다. 목적지에 도착하자 나가쓰는 푸조를 길가에 세웠다. 근처에 6층짜리 벽돌 맨션이 보였다.

가쓰라기는 잠시 말없이 그 건물을 바라보다가 무언가를 결심한 듯 푸조의 문을 쓱 열었다. 그리고 빠른 걸음으로 맨션 쪽으로 걸어갔다. 그 건물이 리스트의 생존자인 후지모토 야스시의 거처라고 생각하니 나가쓰는 어쩐지 긴장되었다. 이제야 차에서 내리는 나가쓰를 두고 가쓰라기는 이미 입구 계단을 올라 유리문을 밀고 있었다.

건물 안의 홀은 잠잠했고 사람의 모습은 보이지 않았다. 나가쓰가 유리문을 열자 가쓰라기는 왼쪽 벽에 늘어선 우편함 앞에 서서 그중 하나를 들여다보고 있었다. 그 명패에는 '후지모토 야스시. 402호'라고 적혀 있었다.

"……없네. 벌써 방으로 올라갔나?"

"하지만 쇼코가 정말로 비디오테이프를 가지고 왔다는 확증은 있어?"

"있어. 내 탐정 생명을 걸어도 좋아."

이 남자의 탐정 생명 따위야 대단한 것이 아니지만, 가쓰라기의 표정은 대단히 진지했다. 우편함을 지그시 노려보던 가쓰라기는 이내 무언가 떠올랐는지 또 유리문을 열고 밖으로 나왔다.

"여기서는 상황을 살펴볼 수가 없네."

가쓰라기는 홀쩍 맨션 앞을 떠나 자동차의 흐름이 끊긴 순간에 재빨리 도로를 건너갔다. 그리고는 중앙분리대의 낮은 화단을 넘어갔다. 나가쓰가 인도에서 내려섰을 때 가쓰라기는 이미 아오야마 공원묘지를 따라 이어진 콘크리트 벽 쪽에 다다른 참이었다. 가쓰라기는 그곳에서 또 맨션을 뒤돌아보았으나 아직 제대로 보이지 않는지, 피난계단이 있는 왼쪽으로 더욱 걸어갔다. 나가쓰는 당황해서 거리를 가로질러 중앙분리대의 화단을 넘은 다음 가이엔마에에서 밀려드는 자동차가 지나가기를 기다렸다.

아오야마 공원묘지 쪽으로 건너 맨션을 올려다보자 분명히 4층 주변은 베란다의 난간에 가려 방 조명의 점등 여부밖에 확인할 수 없었다. 가쓰라기는 이미 피난계단을 올라 어두컴컴한 밤의 공원묘지 안으로 들어가고 있었다. 나가쓰는 어딘지 모르게 살짝 추위를 느끼면서 그 계단을 향했다. 어두운 나무줄기 너머로 가쓰라기의 하얀 셔츠를 입은 등이 움직이는 것이 힐끔힐끔 눈에 들어왔다.

계단을 다 오르자 가장 먼저 미지근하고 습한 흙냄새가 코를 찔렀다. 동시에 여름의 벌레 소리가 어두운 풀숲 사이에서 울려 퍼졌다. 가쓰라기는 공원묘지를 둘러싼 담장 앞에서 거리의 맞은편을 바라보고 있었다.

나가쓰는 조심스레 석묘 사이를 나아가 가쓰라기에게 다가갔다. 앞으로의 전개에 대한 불안과 여름밤임에도 공원묘지 내에서 느껴지는 냉기로 희미하게 목소리가 떨렸다.

"보여?"

"응. 4층 오른쪽에서 두 번째."

나가쓰는 담장에 다가가 거리 맞은편을 응시했다. 가쓰라기가 건넨 단안경으로 엿보자 가쓰라기가 말한 창문 안에 이리저리 돌아다니는 남자의 모습을 확인할 수 있었다. 하얀 레이스 커튼이 쳐져 있었지만, 옅은 조명 때문에 가구의 배치와 사람의 윤곽을 어렴풋하게나마 볼 수 있었다.

남자는 아마도 402호의 주인인 후지모토 야스시일 것이다. 그는 이미 재킷과 넥타이를 벗고 셔츠 목 언저리의 단추도 푼 상태였다. 밖에서 들어온 지 얼마 되지 않는 느낌이었다.

하지만 쇼코가 와 있다면 이미 비디오테이프와 수고비를 주고받고 벌써 헤어졌을 것이다. 다른 사람이 있는 것 같은 낌새도 없이 남자는 마침내 방 왼쪽으로 사라지더니 얼마 뒤 유리잔을 한 손에 들고 돌아왔다. 잔에 담긴 것이 술인 듯 방구석에서 비추는 간접조명을 받아 그 유리잔이 한순간 호박색으로 눈부시게 빛났다.

단안경 렌즈 너머로 보이는 후지모토는 유리잔을 낮은 탁자 위에 두고 검은 소파에 앉더니, 잠시 양손 사이에 얼굴을 파묻고 꼼짝 않고 그 상태로 있었다. 그리고 천천히 얼굴을 들고 소파 옆에 손을 뻗어 무언가를 집어 올렸다. 그것은 검은 케이스에 든 비디오테이프였다.

그것이 바로 그 사쿠라이의 비디오테이프일 것이다. 숨죽이고 지켜보고 있자니 후지모토는 케이스의 내용물을 꺼내고 이어서 나온 하얀색 쪽지를 탁자 위에 놓았다. 그리고 유리잔에 손을 뻗어 술을 한 모금 마시고 또 하얀 쪽지를 집어 들었다. 나가쓰는 그 광경을 바라보면서 문득 안 좋은 느낌을 받았다.

"그런데 가쓰라기. 묘하다고 생각하지 않아?"

"뭐가?"

"살인자의 목적 중 하나가 비디오테이프를 회수하는 것이라면 왜 너한테 두 개나 있는 거야? 나리타는 사무소에서 슬쩍 훔쳤다 치더라도 신주쿠의 호텔에 남은 것은 어떻게 생각해도 이상하잖아?"

가쓰라기는 그저 어깨를 으쓱하고 맨션의 창문을 바라볼 뿐이었다. 단안경 렌즈로 눈을 돌리자 후지모토는 편지 혹은 메시지 카드로 보이는 하얀 쪽지를 바라보며 천천히 소파에서 일어섰다. 그가 또다시 방의 왼쪽으로 사라졌다가 돌아왔을 때는 스카치위스키로 보이는 술병을 들고 있었다.

"설마 살인자는 우리가 온 것을 알고 간 건 아닐까?"

"아무렴 어때? 조사에 협조적이라면 고마운 일이지."

후지모토는 두 잔째 술을 술잔에 따르고 이번에는 한 모금만 마셨다. 그러고 나서 탁자에 지그시 시선을 떨어뜨리고 또 단숨에 술을 들이켠 후 탁자를 짚고 일어섰다. 아마도 방의 왼쪽 구석, 벽에 가려 보이지 않는 부분에 모니터와 비디오가 있는 모양이었다. 후지모토가 바닥에 쭈그려 앉아 등의 일부밖에 보이지 않게 되자 잠시 후 그 한구석의 조명이 아른아른 변화하기 시작했다.

후지모토는 일어서서 천천히 소파로 돌아갔다. 비디오테이프 재생은 아직 하지 않았는지, 소파 옆에서 검은 리모컨을 들어 올리고 또 유리잔에 술을 따랐다. 표정은 멀리서는 잘 보이지 않았지만 이상하리만큼 쓸쓸히 얼어붙은 듯한 느낌이었다.

나가쓰가 줄곧 지켜보던 중에 후지모토가 리모컨을 쥔 손을 천천히 올려서 재생 버튼을 누른 듯 보였다. 커튼에 어른거리는 조명이 다시 한 번 변화하고, 후지모토의 얼굴이 한순간 일그러졌다.

하지만 그 후로는 고요했다. 아오야마 공원묘지의 벼랑 아래에서는 가이엔니시 거리를 오가는 자동차 소리가 끊임없이 울려 퍼졌고, 벌레 소리도 잎 끝을 희미하게 흔드는 바람의 낌새도 사라지지 않았다. 그러나 그것조차 거의 느끼지 못할 만큼 화면을 주시하는 후지모토의 얼굴은 고요했다.

"대체 무슨 내용일까?"

"모르는 편이 신상에 좋아."

가쓰라기가 툭 내뱉고 또 침묵이 흘렀다. 그리고 갑자기 휴대폰의 벨소리가 묘지에 날카롭게 울리기 시작했다. 가쓰라기는 후지모토의 창문을 바라보면서 바지 주머니를 뒤졌다.

"네."

그와 호응하듯이 후지모토가 또 소파에서 일어섰다. 창문의 정면 안쪽으로 보이는 문으로 걸어가서 그 옆의 협탁에서 검은색 수화기를 들어 올렸다. 그리고 번호를 누르고 잠시 뒤에 상대방이 받은 듯 이쪽을 향한 입가가 살짝 움직이기 시작했다.

가쓰라기가 마침내 전화를 끊었고, 후지모토도 곧바로 수화기를 내려놓았다. 그리고 후지모토는 탁자로 돌아가 리모컨을 쥐고 모니터 전원을 끈 후 방 오른쪽으로 사라졌다. 가쓰라기는 짧은 한숨을 내쉬고 담장으로 다가갔다.

"유카한테서 전화가 왔어. 왠지는 모르지만 조사를 그만두었으면 좋겠대."

"사쿠라이 때문이야?"

가쓰라기는 그저 어깨를 으쓱하고 또 맨션의 창문으로 눈을 돌렸다. 후지모토는 은신처의 어딘가로 사라졌는지 방은 텅 빈 채였다. 벼랑 아래의 가이엔니시 거리에는 막차임을 알리는 붉은 램프를 켠 버스가 한 대 지나갔다.

"어쩌면 온묘지가 뭔가 눈치챘을지도 몰라."

"설마 너, 온묘지 주변도 조사했어?"

"당연하지. 그놈은 유카에 관해서는 나의 적이기도 하니까."

가쓰라기는 태연하게 말하고 휴대폰을 바지 주머니에 도로 넣었다. 변함없이 어딘지 태평하고 우울해 보이는 눈빛이었다.

"가쓰라기, 너는 온묘지도 리스트의 사건에 얽혀 있다고 말하고 싶은 거야?"

"뭐, 적어도 유카와 사쿠라이의 관계를 방치해둔 건 그놈이야."

"하지만 유카 씨의 전 양부이자 현 남편이야. 그런데도 설마 카나하고도 그랬을까?"

가쓰라기는 아무런 대답도 하지 않고 담장 너머를 바라보았다. 그리고 나가쓰도 문득 정신을 차려보니 후지모토가 방으로 돌아와 있었다. 욕실에서 세수라도 하고 왔는지 셔츠 소매의 단추가 풀려 있고 머리카락이 젖은 채 헝클어진 느낌이었다.

나가쓰는 더 이상 아무것도 묻지 못하고 그저 후지모토 야스시의 움직임만 바라보고 있었다. 온묘지의 예전 양딸이자 현재의 아내인 유카. 그리고 예전 유카의 애인이자 카나의 외삼촌인 사쿠라이 고키. 그들의 관계가 어땠는지 생각하는 것만으로도 뭐라고 말할 수 없는 답답함이 더해져갔다.

그로부터 얼마나 지났을까? 후지모토는 소파에 앉아 그저 술만 마시고 있었다. 가쓰라기도 어둡게 가라앉은 옆얼굴로 거리의 맞은편만 바라보고 있었다. 하지만 갑자기 니시아자부 쪽에서 흘러나온 자동차 한 대가 맨션 앞에 정차했다. 마비된 듯한 기분이 든 나가쓰는 무심코 담장을 꽉 붙잡았다.

자동차는 회색 벤츠였다. 그 운전석에서 나온 기타가와 슈지는 조수석 쪽으로 가더니, 안에서 하얀 민소매 원피스를 입은 여자를 내리게 했다. 그리고 두 사람은 맨션 입구로 걸어 들어갔다. 그 여자의 뒷모습은 멀리서 보아도 틀림없는 마키노 카나였다.

20

살인극의 목격자

"야, 가쓰라기……."

나가쓰가 목소리를 높인 순간, 가쓰라기는 조용하라는 듯 손으로 제지했다. 그리고 천천히 검은 배낭을 어깨에서 내리고 안을 부스럭부스럭 뒤지기 시작했다. 꺼낸 것은 소형 라디오처럼 생긴 수신기였다.

"뭐야, 그건?"

"도청기. 관리인에게 부탁해서 설치해둔 걸 잊어버리고 있었어."

나가쓰는 어안이 벙벙해진 채 어둠 속에서 수신기를 조작하는 가쓰라기를 바라보고 있었다. 잠시 동안은 잡음 소리만 단편적으로 들려왔다. 그사이에 기타가와와 카나는 맨션의 유리문에 다가가더니 그 방향으로 쓱 사라지고 말았다.

그리고 입구 홀의 인터폰을 눌렀는지 4층 방의 소파에 앉아 있던 후지모토가 일어서서 문 옆의 수화기를 들어 응답하고는 곧바로 내려놓았다. 그러고는 잠깐 그 자리에 우두커니 서 있더니 이마에 손을 대고 휘청거리는 모습으로 소파로 와서 털썩 주저앉았다.

후지모토는 대체 무슨 생각을 하고 있는 것일까? 그는 양손 사이에 얼굴을 묻고 등을 웅크리고 있다가 천천히 고개를 들어 또 술병으로 손을 뻗었다. 술을 듬뿍 따랐지만 마실 생각은 없는지 그저 호박색으로 빛나는 술잔을 바라보고만 있었다.

여기에서 보이는 방 저편은 복도인 것 같았다. 출입구에 사람의 그림자가 어렴풋이 움직이나 싶더니 카나의 어깨를 감싼 기타가와가 천천히 그 모습을 드러냈다. 수신기에 마침내 저편의 전파가 잡혔는지 귀에 거슬리는 노이즈와 함께 기타가와의 낮은 목소리가 들려왔다.

"……는 입수하셨습니까?"

"응. 여기에 있어. 하지만 일부뿐이야. 그날 밤의 일은……."

가쓰라기가 어디에서 도청기를 조달했는지는 모르지만 아무래도 싸구려 중고품인 모양이었다. 대화 소리가 뜨문뜨문 끊기며 들렸다. 구석의 간접조명만이 켜진 어슴푸레한 방 안에서 후지모토가 안절부절못하며 일어섰다. 그러나 기타가와와 카나에게는 다가가지 못한 채 망연히 서 있는 모습이 보였다.

"방금 내용을 확인했어. 마키노의 두 번째 아내에게는 돈을 빌려주는 대가로 비디오테이프를 가져오라고 했지만, 사쿠라이의 비디오테이프는 진짜가 아니었어. 어쩌면 사쿠라이가 눈치채고 없앴는지도 몰라……."

"아무래도 상관없습니다."

"뭐라고?"

"비디오테이프에 관해서는 어차피 그럴 거라고 생각했습니다.

그보다 오히려 후지모토 씨, 목표는 당신입니다."

노이즈가 섞인 목소리와 함께 기타가와가 천천히 카나의 어깨를 감싸고 방으로 들어왔다. 후지모토는 한두 걸음 뒤로 물러나는 듯 보였다.

"무슨 짓이야? 분명히 네가 바란 대로……."

"의외로 미련하시군요. 어느 쪽이든 목숨을 보전할 수 없다는 것은 충분히 알 수 있을 텐데요."

기타가와는 무슨 생각인지 카나의 어깨에서 손을 풀고 카나를 후지모토 쪽으로 밀었다. 카나는 마치 쓰러지듯이 앞으로 떠밀렸다. 후지모토는 카나의 몸을 안아서 멈추었다. 그는 이쪽으로 등을 돌리고 있었으므로 표정까지 알 수는 없었지만, 뒷걸음질 치는 것이 보였다.

"……뭘 원하는 거야?"

"카나를 안으세요. 6년 전부터 쭉 그랬던 것처럼. 내 눈앞에서."

기타가와의 표정은 조명이 어두워서 잘 알 수 없지만 웃고 있는 것 같았다. 수신기에서도 낮은 목소리가 새어 나왔다.

"불이 켜져 있으면 잘 안 되나 보죠? 후지모토 씨."

"아니 그게……."

"뭘 망설이나요? 그렇다면 약간 어둡게 할까요?"

기타가와는 조롱하는 듯한 말투로 천천히 문 쪽으로 움직였다. 그리고 벽의 어딘가로 손을 뻗어 일단 복도의 불을 껐고, 그리고 방의 불도 껐다.

"이제 괜찮아졌네요. 저도 윤곽밖에 보이지 않아요."

"너, 제정신이야?"

"네, 당신들과 마찬가지로 충분히 제정신입니다."

그 후로는 그저 후지모토의 것인지 카나의 것인지 모를 절박한 호흡이 들려올 뿐 아무것도 보이지 않았다. 나가쓰는 점차 견딜 수 없어서 수신기를 손에 들고 우두커니 서 있는 가쓰라기의 팔을 붙잡았다.

"야, 가쓰라기. 너 대체 뭘 하고 싶은 거야?"

가쓰라기는 아무 대답도 하지 않고 그저 거리의 조명에 어슴푸레하게 비치는 402호의 창문을 멀리서 바라볼 뿐이었다. 수신기에서는 또 기타가와의 무거운 목소리가 흘러나왔다.

"안 되나요? 지금까지는 잘했으면서 왜 오늘은 안 되는 걸까요?"

"……넌 미쳤어."

"그럴지도 모르죠. 그 또한 당신들과 마찬가집니다."

또 침묵이 이어졌다. 그리고 거친 숨소리. 그러다 갑자기 모든 것이 조용해졌다.

이제는 아무 말도 들리지 않았다. 모두가 숨을 삼키고, 피할 수 없는 무언가를 그저 기다리는 듯한 침묵 속에서 끼익 하는 희미한 문소리가 들렸다. 전파가 흔들려서 노이즈가 발생했는지도 모른다. 그러나 짧은 침묵 뒤에 가죽 장갑이 뽀드득거리는 듯한 기묘한 소리가 들렸다.

이 적막은 대체 뭘까? 분명히 누군가가 다가오고 있다. 붉은 허리끈을 손에 들고, 어둠 속에서 가만히, 카나 앞에서 살인을 수행하기 위해…….

가쓰라기는 역시 꼼짝도 하지 않았다. 하지만 나가쓰는 담장에서 떨어져 묘지의 통로로 뛰어 내려갔다. 기타가와는 지금까지의 살인과 관계없을지도 모르지만, 이번만큼은 틀림없다. 그렇게 생각하자 가만히 있을 수만은 없었다.

나가쓰는 묘지 사이를 달려나가 가이엔니시 거리로 내려가는 피난계단에 다다랐다. 맨션의 창문을 바라보았지만, 후지모토의 창문은 조명이 꺼진 상태였다. 그리고 대체 무슨 생각인지 가쓰라기도 뒤를 쫓아오는 기색이 없었다. 나가쓰는 될 대로 되라는 심정으로 계단을 단숨에 뛰어 내려갔다.

인도로 나오자 마침 가이엔마에 교차로 쪽에서 자동차가 우르르 몰려나오는 참이었고, 택시나 오토바이가 차례차례 눈앞을 지나갔다. 나가쓰는 조급한 마음을 억누르며 기다리다 자동차의 흐름이 끊기자마자 중앙분리대까지 뛰어갔다.

하지만 니시아자부 쪽에서도 또 다른 자동차의 흐름이 몰려왔다. 나가쓰는 초조한 마음에 오가는 자동차의 조명을 바라보면서 맨션의 4층으로 시선을 옮겼다. 하지만 후지모토의 방에 조명이 켜지는 모습은 아직 보이지 않았다. 베란다는 어두웠으며 고요한 느낌이 들었다. 나가쓰는 마지막 자동차가 지나가는 것을 기다렸다가 거리를 돌진해서 맨션 앞에 세워둔 짙은 회색 벤츠를 응시했다. 한순간 한기가 느껴졌지만, 그래도 발걸음을 멈추지 않고 입구의 계단을 뛰어 올라갔다.

유리문을 밀자 안은 조용했고 백열등 조명도 부드러워서, 방금 담장 너머로 본 4층의 풍경이 거짓말처럼 느껴졌다. 하지만 후지모토는 위층에 기타가와, 카나와 함께 있었다. 나가쓰는 순간적으로 좌우를 둘러보고, 인터폰을 찾아내 402호의 버튼을 눌렀다.

대답은 없었다. 나가쓰는 다시 한 번 눌러보았다. 하지만 역시 기분 나쁜 침묵만 이어졌다. 그리고 불안은 점점 더해졌다. 이렇게 되자 닥치는 대로 버튼을 눌러 누구든지 좋으니 잠겨 있는 자동문을 열어 달라고 할까? 그렇게 생각하고 손을 뻗으려는 순간이었다. 안에서 인기척이 났다. 안쪽 엘리베이터가 스르륵 열리더니 기타가와가 카나의 어깨를 감싼 채 천천히 엘리베이터 홀로 나왔다.

몸을 움직일 수가 없었다. 이제 막 후지모토를 목 졸라 죽인 기타가와가 바로 눈앞에 있다. 그런 생각이 한순간 머리를 스쳤지만 목소리도 나오지 않았다.

마침내 기타가와가 카나를 안고 자동문을 빠져나와 나가쓰 앞에 섰다. 기타가와의 검은색 셔츠는 목 언저리 단추가 하나 풀려 있었다. 거친 숨을 내쉬는 기타가와는 그럼에도 눈빛이 싸늘했다.

"굉장한 우연이군요. 이런 곳에서 또 만나다니."

나가쓰는 엉겁결에 한 걸음 뒤로 물러났고, 기타가와가 천천히 다가오는 데 놀라 또 한 걸음 뒤로 뺐다. 등이 벽에 부딪히자 늘어선 우편함이 희미한 쇳소리를 냈다.

"이곳에 아는 사람이라도 있나요?"

기타가와는 조용히 카나의 어깨에서 손을 떼고 또 한 걸음 나가쓰에게 다가붙었다. 카나는 양손으로 얼굴을 감싼 채 맞은편 벽에 등을 기댔다가 점차 바닥으로 무너져 앉았다.

"대답해주세요. 저는 싸움을 걸려는 게 절대 아닙니다."

나가쓰는 입을 열지 못하고 그저 바닥으로 시선을 떨어뜨렸다. 기타가와가 다가오는 것을 그의 그림자와 그의 열기로 알 수 있었다. 기타가와는 이 우연한 만남에 허를 찔렸다기보다는 오히려 즐겁게 가지고 노는 듯했다.

"아니면 뭔가 말하지 못할 이유라도 있나요?"

"아니, 그게……."

"혹시 여기 사는 후지모토의 안부를 알고 싶으세요?"

땀이 배어왔다. 후지모토가 이미 살해당했다는 생각보다는 기타가와의 싸늘하고 억양 없는 목소리에 오싹해졌다. 나가쓰는 힐끔 출구로 시선을 주며 순간적으로 도망치려고 했다. 지금까지 네 명, 어쩌면 야하타와 마키노 교수를 포함한 여섯 명을 살해한 남자라면 또 한 사람 더 죽이는 것쯤이야 우스울 것이다.

하지만 나가쓰가 준비 자세를 취하려는 순간 기타가와가 나가쓰의 멱살을 잡았다. 숨이 턱 막힐 만큼 대단한 힘이었다. 나가쓰는 얼굴을 돌렸으나, 기타가와의 잡아먹을 듯한 따가운 시선이 따가울 만큼 뺨에 느껴졌다.

"그렇다면 가르쳐줄까요? 그 남자가 어떻게 됐는지."

목에 팽팽하게 옷깃이 파고들었다. 체격은 자신이 위라고 생각했지만, 기타가와의 손끝은 무서울 만큼 단단하고 긴장한 느낌이 들었다. 나가쓰는 등에 차가운 벽을 의식하면서 어쩌면 이대로 숨이 끊어지는 게 아닐까 하고 멍하니 생각했다. 하지만 그 순간, 카나가 울음을 터뜨렸다.

기타가와의 손가락이 순간적으로 움찔하더니 힘이 풀렸다. 나가쓰는 머릿속이 마비된 채 바닥에 주저앉은 카나를 똑바로 바라보았다. 카나는 양손으로 머리를 감싸 쥐고 등을 둥그렇게 만 채 거친 숨을 내쉬고 있었다.

기타가와는 천천히 멱살을 잡은 손을 풀고 어두운 분노가 담긴 눈으로 나가쓰를 지그시 노려보았다. 하지만 이내 뿌리치듯이 등을 돌리고 카나의 떨리는 어깨를 손으로 받친 후 그녀의 머리를 가슴으로 감싸 안았다. 그리고 나가쓰에게 눈길을 주거나 말을 걸지도 않고 곧장 출구 쪽으로 걸어가기 시작했다.

나가쓰는 그저 벽 쪽에 우두커니 서 있었다. 기타가와와 카나는 계단을 내려갔고, 열린 벤츠의 문이 가로등 조명을 반사해서 어둠 속에서 번뜩였다. 문이 닫히고 유리문 너머로 희미한 엔진 소리가 울려 퍼졌지만, 나가쓰는 그 자리에서 움직일 수 없었다.

가쓰라기는 거리 맞은편의 공원묘지 내에 숨어 있는지 모습이 보이지 않았다. 나가쓰는 어안이 벙벙해서 이제 무엇을 해야 할지도 알 수 없었다. 또 402호로 인터폰을 걸어봤자 후지모토는 받지 않을 것이다. 게다가 기타가와의 벤츠도 천천히 멀어져 가고 있었다. 경찰에 신고할까? 하지만 현장을 보지도 않았는데 도대체 어떻게 설명해야 하지?

인기척이 없는 관리실 옆의 시계는 10시 반이 넘은 시각을 가리키고 있었다. 나가쓰는 아직 얼얼한 목덜미를 쓰다듬으며 기침을 한 번 내뱉었다. 그 소리가 적막한 맨션 입구의 홀에 무척 허탈하게 메아리쳤다.

긴장한 탓인지 등과 팔의 마디마디가 단단히 뭉쳐 있었다. 이미 바깥에서는 벤츠의 그림자도 보이지 않았고, 거리에는 변함없이 여기에서 무슨 일이 벌어졌는지 모르는 사람들을 태운 자동차가 끊임없이 오갔다.

나가쓰는 우편함이 늘어선 벽에서 떨어져 출구의 유리문으로 향했다. 갑자기 피로가 밀려왔다. 비척거리며 멍하니 발길을 옮기는 중에 문득 유리문이 열리고 들어온 누군가에게 갑자기 팔을 잡혔다.

"야, 괜찮아?"

가쓰라기였다. 처음에는 아무런 느낌도 없었지만, 가쓰라기임을 인지하자 느닷없이 분노가 치밀어 올랐다. 하지만 나가쓰가 화를 내려는 순간, 가쓰라기가 빠른 말투로 제지했다.

"아무 말도 하지 마. 기분은 알겠지만 때가 좋지 않아."

"넌 대체……."

"사쿠라이 고키의 자동차가 하얀색이라고 했지?"

"응, 그게 왜?"

"지금 밖에 있어. 쇼코가 하얀색 혼다의 조수석에 앉아 있고."

분노의 감정이 순식간에 사그라졌다. 유리문 너머의 길가에 그 자동차는 없었다. 아마도 보이지 않지만 바로 옆에 있는 모양이었다.

"……사쿠라이는?"

"없어. 아마 안에 있겠지."

나가쓰는 자동문 너머로 보이는 엘리베이터로 눈을 돌렸다. 하지만 사쿠라이는 희생자의 리스트에 올라 있는 남자다. 게다가 적어도 네즈에서 이곳에 도착한 이래로 이 맨션 입구는 늘 시야 안에 있었다.

그렇다면 사쿠라이는 뒷문으로 들어간 것일까? 어딘가에서부터 네즈의 집에 침입해 있던 쇼코의 뒤를 밟아 후지모토와의 비디오테이프 거래가 끝난 뒤, 맨션에서 나온 쇼코를 자동차에 태우고 자신은 위로 올라간 걸까……?

"이봐, 아까 도청기는?"

"망가졌어. 난투의 충격을 받은 모양이야."

아무렇지 않게 말하고 있었지만 가쓰라기의 눈은 어둡고 긴장한 느낌이 선연했다. 관리실 옆의 시계는 10시 35분이 다 되어가는 참이었고, 눈에 띄지 않을 만큼 천천히 시곗바늘이 움직이고 있었다.

그리고 마침내 엘리베이터가 스르륵 열리더니 사쿠라이 고키가 안에서 모습을 드러냈다. 조용한 발걸음으로 이쪽을 향해 다가오는 그는 위에서 대체 무슨 짓을 한 것일까. 기묘할 만큼 차분한 분위기였다.

사쿠라이는 자동문을 빠져나와 가쓰라기를 쳐다보았다. 후지모토의 방에서 무엇을 봤는지, 혹은 무엇을 했는지 알 수 없을 만큼 그 눈빛은 고요했다. 그는 온화한 미소를 띠며 가쓰라기에게 말을 걸어왔다.

"안에 들어가시나요?"

"아…… 네. 감사합니다."

가쓰라기는 도대체 무슨 생각인지 아주 자연스럽게 인사를 하고 열린 자동문 안으로 들어갔다. 사쿠라이가 어리둥절한 나가쓰의 눈앞을 천천히 지나가는 순간, 희미한 알코올 냄새가 났다.

가쓰라기는 자동문의 문턱에 서서 나가쓰에게 힐끔 눈짓하고 안쪽 엘리베이터로 향했다. 나가쓰는 사쿠라이가 나가는 모습에 망설였지만, 자동문이 닫히려는 틈으로 가까스로 미끄러져 들어왔다. 가쓰라기는 이미 엘리베이터를 타고 있었고, 나가쓰가 들어오는 동시에 4층 버튼을 눌렀다. 가볍게 우르릉거리는 소리와 함께 천천히 엘리베이터가 올라가기 시작했다.

"야, 어떻게 할 작정이야?"

"모처럼 초대를 받았으니 보고 가야지."

가쓰라기는 층 표시를 올려다보다가 4층에서 문이 열리는 동시에 쓱 왼쪽으로 나갔다. 복도에 인기척은 없었고, 방음도 매우 확실하게 설비했는지 사람들의 생활하는 소리도 새어 나오지 않았다.

가쓰라기는 안쪽에서 두 번째 문에 한순간 귀를 대고, 주머니에서 재빨리 손수건을 꺼냈다. 그러고는 손수건으로 손잡이를 감싸고 조용히 돌렸다. 문은 슬며시 안으로 열렸고 캄캄한 복도가 보였다. 가쓰라기는 망설임 없이 묵묵히 안으로 향했다. 나가쓰는 오들오들 떨면서 후지모토의 문패가 달린 문의 문턱에 서 있었다.

방금 공원묘지 쪽에서 본 거실은 아마도 오른쪽에 있을 것이다. 그 입구에서 복도로 새어드는 바깥 빛이 어슴푸레하고 창백하게 보였다. 게다가 또 모니터가 켜져 있는지 스테레오에서 누군가의 이야기와 왁자지껄한 소리가 흘러나왔다. 나가쓰는 숨을 죽이고 후지모토 방의 복도 안쪽으로 걸음을 옮겼다. 그 순간 가장 먼저 코를 찌르는 알코올의 강한 냄새에 오싹해졌다.

어슴푸레한 거실 안, 방금 후지모토가 마시던 스카치위스키 병이 바닥에 나뒹굴며 카펫에 얼룩을 만들어내고 있었다. 그리고 소파 위에는 머리 쪽을 이쪽으로 향하고 팔다리가 기묘한 형태로 경직된 후지모토의 모습이 있었다. 소파의 팔걸이에서 거무스름하게 보이는 붉은 허리끈의 끝이 아래로 축 늘어져 있었다.

가쓰라기는 베란다로 나가는 창문의 오른쪽 모니터 앞에 서서 화면을 물끄러미 바라보았다. 리스트의 남자 일곱 명이 모두 비디오테이프를 가지고 있다면, 오늘 밤 이 방에 있던 비디오테이프는 후지모토가 원래 가지고 있던 것과 쇼코가 가지고 온 것, 두 개다. 그중 어느 쪽인지는 알 수 없었지만, 지금 비디오테이프 하나가 재생되고 있었다.

나가쓰는 자신이 무엇을 생각해야 할지 알 수 없었다. 그것은 전에 본 것과 완전히 똑같은, 6년 전 6월 12일의 기념식 영상이었다.

"……왜지?"

"글쎄, 일단 확인해볼까?"

가쓰라기는 비디오 앞에 무릎을 꿇고 바스락거리며 무언가를 하기 시작했다. 모니터의 화면이 뚝 사라지고, 비디오테이프를 꺼내는 소리가 났다. 가쓰라기는 그 주변에 있던 선반까지 뒤져 의외로 쉽게 비디오테이프를 또 하나 발견했다. 일어선 가쓰라기가 탁자 위에 남은 케이스와 메시지 카드를 집어 들고 커튼 옆으로 다가가더니 분하다는 듯 중얼거렸다.

"젠장. 아직 밖에 있어."

창문으로 바깥 거리를 내려다보더니 사쿠라이의 하얀색 혼다가 움직이지 않은 것을 확인한 모양이었다.

"여기는 어떻게 할까?"

"그냥 놔둬. 문을 열면 누군가가 발견하겠지."

가쓰라기는 무자비한 말을 쌀쌀맞게 내뱉고는 잰걸음으로 거실에서 나갔다. 나가쓰는 꼼짝도 할 수 없는 기분이었지만, 그렇다고 해서 이곳에 남아 있는 것도 무서웠다. 얼어붙은 손발을 풀고 후지모토의 거실을 뒤로했다. 어딘가에 신고해야 한다는 상식적인 판단도 거의 머릿속에 남아 있지 않았다.

"서둘러. 사쿠라이가 사라지겠어."

가쓰라기의 낮은 목소리와 함께 엘리베이터 문이 열리는 소리가 났다. 나가쓰는 마비된 듯한 심정으로 바깥 복도로 훌쩍 나갔다. 가쓰라기가 나가쓰의 팔을 잡고 엘리베이터 안으로 잡아당겼고 또 엘리베이터가 움직이기 시작했다.

"나가쓰 너, 내가 하는 일을 이해할 수가 없다고 생각했지?"

가쓰라기가 갑자기 문을 바라보면서 말했다. 엘리베이터가 천천히 내려가고 텅 하고 둔중한 반응을 배에 울리며 멈췄다.

"근데 그건 나도 마찬가지거든. 가자, 나가쓰."

가쓰라기는 스르륵 열린 문을 빠져나가 곧장 자동문으로 향했다. 가이엔니시 거리에 면한 정면 출구 앞에서 니시아자부로부터 몰려드는 오토바이와 자동차가 차례로 스쳐 지나갔다. 그리고 자동차의 흐름에 뒤이어 천천히 하얀색 혼다가 움직이기 시작했다. 가쓰라기는 바깥 인도로 내려서서 나가쓰를 뒤돌아보았다.

"운전할 수 있겠어?"

나가쓰는 술에 취한 듯한 기분으로 어지러움을 느끼면서도 짧게 고개를 끄덕였다. 주머니의 자동차 열쇠를 뒤져 오른쪽의 푸조로 다가가서 잠금장치를 해제했다. 가쓰라기는 자동차의 행방을 자세히 살피며 재빨리 조수석 쪽으로 올라탔다.

"아오야마산초메의 교차로. 지금 당장 출발하면 따라잡을 수 있어."

나가쓰는 아무 말 없이 열쇠를 돌리고 마침 자동차의 흐름이 끊어진 거리로 푸조를 몰았다. 이마에 땀이 배어왔고, 핸들이 무척 무겁게 느껴졌다. 그래도 앞을 바라보면서 나가쓰는 아오야마 공원 묘지 옆의 완만한 커브를 돌아 노란불로 바뀐 첫 신호를 돌파했다.

그리고 얼마 지나지 않아 교차로로 오르는 언덕 근처에서 또 길이 막혔다. 사쿠라이의 자동차는 자동차 무리 속에서 세 대 앞에 서 있었다. 확실히 보이지는 않지만, 쇼코가 사쿠라이의 어깨에 달라붙어 무언가를 호소하며 울고 있는 듯했고 사쿠라이의 모습은 이상하리만큼 침착해 보였다.

아오야마 거리와의 교차로 신호가 파란색으로 바뀌고, 보행자의 흐름이 끊기자 자동차가 움직이기 시작했다. 사쿠라이의 혼다가 또다시 멀어져가더니 교차로에 진입하자 순식간에 속도를 높였다. 나가쓰는 좌회전하려는 앞의 자동차를 초조하게 기다리다가 앞이 뻥 뚫린 순간 액셀을 밟았다. 사쿠라이의 혼다는 벌써 킬러 거리에 들어서서 오른쪽으로 꺾어지는 완만한 내리막을 따라 쭉 앞으로 나아가고 있었다.

또 내리막 중간의 진구마에서 신호에 걸리고 말았다. 사쿠라이의 자동차는 같은 차선의 네 대 앞에 있었고, 안의 모습은 거의 보이지 않았다. 이 거리를 끝까지 가면 메이지 공원 앞에서 센다가야로 나갈 수 있었다. 그게 아니라면 이대로 네즈에 있는 집으로 쇼코를 데리고 가려는 작정인지도 몰랐다.

신호가 파란색으로 바뀌자 곧이어 사쿠라이의 자동차가 살며시 길가로 빠졌다. 나가쓰도 곧장 속도를 줄였다. 약간 떨어져 있던 것이 다행이었다. 나가쓰는 길가 주차를 한 자동차의 행렬 사이에 공간을 찾는 척 차를 움직였다.

슬슬 후진시키려고 할 즈음에 사쿠라이가 자동차에서 내리더니 보닛 앞을 돌아 조수석 쪽으로 다가가서 문에 손을 뻗었다. 표정은 어디까지나 침착하게 보였지만 곁을 지나가는 자동차의 조명에 비친 얼굴을 보고 나가쓰는 숨을 크게 들이쉬었다.

분노의 기색은 전혀 없었다. 약간 창백한 낯빛도 무언가 큰 병에 걸린 게 아닐까 싶은, 유시마의 바에서 본 인상과 전혀 다르지 않았다. 하지만 조수석의 문을 열고 쇼코의 팔을 잡아 밖으로 끌어내는 그 눈빛은 오싹할 만큼 차가웠다.

가쓰라기는 눈을 가늘게 뜨고 푸조의 창문을 열어 바깥의 상황을 살폈다. 곁을 차례로 지나가는 자동차의 소음에 섞여 여자의 가느다란 울음소리와 애원하는 목소리가 띄엄띄엄 들려왔다. 잠시 후, 사쿠라이는 조수석의 문을 텅 하고 닫고는 어깨에 매달린 쇼코를 아무 말 없이 뿌리친 다음 빠른 걸음으로 운전석으로 걸어갔다. 쇼코는 사쿠라이를 부르면서 자동차에 매달리기 시작했다.

그러나 운전석의 문은 단단한 소리를 내며 닫히고, 이내 시동을 거는 소리가 들렸다. 쇼코가 손바닥으로 창문을 두드리는 중에 하얀색 혼다가 천천히 움직이기 시작했고, 자동차의 흐름이 끊긴 틈을 타 뿌리치듯이 달려나갔다.

가쓰라기는 그저 어두운 눈빛으로 입을 꾹 다물고 그 광경을 바라보고 있었다. 쇼코도 핸드백을 감싼 채 사쿠라이의 자동차가 사라지는 것을 황망하게 바라보고 있었다. 하지만 등 뒤에서 자동차 전조등이 날카롭게 비쳐온 순간, 쇼코가 문득 뒤를 돌아보았다. 그녀는 얼어붙은 표정으로 휘청거리며 전조등에 이끌리듯이 걸어가기 시작했다.

가쓰라기가 푸조의 문을 연 순간 급브레이크 소리가 들렸다. 둔탁한 은색 자동차 한 대가 바로 눈앞에 서 있었고, 그 차의 둥근 조명 끝에서 땅에 떨어진 검은색 핸드백과 웅크려 앉은 사람의 모습이 보였다. 나가쓰는 겨우 정신을 차리고 푸조에서 내려 달려갔다. 접촉은 없었던 것 같지만, 운전석의 젊은 남자의 욕설과 급히 출발하는 자동차의 타이어 소리가 날카롭게 울렸다.

가쓰라기는 쇼코 옆에 한쪽 무릎을 꿇고 앉아 나가쓰를 힐끔 올려다보았다. 그리고 검은색 핸드백을 주워서 희미하게 떨리는 여자의 어깨에 손을 뻗었다.

"쇼코 씨……."

"만지지 마요. 저 죽게 내버려둬요."

쇼코는 양손으로 얼굴을 덮은 채 격렬하게 흐느껴 울었다. 검은색 펌프스 한 짝이 벗겨져 있었고, 스타킹이 찢어진 무릎에서 희미하게 피가 배어 나왔다.

"무슨 일이 있었나요?"

쇼코는 고개를 저었다. 하얀색 혼다는 이미 보이지 않았다.

"오늘 밤에 갈 곳은 있어요?"

또 고개를 젓는 몸짓과 가빠진 호흡만이 돌아왔다. 가쓰라기는 희미한 한숨을 내쉬고 쇼코의 팔을 잡았다.

"갑시다. 제 사무소가 요 근처예요."

하지만 가쓰라기가 푸조로 향하려는 순간, 쇼코가 얼굴을 들었다. 갑자기 정신이 들었는지 동그랗게 뜬 눈이 겁먹은 듯 보였다.

"저 이제 괜찮아요."

"하지만 당신이 자살이라도 하시면 제가 곤란해져요."

"아니요. 정말 걱정 말아요. 이제 됐어요. 저는 집으로 돌아갈 거예요."

쇼코는 작은 목소리로 빠르게 내뱉고 안절부절못하는 표정으로 눈을 돌렸다. 택시를 잡으려는 듯했다.

"쇼코 씨. 사쿠라이 씨와는 대체 어떤 이야기를 했나요?"

"몰라요. 이제 상관없는 일이에요."

"하지만 당신에게는 이 사건의……."

쇼코가 말을 막으려는 듯 손을 올리자, 택시가 스르륵 오더니 멈춰 섰다. 곧바로 문이 열리자 쇼코는 목례를 하고는 등을 돌렸다.

"기다려요."

또 머뭇머뭇 이쪽으로 고개를 돌린 쇼코의 눈빛에는 희미한 혐오감과 의심이 담겨 있었다. 가쓰라기는 잊어버리고 있던 검은색 핸드백을 손가락 끝에서 흔들면서 어둡게 가라앉은 목소리로 말했다.

"사쿠라이 씨와의 관계도 이것으로 끝인 겁니까?"

쇼코의 시선이 한순간 흔들렸다. 하지만 아까의 울부짖음은 거짓말인 것처럼 여겨질 만큼 표정 없는 눈으로 핸드백을 조용히 받아 들었다.

"어차피 죽을 사람이에요. 조만간에."

옆에서 듣고 있던 나가쓰는 약간 오한을 느꼈다. 사쿠라이의 표정도 그렇지만, 쇼코의 말에도 일곱 번째 살인 예고만으로는 볼 수 없는 어딘지 거친 울림이 있었다.

이윽고 쇼코는 "그럼 가보겠습니다"라는 말을 입 안에서 웅얼거리고는 택시에 올라탔다. 가쓰라기는 특별히 막으려고 하지 않고 가볍게 목례로 답했다. 나가쓰는 택시가 센다가야 방향으로 언덕을 내려가며 사라지는 것을 바라보았다.

"아쉽네. 모처럼 대접을 해주려고 했더니."

가쓰라기는 중얼거리면서 푸조 쪽으로 걸어가기 시작했다. 이로 써 남은 사람은 앞으로 세 명. 사쿠라이와 카나와 기타가와. 조금씩 드러나고 있는 그 관계를 생각하는 것만으로 불안에 휩싸였다. 내일이 아니라면 모레, 쇼코가 말한 것처럼 마지막 남자가 살해당할 지도 몰랐다.

후지모토의 방에서 회수해온 두 개의 비디오테이프 라벨에는 역시 6년 전의 6월 12일이라는 날짜와 함께 후지모토를 의미하는 것으로 보이는 F와 사쿠라이를 뜻하는 S가 각각 쓰여 있었다. 메시지 카드로 생각했던 것은 텅 빈 백지였다. 그런데 그것이 한층 기분 나쁘게 느껴졌다. 유카가 의뢰를 취소하고 싶다고 말한 지금 더 이상 조사를 지속하는 것은 아무런 의미도 없겠지만, 가쓰라기는 아랑곳 않고 비디오테이프를 넣고 재생 버튼을 눌렀다.

나가쓰는 지쳤다. 아무리 쫓아도 살인자가 누구인지, 또 동기는 무엇인지 도저히 감을 잡을 수 없었다. 그리고 정작 가쓰라기도 리스트의 남자들이 순서대로 살해당하는 것을 그저 지켜보고만 있었다. 반복되는 기념식 영상도, 지금까지의 노력도, 정말이지 무의미하게 느껴졌다.

F라고 쓰인 비디오테이프의 내용은 후지모토 본인이 말한 대로 신주쿠의 호텔에서 나리타 요시히로가 살해된 그날 밤에 본 것과 완전히 동일한 기념식 영상이었다. 그리고 두 번째, 후지모토의 맨션에 있었던 S의 비디오테이프도 같은 것이었다. 재생 도중의 비디오테이프는 내빈 인사가 끝날 무렵부터 시작되었지만, 마키노 교수를 비롯한 리스트에 이름을 올린 남자들의 모습과, "10시에 아

자부. 오늘 밤이 10년이야"라는 수수께끼 같은 속삭임도 그대로 들어 있었다. 나가쓰는 무척이나 진절머리가 나서 평소에는 권유받아도 마시지 않던, 가쓰라기가 즐겨 마시는 싸구려 술병으로 손을 뻗었다.

"이봐, 가쓰라기. 다시 한 번 묻겠는데, 넌 대체 뭘 하고 싶은 거야?"

가쓰라기는 아무런 대답도 하지 않고 비디오테이프를 멈추거나 앞으로 돌리는 일을 끊임없이 반복하고 있었다. 나가쓰는 한숨을 섞어가며 술을 술잔에 따르고 한 모금 마셨다. 무척 써서 혀와 목구멍이 얼얼했다.

"유카 씨도 조사를 그만두라고 했잖아. 돈도 안 되는 일이야."

"아니, 그렇지도 않아."

S의 비디오테이프는 이전과 마찬가지로 환담이 끝나갈 즈음에 뚝 끊겼다. 그 후로는 그저 노이즈만 계속되었고 비디오테이프 자체도 금방 끝났다. 가쓰라기는 비디오테이프를 뒤로 감고 기다리는 동안에 담배를 한 개비 입에 물고, 평소에 늘 사용하는 성냥으로 불을 붙였다.

"의뢰비를 받았으니 그만한 금액만큼은 일해야지."

"그래서 뭘 하려고? 살인자를 직접 잡으시려고?"

가쓰라기는 담배를 뻐끔 피우며 술잔으로 손을 뻗었다. 쓰디쓴 술을 물처럼 들이켜며 비디오테이프 되감기가 끝나자 리모컨으로 손을 뻗었다.

화면에 한순간 노이즈가 흘렀다. 또 개회 인사인가 하고 나가쓰는 생각했지만, 본 적 없는 영상이 시작되었다. 렌즈가 특수한 것인지 화면이 약간 일그러져 있었고, 상아색 벽과 바닥에 높은 천장의 방이 보였다.

아마도 개인이 촬영한 듯 영상은 조잡하고 전체적으로 어슴푸레했다. 방의 왼쪽 구석에 간접조명이 있는 듯 그 부근만이 살짝 밝았고, 뒤쪽 구석은 어둠이 내려앉아 있었다. 가운데 왼쪽에 베개를 네 개 나란히 놓은 넓은 침대 위에 누군가가 누워 있었다. 윤기 있는 시트의 윤곽이 여자인 것 같았다. 침대 위에도 검은색 머리카락이 흩어져 있었고, 얼굴은 반대편을 향하고 있었지만 가볍게 쥔 형태로 목덜미 옆에 둔 오른손의 손끝이 어렴풋이 빛났다.

고요했다. 하지만 마침내 스피커의 오른쪽에서 희미한 소리가 들려왔다. 무겁고 느릿한 발걸음, 게다가 한 사람이 아닌 듯했다. 침대 위의 여자는 자고 있는지 꼼짝도 하지 않았다. 그리고 문을 여는 소리가 들렸고, 나가쓰가 숨을 멈춘 순간 무언가가 렌즈 앞을 스쳐갔다. 누군가의 손인 듯했다. 하지만 그뿐, 어두운 화면에 치익하고 노이즈가 들어갔다.

"……뭐야, 이건?"

가쓰라기는 말없이 물끄러미 모니터를 바라보고 있었다. 노이즈가 걷힌 후 갑자기 화면이 바뀌었다. 그것은 기념식 연회장에서 사회자의 목소리에 이어 학부장이 단상에 올라가는 장면이었다. 가쓰라기는 비디오테이프를 약간 앞으로 되돌려 누군가의 손이 렌즈 앞을 스쳐가는 순간에 비디오테이프를 멈췄다. 비디오를 찍은 그 사람의 왼손—분명히 남자의 왼손—이었다. 그 약지에는 금인지 백금인지 모를 결혼반지가 무거운 빛을 발하고 있었다.

"살인자도 정말이지 친절하군. 이런 비디오테이프를 남기다니."

"설마 이것이 원본이라는 거야?"

가쓰라기는 담배를 피우면서 학부장의 인사말을 듣고 있었다. 그리고 도대체 무슨 생각인지 볼륨을 줄이고 소파에서 일어나서 뒤쪽 구석의 책상으로 갔다. 나가쓰는 리모컨을 손에 쥐고 비디오테이프를 뒤로 감았다.

아마도 복제할 때 지우는 것을 잊어버렸을 것이다. 또다시 상아색 방이 홀연히 화면에 나타났다. 나가쓰는 비디오테이프를 정지하고 화면을 응시했다. 하지만 조명은 역시 어두웠다. 반대편을 향한 여자의 뺨과 목덜미의 선을 간신히 인식할 수 있을 뿐이었다.

이윽고 등 뒤에서 가쓰라기가 자동응답전화를 체크하고 있는지 기계적인 여자의 목소리가 흘러나왔다. 메시지는 세 건이었다.

첫 번째 메시지는 내일 오후에 시간이 날 것 같다는 가느다란 여자 목소리였다. 두 번째 메시지는 거의 들리지 않을 만큼 빠른 말투로 녹음된 영어 메시지였다. 그리고 잠깐 사이를 두고 익숙지 않은 남자의 목소리가 흘러나왔다.

"……게이타지? 나야. 아내한테서도 조만간 전화가 갈 테지만, 나를 만만하게 보지 마라. 네가 까부는 모습을 두고 볼 수만은 없어. 앞으로 일절 아내와 만나지 말고, 내 신변을 휘젓고 다니는 짓도 그만둬."

가쓰라기는 책상 옆에 선 채 멍하니 전화기를 바라보고 있었다. 메시지의 남자 목소리는 매우 위협적이고 냉정했다.

"당분간은 주시하겠네. 하지만 잊지 마. 나에게도 한계라는 게 있어."

그 말을 끝으로 메시지는 뚝 끊겼다. 월요일 오후 11시 8분. 기계음이 그렇게 전해주었다. 가쓰라기는 소파로 돌아와 연기 나는 담배를 재떨이에 비벼 끄고 희미한 한숨을 내쉬었다.

"야, 설마……."

"응. 온묘지야."

가쓰라기는 빈 술잔에 술을 채워 넣고 소파에 몸을 파묻었다. 나가쓰는 남의 일이지만 마음이 진정되지 않았다.

"너, 어떻게 할 작정이야?"

"딱히 마음을 바꿀 생각은 없어. 초심을 유지해야지."

가쓰라기는 흐리멍덩한 눈빛으로 정지 화면을 바라보았다. 온묘지가 경찰청의 중진이라면 이 일련의 사건에 관해서 물론 알고 있을 것이다. 게다가 가쓰라기의 생각에 따르면 그는 복잡하게 얽힌 구도의 한쪽 끝을 담당하고 있다. 아내 유카의 애인을 쓰러뜨릴 마음만 먹는다면 어떤 일이든 할 수 있는 사람이다.

"하지만 좋은 소식이 있어."

가쓰라기는 술잔을 천천히 입에 가져다 댔다. 온묘지의 말에도 전혀 흔들림이 없는지 담담한 옆얼굴이었다.

"첫 번째 메시지는 마키노 사와코의 옛 친구야."

"내일 시간이 날 것 같다고 했던?"

가쓰라기는 고개를 끄덕이고 리모컨으로 손을 뻗었다. 하지만 비디오테이프를 재생하지도 멈추지도 않고, 그저 상아색 방 침대에 누워 있는 여자만 바라볼 뿐이었다.

21

시
체
의

목
엔

붉
은

허
리
끈

"이쪽으로 오십시오."

여자는 부드러운 미소로 왼쪽 계단을 가리켰다. 화요일 오후 4시, 평일의 성당은 느긋하고 한적한 공기에 휩싸여 있고, 밝은 색조의 입구 홀에서는 넓은 유리창 너머로 햇살이 가득 비쳐 들어왔다. 오른쪽 끝의 예배당 문은 활짝 열려 있고, 근처의 어린이가 안에서 놀고 있는지 웃음소리가 울리고 있었다.

마키노 사와코의 학창 시절 친구 에하라 다카코는 미나미아자부에 위치한 성당의 수녀였다. 나가쓰는 종교라는 이름이 붙은 것은 내용이 어떻든 간에 죄다 질색하는 축에 속했다. 그러나 약속 시간에 맞춰 나온 회색 수녀복 차림의 에하라 다카코는 얼굴을 마주한 순간 속세의 때가 덕지덕지 묻은 자신을 금방이라도 회개시킬 듯한 맑디맑은 눈동자를 지니고 있었다. 가쓰라기는 죄의식과는 전혀 인연이 없는 남자이므로 에하라 수녀의 부름에 거리낌 없이 응해 방문객용 슬리퍼로 갈아 신었지만, 나가쓰는 그 전에 옷에 붙은 먼지라도 털어내야 할 것 같은 기분이 들었다.

성당 내부는 의외로 아담했고, 2층으로 오르자 왼쪽 복도를 따라 신부들의 사무실과 어린이용 장난감을 둔 놀이방 겸 독서실, 그리고 회의실이 있었다. 에하라 수녀는 그 북서쪽에 면한 시원한 회의실로 두 사람을 들이고, 트라피스트 수도회에서 만든 쿠키와 홍차 세 잔을 탁자에 올려놓았다.

"드세요."

웃으며 쿠키를 권하는 에하라 수녀는 마키노 사와코와 같은 나이라면 올해로 마흔일곱 살일 것이다. 하지만 직업과 선천전인 기질이 잘 조화를 이루었는지, 화장기 없는 얼굴에는 부드러운 기품이 흘렀고 행동도 여유로웠다. 한편 가쓰라기도 역시 직업과 선천적인 기질이 충분히 조화를 이루었다고나 할까, 평소처럼 사근사근한 눈으로 홍차 잔에 손을 뻗었다.

"갑작스럽지만 에하라 씨. 마키노, 아니 사쿠라이 사와코 씨와는 언제부터 아는 사이였습니까?"

"벌써 꽤 오래전이네요. 중등부 1학년 때 같은 반이었으니까요. 거의 35년 전인가요?"

"그럼 꽤 친하셨겠네요."

"네. 그렇게 말할 수 있다면요."

에하라 수녀는 자신의 찻잔에 설탕과 우유를 넣고 느긋하게 저었다. 그리고 약간 쓸쓸한 웃음을 지어 보였다.

"하지만 사와코는 그다지 남들에게 다가가지 않는 성격이었어요. 차가운 성격은 아니지만 자신의 마음을 전혀 밖으로 드러내지 않는 애였어요."

"하지만 알고 지낸 기간은 오래됐군요."

"네, 사와코는 이곳의 신자였어요. 그 사건으로 죽을 때까지 거의 20년 동안."

에하라 수녀는 홍차 잔에 눈을 떨구었고 잠시 침묵이 흘렀다. 마키노 사와코가 신자였다는 사실은 처음 듣지만, 항상 듣는 역할만하는 나가쓰는 왠지 딱히 할 말이 없어 트라피스트 수도회의 쿠키를 조용히 집었다.

"분명히 마키노 교수와 그 딸도 이곳에 다녔겠군요."

"그 사건 이후로는 전혀 오지 않으셨지만, 예전에는 가끔 얼굴을 비치셨죠."

"사와코 씨가 신자가 된 계기는 무엇인가요?"

"글쎄요. 원래 학교가 미션 스쿨이었으니까 오래전부터 생각하고 있었던 게 아니었을까요? 고등부 1학년 때 가족에게도 비밀로하고 여기로 왔다더군요."

마키노 사와코뿐 아니라 마키노 부녀도 성당에 드나들었던 셈이다. 나가쓰는 뭐라 말할 수 없는 복잡한 심정을 느끼면서 쿠키 끝을바삭 씹었다. 쿠키는 수도회에서 만든 것답게 단맛이 느껴지지 않는 소박한 맛이었지만, 좋은 재료를 쓴 듯 씹을수록 밀가루의 감칠맛이 차츰 퍼져갔다. 가쓰라기는 그저 담담히 아무것도 넣지 않은홍차를 마셨다.

"사와코 씨의 집으로 놀러 간 적은 없나요?"

"아뇨, 몇 번 있었어요. 대부분 집에 아무도 없을 때 놀러 갔지만,딱 한 번 우리가 집에 있을 때 사와코의 오빠가 집에 돌아온 적이있습니다."

"사와코의 오빠는 어떤 사람이었나요?"

에하라 수녀는 문득 고개를 옆으로 돌려 창문 쪽을 바라보았다. 성당의 뒤편은 작은 공원이고, 그 공원을 둘러싼 은행나무 가로수 너머로 오후의 파란 하늘이 보였다. 잠시 후 찻잔으로 다시 눈길을 돌린 에하라 수녀는 말을 망설이는 듯했다.

"저는 그 남매 사이를 잘 모릅니다. 중학교 3학년 때이기 때문에 오빠는 대학생이었고, 의사 국가고시를 준비하느라 힘든 시기였다고 생각해요. 하지만 왠지 무서운 느낌이 들었어요."

"그게 무슨 뜻이죠?"

"단지 인상일 뿐이에요. 하지만 둘이서 사와코의 방에 있을 때, 갑자기 문이 열렸어요. 오빠가 그곳에 서 있었고, 그때 사와코는 겁을 먹은 것 같았어요."

가쓰라기는 이야기를 들으면서 홍차의 받침에 놓인 스푼을 손가락으로 가볍게 툭툭 쳤다. 평소라면 이 대목에서 담배를 물어야 할 테지만, 에하라 수녀의 청결한 분위기에 경의를 표하려는 심산인지 자숙하는 듯했다.

"왜일까요?"

"모르겠어요. 오빠는 인사만 하고 금방 문을 닫았지만, 사와코는 그 후로 말을 아꼈어요. 하지만 저보고 집에 가지 말라고 했기 때문에 그날은 부모님이 돌아오실 때까지 함께 있었고, 저녁도 대접받았지요. 느낌이 괜찮은 가족으로 보였지만, 왠지 매우 조용했어요."

사쿠라이 집의 식탁 못지않게 오후의 성당 회의실도 매우 조용했다. 하지만 적막한 공기에 답답함을 느낀 나가쓰는 내심 어색함을 풀어보려는 심산으로 쿠키를 와작와작 씹으며 홍차를 후루룩 마셨다. 그래도 에하라 수녀는 전혀 불쾌해하지 않으며 온화한 미소로 두 번째 잔을 권하기까지 했다.

"그런데 기타가와 쇼고 씨는 물론 알고 계시죠?"

"네, 그 선생님께 사와코와 함께 수학을 배웠습니다."

"두 사람의 관계에 관해서도 아세요?"

가쓰라기의 질문에 에하라 수녀는 처음으로 표정이 어두워졌다. 매우 어렴풋한 기억이지만, 고등학교 교사와 학생 사이의 미묘한 문제인 만큼 수녀라는 신분으로는 곤혹스러움을 감출 수 없는 듯했다.

"저는 전혀 몰랐어요. 물론 사와코와는 졸업한 후에도 가끔 만났지만, 스무 살이 되어 몇 달 지나 함께 차를 마실 때 사와코의 모습이 별로 안 좋았어요. 임신이었죠."

"처음부터 아이 아빠가 기타가와 쇼고라고 말했습니까?"

"네. 하지만 사와코는 처음에는 아무 말도 하지 않으려고 했어요. 그저 울기만 했죠. 그래서 당시에는 혼자 살고 있던 사와코의 방에 가서 처음으로 사정을 들었어요."

나가쓰는 두 번째 쿠키 끝을 씹었지만, 왠지 계속 먹고 싶은 마음이 사라져서 찻잔 트레이에 올려놓았다. 가쓰라기는 에하라 수녀의 이야기에서 대체 무엇을 느꼈는지 그저 나른하게 다리를 꼰 방향을 바꾸었다.

"가능하시다면 이야기해주세요."

"물론이죠. 하지만 아직도 어떻게 생각해야 할지 모르는 것도 사실이에요. 사와코는 기타가와 선생님과 정말로 울고 싶을 만큼 행

복하지만, 도망칠 수 없다고 말했어요. 왜냐고 물어도 전혀 대답해
주지 않았어요."

"추측은 할 수 있습니까?"

에하라 수녀는 잠시 생각하다가 고개를 저었다. 한숨을 섞어가
며 홍차 잔을 들어 올려 조용히 입을 가져다 댔다.

"기타가와 쇼고 씨와 정식으로는 결혼하지 않았다는 것도 그런
사정 때문이겠지요?"

"아마도요. 기타가와 선생님도 사와코와 만나 이곳에 몇 번인가
오셨어요. 저도 힘이 되어주고 싶어서 이야기를 들으려고 했지요.
하지만 가장 중요한 문제에 관해서는 두 사람이 약속이나 한 듯이
입을 닫았어요."

"기타가와 쇼고 씨는 그 점을 알고 있었습니까?"

에하라 수녀는 또 고개를 저었다. 마키노 사와코와 기타가와 쇼
고의 관계가 문제가 된 것은 이미 20년이 지난 일이지만, 지금 생
각하면 무력감 같은 것에 사로잡혀 있었던 것 같았다.

"몰랐을 거예요. 게다가 사와코의 언동으로 보건대 아주 괴로워
하는 것 같았거든요. 일부러 그랬다고는 생각하지 않지만, 제가 보
기에도 사와코는 이따금 상식을 벗어난 그런 느낌이 들었어요."

"아들인 슈지에 관해서는 뭔가 알고 계십니까?"

"네. 사와코가 매우 아꼈지요. 하지만 그것도 주변에는 학대로밖
에 보이지 않았나 봐요. 역시 사정은 잘 모르지만, 그래서 기타가와
선생님의 부모가 참지 못하고 아들을 사와코에게서 빼앗아 간 것
같아요."

옆에서 듣고 있기만 해도 한숨이 나오는 이야기였다. 에하라 수

녀의 차분한 말투가 위로가 되기는 했지만, 나가쓰는 왠지 매우 안타까운 기분이 들었다. 하지만 가쓰라기는 표정 하나 변하지 않고 이야기를 진행시켰다.

"그 후 사와코 씨는 어땠습니까?"

"분명히 한 시기는 끔찍한 상태였어요. 죽으려고 했던 적도 몇 번 있었는데, 어느 날 갑자기 괜찮아졌어요. 오히려 마비된 느낌이 들 정도였지요. 그것이 스물세 살의 여름이었고, 그 후 2년 동안 완전히 모습을 감췄어요. 제 앞에도, 기타가와 선생님 앞에도 나타나지 않았지요."

또 짧은 침묵이 흘렀다. 나가쓰는 어쩔 줄 몰라 그저 꼼지락꼼지락 자세를 바꾸었다. 가쓰라기는 완전히 식은 남은 홍차를 단숨에 들이켜고 찻잔 받침에 덜컥 내려놓았다.

"그럼 다시 나타났을 때는 마키노 씨와 이미 결혼한 상태였군요."

"네, 완전히 예전의 조용하던 사와코로 돌아왔어요. 오히려 전보다 더 예뻐졌고, 이렇게 말하면 신중하지 못할지도 모르지만, 인형 같은 느낌이었지요."

"기타가와 씨는요?"

"모르겠어요. 사와코의 소식을 알고 있었는지는 모르지만 그 후로는 선생님으로부터 아무런 연락도 없었어요. 아마도 잊어버리려고 한 게 아니었을까요?"

에하라 수녀는 또 쓸쓸한 미소를 띠며 갑자기 자리에서 일어섰다. 찻주전자를 가지고 회의실 구석으로 가서 찻잎을 바꿔 넣고 차를 더 끓이기 시작했다. 그 몸짓은 모두 차분하고 정숙했지만, 그와 동시에 약간 서글픈 느낌도 들었다.

"그런데 마키노 씨와 사와코 씨의 결혼 생활에 관해서는 아십니까?"

"……네. 이야기할 수밖에 없겠군요."

에하라 수녀는 탁자로 돌아와 희미한 한숨과 함께 찻주전자를 내려놓았다. 그리고 또 조용히 미소 지었지만, 그 눈동자에는 복받치는 감정을 억누르는 듯한 흔들리는 빛을 머금고 있었다.

"사와코가 겉으로만 온화해진 것이 아니에요. 제가 그 점을 알아차린 것은 딸인 카나 씨가 태어난 후였는데, 사와코는 정말로 뭐랄까, 평상시와는 마음가짐이 완전히 달라졌어요."

"에하라 씨가 그 점을 알아차린 계기는 뭔가요?"

"손목의 멍이었어요. 처음에는 단순한 상처인 줄 알았는데, 너무 자주 멍이 드는 것을 보고 남편분께 이유를 물어보았지요. 그래서 듣게 되었습니다. 사와코가 이따금 발작을 일으켜서 난폭해지는 것을 막기 위해 어쩔 수 없이 손목을 묶는다는 사실을요."

가쓰라기는 깊은 생각에 빠진 눈빛으로 찻주전자에 손을 뻗었다. 멍하니 입을 다문 에하라 수녀의 빈 찻잔에도 홍차를 따랐고, 그러는 김에 나가쓰도 잊어버리지 않았다는 증거로 나가쓰의 찻잔에도 홍차를 채워주었다.

"감금, 말인가요?"

"네. 사와코가 병원을 무서워하기 때문에 집에서 어떻게든 제지한다고 했어요. 하지만 평소의 모습만 보면 전혀 그런 느낌은 없었어요. 남편분이 매우 말하기 곤란해하셨기 때문에 저도 그 이상 추궁하지 못했지요."

찻잔 옆에 조용히 놓아둔 에하라 수녀의 손끝이 약간 떨리는 듯이 보였다. 가쓰라기는 뜨거운 홍차를 한 모금 마시고 나직이 말했다.

"실례되는 질문이지만 에하라 씨, 지금의 이야기를 기타가와 쇼고 씨에게도 했습니까?"

에하라 수녀는 아무 말도 하지 않고 모호한 시선을 허공으로 향했다. 표정은 조금 전과 다름없었지만 가쓰라기의 질문을 못 들은 것 같은 느낌마저 들었다. 하지만 마침내 한숨과 함께 눈물이 뺨을 타고 흘러내렸다.

"……후회하고 있습니다."

"언제쯤이었나요?"

"그 사건이 일어나기 딱 한 달 전이었어요."

에하라 수녀는 수녀복의 주머니에서 하얀 손수건을 꺼내고 조용히 눈가를 닦았다. 그리고 그대로 양손을 이마에 대고 지그시 무언가를 응시했다. 가쓰라기는 특별히 이야기를 재촉하지 않고 그저 기다리고 있었다.

"기타가와 선생님과는 그 후로 이야기를 나눈 적이 없습니다. 사와코의 결혼은 선생님에게 괴로운 일이었고, 선생님이 잊어버리려고 하신다면 그걸로 괜찮지 않나 싶었습니다. 하지만 우연히 5월 초쯤에 요 근처에서 만났어요. 이야기를 나누다 보니 자연스럽게 사와코에 관해 말하게 되었고, 저도 모르게 그만……."

"기타가와 씨는 어떤 반응을 보였나요?"

"조용히 받아들였습니다. 남편분이 곁에 있다면 사와코도 괜찮을 거라고 헤어질 때 분명히 말씀하셨는데. 그래서 저도 그런 일이 벌어질 거라고는 꿈에도 생각지 못했습니다."

에하라 수녀의 목소리는 또렷했지만, 역시 참을 수 없는 듯 눈물을 닦는 손수건 너머에서 또 눈물이 넘쳐났다.

"사와코 씨를 죽인 사람은 역시 기타가와 쇼고 씨인가요?"

"몰라요. 하지만 제가 그때 입을 다물고 있었다면 사와코가 죽는 일도 없지 않았을까 생각하니……."

또 에하라 수녀의 목소리가 잠겼다. 이런 대화를 계속하는 것 자체가 아무래도 잔혹하다는 생각이 들었지만, 가쓰라기의 말투는 변함없이 침착했다.

"기타가와 씨가 살인자라고 한다면 동기는 무엇이었을까요?"

"그건 제 입으로는 말하기 힘듭니다."

"애정 때문일까요? 그 고통에서 구해주는 수단은 사와코 씨를 죽이는 것밖에 없었다든가?"

에하라 수녀는 살며시 고개를 저으면서 가슴에 늘어뜨린 목제 묵주를 떨리는 손가락으로 꽉 끌어당겼다. 가쓰라기도 과연 그렇게까지 말하는 것은 도의에 어긋난다고 생각했는지 약간 얌전한 표정을 지었다.

"죄송합니다. 화제를 바꾸지요. 아들 슈지가 그 후에 어떻게 지냈는지 알고 계십니까?"

"아니요, 거의 몰라요. 기타가와 선생님이 실종되시고, 선생님의 부모님도 돌아가신 후로는 마키노 씨의 집안에 양자로 들어갔다고만 소문으로 들었을 뿐, 성장한 그 아이를 만날 기회는 전혀 없었습니다."

"카나 씨와는 만난 적 있습니까?"

"마찬가지예요. 아까도 말씀드렸다시피 사와코의 남편분이나 카나 씨는 사건 이후로 전혀 여기에 오지 않으셨습니다."

에하라 수녀는 손수건을 쥔 손을 무릎에 떨어뜨리고 또 다른 손의 손가락으로 묵주 알을 더듬으면서 가쓰라기에게 가녀린 미소를 보냈다. 눈꺼풀은 아직 붉었지만 눈물은 멈추어 있었다.

"그런데 딱 한 번, 사와코가 죽은 지 10년째 되는 6월에 묘 앞에서 만난 적이 있어요. 12일의 금요일이었죠. 카나 씨는 혼자였고, 학교에서 집으로 돌아가는 길인 듯 교복 차림이었어요. 예전의 사와코가 그곳에 있는 듯한 기분이 들어 저는 깜짝 놀랐지요."

"이야기를 나누었나요?"

"네. 카나 씨는 기억하지 못하는 듯했지만, 저는 너무 반가워서 함께 차를 마셨어요."

이윽고 에하라 수녀의 눈빛에 온화한 빛이 돌아왔다. 마키노 사와코가 죽은 지 10년째 되는 6월 12일이라면 카나의 열다섯 번째 생일, 그리고 리스트의 그들이 모인 기념식이 있던 날이다. 하지만 그런 사정을 알 리 없는 에하라 수녀는 뺨에 약간 홍조를 띠면서 말했다.

"아주 긴 이야기를 했습니다. 사와코와는 당연히 즐거운 추억도 있었기 때문에 그 시절 이야기를 했지요. 카나 씨도 어머니의 기억은 거의 없다면서도 기쁘게 들어주었습니다."

"카나 씨 본인에 관해서 들은 이야기는 없습니까?"

"그게 전혀 없네요. 사와코랑 너무 닮아서 그런지, 말수가 적은 아가씨였어요."

에하라 수녀는 또 그 대목에서 문득 쓸쓸한 웃음을 지었다. 그것은 옛 친구였던 마키노 사와코는 물론 그녀의 딸인 카나마저 자신에게 마음을 열어주지 않았다는 씁쓸함처럼도 보였다.

"하지만 딱 한 가지, 카나 씨가 이상한 이야기를 해줬어요. 클로버꽃을 아시나요?"

"네, 클로버꽃. 당연히 알지요."

"그 클로버꽃에 왜 하얀색과 붉은색이 있는지, 그에 관한 이야기를 할머니에게서 들었다고 해요. 꿈인지 현실인지 모를 기억이라면서요. 클로버꽃은 예전에는 모두 눈처럼 하얀색이었대요. 그것이 붉게 물든 이유는 해 질 녘 들판에서 여자아이가 죽었기 때문이라는 거예요. 그 입술에서 흐른 피가 꽃에 똑똑 떨어졌기 때문에 붉은색 클로버꽃이 생겼다는 거지요. 카나 씨는 그렇게 말하고 뭔가를 그리워하는 눈빛으로 웃었어요. '그 아이를 죽인 사람은 누구일까?' 하는 가사의 노래가 아이들을 지켜주는 노래처럼 지금도 귀에 선하다며."

에하라 수녀는 얼굴을 문득 창가로 돌렸다. 은행나무 가로수는 아직도 햇살을 한가득 받고 있었고, 바람이 한 줌 불었는지 잎이 반짝반짝 빛나고 있었다.

"불쌍한 아이예요."

그러고 보니 16년 전에 마키노 사와코가 죽은 날 밤에 당시 다섯 살이었던 딸 카나는 어머니의 시체 옆에 홀로 웅크리고 앉아 있었다. 마키노 카나가 그 범인을 보고 있었는지, 그렇다면 왜 범인을 지목하지 않았는지 의문이었지만, 가쓰라기는 그저 조용히 눈을 내리깔고 바닥에 놓인 검은 배낭을 들어 올렸다.

"자, 오늘은 감사했습니다."

"궁금하신 것은 더 없으신가요?"

가쓰라기는 크게 고개를 끄덕이고 의자에서 일어섰다. 에하라 수녀는 아직 할 이야기가 더 남아 있는 듯, 혹은 마음이 놓인 듯, 애매한 눈길로 웃음을 지었다.

"죄송해요. 그다지 도움이 되지 못해서."

"저희야말로 죄송합니다. 불손한 질문까지 해서."

에하라 수녀는 온화하게 고개를 젓고, 회의실 출구로 두 사람을 이끌었다. 바깥 복도에 인기척은 없었지만, 그 끝에서 보이는 입구 홀 천장이 훤히 트인 공간에 옅은 황금색의 오후 햇살이 부드럽게 쏟아졌다.

"그런데 제가 깜박 잊고 있었지만, 오늘은 한 가지 멋진 일이 있었습니다. 2시쯤에 사와코의 오빠가 우리 성당으로 오셨어요."

"사쿠라이 고키 씨가요?"

"네. 아주 오랜만에 만났지만, 이전에 비해 완전히 다른 사람처럼 부드러운 표정이셨어요."

에하라 수녀는 복도 끝까지 가서 입구 홀의 소파에서 잡담을 나누던 두 여성을 발견하고 다정하게 인사했다. 자원봉사로 성당을 청소하거나 잡일을 하러 온 부인회 사람들인 듯했다.

"게다가 아마도 가쓰라기 씨와 나가쓰 씨를 말씀하신 것 같은데, 사와코에 관해 물어보러 오는 사람이 있으면 전해달라고 무언가를 맡기셨어요."

"뭐죠?"

"잠깐만 기다리세요. 지금 가지고 올게요."

가쓰라기는 눈썹을 찌푸리면서 바로 오른쪽의 독서실로 들어가는 에하라 수녀의 등을 바라보았다. 사쿠라이가 이 성당을 찾아왔다는 것 자체가 기묘하게 여겨졌지만, 에하라 수녀는 금방 돌아와서 회색 손수건에 싸인 물건을 가쓰라기에게 건네주었다.

"이거예요. 그 사람에게 전해주면 금방 알 거라고 말씀하셨어요."

가쓰라기는 그 물건을 건네받고 매듭을 풀었다. 회색 손수건 안에는 또 상아색 손수건 포장이 있었고, 가쓰라기는 그것도 풀었다. 그리고 한순간 표정이 어두워졌다.

사쿠라이가 에하라 수녀에게 맡긴 물건은 대체 무엇을 뜻하는 것일까? 투명한 유리의 작은 시약병에 혼고의 진료실에서 본 것과 같은 옅은 베이지색 장미 꽃봉오리가 딱 한 송이 봉해져 있었다. 그것뿐이라면 그다지 묘하게 보이지 않았겠지만, 짧게 잘린 줄기에 검은 고무관이 리본처럼 묶여 있었다. 그 부드럽고 기다란 끝이 습기를 머금은 것처럼 유리병 안쪽으로 찰싹 달라붙어 있었다.

나가쓰는 그것을 옆에서 보고 흠칫 깨달았다. 회색 손수건은 아마도 사쿠라이의 것이리라. 그리고 안의 상아색 손수건은 무언가 밀도 높은 액체를 닦은 것처럼 바싹 말라붙은 느낌이 들었다. 하지만 소재인 면은 고급스러웠고, 액체가 스며들지 않은 부분에는 촉촉한 윤기가 흘렀다. 그 구석에 옅은 금색의 가느다란 실로 'Y. O.'라는 이니셜이 새겨져 있었다.

"……뭐야?"

"음, 이건 분명히 나한테 보낸 거야."

가쓰라기는 시약병을 원래대로 감쌌다. 상아색 손수건은 금세 회색 손수건으로 덮였고, 그 손수건의 주인은 일요일에 사쿠라이와 함께 모습을 감춘 온묘지 유카가 틀림없었다.

사쿠라이는 무슨 속셈인 것일까? 설마 가쓰라기와 유카의 관계를 알고 있고, 승리자는 자신이라고 자랑하려는 듯이 이것을 남기고 간 것일까……? 하지만 에하라 수녀는 의심할 줄은 전혀 모르는 사람인 듯했다. 이 기묘한 물건이 시사하는 의미를 거의 눈치채지 못한 것처럼 가쓰라기에게 온화한 눈길을 보냈다.

"괜찮으시다면 예배당에 들렀다 가실래요?"

"네, 그러겠습니다."

명색의 가쓰라기도 판단을 보류하기로 한 모양이었다. 손수건으로 싸인 시약병을 검은 배낭에 찔러 넣고 에하라 수녀의 안내를 기다렸다. 나가쓰는 개운치 못한 무언가를 느꼈지만, 그것을 어떻게 말로 표현해야 할지 알 수 없었다.

에하라 수녀는 천천히 계단을 내려가 홀을 가로질러 넓게 열린 예배당 안으로 들어갔다. 왼쪽 벽에는 성가집과 팸플릿 등을 늘어놓은 유리문 달린 책장이 있었고, 오른쪽에는 헌금함과 성체함과 성수함을 놓아두는 탁자가 있었으며, 그 맞은편에는 어두운 색조의 나무틀에 남색 벨벳이 깔린 쿠션을 둔 신자석이 제단을 향해 늘어서 있었다.

"사와코는 이따금 여기에서 오르간을 연주했어요. 미사를 드릴 때는 물론이고 결혼식이나 신자들을 위한 장례식 때도요."

에하라 수녀는 조용히 말하면서 신자석 사이를 천천히 걸어갔다. 예배당의 왼쪽 벽이 바깥으로 면해 있는지 그리스도의 생애를 모티브로 한 일련의 스테인드글라스를 통해 다채로운 색의 옅은 빛이 바닥에 넘쳐흘렀다. 그 끝에는 세월이 느껴지는 오르간이 호

것이 놓여 있었다.

"사쿠라이 고키 씨는 무슨 용건으로 오셨습니까?"

"잘은 모르겠어요. 그저 저를 만나러 오셨다고만 하시고 말씀을 줄이셨어요."

에하라 수녀는 신자석의 맨 앞줄로 가서 마침내 발을 멈추었다. 제단 왼쪽의 조명을 위한 창문에서도 바깥의 햇빛이 비스듬히 비쳐들어 안쪽 벽의 십자가를 부드럽게 비추고 있었다.

"사쿠라이 씨는 이전에도 여기에 오셨습니까?"

"아니요, 한 번도 안 오셨어요. 사와코가 죽고 난 후로는 오늘 처음 만났어요."

"왜 이제 와서?"

"글쎄요. 하지만 오늘은 사와코의 생일이니까요."

또 어디에선가 아이들의 목소리가 울려 퍼졌다. 제단 오른쪽 끝에는 성가대가 앉는 자리와 심홍색 벨벳의 막幕으로 구분된 신부님의 대기실로 보이는 작은 방이 있었는데, 아이들은 그 안쪽에서 숨바꼭질을 하며 놀고 있는 듯했다.

"사쿠라이 씨와는 어떤 이야기를 했습니까?"

"신기하게도 사와코의 이야기는 그다지 나오지 않았어요. 그저 서로의 근황과 신앙 이야기를 조금 나누었지요. 사와코의 오빠는 우리 성당의 신자는 아니지만, 사와코를 위해 둘이서 함께 기도를 올렸습니다."

"기도요?"

"네. 사와코의 영혼이 평안하기를, 그리고 천국에서 다시 만나기를."

도대체 사쿠라이 고키의 마음속에 어떤 변화가 있었던 것일까? 오늘이 사와코의 생일이어서 죽은 여동생을 그리워한 것일 뿐일까? 하지만 리스트에 남은 사람 중에 후지모토가 살해당한 것은 바로 어제의 일이다. 어쩌면 사쿠라이는 다음이 자기 차례라고 믿고, 마음을 안정시키기 위해 이 성당에 온 것이 아닐까……?

"사쿠라이 씨의 상태는 어땠나요?"

"아까도 말씀드렸다시피 평온했습니다. 성당에서 나가실 때도 정말로 온화함으로 넘쳐나는 표정이셨고요. 저도 마침내 용서할 수 있을 듯한 기분이 들었어요. 사와코의 일로 오빠에게도 원망의 감정이 남아 있었으니까요."

"왜죠?"

"뭐, 아마도 사와코를 구하지 못했던 오빠를 나무라고 싶은 기분도 어딘가에 있었던 것 같아요."

그 말과 달리 제단을 바라보는 에하라 수녀의 눈빛은 놀라울 만큼 부드러운 빛으로 넘쳐났다. 사쿠라이와 둘이서 기도를 드렸던 짧은 시간의 행복에 지금도 빠져 있는 듯했다. 한편 가쓰라기는 무슨 생각을 하는지 모를 만큼 멍한 눈빛으로 텅 빈 신자석을 바라보고 있었다.

"그런데 에하라 씨. 기타가와 쇼고 씨는 그 후 어떻게 되었다고 생각하십니까?"

"그건 아마 하나님만이 알고 계시겠죠."

에하라 수녀는 조용히 말하고 가쓰라기에게 실로 인자한 눈빛을 던졌다. 그 이상한 질문도 소용없다는 듯한 온화한 거절의 눈빛으로도 보였다. 또 아이들의 웃음소리가 가볍게 울리고, 장막 뒤에서 한 아이가 뛰쳐나왔다. 작은 여자아이였다.

낯선 남자 두 명을 보고도 전혀 놀라는 기색도 없이 그 아이는 에하라 수녀에게 똑바로 달려와서 치마 밑에 착 달라붙었다. 에하라 수녀는 몸을 숙여 다정하게 아이의 머리를 쓰다듬었다.

가쓰라기는 우울한 눈빛으로 그 광경을 바라보았다. 별로 특별할 것도 없는 어린아이의 신난 모습이었지만, 가쓰라기의 표정은 어두웠다. 잠시 후 가쓰라기는 갑작스럽게 제단에 등을 돌려 출구를 향해 신자석 사이를 재빨리 걸어 나갔다. 에하라 수녀는 배웅하려고 했지만, 나중에 달려온 다른 아이에게 팔과 치마를 붙잡혀 난처한 듯 웃는 표정을 나가쓰에게 보냈다.

탐정 조수라는 지위는 탐정의 무례함을 뒤에서 수습하는 것까지 도맡아 해야 하는 듯했다. 나가쓰는 조사에 협력해준 것과 홍차와 쿠키에 대해 정중히 감사의 인사를 하고, 에하라 수녀를 아이들과 함께 남긴 후 예배당을 뒤로했다. 가쓰라기는 어디로 갔는지 주변을 살펴보자 그는 벌써 성당 출구의 유리문 바깥에서 담배를 한 대 물고 있었다.

"야, 너. 그렇게 갑자기 가버리면 어떡해?"

"미안. 아이는 딱 질색이라서."

가쓰라기는 짧게 대답하고 성냥을 칙 그었다. 이유를 알 수 없는 이 남자의 돌발적인 발언에 나가쓰는 어이가 없었다. 하지만 나가쓰는 담배를 피우면서 아까보다 더욱 가라앉은 눈빛으로 성당의 처마를 올려다보았다.

"야, 나가쓰. 넌 어떻게 생각했어?"

"뭐가?"

"사쿠라이가 마음을 바꾼 것에 대해. 나보다 단순하고 솔직한 너의 의견을 듣고 싶어."

나가쓰는 칭찬받았다기보다는 무시당했다는 느낌이 들었다. 하지만 가쓰라기의 비뚤어진 모습을 보는 것은 흔한 일이었다. 나가쓰는 신경도 쓰지 않고 대충 대답했다.

"인생을 정리하러 왔나 보네. 아무튼 마지막 한 사람이니까."

가쓰라기는 원하는 의견을 들었지만 특별히 감탄하는 기색도 없이 그저 멍하니 담배를 입에 물고 있었다. 나가쓰도 더 이상 말하고 싶은 기분이 들지 않았다. 그래서 에하라 수녀의 맑디맑은 눈빛을 생각했다. 그리고 어젯밤 쇼코를 자동차에서 끄집어낸 사쿠라이의 이해할 수 없을 만큼 표정 없는 눈빛을 떠올렸다. 또 그 시약병. 유카를 상징하는 듯 검은 고무관으로 묶인 가느다란 초록색 줄기……

"뭐, 정말로 회개했다면 좋겠지만."

가쓰라기는 성가신 듯한 표정으로 성당 앞뜰을 가로질러 성당의 대문으로 향했다. 사쿠라이의 회개. 마키노 사와코의 영혼이 평안하기를, 그리고 천국에서 다시 만나기를 바라는 기분이 진실인지 당연히 나가쓰는 알 턱이 없었다.

성당의 대문을 빠져나가다가 뒤돌아보자 저녁 하늘에 솟은 탑 끝의 십자가가 석양을 받아 눈이 아플 만큼 눈부신 빛을 발하고 있었다.

22

테이블 아래의 애무

"……없어."

가쓰라기는 사무소의 난잡한 책상 위를 뒤지며 덜컹덜컹 서랍을 열고 있었다. 그러고는 비디오와 스테레오가 놓인 구석으로 가서 CD와 비디오테이프를 아무렇게나 잔뜩 쌓아둔 곳을 또 부스럭부스럭 뒤졌다. 나가쓰는 정리정돈이라는 것을 모르는 이 남자의 생활에 기가 막혀 어이가 없어 하면서 방문에 기대어 서 있었다.

"뭐 하는 거야?"

"사라졌어. 조사 자료도, 명부도, 비디오테이프도."

"뭐라고?"

가쓰라기는 재빨리 사무소를 둘러보고, 문득 생각났는지 또 책상으로 가서 컴퓨터 전원을 켰다. 비밀번호를 두세 번 두드린 끝에 한숨을 내쉬며 의자에 주저앉았다.

"당했어. 파일도 없어졌어."

"백업은 했어?"

"바보야. 그런 꼼꼼한 짓을 내가 하겠어?"

가쓰라기는 무뚝뚝한 표정으로 컴퓨터 화면을 노려보았다. 하지만 이내 몸을 일으켜 옆에 있던 수화기를 들었다. 나가쓰는 어두워지기 시작한 사무소 안을 둘러보았다.

"하지만 입구의 자물쇠는 잠겨 있었잖아?"

"아마도 유카일 거야. 이곳의 여벌 열쇠를 가지고 있거든."

가쓰라기는 무언가 전화번호를 누르고 수화기를 귀에 가져다 댔다. 하지만 응답이 없었는지 전화를 뚝 끊고 또다시 다른 번호를 눌렀다. 두 번째 전화도 받지 않는지 가쓰라기는 수화기를 내려놓고 담배를 느릿느릿 입에 물었다.

"하지만 왜 유카 씨가 그런 짓을?"

"내가 아냐? 아마 온묘지가……."

가쓰라기는 그때 움직임을 딱 멈추고 바닥에 뒹굴던 검은 배낭에서 수첩을 꺼냈다. 팔랑팔랑 페이지를 넘기고 또 천천히 수화기로 손을 뻗었다.

"야, 뭐 하려고?"

"온묘지가 돌아오는 건 오늘이야. 어쩌면 이 근처에서 만날 수 있을지도 몰라."

가쓰라기는 다시 한 번 어딘가의 번호를 눌렀고, 이번에는 통화가 되었는지 나직이 무언가를 중얼거렸다. 나가쓰는 자료와 비디오테이프를 비롯한 모든 것이 사라졌다는 말을 듣고 순간적으로 허탈해져서 사무소의 소파에 주저앉았다. 마침내 가쓰라기가 통화를 끝내고 수화기를 내려놓는 기척이 들렸다.

"야, 나가쓰. 너 이탈리아 요리 좋아해?"

"……그거야 좋아하지. 그런데 왜?"

"먹을 수 있을지는 아직 몰라. 하지만 온묘지가 분명히 이 근처의 레스토랑에 예약을 해놨어. 출장 갔다가 돌아오면 자주 유카를 데리고 가는 곳이야."

허약한 외모와는 달리 내심이 강한 가쓰라기의 성격이 이런 데서 드러나는 것일까. 가쓰라기는 후원자이자 의뢰인인 유카에게 배신을 당했음에도 주눅 들지 않고 조사를 속행할 심산인 듯했다. 하지만 나가쓰는 축 늘어진 채 소파 등받이에 몸을 푹 파묻었다.

"하지만 유카 씨랑 같이 갈지는 모르잖아."

"아니, 그쪽에서 직접 그렇게 말했어. 게다가 자리도 세 명으로 예약했고."

"그래서?"

"제3의 인물은 아직 몰라. 하지만 분명히 즐거운 밤이 될 거야."

가쓰라기는 그렇게 말하는 것치고는 깊은 생각에 빠진 옆얼굴로 담배를 피웠다. 나가쓰는 소파에서 움직이지 않고, 유카가 집주인의 부재를 틈타 자료를 가지고 나간 사무소 안을 멍하니 바라보았다. 시간은 슬슬 7시에 가까워지고 있었다. 리스트의 여섯 명이 이미 사라진 오늘도 어김없이 밤이 찾아오고 있었다.

다카기초의 교차로에서 도보로 약 1~2분 거리에 위치한 문제의 레스토랑은 딱 보기에 나가쓰의 월급으로는 좀처럼 출입할 수 없을 것 같은 느낌이 들었다. 레스토랑 내부는 새먼핑크를 기조로 한 차분한 색채로 꾸며져 있었고, 호박색의 부드러운 조명이 대리석 기둥과 거울에 비치고 있었다. 거리에 면한 창문에는 테이블 높이로 하얀 커튼이 쳐져 있고, 커튼 아래쪽으로 하이힐과 가죽 구두를 신은 발만 보일 뿐이었다. 온묘지 부부나 제3의 인물이 어느 테이블에 앉아 있는지 알 수 없었다.

"이봐, 이제부터 어떻게 할 작정이야?"

"물론 안으로 들어가야지."

시계는 8시를 넘긴 시각을 가리키고 있었고, 온묘지가 예약한 시간에서 30분 정도 지나 있었다. 온묘지 부부가 정시에 이곳에 도착했다면 벌써 애피타이저를 다 먹고 수프나 파스타를 먹고 있을 시간이었다.

"하지만 아쉽게도 나는 갈 수 없어. 너 혼자 정찰해야 해."

"뭐라고?"

"유카만 있다면 괜찮지만, 나는 온묘지에게도 얼굴이 알려져 있거든. 들키면 모처럼의 기회가 물거품이 되니까."

나가쓰가 혼자서 초조해하는 동안에 가쓰라기는 얼른 레스토랑 입구의 계단을 올라가 문 바로 안쪽에 서 있던 누군가에게 말을 걸었다. 유니폼을 입은 젊은 웨이터가 얼굴을 내밀고 나가쓰 쪽을 힐끔 보았다. 가쓰라기는 바지 주머니를 꼼지락꼼지락 뒤져서 지폐 같은 것을 웨이터에게 건네고 나가쓰를 눈짓으로 불렀다.

"이 사람이 오늘 밤에 너를 담당할 사람이야. 정찰의 대가라고 하기엔 좀 그렇지만, 마음껏 먹고 와."

"그런 말도 안 되는……."

"테이블은 온묘지의 바로 옆이야. 하지만 칸막이가 있으니까 괜찮아."

가쓰라기는 아주 태연하게 말하고 나가쓰의 어깨를 톡 쳤다. 젊은 웨이터 역시 길드의 구성원인지 아무 말 없이 문에서 기다리고 있었다. 딱히 두렵거나 무서운 마음이 드는 것은 아니지만, 홀로 레스토랑에 잠입한다고 생각하니 등골이 매우 서늘해졌다.

"가쓰라기, 너는?"

"글쎄. 시간이 남으니까 산책이라도 하고 올까?"

가쓰라기는 손을 들고 "잘 부탁해"라는 말을 남기고 계단을 내려갔다. 나가쓰는 어안이 벙벙했지만, 웨이터가 안으로 들어오라고 재촉하자 그제야 각오를 다졌다. 주방 쪽에서 풍기는 토마토소스와 마늘 향기는 뭐라 말할 수 없을 만큼 매력적이었고, 무엇보다 실제로 온묘지 부부가 밤을 어떻게 보내는지도 매우 궁금했다.

프런트에서 레스토랑 안으로 내려가는 계단 앞에서 재빨리 주변을 둘러보았지만, 적어도 이곳에서 보이는 자리에 유카의 모습은 없었다. 웨이터 뒤에 숨어 테이블 사이를 걸어가다 보니 창가의 가장 안쪽, 칸막이로 구분된 장소가 눈에 띄었다. 그 뒤가 아마도 온묘지 부부의 자리인 듯했다. 칸막이 너머에 앉은 짙은 회색 양복을 입은 누군가의 등이 보였다.

웨이터는 가쓰라기의 지시를 충분히 납득했는지 거의 아무 말 없이, 하지만 부자연스럽게 보이지 않는 태도로 테이블을 나가쓰에게 권했다. 칸막이가 높아서 그 너머의 얼굴이 전혀 보이지 않는 것을 다행으로 여기며, 나가쓰는 되도록이면 숨을 죽이고 칸막이를 등진 자리에 앉았다. 1단계는 무사히 마쳤다는 느낌으로 웨이터가 한순간 미소를 지어 보이더니 와인을 가지러 주방 쪽으로 걸어갔다.

가쓰라기의 이야기로는 칸막이 너머에 있는 것은 온묘지 부부와 또 다른 한 사람이었다. 등만 보이는 짙은 회색 양복의 남자는 식사 자리를 마련한 온묘지인지 아니면 제3의 인물인지는 알 수 없었지만, 나가쓰는 손님의 북적임과 칸초네의 음악 소리 속에서 귀를 쫑긋 세우고 집중했다. 그리고 문득 귀에 익은 낮은 남자의 목소리가 들렸다.

"……흠. 거의 진행되지 않는 듯하군. 정말이지 기묘한 이야기야."

"하지만 궁금하기도 해. 무엇보다 가족과 관련된 일이니까."

첫 번째 목소리는 어젯밤에 가쓰라기 탐정 사무소의 자동응답전화에 녹음되어 있던 메시지와 똑같은 온묘지의 목소리였다. 그리고 두 번째 목소리는 처음 듣는 목소리였다. 온몸을 긴장시키고 있자니, 방금 전의 웨이터가 와인 병을 손에 들고 돌아왔다. 하지만 유리잔에 따르기 전에 자연스럽게 나가쓰 앞에 하얀 쪽지를 슬쩍 내밀었다. 이것 또한 가쓰라기의 지시인가 싶어 보았더니 이런 문구가 쓰여 있었다.

창가 벤자민 화분에 거울이 있습니다.

웨이터는 레드 와인을 유리잔에 따르면서 자연스럽게 눈짓했다. 가리킨 쪽을 보자 분명히 칸막이와 창문 사이에 벤자민 화분이 놓여 있었고, 그 흙에 반쯤 묻힌 정사각형의 작은 거울이 꽂혀 있었다. 나가쓰는 하얀 쪽지를 꾸겨서 주머니에 찔러 넣으면서 그곳을 응시했다.

하지만 각도가 나빠서 창가에 앉은 여자—아마도 유카—의 검은 드레스 주름에 감싸인 허리부터 허벅지까지와, 그 옆에 나가쓰와 칸막이를 사이에 두고 등을 맞대고 앉아 있는 남자가 왼손을 가볍게 내려놓은 짙은 남색 바지 다리와, 새먼핑크의 식탁보를 깐 테이블 위의 와인, 그리고 요리 접시 너머로 방금 본 짙은 회색 양복을 입은 남자의 어깨 아랫부분이 벤자민 잎의 그림자 너머로 보일 뿐이었다.

칸막이 너머의 대화는 계속되고 있었다. 나가쓰는 마음을 진정시키기 위해 목 넘김이 부드러운 진한 레드 와인을 한 모금 마셨다. 두 번째 남자의 낮은 목소리가 또 들렸다.

"처음에 붉은 허리끈이라는 말을 듣고 오싹했어. 6월의 마키노 사건이 벌어졌을 무렵이었어."

"게다가……. 아니, 미안. 떠올리고 싶지도 않을 텐데."

"아니, 괜찮아. 벌써 오래전에 마음을 정리했으니까."

나가쓰의 테이블에 신선한 토마토와 바질 샐러드 접시가 놓여졌다. 하지만 곧바로 포크를 들고 싶은 마음이 없어서 나가쓰는 와인잔을 손에 든 채 화분의 거울만 뚫어져라 바라보았다.

유카는 거의 대화에 참가하지 않고, 옅은 금색 매니큐어를 바른 손가락으로 와인잔의 손잡이를 쓰다듬고 있었다. 그리고 두 번째 남자는 다리에 두었던 왼손을 테이블로 올렸다. 약지에 반지가 없는 리스트의 유일한 남자. 그 목소리의 주인공은 사쿠라이 고키가 틀림없었다.

"……오늘이 마침 사와코의 생일이었지."

짙은 회색 양복의 남자—온묘지—는 아무 말 없이 고개를 끄덕이고 있는지 하얀 셔츠의 가슴에 그림자가 움직였다. 그리고 유리잔에 손을 뻗어 진한 붉은색 와인으로 천천히 입술을 적셨다.

"우리끼리 하는 이야기인데, 공물供物을 바칠 수는 있을 것 같네."

"역시 사와코 건과 어떤 관계가 있다는 것인가?"

"관계가 아주 깊지. 하긴 그 사건이 실제로 살인이었다고 해도 공소시효가 벌써 성립해서 입건할 수는 없으니까."

나가쓰는 마침내 포크를 집었고, 거울에서는 눈을 돌리지 않은 채 토마토를 입에 밀어 넣었다. 바질 향과 신맛과 단맛이 입 안 가득 퍼졌지만, 그것도 거의 느끼지 못할 만큼 칸막이 너머의 대화에 신경이 쓰였다.

"하지만 이번 사건이 해결되면 정당한 처분이 내려질 거야."

"아, 그보다 더 성가신 문제가 있어."

온묘지는 와인잔을 내려놓고 팔짱을 꼈다. 이미 젊음의 패기는 사라졌지만, 골격이 튼튼하고 손가락이 길었다. 나가쓰는 문득 그 손이 유카의 어깨와 등을 쓰다듬는다고 상상하니 알 수 없는 묘한 기분이 들었다.

"이것도 비밀 사항인데, 일련의 범행이 죽은 사람에 의해 저질러 졌을 가능성도 있어."

"이봐, 설마……. 괴담이야?"

"누구를 말하는지 짚이는 데가 없어?"

사쿠라이는 웃는 듯했지만, 온묘지의 목소리와 함께 침묵이 칸막이 너머를 지배했다. 애피타이저 그릇도 아직 비우지 못한 나가쓰의 테이블에 웨이터가 다가왔다. 다음 그릇을 내오는 김에 상황을 살피러 온 듯했지만, 나가쓰는 더 이상 먹고 싶은 기분도 사라져서 토마토와 바질 접시를 슬쩍 밀어냈다.

"……기타가와 쇼고 말이야?"

온묘지는 아무런 대답도 하지 않고 와인 병에 손을 뻗었다. 그리고 그것을 사쿠라이의 유리잔에 따르고 유카 쪽으로도 얼른 마시라고 재촉하는 듯한 몸짓을 했다.

칸막이 너머의 식사는 거의 끝난 듯 포크나 나이프를 드는 사람은 아무도 없었다. 유카는 와인잔을 들고 남아 있는 레드 와인을 천천히 비웠다. 온묘지가 또 유카에게 와인을 따랐다. 거울로 보이는 유카의 허벅지는 거의 움직이지 않았지만, 와인을 받는 손놀림이 왠지 취한 듯한 인상이었다.

"하지만 쇼고는 이미 오래전에 사망 선고를 받았잖아."

"법적으로야 그렇지. 그래서 성가시다고 한 거야."

나가쓰의 테이블에 가쓰라기가 사는 것인 만큼 거창하다고는 할 수 없는 그린 소스를 뿌린 송아지 고기 요리가 놓여졌다. 보기에도 부드럽게 잘 구워진 듯했고 소스의 향도 맛깔스러웠지만, 고기를 썹는 사이에 중대한 말을 놓칠까 봐 역시 손을 대고 싶은 마음이 일어나지 않았다. 나가쓰는 또 와인을 한 모금 마시고 제정신을 유지하기 위해 차가운 얼음물을 마셨다.

그리고 다음 순간, 나가쓰 옆으로 다른 웨이터가 지나갔다. 칸막이 너머는 또 조용해졌는데, 낮고 정중한 목소리가 들려왔다. "실례합니다만, 온묘지 님께 전화가 걸려왔습니다."

"……네."

거울 속에서 온묘지가 무릎에 깔아둔 냅킨을 테이블에 올려놓고 "잠깐만"이라고 중얼거리고 자리에서 일어나는 모습이 보였다. 나가쓰는 순간적으로 얼굴을 숙이고 칸막이 뒤에서 나온 인물을 곁눈질로 훔쳐보았다.

온묘지는 웨이터를 뒤따라 테이블 사이를 지나 프런트 쪽으로 걸어갔다. 옆얼굴이 한순간밖에 보이지 않았지만 위압적인 인상이었다. 짙은 회색 양복의 어깨와 등도 튼튼한 느낌이었고, 키도 매우 컸다. 나가쓰는 자신의 얼굴이 알려지지 않았다는 점을 충분히 알고 있었지만, 식은땀이 나올 지경이었다.

드디어 온묘지의 모습이 객석 플로어에서 사라졌고, 칸막이 너머에는 사쿠라이 고키와 유카 단둘이 남아 있었다. 나가쓰는 일단 부자연스럽게 보이지 않도록 나이프와 포크를 들고 송아지 고기를 자르면서 일요일의 오모테산도에서 있었던 일과 대학병원 진료실에 남겨진 장미 꽃다발을 생각하며 숨을 죽였다. 하지만 단편적으로 거울에 비친 옆 테이블의 광경은 움직임이 없었고, 사쿠라이와 유카도 온묘지가 없다는 어색함을 주체하지 못하는 듯 보였다. 그러나 마침내 조금 전보다 훨씬 낮고 억누른 듯한 사쿠라이의 목소리가 들렸다.

"······추워?"

유카의 대답은 없었다. 사쿠라이의 얼굴은 물론 보이지 않았다. 갑자기 테이블 위에 놓인 왼손이 쓱 움직였다. 그 손은 유카의 검은 드레스로 감싸인 허벅지를 만졌다. 유카의 몸은 딱딱하게 굳은 것 같았다.

"오늘은 고마워. 물론 일요일 밤도 고맙고."

사쿠라이의 왼손은 가만히 테이블 아래에 숨겨진 유카의 허벅지에 놓여 있었다. 유카는 역시 아무런 대답도 안 했지만, 약간 호흡이 거칠어진 듯했다.

"아무 말도 하지 마. 나도 입 다물고 있을 거야. 온묘지는 아무것도 몰라."

숨죽이고 보는 중에 사쿠라이의 손이 천천히 드레스 자락을 끌어당기기 시작했다. 유카는 목소리도 내지 않고 그저 와인잔을 들어 희미하게 떨리는 손놀림으로 입가에 가져다 댔다.

"……예뻐졌네. 그저께도 말했지만, 정말로 놀랐어."

유카가 와인을 마시고 테이블에 내려놓는 유리잔은 거의 비어 있었다. 억누르는 호흡이 흐트러지며 들려오는 와중에 사쿠라이가 천천히 오른손을 뻗어 또 레드 와인을 따랐다. 그리고 테이블 밑의 왼손은 부드러운 드레스 자락을 계속해서 더듬었고, 그녀의 무릎에서부터 검은색의 얇은 스타킹으로 감싸인 허벅지를 점차 드러내고 있었다.

"그리고 기뻤어. 너는 몇 년이 지나도 고분고분하던 그때 그대로야."

검은 드레스 자락에서 레이스가 수놓아진 스타킹 밴드가 드러났고 가터벨트로 당겨진 위쪽으로 하얀 피부가 보였다. 왼손의 엄지손가락 끝으로 그 주변을 더듬으면서 얼굴이 보이지 않는 사쿠라이는 조용히 말을 이었다.

"아무것도 망칠 생각은 없어. 온묘지와의 사이는 그대로일 거야. 괜찮지? 이건 분명히 서로를 위한 일이야."

사쿠라이 고키는 대체 무슨 말을 하고 있는 것일까? 결혼 전의 유카와 이전에도 어떠한 일이 있었고, 그것을 또다시 문제 삼으려고 하는 것일까? 하지만 단순히 그것뿐만은 아닌 듯한 기묘한 울림이 목소리에 묻어 나왔다. 마치 그녀를 다루는 방법은 충분히 알고 있고, 그 효과를 시험 삼아 즐기고 있는 듯한 묘한 끈적함이 말 속에 배어 있었다.

그리고 나가쓰는 문득 정신을 차렸다. 온묘지가 테이블 사이를 지나 이쪽으로 돌아오는 것이었다. 전화의 용건이 무엇인지는 알 수 없지만, 발걸음은 느긋하고 와인에 취한 것도 전혀 느껴지지 않는 침착한 표정이었다.

화분의 거울을 통해 칸막이 너머로 들어간 온묘지의 모습이 보였다. 사쿠라이는 특별히 당황하지도 않고 왼손을 슬쩍 빼서 온묘지를 맞이했다. 그러는 중에 테이블 밑에 있던 유카의 드러난 허벅지만이 무척 음란한 느낌이 들었다.

"급한 용건이라도 있어?"

"아니, 대단한 건 아냐. 여기서 말하기는 좀 곤란해."

온묘지는 아내인 유카의 배반에 관해서는 정말로 아무것도 모르는지, 느긋한 동작으로 의자를 끌어당겨 원래 자리에 앉았다. 그곳에 또 웨이터가 다가가서 디저트를 주문할 것인지 물었다. 온묘지는 같은 자리의 두 사람에게 손짓으로 디저트 메뉴를 묻고, 에스프레소 세 잔과 그라파Grappa를 주문했다. 그리고 양복 재킷의 어딘가에서 시가 상자를 꺼냈다. '관료인 주제에 하는 짓은 마치 겐지'라고 생각했던 나가쓰의 첫인상에서 벗어나지 않은, 취향이 까다로운 사람인 듯했다.

"그런데 아까 이야기 말인데……."

조금 전까지 유카와 나누던 잠결 같은 목소리와 전혀 다른 말투로 사쿠라이가 입을 열며 온묘지가 권한 시가 한 대를 손에 들었다. 유카는 변함없이 입을 꾹 다물었지만, 온묘지가 권한 시가를 거절했는지 가볍게 올렸던 오른손을 허벅지로 내리고 매우 자연스러운 동작으로 올라간 드레스 자락을 여몄다. 9시에 가까워져도 손님들의 떠들썩함과 낭랑한 칸초네 음악이 사그라들 줄 모르는 레스토랑 안에서, 나가쓰만이 그저 조용히 벤자민 화분에 꽂힌 거울 너머로 그 모습을 훔쳐보고 있었다.

"범인이 법적으로는 죽은 사람인 경우, 어떻게 해석할 수 있지?"

온묘지는 은색 라이터를 손에 들고 일단 사쿠라이에게 건넸고, 이어서 자신의 시가에도 불을 붙였다. 통속적으로는 가쓰라기에게도, 모르긴 모르지만 사쿠라이에게도, 이중으로 아내를 빼앗긴 남자임이 틀림없지만, 생각해보면 그 둔감함 혹은 관대함을 이해할 수 없는 인물이기도 했다.

"뭐, 그 이야기에 관해서는 더 말하지 말자고. 아내도 지루해하는 것 같고."

칸막이 너머에서 달콤하게 피어오르는 시가의 향이 풍겨왔다. 문득 정신을 차린 나가쓰의 눈에 완전히 잘게 썰리기만 했을 뿐, 손도 대지 않은 송아지 고기 요리가 그대로 접시에 남아 있는 것이 보였다. 아무래도 칸막이 너머의 상황은 일단락된 듯했다. 그래서 모처럼의 대가를 그대로 버리기는 아까운 마음에 한 조각을 포크로 찔렀다. 식었지만 식감이 부드럽고 입 안의 온도에 기름이 살살 녹는 것 같아서 행복한 심정으로 음미할 수 있었다.

"……조카딸은 그 이후의 상황이 어때?"

송아지 고기가 목에 턱 막혀서 나가쓰는 당황해서 물 컵으로 손을 뻗었다. 기침이 나오려는 것을 간신히 참느라 진땀을 뺐다.

"뭐, 그다지 좋지 않아. 마키노 사건으로 또 발작이 도진 것 같아."

칸막이 너머의 테이블에 에스프레소와 그라파가 운반되어 왔다. 나가쓰는 온묘지 부부와 사쿠라이 고키 사이에서 마키노 카나에 관한 이야기가 나온다는 것 자체가 믿기지 않는 기분이었다.

"아내도 걱정하고 있어. 한때는 동생처럼 귀여워하던 아이니까 말이지. 빨리 나았으면 좋겠군."

유카는 역시 침묵을 지키고 있었다. 하지만 사쿠라이와 남편인 온묘지는 유카의 침묵에는 전혀 개의치 않는 듯 시가를 피우면서 디저트 술을 마시고 있었다.

"게다가 기타가와…… 슈지 군도 생각해보면 불쌍한 애야."

사쿠라이는 말없이 고개를 끄덕였는지 또 칸막이 너머의 테이블에 침묵이 흘렀다. 하지만 나가쓰는 무언가 미쳐가고 있는 듯한 기분이 들어 참을 수 없었다.

온묘지는 마키노 사와코에 관한 사건도, 기타가와와 카나를 포함한 마키노 집안의 사정에 관해서도, 옛 친구인 듯한 사쿠라이를 통해서 알고 있었다. 게다가 그 아내인 유카도 한때는 마키노 카나와 이른바 가족 같은 관계를 맺고 있었던 듯했다.

하지만 온묘지는 어쩌면 유카와 사쿠라이의 관계를 모르는 것과 마찬가지로, 마키노 카나와 리스트의 남자들을 둘러싼 사정도 모르는 것이 아니었을까? 그리고 그것이 공적인 조사의 맹점이었다고 한다면, 가쓰라기가 모은 자료는 왜 사라져야만 했을까……?

"그러고 보니 온묘지, 이전부터 눈독을 들이고 있다는 그 청년은 어떻게 됐어? 나이는 슈지랑 비슷한 연배라고 했는데."

"……게이타 말이야? 그놈, 바보 같은 녀석이야."

거울에 비친 온묘지—여기에서는 어깨 아래 부분밖에 보이지 않지만—는 술을 술잔 안에서 천천히 흔들었다. 그리고 유카는 설탕을 넣은 에스프레소를 은색 스푼으로 조용히 젓고 있었다.

"나는 제멋대로 구는 녀석이라도 대부분은 너그러이 봐주거든. 그런데 이번에는 아무래도 화를 참기 힘들어. 아내한테도 당분간 만나지 말라고 말했어."

"무슨 일이 있었어?"

온묘지는 아무 대답도 하지 않고 웨이터에게 손을 들었다. 웨이터 한 명이 칸막이 너머의 테이블로 들어가서 온묘지의 신용카드를 가지고 나왔다.

나가쓰는 그사이에 와인잔과 먹다 남은 송아지 고기 그릇을 앞에 두고 화분에 숨겨진 거울에 비친 모습을 지그시 바라보았다. 유카의 허벅지와 사쿠라이의 왼손은 방금 서로 맞닿아 있던 것이 거짓말인 것처럼 떨어져 있었다. 하지만 가쓰라기도 아마 몰랐을 거짓이 그곳에 있는 듯했다.

사쿠라이는 적어도 온묘지 부부를 통해 가쓰라기를 이전부터 알고 있었다. 그것이 왜 오늘의 조사 자료 분실과 칸막이 너머의 대화로 이어졌는지는 실로 신만이 알고 있을 것이다. 하지만 나가쓰는 온묘지와 유카, 그리고 당사자인 가쓰라기마저 누구 하나 알아차리지 못한 채 사쿠라이 고키에게 속고 있었다는 느낌이 들었다.

조금 전 다녀간 웨이터가 계산서를 손에 들고 돌아와서 칸막이 너머의 온묘지에게 사인을 요청했다. 온묘지는 펜을 손에 들고 쓱쓱 사인을 한 후 신용카드와 영수증을 받아서 지갑에 도로 넣었다.

"아카사카에 좋은 가게가 있는데 시간이 있다면 같이 가서 한잔 더 하지."

"거절할 이유가 없지. 부인과도 혼고의 진료실에서 만난 이후로 처음이고."

사쿠라이와 온묘지는 옛 친구답게 서로를 바라보며 웃었다. 아내인 유카의 양아버지이기도 했던 온묘지는 당연히 혼고의 신경정신과에서 담당 의사가 사쿠라이였다는 사실도 알고 있을 것이다. 온묘지가 자리에서 일어선 유카를 옆으로 부르고 그녀의 팔에 손을 끼워 넣는 모습이 거울에 비쳐 보였다. 하지만 온묘지는 모른다. 출장으로 집을 비운 그저께 일요일에 그녀가 사쿠라이와 함께 그 진료실에 간 사실을……

나가쓰는 줄곧 고개를 숙이고 있었으나 그 동작은 무의미한 듯했다. 사쿠라이와 남편 사이에 선 유카는 와인과 디저트 술에 취한 듯한 걸음걸이로 멍하니 나가쓰 옆을 지나쳐 갔다.

그리고 세 사람은 객석 플로어에서 레스토랑의 매니저와 웨이터가 서 있는 프런트로 올라갔다. 온묘지는 웃는 얼굴로 배웅하는 웨이터들과 잡담을 한 후 유카의 등에 가볍게 손을 얹은 채 오른쪽 문으로 걸어갔다. 그리고 사쿠라이도 부드러운 분위기에 잘 녹아든 표정으로 그 뒤를 따랐다.

나가쓰는 정찰의 대가로 나온 저녁 식사를 반은 넘게 남긴 채 자리에서 일어났다. 그리고 가쓰라기에게서 지시받은 웨이터의 배웅을 받으며 출구를 통해 바깥을 살폈다. 온묘지에게 배당된 관용차인 듯한 검은색 대형 세단이 세 사람을 태운 채 천천히 길가를 빠져나가는 모습이 보였다.

하지만 뒤를 쫓고 싶은 마음은 들지 않았다. 레스토랑을 나온 나가쓰는 바로 근처에 위치한 가쓰라기의 사무소를 향해 달리기 시작했다. 어째서인지는 알 수 없었지만 마음이 아주 조급해졌다.

골목에 들어서자 낡아빠진 건물의 2층에 불이 호젓이 켜져 있었다. 나가쓰는 덜컹이는 계단을 뛰어올라 가쓰라기의 사무소 문을 덜컥 열었다. 산책하러 간다고 했던 가쓰라기는 아니나 다를까 안쪽 방의 소파에 벌렁 누워 있었다. 방 안은 담배 연기가 자욱했고 스테레오에서는 브람스의 레퀴엠이 흘러나오고 있었다.

"야, 가쓰라기. 내가 무슨 말을 들었는지……."

"사쿠라이지?"

가쓰라기는 슬쩍 일어나서 게으름 피우는 것치고는 의외로 깔끔한 표정을 지었다. 나가쓰가 어떤 말을 해야 할지 망설이는 중에 가쓰라기는 소파에 내던졌던 다리를 바닥으로 내리고 빈 유리잔에 싸구려 진을 꼴꼴 따랐다.

"맛있었어?"

"뭐?"

"나로서는 굉장한 지출이었는데. 정찰의 대가로서는 별것 아닐 테지만."

나가쓰는 맥이 탁 풀린 모습으로 느릿느릿 신발을 벗었다. 가쓰라기는 일단 나가쓰가 돌아오기를 기다리고 있었는지 또 하나의 술잔에도 진을 따르고 다시 한 번 소파에 기댔다.

"다 알고 있었어. 그냥 확인하고 싶었을 뿐이야."

"잠깐만. 아무 말도 안 듣고 다 알고 있다니?"

"아냐, 됐어. 사쿠라이가 유카를 포섭하고 함구령을 내렸겠지 뭐."

가쓰라기는 평소와 다름없는 옆얼굴로 맛이 없다는 듯 진을 마셨다. 나가쓰는 두근거림이 진정되지 않은 채 이야기하기 전부터 재갈이 물린 듯한 심정으로 안쪽 방의 문 옆에 초조한 듯 서 있었다.

"······그런데 사쿠라이는 너를 전부터 알고 있었어. 그 온묘지가 왠지는 모르겠지만 너에게 눈독을 들이고 있다는 사실도."

"그래서 온묘지는 뭐라고 말했어?"

"네가 바보 같은 녀석이라고. 그리고 그쪽에서는 살인범을 기타가와의 아버지로 몰아가려고 하는 듯해."

"그럴 수도 있지."

가쓰라기는 술잔을 탁자에 내려놓은 후 담배를 물고 성냥으로 불을 붙였다. 사라진 자료도, 사건에 관해서도, 이제는 어찌 되든 상관없어졌다는 태도였다. 오로지 평소의 우울함에 갇힌 듯한 눈빛이었다.

"아무것도 느끼지 못했어? 유카 씨에게 그 자료를 훔치게 한 사람은 사쿠라이라고."

"그래서?"

"그래서라니, 너, 그 사쿠라이가······."

대체 무슨 뜻일까? 리스트에서 마지막까지 살아남은 사쿠라이 고키가 다른 여섯 명을 죽인 진범일까? 아니면 공적인 수사가 이미 죽은 사람인 기타가와 쇼고에게 집중되는 동안에 자신의 목숨을 노리려는 누군가를 감싸고, 그 외의 결론을 없애려는 것일까?

가쓰라기는 변함없이 멍하니 어두운 조명 속에서 담배를 피우고 있었다. 미나미아자부의 성당에서 죽은 여동생 사와코를 위해 기도한 사쿠라이. 그 행동과는 전혀 다른 유카를 향한 속삭임과 테이블 밑에서의 애무. 나가쓰는 이제 무엇을 생각하면 좋을지 알 수가 없어 그저 축 늘어진 채 벽에 기대어 있었다. 8월의 무더운 밤, 레퀴엠이 낮고 조용히 흐르고 있었다.

23

사랑의 공유, 그 시작과 끝

일요일이 되었다. 유카는 그날 이후 아무런 연락도 하지 않았고 가쓰라기도 유카에 관해서는 무슨 생각을 하는지 침묵만을 지키고 있었다. 나가쓰는 불안한 심정으로 가쓰라기와 함께 사무소를 나섰다. 오후 4시를 넘긴 시각, 히로오 상점가의 카페에서 창밖을 바라보고 있던 나가쓰는 오늘 만나기로 한 상대를 다시 떠올려보았다. 상대는 오노 유키코에게서 소개받은 마키노 집안의 옛 가정부, 이토 에이코라는 여자였다.

상대는 60대 중반을 넘긴 사람이라고 했다. 바깥을 지나다니는 인파 속에서 그 연령대의 사람이 보이기는 했지만 카페로 들어오려는 사람은 없었다. 나가쓰는 점차 초조해지는 기분이 되어 꼼지락꼼지락 자세를 바꾸었다.

"설마 속은 건 아니겠지?"

가쓰라기는 아무 말도 하지 않고 어깨를 으쓱하며 담배를 비벼 껐다. 가쓰라기는 창밖을 보면서 잠시 턱을 괴고 있더니 결국 화장실에라도 다녀올 심산인지 자리에서 벌떡 일어섰다.

하지만 나가쓰는 그 순간, 등 뒤의 문이 열리는 기척을 느꼈다. 상점가의 소란스러움과 습한 공기가 흘러 들어오는 중에 가쓰라기의 매우 침착한 목소리가 들렸다.

"이토 씨세요?"

"네, 죄송해요. 늦었죠?"

나가쓰는 뒤를 돌아보았다. 백발이 눈에 띄는 머리카락을 깔끔하게 뒤로 묶고, 더운 날씨에도 옅은 회색의 비단 기모노를 꽉 졸라매어 입은 아담한 여자가 그곳에 있었다.

"이쪽에 앉으세요."

가쓰라기는 여자에게 창가 테이블을 손으로 가리켰고, 나가쓰는 인사를 하기 위해 일어섰다. 이토 에이코는 웃지도 않은 채 인사를 하면서 가쓰라기가 권한 자리에 앉았다. 그리고 핸드백에서 꺼낸 하얀 손수건을 무릎에 펼쳤다.

가정부라고 들었을 때 떠오른 인상과 실제 눈앞의 여자는 매우 달랐다. 무엇보다 손끝의 움직임이 매우 품위 있었고 눈이 차가운 것이 특징이었다.

예순 살이 넘은 나이는 오노 유키코의 어머니와 동연배일 것이다. 자세와 표정의 왠지 쌀쌀맞은 느낌은 단순히 냉담하다기보다는 인간의 겉과 속을 죄다 들여다보고 나서 자연스럽게 얻게 된 분위기처럼 여겨졌다.

하지만 그만큼 이해하기 힘든 느낌도 들었다. 여자는 여종업원이 가져다준 메뉴를 거절하고 피부가 양초처럼 하얗게 가라앉아 보이는 손으로 얼음물을 한 모금 마셨다. 가쓰라기는 배낭에서 수첩을 꺼냈다.

"먼저 묻고 싶은 것은 이토 씨가 마키노 집안에 다녔던 것이 언제쯤인지입니다."

"사와코 씨가 돌아가신 후 거의 10년 동안이에요."

여자의 목소리는 감정이 어디에 있는지 모를 정도로 억양이 없었다. 가쓰라기는 고개를 끄덕이고 수첩을 팔랑팔랑 넘겼다.

"일하셨던 시간은 어떻게 되셨습니까?"

"주말 외에는 매일요. 아침에는 괜찮다고 말씀하셔서 대부분 오후에만 일했어요. 카나 씨가 초등학교로 진학했을 때였으니까, 입학하고 1년 정도는 방과 후에 데리러 갔다가 마키노 선생님이 귀가하실 때까지 일했지요."

"어떤 일을 하셨나요?"

"특별한 일은 없었어요. 집 청소나 식사 준비나 빨래 같은 것들."

여자는 그 대목에서 말을 끊고 처음으로 웃어 보였다. 그 미소도 가쓰라기나 나가쓰를 향한 것이 아니라, 빛바랜 과거와 자신의 가슴에 떠오른 추억에 자연스럽게 새어 나오는 미소인 듯했다.

"즐거웠지요. 그 집에서는 무엇이든 소꿉장난 같았거든요."

"실례되는 말씀이지만, 이 일은 전문적으로 하시나요?"

"아뇨. 마키노 선생님 댁 말고는 그전에도 그 후에도 한 적이 없습니다. 개인적으로 사소한 불행이 있었는데, 마침 오노 씨 집에서 일이라도 해보지 않겠느냐고 권유를 받아서요."

띄엄띄엄 말했지만, 요컨대 이토 에이코는 어떠한 사정으로 사생활에서 생긴 공백을 마키노 집안에서 일하면서 메운 듯했다. 그렇다면 가정부답지 않은 분위기도 납득이 갔다. 그러나 그렇더라

466

도 알면 알수록 마키노 집안을 둘러싼 사람들은 미묘하고도 이상한 느낌이 들었다.

"카나 씨와는 어떤 관계였나요?"

"손녀 같은 아이였지요. 나이를 먹은 저에게는 그 아이가 무척 얌전하고 귀여워 보였어요."

"마키노 교수와는 어떤 관계였죠?"

"글쎄요. 선생님의 얼굴을 보는 것은 귀가하셨을 때나 휴가를 받았을 때 정도니까요. 하지만 차분하고 자상한 분이었고, 그 아이도 엄청 귀여워해주셨죠."

나가쓰는 눈을 내리깔고 담담히 이야기하는 이토 에이코를 바라보면서 스스로도 왠지 석연치 않은 안개 같은 것을 느꼈다.

오노 유키코는 분명히 나리타가 죽은 날 밤에 마키노 사와코의 등에 멍이 잔뜩 있는 것을 보았다고 말했다. 그것도 지금에 와서는 진실인지 거짓인지 알 수 없기는 하나, 에하라 수녀에게서 들은 감금 이야기와 함께 마키노 사와코 주변에서 무언가 잔학함과 닮은 어둠마저 느껴지기 시작했다. 하지만 학교 내에서의 평판과 더불어 가정부로서 10년 동안 마키노 집안에 다녔던 이토 에이코까지 마키노 교수를 차분하고 자상한 사람이었다고 말하고 있는 것이다.

여기에 기만은 없는 것일까? 예를 들어, 이토 에이코는 그것이 무엇이든 간에 자신의 신상에서 벌어진 불행을 메우기 위해 그야말로 소꿉장난 같은 환영을 마키노 부녀에게 투영하고 있는 것은 아닐까……?

"그리고 기타가와 슈지 씨에 관해서인데요."

수첩에 무언가 적던 가쓰라기의 조용한 목소리에 이토 에이코의 관자놀이 주변이 꿈틀했다. 하지만 그것은 순간적으로 지워지고 이토 에이코는 변함없이 쌀쌀맞으면서도 이해하기 힘들 만큼 부드러운 눈빛을 지었다.

　"네, 무엇이 궁금하세요?"

　"그가 마키노 집안으로 들어온 시기도 이토 씨는 당연히 알고 계시겠죠?"

　"네, 사정은 잘 모르지만요. 그런데 얼굴도 거의 마주치지 않아서 해드릴 이야기가 별로 없을 듯하네요."

　"기타가와 씨가 나타나서 무언가 변화한 것은 없었나요?"

　이토 에이코는 문득 고개를 숙이고 또 물컵으로 손을 뻗었다. 그러더니 마치 새처럼 아주 적은 양을 입에 머금고 등을 똑바로 편 채 양손을 모아 무릎에 올려놓았다.

　"특별히 변화한 건 아무것도 없어요. 그야 식사는 1인분 더 만들었지만, 방 청소나 빨래 같은 것은 슈지 씨가 직접 하셨으니까요. 어머니와 떨어져 있던 탓인지, 무엇이든 스스로 하는 아이였고, 저도 그 나이의 남자아이는 왠지 정이 안 가서요."

　"방은 어디였나요?"

　"2층 안쪽이에요. 카나 씨의 옆방이었죠."

　가쓰라기는 고개를 끄덕이고 또 수첩을 펼쳐 한 장을 죽 찢어냈다. 괘선이 없는 백지였는데, 가쓰라기는 그것을 펜과 함께 이토 에이코 쪽으로 밀었다.

　"괜찮으시다면 마키노 교수 집의 구조를 그려주시겠습니까?"

　"……네."

이토 에이코는 한순간 당황한 듯했지만, 그래도 소맷자락을 붙들고 펜을 집어 들었다. 그다지 크지도 않은 수첩 용지를 앞에 두고 선을 긋는 것을 망설이면서, 1층과 2층에 걸쳐 마키노 교수 집의 구조를 그려갔다.

"이런 곳으로 기억하는데요."

이토 에이코가 고개를 들어 그림을 가쓰라기 앞으로 쑥 밀었다. 현관으로 들어서서 왼쪽에는 이전에 한 번 비가 오는 밤에 들어갔던 응접실이 있었고, 그 끝의 복도 오른쪽에는 텔레비전과 스테레오 등을 놓아둔 거실과 마키노 교수의 거처, 왼쪽에는 연못을 배치한 정원이 있었다. 이토 에이코의 그림은 의외로 강한 선으로 그려져 있었다.

1층 북쪽에는 부엌과 세탁실이 있고, 그리고 뒤편 계단에 면한 것으로 보이는 세면실 옆이 욕실이었다. 2층의 방은 네 개. 북동쪽 모서리의 한 방에는 누구의 방인지 아무런 표시도 없었지만, 그 외에는 카나의 침실과 마키노 교수의 서재, 그리고 기타가와의 방으로 이어져 있었다.

가쓰라기는 잠시 그 그림을 바라보다가 마키노 교수의 거처 바로 뒤편에 '별채'라고 적힌 곳을 가리키며 이토 에이코를 향해 눈을 들었다.

"이건 뭔가요?"

"음. 아주 오래된 집인데, 선생님의 아버지가 그 집을 구입하기 전부터 있었다고 들었어요."

"안의 구조는 어떤가요?"

"침실과 간단한 욕실이에요. 청소는 한 주에 딱 한 번, 월요일에

했어요."

가쓰라기는 이토 에이코의 그 말에 희미하게 눈썹을 찌푸렸다.

"구체적으로는 무엇을 했습니까?"

"시트를 갈았어요. 그리고 욕실도 누군가가 사용한 것 같더군요."

"실례지만, 기타가와 씨가 오기 전부터 그랬나요?"

가쓰라기의 그 질문에 또 이토 에이코의 표정이 한순간 흔들리는 듯 보였다. 하지만 어두운 표정은 금세 사라지고 고운 장밋빛 립스틱을 바른 얇은 입술 끝에 섬뜩한 미소가 떠올랐다.

"아니요. 그 후부터입니다. 아마도 선생님이 슈지 씨를 배려해서 다른 욕실을 마련해주신 게 아닐까요?"

"하지만 시트는 왜?"

이토 에이코는 왼쪽 손목을 가볍게 어루만지듯이 가느다란 은색 손목시계로 시선을 떨구었다. 그리고 또 단정히 무릎에 양손을 모아 올려놓고 부드럽고 조용한 목소리로 말했다.

"음, 나중에 생각해보니 카나 씨가 가끔 별채에서 쉬시는 것 같더군요. 아무래도 어머니인 사와코 씨가 좋아했던 방이라 그런 걸까 했지요."

"무언가 그 외에 다른 이유는……."

"이제 갈까요? 카나 씨와의 약속이 4시 반이에요."

히로오에서 마키노 교수의 집까지는 자동차로 5분밖에 걸리지 않는 거리였다. 나가쓰는 이전에 이무라의 은색 재규어를 지켜보던 고가이초의 공원 옆에 푸조를 주차시켰고, 그곳에서 세 사람은 걷기 시작했다. 카페에서의 이야기가 길어진 탓인지 좁은 언덕길을 올라 골목 앞에 다다랐을 때는 약속 시간을 약간 넘긴 시간이었다.

아마도 가쓰라기의 의뢰를 받고 이미 마키노 카나에게 이야기를 전한 모양이었다. 이토 에이코는 돌이 깔린 지면을 약간 신경 쓰면서 조리일본식 짚신를 신은 발을 사뿐사뿐 옮기며 마키노 집의 대문을 향했다. 나무 틈으로 이따금씩 아른거리는 햇살이 매우 눈부셨다. 앞뜰의 벚나무와 단풍나무는 전보다 한층 녹음이 짙었다.

나가쓰는 희미한 불안을 느꼈다. 앞뜰에 주차되어 있던 그 벤츠는 안 보였지만, 일요일 오후라면 카나와 함께 기타가와도 있을지 몰랐다. 이토 에이코는 현관 앞에 서서 초인종을 눌렀다. 하지만 잠시 기다려도 문은 열리지 않았다.

"이상하네. 분명히 4시 반에⋯⋯."

이토 에이코는 중얼거리고 문손잡이에 손을 올렸다. 그러자 문은 스르륵 열렸다. 현관의 시멘트 바닥 위에 검은 에나멜 샌들이 딱 한 켤레 놓여 있었다.

"카나 씨? 이토예요. 손님이랑 함께 왔어요."

역시 집 안은 적막하고 대답은 없었다. 이토 에이코는 눈썹을 찡그리고 오른쪽 계단을 올려다보았다. 그리고 조리를 벗고 부드럽게 미소를 지었다.

"잠깐 위층을 살펴보고 올게요. 여기서 기다리세요."

희미하게 옷자락이 스치는 소리를 내며 이토 에이코는 조용히 계단을 올라갔다. 마루청이 가볍게 삐걱거리는 소리가 멀어져 갔고, 2층의 어딘가 안쪽에서 문을 여는 소리가 들렸다.

이 상태라면 적어도 기타가와는 집에 없을 것이다. 그렇게 생각하자 불안은 점점 사그라지고 그 대신에 멍한 일종의 마비가 찾아왔다. 이토 에이코가 카나의 이름을 부르는 목소리도 왠지 멀리서 느껴졌고 마치 꿈결처럼 들렸다.

저녁이 가까워지는 마키노 교수의 집은 고요했다. 안쪽 복도의 유리문은 활짝 열린 채였고, 가끔씩 불어오는 바람도 누그러지는 오후의 열기도 어쩐지 나른하게 느껴졌다.

마침내 희미한 발소리가 2층에서 내려왔다. 이토 에이코는 난간에 하얀 손을 짚고, 더위 때문인지 어렴풋이 물든 뺨을 보였다.

"속이 안 좋으시다고 해서. 아무래도 밤에 잠을 잘 못 자는 것 같아요."

그렇게 말하는 목소리와 눈빛은 10년 가까이 어머니 대신 일했던 사람다운 상냥함을 품고 있었다. 가쓰라기는 잠시 계단 쪽을 바라보다가 문득 시선을 떨구었다.

"이야기는 힘들더라도 별채는 보고 싶습니다만."

"괜찮아요. 제가 안내할게요."

이토 에이코는 재촉하듯이 고개를 살짝 기울이고 안쪽 복도로 향하기 시작했다. 어두운 색조의 마루청에 버선의 흰색이 선명하게 대비되었다. 가쓰라기는 가죽 샌들을 벗고 그녀의 뒤를 따랐다.

조금 전 이토 에이코가 그렸던 그림처럼 안쪽 복도의 바로 오른쪽은 텔레비전과 스테레오를 놓아둔 거실이었고, 반쯤 열린 채 둔 미닫이문 너머에는 낮은 탁자와 검은색 가죽 소파가 보였다. 하지만 바로 옆 마키노 교수의 거처에 해당하는 방은 미닫이문이 닫혀 있어서 안쪽의 모습을 볼 수 없었다. 다만 왼쪽 정원의 연못에서 반사되는 빛이 하얀 창호지 위로 반짝반짝 빛나고 있었다.

"이쪽입니다."

이토 에이코가 복도 끝의 미닫이문을 열자 그곳에는 또 짧은 복도가 이어져 있었다. 나중에 증축한 것인지, 쪽매붙임을 한 바닥의 색이 달랐다. 그 안쪽에도 또 미닫이문이 있었다. 이토 에이코가 조용히 그 문을 연 순간, 나가쓰는 엉겁결에 자신의 눈을 감고 말았다. 눈이 부셨다. 별채는 바닥도 벽도 죄다 하얀색이었고, 비쳐드는 저녁 햇살에 온 방이 옅은 황금색으로 물들어 있었다.

가쓰라기는 천천히 계단을 밟아 의외로 넓고 천장이 높은 별채 바닥으로 내려갔다. 정원에 면한 창문에는 얇은 커튼이 걸려 쳐져 있고, 그 아래에 베개를 늘어놓은 널찍한 침대가 놓여 있었다. 욕실 문은 오른편 안쪽에 있었고, 안쪽 벽에 얇은 비단으로 덮어놓은 커다란 전신 거울이 하나 있었다. 그리고 검은색 나무틀에 하얀색 쿠션의 의자가 네 개 있었는데, 벽 쪽에 하얀 천을 덮어놓은 둥근 테이블을 둘러싸듯이 또 다른 세 개의 의자가 놓여 있었다.

"아, 이곳이 어머님이 좋아하셨던 방이로군요."

"네, 카나 씨가 그랬던 것처럼요."

이토 에이코는 또 부드러운 미소를 지었다. 하지만 나가쓰는 저녁 햇살이 가져다준 가벼운 현기증이 사라지자, 달리 출입구도 없는 폐쇄된 별채 구조가 어딘지 기괴하게 느껴졌다. 게다가 이 장소는 후지모토의 방에서 가져온 S의 비디오테이프에 한순간 찍혔던 방과 완전히 똑같아 보였다.

바닥에는 푹신한 느낌의 상아색 카펫이 깔려 있었고 누군가가 환기와 청소를 부지런히 하고 있는지 방에서는 희미한 꽃향기가 났다. 벽과 천장도 새하얗고 매우 부드러운 색조이며, 보기만 해도 촉감이 좋아 보이는 침대의 베개 커버와 시트도 새것이었다. 그런데 미묘하게 흐트러진 것처럼 느껴졌다.

바로 방금 전까지 누군가가 이곳에 있었던 것일까? 욕실 문은 살짝 열려 있었고 불은 꺼져 있었지만, 귀를 기울이면 희미한 물방울 소리가 났다. 방에 떠도는 꽃향기도 몸을 씻은 비누거나 목욕 후에 뿌린 향수처럼 따뜻하고 습한 느낌이었다. 하지만 나가쓰는 뭔지 모를 한기도 동시에 느꼈다. 이 부드럽고 미묘한 공간의 바깥으로 난 창문에는 죄다 방범창이 설치되어 있었던 것이다.

"그런데 6년 전, 6월 12일에 벌어졌던 일 말인데요."

"네, 기억하고 있습니다."

이토 에이코는 천천히 침대 맞은편으로 돌아 머리의 무게로 살짝 눌린 베개로 손을 뻗었다. 이토는 마디가 도드라진 가느다란 손가락 끝으로 베개를 쓰다듬으면서, 낮고 다정하게 그곳에 없는 누군가에게 노래하듯이 말했다.

"그날은 금요일이었는데, '오늘 밤에는 손님이 올 테니 내일도 또 와달라'고 선생님이 저녁에 말씀하셨어요. 그래서 저는 다음 날 낮에 왔지요."

"카나 씨는요?"

"주무시고 계셨어요. 이 침대에서 아주 곤히 잠들어 있었죠."

베개를 쓰다듬는 이토 에이코의 손끝이 하얀색 여름용 이불과 시트 사이를 더듬듯이 조용히 미끄러져 갔다. 그곳에 남은 누군가의 체온을 남몰래 즐기는 듯 보이기도 했다.

"손님은 누구였습니까?"

"글쎄요. 선생님을 포함해서 예닐곱 명이 아니었을까요? 그 테이블에 유리잔이 그 정도, 그리고 기념식 때 사용하는 장식 꽃도 그만큼 놓여 있었으니까요."

나가쓰는 왠지 오싹한 느낌으로 구석의 테이블을 바라보았다. 6년 전 6월 12일, 리스트에 오른 일곱 명이 한데 모인 것으로 보이는 그 테이블 위에는 비어 있는 하얀색 도자기 재떨이와 크림색 겹꽃잎 베고니아의 작은 화분이 놓여 있었다.

"이토 씨는 그날 무엇을 하셨습니까?"

"이곳을 정돈하고 선생님이 시키신 대로 카나 씨를 깨워서 저 욕실로 데려갔어요. 좀처럼 눈을 뜨지 못하는 카나 씨를 제가 직접 씻겨주고……."

갑자기 이토 에이코는 말을 끊고 이불 아래를 더듬던 손을 슬쩍 거두었다. 하지만 표정은 변하지 않았고 눈빛도 여전히 부드러웠다.

"그뿐인가요?"

"네. 그 일이 끝나자 선생님께서 집으로 돌아가도 좋다고 말씀하셔서."

이토 에이코는 시선을 허공에 둔 채 핸드백을 뒤져 하얀색 손수건을 꺼내 방금까지 시트를 만지던 손가락을 슬쩍 감쌌다. 그리고 또 쌀쌀맞은 느낌의 미소를 얇은 입술에 띠고 가쓰라기에게 눈을 돌렸다.

"이 정도면 이제 됐나요?"

"네, 충분합니다."

그 대답에서 대체 무엇을 느꼈는지, 이토 에이코는 그저 고개를 끄덕이는 대신에 곧바로 눈을 내리깔고 가만히 출구 쪽으로 향했다. 가쓰라기는 그 자리에서 움직이지 않고 멍하니 침대를 바라보았다.

마침내 버선의 희미한 발소리가 복도로 올라가며 사라지고, 미닫이문을 움직이는 소리가 났다. 나가쓰는 점차 별채의 공기가 답답하게 느껴져서 가쓰라기 옆으로 갔다.

"이게 그 방이로군."

가쓰라기는 아무런 대답도 하지 않고 여름용 이불을 조용히 들춰보았다. 드러난 시트 위에는 누군가가 자고 있던 흔적과 아직 채 마르지 않은 끈적한 느낌의 얼룩이 있었다. 나가쓰는 그것이 무엇인지를 알아차렸다. 눈살이 찌푸려지고 다시 가슴이 술렁거리기 시작했다.

"……누굴까?"

"글쎄."

가쓰라기가 중얼거린 순간, 밖에서 자동차 경적 소리가 났다. 나가쓰는 순간적으로 얼굴을 들고 가쓰라기와 눈빛을 교환한 후 별채의 출구로 서둘러 갔다. 안채로 통하는 미닫이문 쪽은 닫혀 있었는데, 뻑뻑해서 좀처럼 열리지 않았다.

그리고 또다시 경적 소리가 울렸다. 마침내 미닫이문이 스르륵 열렸고 나가쓰는 복도로 서둘러 나아갔다. 이토 에이코가 누군가를 배웅하려고 등을 보인 앞뜰로 열린 현관문 끝에, 바람에 휘날리는 검은색 드레스 자락이 언뜻 눈에 들어왔다.

"카나 씨는요?"

"외출하셨어요. 마중 나온 자동차가 저기에……."

"잠깐 실례하겠습니다."

나가쓰는 서둘러 가죽 구두를 아무렇게나 신고 현관을 나갔다. 앞뜰에도 대문 방향의 골목에도 이미 사람의 모습은 없었지만, 자동차 문이 닫히는 소리와 엔진 소리가 났다. 나가쓰는 대문으로 달려가 골목으로 나가려는 순간, 턱에 발이 걸려 앞으로 비틀거렸다. 모퉁이를 도는 차체에서 햇빛이 반사되어 보였지만, 한쪽 다리를 절뚝이며 골목 모퉁이까지 왔을 때는 이미 자동차가 어딘가로 사라져 보이지 않았다.

5시가 넘어가는 시간이었다. 나가쓰는 한숨을 섞어가며 느릿느릿 신발을 고쳐 신고 골목에서 물러났다. 차종을 판별할 여유조차 거의 없었지만, 아마도 기타가와가 탄 회색 벤츠거나 사쿠라이의 하얀색 혼다일 것이다. 그렇게 생각하자 뭔지 모를 복잡한 심경이 되었다.

이토 에이코는 현관에서 움직이지 않고 도로 돌아온 나가쓰에게 조용히 미소를 보냈다. 아직 바깥이 밝아서 안이 어슴푸레하게 보이는 탓인지, 아니면 이 늙은 여인 자체가 이해하기 힘든 인물인 탓인지 그 표정은 기묘한 수수께끼처럼 보였다.

"어디로 가는지 물어보셨습니까?"

"아니요. 그저 손님께는 미안하다고 말씀 전해달라고 하셨어요."

방금 별채의 시트를 뒤지던 손을 안채의 욕실에서 씻었는지, 앞가슴에 살짝 댄 이토 에이코의 오른손 손등에는 채 닦아내지 못한 작은 물방울이 빛나고 있었다. 나가쓰는 그 손끝이 무엇을 만졌는지 생각하자 기묘한 위화감을 느끼며 복도 안쪽으로 눈을 돌렸다.

"그러고 보니 가쓰라기는요?"

"아, 지금 2층에 있어요."

분명히 귀를 쫑긋 세우자 위쪽에서 희미한 소리가 들려왔다. 잠시 후 발소리가 다가오고 계단 위의 창문에서 비쳐 나오는 불빛이 기묘하게 변화했다.

가쓰라기가 천천히 계단을 내려왔다. 이토 에이코는 미소로 가늘어진 눈을 들어 올리고 부드러운 목소리로 말했다.

"이제 슬슬 가셔야죠. 저는 현관문을 닫겠습니다."

가쓰라기는 시원스레 고개를 끄덕이고 현관으로 나왔다. 2층에 있었다면 카나나 기타가와의 침실 혹은 마키노 교수의 서재를 살펴보았을 텐데, 그 표정은 어딘지 울적해 보였다.

"열쇠는 있나요?"

"네, 저한테 있어요. 선생님께서 재혼을 하시면서 휴가를 받았을 때 그 기념으로 주셨어요."

이토 에이코는 그대로 허리를 굽혀 한 짝씩 천천히 조리에 발을 집어넣었다. 가쓰라기는 그 옆에서 가죽 샌들을 신고 바깥으로 나와서 벤츠가 없는 적막한 앞뜰에 멍한 눈길을 던졌다.

"그런데 왜 열쇠였을까요?"

이토 에이코는 아무 말도 하지 않고 희미하게 미소를 지었다. 그리고 조용히 문을 닫고 열쇠로 잠갔다. 작은 은방울을 매단 가늘고 하얀 허리끈을 다루는 손놀림이 매우 고상했다.

그림자가 꽤 길어지고 매미 울음소리도 어느샌가 멀어져 갔다. 나가쓰는 마키노 집의 대문을 나서서 앞으로 걸어가는 이토 에이코의 연약한 어깨를 바라보면서 이 늙은 여인도 생글생글 미소를 지으며 무언가 음모에 가담하지 않았을까 하는 개운치 않은 생각을 가슴에 품었다.

"그런데 이토 씨. 카나 씨와 기타가와 씨 남매는 어떤 사이였나요?"

"글쎄요. 그런 건 잘……."

또 침묵과 입가의 애매한 미소. 이토 에이코는 이와 똑같은 미소를 지으며 별채의 침대 시트를 갈고, 욕실을 청소하고, 6년 전 6월 12일의 다음 날 낮에 손님이 남긴 흔적을 지웠을 것이다. 대체 그 날 밤, 마키노 교수 집에서 어떤 일이 벌어졌던 것일까……?

"자, 그럼 저는 이쪽에서……."

고가이초의 공원 근처에서 이토 에이코는 뒤돌아보고 또 온화하게 미소를 지었다. 알고 있으면서도 무언가를 숨기는 것 같기도 하고 숨기지 않는 것 같기도 한 쌀쌀맞은 표정이었다.

"바래다드릴게요."

"아니요, 저 길모퉁이에서 택시를 잡겠습니다."

가쓰라기는 특별히 붙잡으려는 마음은 없는 듯 이토 에이코에게 가볍게 목례를 했다. 나가쓰도 일단 고개를 숙였지만, 내리막길을 내려가기 시작한 늙은 여인을 눈으로 전송하는 가슴의 안개는 걷히기는커녕 점점 짙어져만 갔다.

"야, 이렇게 보내도 돼?"

"괜찮아. 그보다 별로 시간이 없어."

가쓰라기는 배낭을 어깨에 고쳐 메고 빠른 걸음으로 푸조 쪽을 향했다. 나가쓰는 가쓰라기의 뒤를 쫓으면서 이토 에이코의 뒷모습을 힐끔 돌아보았다.

"왜 그래?"

가쓰라기는 바지 주머니에서 접힌 종잇조각을 꺼내 나가쓰에게 쑥 내밀었다. 오페라 공연의 안내장이었다. 장소는 우에노의 도쿄 문화회관, 시간은 오늘 6시 반이었다.

"카나의 침대 위에 있었어. 상연하는 곡이 나쁘지 않아."

"가려고?"

가쓰라기는 고개를 끄덕이고 얼른 조수석 쪽으로 갔다. 나가쓰는 부스럭거리며 자동차 열쇠를 찾아 문을 열고 손목시계를 보았다. 시간은 5시 18분. 공연 시간에 맞추려면 서둘러야 했다.

"게다가 기타가와의 방에서는 보였어. 그 별채의 창문이."

가쓰라기의 말은 너무나 태연하고 표정도 차분했다. 하지만 나가쓰는 푸조의 열쇠를 돌리다가 이상한 기분에 손을 멈췄다.

"그럼 설마 기타가와도 그날 밤에 무슨 일이 벌어졌는지 알고 있는 걸까?"

"그렇다기보다는 일부러 기타가와에게 보여준 게 아닐까 싶어. 기타가와랑 카나가 서로 애정을 느꼈다고 해도 그런 것 따위는 아무런 의미도 없다는 사실을 알려주려고."

"왜지? 오빠와 여동생이 사이좋은 것을 그들은 허용하지 못했다는 말이야?"

"이 경우에는 그들이 아니라 주모자인 마키노 교수지. 16년 전에 사와코가 죽고 나서 붕괴된 결사를 마키노 교수가 부활시킨 거야. 동기는 아마도 기타가와 슈지에 대한 비정상적인 질투와 옛 이념을 재현하는 것이 아니었나 싶어. 사랑의 공유, 다시 말해 이 경우에는 딸인 카나를 공유하는 셈이지."

"친아버지가? 어째서 그런……."

"사랑의 공유라는 것은 뒤집어 생각하면 사랑의 부정이야. 독점욕이나 질투나 그 외의 사랑에 관련된 모든 감정이 그들에게는 경멸해야 할 대상일 뿐이었겠지. 사쿠라이를 빼면 분명히 모두 가족이 있지만, 겉으로는 성실한 생활을 보내는 만큼 그와는 양립할 수 없는 부분의 배출구가 어딘가에 필요했을 거야. 그리고 사와코가죽고 10년이 지난 후 모두가 모이는 기념식의 밤이 찾아왔고. 이전부터 그런 기회를 마련하고 서로 이야기를 진행해왔는지도 모르지. 부활 의식의 입회인으로는 결사를 한 번 붕괴시킨 장본인의 아들 기타가와와 슈지가 본보기로 선택되었을 거야. 장소는 이전에 사와코를 나누어 가졌던 상아색 별채의 방, 제물은 당연히 이제 막 열다섯 살이 된 딸 카나였을 거고."

"그게 결국 6월 12일 밤의 의미인 거야? 그 남매를 희생시켜 자신들의 묘한 이념을 실현시키는 것이?"

"아마도. 기타가와가 그래서 그들을 증오한다면 살해할 이유는있는 셈이지."

하지만 문제의 밤은 이미 6년이나 흘렀다. 게다가 기타가와는 리스트에 오른 그들과 이부동생과의 기묘한 관계를 알면서도 지금까지 아무 조치도 취하지 않고 방치했다는 느낌도 들었다. 아니, 어쩌면 기타가와는 지켜보고 있었을 것이다. 기회가 무르익기를 기다리며 6년 전과 마찬가지로 이부동생과 그들의 밤들을 줄곧.

나가쓰는 문득 별채의 침대에서 잠을 자고 욕실을 사용한 흔적을 남기고 간 누군가가 기타가와일 것이라는 느낌이 들었다. 그 마음은 도저히 이해할 수가 없는 것이었다. 하지만 어머니인 사와코가 감금되고 여동생인 카나가 가끔씩 잠자던 그 상아색 방은 기타

가와에게도 도망칠 수 없는 악몽과 같은 것이었을지도 모른다는
그런 생각도 들었다.

24

독점욕과 복수의 완성

가쓰라기가 티켓을 사왔을 때는 공연이 시작되기 10분 전이었
다. 문화회관의 정면 로비에 카나의 모습은 없었고, 커피나 와인을
한 손에 들고 웅성거리던 인파도 점차 뿔뿔이 흩어지기 시작했다.
하지만 가쓰라기는 특별히 초조한 기색도 없이 로비의 안쪽 왼편
계단으로 향했다.

　오페라 감상 같은 것과 인연이 없던 나가쓰는 이유 없이 긴장해
서 주변을 불안한 눈빛으로 바라보았다. 얼핏 보기에도 취향이 고
상해 보이는 부부 동반 관객이나 거만하게 행세깨나 할 법한 남자
가 실로 우아한 여자와 팔짱을 끼고 있는 모습도 있는 반면, 회사에
서 막 퇴근한 듯한 관객과 학생의 모습도 눈에 띄었다. 요컨대 위축
되어야만 하는 분위기는 아닌 셈이었으나, 그래도 나가쓰는 문득
스쳐 지나간 미인의 향수 냄새에 가벼운 현기증과 두근거림을 느
꼈다.

　한편 가쓰라기는 평소처럼 무관심한 발걸음으로 2층에 올라가

서 문 옆의 좌석 표시와 티켓을 번갈아 쳐다보다가 더욱 왼쪽, 복도의 안쪽으로 향했다. 나가쓰는 입구에서 받은 팸플릿과 전단지의 두꺼운 다발을 옆구리에 끼고 가쓰라기를 따라갔다.

무대 위 좌석을 겨우 찾아냈을 즈음 조명이 약간 어두워졌다. 콘서트홀에 속속 들어오는 관객의 웅성거림이 멀리서 부드럽게 들려왔다. 가쓰라기는 검은 배낭 안에서 작은 오페라글라스를 꺼낸 후 전단지 다발과 함께 배낭을 좌석 아래에 넣었다. 그리고 극장 안을 바라보다가 문득 나가쓰에게 오페라글라스를 내밀었다.

"저기 있어. 1층 한가운데."

나가쓰는 익숙지 않은 자리에 어떻게든 몸을 끼워 넣고 오페라글라스를 받아 들었다. 그리고 1층 좌석을 렌즈 너머로 엿보았다. 그러나 여성 관객의 목걸이와 반지의 반짝임과, 웅성대며 움직이는 관객의 모습만 보일 뿐 카나의 모습을 확인할 수 없었다.

"어디야?"

"약간 비스듬히 오른쪽. 여기에서는 맞은편이야."

가쓰라기가 가리키는 쪽으로 오페라글라스를 돌린 순간, 나가쓰의 가슴이 철렁했다. 하얀 스탠드칼라 셔츠에 짙은 회색 재킷 차림을 한 사쿠라이의 옆얼굴이 보인 것이다. 혼자인가 싶었지만 옆자리에는 공연 팸플릿과 얇은 시폰의 검은 웃옷이 겹쳐져 놓여 있었다.

"잠깐 기다려. 오늘이 일요일이니까, 결국 사쿠라이가 일요일의 남자였다는 거네?"

"뭐, 주말에는 가족끼리 시간을 보내야 할 테니까, 가족이 없는 사쿠라이가 일요일을 맡은 셈이지."

가쓰라기가 나직이 말한 순간, 렌즈 너머에서 그림자가 움직였다. 사쿠라이가 자리에서 일어서서 왼쪽에서 온 누군가에게 길을 양보했다. 목덜미가 드러난 가느다란 어깨끈의 검은색 드레스를 입은 여자였다. 나가쓰는 카나의 얼굴을 확인하고 숨을 삼켰다.

방금 아자부의 마키노 집에 그녀를 데리러 온 자동차의 주인은 사쿠라이였음이 틀림없었다. 조카딸의 어깨에 가볍게 손을 올린 사쿠라이는 그녀를 지키려는 듯이 자신의 옆자리에 앉혔고, 그녀의 모습을 바라보는 눈빛에는 왠지 모를 다정함이 넘쳤다.

보통의 외삼촌과 조카딸 사이라면 가족애가 있는 것이 당연하다고 할 수 있다. 하지만 사쿠라이는 리스트에 올라 있던 남자였다. 게다가 지금까지 얻은 정보로 보면 사쿠라이는 6년 전 6월 12일, 여동생인 사와코가 죽고 나서 10년째 되는 밤에 그들과 함께 마키노 교수의 집 별채를 방문한 사람이었다.

조명이 더욱 어두워지고 객석의 웅성거림이 잦아들었다. 한순간 정적이 흐른 후, 오케스트라가 나왔는지 아래쪽에서 박수가 터져 나왔다. 이윽고 악기 튜닝 소리가 울려 퍼졌고, 나가쓰는 꼼짝도 않고 오페라글라스의 렌즈 너머로 두 사람을 지켜보았다.

마키노 카나는 얇은 시폰의 웃옷을 어깨에 걸치고 검은 핸드백과 팸플릿을 무릎에 놓았다. 사쿠라이는 그녀의 오른쪽에서 가끔씩 조카딸 쪽으로 몸을 기울여 무언가 말을 걸었다. 카나의 표정은 이 각도에서는 거의 보이지 않았다. 하지만 때때로 사쿠라이에게 눈을 들어 올려 희미하게 웃는 듯했다.

장내가 완전히 어두워지고 또 짧은 정적이 흘렀다. 그리고 다음 순간, 전보다 한층 커진 박수 소리가 울려 퍼졌다. 지휘자가 등장한 듯 스포트라이트의 하얀 빛이 넓은 공간을 비스듬히 가로질렀다.

가쓰라기는 사쿠라이와 카나에게는 신경도 쓰지 않고 무대 쪽만 바라보고 있었다. 지휘자는 관객의 박수에 오른손을 가슴에 대고 인사한 후 오케스트라를 향해 돌아섰다.

지휘봉이 슬며시 움직이자 '마술 피리'의 서곡이 시작되었다. 가쓰라기는 시트에 완전히 몸을 파묻고 음악을 감상하는 자세로 들어갔지만, 나가쓰는 아무래도 마음을 진정시킬 수 없어서 또 오페라글라스를 들여다보았다. 사쿠라이가 무릎에 양손을 모아 앉은 조카딸의 팔을 가볍게 만지다가 자신도 배 부근에서 팔짱을 끼고 시트에 기대는 모습이 보였다.

마침내 막이 오르고 거친 바위산의 배경이 어두운 조명에 어슴푸레하게 떠올랐다. 무대 쪽으로 눈을 돌리자 절박한 현악기의 울림에 맞춰 커다란 뱀에 쫓기는 고급스러운 옷을 입은 왕자가 등장해서 힘찬 테너의 목소리로 구원을 호소하기 시작했다. 가쓰라기는 그 장면을 묵묵히 바라보았지만, 이 오페라의 전체 내용을 모르는 나가쓰는 느긋이 감상할 수도 없어 무대 위쪽의 자막과 가수를 향해 번갈아가며 시선을 돌렸다.

배경은 밤이었다. 바위산 저편에서 커다란 뱀의 어두운 그림자가 움직이고 테너가 공포에 질린 나머지 무대에 맥없이 쓰러진 순간, 눈부신 섬광이 쏟아졌다. 나가쓰가 이유를 몰라 어리둥절해 있는 사이에 커다란 뱀은 바위 뒤로 숨어들고, 아마조네스풍의 어깨가 드러난 검은 의상을 입은 세 명의 시녀가 등장해서 목청껏 승리를 노래했다. 마침내 기절한 왕자를 둘러싼 후 익살스럽고 매혹적인 삼중창이 시작되었지만, 나가쓰는 그런 정도로밖에 감상할 수 없는 자신이 한심했다. 한편으로는 억지로 끌려온 듯한 기분도 들어 복잡한 심정으로 감탄하는 척하고 있었다.

사쿠라이는 무슨 생각으로 조카와 오페라를 보러 온 걸까? 리스트의 여섯 번째인 후지모토 야스시가 살해당한 것은 엿새 전이다. 그런데 사쿠라이는 마지막으로 남은 표적인 동시에 유카를 이용해서 무언가를 획책하고 있는 남자이기도 하다. 사쿠라이의 진의, 그리고 조카딸 카나에 대한 감정은 도대체 어떤 것일까?

이번 수사로 나가쓰가 살짝 엿본 비상식적인 세상에서는 사쿠라이도 다른 리스트의 남자와 마찬가지로 여동생 사와코의 딸 카나와 기묘한 관계를 맺고 있었다고 하더라도 전혀 이상할 것이 없었다. 바로 6년 전, 그 상아색 방에서 시작된 그 관계말이다.

하지만 그렇다면 왜 사쿠라이는 유카가 필요했던 것일까? 성적인 대상이 여러 명 있는 것 역시 이상할 것 없지만, 미야치 강사의 이야기와 그 전에 레스토랑에서 본 인상으로는 두 사람 사이에 있었던 무언가는 그런 일시적인 다수 속에 섞여 사라져버리는 것이라고는 생각할 수 없었다.

어쩌면 열쇠는 그 점일지도 몰랐다. 사쿠라이의 욕망이 지닌 핵을 유카가 몰래 포착해서 놓아주지 않았을지도 몰랐다. 달리 말하면 사쿠라이의 욕망이 향하는 방향이 다른 리스트의 그들과 달랐을지도 몰랐다…….

그런 쓸데없는 생각에 마음을 빼앗긴 나가쓰는 머릿속이 복잡해졌다. 갑자기 박수가 울려 퍼졌다. 놀라서 무대로 눈을 돌리자 기묘한 의상을 입고 새장을 안은 새 장수가 바리톤으로 아리아를 끝냈는지 막 노래를 마친 포즈로 서 있었다. 옆의 가쓰라기도 따분한 듯한 표정치고는 성실하게 박수를 보내고 있었다.

나가쓰는 줄거리를 파악하는 것은 반쯤 포기하고 또 오페라글라스를 들여다보았다. 사쿠라이는 느긋한 모습으로 무대를 바라보다가 여전히 이따금씩 조카 쪽으로 온화한 눈빛을 보내고 있었다. 아리아를 부르는 틈틈이 새 장수와 왕자의 연극풍 대화에 주변 관객과 함께 웃으며 흥겨워하기까지 했다.

하지만 그 표정은 야하타나 마키노 교수를 포함한 여섯 명이나 되는 남자가 죽은 사건의 소용돌이 속에 있는 것치고는 너무나 편안한 느낌이 들었다. 마키노 카나를 배려해서 오페라에 데리고 나왔다고 생각하더라도 그것만으로는 잘 납득이 되지 않을 만큼 조카 옆에서 만족스러워하는 모습이었다.

기묘했다. 사쿠라이가 리스트의 그들과 같은 처지라면 왜 마지막까지 살해당하지 않고 살아남았을까? 살인자가 기타가와이고 사쿠라이는 혈연관계인 외삼촌에 해당하는 존재라고 생각하더라도 마키노 집안을 둘러싼 비정상적인 틀 안에서는 그런 가족애가 문제가 되지 않을 것이다.

그렇다면 역시 사쿠라이 고키가 범인일까? 미나미아자부의 성당에 기도를 드리러 간 것도, 지금 이렇게 조카와 둘이서 오페라를 즐기는 것도 일을 끝내고 목적을 완수한 만족감 때문일지 모른다…….

천둥이 울려 퍼져 나가쓰는 순간적으로 깜짝 놀라고 말았다. 배경인 바위산이 열리고 검은 스크린 가득 별이 차갑게 빛나는 중에 깊은 파란색 새틴 드레스로 몸을 감싼 밤의 여왕이 천천히 계단을 내려왔다. 점차 고조되던 관현악 전주가 뚝 끊기고, 의연한 레치타

티보에 이어 흐르는 듯한 아리아가 시작되었다. 성스러울 만큼 맑은 목소리로 노래하는 가수는 의외로 아담한 체구에 용모도 대단히 아름다워 나가쓰도 잠깐이나마 마음을 빼앗겼다.

가쓰라기는 변함없이 우울한 자세로 듣고 있었지만 팔걸이에 가볍게 올려 둔 손끝이 박자에 맞춰 움직이고 있었다. 이제 가쓰라기는 사쿠라이와 카나에게는 흥미를 잃고 단순히 오페라를 즐기고 있는 것일까, 하고 나가쓰가 갸우뚱하고 있을 때 때마침 아리아가 끝나고 다시 한 번 박수가 울려퍼졌다. 밤의 여왕이 시녀를 쫓아 바위산 너머로 사라지는 순간, 가쓰라기가 꼬았던 다리를 바꾸었다.

"어, 뭐지?"

"뭐가?"

"사쿠라이. 막간까지 기다리면 좋을 텐데."

나가쓰는 또다시 오페라글라스를 들여다보았다. 사쿠라이가 아마도 시트 아래에서 꺼냈는지 금색 로고가 들어간 검은 종이 가방을 조카에게 건네주고 있었다. 향수나 액세서리 같은 선물이 들어 있는 듯했다.

무대에서는 새 장수와 왕자의 경쾌하고 기묘한 만담에 다시 등장한 시녀 세 사람의 노랫소리가 친밀하게 얽혀 부드러운 오중창이 시작되었다. 카나는 건네받은 종이 가방을 묵묵히 무릎 위에 올려놓고 바라보고 있었다. 어딘지 넋을 놓고 있는 듯한 멍한 표정이었다.

하지만 사쿠라이가 재촉했는지 카나는 이윽고 천천히 종이 가방의 내용물을 꺼냈다. 하나는 팔지나 목걸이를 담은 듯한 검은 벨벳의 길고 가느다란 상자였다. 그리고 다른 하나는 역시 검은 포장에 붉은 리본이 달린 물건이었다.

"역시나 그렇군. 마술 피리랑 똑같네."

가쓰라기의 중얼거림에 문득 살펴보니 무대에서는 고급스러운 옷을 입은 왕자가 앞으로의 모험에서 위험으로부터 자신을 지켜주는 마술 피리를 받는 장면이었다. 그리고 자막으로 눈을 돌리자 '행복을 더해주는 이 피리는 금이나 왕관에도 이길 수 있다'는 내용이 쓰여 있었다.

누군가의 장래를 지켜주는 것. 행복을 가져다주는 마법의 피리. 그것과 사쿠라이의 선물이 똑같다는 가쓰라기의 말을 이해할 수 없었다. 그러나 나가쓰는 지금까지 보고 들은 모든 것, 살해당한 그들과 얽힌 모든 것을 어지럽게 회상하다가 문득 깨닫고 말았다.

"야, 설마……."

앞자리의 관객이 날카롭게 뒤를 돌아보았다. 나가쓰는 당황해서 입을 다물고 다시 오페라글라스를 눈에 가져다 댔다. 마키노 카나는 멍하니 검은 두 개의 선물을 바라보았다. 사쿠라이가 그녀의 어깨에 몸을 기울여서 무언가를 속삭이는 듯했다.

이윽고 카나는 희미하게 고개를 끄덕이고 선물을 종이 가방 안에 도로 넣었다. 붉은 리본이 달린 선물은 아무리 봐도 비디오테이프 크기였다.

무대에서는 바위산의 배경이 사라지고, 밤의 여왕의 딸이 납치되어 감금된 궁전의 방으로 바뀌었다. 그리고 카나는 검은 종이 가방을 사쿠라이와 자신 사이의 바닥에 두고, 또다시 양손을 무릎에 모았다. 사쿠라이가 슬며시 그녀의 손등을 만지다가 결국 꽉 쥐었다. 그래도 카나는 꼼짝도 하지 않고 무대만 바라보고 있었다.

땀이 배어 나왔다. 설마 그것이 여섯 명이나 되는 리스트의 남자를 죽인 원본 비디오테이프일까? 사쿠라이는 그것을 끝내 손에 넣어 붉은 허리끈에 목이 졸려 16년 전에 죽은 여동생 사와코의 딸 카나에게 선물한 것일까?

1막이 끝나기까지 남은 30분이 매우 길게 느껴졌다. 가쓰라기는 무슨 생각인지도 알 수 없을 만큼 담담한 눈으로 줄곧 무대를 바라보고 있었다. 나가쓰는 더 이상 오페라를 볼 겨를이 없었고, 그저 희미한 답답함에 사로잡혀 있을 뿐이었다.

첫 커튼콜이 끝나고 휴식에 들어갔을 때 나가쓰는 솔직히 마음이 놓였다. 나가쓰의 속을 아는지 모르는지 가쓰라기는 무심한 얼굴로 좌석 아래에 밀어 넣었던 검은 배낭을 잡아당겨 꺼내고 자리에서 일어섰다.

"그럼 와인이라도 마실까?"

1층으로 눈을 돌리자 사쿠라이와 카나도 자리에서 일어서려는 참이었다. 나가쓰는 오페라글라스를 놔두고 일어서서 조마조마한 심정으로 출구로 향했다. 사쿠라이가 조카에게 건넨 선물을 생각하면 왠지 앞으로 시작될 2막이 불안해졌다.

8시가 가까워지고 있었다. 바깥 복도는 팸플릿을 한 손에 들고 오가는 관객의 웅성거림으로 가득했고, 나가쓰는 그 안을 서성거리며 오른쪽으로 걸어갔다.

그러다 갑자기 가쓰라기가 나가쓰의 팔을 잡았다. 정신을 차리고 눈을 들자 위쪽 계단에서 아래로 내려오는 관객들의 모습이 저편에서 보였다.

나가쓰는 그 안에서 눈에 익은 모습을 발견하고 또 희미한 오한을 느꼈다. 검은 청바지에 암청색 셔츠 차림의 기타가와가 1층으로 이어지는 계단을 향하고 있었다.

"……왜지?"

"글쎄. 역시 사쿠라이가 부른 거겠지."

아마도 기타가와는 3층의, 역시 무대 위쪽 좌석에 있었던 모양이었다. 바로 아래의 이쪽을 눈치채지 못한 것은 다행이지만, 기타가와도 그 위치에서 사쿠라이와 이부동생을 보고 있었을 것이 틀림없었다. 그리고 아마도 검은 두 개의 선물까지.

"그런데 기타가와가 살인자라면 사쿠라이는 마지막으로 남은 한 사람이야."

"자신감이 있겠지. 여하튼 두 사람의 외삼촌이니까."

가쓰라기는 변함없는 무심한 얼굴로 말하고, 기타가와가 1층으로 사라진 틈을 엿보다가 걸음을 옮기기 시작했다. 계단을 내려가 그대로 관객으로 붐비는 로비로 나가는가 싶더니 기타가와를 피하기 위해서인지 왼쪽 복도로 쓱 꺾어 1층석으로 향하는 문을 지났다.

이미 사쿠라이와 카나는 로비 쪽으로 갔는지 모습이 보이지 않았다. 가쓰라기는 어슬렁어슬렁 통로를 걸어 두 사람이 있던 좌석의 주변으로 향했고, 나가쓰도 그의 뒤를 쫓았다. 팸플릿은 좌석에 남겼지만, 카나의 검은 웃옷과 선물이 든 종이 가방과 핸드백은 사라지고 없었다. 그저 달콤한 향수 냄새가 날 뿐이었다.

"그런데 아까 포장은 비디오테이프였지?"

"뭐, 그게 사실이라면 대단원을 맞이하는 셈인데."

가쓰라기는 이 대목에 어울리지 않게 매우 태평한 얼굴을 한 채

문으로 걸어갔다. 좌석에 남아 있는 관객도 드문드문 있었지만, 바깥 복도는 이미 꽤 혼잡해서 왼쪽의 바 카운터에는 샴페인이나 와인을 받으려는 줄이 늘어서 있었다.

"레드 와인 어때?"

나가쓰는 고개를 끄덕였다. 하지만 기타가와가 어딘가에 있다고 생각하니 마음이 가라앉지 않아 무슨 질문을 받았는지에 대한 자각도 그다지 없었다.

후지모토의 맨션 입구에서 기타가와에게 멱살을 잡혔을 때의 감촉은 아직 목 주변에 똑똑히 남아 있었다. 게다가 오늘 밤 혹은 내일, 기타가와가 살인자라면, 마지막 한 사람도 죽게 될 터였다.

하지만 사쿠라이가 살인자라면⋯⋯. 생각에 잠겨 있던 나가쓰는 문득 고개를 들었다가 가슴이 철렁해지고 말았다. 바 카운터 너머 밖으로 면한 유리벽 쪽, 로비의 조명이 반짝반짝 반사되는 한 층 높은 플로어에서 스탠드식 둥근 테이블에 기댄 카나의 모습이 보였던 것이다. 무릎길이의 드레스 아래로 보이는 다리와 한쪽 팔꿈치를 테이블에 기댄 팔이 매우 연약해 보였다. 바 쪽에서 남자가 한 명 올라왔다. 뒷모습밖에 보이지 않았지만 사쿠라이임이 틀림없었다. 사쿠라이는 샴페인이 든 잔을 카나에게 건네주고 어깨를 가까이 댔다. 두 사람은 술잔을 가볍게 부딪쳤고 카나는 천천히 샴페인에 입을 댔다.

무슨 이야기를 하고 있는 것일까? 카나의 표정은 멀리서 웃는 듯하기도 했고 멍하니 시선을 허공에 던지는 듯하기도 했다. 마침내 남자는 술잔을 테이블에 두고 그 옆의 검은 종이 가방에서 가늘고 긴 상자를 꺼냈다. 뚜껑을 열고 안에 든 물건을 카나에게 보여주는 것 같았다.

무언가가 한순간 번쩍 눈부시게 빛났다. 남자는 카나의 왼손을 잡고 그것을 감았다. 팔찌였다. 높은 천장의 샹들리에 조명을 받아 그것은 은이나 백금, 혹은 다이아몬드가 박힌 것처럼 보였다.

"받아."

문득 정신을 차리자 가쓰라기가 레드 와인이 담긴 잔 두 개를 손에 들고 옆에 서 있었다. 나가쓰는 하나를 받아 들고 마실 생각은 전혀 들지 않았지만 입에 갖다 대었다. 저편 플로어의 카나도 팔찌를 찬 왼손을 어떻게 할 기색도 없이 멍하니 술잔에 입을 대고 있었다.

"그럼 슬슬 인사하러 가볼까?"

두 모금 째를 마시다 말고 나가쓰는 손을 멈췄다. 너무나 갑작스러워서 무슨 말을 들었는지도 이해하지 못했다. 가쓰라기는 로비 쪽을 바라보면서 상의 주머니 속 담배를 뒤적거렸다.

"기타가와도 마침 오고 있나 보네. 좋은 기회야."

"잠깐, 너……. 인사를 하다니, 저쪽에?"

"당연하지. 탐정은 최후의 모임에 참석해서 수수께끼를 푸는 것이 상식이잖아."

나가쓰가 어이없어하는 중에 가쓰라기는 담배를 물고 와인잔을 손에 든 채 관객 사이를 헤집으며 나아갔다. 그리고 저편을 살펴보자 샴페인을 손에 나란히 든 사쿠라이와 카나의 테이블에 암청색 셔츠의 남자가 로비 오른쪽에서 다가오는 중이었다.

사쿠라이는 그를 발견하고도 놀라거나 초조해하지 않고 온화한 미소를 띠며 조카인 기타가와 슈지를 맞이했다. 기타가와의 표정은 멀리서 봐도 굳어 있었지만, 침착하게 사쿠라이의 인사에 대응하는 듯했다. 그리고 카나는 이부오빠의 출현에 대체 무슨 생각을 하는지 멍하니 샴페인잔에 눈을 떨구고 있었다.

나가쓰는 마음을 가다듬고 로비로 걸어가기 시작했다. 가쓰라기는 한 층 높은 플로어 앞에서 멈춰 담배에 불을 붙이고, 다시 한 번 천천히 사쿠라이 일행이 있는 테이블로 발을 옮겼다.

사쿠라이와 기타가와는 비디오테이프가 든 검은 종이 가방을 사이에 두고 꼼짝도 하지 않고 있었다. 어느 쪽이 먼저 입을 열지 서로 살피고 있는 듯 보였다. 하지만 기타가와는 가쓰라기의 모습을 발견하자마자 표정이 싹 바뀌었다. 가쓰라기는 그럼에도 아주 대범하게 테이블로 다가가서 뻔뻔하다고 할 수 있을 만큼 침착한 목소리로 말했다.

"안녕하세요, 기타가와 씨. 또 만났군요."

기타가와의 눈에 한순간 분노와 같은 매서운 빛이 스쳤다. 하지만 테이블에 다가오려고 서성이는 나가쓰까지 발견하자 대꾸할 말도 잃었는지 분하다는 듯이 눈길을 돌렸다. 곧이어 가쓰라기는 이 침입자에게도 온화한 태도를 유지한 채 마냥 바라보고 있는 사쿠라이 고키에게 몸을 돌렸다.

"그리고 사쿠라이 씨. 사실 세 번째이지만, 처음 뵙겠습니다."

"자네는……?"

"온묘지 씨에게 바보 같은 녀석이라고 불린 그 가쓰라기입니다."

사쿠라이는 지금까지 미행했다는 사실을 알려주는 그 말에 동요하는가 싶더니 이내 웃음을 터뜨렸다. 기타가와는 테이블 맞은편에서 줄곧 매서운 표정이었지만, 사쿠라이의 목소리는 변함없이 온화하고 유쾌했다.

"아, 가쓰라기 군이로군. 소문은 익히 들어 알고 있네."

"송구스럽군요."

가쓰라기는 천천히 담배를 피웠다. 인사하러 왔다고는 하지만 정말로 인사만 하고 더 이상 대화를 지속하지 않을 마음은 전혀 없어 보였다. 기타가와는 이 방해꾼을 향해 이따금 눈을 흘기고 어떻게 해야 할지 조바심을 내면서 고민하는 듯했지만, 사쿠라이는 아랑곳 않고 호탕한 말투로 말했다.

"자네는 유카의 의뢰로 마키노 집안을 조사했다고 들었네."

"네, 의뢰인의 마음이 바뀌어 없던 일이 되어버렸지만요."

나가쓰는 그들의 곁에서 멍한 표정으로 서 있었다. 사쿠라이는 전혀 경계심을 품지 않고 사건에 관해 말하고, 가쓰라기도 자료 분실을 비롯한 여러 가지 일에 관해 사쿠라이를 추궁하지 않고 와인 잔을 한 손에 들고 담배를 피우고 있었다. 첫 대면의 어색함도, 상대방의 의중을 떠보는 험악한 공기도 그곳에는 전혀 없었다.

"그래서 오늘은 우연히 이곳에 왔나?"

"설마요. 그렇지 않다는 것은 충분히 아시리라 봅니다."

"무슨 말인가?"

가쓰라기는 비로소 싱긋 웃음을 지어 보였다. 하지만 도발적이라기보다는 오히려 장난스럽고 매우 기괴한 느낌도 났다. 그리고 사쿠라이도 마치 조카의 친구를 상대하는 듯 침착한 태도로 샴페인을 마셨다.

"요컨대 뵙고 싶었습니다. 제가 얼마나 바보 같은지 알려드리려고요."

"그건 무슨 말인지 모르겠네."

"더 정확히 말하면 그 종이 가방의 내용물이 무엇인지 알고 싶습니다."

기타가와의 어깨가 한순간 움찔한 것처럼 보였다. 하지만 당사자인 사쿠라이도, 변함없이 고개를 숙이고 샴페인잔의 손잡이를 멍하니 손가락으로 쓰다듬고 있는 카나도 거의 표정이 바뀌지 않았다.

"그냥 선물이야. 별로 이상할 게 없지."

"가능하다면 열어서 보여주십시오."

가쓰라기의 낮은 목소리에 사쿠라이는 살짝 눈썹을 찌푸렸다. 그리고 기타가와는 약간 창백한 모습으로 줄곧 서 있었다. 종이 가방의 내용물은 정말로 그 비디오테이프일까? 하지만 사쿠라이의 표정은 매우 차분했다.

"좋아. 카나, 보여드려."

카나는 천천히 고개를 들었다. 나가쓰는 처음으로 카나의 눈과 입술을 가까이에서 보고 뭐라 말할 수 없는 희한한 느낌을 받았다.

분명히 놀랄 만큼 예뻤다. 피부는 창백한 꽃잎을 연상시킬 정도로 얇고 고왔다. 샴페인에 취한 탓인지 눈매와 뺨이 붉게 물든 것도 미묘한 열기를 느끼게 했다. 게다가 이목구비는 가지런하면서도 어딘지 불균형한 느낌도 났다. 특히 사시처럼 멍한 눈빛이 그랬다.

그런데 이 아가씨는 정말로 제정신일까? 그것이 나가쓰가 느낀 솔직한 인상이었다. 지금까지 카나의 목소리를 들어본 적이 없어서 그녀가 이야기하는 모습은 상상도 할 수가 없었다.

하지만 사쿠라이의 말은 그녀의 귀에 제대로 도달한 모양이었다. 그녀는 천천히 검은 종이 가방으로 손을 뻗어 검은 포장에 붉은 리본을 단 상자를 꺼냈다. 옅은 베이지색 매니큐어를 바른 손가락 끝으로 리본을 서서히 풀었다. 그러고는 깨지기 쉬운 물건이라도 다루는 것 같은 손놀림으로 포장지를 열기 시작했다.

도대체 어디까지 가야 핵심에 도달할 것인가? 카나의 양손으로 드러난 그 물건은 검은 상자에 든 은테 손거울이었다. 상자의 크기는 분명히 비디오테이프와 닮았지만, 사쿠라이가 말한 대로 전혀 이상할 게 없는 물건이었다.

"어때? 이제 속이 시원한가?"

"네, 고맙습니다."

가쓰라기는 이 사태에 마음이 흔들리는 기색도 없이 조용히 담배를 비벼 껐다. 그리고 기타가와는 대체 무엇을 기대하고 움찔했는지 망연하게 이부동생의 연약한 양손을 바라보았다.

2막이 임박했는지 웅성거리던 로비의 관객이 점차 움직이기 시작했다. 사쿠라이는 술잔을 테이블에 놓고 멍한 눈빛으로 흐트러진 포장을 바라보던 조카딸의 팔을 살며시 잡았다.

"속이 안 좋아?"

카나는 아무 대답도 하지 않고 살며시 눈을 감았다. 하지만 샴페인이 심장 박동을 빠르게 했는지, 아니면 다른 이유 때문인지 호흡이 약간 거칠었다. 사쿠라이는 그녀의 붉어진 뺨에 가볍게 손등을 대고 기타가와에게 차분히 눈길을 보냈다.

"슈지."

갑자기 이름이 불린 기타가와는 흠칫 정신을 차린 듯했다. 그리고 천천히 의심스러운 시선을 사쿠라이 쪽으로 돌렸다.

"카나가 지쳤나 봐. 미안하지만 네가 데려다줄래?"

"당신은 뭘 하려고요?"

"끝까지 보고 갈 거야. 아직 복수의 아리아가 남아 있어."

사쿠라이는 태연히 말하면서 선물 포장을 원래대로 되돌려 리본을 대충 묶고 원래의 종이 가방에 넣었다. 그리고 변함없이 온화한 표정으로 검은 종이 가방과 조카딸의 핸드백을 함께 기타가와에게 건네주었다.

"자, 이것과 교환하자."

"……잠깐만요. 그 거울이 비디오테이프를 찾는 열쇠라는 겁니까?"

기타가와의 억누른 목소리에 사쿠라이는 쓴웃음을 지었다. 조카가 몇 살을 먹든 아이처럼 보인다는 식의 멋쩍은 웃음이었다. 실제로 조카를 대하는 외삼촌의 친근한 표정이었다.

"맞아. 자, 얼른 가서 카나를 재워."

사쿠라이의 목소리는 차분했지만, 전혀 반론을 하지 못할 만큼 부드러우면서도 단호한 느낌이었다. 기타가와는 표정이 싹 굳어지며 시선을 떨구고 말았다. 이미 주변의 관객은 뜸해졌고 로비는 어느 정도 조용해졌다.

"돌아가야 하겠군요."

"응. 마술 피리를 들을 기회는 앞으로도 얼마든지 있으니까."

"……알겠습니다. 외삼촌."

기타가와는 빈정거리는 듯한 말투로 말하고 호주머니에서 짙은 남색 벨벳의 작은 상자를 두 개 꺼냈다. 표면이 꽤 닳았고 벨벳의 색도 많이 바랜 상자였다. 사쿠라이는 검은 종이 가방과 핸드백을 기타가와에게 건네주고, 그 대가로 기타가와는 작은 상자 두 개를 사쿠라이에게 건네주었다. 사쿠라이는 그것을 받아 들고 귀중품을 다루는 듯한 손놀림으로 뚜껑을 천천히 열었다.

펄화이트 쿠션에 백금 반지가 놓여 있었다. 사쿠라이는 그것을 꺼내 로비의 조명에 비추어보았다. 하나는 가느다란 여성용, 다른 하나는 같은 디자인의 남성용이었다. 안쪽에는 날짜와 글씨가 새겨져 있었다. 이것은 사쿠라이가 찾아다니던 마키노 교수와 사와코의 결혼반지가 틀림없었다.

사쿠라이는 또 조용한 웃음을 띠며 남성용 반지를 담은 상자를 재킷 주머니에 넣었다. 그리고 여성용 반지 상자를 카나의 손에 쥐어주었다.

"고마워, 슈지. 이로써 완벽해졌어."

기타가와는 그저 냉담하게 노려보면서 외삼촌의 인사에 응했다. 그리고 이부동생의 팔을 잡고 테이블에서 떠나려고 하다가 가쓰라기와 나가쓰에게도 눈을 돌렸다. 그리고는 심정의 변화를 전혀 느낄 수 없을 만큼 차분한 표정으로 가볍게 목례를 했다.

카나는 멍하니 기타가와의 팔에 몸을 기댄 채 뒤돌아보지도 않았다. 자신의 주변에서 무슨 일이 벌어지는지조차 전혀 알아차리지 못한 듯 하이힐을 신어 불안정한 다리를 천천히 옮기고 있었다.

가쓰라기는 아무 말도 하지 않고 기타가와와 카나의 뒷모습을 바라보았다. 이제 사건은 어느새 자신의 손을 떠나버렸고, 이후로는 끝맺음을 할 방법도 없어 보이는 듯한 약간 지친 옆얼굴이었다. 그때 사쿠라이가 조용히 말을 걸어왔다.

"가쓰라기 군. 그리고 자네……."

"나가쓰입니다."

덤으로 취급되는 것에는 익숙해져서 아무렇지도 않았지만, 이 이상 어디까지 가도 석연치 않은 전개에 자신도 모르게 목소리가 퉁명스러워졌다. 하지만 사쿠라이는 여전히 부드러운 말투로 친근한 미소를 보였다.

"미행할 필요는 없어. 두 사람은 상관없는 일이니까."

"알고 있습니다. 문제는 다른 곳에 있지요."

가쓰라기의 눈은 우울함을 더해만 갔고, 입에서는 이제 아무렇게나 지껄이는 듯한 목소리가 흘러나왔다. 사쿠라이는 그것을 오히려 즐기듯이 눈웃음을 지었다.

"슬슬 자리로 돌아가야겠네. 벌써 2막이 시작됐어."

"그 아리아는 훌륭하죠. 오늘은 가수도 괜찮은 것 같고."

"음. 막이 내리면 자네의 감상을 꼭 들려주게."

사쿠라이는 젊은 두 사람에게 인사를 하고 느릿한 발걸음으로 로비를 가로질러 1층석의 문을 지나갔다. 가쓰라기는 어두운 눈빛으로 그 모습을 지켜보다가 문득 얼굴을 옆으로 돌려 2층석으로 올라가는 계단으로 향했다. 나가쓰는 일단 뒤를 따랐지만, 개운치 않은 기분은 점점 커져갈 뿐이었다.

"야, 가쓰라기. 그 남매를 이대로 돌려보내도 되는 거야?"

"어쩔 수 없어. 더 이상 파헤쳐봤자 아무것도 나오지 않아."

"사쿠라이와 함께 오페라 감상을 하는 것으로 끝인 거야?"

가쓰라기도 역시 개운치 않은 감정을 가슴에 품고 있을 것이다. 그 감정을 주체하지 못하는 듯한 발걸음으로 계단을 올라 관객이 싹 사라진 조용한 복도를 통과해 좌석으로 통하는 문을 열었다. 안쪽의 홀 조명은 이미 어두워졌고, 마침 지휘자가 등장한 참인 듯 아래쪽에서 박수가 울려 퍼졌다.

"신사협정이야. 감상은 아리아를 제대로 듣고 나서 말하지."

"무슨 말을?"

"이 복수극을 어떻게 봤는지에 관해서지."

가쓰라기는 무뚝뚝하고 낮은 목소리로 말하고 어슴푸레한 통로를 따라 좌석 쪽으로 내려갔다. 지휘자의 신호로 오케스트라의 전원이 기립하고 또 한층 더 커진 박수 소리가 터져 나왔다. 나가쓰는 문득 가슴의 울렁임에 사로잡혀 빠른 걸음으로 계단을 내려가 가쓰라기의 팔을 꽉 잡았다.

"야, 잠깐만……."

가쓰라기는 힐끔 돌아보고 눈으로 침묵을 재촉했다. 이미 박수는 그치고 지휘자가 지휘봉을 흔들어 올리는 모습이 시야 가장자리에 들어왔다. 가쓰라기는 얼른 자리에 앉았다. 2막의 서곡이 시작되는 중이었다. 나가쓰도 마지못해 따라 앉았다.

드디어 조용히 막이 오르고 무대의 조명이 어두운 관객석까지 희미하게 비쳐왔다. 나가쓰는 문득 사쿠라이가 사라진 것이 아닐까 하는 예감이 들었다. 가쓰라기가 무슨 속셈으로 그를 방치했는지는 모르지만, 마키노 사와코와 카나에 얽힌 악몽으로 괴로워하는 기타가와 슈지가 아니라 사쿠라이가 범인이라면, 온화한 미소로 추궁의 손길을 따돌리려는 마음이더라도 전혀 이상할 것이 없었다.

하지만 오페라글라스로 아래를 내려다보니 사쿠라이는 그곳에 그대로 있었다. 당혹스러움이 느껴질 만큼 매우 차분한 표정으로 느긋하게 다리를 꼬고 장엄한 행진곡에 맞춰 무대의 좌우에서 입장하는 승려의 행렬을 바라보고 있었다.

사쿠라이의 입가에 떠오른 희미한 미소는 도대체 무엇을 의미하는 것일까? 승리의 도취 혹은 행복일까? 사쿠라이는 주머니에서 벨벳의 작은 상자를 꺼냈다. 조용히 뚜껑을 열고 백금 반지를 어루만졌다. 그리고 그것을 지금까지 쭉 비어 있었던 왼손 약지에 천천히 끼웠다.

25

———

사랑의 광기

끝없이 이어지는 박수와 환성, 깊숙이 허리를 숙이거나 양손을 입에 대고 관중에게 응답하는 가수들, 그런 화려한 여운을 남기고 붉은색 막이 내려갔다. 서서히 밝아오는 홀의 공기는 흡족한 한숨과 속삭임으로 가득 찼고, 나가쓰도 약간 취한 듯한 기분으로 천천히 자리에서 일어섰다.

　사쿠라이 고키는 아직 아래쪽 1층석에 있었다. 위쪽 좌석을 둘러보고 이쪽의 모습을 발견했는지 희미한 미소를 보내기까지 했다. 시간은 벌써 10시를 넘겼다. 앞으로 다른 관객들은 가볍게 술이라도 마시러 가거나 공연 관람 후의 가벼운 흥분에 잠겨 집으로 향할 것이다.

　1층 로비에 내려가자 안내 데스크에서 짐을 찾는 관객과 팸플릿을 구하려는 줄이 아직도 늘어서 있었다. 사쿠라이는 출구 유리문 부근에 홀로 서 있었다. 제각각 멋을 낸 남녀가 차례차례 로비를 뒤로했고 우에노역으로 통하는 광장의 문 앞 인도에도 이미 사람들로 혼잡을 이루었다.

가쓰라기는 아무 말 없이 유리문으로 다가갔다. 사쿠라이는 그를 발견한 듯 온화한 눈빛을 보냈다. 여름의 밤하늘에 구름은 없었지만 습기를 머금은 공기에 거리의 조명이 어슴푸레하게 반사되었고, 이지러지기 시작한 달이 뿌옇게 떠올랐다.

"기다리시게 해서 죄송합니다."

"아니 나야말로 무리한 요청을 해서 미안하네."

사쿠라이 고키는 밖으로 나와 하늘을 올려다보았다. 문화회관을 나오는 사람들은 역으로 향하기도 하고 택시를 잡거나 우에노 공원으로 산책하러 가는 등 뿔뿔이 흩어지고 있었다. 사쿠라이의 옆얼굴은 이상하리만큼 차분하고 조용했다.

"감상은 어땠나?"

"네. 나름대로 좋았습니다."

"그럼 조금 걸을까?"

가쓰라기는 아무 대답도 하지 않고 담배를 느릿느릿 물었다. 사쿠라이는 또 온화한 느낌의 미소를 보이며 산책하는 사람들과 섞여 천천히 출구 오른쪽으로 걸어갔다. 오늘의 연주 실력이 어느 정도였는지는 모르지만, 모든 사람이 음악에 취한 기분으로 가벼운 발소리와 웃음소리를 주위에 퍼뜨리고 있었다.

"……사실을 말하자면 자네를 유시마의 바에서 알아차렸어. 이전부터 어느 정도 알고는 있었지만, 가타세 씨와 그런 장소에 있는 것을 보고 금방 알 수 있었지. 그래서 무엇을 어디까지 파헤쳤는지 흥미가 솟아."

"그런가요? 저는 부끄럽지만 사건이 온묘지 씨와 관련되었다는 사실은 비디오테이프를 보기 전까지 전혀 눈치채지 못했습니다. 어쨌든 유카와는 사적인 일에 관해 서로 전혀 이야기하지 않으니까요."

나가쓰는 약간 땀으로 흥건해지는 셔츠의 옷깃을 더듬으면서 말없이 두 사람 뒤를 따랐다. 산책하는 사람들의 모습이 점차 뜸해지자 사쿠라이는 우에노의 모리 미술관 앞에서 오른쪽으로 꺾었다. 그리고는 켜졌다 꺼지는 가로등 아래를 천천히 걸어갔다.

"아무래도 온묘지와는 복잡한 관계인 모양이군."

"뭐, 별로 원망하지는 않지만요."

가쓰라기는 담뱃재를 힘차게 털었다. 생각해보면 온묘지와 가쓰라기의 관계도 역시 이해하기 힘든 것이었지만, 물어도 제대로 된 대답을 들을 수도 없을 것이다. 나가쓰는 따분한 심정으로 미술관 앞 광장으로 따라 들어갔다.

"그리고 솔직히 말해 사쿠라이 씨에 관해 제 생각을 확실히 하는 것도 늦어지고 말았습니다. 신주쿠였지요. 마키노 사와코의 친오빠였다는 사실을 알게 된 후부터 미심쩍다고 생각했지만, 발단이 된 야하타 씨의 사건이 아무래도 애매했기 때문에."

"……그랬겠지."

"작년 12월 23일. 사쿠라이 씨는 마키노를 사칭해서 그 호텔에 갔지요. 아마도 카나 씨 본인으로부터 크리스마스에 그날 밤의 영상을 수록한 비디오테이프를 주려고 한다는 야하타 씨의 말을 전해 듣고서."

사쿠라이는 아무런 대답도 하지 않고 미술관 광장을 빠져나갔다. 어두운 나무들 사이로 가로등 조명이 띄엄띄엄 보이는 우에노 공원의 저편 끝은 인기척이 거의 없었고, 기요미즈도우에노 공원 내의 절의 검은 윤곽이 어슴푸레 보였다.

"이건 제가 제멋대로 한 상상일 뿐이지만, 야하타 씨는 다른 여섯 사람 몰래 비디오테이프라는 비밀을 나눔으로써 카나 씨에게 특별한 존재가 되려고 했던 게 아닐까요? 어떤 비정상적인 사랑이라도 그 감정이 있는 곳에는 독점욕이 생기는 법이지요. 그리고 당신은 야하타 씨의 이탈을 용서할 수 없었습니다."

사쿠라이는 역시 조용했다. 가로등 아래를 지나는 순간에 그의 옆얼굴이 힐끔 보였지만, 표정은 아까와 변함없이 온화했다. 그리고 가쓰라기의 이야기를 기꺼이 듣고 있는 것처럼도 보였다.

"사쿠라이 씨. 카나의 진짜 아버지는 누구였나요?"

"물론 마키노지. 사와코는 정숙한 아내였어."

"하지만 상황은 달랐습니다. 당연히 저도 조사해보았고, 유전적으로는 마키노 교수가 아버지라는 것도 알고 있습니다. 하지만 리스트에 있는 그들은 카나의 진짜 아버지를 알 수 없다고 여기고 확인도 하지 않은 채 지금에 이르기까지 방치했다는 편이 정확하지 않을까요?"

"그럴 이유가 어디 있겠나?"

"카나가 자신의 딸인지 아닌지 확실히 모르는 상태가 그들에게는 바람직했겠지요. 딸인 동시에 애인이기도 한 카나 씨는 흔히 하는 말을 빌리자면 장난감이기도 했고 여신이기도 했습니다. 실로 이상적인 존재입니다."

사쿠라이는 아무 대답도 하지 않고 낮게 웃었다. 가쓰라기의 생각과 말도 모두 내다보고 있다는 듯한 침착한 발걸음으로 기요미즈도 앞에서 왼쪽으로 꺾었다. 가쓰라기는 너무나 이상야릇한 추측을 담담히 이어갔다.

"마키노 교수가 5년 전에 쇼코 씨를 두 번째 아내로 맞이한 것은 주변에 대한 위장술이었다고 생각합니다. 이혼 경력이 있고, 자기주장을 전혀 하지 않고, 불쾌한 일이 있어도 그냥 참거나 없애버리는 성격의 여성. 역시 이상적이지요. 하지만 그 재혼으로 별채의 방을 이전처럼 사용할 수 없게 되었어요. 그래서 카나 씨가 날마다 번갈아가면서 그들의 집을 방문하는 기묘한 사태가 벌어졌지요. 당신과 쇼코 씨의 관계 역시 이해하기 힘들었지만, 이렇게 설명이 가능합니다. 쇼코 씨는 적어도 1주일에 하루는 마키노의 집에 있어서는 안 됩니다. 즉, 토요일이죠. 마키노 교수가 카나 씨와 시간을 보내는 날이지요. 그 사이에는 당신이 쇼코 씨를 떠맡았고, 쇼코 씨는 그러는 김에 자신을 거들떠보지도 않는 남편을 배반한다는 만족감을 얻었지요. 그러면서 당신은 한창 일어나고 있는 그 사태에 관해 쇼코 씨의 입을 다물게 만들었어요."

"……그렇군. 흥미로운 설명이지만, 카나는 이제 스물한 살이야. 혹시나 그런 기묘한 사태가 있었다고 해도 그렇게 쉽게 원하는 대로 될 리가 없어."

"카나 씨의 의지와 감정은 당신들에 의해 파괴된 게 아닐까요? 옆에서 보기에는 그녀 본인도 분명히 그것을 즐기고 있는 것처럼 보일지도 모릅니다. 쇼코 씨도 그런 분위기를 느껴서 카나 씨에게 본능적으로 반감을 품었겠지요. 그 익명의 편지로 그녀를 고발한 것도 그런 심정 때문입니다. 하지만 카나 씨처럼 비정상적인 상황에 놓인 사람은 이성이 마비되는 법입니다. 억압을 거스르지만 않으면 적어도 아무런 감정도 느끼지 않으며 지낼 수 있으니까요."

"그것도 설명이 되지 않아. 일단 카나는 우리 과에서 진료를 받고 있었어. 그런 사실이 있었다고 하면 진료 과정에서 밝혀졌을 거야."

"과연 그럴까요? 진료 방침에는 당신의 개입이 있었을지도 모릅니다. 카나의 병을 고치려고 하기보다는 그녀의 자살 충동만 억제한다면 그걸로 만족스러웠을 테지요."

사쿠라이는 기요미즈도 뒤편으로 와서 역시 느긋한 태도로 아래쪽 도로로 이어지는 돌층계를 내려가기 시작했다. 가쓰라기는 고개를 약간 수그린 채 한참 전에 꺼진 담배를 톡 내던지고 말을 이었다.

"아마도 슈지 씨도 마찬가지일 겁니다. 리스트의 그들을 죽일 동기는 충분히 있던 슈지 씨가 왜 행동을 일으키지 않았냐면 6년 전 밤 사건의 목격자가 되었을 때의 충격과 무력감이 원인이었겠지요. 슈지 씨는 당연히 그 광경에 욕망을 느꼈을 것입니다. 6년 전이라면 열아홉 살이니 이상할 것도 없지요. 그리고 슈지 씨는 아버지가 다르지만 일단 여동생에 관한 일이기 때문에 결코 입 밖에 낼 수가 없었을 겁니다. 목격한 광경을 보고 리스트의 그들을 증오하는 이상으로 그때 느낀 욕망도 컸을 것입니다. 그런 자신을 질책하다가 행동을 하지 못하게 된 것도 당신들의 계산에 들어 있었을지도 모릅니다."

"······우리가 그렇게 슈지를 괴롭히면서 즐겼다고?"

"더 복잡했겠죠. 슈지 씨는 쇼고 씨의 아들인 동시에 당신의 여동생, 즉 리스트에 이름을 올린 그들의 특이한 사랑의 대상이 된 사와코 씨의 자식이기도 합니다. 위치적으로는 그들의 아들이라고 생각해도 반쯤은 맞는 말입니다."

가쓰라기는 어두운 돌층계를 내려가서 사쿠라이와 약간 거리를 두고 자동차의 흐름이 끊긴 적막한 도로를 건너기 시작했다. 무슨 생각으로 가쓰라기에게 감상을 재촉하고 이렇게 묵묵히 듣고 있는지, 사쿠라이의 발걸음은 기묘할 만큼 고요했다.

"당신들이 슈지 씨를 미워했다고는 생각하지 않습니다. 그 별채 방의 악몽으로 줄곧 괴로워하던 그에게 기묘한 공감 혹은 애정마저 느꼈는지도 모릅니다. 카나 씨도 물론 당신들의 방식대로 사랑했겠지요. 그곳에는 일반적으로는 생각할 수 없을 만큼 커다란 행복마저 있었을지도 모릅니다."

도로를 건넌 끝에도 또 기다란 돌층계가 있었고, 문득 물 냄새를 머금은 미지근한 바람이 불어왔다. 돌층계 위를 덮듯이 무성하게 자란 나무들 사이에, 동물원으로 이어지는 거리를 끼고 시노바즈 연못이 정체된 빛을 발하고 있었다.

"……하지만 당연히 사랑의 공유라는 이념에는 한계가 있습니다. 방해가 되는 것은 완전히 없앨 수 없는 그 대상의 의지와 감정, 그리고 당신들이 경멸하던 통속적인 질투와 독점욕입니다. 게다가 그것은 부정할수록 점차 첨예해집니다. 당신도 기타가와 쇼고 씨의 사건으로 충분히 알고 있지 않았습니까?"

"내가 쇼고에게 질투를? 무슨 바보 같은 소리를."

"사와코 씨는 언젠가 쇼고 씨를 위해 당신들에게서 도망치려 했습니다. 다시 말하면 그녀는 당신들 중 그 누구도 사랑하지 않았기 때문에 사랑의 공유가 성립할 수 있었던 것에 불과하지요. 하지만 사와코 씨는 쇼고 씨를 사랑해서 슈지 씨를 낳았고, 그런데도 당신들로부터 도망치지 못하고 또다시 끌려왔습니다. 쇼고 씨는 아무런 사정도 모른 채 괴로웠을 테지요. 하지만 그로부터 8년째 되는 어느 날 쇼고 씨는 마침내 진실을 알게 되었습니다."

"그래서?"

"쇼고 씨는 사와코 씨가 폐인처럼 지낸다는 사실을 에하라 수녀에게서 들었던 것이지요. 한 번 도망쳤던 사와코 씨에게 당신들의 이른바 사랑이라는 것은 점차 잔혹하게 변했습니다. 마키노 교수가 남편으로 뽑힌 이유는 그의 잔학한 경향과 사와코 씨에 대한 비정상적인 애착이 리스트의 그들 중에서 가장 강했기 때문이겠지요. 그 붉은 허리끈은 마키노 교수가 사와코 씨를 별채에 감금하는 데 이용한 것입니다. 그리고 붉은 허리끈은 그녀에게 강렬한 성적인 욕망과 공포를 환기시키는 섬뜩한 것으로 바뀌어갔지요."

사쿠라이는 한순간 가쓰라기에게 부정도 긍정도 아닌 차분한 미소를 보냈다. 그리고 천천히 돌층계를 내려가기 시작했다. 가쓰라기는 어두운 눈으로 그의 등을 보았지만, 금방 그를 따라잡았다.

"그리고 16년 전 6월 12일이 되었습니다. 기타가와 쇼고 씨가 사와코 씨를 괴롭히는 무언가의 정체를 정말로 알게 되었는지에 관해서는 역시 좀 모호하다고 생각합니다. 사와코 씨는 쇼고 씨에게 말조차 꺼낼 수 없었겠지요. 하지만 그 대신에 그 붉은 허리끈으로 자신을 죽여달라고 쇼고 씨에게 애원했겠지요. 아마도 악몽의 상징 같은 허리끈과 그 의미에서 해방되고 싶다는 기분이었을 것입니다. 그리고 쇼고 씨는 승낙했습니다. 사와코 씨를 괴롭히던 무언가를 찾아 복수하겠다는 각오도 그때 다졌겠지요."

"……자네는 의외로 우직한 감정을 잘 이해하는군."

"네. 그리고 그것은 당신들이 가장 증오하던 감정이지요. 사와코 씨를 비정상적인 사랑으로 칭칭 얽어매고 사랑의 공유라는 말도 안 되는 이념을 내세운 원래의 주모자가 가장 증오한 감정이라고 할까요?"

사쿠라이는 아무 대답도 하지 않고 동물원 거리를 똑바로 걸어갔다. 이내 정면에는 시노바즈 연못의 작은 섬에 있는 벤자이텐 신사가 나타났고, 낮에는 노점상으로 북적이는 참배로도 10시 반을 넘은 지금은 고요한 어둠에 잠겨 있었다.

하지만 아직 사람의 모습이 완전히 사라진 것은 아니었다. 여름 밤을 은밀히 즐기는 남녀가 곳곳에서 보였고, 산책길 끝의 수풀에서는 드문드문 눌러앉은 노숙자가 빨래를 널거나 수상한 음료와 안주를 늘어놓고 조촐한 술자리를 열고 있었다. 그런 공간을 거쳐 사쿠라이는 경내로 통하는 짧은 돌다리를 향해 걸었다.

"애초에 모든 계기를 만든 사람은 사쿠라이 씨, 당신이지요."

"무슨 의미야?"

"사와코 씨가 도망칠 수 없었던 이유는 당신입니다. 리스트의 다른 사람들이 아니라, 사쿠라이 씨, 친오빠인 당신입니다."

사쿠라이는 돌다리를 건너는 중에 멈춰 서서 멍하니 벤자이텐 신사를 바라보았다. 가쓰라기의 말에 동요했나 싶었는데, 그 표정은 놀라울 만큼 평온했다.

"그래서?"

"결사의 균형이 유지되는 동안에는 사쿠라이 씨는 누구보다 행복했지요. 다른 여섯 사람은 모르겠지만, 친오빠인 당신이 있기 때문에 사와코 씨는 도망칠 방법이 없었습니다. 하지만 기타가와 쇼고 씨에 의해 당신은 두 번이나 따돌려졌지요. 첫 번째는 겨우 되돌릴 수 있었지만, 다른 남자를 사랑한 그녀는 이미 변해 있었습니다. 그리고 두 번째가 결정적이었지요. 사와코 씨를 죽임으로써 절대적인 승리자가 된 기타가와 쇼고 씨를 당신은 용서할 수 없었습니다. 그래서 나흘 뒤에 곧바로 입수한 현장 사진을 메시지 카드로 만들어 쇼고 씨를 혼고로 불러냈습니다. 아닌가요?"

"무엇 때문에?"

"물론 복수하기 위해서지요. 그때는 아내를 빼앗긴 마키노 교수도 당신에게 도움을 주었을지도 모릅니다. 리스트는 일곱 명이고, 후지모토 씨가 살해당한 단계에서는 아직 나머지 한 명이 남아 있는 것처럼 보였지만, 사실은 다릅니다. 당신의 리스트는 16년 전 기타가와 쇼고 씨의 살해로 시작되어 후지모토 씨의 살해로 완성되었습니다."

사쿠라이는 또 짧게 웃음을 터뜨렸다. 연못의 수면을 덮고 있는 연잎과 군데군데 연홍색 꽃잎을 펼친 연꽃이 우에노역 주변 거리의 조명을 받아 어슴푸레 빛나고 있었다.

"자네는 아마 사와코를 빼앗은 쇼고뿐 아니라, 내가 사랑의 공유라는 이념인가 뭔가 하는 것으로 사와코를 나누어 가진 다른 여섯 명도 증오했다고 말하는 것 같군."

"그렇게 단순하다고는 생각하지 않습니다. 쇼고 씨 외의 여섯 명에게는 조카딸인 카나 씨가 얽혀 있습니다. 그중에서도 사와코 씨의 남편인 마키노 교수에 대해서는 당신 스스로도 자신의 마음을 이해할 수 없을 만큼 복잡한 생각을 지녔다고 보입니다."

미지근한 미풍에 연잎이 팔랑팔랑 흔들렸다. 가쓰라기는 사쿠라 이를 쳐다보려고도 하지 않고 말을 이었다.

"그 반지에 관해서도 왜 당신이 마키노 교수와 사와코 씨의 결혼 증거를 갖고 싶어 했는지 처음에는 알 수 없었습니다. 하지만 지금은 알 수 있을 것 같군요. 친오빠인 당신에게 사와코 씨와의 결혼은 불가능했지만, 마키노 교수에게는 가능했습니다. 아무리 두 사람의 결혼이 사와코 씨를 가두고 결사를 유지하고 싶은 당신의 판단이었다고 해도 법적으로는 마키노 교수가 가장 큰 권한을 갖게 됩니다. 게다가 현실에서는 이 결혼으로 태어난 카나 씨의 아버지는 누가 뭐래도 마키노 교수입니다. 예전에 당신이 사와코 씨를 원하는 대로 했듯이, 이번에는 마키노 교수가 카나 씨를 대상으로 삼아 결사의 주모자가 되었습니다."

"그것하고 이 반지하고 무슨 관계가 있다는 거지?"

"간단하죠. 당신이 야하타 씨를 죽였을 때, 이탈을 허용할 수 없었던 동시에 정말로 카나 씨를 결사의 추한 측면으로부터 지키고 싶었던 것이라고 생각합니다. 즉, 카나 씨의 보호자가 되고 싶었던 것이지요. 하지만 당신은 사와코 씨의 남편이 될 수 없었던 동시에 카나 씨의 아버지도 될 수 없습니다. 따라서 마키노 교수를 죽임으로써 그 지위를 자신의 것으로 만들고 싶었지요."

"……마키노는 자살로 처리되었을 텐데."

"위장한 거죠. 기타가와 쇼고 씨가 확실히 죽었다고 아는 사람은 당신과 마키노 교수뿐입니다. 그리고 주범인 당신은 공모자인 마키노 교수를 공포로써 지배할 수 있었습니다. 그래서 그의 망령을 안심시키고 마음대로 조종할 수 있었습니다. 마키노 교수는 아자부에 위치한 자택에서 한 걸음만 잘못 디디면 파멸하고 말 행위를 끊임없이 지속해왔기 때문에, 애초부터 제대로 된 정신 상태가 아니었을 것입니다. 야하타 씨가 살해된 사건에서 이미 겁을 먹고 있었는지도 모릅니다. 그리고 당신은 남의 눈에 차분하고 온화하게 보이는 마키노 교수의 약점과 잔학한 인격을 깔보았습니다. 그 사진을 찢은 것도 그런 기분 때문이겠지요."

"사진? 무슨 소리야?"

"카나 씨의 성인식 기념사진입니다. 어깨에 올려놓은 남자의 왼손은 마키노 교수의 것이겠지요. 사진 뒷면에 '1월 15일, 카나, 스무 살'이라고 쓴 글씨체를 통해 당신이 보관하던 사진이라고 알 수 있었지요. 필체가 유카에게 보낸 카드와 완전히 동일하기 때문입니다."

사쿠라이는 아무런 대꾸도 하지 않고 그곳에 서 있었다. 야윈 뺨에 그림자가 드리우고, 그 고요함이 한층 무섭게 느껴졌다.

하지만 마침내 사쿠라이는 얼굴을 들었다. 진의가 어디에 있나 싶을 만큼 변함없이 온화하고 차분한 눈빛이었다.

"좀 더 걸을까? 기분 좋은 밤이로군."

"원하던 바입니다."

사쿠라이는 만족스럽게 고개를 끄덕이고, 양쪽에 석등이 가만히 늘어선 참배로를 걸어갔다. 참배로 옆에는 조명이 호젓이 켜져 있었고 창백한 빛 속에 나방을 비롯한 날벌레가 끊임없이 날아들었다.

"솔직히 말해서 조금 놀랐어. 동기에 관한 설명은 다소 미숙한 느낌도 들지만, 꽤 훌륭해."

"가야 할 길이 멉니다. 아직도 완전히 설명하지 못했습니다."

나가쓰는 변함없이 기묘한 느낌을 품고 있었다. 사쿠라이가 살인자이고 가쓰라기가 그것을 파헤치는 탐정이라기보다, 두 사람은 마치 대국을 끝낸 체스판을 앞에 두고 복기를 하는 듯 담담한 대화를 주고받고 있었다.

"……그러면 이번에는 혼고에서의 문제입니다. 왜 마키노 교수가 붉은 허리끈으로 그 연못가에서 살해당해야만 했을까요? 그것은 당연히 죽은 줄로만 알았던 기타가와 쇼고 씨가 살아 돌아와서 16년 전의 복수를 시작했다고 나머지 네 명에게 알리기 위해서입니다. 당신은 그럼으로써 자신도 목숨이 위태로운 입장인 척 가장했습니다. 이무라 씨 등 네 사람은 야하타 씨와 마키노 교수가 살해당한 시점에서 남은 사람은 다섯 명이라고 믿어 의심치 않았을 것입니다. 그리고 당신은 기타가와 쇼고 씨의 이름을 빌려 결사와 관련된 사람과 비디오테이프를 차근차근 없앴습니다. 정말 신경 쓰이는 것은 그 비디오테이프 문제로군요."

"자네도 봤잖아. 6년 전의 기념식 비디오테이프야."

"원본은 어디에 있나요? 다시 말해 당신의 이름 S가 적힌 비디오테이프에서 누락된, 마키노 교수 집 별채의 영상 말입니다."

사쿠라이는 느릿느릿한 발걸음으로 참배로의 오른쪽으로 향했다. 가로등 아래를 지날 때 문득 이해할 수 없을 만큼 고요한 옆얼굴이 보였다.

"내 비디오테이프도 기념식 영상이야."

"네, 친절하게도 원본의 앞부분을 살짝 남긴 것이었죠. 당신은 저의 존재를 알고는 옛 애인인 유카를 포섭하는 것까지 염두에 둔 뒤에 유카에게 지침을 내리기도 했습니다. 이유는 모르지만, 페어 플레이 정신인 건가요?"

참배로 근처와 뒤편은 어두웠지만, 산책길 저편 끝에는 자판기가 하나 오도카니 놓여 있어서 창백한 빛이 쓸쓸히 새어 나오고 있었다. 사쿠라이는 대체 어디로 가려는 작정인지 입술 가장자리에 희미한 미소를 띤 채 조용히 발을 옮겼다.

"뭐, 분명히 당신의 기묘한 호의가 없었다면 사건 전체 내용을 그려내지 못했을지도 모릅니다. 이 사건에서는 피해자도 그렇고 가해자도 그렇고 겉으로 드러나지 않은 부분이 너무 많습니다. 의뢰인인 유카에게조차 당신과의 관계는 금기시되었습니다. 저에게 조사를 의뢰한 단계에서도, 그리고 지금도 그 점에서는 혼란스러워 정신이 마비될 것 같지만요."

어두운 산책길을 빠져나가자 셔터가 내려진 보트 선착장이 나왔다. 사쿠라이는 침묵을 지킨 채 보트가 떠 있는 연못과 수상 동물원 사이의 활처럼 구부러지는 인도에서 오른쪽으로 들어갔다. 연못가에 드문드문 늘어선 버드나무 잎이 어렴풋이 흔들렸다.

"당신에게 유카는 매우 다루기 쉬웠겠지요. 제가 말하기는 좀 그렇지만, 유카는 의외로 불안정하고 암시를 걸기 쉬운 사람이기도 하니까요. 게다가 예전 담당 의사였던 당신은 유카의 불안한 구조를 잘 알고 있었습니다."

물고기가 철썩 뛰어오르는 소리가 버드나무 뒤에서 들렸다. 지금까지는 멀고 어렴풋하게 느껴졌던 자동차의 울림도 점차 가까워지고, 공원 주변에 심어진 나무들 너머로 시노바즈 거리가 보이기 시작했다. 사쿠라이는 유카의 이름에도 표정 하나 바꾸지 않고 산책길에서 천천히 왼쪽으로 꺾었다.

"미숙한 질문이지만, 유카와의 관계는 6년 전 기념식 단계에서는 끝난 상태였습니까?"

"……아니. 끝났던 적은 없어."

"하지만 저의 관찰로는 그런 종류의 위태로운 성적 접촉은 없었던 것 같습니다만."

"바라보고 있었지. 그래서 자네의 존재에도 전부터 흥미를 품고 있었다네."

사쿠라이는 이해할 수 없을 만큼 조용한 미소를 가쓰라기에게 보내고, 우에노 공원에서 시노바즈 거리로 통하는 문을 빠져나갔다. 그 왼쪽 바로 옆에는 붉은색 램프를 켠, 둔한 은색 타일로 장식한 파출소가 있었고 젊은 경찰 한 명이 입구에 서 있었다.

"그렇군요. 그런 의미도 있었군요."

"응. 자네라면 분명히 나를 이해해줄 거라고 생각했지."

신호는 빨간색이었다. 가쓰라기는 이 차분한 살인범을 대체 어떻게 할 작정인지, 경찰 쪽으로는 눈길 한번 주지 않고 시노바즈 거리를 오가는 자동차를 멍하니 바라보고 있었다.

마침내 신호가 파란색으로 바뀌고, 사쿠라이는 시노바즈 거리를 건너 우에노 공원이 내려다보이는 기묘하게 일그러진 고층 호텔 옆의 어두운 샛길로 들어갔다. 가쓰라기도 목적지를 이미 마음에 두고 있는 모양인지 담담하게 사쿠라이의 뒤를 따랐다.

"이해는 하지만 공감은 하지 못하겠습니다. 아무리 이 리스트의 완성이 당신에게는 사랑의 성취였다고 하더라도요."

어두운 샛길 끝은 T자 도로였고, 정면의 어떤 회사 앞에서는 왠지 모르겠지만 붉은색 도리이가 가로등 불빛에 둔중하게 빛나고 있었다. 사쿠라이는 천천히 그곳에서 오른쪽으로 꺾었다.

"후지모토 씨를 죽인 다음 날에 성당에 간 것은 아마도 그런 기분 때문이었겠지요. 당신은 사와코 씨와 카나 씨 두 사람을 위한 일을 끝내고, 마침내 마음이 평온해졌습니다. 말하자면 일련의 살인을 통해 좋은 남편이자 좋은 아버지로 바뀐 것입니다."

"……그렇게 되는 것이 내 희망이었다고?"

"네, 그렇게 생각합니다. 결혼반지를 오늘 밤에 마침내 끼운 것도, 당신이 기묘하리만큼 차분한 것도, 만족스러운 행복의 증표입니다. 물론 그것은 미쳐버린 아버지일 뿐입니다. 그런 당신의 광기를 누군가가 멈출 수 있을지 약간 두려운 마음이 듭니다."

사쿠라이는 아무 대답도 하지 않고 왼쪽으로 눈을 돌렸다. 그곳에는 눈에 익은 어느 은행나무 문양을 새긴 오래된 목제 문이 있었고, 하얀 게시판이 옆에 걸려 있었다. 이케노하타문도쿄대학 부속병원 가까이에 있는 문이었다. 이 일대의 지리에는 깜깜한 나가쓰는 눈치채지 못했지만 그곳은 대학 본부 캠퍼스의 뒤편에 해당하는 곳이었다.

"앞으로 15분 후에 어떤 사람과 여기서 만나기로 했거든."

사쿠라이는 조용히 중얼거리고 아무도 없는 문을 지나갔다. 자동차로 통행 가능한 대문은 닫혀 있었지만, 왼쪽 옆의 작은 문은 게시판의 안내에 따르면 11시 반에 닫는다고 했다. 그리고 지금 시간은 10시 45분을 지나고 있었다.

"누구입니까?"

"아마 자네도 친근한 느낌이 드는 사람일 걸세."

온묘지 유카일까? 나가쓰는 문득 그렇게 생각했다. 사쿠라이가 그날 밤 이후, 그리고 모든 복수를 끝낸 지금, 옛 애인과의 비밀스러운 관계로 돌아가려고 하는 것도 충분히 생각할 수 있었다. 게다가 유카의 배반으로 가쓰라기도 씁쓸한 기분을 품고 있을 테지만, 사쿠라이의 입에서 나온 이름은 달랐다.

"……기타가와 슈지 씨인가요?"

"응. 내가 준 선물 안에 다시 돌아오라는 메시지를 넣어두었어."

"비디오테이프의 원본은 지금 마키노 교수의 집에 있나요?"

사쿠라이는 아무 대답도 하지 않고 문으로 들어가 오른쪽에 있는 돌이 깔린 완만한 언덕을 올라갔다. 가로등이 없는 길은 어두웠다. 왼쪽으로 보이는 병원 기숙사 창문에는 드문드문 불빛이 켜져 있었지만, 그 누구의 표정도 보이지 않았다. 하지만 가쓰라기의 목소리는 희미하게 떨리고 있었다.

"어떻게 건네준 건가요?"

"자네도 봤잖은가? 오늘 밤에 건네준 게 아냐."

"그럼 언제, 어디에서……."

"그게 뭔지 모르겠어?"

사쿠라이는 천천히 백금 반지를 낀 왼손을 허공에 비추며 살며시 움직였다. 나가쓰에게는 무엇을 의미하는 몸짓인지 모르겠지만, 가쓰라기는 움찔했다.

"그 왼손……. S의 비디오테이프에 찍힌 것은 마키노 교수의 손입니까?"

"미친 건 마키노야. 그것을 촬영한 사람도, 관리한 사람도. 그것 때문에 목숨을 뺏길 줄도 모른 채. 빌려간 비디오테이프를 자신의 비디오테이프로 복제한 야하타도 어리석었다고 할 수밖에. 다른 네 사람은 보는 것만으로 겸허하게 만족했던 것 같지만."

"그럼 원본은 처음부터 그 집에 있었다는 말씀인가요?"

마침내 언덕의 왼쪽에 부속병원 시설의 뒤편이 보이기 시작했다. 어두운 벽돌 건물을 둘러싼 나무들이 끊긴 그 사이로 조명이 꺼진 영안실의 표지가 있었다. 가쓰라기는 거의 얼굴도 들지 않은 채 어두운 목소리로 말했다.

"그리고 아까 그 손거울. 당신은 그것으로 비디오테이프가 있는 곳을 가르쳐준 겁니까?"

"그래. 슈지가 원했거든. 다른 것은 내가 처분했지만, 카나와 함께 보라고 원본을 선물로 준 거야."

"어디입니까? 혹시 그 별채의 벽 거울이 감춰둔 장소입니까?"

사쿠라이는 그저 희미하게 웃는 듯했다. 언덕의 오른쪽에는 소각 시설인지 굵은 굴뚝이 희뿌예진 밤하늘에 검은 윤곽을 보여주고 있었다. 그리고 길 양쪽에는 방치했다고밖에 생각할 수 없을 만큼 칙칙한 느낌의 자동차가 드문드문 서 있는 것이 보였다.

"……왜지요?"

"슈지는 그걸 보고 나서 여기로 올지 안 올지 결정할 거야. 만약 온다면 슈지는 나의 귀여운 아들이야. 만약 오지 않는다면…… 아쉽지만 내가 마키노의 집으로 갈 수밖에 없겠지."

"그리고 죽이겠다고요? 슈지 씨가 당신의 가르침에 등을 돌렸다고 간주해서요?"

사쿠라이는 아무 대답도 하지 않고 오른쪽으로 꺾었다. 그곳은 실험동물용 시설인 듯 길가에 가늘고 길게 뻗은 낮은 콘크리트 건물에서 희미한 악취가 풍겨왔다. 그 자갈길을 빠져나가서 나온 곳은 목 졸려 숨진 이무라의 시체가 지하 수영장에 잠겨 있던 동아리 건물의 뒤편에 해당하는 장소였다. 아무도 없는 동아리 건물은 어둡고 적막해서 발밑의 자갈을 밟는 소리만이 희미하게 귓가에 울렸다. 나가쓰는 건물의 오른쪽으로 돌면서 이무라 살해 현장으로 통하는 반지하 수영장의 창문을 확인했다. 그곳에는 이미 새 유리창이 끼워져 있었고, 안에 보이는 수영장도 사용이 재개된 듯 밤의 둔탁한 빛을 반사하는 수면이 기름처럼 매끄러워 보였다.

"가쓰라기 군."

사쿠라이는 발을 멈췄다. 수영장 너머 창문에 희미한 불빛이 아른거렸다. 바깥의 버스 길에 들어선 자동차의 전조등인 듯했지만, 빛줄기는 가늘고 일정한 시간을 두고 깜빡여서 무언가 신호를 보내는 듯 보이기도 했다.

"자네가 나를 이해해주는 사람이라고 한다면, 슈지는 내 직속 후계자라고 할 수 있지. 나에게 등을 돌릴 이유가 없어."

가쓰라기도 저편 창문 불빛이 신경은 쓰였지만, 사쿠라이의 표정을 살피듯이 줄곧 옆얼굴을 바라보았다. 하지만 깜빡이던 빛은 금방 사라지고 반지하의 수영장 수면도 역시 고요히 가라앉았다.

"하지만 당신은 쇼고 씨를 죽였습니다. 슈지 씨도 아버지가 어떻게 됐는지 어렴풋이 알아차렸을 겁니다."

"……물론 그렇겠지. 슈지는 머리가 좋은 아이니까."

"그래도 슈지 씨가 자신을 따를 거라고 생각합니까?"

사쿠라이는 느긋하게 가쓰라기에게 눈을 돌렸다. 분노인지 증오인지 어떠한 감정에 일그러진 듯했지만, 표정은 변함없이 차분하고 눈은 기묘하리만큼 어둡고 부드러운 빛을 띠고 있었다.

"아니, 그렇게 생각 안 해."

가쓰라기의 표정이 한순간 흔들린 듯 보였다. 사쿠라이는 그저 웃음을 지으며 천천히 한 걸음 뒤로 물러났다. 그 발아래에서 자갈이 희미한 소리를 냈다.

"먼저 가보겠네. 슈지가 찾고 있는 것 같군."

"기다려요. 당신은 슈지 씨와 무엇을 할 작정입니까?"

사쿠라이는 아무 말 없이 등을 돌리고는 어두운 테니스 코트와 동아리 건물 사이의 길을 빠른 걸음으로 빠져나갔다. 가쓰라기는 망연한 표정이었지만, 금방 정신을 차리고 사쿠라이의 뒤를 쫓아 다쓰오카문으로부터 똑바로 뻗어 있는 버스 길의 끝, 가로등이 주변에 창백한 빛을 던지고 있는 교차로로 뛰어나갔다.

사쿠라이는 벌써 동아리 건물 앞을 가로질러 이학부 시설 사이를 따라 야스다 강당 뒤편으로 빠지는 어두운 길로 들어서려는 참이었다. 그리고 나가쓰가 얼핏 살펴보자 바로 맞은편의 어두운 빨간 벽돌 시설의 창문 너머로 방금과 똑같은 희미한 빛이 깜빡였다. 2층으로 오르는 층계참에 닿아서 먼지로 지저분해진 창문이었다. 그리고 한순간 어렴풋한 그림자가 보였다. 새하얀 셔츠 차림의 남자였다.

기타가와 슈지가 이부동생을 데리고 오페라 극장을 빠져나간 것은 8시 반쯤. 자동차로 아자부에 위치한 집으로 돌아가서 사쿠라이가 위치를 알려준 비디오테이프를 본 후, 호출 메시지에 응해 혼고로 오는 것은 시간적으로 가능했다.

하지만 그 기타가와가 이부동생을 놔두고 과연 혼자서 이곳에 올 수 있을까? 사쿠라이와의 사이에 무언가 합의나 공모 관계가 생

겼다고 한다면 이야기는 달라지지만, 그렇다고 한다면 아자부에
위치한 집에서 대체 무슨 일이 있었던 것일까? 가쓰라기가 말한 것
처럼 설마 기타가와가 이부동생을 죽이고 이곳으로 온 것일까? 마
치 기타가와의 아버지가 사쿠라이의 여동생, 사와코를 죽인 것처
럼…….

사쿠라이의 모습은 이미 깜빡이는 불빛에 이끌리듯이 벽돌 구조
의 시설 안으로 사라졌다. 가쓰라기는 그 입구 앞에 멈춰 서서 검은
배낭 안을 재빨리 뒤져 손전등을 꺼냈다. 하지만 곧바로 불이 켜지
지 않아 하는 수 없이 어두운 건물을 물끄러미 올려다보아야 했다.
나가쓰는 그 뒤에서 가쁜 숨을 몰아쉬고 있었다.

위쪽 절반만 유리창을 끼운 입구가 어둡게 열려 있었다. 거리에
면한 창문도 군데군데가 깨져 있었다. 그것은 시설이라기보다 폐
허에 가까운 느낌이었다. 가쓰라기는 입구로 통하는 완만한 경사
를 올라가서 또 다른 문 앞에 멈춰 섰다.

사쿠라이는 이곳에서 조카 슈지와 만날 약속을 한 것일까? 가쓰
라기는 말없이 복도로 발을 내밀었다. 이곳은 실제로 대부분의 시
설이 작동하지 않는 건물인 듯 어둡고 휑하고 썰렁한 기운이 느껴
졌다. 게다가 사쿠라이와 하얀 셔츠의 남자는 대체 어디로 사라졌
는지 귀를 기울여봐도 그 누구의 발소리도 들리지 않았다.

그런데 갑자기 적막을 깨뜨리고 어둠의 심연에서 뒤흔들리는 듯
한 무거운 동력 소리가 났다. 거대한 보일러나 혹은 시설의 어딘가
에 놓인 실험 기기가 작동하는 소리처럼 들리기도 했다. 오래된 톱
니바퀴 같은 금속의 삐걱거림도 들려왔다. 숨을 죽이고 있는 중에
어두운 복도 왼쪽에 가물거리는 기묘한 불빛이 보이기 시작했고,

이내 빛이 희미해졌다.

한순간 사이를 두고 무언가 깊이 울리는 소리가 났다. 그리고 이어서 조용해졌다. 누구인지 모를 숨소리가 어둠 속에서 희미하게 들려올 뿐이었다. 가쓰라기는 손전등을 비추는 것이 현명한 처사가 아니라고 생각했는지 발소리를 죽이고 복도 안쪽으로 향하기 시작했다. 나가쓰도 더듬거리며 뿌연 불빛 쪽으로 다가갔다.

1층 복도 저편은 좁은 홀이고 그 깜빡이는 빛은 안쪽 방범창이나 철조망 너머로 새어 들어오는 것 같았다. 희미한 빛을 응시하고 있자 방범창 너머에 돌출된 콘크리트 벽과 검게 빛나는 로프가 몇 줄 늘어뜨려져 있는 것이 보였다. 가쓰라기는 지그시 방범창 너머를 바라보다가 마침내 나가쓰의 소매를 가볍게 잡아당겨 어두운 홀을 나갔다. 사쿠라이와 하얀 셔츠의 남자는 어디에서도 인기척을 내지 않았다.

역시 불안한지 가쓰라기는 신중하게 천천히 복도 끝의 지하로 통하는 계단을 내려가기 시작했다. 나가쓰는 자신도 모르게 땀이 배어 나오는 것을 느꼈다. 둔탁한 조명은 분명히 지하에서 새어 나오고 있는 듯 층계참 주변이 어렴풋이 밝아왔다. 게다가 지층에도 위층과 마찬가지로 복도 옆에 작은 홀이 있는 듯 어두운 호박색 빛이 희미하게 그곳에서 흘러나왔다.

가쓰라기는 똑바로 지하 홀을 향했다. 나가쓰는 자신의 숨결조차 이상하게 무겁게 울리는 것을 느끼면서 뒤를 따랐다. 그리고 둔탁한 조명에 눈을 들어 마침내 자신이 어디에 있는지 깨달았다.

그곳은 오래된 엘리베이터의 지하 동력 홀이었다. 철조망 너머의 돌출된 콘크리트 벽 쪽에는 기름에 까맣게 지저분해진 톱니바

퀴와 서로 다른 방향으로 엇갈리는 철사가 보였다. 그리고 녹슨 등유 깡통, 양동이, 하얀색과 녹색의 플라스틱 용기가 난잡하게 쌓여 있었다. 아마도 방금 느꼈던 것은 엘리베이터가 위에서 아래로 내려가는 소리였던 듯, 문이 열리고 바니시를 바른 흠집투성이의 널빤지 내부가 보였다.

불빛의 정체는 엘리베이터 바닥에 굴러다니는 전등이었다. 그 둔중한 빛의 원 안에는 은색 십자가가 달린 가느다란 사슬이 떨어져 있었다. 십자가는 불빛을 반사하며 희미하게 빛나고 있었다.

가쓰라기는 엘리베이터 안으로 가서 십자가를 집어 들었다. 은으로 된 사슬 끝에 정교한 십자가가 달려 있었고 십자가에 매달린 예수 조각상 뒤편에는 무언가 글씨가 새겨져 있었다. 나가쓰도 안으로 들어와 어두운 조명으로 그 글씨를 보았다. 매우 가느다란 선으로 'S. K'라는 이니셜이 십자가의 은색 면에 새겨져 있었다.

"……기타가와 슈지인가?"

가쓰라기는 아무 대답도 하지 않고 얼른 버튼으로 손을 뻗었다. 덜컹하고 바닥이 흔들리고 무거운 톱니바퀴의 끼익하는 소리와 함께 엘리베이터가 움직이기 시작했다. 철제 방범창이 달린 문 너머로 1층 바닥과 어슴푸레한 홀이 스쳐 지나가고 금세 2층 바닥이 불쑥 눈앞에 나타났다.

엘리베이터 바닥의 조명이 2층 홀의 콘크리트 벽과 방범창 그림자가 비친 천장을 어렴풋이 비추었다. 그리고 또 3층 바닥이 바로 눈앞에 다가왔다. 그 바닥이 천천히 내려가고 마침내 나타난 광경에 나가쓰는 숨을 삼키고 말았다. 낡은 깡통과 용기가 홀의 바닥에 너저분하게 흩어져 있는 사이로 누군가의 신발 바닥이 보였다. 엘리베이터가 움직일수록 검은 바지의 두 다리, 오므라든 손끝, 하늘을 향해 몸을 뒤로 젖힌 머리가 차례차례 보였다.

그리고 그 목덜미에는 정확히 울대뼈 주변에 매듭이 지어진 붉은 허리끈이 두 겹으로 꽉 감겨져 있었다. 가쓰라기는 엘리베이터가 멈추는 동시에 문을 당겨 열고 바깥 홀로 뛰쳐나갔다. 그리고 자신의 손전등을 켜서 재빨리 주변을 비췄다. 복도 저편의 계단에서 누군가가 달려 내려가는 듯한 희미한 소리가 들렸다.

살인의 기척은 아마도 엘리베이터 소리와 섞여 아래까지 도달하지 못한 듯했다. 이미 숨이 끊어졌는지 입을 벌리고 흰자위를 드러낸 보랏빛 얼굴은 사쿠라이 고키였다. 가쓰라기는 재빨리 바닥에 무릎을 꿇고 시체를 쭉 살펴보았다.

"……반지가 없어. 누군가가 빼 갔어."

사쿠라이의 왼손에서 마키노 교수와 사와코의 결혼반지가 사라지고 없었다. 가쓰라기는 얼른 일어서서 도망친 누군가를 쫓아 홀을 뛰쳐나갔다. 하지만 나가쓰는 순간적으로 몸이 마비되어 움직일 수가 없었다.

설마 기타가와 슈지가 리스트의 사람들을 죽이고, 비디오테이프를 자신에게 선물해준 외삼촌마저 죽인 것일까? 어머니 사와코를 특이한 사랑으로 옭아매고 아버지 쇼고를 없애버린 사쿠라이에게 마지막으로 복수극을 벌인 것이란 말인가…….

26

살인 리스트의 종말

캉, 하는 소리와 함께 캔이 발에 차였고 나가쓰는 화들짝 놀라 정신을 차렸다. 가쓰라기의 발소리는 이미 멀어져서 아래로 향하는 계단을 내려가고 있었다. 순간적으로 한기를 느낀 나가쓰는 엘리베이터 홀을 뛰쳐나갔다. 나가쓰가 어두운 복도를 정신없이 달려나가 3층부터 아래까지 계단을 뛰어 내려가서 밖을 달리고 있을 즈음에, 가쓰라기는 이미 이학부 시설 사이를 빠져나가 야스다 강당 뒤편을 돌고 있는 참이었다.

　나가쓰는 초조함을 느끼고 강당 뒤편을 향해 갔다. 오른쪽을 보자 가쓰라기의 호리호리한 그림자가 사라지는 것이 눈에 들어왔다. 가쓰라기가 쫓고 있는 인물은 어디에서도 보이지 않았다. 나가쓰는 그래도 사쿠라이 고키가 목 졸려 숨진 시체에서 되도록이면 멀리 떨어지고 싶은 심정 하나로 이학부 신관 앞을 빠져나갔다. 강당 옆부터 시계탑 앞 광장으로 이어지는 가느다란 계단 위로 가쓰라기의 머리가 얼핏 보였고, 나가쓰는 그것을 목표로 삼아 숨도 쉬지 않고 달려갔다.

학생식당 뒤편에서 콘크리트 벽의 습한 느낌의 계단을 다 오르자 광장에는 아무도 보이지 않았다. 하지만 근처에 사쿠라이를 죽인 살인자가 있다고 생각하니 인기척 없는 돌 벤치가 아른거리는 나무 그림자와 함께 어딘지 불안하게 느껴졌다.

나가쓰는 화단 사이를 빠져나가 은행나무 가로수 길이 정면으로 보이는 장소까지 왔다. 그러자 정문을 목표로 달려가는 가쓰라기의 작은 등이 눈에 들어왔다. 나가쓰는 새삼스레 본부 캠퍼스의 넓은 부지를 저주하면서 가쓰라기와 마찬가지로 정문을 목표 삼아 뛰어갔다. 11시를 진작에 넘긴 법문2호관의 여러 시설에는 어둠과 침묵이 무겁게 내려앉아 있었다. 이미 팔다리가 지치고 무거웠지만, 그래도 나가쓰는 달리기를 멈출 수가 없었다. 마침내 정문에 다다른 후 비틀거리며 혼고 거리로 나오자 가쓰라기가 한 손을 들어 택시를 멈추려는 참이었다.

"올 거면 서둘러. 안 그러면 두고 간다."

날카로운 그 목소리에 나가쓰는 숨을 헐떡이며 뒷좌석에 털썩 주저앉았다. 가쓰라기는 추적의 피로도 전혀 보이지 않은 채 운전사에게 앞 차를 따라가 달라고 재빨리 지시했다.

"야, 아까 그 녀석, 기타가와였어?"

"아니. 정문을 나가는 것은 확인했지만, 아무래도 이상해."

"무슨 말이야?"

"차 네 대 앞에 검은 자동차가 보이지?"

나가쓰는 어슴푸레 안개 낀 것 같은 눈을 들어 택시의 앞 유리창 너머를 살펴보았다. 바로 앞의 노란색 자동차는 잘 보였지만, 네 대

앞의 자동차는 색깔은커녕 있는지 없는지조차 확실히 알 수 없었다.

"저 차에 탄 것 같기는 해. 분명히 정문 앞에서 출발했어."

"검은색이라면 기타가와의 벤츠가 아니군."

"응. 게다가 차종도 번호도 확인을 못했어."

아카문 앞에 왔을 때 신호가 노란불로 바뀌었다. 가쓰라기가 목소리를 높이기 전에 운전사는 이미 브레이크를 밟았고 택시는 빨간불에 정차했다. 가쓰라기가 의심하는 검은 자동차는 물론 바로 앞에 있던 노란색 자동차마저 혼고산초메의 교차로를 향해 멀어져 갔다.

가쓰라기는 잠시 앞을 노려봤지만, 이윽고 초조한 몸짓으로 휴대폰을 배낭에서 꺼내 버튼을 눌렀다. 헐떡이는 숨을 억누를 수 없는 나가쓰는 시트에 머리를 푹 기대고 폐문 시간을 지난 붉은색 문을 멍하니 바라보았다.

마침내 엔진의 희미한 울림과 섞여 호출음이 가늘게 들려왔다. 나가쓰는 왠지 궁금해서 가쓰라기에게 머리를 바싹 가져다 댔다. 대여섯 번 전화벨이 울린 후 누군가가 받는 기척을 냈다.

"……여보세요."

남자 목소리였다. 옆에서 듣는 것이기 때문에 확실치는 않지만 자다가 깨서 받는 것처럼 술 취한 듯 흐릿한 저음이었다. 가쓰라기는 입을 열지 않고 줄곧 앞만 바라보았다.

"여보세요? 누구세요?"

의아해하는 목소리. 마침내 상대방도 묘한 낌새를 느꼈는지 갑자기 침묵했다. 가쓰라기는 슬며시 휴대전화를 귀에서 떼어내고 어두운 눈빛으로 끊었다.

"누구야?"

"기타가와. 아자부의 마키노 교수 집에 있어."

"그럼 방금은 누가 도망친 거지……?"

드디어 교차로의 신호가 파란색으로 바뀌고 택시가 천천히 움직이기 시작했다. 가쓰라기는 목적지를 아자부 고가이초로 바꾸었다. 나가쓰는 자동차의 희미한 진동을 등으로 느끼면서 문득 떠오른 생각에 기묘한 감각을 느꼈다.

"이봐, 아까 십자가 목걸이, 아직 가지고 있어?"

"아, 응. 여기."

가쓰라기는 바지 주머니를 부스럭부스럭 뒤져서 은색 사슬을 잡아당겼다. 혼고산초메 교차로 부근의 조촐한 번화가의 풍경이 택시 창문 너머로 흘러가고 있었다. 미니어처 예수상도, 그 뒷면에 새겨진 'S. K'라는 이니셜도 어두운 거리의 조명에 그대로 비치고 있었다. 가쓰라기는 그것을 손끝으로 흔들어보면서 나직이 말했다.

"기타가와 슈지라고 생각했는데, 의외로 그들이 무서워하고 있던 기타가와 쇼고가 진짜로 살아 돌아왔는지도 모르겠군."

"기타가와의 아버지 말야? 설마……."

확실히 기타가와 부자의 이니셜은 동일해서 구별되지 않는다. 게다가 은제 십자가는 크리스천인 마키노 교수의 것일 수도 있다.

"하지만 기타가와 쇼고는 16년 전에 사쿠라이에게 살해당했잖아?"

"하지만 슈지는 지금 마키노의 집에 있어."

"그럼 사쿠라이 고키를 죽인 사람은……. 우리가 지금 쫓고 있는 남자는 누구야?"

가쓰라기는 그저 지그시 손바닥에 올려놓은 은제 십자가를 바라보고 있었다. 이제 사쿠라이 고키를 죽인 남자의 발자취를 더듬어갈 수는 없게 되었지만, 그래도 마키노 교수의 집에 가면 모든 것을 알 수 있을 것이라고 말하려는 듯이 한숨과 함께 시트에 몸을 파묻었다.

"……결국 리스트의 일곱 번째는 사쿠라이 고키였구나."

택시는 이미 교차로를 통과해서 혼고 거리와 소토보리 거리가 만나는 지점을 향해 나아갔다. 나가쓰는 한순간 이름을 잘못 들은 것 같은 느낌이 들었다.

"뭐라고 말했어?"

"사쿠라이는 기타가와 쇼고가 살아 돌아왔다는 이야기를 위장 전술로 사용했어. 하지만 실제로 죽은 사람이 살아 돌아왔다면 어떻게 되지? 리스트의 일곱 번째가 또 공백이 되어 채워 넣을 필요가 생기지."

"그러니까 이번에는 사쿠라이가 죽어야 했다는 거야? 죽은 사람의 리스트를 또 완성시키기 위해?"

가쓰라기는 애매하게 고개를 끄덕이는 듯한 몸짓을 하고 느릿느릿 은제 십자가를 주머니에 챙겨 넣었다. 하지만 나가쓰는 가면 갈수록 점점 짙어지는 이 사건의 암흑에 목이 칼칼해질 것 같은 느낌이었다.

"그런데……. 기타가와 쇼고가 정말로 살아 있을 가능성은?"

"없어. 기타가와 쇼고는 사와코의 사건이 일어난 지 며칠 후에 사쿠라이 고키와 실제로 만났어. 그가 사쿠라이를 그때 죽이지 않았다면 살아남았을 가능성은 제로야."

"하지만 너, 죽은 사람이 살아 돌아왔다는 말을 정말로 믿는 것 같은데?"

"믿지 않지만, 다르게 해석할 여지가 없어. 기타가와 슈지에게는 알리바이가 있고, 사쿠라이 고키는 방금 혼고에서 살해당했지."

드디어 택시가 소토보리 거리로 들어가자, 네즈의 사쿠라이 집부터 아오야마 공원묘지까지 쇼코를 쫓아갔던 밤에 본 것과 똑같은 간다강의 어두운 수면이 왼쪽에서 보였다. 혼고에서 아자부 일대로, 아자부에서 또 혼고로, 줄곧 빙글빙글 돌던 미행 코스가 나가쓰에게는 이 사건의 구조와 완전히 동일하다고 느껴졌다. 일곱 명의 리스트가 완성되었지만 끝은 어디에서도 보이지 않았다. 게다가 이해할 수 없는 새로운 그림자마저 섞여 들어왔다.

하지만 만약 끝이 있다면…… 나가쓰는 갑자기 오싹해져서 몸을 일으켰다. 간다강의 어두운 수면이 끊임없이 거리의 조명에 빛나고 있었다.

"이봐, 카나는?"

"무사해."

"어떻게 그렇게 단언할 수 있지? 진짜 비디오테이프를 봤다면 자살을 하거나……."

"기타가와 슈지가 그냥 죽게 내버려두지 않겠지. 그 녀석은 유일하게 진심으로 카나를 대하는 남자야."

그렇다면 기타가와는 아자부에 위치한 집에 돌아간 후 대체 무엇을 한 것일까? 사쿠라이의 말이 사실이고 이부동생과 둘이서 원본을 봤다면 적어도 자그마한 일 하나쯤은 일어났을 것이다.

게다가 사쿠라이의 호출. 미친 아버지 대신에 자신과 카나에게 비정상적인 사랑을 쏟으려고 했던 외삼촌의 광기를 눈치챘다면…….

"혼고로 오지 않은 것도 그 때문인가?"

"그렇겠지. 사쿠라이가 살려둘 수 없는 존재라도 제대로 싸우지는 못해."

"그래서 그 대신에 죽은 아버지를 내세운 건가?"

가쓰라기는 아무 대답도 하지 않고 한밤중의 소토보리 거리를 멍하니 바라보았다. 그리고 짧은 한숨을 내쉬고 또 휴대폰의 버튼을 눌렀다. 신호음이 몇 번 울린 후, 상대방의 번호도 휴대폰이었는지 자동응답으로 바뀌는 소리가 들렸다.

"……여보세요, 유카. 나야. 조사를 그만두라는 온묘지의 의향은 이미 들었지만, 일단 조사 보고를 할게. 사쿠라이가 살해당했어. 살인자는 아마 기타가와의 아버지일 거야. 덧붙여 말하는데 나를 만나는 게 무섭다면 굳이 잡지는 않을게. 뭐, 그래도 천천히 기다릴 테니까 언제든지 연락 줘."

비꼬는 것일까? 의뢰인이었던 유카가 결국 사건에 휘말리고, 옛 애인 사쿠라이 고키가 시킨 대로 조사 자료를 거둬들이는 형태로 배반한 것도 가쓰라기는 충분히 알고 있을 텐데, 메시지 녹음을 끝내고 휴대폰을 끊은 옆얼굴은 역시 담담했다.

"그런데 가쓰라기. 이제 유카는 어떻게 할 작정이야?"

"딱히. 그냥 놔둬도 유카는 아마 곧 알아서 돌아올 거야."

"그게 아니라 지금 유카 씨나 온묘지 씨도 다소나마 마키노 집안이나 사쿠라이 고키와 관련되었잖아."

가쓰라기는 가볍게 어깨를 으쓱하고 휴대폰을 부스럭부스럭 배낭에 넣었다. 택시는 마침 이다바시 근처의 교차로에서 멈췄다.

"특별히 범죄랑 직접 관련된 것도 아니고, 들춰내봤자 별 의미가 없어. 하지만 적어도 온묘지는 사쿠라이의 범죄를 알고 있었다는 의심은 들어."

"그것을 알면서 허용했다는 말이로군?"

"응. 여러 번 말하지만, 온묘지는 정말이지 이해할 수 없는 놈이야."

신호가 파란색으로 바뀌고 택시가 또 움직이기 시작했다. 가쓰라기는 배낭을 무릎에 올려놓고 변함없이 나태한 시선을 창밖으로 던졌다.

"하지만 이번 사건을 밝혀냈기 때문에 절반 이상은 나의 승리지."

"온묘지가 리스트의 일곱 명과 카나의 관계를 눈여겨보지 않았을 뿐이잖아?"

"응, 하긴 가해자가 모두 죽었으니, 죽은 사람이 저지른 범죄와 마찬가지로 증명할 방법이 없겠네."

분명히 카나의 리스트는 어둠으로 파묻힌 것과 거의 마찬가지다. 기타가와와 카나가 큰마음 먹고 증언하지 않는 한 살인의 진정한 동기는 아무도 알 수 없다.

게다가 마지막 살인에 관해서도 누구보다 사쿠라이를 증오했을 기타가와 슈지가 마키노의 집에 있었다면 혼고 캠퍼스에서 외삼촌을 교살하기는 불가능하다. 그것만으로 기타가와의 아버지가 살아 돌아왔다는 증거는 될 수가 없다. 그뿐만 아니라 기타가와 자신이 아버지의 행방을 알고 있다 하더라도 결코 입 밖에 내지 않을 것이다.

하지만 가쓰라기가 봤다는 검은 자동차, 그리고 실제로 사쿠라이 고키를 붉은 허리끈으로 죽이고 간 누군가는 존재한다. 그렇게 생각하자 마키노의 집으로 가는 것이 왠지 불안했다. 마키노 집에 지금 있는 사람은 기타가와 슈지와 마키노 카나. 그리고 제3의 인물, 어둠 속에 숨어 있던 기타가와 쇼고가 그곳에 있을지도 몰랐다.

고가이초의 언덕 입구에서 가쓰라기는 택시에서 내려, 주유소와 어두운 공원 사이의 길을 빠른 걸음으로 걸어가기 시작했다. 시간은 벌써 자정을 5분쯤 지나 있었다. 이무라의 은색 재규어를 감시했던 공원 부근에 사람의 모습은 없었고, 맞은편의 주택가도 고요하게 잠들어 있었다.

마키노 집의 골목으로 통하는 비탈길도 가로등이 띄엄띄엄 어두운 빛을 떨어뜨리고 있을 뿐 역시 사람의 모습은 보이지 않았다. 혼고에 있던 누군가가 실제로 마키노의 집으로 곧장 갔다면 지금쯤 벌써 안에 들어왔을 것이라고 생각했다.

그런데 가쓰라기가 갑자기 발을 멈췄다. 그곳은 공원 옆을 오른쪽으로 들어가는 길모퉁이였는데, 노상 주차를 한 자동차가 두세 대 담장 옆에 나란히 서 있었다. 가쓰라기는 그 바로 앞에 검은 자동차로 다가가서 보닛에 손을 댔다.

아직 따뜻했다. 자동차의 주인은 없었지만 주차한 지 얼마 되지 않았을 것이다. 번호판의 지역은 시나가와여서 근처 주민의 자동차일지도 모른다고 생각했지만, 가쓰라기의 눈은 어둡고 미심쩍어하는 빛을 발했다.

"정공법은 별로 안 좋을 것 같은데. 일단 뒤쪽을 살펴볼까?"

"설마 그 차가……."

"잘 몰라. 하지만 아주 닮았어."

가쓰라기는 검은 자동차 곁에서 떨어져 마키노 집으로 통하는 좁은 비탈길을 오르기 시작했다. 골목 입구에는 가로등이 하나 켜져 있었고, 골목 안쪽에는 모든 집에 거의 불이 꺼져 있었다.

"그러고 보니 가쓰라기. 뒤편에 계단이 있어."

"알아. 나도 몇 번 정찰해두었거든."

그렇다면 가쓰라기도 그날 밤과 같은 욕실의 광경을 목격했을까? 깨지기 쉬운 물건이라도 다루는 양 섬세한 손길로 이부동생의 몸을 씻겨주던 기타가와 슈지. 하지만 오늘 밤에는 다른 무언가를 목격할 것 같은 기분이 들어 나가쓰는 숨죽이며 막다른 비탈길 끝의 계단을 향해 나아갔다.

이끼 낀 돌담을 따라 가늘게 뻗어 있는 계단을 딱 반쯤 올랐을 때, 시야를 차단하는 대나무 숲의 저편에 마키노 집의 뒤편이 보였다. 현관 쪽에 어슴푸레한 불빛이 보일 뿐 다른 모든 창문은 어두웠다. 게다가 조용했고 밤의 미지근한 바람에 대나무 잎이 산들산들 흔들릴 뿐이었다.

잠시 후 욕실 옆이라고 여겨지는 창문에 전등이 켜졌다. 탈의실로 보이는 창문이 조금 열리더니 방충망 너머로 하얀 세면대의 가장자리가 보였다. 불투명 유리 저편으로 사람의 그림자가 움직였고 창문 틈으로 수도꼭지에 뻗는 손이 보였다.

아마도 남자 같았다. 검은 가죽 밴드의 손목시계를 풀고 손바닥에 졸졸 튼 물을 받은 남자는 조용히 손을 씻었다. 기타가와인가 싶었지만, 약간 칙칙한 낯빛과 손등에 불끈불끈한 정맥의 상태는 그다지 젊어 보이지 않는 인상이었다.

역시 기타가와의 아버지일까? 죽은 사람인 쇼고가 살아 돌아와서 지금 마키노 집에 있는 것일까? 가쓰라기는 금세 조용히, 하지만 빠른 걸음으로 어두운 돌층계를 내려가 오른쪽의 비탈길을 따라 마키노 집의 대문으로 통하는 골목을 향해 갔다. 나가쓰도 그 뒤를 따라 돌이 깔린 골목 안쪽, 어슴푸레한 조명이 현관에 켜진 집의 앞뜰을 살펴보았다.

짙은 회색 벤츠는 안쪽에 세워져 있었고, 현관 왼쪽의 거실, 그리고 마당 한가운데 연못 너머의 별채 쪽에서도 둔중한 빛이 새어 나왔다. 가쓰라기는 잠시 상황을 살피다가 아무것도 움직이는 것이 없다는 데에 마음을 가다듬고 마키노 집의 현관으로 향했다.

문을 노크하는 소리가 밤의 정적에 울려 퍼졌다. 잠시 기다려도 응답이 없어서 가쓰라기는 다시 한 번 문을 두드렸다. 마침내 집 안 복도에서 희미한 소리가 들리고, 자물쇠를 여는 낌새가 났다. 그리고 문을 연 사람은 기타가와 슈지였다.

이부동생과 함께 오페라 극장을 빠져나가 집에 도착한 것이 아마도 9시 넘어서일 것이다. 기타가와는 샤워라도 한 듯 하얀 티셔츠로 갈아입었고, 머리카락은 살짝 젖은 채 헝클어져 있었다. 그리고 기타가와는 취해 있는 것 같았다. 가쓰라기와 나가쓰의 모습을 봐도 거의 표정도 바꾸지 않고 우울한 눈빛으로 말했다.

"정말 왔군요. 아까 아무 말 않고 끊은 전화는 당신들일 거라고 생각했어요."

그렇다면 역시 기타가와는 이 마키노의 집에서 전화를 받은 것이 틀림없다. 즉, 그 시간에 사쿠라이 고키를 혼고에서 죽인 누군가가 따로 있다…….

하지만 현관의 시멘트 바닥에는 굽 높은 검은 에나멜 샌들과, 기타가와의 것으로 보이는 갈색 가죽 구두가 있을 뿐이었다. 집 안은 잠잠했고, 미묘하게 달콤하고 따뜻한 꽃향기 같은 냄새가 났다.

"쇼고 씨는 어디 있나요?"

"……누구라고요?"

"기타가와 쇼고, 당신의 아버지요."

이 집에 뒷문이 있다면 이렇게 이야기하는 동안에도 기타가와의 아버지는 나가버릴지도 모른다. 하지만 가쓰라기는 특별히 초조해하거나 어떤 조치를 취하려고도 하지 않았다. 기타가와도 눈썹을 찌푸릴 뿐이었다.

"무슨 말씀 하시는 겁니까?"

"혼고에서부터 쫓아왔습니다. 제 추측이 틀리지 않았다면 이곳에 있을 겁니다."

"아버지는 죽은 사람입니다. 16년 전에 사라진 이후로 만난 적이 없어요."

"일단 확인하고 싶군요. 안을 보여주시죠."

거절할 것이라고 생각했지만, 기타가와는 짧은 한숨을 내쉬었을 뿐 안의 복도로 들어오라는 몸짓을 했다. 가쓰라기는 사쿠라이 고키의 죽음에 관해서는 아무 말도 하지 않고 얼른 신발을 벗었다. 나가쓰도 불안한 심정으로 뒤를 따랐다.

현관의 바로 오른쪽에는 자그마한 방과 식당을 겸한 부엌이 있었고, 그 모퉁이를 돌자 뒤쪽 돌층계에 면한 세면실과 욕실의 문이 나란히 있었다. 기타가와는 말없이 문 하나하나를 열었고, 어느 방에도 사람이 숨어든 낌새는 발견할 수 없었다. 나가쓰는 두 사람을 따라 복도를 걸으면서 귀를 기울였지만 창문에서 누군가가 나가는 듯한 수상한 소리도 없었다.

방금 뒤편에서 본 탈의실의 조명은 켜져 있었고 하얀 세면대도 아직 젖어 있었으며, 검은 가죽 밴드의 손목시계도 그 옆에 놓여 있었다. 기타가와는 그것을 집어 들고 어두운 욕실의 불투명 유리문을 열고 가쓰라기에게 차가운 눈길을 던졌다.

"아직도 불만이세요?"

"현관 외의 출구는요?"

"없어요. 의심되면 2층도 살펴보세요."

기타가와는 손목시계를 바지 주머니에 쏙 넣고 탈의실에서 나갔다. 2층에 오르는 계단은 현관에 들어가자마자 바로 옆에 있는 것 말고도 또 하나, 욕실에서 나온 복도의 끝에도 있었다. 어째서 이렇게 침착한지 기타가와는 기묘하게 조용한 발걸음으로 계단을 천천히 올라갔다.

2층 복도에 불빛은 없었고, 계단을 올라 바로 나오는 문 안쪽도 역시 어두웠다. 그곳은 아마도 카나의 침실인 듯 푸르께한 밤 속에서 침대는 희미하게 흐트러져 있었다. 또 방의 냄새와 가구의 윤곽도 부드러운 느낌이 들었다. 하지만 카나의 모습도, 기타가와의 아버지로 여겨지는 사람의 모습도 그곳에는 없었다.

"카나 씨는?"

"오늘은 별채에 재웠어요."

기타가와는 짧게 말하고 다음 문으로 이동했다. 마키노 사와코가 예전에 감금되었던 별채의 방에 지금 그 딸인 카나가 있다. 그것이 불안하게 여겨졌는지 가쓰라기는 특별히 아무 말 없이 옆방 내부를 확인했다. 그곳은 마키노 교수의 서재로 사용되었던 듯했다. 양쪽 벽을 차지하는 커다란 책꽂이의 유리문이 어슴푸레 창문에서 비쳐 들어오는 밤의 불빛을 반사하고 있었고, 가운데에는 연필꽂이와 전기스탠드가 놓여 있던 넓은 책상과 의자가 보였다. 그리고 그곳에도 역시 사람이 있던 흔적은 느껴지지 않았다.

기타가와는 이윽고 다음 방문도 열었다. 그곳은 기타가와의 침실인 듯했다. 오른쪽 벽에는 침대, 왼쪽 구석에 책상, 문 옆에 책장이 놓여 있는 것 외에는 눈에 띄는 가구도 방의 흐트러짐도 없었다. 기타가와가 마키노 교수의 집에 양자로 들어온 지 벌써 9년. 하지만 결코 마음을 허락하지 않았다는 것을 보여주기라도 하는 듯한 휑한 인상이었다.

그리고 나가쓰는 문 정면으로 보이는 창문 너머로 희미한 불빛을 확인했다. 그것은 별채를 볼 수 있는 창문이 틀림없었다. 가쓰라기는 오후에 옛 가정부와 함께 왔을 때 이미 확인을 끝냈기 때문에 새삼스레 확인할 필요는 없었을 것이다. 가쓰라기는 기타가와의 뒤를 따라 앞뜰에 면한 북동쪽 방으로 이동했다. 나가쓰는 혼자 방에 남아 커튼 틈으로 살짝 밖을 엿보았다.

마당의 오른쪽에 별채의 창문이 보였다. 창가에 베개를 둔 넓은 침대도 간접조명의 둔중한 불빛을 받은 얇은 커튼 너머 방범창 사이로 보였다. 그리고 조용히 누워 있는 사람의 모습도 보였다.

카나는 여름용 하얀 이불을 가슴 부분까지 끌어올리고 잠들어 있는 듯했다. 머리 위로 올린 팔 때문에 얼굴은 확실히 보이지 않았다. 하지만 베개 위에는 긴 머리카락이 퍼져 있었고, 오페라 극장에서 입었던 검은 드레스도 그대로 입은 채 잠들어 있는지 어깨끈이 풀린 가냘픈 어깨가 보였다.

6년 전 6월 12일 밤. 기타가와는 역시 이 창문으로 같은 침대를 내려다보았을 것이다. 지금처럼 얇은 커튼만 쳐져 있고 옅은 조명이 켜져 있었다면, 무슨 일이 벌어졌는지도 봤을 것이다. 사라진 야하타의 비디오테이프에 그 일이 찍혀 있고, 카나가 오늘 밤에 그것을 보았다면…….

"……그럼 남은 방도."

갑자기 가쓰라기의 목소리가 들리고 기타가와도 말없이 동의한 듯 계단을 내려가는 조용한 발소리가 들려왔다. 나가쓰는 곧이어 창문을 등지고 침실 밖으로 나왔다. 두 사람은 현관 쪽으로 이어지는 계단에서, 이번에는 별채 쪽으로 향하는 복도로 가는 것이 틀림없었다. 아래쪽에서 또다시 문이 열리는 소리가 났다.

기타가와의 죽은 아버지가 대체 어디로 사라졌을까? 아니, 원래 그런 존재가 있기나 했는지, 나가쓰는 벌써 의심스러워졌다. 하지만 혼고에서 사쿠라이 고키가 살해당한 것은 움직일 수 없는 사실이다. 자정을 지난 마키노 교수의 집은 그 엘리베이터의 정경이 이미 오래전 이야기로 생각될 만큼 적막했다.

현관 왼쪽의 응접실도 별채로 이어지는 복도의 오른쪽에 있는 거실도 문은 활짝 열린 채였다. 기타가와는 이미 복도 끝에 있었고, 마키노 카나가 잠들어 있는 장소로 통하는 미닫이문을 슬며시 열고 있었다. 그리고 그 앞, 마키노 교수의 거처에 해당하는 방도 오늘 밤에는 열려 있었다.

마키노 교수가 죽은 지 벌써 두 달이 지났다. 침대 매트리스에는 지금도 시트가 깔려 있고, 베개 커버와 여름용 이불도 누군가를 기다리듯이 정리되어 있었다. 하지만 주인이 없는 탓인지 읽다 만 책이 엎드려 있는 협탁과 한쪽 구석의 안락의자가 차갑게 가라앉은 느낌이었다. 주인이 방을 나간 직후인 것처럼 보이는 이유는 죽은 사람의 추억을 그대로 간직하고 싶다는 마음이라기보다는 만지고 싶지 않고 기억 그 자체를 없애고 싶다는 기타가와의 생각으로 방치되었기 때문일지도 몰랐다.

별채 쪽에서 더 안쪽 미닫이문을 여는 소리가 났다. 나가쓰는 안채에서 빠져나가는 짧은 복도에 발을 디디고 상아색 방에서 흘러나오는 희미한 조명에 이끌리듯이 걸어갔다.

기타가와는 이미 침대 반대편에 있었고 누워 있던 이부동생을 말없이 내려다보고 있었다. 그리고 그 뒤, 안쪽 구석에 걸린 전신 거울의 덮개가 찢겨져 거울이 깨진 저편에 벽의 구멍이 빠끔하니 어둡게 들여다보였다. 가쓰라기는 언뜻 보고 이해한 듯 낮은 목소리로 중얼거렸다.

"그렇군요. 이 거울이 모든 것을 비추고 있었군요."

"……뭘 말이죠?"

"6년 전 그날 밤의 일요. 그리고 아마도 그들의 광기도."

나가쓰는 천천히 별채의 바닥으로 내려섰다. 조명은 부드러웠고, 희미한 꽃향기도 변함없이 달콤하고 울적하게 떠돌고 있었다. 하지만 나가쓰는 새삼스레 침대 안의 카나를 앞에 두자 가슴이 찌릿하게 아파왔다.

2층의 창문에서는 확실하게 알지 못했다. 하지만 가까이서 보니

마키노 카나의 두 손목은 머리 위에서 교차되어 붉은 끈으로 침대
틀에 묶여 있었다. 막간의 로비에서 사쿠라이에게서 받은 선물의
리본을 풀던 손끝은 손톱이 깨진 채 살짝 피가 맺혀 있었고, 관절에
는 무언가 심하게 맞은 듯한 검붉은 멍이 나 있었다.

"왜 이렇게……."

"어쩔 수 없었어요. 카나의 발작이 또 일어나서 이렇게 할 수밖
에요."

"원본을 봤기 때문인가요?"

"아니요. 카나는 지쳤을 뿐이에요."

기타가와는 얼굴을 들었다. 그 눈빛은 고요했고 어딘가 먼 곳을
바라보는 느낌이었다. 나가쓰는 별채의 안쪽에 가서 깨진 전신 거
울 앞에 섰다. 바닥에 떨어진 파편이 옅은 붉은색으로 빛났다.

"근데 이건? 이 거울은 뭔가요?"

"……이제 그만하세요."

"왜요? 그 사쿠라이는 모두를 죽이고 카나 씨와 기타가와 씨
를……."

"비디오테이프는 없었습니다. 저도 다른 사람들처럼 눈에 불을
켜고 찾아다녔지만요."

기타가와의 목소리는 낮고 어슴푸레한 느낌이었다. 그리고 나가
쓰도 이제 더 무슨 말을 해야 할지 알 수 없었다. 간접조명이 비치
는 상아색 벽은 온통 담담하니 부드러웠고, 구석 테이블의 크림색
베고니아도 변함없이 싱싱한 겹꽃잎을 활짝 펼치고 있었다. 그리
고 마키노 카나도 이미 약을 먹고 잠에 빠져든 모양이었다. 꿈에서
온몸을 남에게 내맡기듯이 조용히 눈꺼풀을 감고 있었다.

하지만 나가쓰는 그때 문득 깨달았다. 베고니아 화분 옆에 짙은 남색 벨벳의 작은 상자가 두 개 놓여 있다는 것을. 사쿠라이는 하나를 마키노 카나에게 건네주고, 다른 하나를 자신의 주머니에 넣었는데 왜 이곳에 둘 다 모여 있을까? 사쿠라이의 약지에서 빼낸 반지가 다시 돌아온 것일까……?

가쓰라기는 잠자는 중에는 편안해 보이는 카나의 뺨에 시선을 떨어뜨리며 툭 말했다.

"눈을 뜨면 카나 씨는 또 잊어버릴 수 있을까요?"

"아마도요. 그러길 바랍니다."

기타가와는 조용히 말하고 카나의 손목을 묶은 붉은 끈을 천천히 풀어주었다. 그리고 침대 위에 몸을 숙여 드레스를 입은 가슴에 녹초가 된 카나의 양손을 겹쳐놓고, 멍이 생긴 부분에 손끝을 살짝 갖다 댔다.

"사쿠라이 고키 씨는 혼고에서 목 졸려 살해당했습니다. 11시 넘어서요."

기타가와는 아무 대답도 하지 않고 가볍게 고개를 끄덕였다. 외삼촌의 죽음을 이미 알고 있었다는 듯, 아니면 기타가와 자신이 어떠한 알리바이 공작을 한 후 사쿠라이 고키를 죽였는지도 모르지만, 그 옆얼굴에서는 거의 동요를 찾아볼 수 없었다.

"그리고 이것이 여러분의 것이 되었습니다. 결국."

가쓰라기는 베고니아 화분 옆에서 벨벳의 작은 상자 두 개를 집어 들었다. 그리고 뚜껑을 열자 안에는 한 쌍이 된 반지가 옅은 빛을 발하고 있었다.

기타가와는 그것을 알아차리고 기묘할 만큼 온화한 눈으로 상처 입은 이부동생에게서 손을 떼고 침대의 반대쪽으로 돌아왔다. 가쓰라기가 내민 작은 상자를 받아 들고 천천히 쿠션에서 가냘픈 여자용 반지를 집어 들었다.

"이건 적어도 카나의 것입니다. 어머니의 유품이니까요."

기타가와는 낮게 중얼거리고 작은 상자 두 개를 베개 옆에 나란히 놓았다. 그리고 이부동생의 왼손을 들어 올려 그 약지에 백금 반지를 살짝 끼웠다. 가쓰라기는 매우 잠깐이지만 미소를 띤 것 같았다.

이것이 이 탐정과 기타가와 슈지 사이의 암묵적인 이해의 증표였던 것일까? 나가쓰는 역시 무언가 납득할 수 없는 부분이 있었지만, 그때 카나가 움직이는 기척을 냈다. 꿈에 불안이 스며들었는지 자유로워진 오른손을 목에 대고 호흡이 약간 가빠졌다.

"죄송하지만, 이제 그만 가주세요. 카나를 혼자 두기는 싫어서요."

기타가와의 그 말에 가쓰라기는 말없는 인사로 응답했다. 그리고 남매에게 등을 돌리고 천천히 별채의 출구로 향했다.

나가쓰는 망설였다. 하지만 이 별채의 풍경을 앞에 두고 도대체 무슨 말을 할 수 있을까? 지금 리스트의 그들은 일곱 명 모두 사라지고 말았다. 그리고 어머니인 사와코와 마찬가지로 무언가 불온한 꿈에 잠겨가는 카나와, 그녀의 목숨을 붉은 끈으로 꽉 묶어 놓치지 않으려는 기타가와 슈지만이 있을 뿐이다.

그리고 기타가와의 눈빛은 어떠한 말도 그 마음에 다가가기에는 무력할 만큼 어둡고 고요했다. 나가쓰는 그저 "그럼 이만"이라는 말만 웅얼거리고 안채로 이어지는 복도로 갔다. 분노도 조바심도 아니었다. 하지만 더욱 풀리지 않는 응어리에 자연스럽게 발걸음이 거칠어졌다.

가쓰라기는 이미 현관 밖으로 나가서 멍하니 서 있었다. 시간은 벌써 새벽 1시에 가까워졌다. 거리의 떠들썩함이 없어진 8월의 밤은 무덥고 우울했다. 나가쓰는 신발을 아무렇게나 신고 현관문을 일단 조용히 닫았지만, 그래도 눈물이 흐를 만큼 견딜 수가 없어서 세차게 가쓰라기에게 덤벼들었다.

"넌 멍청한 거야, 뭐야? 확실히 매듭짓지 않는 건 어째서야?"

가쓰라기는 자갈이 깔린 지면에 눈을 떨구고 어깨를 으쓱했다.

"현실은 그런 법이야."

듣고 싶은 말은 그것이 아니다. 목구멍에 막혀 나오지 않았지만, 그렇다고 해서 나가쓰 자신도 무슨 말이 듣고 싶은지 잘 알 수 없었다. 사쿠라이 고키가 죽음으로써 무언가 연결 고리가 닫히고, 기타가와와 카나가 살아남음으로써 또 무언가로 이어진다. 이해할 수 있는 것은 그 정도였다. 이후로는 그저 허무함인지 뭔지 모를 욱신거림이 남았을 뿐이었다.

"……그럼 야식이라도 먹고 갈까? 아오야마 공원묘지 앞에 오뎅집이 있어."

"먹는 걸로 얼버무리려 하지 마. 그리고 그 말은 전에도 똑같이 했잖아."

가쓰라기는 마침내 얼굴을 들고 싱긋 웃었다. 그리고 무슨 심정인지 나가쓰의 등을 톡 쳤다. 기댈 만한 사람인지 아닌지 전혀 이해할 수 없는 남자이지만, 그 표정에서 위안을 얻은 듯한 느낌도 들었다.

"그리고 이것도 놓고 가자. 내가 갖고 있어봤자 쓸모없어."

가쓰라기는 바지 주머니에서 은제 십자가 사슬을 꺼냈다. 사쿠라이 고키가 살해된 장소 근처에 떨어져 있던 'S. K'라는 이니셜이 뒷면에 새겨진 십자가…….

"이걸 놓고 가면 끝인가?"

"응. 내일 아침이 되면 기타가와가 발견하겠지."

가쓰라기는 현관문의 놋쇠 손잡이에 은제 십자가를 걸었다. 그리고 검은 배낭을 어깨에 메고 앞뜰을 가로질러 마키노 집의 대문을 나섰다. 나가쓰도 마음에 걸리는 것이 있기는 하지만 가쓰라기를 따라 발을 내딛다가 문득 별채 쪽을 돌아보았다.

여기에서는 안채에 딱 가려 침대와 가까운 창문은 보이지 않았다. 하지만 리스트의 일곱 명이 사라진 지금, 마키노 카나는 그 상아색 별채의 방에서 과연 무슨 꿈을 꾸고 있을까? 어쩌면 이번에는 반지를 손에 넣은 기타가와가 사쿠라이 고키와 마찬가지로 카나의 밤을 서서히 침범해갈지도 모른다…….

아무것도 모른다. 내일 어쩌면 모레, 몇 번이고 이곳에 오더라도 결국 볼 수 없는 것일지도 모른다. 하지만 별채의 창문에서 새어 나오는 희미한 호박색 빛은 카나가 잠든 나른한 깊은 밤의 어둠을 부드럽게 적시고 있었다.

/

작품해설

/

이 소설의 남겨진 수수께끼 풀이를 위해
—작가 사토 아유코의 수수께끼

고야마 슈이치(문학평론가)

　6월의 비 내리는 이른 아침 도쿄대학 구내, 유명한 산시로 연못
가에서 50대 남자가 여성용 붉은 허리끈으로 목을 맨 채 발견된다.
남자는 마키노라는 의학부 교수이고, 주변의 평판도 좋은 인물이
었다. 그런데 그것이 자살이 아니라 살인이라고 고발하는 익명의
편지가 경찰 관료의 아내 유카에게 도착한다. 범인은 마키노의 친
딸 카나. 그 살인에는 숨겨진 동기가 있고 유카는 그것을 아는 입장
이므로 그녀의 목숨도 위험에 처할 것이라고 편지의 주인은 넌지
시 말한다. 마키노의 죽음은 연쇄살인의 시작인 듯하다.

　불안에 휩싸인 유카는 탐정 사무소를 운영하는 애인 가쓰라기
게이타에게 수사를 의뢰한다. 가쓰라기는 마키노의 '자살'이 16년
전에 일어난 그의 전처 사와코의 살인사건과 관련이 있다는 사실
을 파헤친다. 사와코는 마키노의 시체에 남겨진 것과 똑같은 붉은
허리끈으로 교살당해 공원에 버려졌다. 그 옆에는 죽은 엄마의 얼

굴을 말없이 바라보던 아직 다섯 살밖에 되지 않은 카나의 모습이
있었다…….

이 작품은 자신의 몸을 남자들에게 가볍게 '렌털'해주는 도쿄대
학 학생을 그린《내 몸을 빌려 드릴까요(원제: 보디 렌털)》라는 작품
으로 데뷔한 사토 아유코의 첫 미스터리이다. 그런 작가이니만큼
첫머리에서부터 충격적인 분위기가 감돈다. 실제로 탐정 가쓰라기
게이타의 수사가 진행될수록 차례로 나타나는 등장인물은 점차 숨
겨진 얼굴을 드러내기 시작하고, 그때까지 평온해 보였던 세계는
서서히 수상하고 억압적인 풍모를 나타낸다.

대학교수, 신경정신과 의사, 변호사, 정치가, 관료 등 도쿄대학을
졸업한 엘리트들의 비밀스러운 접점. 그곳에는 데이비드 린치 감
독의 〈블루 벨벳〉, 〈트윈 픽스〉에서 묘사된, 일상의 배후에 숨어 있
는 불온하고 발칙하고 이해할 수 없는 세상으로 통하는 감촉이 있
다. 모든 것이 건전한 겉모양의 뒤에 반드시 수상한 무언가를 숨기
고 있다는 감촉.

탐정 역할을 맡은 가쓰라기 게이타도 예외가 아니다. 도쿄대학
을 졸업한 지 몇 년이 지나도록 가쓰라기는 사실상 유카에게서 받
는 수당으로 방종한 생활을 보내는 한량처럼 보인다. 그러나 조수
역을 맡은 친구 나가쓰가 모르는 사이에 가쓰라기는 바텐더부터
관료에 이르는 폭넓은 인맥을 활용하여 놀라운 솜씨를 발휘한다.
원래 유카와의 관계도 어딘지 불투명하다. 단순한 후원자와 세컨
드의 관계를 뛰어넘는 비밀이 있는 듯하다. 범인으로 지명당했으
면서도 마치 희생양처럼 아무렇지도 않게 여러 남자에게 몸을 내

맡기는 카나에 대한 태도에도 가쓰라기 자신의 과거가 관련되어 있는 듯 보인다. 가쓰라기와 같은 복잡한 과거를 지닌 탐정이라는 것은 요즘의 미스터리에서는 오히려 흔한 존재이지만,《도쿄대학 살인사건》에서는 작가 자신의 도저히 어쩔 수 없는 충동에 의해, 혹은 작품 구조 자체의 요청에 의해, 그렇게 될 수밖에 없었다고 미리 단언해두겠다.

그게 대체 무슨 말일까? 그것은 이 소설 내부에 머물지 않는, 작가 사토 아유코 자신의 수수께끼, 어떤 의미에서는 메타 수준의 수수께끼라고 할 수 있는데, 이 미스터리의 진상에 관한 것이므로 꼭 이야기를 마지막까지 즐기고 난 후 다음을 읽어보기 바란다.

어두운 욕망의 연쇄에 사로잡힌 사람들

남자들의 지저분한 욕망의 제물로 바쳐진 아름다운 소녀. 밝혀진 진실은 기묘하면서 무참했다. 그러나 그뿐이라면 미스터리의 진상으로서 그다지 특별할 것이 없다. 진범을 몰아세우는 근친상간적인 욕망도 그렇다. 하지만《도쿄대학 살인사건》에서 그것은 이야기의 결말로서 약간 과하다고 생각될 수도 있다. 너무 과해서 허풍으로 보일 만큼.

사랑하는 사람을 공유한다는 명분으로 오랜 세월 동안 아름다운 어머니와 그 딸의 몸과 마음을 지배하고 끊임없이 능욕하는 엘리트들. 게다가 그 주모자인 진범은 모녀의 매우 가까운 혈연이다. 다른 멤버, 희생자인 동시에 가해자인 남자들도 카나에게 친아버지일 수도 있고 거의 아버지와 마찬가지인 관계여서 근친상간의 망상에 홀린다. 그리고 카나를 지키려고 행동하고 독자를 오해로 이끄는 이부오빠 슈지도 또한 그녀에게 비도덕적인 생각을 품고 있다. 게다가 친어머니에 대한 아버지의 무조건적인 사랑을, 친여동생을 대상으로 반복하려는 얄궂은 형태로.

이 소설에는 매우 많은 인물이 등장하지만, 주요 인물의 대부분이 어두운 욕망의 연쇄에 사로잡혀 있다. 단순한 증언자로 등장하는 마키노 집의 가정부조차 예외는 아니다. 이야기 중반에 갑자기 삽입된 그녀의 에피소드는 사람이 어떤 형태로 다른 사람의 욕망에 얽혀들고 공범자로 행동하는지에 관해 무시무시한 현실감으로 묘사하며 전율을 일으킨다.

통찰이 아닌 실감의 추리

그런데 여유로운 태도와는 달리 가쓰라기는 매우 행동적이다. 추리보다도 행동으로 이야기를 진행시키며, 본격 미스터리라기보다는 오히려 하드보일드 탐정에 가까운 인상이다. 가쓰라기는 처음에 카나와 만난 순간부터 사물의 본질을 느낀 것처럼 행동한다. 범인과 가쓰라기의 마지막 대결은 특이한 긴장감을 품고 있는데, 그때 그는 이렇게 말한다.

"카나 씨의 의지와 감정은 당신들에 의해 파괴된 게 아닐까요?
옆에서 보기에는 그녀 본인도 분명히 그것을 즐기고 있는 것처

럼 보일지도 모릅니다. (중략) 하지만 카나 씨처럼 비정상적인 상
황에 놓인 사람은 이성이 마비되는 법입니다. 억압을 거스르지만
않으면 적어도 아무런 감정도 느끼지 않으며 지낼 수 있으니까
요."

이것은 통찰이 아니라 실감이다. 어쩌면 그 역시 학대의 기억에
괴로워했고, 그래서 한눈에 카나를 그 피해자라고 간파할 수 있었
던 것이 아닐까?
이 소설은 '진범을 처단한 사람이 누구인가?'라는 수수께끼가
남겨진 채 끝난다. 슈지인지, 그의 죽은 아버지인지, 아니면 카나
본인인지(은제 십자가에 있던 'S. K.'는 카나의 죽은 어머니가 슈지의 죽은 아
버지와 결혼했더라면 생겼을 이름 '기타가와 사와코'의 이니셜이기도 하다).
"아마 자네도 친근한 느낌이 드는 사람일 거야"라고 범인이 가쓰
라기에 했던 말은 유카와 그 남편을 가리키는지도 모른다. 어쨌든
진범을 처단한 자를 애매하게 처리한 것에는 깊은 의미가 있다. 작
가는 진범이 각 인간의 사정을 뛰어넘는 원리, 예를 들면 '신'과 같
은 존재에 의해 처벌받았을 가능성을 남겨두고 싶었던 것은 아니
었을까 싶다.

자칫 허풍처럼 보일 만큼 잔인한 현실

이제부터는 이 소설의 남겨진 수수께끼 풀이를 하겠다. 이 소설
을 발표하고 나서 9년 후에 출판한 《꽃들의 묘비》라는 책 속에서

작가 사토 아유코는 어렸을 때 아버지에게서 받은 성적 학대에 관해 이야기했다. 어렸을 적 그녀는 카나 정도까지는 아니지만 친아버지로부터 오랫동안 성적 대상으로 취급되고 농락당했다고 한다. 그것은 당당히 도쿄대학에 진학하고 작가로서 인정받은 후에도 후유증을 남겨서, 그 생생한 기억은 그녀를 광기의 끝까지 몰아넣었다고 한다. 《꽃들의 묘비》에서 이야기한 아버지와 가족에 대한 증오 및 일그러진 애정은 《도쿄대학 살인사건》에 나타나는 범인과 카나의, 다른 사람은 이해하기 어려운 비정상적인 마음의 동향과 겹쳐진다. 이 소설의 결말에 관해 앞서 허풍처럼 보인다고 썼는데, 그것은 오히려 사실이라는 증거였다. 드러난 현실은 자칫 허풍처럼 보인다. 예를 들면 그것을 우리는 동일본 대지진으로 이미 경험한 바 있다.

사토 아유코의 소설은 학대 트라우마와의 갈등을 보여주는 궤적이다. 앞서 소개한 《내 몸을 빌려 드릴까요》부터 《제물》, 《목줄》, 그리고 본 작품과 그 속편에 해당하는 《터부》를 거쳐 《안아줘, 그리고 그대로 죽여줘》에 이르기까지, 항상 카나와 가쓰라기를 떠올리게 하는 인물이 등장한다. 그리고 이야기를 이끌어가는 역할은 항상 그런 유형의 등장인물 중 하나다. 아마 두 인물 모두 작가 자신의 투영일 것이다. 카나는 학대에 의해 망가진 존재로서의 자신, 가쓰라기는 그것을 극복해서 바깥세상과 매듭을 지은 이상적인 존재로서의 자신이다. 소설의 등장인물은 모두 작가의 분신이라는 사고방식이 있는데, 그녀의 작품에서는 문자 그대로 모든 등장인물이 작가의 투영이다. 그렇게 생각하면 본 작품에서 탐정이 들춰내는 복잡한 인간관계도 본질적으로는 매우 단순하다는 것을 알 수 있다.

마지막까지 잃지 않았던 작가로서의 본질

아쉽지만 사토 아유코는 2013년 초에 세상을 떠났다. 그러나 그 작품은 작가의 '불행'을 뛰어넘어 존재한다. 우리가 사랑하고 사랑받는 것을 추구하면서 사랑의 부재와 과잉에 위협받으며 살아간다는 사실, 사랑하는 것과 지배하는 것을 쉽게 혼동한다는 사실, 그리고 일그러진 사랑은 평생에 걸쳐 남을 괴롭힌다는 사실, 그녀가 항상 마주하며 글로 쓰려고 노력했던 그러한 사실들은 독자들에게 앞으로도 줄곧 절실함으로 남을 것이다.

특기해야 할 것은, 이러한 상황에 처해 있었어도 그녀가 생생한 감각과 유머를 놓지 않았다는 점이다. 이 작품에서도 가쓰라기와 나가쓰의 대화나 식사 장면 묘사에서 그런 점이 잘 나타나서, 자칫 답답해질 뻔한 전개를 매끄럽게 만들어준다. 아마도 그것이 그녀의 진정한 본질이 아닐까 싶다. 그리고 괴로움 속에서도 그녀가 자신만의 본질을 잃어버리지 않았다는 사실은 결코 평온하지 않은 세상을 사는 우리들에게도 힘찬 기운을 북돋아준다.

/

옮긴이의 말

/

소설을 통한
'사토 아유코'의 상처 치유법

전형적인 공식을 뛰어 넘은 추리소설

살인사건이 일어났다. 범행 도구는 마치 치정극의 불행한 결말을 암시하는 듯한 붉은 유카타 허리끈이다. 그리고 가끔씩 티격태격하면서도 언제나 꼭 붙어 다니는 탐정 콤비가 범인을 뒤쫓는다.

여기까지는 여느 추리소설과 다를 바 없는 전개였다. 이제 탐정 콤비가 수많은 어려움을 헤치면서 기발한 추리력을 발휘해서 멋들어지게 범인을 잡아내면 될 것이라고 생각했다. 하지만 페이지를 넘길수록 서서히 드러나는 충격적인 진상은 추리소설의 전형적인 공식에 따른 어설픈 예측을 아득히 뛰어넘는 것이었다.

열다섯 살 꽃다운 나이의 소녀, 그녀의 이름은 카나였다. 아직 부모의 애정이 절실히 필요한 나이이지만, 어머니는 다섯 살의 카나 앞에서 살해당했고, 아버지는 카나에게 뒤틀리고 광기 어린 욕망

560

을 품고 있었다. 그리고 카나는 열다섯 살 생일에 아버지를 비롯한 중년 남성들에게 무참히 윤간당했다. 그 이후로도 끊임없이 이어지는 그들의 성적 학대. 그녀는 지치고 생기 없는 눈빛으로 묵묵히 그들의 학대를 참아내고 있었다.

그리고 카나를 성적으로 학대하던 중년 남성들은 한 사람씩 살해당하기 시작했다. 처참하고도 애절한 복수극. 범인은 누구일까? 카나일까, 카나의 오빠 슈지일까, 슈지의 아버지일까? 하지만《도쿄대학 살인사건》에서는 범인이 누구든 상관없다. 어쨌든 그들을 죽이고 싶어 하는 사람도, 그들이 죽어야 할 이유도 차고 넘치기 때문이다.

침묵 속의 양가감정

《도쿄대학 살인사건》을 끝까지 다 읽고서 매우 기묘한 느낌에 사로잡혔다. 이 소설의 작가는 여성인데도 소설 속 성적 학대 피해 여성인 카나의 심정을 전혀 묘사하지 않은 것이다. '지금까지 카나의 목소리를 들어본 적이 없어서 그녀가 이야기하는 모습조차 상상할 수 없었다'라는 나가쓰의 독백처럼, 카나는 심지어 소설이 끝날 때까지 단 한마디도 말을 하지 않았다. 오히려 남성 가해자들의 뒤틀린 성적 욕망이 어디서 생겨나고, 어떻게 작동하고, 어떻게 전개되는지에 관해서만 상세히 묘사했다. 게다가 이 소설을 이끌어 나가는 주인공 탐정 콤비마저 남성이다.

여성 작가가 왜 이렇게 남성 중심적인 소설을 썼을까 궁금해져서 작가 사토 아유코에 관해 조사해보았다. 그런데 놀랍게도 사토 아유코 역시 《도쿄대학 살인사건》 속 카나처럼 실제로 어렸을 때부터 아버지에게 성적 학대를 받아온 피해자였다.

이 사실을 알고 머릿속이 혼란스러워졌다. 가족으로부터 성적 학대를 받은 피해자라면 제삼자가 헤아리기 힘들 만큼 크나큰 정신적 충격을 받았을 것이다. 그렇다면 그 아픈 상처를 떠올리는 것조차 괴로울 테고, 가능하면 그 기억을 머릿속에서 지우고 싶어 하는 것이 인지상정이다. 그런데도 사토 아유코는 도리어 자신의 분신과도 같은 카나를 소설 속에 등장시키면서까지 그 나쁜 기억을 끄집어내고 상기한다. 성적으로 상처받았으면서도 성적인 이야기를 풀어놓으려는 그 양가감정 같은 심리는 도대체 무엇일까?

《도쿄대학 살인사건》에서 카나는 침묵으로 일관했다. 자신이 처한 절망적인 상황에서 괴롭다고 울부짖지도 않았고, 살려달라고 호소하지도 않았다. 그저 넋을 놓고 멍한 눈빛으로 마치 살아 있는 인형처럼 남자들이 시키는 대로 느릿느릿 행동할 뿐이었다. 카나는 남성 탐정 콤비와 남성 가해자들의 시선으로만 관찰되는 주변 인물에 지나지 않았다.

이 점을 어떻게 해석하면 좋을까? 작가가 카나와 마찬가지로 어렸을 때 성적 학대를 받은 사실을 돌이켜보건대, 카나는 작가 자신을 모델로 삼은 인물임이 틀림없다. 그렇다면 카나가 침묵으로 일관한 것처럼, 작가는 성적 학대를 받은 사실을 오랫동안 밝히지 못한 채 침묵을 강요받았던 게 아니었을까 하는 어렴풋한 짐작을 할 수 있다. 아버지에게서 성폭행을 당했다는 수치심이나 죄책감, 혹은 사실을 밝혔을 때 받게 될 따가운 사회적 시선에 대한 두려움 때문에 스스로 침묵했을 수도 있다. 아무래도 성폭행에 관해서는 사회적으로 남성의 시선이나 가해자의 시선에 의해 이야기되는 경우가 많고, 정작 여성의 시선은 묻히기 마련이므로.

상처 입은 자아의 상처 돌보기

어린 시절에 성적 학대를 당하면 평생토록 심각한 후유증에 시달릴 위험이 있다고 한다. 성적 학대 피해자들은 정서적으로 우울하고, 삶에 대한 희망이 없어져 자살하고 싶은 충동을 느끼고, 술이나 마약에 손을 대며, 자포자기해서 성적으로 방탕한 생활에 빠져들기도 한다고 알려져 있다.

실제로 사토 아유코도 남성 편력이 심했으며, 10년 이상 정신과 치료를 받았고, 알코올 중독에 빠졌다고 한다. 사실 작가가 써온 작품들에 등장하는 상처 입은 여성들의 삶도 작가의 삶과 크게 다르지 않을지도 모른다.

사토 아유코가 괴이하게 비틀린 성을 묘사한 작품은 《도쿄대학 살인사건》만이 아니다. 사토 아유코는 1996년에 《내 몸을 빌려 드릴까요(원제: 보디 렌털)》라는 작품으로 데뷔한 이후, 약간 특이한 사랑과 성을 주제로 삼은 작품을 줄곧 써왔다.

데뷔작 《내 몸을 빌려 드릴까요》에서는 자신의 몸을 아무에게나 빌려주면서 몸과 마음을 분리해 정신의 공허함을 치유하려는 여대생의 이야기를 그렸고, 《제물》에서는 열아홉 살의 창녀가 스스로 목숨을 끊어서 제물이 되려고 하는 이야기를 그렸으며, 《목줄》

에서는 남자에게 구속당하고 복종하며 남자의 소유물이 되는 것에서 사랑을 느끼는 여자의 이야기를 그렸다. 《안아줘, 그리고 그대로 죽여줘》는 유년기의 성적 트라우마를 지닌 여주인공이 암살 청부업자에게 자신을 죽여 달라고 의뢰하는 이야기이고, 《미약》은 특이한 매력을 풍기며 비일상적인 애정을 찾아다니는 여자들의 이야기이다.

그리고 《꽃들의 묘비》에 이르러 작가가 왜 그토록 괴이하게 비틀린 성을 묘사하는 작품에 집착했는지 드러난다. 《꽃들의 묘비》는 작가가 아버지에게서 성적 학대를 받아온 과거를 고백하듯이 써내려간 자전적 작품이다. 이 소설을 통해 작가가 떠안고 있는 괴로움의 깊이가 얼마나 깊은지 어렴풋이 알 수 있다.

사토 아유코가 자신의 크나큰 정신적 상처를 왜 되풀이해서 소설로 풀어내는지 의문이 들지 않을 수 없다. 그 답은 어쩌면 《도쿄대학 살인사건》에서 카나를 바라보는 작가의 시선 속에 숨어 있을지 모른다. 작가는 카나를 메마른 눈빛으로 덤덤히 바라본다. 마치 딴 사람 일인 양 카나의 처지에 마음 아파하지도 않고 분노하지도 않는다. 작가가 곧 카나임은 틀림없지만, 작가가 카나를 바라보는 시선은 객관적인 제삼자의 시선이다.

이것이 혹시 작가 나름대로 마음의 상처를 치유하는 방법이 아니었을까? 심리학 용어 중에 해리解離라는 것이 있는데, 이는 성폭력 피해자들이 가장 많이 보이는 행동이라고 한다. 해리는 고통스러운 기억을 의식으로부터 분리함으로써 자신을 보호하려는 반응이다. 피해자는 해리를 통해 그런 사건이 일어난 것을 까마득히 잊어버리거나, 혹은 자기가 아닌 타인에게 일어난 일로 생각하거나,

혹은 꿈을 꾼 것으로 생각하기도 한다.

작가도 자신의 몸에 새겨졌던 고통스러운 기억들을 소설로 풀어내고 무심하게 바라보면서, 사실은 대수롭지 않은 일이었다는 듯, 사실은 소설 속에서 일어난 일이었다는 듯, 사실은 자신에게는 일어나지 않은 일이었다는 듯, 자신의 괴로운 감정을 외면하고 싶었는지도 모른다.

자신의 몸은 학대당했지만, 몸과 마음을 해리해서 마음의 눈으로 학대당한 자신의 몸을 바라본다면, 상처받은 것은 몸일 뿐 마음은 상처받지 않은 셈이다……. 작가는 소설을 쓰면서 이렇게 남몰래 마음을 달래고 있었던 게 아닐까?

일본판《도쿄대학 살인사건》에는 원래 부제목이 있었다. '사랑의 비밀결사'가 바로 그것이다. 매우 기묘하고 고약한 제목이 아닐 수 없다. '사랑의 비밀결사'에는 사랑이 존재하지 않기 때문이다. 그런데 작가는 왜 굳이 '사랑'이라는 말을 붙였을까?

가족에게서 성적 학대를 받은 사람들은 애정 표현과 성폭행을 동시에 체험함으로써 혼란스러운 성 개념을 형성한다고 한다. 그래서 학대와 사랑을 혼동하는 경향이 강해지고, 학대하는 사람에게 연대감마저 느낀다고 한다. 어쩌면 부제목에 붙인 '사랑'이라는 단어 또한 아버지에게 증오와 애정을 동시에 느끼고 있던 작가의 인지 왜곡에서 비롯된 무의식적인 표현이 아니었을까?

작가의 심정을 속속들이 이해할 수는 없다. 고통스러운 과거, 그럼에도 살아가야만 했던 작가는 남들이 상상하지도 못할 만큼 힘겨운 삶을 살았을 것이다. 우리가 작가의 삶에서 공감할 수 있는 부분은 아마 채 한 줌도 되지 않을 것이다.

그런 작가의 심정을 직접 물어보고도 싶지만, 이제 그럴 수도 없게 되었다. 작가 사토 아유코가 2013년에 정신과 치료를 받던 중 과음으로 인한 급성 약물 중독으로 세상을 떠났기 때문이다.

이제 사토 아유코는 이 세상에 없다. 그녀는 고통에서 벗어났을까?

옮긴이 _ **이용택**

한국외국어대학교 일본어과를 졸업하고, 출판사에서 기획 및 편집 업무를 담당했다. 번역 에이전시 베네트랜스에서 전문 리뷰어 및 번역가로 활발히 활동하며 여러 분야의 일본 도서를 우리나라에 소개하고 있다. 옮긴 도서로는《나쁜 습관 정리법》《혼자 생각하는 즐거움》《행복해질 용기》《서른, 사람을 얻어야 할 시간》《지갑방 책상》《심야 라디오》《기묘한 블랙홀행 은하 버스》《후회 없는 죽음을 위해 꼭 알아야 할 것들》《지구와 인류의 미래》등 다수가 있다.

도쿄대학 살인사건

1판 1쇄 2017년 12월 7일
1판 3쇄 2018년 1월 12일

지은이 사토 아유코
옮긴이 이용택

펴낸이 임지현
펴낸곳 (주)문학사상
주 소 서울특별시 송파구 중대로 38길 17(05720)
등 록 1973년 3월 21일 제1-137호
전 화 02)3401-8540
팩 스 02)3401-8741
홈페이지 www.munsa.co.kr
이 메 일 munsa@munsa.co.kr

ISBN 978-89-7012-973-0 03830

이 도서의 국립중앙도서관 출판예정도서목록(CIP)은 서지정보유통지원시스템 홈페이지(http://seoji.nl.go.kr)와 국가자료공동목록목록시스템(http://www.nl.go.kr/kolisnet)에서 이용하실 수 있습니다. (CIP제어번호 : CIP2017029133)